U0585147

中国当代文学
研究与批评书系

不如忘破绽

邰元宝文学批评自选集

邰元宝 著

作家出版社

郜元宝

复旦大学中文系教授，专攻中国现当代文学研究，在现代文学史、当代作家评论、鲁迅研究、现代汉语与中国新文学互动关系四个具体学科领域，先后著有《遗珠偶拾——中国现代文学史札记》（北京大学出版社2010年）、《时文琐谈》（北京大学出版社2014年）、《鲁迅六讲（增订本）》（北京大学出版社2007年）、《汉语别史》（山东教育出版社2010年）等。另有当代文学研究和评论集多部。

出版说明

当代中国的文学史，是当代中国社会史的重要组成部分。当代中国文学的发展从来都是与文学批评紧密相连的。自中国改革开放以来的30年间，中国作家们创造了一个具有中国特色的社会主义文学的新历史辉煌，这中间文学批评发挥了应有的特殊作用。

文学批评的繁荣与批评的质量，既受时代和社会环境的影响，又取决于批评家队伍的集体力量和批评家个人的独特思想与水平。在当代文学批评家队伍里，有一批非常优秀的、能真诚和负责任地表达自己观点，并能让作家和读者信服与敬佩的批评大家，他们的独立思想与独立人格，形成了他们的批评风格，取得了相当的研究成果，是我们当代文学史的宝贵财富。在文学批评中，遵循文学批评的自身特点和规律，既是这门学科的内在需要，又是繁荣文学和促进文学朝着正确的方向发展的关键所在。郭沫若先生说过："文艺是发明的事业，批评是发现的事业。文艺是在无之中创造，批评是在砂中寻出金。"

今年是中华人民共和国建国六十周年，值此，为了回顾和总结中国当代文学批评家的理论研究与批评的历程，以及他们为中国当代文学所作的贡献，也为了进一步推动我国的文学事业，我社特别组织编辑出版了这套"中国当代文学研究与批评书系"，选择了有代表性的当代十余位评论家的作品，这些集子都是他们在自己文学研究与批评作品中挑选出来的。无疑，这套规模相当的文学研究与批评丛书，不仅仅是这些批评家自己的成果，也代表了当今文坛批评界的最高水准，同时它又以不同的个人风格闪烁着这些批评家们独立的睿智光芒。相信本丛书的出版，既是中国当代文学史的一个里程碑，更是广大作家和文学爱好者的一次精神盛宴，也是从事当代文学研究者必不可少的参考资料。

由于时间紧迫，本丛书难免挂一漏万，在此，我只能向那些被遗漏的优秀批评家和读者朋友深表遗憾，并致衷心的感谢。

作家出版社社长　何建明

2009 年 1 月 1 日

本书内容简介

《不如忘破绽：郜元宝文学批评自选集》，是作者近六七年当代文学批评和理论研究新作的首次结集。名为“自选集”，却并非“旧作”的“选萃”，而完全是一部新书。

对作者本人来说，本书论述范围有所扩大，有作者过去熟悉的王蒙、张炜、贾平凹等，也有作者以往论述较少的汪曾祺、路遥、莫言、夏商等，还有作者先前未曾讨论过的柳青、赵本夫、李约热等。范围扩大的主要目的，乃是力求呈现当代文学的全貌。

本书所论作家作品，在时间跨度上也有所拓展。作者过去主要关注当下文学现象，本书则从“新世纪”延伸至九十年代、“新时期”“文革”和“十七年”，既关注新作的破土，也考释旧作的复活，既有作家论式较全面的评述，也有某些重要作品的细读与再解读。多半还是以点带面的个案研究，但力求辐射整个当代文学，力求把握当代文学的历史脉络，也努力探究当代文学与现代文学的内在关联。

在批评态度上，作者比以往更为审慎，对当代文学更多了一份耐心和虔敬。但这是对文学史本身的尊重，并非刻意追求当代文学的“经典化”。

在批评语言上，继续探索一种求真务实、朴素自然的风格，力避架空的理论或多余的文辞。这是作者想矫正自己过去华美的文风的努力，或许对批评界同行也不失为一种提醒。

目录

上编
作家与作品

下编
文学史与文学批评

自　序

最近十年，我没有再出版新的评论集，因为精力更多消耗在其他方面了。比如，这三四年陆续出版的四本书，《时文琐谈》关注当下中国某些语言现象，《小说说小》不拘古今中外，侧重谈“小说理论”，《鲁迅六讲二集》收录《鲁迅六讲》之后十多年鲁迅研究的文章，此外还出版了《汉语别史》的修订本。

但我毕竟没有丢开评论，十年里也写了六十余篇。只是忙东忙西，从未想到要按老办法每隔几年编一本集子，就任其全部胡乱堆积在电脑文件夹里，以至于承蒙作家出版社不弃，约我编文学评论自选集时，面对这六十余篇文章，真不知如何来“选”。踌躇再三，姑且就从中拣出二十八篇：一半是作家作品的重读细读，一半是文学史概观与批评理论的漫谈。

过去出评论集，喜欢用其中谈论某作家作品的某篇文章之标题做书名，如《拯救大地》《另一种权利》《说话的精神》《不够破碎》《岂敢折断你想象力的翅膀》等。这次打破惯例，截取鲁迅杂文《怎么写〈夜记之一〉》的结语“与其防破绽，不如忘破绽”之下半句来做书名。这倒并非玩什么禅机，而是觉得差不多能借以说明当下的心境。

过了“知天命”之年，心思识见好像不进反退。许多想法一经反省，便破绽百出。就说为何要从六十余篇文章中选出这二十八篇，自己想到的理由总觉得有许多破绽。不从以往七八本评论集中选取“代表作”，而只取最近十年的“新作”，是想避免炒冷饭，将来也好理直气壮送人“新书”。名为“自选集”，实乃裒辑近十年批评方面的“新作”。但这些文章都曾发表，也并非时鲜货。何况就内容而言，我之所谓“新”，安知不正是他人之所谓“旧”？又安知“新作”一定比“旧作”更高明呢？

上编“作家与作品”聚焦于重要作家作品，强调“重读”与“细读”，但方法不尽相同，而且限于篇幅，许多谈青年作家作品的文章都不能选人，结果似乎主要围着几个老作家和“乡土文学”兜圈子。下编“文学史与文学批评”关注文学史宏观问题和理论批评的某些症结，但是跟流行的文学史宏观与批评理论的研究往往并不合拍。

这当然都是“破绽”，也都无可奈何。人无完人，书无完书，文无完文。许多破绽，与其徒劳无功地去“防”，倒不如一开始就叫它无所容于胸臆之间，这样至少可以免掉无谓的纠结。“不如忘破绽”，因此还是一个蛮不错的书名。

但真正“忘破绽”又谈何容易！此处“忘”了，彼处又会“防”起来。几十年埋头写文学评论，自以为算是在小事情上有忠心了，但这会不会正是将来经不起试炼的草木禾秸的工程，也就是最大、最难弥补的破绽呢？

总有一些破绽，“忘”不了，也“防”不住，只能面对。

2021 年 1 月 15 日编讫，记于沪上

上编
作家与作品

上海令高邮疯狂

——汪曾祺“故里小说”别解

一、“作品的产生与写作的环境是分不开的”

汪曾祺一生足迹遍天下，“按照居留次序”，先后有高邮、“第二故乡”昆明[①]、上海、武汉、江西进贤、张家口、北京。武汉除外，上述各处汪氏小说或多或少都写到过。《中国当代作家选集丛书·汪曾祺》（1992）小说部分就是“把以这几个地方为背景的归在一起”[②]。1995年编《矮纸集》，如法炮制，但交代得更清楚：

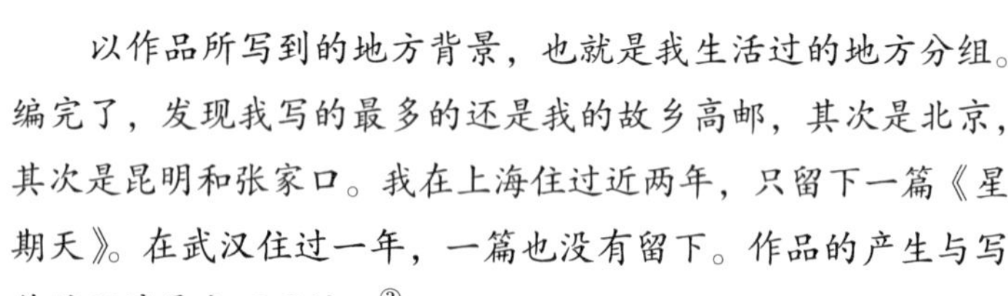

> 以作品所写到的地方背景，也就是我生活过的地方分组。编完了，发现我写的最多的还是我的故乡高邮，其次是北京，其次是昆明和张家口。我在上海住过近两年，只留下一篇《星期天》。在武汉住过一年，一篇也没有留下。作品的产生与写作的环境是分不开的。[③]

短篇《迷路》与散文《静融法师》都写在进贤参加土改之事，可能数量有限，忽略不计了。上海仅《星期天》一篇，却特别提及，显然比较看重。

---

① 汪曾祺的《觅我游踪五十年》说：“我在昆明呆了七年。除了高邮、北京，在这里的时间最长，按照居留次序说，昆明是我的第二故乡。”《汪曾祺全集》（五）北京师范大学出版社1998年8月第1版，第157页。“第二故乡”云云引用很多，但一般均省去“按照居留次序说”一语，结果昆明对于汪曾祺的意义往往被不适当地抬高，此点值得注意。

② 汪曾祺：《捡石子儿（代序）》，《汪曾祺全集》（五），北京师范大学出版社1998年8月第1版，第251页。

③ 汪曾祺：《〈矮纸集〉题记》，《汪曾祺全集》（六），北京师范大学出版社1998年8月第1版，第195页。

“作品的产生与写作的环境是分不开的”，汪氏这一点颇有古风，不同于许多当代作家有意无意模糊作品的时、地线索，一味以虚构为圭臬，或一转而趋极端之影射。中国文学史上首屈一指的大家如屈原、陶渊明、李白、杜甫、白居易、苏东坡、陆游，他们的诗文，鲁迅杂文和《故事新编》“今典”部分，时代有别，文体各异，精神却一脉相承，皆始于写实而终于普遍意味之寻求。

汪曾祺小说包含虚构，又无不依托真实生活经历，绝非“纯属虚构”，此点已为“汪迷”所熟知。他说，“我写小说，是要有真情实感的，沙上建塔，我没有这个本事。我的小说中的人物有些是有原型的”。[①]不仅创作依据原型，有时甚至连人物姓名都不加改动。但汪氏家乡人并不“对号入座”，跟他打官司。他们知道作者以自己为原型，最终创造的人物却有质的区别。[②]这也就是鲁迅谈到《故事新编·出关》时所说的：“然而纵使谁整个的进了小说，如果作者手腕高妙，作品久传的话，读者所见的就只是书中人，和这曾经实有的人倒不相干了。”[③]当我们将汪

① 汪曾祺:《〈菰蒲深处〉自序》,《汪曾祺全集》(五)，北京师范大学出版社 1998 年 8 月第 1 版，第 314 页。

② 汪曾祺在《〈大淖记事〉是怎样写出来的》《关于〈受戒〉》等创作谈中都交代过小说的“本事”。《〈大淖记事〉是怎样写出来的》还提到，“我的一些写旧日家乡的小说发表后，我的乡人问过我的弟弟：‘你大哥是不是从小带一个本本，到处记？——要不他为什么能记得那么清楚呢？’”《我的小学》《我的初中》两篇自传性散文透露小说《徙》中的高北溟就是教过他五年级和初中语文的那位同名同姓的老师。汪曾祺研究者陆建华《高大头就这样变成了皮凤三》介绍了汪曾祺如何在 1980 年代初回故乡高邮时细心观察《皮凤三楦房子》的主人公高大头的原型高天威。陆建华还说，《徙》中高北溟女婿汪厚基（也和原型同名同姓）在小说发表之后汪曾祺回乡之时还活着，对小说写到他的一些与事实不尽符合的细节也不以为忤，认为“这是曾祺先生的小说家言噢”。《异秉》中卖熏烧的王二原型的后人看了小说，很为其父被写入小说而自豪，并告诉汪曾祺弟弟，“你家老大写的那些，百分之八十是真的”。跟《忧郁症》中裴石坡、裴云锦父女同名同姓的原型，作者后来还在台北见到了他们（杨鼎川《关于汪曾祺 40 年代创作的对话》，见《中国现代文学研究丛刊》2003 年 2 期）。这种情况在汪曾祺小说中比比皆是，因此汪曾祺不得不郑重声明：“我希望我的读者，特别是我的家乡人不要考证我的小说哪一篇写的是谁。如果这样索隐起来，我就会有吃不完的官司的。”(《〈菰蒲深处〉自序》)

③ 鲁迅:《〈出关〉的“关”》,《鲁迅全集》(第六卷)，人民文学出版社 2005 年 11 月第 1 版，第 538 页。

曾祺归入“中国当代作家”时，应特别留意此点。读汪氏小说，首须注意他在时地背景清晰的写实基础上增添了哪些社会人生的普遍寄托，如此方可获更深之解悟。

汪氏和高邮、昆明、张家口、北京的关系，论者甚夥。近年来，分地域重新编辑出版汪曾祺文集的举措不止一例。[①]汪氏将上述各处社会历史文化和他本人在这些地方的经历反复写入作品，不劳研究者特别放出眼光，也能看得分明。相比之下，汪氏与上海极深之因缘至今尚无全面梳理。[②]笔者近作《汪曾祺结缘上海小史》略述文本之外汪氏与上海关系始末。[③]但汪氏结缘上海并不限于文本之外。1970年代末“复出”之后，除了《星期天》，他再无作品直接叙写上海，然而八九十年代故里小说“藏”了不少上海元素。汪氏笔下三四十年代高邮古城并非世外桃源，乃是与外界交通频繁的颇为开放之区，而汪氏故里小说所涉之外界主要即为上海，昆明、北京、张家口、武汉、进贤等地则绝少有深刻

① 如《汪曾祺年谱》作者徐强主编的《回望汪曾祺系列·汪曾祺地域文集》，分《梦里频年记故踪·高邮卷》《笳吹弦诵有余音·昆明卷》《雾湿葡萄波尔多·张家口卷》《岂惯京华十丈尘·北京卷》，广陵书社2017年4月第1版；陆建华主编，高邮市委宣传部编选之巨册《梦故乡》，江苏凤凰文艺出版社2017年5月第1版。

② 解志熙、钱理群、杨鼎川等对四十年代末汪曾祺在上海的创作与发表情况颇多考辨，钩沉辑佚，成绩可喜。研究四十年代汪曾祺小说创作的多样化风格对于理解成熟期的汪曾祺很有必要。但这些辑佚和研究并未特别留意上海本身之于汪曾祺早期创作的意义。汪曾祺专门写上海的短篇小说《星期天》1983年发表，当时也未引起应有之关注，王安忆《汪老讲故事》一文甚至还暴露了她的不少隔膜和误解。汪曾祺“新时期”唯一专门描写他四十年代末上海经历的小说毕竟是一部杰作，虽然长久被忽视，在创作界慢慢还是产生了持久影响，甚至误解它的作家也受到启迪。读者方面，二十多年后一些“汪迷”甚至对小说中的“致远中学”和“听水斋”发生强烈兴趣，四处寻觅它们在今日上海可能的地理位置，如散文家龚静《一个人与一座城市的牵念》(《文汇读书周报》2008年8月8日第8版)、《寻访的寻访》(《文汇报·笔会》2008年12月31日)，汪曾祺当年在致远中学教过的学生林益耀《汪曾祺和致远中学》(《文汇报·笔会》2009年1月23日)，独立撰稿人顾村言《海上何处“听水斋”》(《东方早报》2010年3月2日)，以及林益耀续作《芳草萋萋“听水斋”》(《东方早报》2013年8月26日)。但这些寻访，和上述辑佚与研究一样，皆限于局部和片段，未见全面而深入的梳理。

③ 郜元宝:《汪曾祺结缘上海小史》,《扬子江评论》2017年4期。

关联彼时之高邮者。

这点从未有人留意，遑论研究。今特撰此文，一探汪氏故里小说内部上海叙事之深意，及上海与汪氏故里小说特殊魅力之关系，希望借此打开“汪曾祺研究”另一扇窗户。

二、高邮的远方是上海

1983 年 7 月，以四十年代末在上海致远中学教书经历为素材，汪曾祺顶着北京骄阳挥汗创作了短篇《星期天》。这是他唯一正面描写上海的小说，笔者曾有评析[①]，其中和本文相关而尤可注意者，是上海人形象在这篇长久被忽略的杰作中大多不佳，或荒谬可笑，或无聊空虚，或平庸鄙俗，或阴冷恶毒。《星期天》之外，1980 年代和 1990 年代汪氏小说很少正面涉及上海，但侧面描写并不少。比如，1986 年夏创作、被老友黄裳誉为“最晚的力作”的《安乐居》[②]，写作者本人在北京住家附近经常光顾的小饭馆，中间就冒出一个“久住北京，但是口音未改”的“上海老头”。在另外一些和上海并无直接关系的小说中，汪曾祺也会提到上海，甚至突然用到几句上海话。

但“复出”之后，上海叙事更多乃见于以儿时生活记忆为素材的故里小说——并非像《星期天》那样正面描写上海众生相，而主要描写那些身份特别的高邮人，他们都与上海有千丝万缕的联系。

高邮人怎么会和千里之外的上海发生关联？1947 年创作的小说《落魄》最早透出此中消息。该篇写一个斯文的“扬州人”在昆明的凄凉光景，身为“同乡”的叙述者“我”为之痛心疾首。汪氏写这篇小说时人在上海，颇多自况，说的是扬州人在昆明的“落魄”，暗含的则是高邮人汪曾祺在上海的灰暗与愤激，跟同时正面描写“我”漂泊上海的短篇《牙痛》互为表里，一个暗讽，一个明说。

《落魄》开头一段议论颇能解释高邮人缘何要去外地：“我们那一带，就是像我这样的年纪也多还是安土重迁的。在家千日好，出外一时难，

① 郜元宝：《一篇被忽视的杰作——谈汪曾祺的〈星期天〉》，《小说选刊》2017 年 5 期。
② 黄裳：《也说汪曾祺》，《东方早报》2009 年 1 月 13 日。

小时候我们听老人戒说行旅的艰险绝不少于‘万恶的社会’的时候”，但一则有“那么股子冲动，年纪轻，总希望向远处跑”，一则“大势所趋，顺着潮流一带，就把我带过了千山万水”。这里提到“高邮人”去外地的两个原因具有普遍性，我们不妨就以此为入口，一窥 1980 年代和 1990 年代汪氏故里小说描写的“故乡人”结缘上海的各种具体方式。

就从好像与上海无关的《异秉》《受戒》说起吧。

《异秉》（1981）中受人欺凌的“保全堂”学徒“陈相公”比《孔乙己》中咸亨酒店学徒“我”处境更糟，但他也有小秘密，就是每天爬上保全堂屋顶翻晒药材，“登高四望”，“心旷神怡”，“其余的时候，就很刻板枯燥了”。陈相公“登高四望”，除了周围屋顶、远处田畴、街道和人家，还有他看不见却可能想到或听过的远方吧。比如《受戒》中《卖眼镜的宝应人》（1994）列述的高邮周围运河沿线，“南自仪征、仙女庙、邵伯、高邮，他的家乡宝应，淮安，北至清江浦。有时候也岔到兴化、泰州、东台”。汪氏其他故里小说还提到更远的徐州、扬州、镇江、南京、苏州、杭州、武汉、天津、北平，甚至南洋，美国。

“远方”最闪亮处是上海。陈相公自然不能洞悉，上海在近代的崛起既给苏北带来现代生活气息，也直接导致整个扬州地区繁华不再。加上 1910 年、1920 年、1930 年三次水灾，1937 年日军占据高邮，1947 年苏北成为内战逐鹿之区，大量苏北难民（包括部分富庶移民）一路南迁，最终目的地几乎都锁定上海。只有上海才能容纳庞大的“苏北人”族群。上海也赋予高邮人以备受歧视的新身份“苏北人”“江北人”，深刻影响他们的生活与命运。上海渗透、笼罩、深刻关联着包括高邮在内的整个苏北。

汪曾祺目睹过 1930 年高邮大水，平时水旱两灾不断，他也印象深刻，“我的童年的记忆里，抹不掉水灾、旱灾的怕人景象。在外多年，见到家乡人，首先问起的也是这方面的情况”[①]。1939 年和 1947 年他在上海，又亲历了两次苏北难民和移民潮。汪家虽非高邮望族，但较为富庶，直系亲属较少移民上海，有也不属难民，因此汪氏“复出”之后大量故里小说主要背景是高邮而非上海，他也没有正面描写在上海的高邮

① 汪曾祺:《故乡水》，原载《中国》1985 年 2 期，参见《汪曾祺全集》，北京师范大学出版社 1998 年 8 月第 1 版，第 404 页。

人。但自从苏北人大量移民上海，许多高邮家庭都有人在上海，或往来上海与高邮之间。耳闻目睹，这种普遍的社会现象在汪曾祺记忆中应极分明，流露笔端，也很自然。汪氏故里小说主题之一就是描写在上海阴影下高邮古城社会凋敝、旧家没落与风俗改移。

《异秉》可说者，除了每日“登高四望”的陈相公，还有走南闯北、懂得极多的张汉轩（人称张汉）。正是他提出“异秉”之说，成为一篇之“文眼”。这两个思想或行动上的活跃分子是连接高邮和远方的桥梁。《受戒》（1980）提到上海，一笔带过，对整篇小说的成立却至关重要：原来高邮男子去外地做和尚，首先就“有去上海静安寺的”。多亏明子舅舅没把明子送去“上海静安寺”，否则这篇小说就无从写起了。但作者描写留在故乡当和尚的明子，逻辑上也就隐括了去“上海静安寺”的另一群明子的同类。①

陈相公，可谓“年纪轻，总希望向远处跑”；张汉轩和“明子”，当属“大势所趋，顺着潮流一带”，被“带过了千山万水”。他们都未曾去过上海，却有结缘上海的两种潜在可能，是高邮内部去向远方的种子，条件成熟，即可开花结果。

1981 年底完成的《皮凤三楦房子》是汪氏“新时期”唯一直接写高邮现实生活的小说，构思立意很像高晓声《李顺大造屋》，也涉及主人公高大头“解放前”的经历。“三开分子”高大头跟张汉轩一样“走的地方多，认识的人多”，“解放前夕，因亲戚介绍，在一家营造厂‘跑外’——当采购员”，“他是司机，难免夹带一点私货，跑跑单帮。抗日战争时期从敌占区运到国统区，解放战争时期从国统区运到解放区”。没有交代高大头“跑单帮”是否到过上海，“文革”期间造反派为高大头的案子四处“外调”，“登了泰山，上了黄山，吃过西湖醋鱼、南京板鸭、苏州的三虾面，乘兴而去，兴尽而归，材料虽有，价值不大”。也没说去过上海——但并非没有一点上海的消息。汪曾祺著作中“跑单帮”一词曾见他参与改编的京剧《沙家浜》，从未出场的“阿庆”据说就在上海“跑单帮”。沪剧原著有这个情节，《沙家浜》沿用了。汪曾祺写高大头“跑单帮”，不管是否想到“阿庆”，但“高大头”曾和据说在上海

① 1939 年夏汪曾祺从高邮出发，途经上海，去云南报考西南联大，同行者就是一位在静安寺做和尚的高邮老乡，《受戒》这一笔也并非空穴来风。

“跑单帮”的“阿庆”干过同样营生，则确凿无疑。《皮凤三楦房子》还写到“中美建交”，“高大头”难友朱雪桥的哥哥朱雨桥海外归来，顿时改变了弟弟一家的命运。那时和高邮距离最近的口岸城市只有上海，设想朱雨桥经上海而往来美国和高邮之间，并非无稽之谈。

陈相公“登高四望”，张汉轩见多识广，明子差点去了“上海静安寺”，高大头“跑单帮”，朱雨桥海外归来，作者都没有明写这五位和上海的实际关联，而远方的上海宛在矣。

三、高邮人的上海背景：工作、移民、求学、“在帮”“白相”

汪氏高邮故里小说不少人物在上海有固定工作并常住上海，如《岁寒三友》（1981）中著名画家季匋民执教于上海美专，平时住上海，偶尔回乡摆摆威风。再如《小姨娘》（1993）中在上海租界做“包打听”（也称“华探”）的宗某一家常住上海，却将两个儿子送回老家读书。也有些人一度在上海做事，但并未定居上海，比如《岁寒三友》中也是画家的靳彝甫曾在朵云轩开画展、卖画。《王四海的黄昏》（1982）中主人公王四海曾献艺（杂耍）于上海大世界。《八千岁》（1983）中横行乡里的“独立混成旅”旅长“八舅太爷”发迹之前曾在上海拉黄包车。

也有人干脆背井离乡，移民上海，如《八千岁》中旗人“关老爷”一家。关老爷“说的一口京片子”，“做过一任盐务道，辛亥革命后在本县买田享清福”。关老爷死后，“关家一家人已经搬到上海租界区住”。《岁寒三友》中上海美专教授季匋民、《小姨娘》中那个在租界做“包打听”的宗某，后来也都全家移民并定居上海。

更多的是在上海求学的年轻高邮人，如《小姨娘》中二舅、二舅妈和三舅都是从上海商业专科学校毕业后回乡工作，举手投足有一种特殊的上海做派，语言也夹杂不少上海话。《忧郁症》（1993）中龚家二儿子龚宗亮和《关老爷》（1996）中旗人关家二儿子关汇均在上海念高中，染了一身上海有钱人家子弟的习气。《八千岁》中的“八舅太爷”初中毕业，也曾“读了一年体育师范，又上了一年美专，都没上完”。《小孃孃》（1996）中谢普天辍学于上海美专。《莱生小爷》（1996）中肖玲玲就读于上海两江女子体育师范。汪曾祺小说提到在上海的高邮人，中学生和大学生比例最高，这可能与他青少年时期记忆有关。

其实在上海的高邮人最多应该是住在上海“棚户区”甚至“滚地龙”里的难民，但汪家虽然败落，毕竟“瘦死的骆驼比马大”，与这些被上海人歧视的“苏北人”“江北佬”素少往来，因为印象模糊、无从下笔，还是别有原因，就都难以确说了。

另一些乃“在帮”人物，如《八千岁》和《鲍团长》（1992）中的“八舅太爷”“鲍团长”。《大淖记事》（1981）中的“水上保卫团”虽未详其背景，但看它由当地商会出资用以自保，则大抵也属于“八舅太爷”统领的“独立混成旅”之类，不会没有上海“青红帮”背景。这就好像《小姨娘》中那个宗某，“原是这个县的人”，“后来到了上海，在法租界巡捕房当了‘包打听’——低级的侦探。包打听都在青红帮，否则怎么在上海混？”民国时期许多冠名“保安团”的地方武装都和军、政两界及“青红帮”有关，汪氏故里小说经常涉及这段历史，与史实互有出入，亦无须多言。

最后是一些从高邮跑去上海的怪人，他们既不工作、移民、定居，也不求学，也不“在帮”，纯粹为了玩，上海话叫“白相”。《八千岁》中的八千岁“在上海入了青帮，门里排行是通字辈，从此就更加放浪形骸，无所不至，他居然拉过几天黄包车。他这车没有人敢坐，——他穿了一套铁机纺绸裤褂在拉车！他把车放在会芳里或丽都舞厅门口，专门拉长三堂的妓女和舞女”，摆明要“白相”她们。“这些妓女和舞女可不在乎，她们心想：侬弗是要白相吗？格么好，大家白相白相！又不是阎瑞生，怕点啥！”这一段上海话写得味道十足。阎瑞生是民国初年上海滩著名“白相人”。名为震旦大学学生，实则吃喝嫖赌无一不精。输得山穷水尽，只好绑“花国总理”名妓王莲英的票，并残忍地将她杀害，自己也难逃法网，于1920年被捕枪决，轰动上海。翌年，著名导演任彭年执导了同名电影《阎瑞生》，从此“阎瑞生”就成了专有名词。八千岁刚刚“在帮”，还没有做出惊天动地的大事，所以被同为“白相人”的妓女和舞女们所鄙夷。“白相”，是上海文化精髓之一，鲁迅为此专门写过杂文《“吃白相饭”》，指出这在上海乃是“一种光明正大的职业。我们在上海的报章上所看见的，几乎常是这些人物的功绩；没有他们，本埠新闻是决不会热闹的”。汪曾祺对三四十年代上海的“白相”文化认识也颇深，不仅把它写入小说，多年以后，他还从江青开口闭口“老子，老子”的说话神情中，看出那“完全是一副‘白相人面孔’”[①]。

专门跑去上海“白相”的还有《忧郁症》中绰号“细如意子”的那个“荒唐透顶的膏粱子弟”。此人一大壮举，是“曾经到上海当过一天皇帝。上海有一家超级的妓院，只要你舍得花钱，可以当一天皇帝：三宫六院”。

所有这些游走上海和高邮之间的高邮人不可避免要给故里带来上海文化的影响。这些影响往往并不美善。联系 1983 年创作的《星期天》对上海人总体印象不佳，汪曾祺故里小说如此描写有上海背景的高邮人，也无怪其然。上海不能给高邮带来美善文化，即使中介是本乡本土的高邮人，即使他们假借了“现代”“摩登”“时尚”“文明”“进步”等高尚名义。这些介乎高邮和上海之间的“故乡人”深受十里洋场“流氓”文化、“帮派”文化和“白相”文化熏陶，他们自身之荣辱忧乐固然皆打上鲜明的上海印记，而荣归故里之日，也必定是搅动乃至祸害一方之时。

四、外来户的“寂寞”与“惆怅”

这是与上海有关的另一种高邮人类型。他们原是外地人，后来才因婚恋关系定居高邮。对高邮本地人来说，他们都是外来户，共同点是都曾经工作或求学于上海。他们带来的有关上海的信息搅动了高邮本地人的生活，而他们随身携带的对于上海的无尽牵念则对他们自己造成极大的精神折磨，甚至一生不得安宁。

《小姨娘》中“二舅妈”是丹阳人，和二舅在上海商业专科学校恋爱，“不顾一切，背井离乡，嫁到一个苏北小县的地主家庭来”。“她嫁过来已经一年多，但是全家都还把她当新娘子，当作客人，对她很客气。但是她很寂寞。她在本县没有亲戚，没有同学，也没有朋友，而且和章家人语言上也有隔阂，没有什么可以说话的人。”“只有二舅舅回来，她才有说有笑（他们说的是掺杂了上海话、丹阳话和本地话的混合语言）”。“她是寂寞的。但是这种寂寞又似乎是她所喜欢的”。这位长期

① 汪曾祺：《我的“解放”》，《汪曾祺全集》（四），北京师范大学出版社 1998 年 8 月第 1 版，第 364 页。

生活在“寂寞”中的上海商业专科学校毕业生在小说中虽然只是寥寥数笔勾勒出来的一个侧影，给人的印象却极其深刻，因为作者设置了一个有关她的未来生涯的耐人寻味的悬念。

另一个与二舅妈有关的情节是，当平时与她“推心置腹，无话不谈”的小姑子章叔芳跟上海包打听的儿子“早恋”之事败露，章老太爷雷霆震怒，章叔芳长跪不起，全家上下一筹莫展之时，这个嫁过来一年多却仍然被全家视为“新娘子”“客人”的二嫂挺身而出，顶着冒犯章老太爷的危险，毅然将小姑子拉进自己房间，在章老太爷“跳脚大骂”中平静地“把手上戴的一对金镯子抹下来”送给小姑子，支持她远走高飞，跟上海包打听的儿子一起回上海。中学生章叔芳恋上上海来的同学并在事情败露后敢于一走了之，投奔恋人在上海的家，根本就是上海商业专科学校毕业的二舅妈的“寂寞”在章家发酵的一个结果。章叔芳去上海之后也只跟这个二嫂通信，她们有共同的上海经验可以交流。

《王四海的黄昏》写山东人王四海“走南闯北，搭过很多班社。大概五省联军总司令孙传芳到过的地方，他们也都到过。他们在上海大世界、南京夫子庙、汉口民众乐园、苏州玄妙观，都表演过”。他们诚然走过许多地方，但上海最重要。

这里有来自“沪语”的两个证据。第一，“王四海”名字与上海有关。“王四海为人很‘四海’，善于应酬交际”，作者担心读者不知“四海”何意，特地加个后缀，补充解释。“四海”并非高邮本地话，另有出处。沪剧《芦荡火种》胡传魁对刁德一说，“阿庆嫂为人四海又漂亮”。“四海”原来是上海方言！《沙家浜》删除这一句，因为上海以外的观众谁都不明白“为人四海”是什么意思，而戏剧对白又不能加以解释。但小说《王四海的黄昏》再次起用了这句上海方言，这除了说明将沪剧《芦荡火种》改编成《沙家浜》的过程再次强化了汪氏与上海文化的联系，也说明王四海一班人虽然走南闯北，但至少对王四海本人来说，他和上海因缘最深。

第二，王四海看上高邮城绰号“貂蝉”的客栈老板娘，不想挪地方了，但这对杂耍班子非常不利，因为时间一长，“王四海大力士力胜牯牛”的神话必然露馅，所以“他们走了那么多码头，都是十天半拉月，顶多一个‘号头’（一个月，这是上海话）”。紧接在纯正的北方话“十天半拉月”之后，为何不说“一个月”，突然冒出“一个‘号头’”，还

要用括号加注“（一个月，这是上海话）”？这也暗示上海对王四海及其杂耍班子有特殊意义。

王四海被高邮“貂蝉”迷住，离开杂耍班子。后来客栈老板病死，干脆与貂蝉公开同居，正式落户高邮。时间一久，“他的语声也变了。腔调还是山东腔，所用的字眼多却是地道的本地话”。但好景不长，“这天他收到老大、老六的信——他忽然想起大世界、民众乐园，想起霓虹灯、马戏团的音乐。他好像有点惆怅”。综合上述两点“沪语”的证据，“惆怅”的王四海首先想到“大世界”也就不难理解。

王四海结局会怎样？作者含而不吐，余味无穷。也许他带着这份“惆怅”坚持在高邮住下去，与“貂蝉”相伴到老。也许他慢慢变得忧郁起来，像那些因为上海的关系而患了“忧郁症”以至不能自拔的年轻高邮人一样。也许有一天他突然不辞而别，留下“貂蝉”痛不欲生。不论哪种情况，至少从王四海接信的那天起，“屁帘子大”的高邮小城就多了一个自以为可以定居异乡却不得不日夜牵挂远方的外乡人。他所牵挂的最重要的远方是上海。

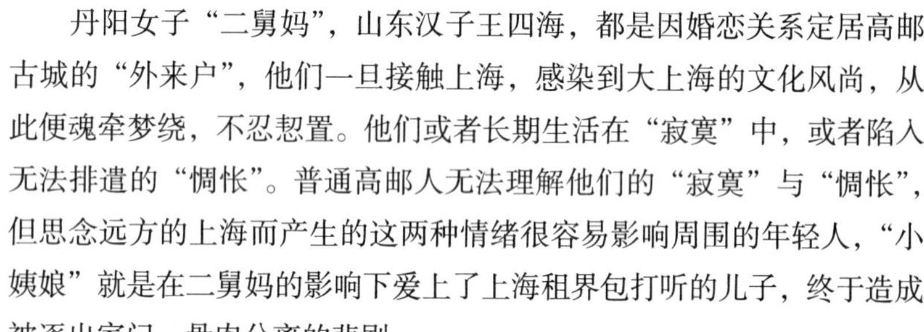

丹阳女子“二舅妈”，山东汉子王四海，都是因婚恋关系定居高邮古城的“外来户”，他们一旦接触上海，感染到大上海的文化风尚，从此便魂牵梦绕，不忍刍置。他们或者长期生活在“寂寞”中，或者陷入无法排遣的“惆怅”。普通高邮人无法理解他们的“寂寞”与“惆怅”，但思念远方的上海而产生的这两种情绪很容易影响周围的年轻人，“小姨娘”就是在二舅妈的影响下爱上了上海租界包打听的儿子，终于造成被逐出家门、骨肉分离的悲剧。

五、恶人依仗上海背景鱼肉乡里

汪曾祺故里小说主要写美好的风俗人情，但这个基调往往被丑恶的人和事从根本上加以破坏。已经有论者从《大淖记事》《岁寒三友》《陈小手》《钓人的孩子》《鸡毛》等小说中发现“其实汪曾祺也善写恶人”[①]，但这里需要进一步分析：汪曾祺以其他地方为背景创作的小说中的“恶

---

① 王彬彬：《其实汪曾祺也善写恶人——说〈鸡毛〉》，《长城》2003年1期（总第130期）。

人”与上海无关，而包括《大淖记事》《岁寒三友》《陈小手》在内的大量故里小说中那些丑恶的人和事大多有上海背景，它们构成汪氏故里小说挥之不去的一个变奏。

《岁寒三友》中靳彝甫、陶虎臣、王瘦吾的不幸皆起于来自上海的恶人。王瘦吾好不容易办了草帽厂，却跑来“在帮”的“流氓”王伯韬，恃其雄厚资本，拼命降价，挤对商业对手，最后趁火打劫，贱价并购了王瘦吾的草帽厂，害得王瘦吾“一病不起”，又回复到先前“家徒四壁”的境地。王伯韬既“在帮”，也就和上海有关。

陶虎臣性格极好，“随时是和颜悦色的，带着宽厚而慈祥的笑容。这种笑容，只有与世无争、生活上容易满足的人才会有”。但他家曾经兴旺过的炮仗店因为连年水灾和“新生活运动”关门了，“陶家的锅，也揭不开了”。最令陶虎臣痛苦羞辱的是为了不让一家饿死，他没能拼死拦阻女儿拿了“二十块钱”就“嫁”给当地驻军一个变态连长。陶虎臣的好性格、自尊心、对生活的满足感被彻底击溃，只好上吊。这个“第二天就开拔”的驻军连长很像《八千岁》中的“八舅太爷”，此君“在上海入了青帮，门里排行是通字辈，后来又进了一个什么训练班，混进了军队——因为青红帮的关系，结交很多朋友，虽不是黄埔出身，却在军队中很‘兜得转’，和冷欣、顾祝同都能拉上关系”。他趁着“抗战军兴”，拉起“独立混成旅”，“在里下河几个县轮流转”，以保护百姓为名为所欲为。有一次他“接到命令，要换防，和另外一个舅太爷换换地方”，当天就绑了开米厂的富户“八千岁”，狠狠勒索一笔之后，疯狂挥霍。“八舅太爷”霸占了全城第一美人虞小兰，临走时只“敲竹竿”。《岁寒三友》中的驻军连长是“另一个舅太爷”，“开拔”之前硬逼陶虎臣将女儿“嫁”给他。这个驻军连长的行径与“八舅太爷”如出一辙，定是一丘之貉：都与“青红帮”和上海军界关系匪浅。

靳彝甫光景最好，但为了挽救两个难友，不得不将视为性命的三块田黄石卖给觊觎已久的上海美专教授季匋民。

《大淖记事》先写“大淖”周围美好的风物人情，再具体写大淖旁边“两丛住户人家”：一是安分守己做小生意的外来户和二十来个兴化帮锡匠，其中最漂亮的就是小锡匠“十一子”；一是“世代相传”“靠肩膀吃饭”的本地挑夫人家，其中就有主角之二巧云。他们“各是各乡风”，老锡匠就看不惯挑夫人家女子，嫌她们男女关系“随便”，但实际都诚实善良，“到底是哪里的风气更好一些呢？难说”。好人遇好人，小有波折，终归美好，十一子和巧云相爱了。不提防来了“水上保安队”，破坏了世外桃源的宁静美好。最令人发指的是那个“号长”玷污了巧云，还因为吃醋差点打死“十一子”。作者没有交代“水上保安队”是否有上海“青红帮”背景，但强调他们属于“特殊的武装力量”，“名义上归县政府管辖，饷银却由商会开销”。这个特点很像《鲍团长》中的“保卫团”以及《八千岁》中的“独立混成旅”，后两者都有上海“青红帮”和军方的奥援，“水上保安队”应该也不例外。

《八千岁》和《鲍团长》两篇小说创作时间隔了十年，但用以描写“八舅太爷”和“鲍团长”的语言一脉相承，他们的“履历”大致包括：出身苏北，少年失学，流落上海，读过“美专”，拉过三轮车，与妓女打过交道，做过租界包打听（“华探”），最后加入“青红帮”，混进军界，拉起一支名义上归地方政府管辖、实际由商会出钱的“特殊武装”，以抗日之名鱼肉乡里。青红帮、国军、日本人三面“通吃”的特点很像《沙家浜》“忠义救国军”司令胡传魁。汪曾祺改编《沙家浜》时给“胡传魁”增加了沪剧原作《芦荡火种》所没有的“青红帮”背景，可见他对此比较重视。

1939 年夏，汪曾祺高中毕业，从上海坐船，经香港，越南北方港口城市海防，再改乘滇越铁路至昆明，投考西南联大中文系。全面抗战刚过两年，日寇迅猛推进，很快占据华东华南华中大部分地区，江苏各地（包括汪曾祺家乡高邮）大量难民一起拥向上海。高中毕业生汪曾祺夹在难民潮中，十分凄惶，又因出门仓促，购买从上海出发的船票、申办转道海防所需的法国领事馆签证，都遇到困难，幸亏“贵人”相助，才迎刃而解。这“贵人”，或说是汪曾祺在辈分上称为“小姑爹”“舅太爷”的崔锡麟（此人军界、政界、银行界和帮会都“兜得转”），或说是上海滩一霸黄金荣[①]。汪曾祺很少提及此事，但六十年代改编《沙家浜》时硬是给胡传魁增添了沪剧原作《芦荡火种》所没有的“青红帮”背景，1980 年代及 1990 年代取材童年记忆的故里小说更频频写到“舅太

① 参见陆建华:《汪曾祺的回乡之旅》,《北京文学》2009 年 12 期；汪朗、汪明、汪朝:《老头儿汪曾祺——我们眼中的父亲》，中国青年出版社 2012 年版，第 22—23 页。

爷”和“青红帮”，这也诚如他自己所说，“小时候记得的事是不容易忘记的”[①]。

其次，“鲍团长”“八舅太爷”“水上保安队”队长之流也很像当时名震上海的“苏北皇帝”、黄包车霸王、青帮头领、天蟾舞台老板顾竹轩（1885—1956）。顾氏起初在租界拉过黄包车，做过“华探”（租界“包打听”），加入青帮之后，和“八舅太爷”一样，门里排行也是“通”字辈，担任过闸北商会保卫团副团长，也曾攀过顾祝同为宗亲，与帮会、国军、日本人和新四军都有联系，用上海话说，到处“吃得开”“兜得转”。苏北知道顾竹轩的人很多，传说蔓衍，略为加工，最终回归乡土，成为无数“八舅太爷”的传奇故事，也未可知。

青红帮属全国性帮会组织，但在汪氏小说中，无论“红帮”还是“青帮”的外围徒众无一例外都是在上海加入。只要“在帮”，必属上海“青红帮”。另外帮会本质上是地下黑社会，但也正邪二赋，良莠不齐，与政党和官府有千丝万缕的联系，不可一概而论。汪氏小说删繁就简，一则强调苏北青红帮几乎清一色的上海背景，二者突出其徒众作恶乡里的一面，这未必完全符合实际，乃凸显作者之记忆和想象中的生活逻辑，是小说而非正史。但即以小说而论，也未始全无史实依据。上海青红帮势力在三四十年代急剧膨胀，除政府扶植、租界当局纵容之外，主要也因大量农村破产人口拥入城市，无法顺利就业，造成城市人口严重过剩[②]，从而为帮会势力的滋长提供了广泛社会基础。民国期间苏北移民占上海人口总数五分之一[③]，大部属无业游民，其加入帮会寻求庇护者自然最多，此即与汪氏小说之描写若合符节。

① 汪曾祺:《〈大淖记事〉是怎样写出来的》，《汪曾祺文集·文论卷》，江苏文艺出版社 1994 年 1 月第 1 版，第 231 页。

② 周育民、邵雍著《中国帮会史》下编第九章第二节“上海青帮势力的空前发展”即谓，“据统计，上海 1930 年失业人口在华界人口的比重中达到 18.21%，绝对数为 30 万，1934 年的比重最低亦达 15.47%，总人数为 25 万余。在 30 年代上海棚户区的失业率竟高达 81%。这些无业游民群体的存在和膨胀是帮会势力滋长的社会基础。没有找到生计的游民们往往选择标榜江湖义气、互相帮助的帮会作为他们的投靠对象、集合体和自我保护体”。武汉大学出版社 2012 年 2 月第 1 版，第 493 页。

③ 谢俊美:《上海历史上人口的变迁》（《社会科学》1980 年 3 期），此处转引自（美）韩起澜:《苏北人在上海，1850—1980》，上海古籍出版社 2004 年 8 月第 1 版，第 38 页。

汪氏1970年代末“复出”之后创作的故里小说绝大多数是写三四十年代的高邮，他不断暗示那个时代的高邮和上海交往相当频繁，也因此造就了许多有上海背景的坏的高邮人。有趣的是，汪氏唯一反映当代（“文革”和“文革”前后）高邮现实生活的小说《皮凤三楦房子》中的高邮坏人（两个“造反起家”的县级干部）则绝无上海背景。大概五十至七十年代高邮和上海的联系已经远没有三四十年代那么频繁和密切，因此坏人没法从上海进口，而只好由本地出产了吧？

六、上海阴影下岌岌可危的高邮文化底蕴

在汪曾祺故里小说中有一群闪光的人物，他们或是旧家子弟，身上散发着高邮古城传统文化馨香，道德文章可圈可点；或是底层平民，怀揣生活理想，心无旁骛，拼出全部“精气神”，定意要通过正当途径改善一家人生活水平。他们是高邮古城雅俗高下两个层次两种文化的代表，但可悲的是几乎无一例外陷入困境或绝境，而这多半和上海有关。在上海阴影笼罩下，高邮人引以为荣的本土文化底蕴岌岌可危。

《徙》中高北溟是道德高尚、学问精湛的耿介之士，不肯同流合污，结果四处碰壁。他一生两大心愿，一是刊刻其师邑中名士谈甓渔（原型为汪曾祺曾外祖父谈人格）诗文合集，一是安排好掌上明珠高雪的终身大事。偏偏这两件事都惨遭失败。致命的一击并非贫困，或龌龊卑鄙的教育界同事的排挤，甚至也并非谈甓渔诗文合集出版无期，而来自爱女高雪的不幸。高北溟可以教训别人，不能教训高雪。他无力帮助高雪实现高飞远举的理想，无法抚慰高雪对苏州、上海这些迷人的远方的牵念和因此而产生的抑郁。女儿的心偏离了父亲一生守护的高邮传统士人价值理想而又无所寄托，终至病死，这是高北溟最大的伤痛。

高邮文化传统早已进入肃杀严冬，汪曾祺正是在这样的经济文化气候中着力刻画“岁寒三友”的。王瘦吾、陶虎臣、靳彝甫都急公好义、高风亮节、助人为乐、热爱生活，却又都陷入捉襟见肘的物质生活困境。《故乡人》（1981）中那个给穷人看病不收钱还尽量配给他们最好药材的“王淡人先生”（原型为汪曾祺父亲王菊生）连家庭基本开销也难以维持，他固然可以乐善好施，高雅洒落，但他太太清楚到底还有多少家底。

王瘦吾年轻时也是谈甓渔的高足，颇有诗才，饶富家资，衣食无忧。后来父亲去世，家道中落，就毅然藏起风雅，“像一只饥饿的鸟，到处飞，想给儿女们找一口食”。难为他放得下架子，“做过许多性质不同的生意”。后来办绳厂有了积蓄，又改做草帽，蒸蒸日上之际，被一个“在帮”的“流氓”王伯韬突然掐断。王瘦吾失去的不仅是一家子赖以糊口的草帽厂，也不仅是他早已藏起来的富家子弟往日的风雅，更惨烈的是他因此失去了拼命工作一求温饱和尊严的普通人最可贵的那股子“精气神”。

陶虎臣的炮仗店曾经做了件很大的“焰火生意”，但厄运转瞬即至。先是碰上“四乡闹土匪”，县政府和驻军为了剿匪，“严禁燃放鞭炮”，断了陶虎臣生路。接着第二年“新生活运动”彻底取缔了烟花爆竹，逼得他只好做不能赚钱的蚊香生意，终于一家人揭不开锅，不得不把女儿卖给即将开拔的“驻军的连长”，就是“八舅太爷”一流人物，受尽凌辱。《岁寒三友》一方面写三位朋友风流蕴藉，格高韵雅，轻易不向世俗低头，一方面又写他们穷途末路，难以抵挡世俗生活压力，这就更尖锐地写出了鲁迅《答有恒先生》所谓“较灵的苦痛”。

画家靳彝甫境况略好，他的肖像画(“行乐图”）被现代照相术取代，自己喜欢的青绿山水和工笔人物没有主顾，只得靠端午节画钟馗像勉强维持半饥半饱的生活，但幸运的是他碰到“贵人”季匋民。“季匋民是一县人引为骄傲的大人物”，“他在上海一个艺术专科当教授，平常难得回家”。此君也算雅人，首次登门拜访，原想乘人之危廉价收购靳彝甫家传的田黄石，可一旦得知靳彝甫不到山穷水尽绝不变卖视同性命的宝贝时，也就作罢，改为求观靳家三代画稿。欣赏的结果，是断言：“你的画，家学渊源。但是，有功力，而少境界。要变！”具体建议：

> 山水，暂时不要画。你见过多少真山真水？人物，不要跟在改七芗、费晓楼后面跑，倪墨耕尤为甜俗。要越过唐伯虎，直追两宋南唐。我奉赠你两个字：古，艳。比如这张杨妃出浴，披纱用洋红，就俗。用朱红，加一点紫！把颜色搞得重重的！脸上也不要这么干净，给她贴几个花子！——你是打算就这样在家乡困着呢？还是想出去闯闯呢？出去，走走，结识一些大家，见见世面！到上海，那里人才多！

他建议靳彝甫选出百十件画，到上海去开一个展览会。他认识朵云轩，可以借他们的地方。还可以写几封信给上海名流，请他们为靳彝甫吹嘘吹嘘。

靳彝甫对去上海顾虑重重，但在季匋民的慷慨相助和反复催促下还是成行了，结果“靳彝甫的画展不算轰动，但是卖出去几十张画。那张在季匋民授意之下重画的杨妃出浴，一再有人重订。报上发了消息，一家画刊还选了他两幅画。这都是他没有想到的。王瘦吾和陶虎臣在家乡看到报，很替他高兴：‘靳彝甫出了名了！’”

这段故事信息丰富。第一，题目为“岁寒三友”，斜刺里却杀出季匋民，他出生于高邮，但长期在上海任教，为人不免“海派”，最后果然趁靳彝甫急于解陶虎臣、王瘦吾于倒悬之际而抢购了觊觎已久的田黄石。季匋民赢了，但也因此暴露了他久处上海必然发生的堕落，而季匋民的堕落某种程度上也是高邮上层文化人的堕落。第二，季匋民规劝靳彝甫去闯大上海，不能说没有一点相助之心，但他可能自己也不知道，这就等于让靳彝甫放弃世代相传的扬州传统画风而迁就十里洋场做派。季匋民向靳彝甫吹嘘：“看了令祖、令尊的画稿，偷到不少东西。——我把它化一化，就是杰作！”他自信可以点石成金、化腐朽为神奇。他看出来，传统画派必须融入上海的现代精神才有出路，至于这是传统的再生还是传统的死亡，就不在他考虑范围了，其目的只是按上海标准取得“成功”，引起“轰动”。“杨妃出浴”正是当时上海最受欢迎的主题之一，京剧、绘画、月份牌，到处皆是。第三，高邮报纸报道了靳彝甫在上海开画展的消息，这是高邮本地报纸，还是高邮人订的来自上海的报纸（如《申报》）？不管怎样，这个细节说明当时高邮人很容易通过现代传媒及时获得来自上海的消息。

季匋民在《岁寒三友》中亦正亦邪，形象复杂。汪曾祺写《鉴赏家》（1982）时，笔底出现了另一个季匋民。“全县第一个大画家是季匋民，第一个鉴赏家是叶三”。季匋民和水果贩子叶三基于绘画艺术的相知相赏，远比《岁寒三友》中季匋民和靳彝甫的关系更纯洁感人。有趣的是《鉴赏家》特意隐去季匋民的上海背景。反推过去，《岁寒三友》之所以凸显季匋民的“海派”作风，无非是用“岁寒三友”基于高邮文化传统的格高韵雅反衬季匋民身上十里洋场的投机与鄙俗。作者欲写季匋民

之雅，即隐去其上海背景；欲写季匋民之俗，即凸显其上海背景。上海在高邮故里文化变迁中扮演的角色由此可见一斑。

以上写高邮雅人的落魄。汪曾祺故里小说还充满了俗人的悲哀。《故人往事·如意楼和得意楼》（1985）最后说："一个人要兴旺发达，得有那么一点精气神。"这是汪曾祺着意歌颂的底层社会的希望，也是其故里小说最精彩之处。《异秉》中的王二，《八千岁》中的八千岁，《如意楼和得意楼》中的得意楼的老板，最能代表汪曾祺所讴歌的高邮底层人民的生活理想。但恰恰有人轻易就掐灭了这团理想之火。

《大淖记事》写锡匠和挑夫，颇具理想主义。大淖旁边"两丛住户人家"上街抗议游行，居然取得县长和商会会长的同情，赢了官司，"小锡匠养伤的钱由保安队负担（实际是商会拿钱），刘号长驱逐出境"。如此安排情节，近乎鲁迅所谓"硬奏凯歌"。但为了呵护其理想，作者不得不作出这种理想主义的安排。实际上，只要有县政府，有商会，有为这两者服务的"水上保安队"，就不可能有十一子和巧云们的世外桃源。

《八千岁》讲述了一个典型的升斗小民自以为大有希望的美好朴素的生活追求如何被上海背景的恶人扑灭的故事。"八舅太爷"让八千岁心里受伤，不仅仅是勒索了他拼命苦干积攒下来的九百两银子，更是轰毁了他一直恪守的人生观，击碎了他勤俭持家必有回报的信念。"八舅太爷"走后，八千岁发生两大改变。首先，因为是被人保释，他就取下以前门口贴的"概不做保""僧道无缘"的招牌。这本来是好事，对八千岁来说却意味着他以后将不会像先前那样信心满满地发家致富。他变得"达观"起来了。其次，他以前吃晚茶，一律只需两个廉价"草炉烧饼"，现在竟然叫儿子小八千岁"给我去叫碗三鲜面！"他不准备像以前那样勤俭持家了。"一个人要兴旺发达，得有那么一点精气神。"被"八舅太爷"一阵折腾，八千岁这点"精气神"终于迸散。

七、高邮青年为上海疯狂

尽管上海如此凶险，年轻的高邮人还是趋之若鹜，为之沉醉，最后疯、病、死。这是传统高邮文化的希望之火在上海阴影下终将熄灭的征兆。

最早写年轻高邮人为上海疯狂是《徙》，女主角高雪，方正笃诚的国文教师高北溟的二女儿，其实只碰到上海边儿，“初中二年级就穿了从上海买回来的皮鞋”，初中毕业后迫于家境，“考了苏州师范”。尽管如此，她还是迅速出落成阖城倾倒的美人，“她一回本城，城里的女孩子都觉得自己很土。她们说高雪有一种说不出来的派头”。扬州美女一向名重天下，为何如此高看高雪身上的苏州做派？这是因为当时上海正推崇苏州美女，又因为扬州属苏北，一向金贵的扬州美女反受歧视。流风所及，扬州（高邮）本地妇女也诚心爱慕苏州女性的“派头”。这种时尚狂热源于上海的煽动。

高雪苏州师范毕业后，先在本县小学教书，一边补习功课，准备考大学。可惜连考两年都失败了。接着是“七七事变”，“日本人占领了江南，本县外出的交通断了。她想冒险通过敌占区，往云南、四川去。全家人都激烈反对。她只好在这个小城里困着”。高雪应该是作者汪曾祺同学辈，她没那么幸运，在战火纷飞中间道南下，考上大学。光阴荏苒，年岁渐大，不得不嫁给父亲的高足、一直倾慕她的汪厚基。虽然琴瑟和谐，但她始终不快乐。最理解她的姐姐高水说：“妹妹是个心高的人，她要飞到很远的地方去。她要上大学。她不会嫁一个中医”。新婚半年，高雪一病不起。汪厚基愧为名医，毫无办法。还是西医诊断出高雪患的是“忧郁症”。汪厚基曾经医好了高雪的肺结核病，对“忧郁症”却只好宣告回天乏术，眼睁睁看着爱妻命归黄泉。高雪死后，“汪厚基把牌子摘了下来，他不再行医了。‘我连高雪的病都看不好，我还给别人看什么？’这位医生对医药彻底发生怀疑：‘医道，没有用！——骗人！’他变得有点傻了，遇见熟人就说：‘她到最后还很清醒，我给她穿袜子，她还说左边袜跟没有拉平——’他不知道，他已经跟这人说过几次了。他的眼光呆滞，反应也很迟钝了。他的那点聪明灵气已经全部消失”。汪厚基成了失去阿毛的祥林嫂，“他的那点聪明灵气”随着爱妻的去世而彻底消失。

汪厚基、高雪夫妇是汪曾祺笔下最早因苏州（间接因上海）发疯的高邮年轻人。隔了十二年，汪曾祺又写了两个因为迷恋上海而运交华盖直至变成痴呆的高邮青年。

《小姨娘》中的章叔芳在中学早恋，爱上全家瞧不起的“（上海租界）一个包打听的儿子”，并迅速与之发生性关系。败露之后被父亲逐出家门，跟“包打听的儿子”双双回沪。后来章叔芳娘家在高邮“解放”前夕变卖家产去南洋经商，未将章叔芳一起带去。章叔芳的结局是骨肉分离。

章叔芳怎么会爱上包打听的儿子宗毓琳？“宗家兄弟也只是初中生，不见得有特别处。他们是在上海长大的，说话有一点上海口音，但还是本地话，因为这位包打听的家里说的还是江北话。他们的言谈举止有点上海的洋气，不像本地学生那样土”。“小姨娘就为这些爱了他”？其实她爱的不一定是“包打听的儿子”这个人，乃是仰慕对方身上那股子“上海的洋气”。另外，小姨娘之所以喜欢这种“上海的洋气”，也因为有一个来自上海的二嫂。“寂寞”的二嫂在章家可以说话的只有丈夫和小姑子，“姑嫂二人，推心置腹，无话不谈”。事情败露后，也是这位二嫂挺身而出，将长跪不起的小姨娘从章老太爷的呵斥中解救出来。章家因此分裂为二，一是章老太爷代表的守旧的本地士绅，一是二舅、二舅妈和章叔芳代表的钦慕上海的趋新开放的年轻人。章叔芳为此付出终身代价。作者没有交代她后来是否发疯，但这并不重要，在她看到“包打听的儿子”那一刻，按照本地价值观念，可以说她就已经发疯了。

1993 年另一篇小说就叫《忧郁症》，写裴云锦的小叔子龚宗亮，“在上海读启明中学。启明中学是一所私立中学，收费很贵，入学的都是少爷小姐（这所中学入学可以不经过考试，只要交费就行）。宗亮的穿戴不能过于寒碜，他得穿毛料的制服，单底尖头皮鞋。还要有些交际，请同学吃吃南翔馒头，乔家栅的点心”。与此同时，“小姑子龚淑媛初中没有毕业，就做了事，在电话局当接线生——龚淑媛心里很不痛快。她的同班同学都到外地读了高中，将来还会上大学的，她却当了小小的接线生，她很自卑，整天耷拉着脸。她和大嫂的感情也不好。她觉得她落到这一步，好像裴云锦要负责”。有这两个人，新媳妇裴云锦无论如何贤惠也无法维持一家开销，只得靠“本地话叫作‘折皱’”的办法，“对对付付的过日子”，也就是变卖家产。但龚家貌似高门巨族，能变卖的并不多，主要是一些祖传字画，“她把一副郑板桥的对子，一幅边寿民的芦燕交给李虎臣卖给了季匋民”。来自上海的经济压力逼迫裴家将祖传的扬州字画变卖给了在上海美专做教授的海派画家季匋民，这个细节的象征意义和《岁寒三友》中靳彝甫在经济压力下被迫听从季匋民的规劝而改变扬州画派的传统作风以迎合上海趣味如出一辙。“又要照顾一个穷困的娘家，又要维持一个没落的婆家，两副担子压在肩膀上，裴云锦那么单薄的身子，怎么承受得住？裴云锦疯了！有人说她疯了，有人说得了精神病，其实只是严重的忧郁症。——她在床头栏杆上吊死了。”王熙凤式的裴氏之疯源于龚家兄妹迷恋上海，源于裴、龚两家在来自上海的经济压力下无法挽救的败落。

1980 年底完成的《岁寒三友》犹能以靳彝甫向季匋民卖出三块田黄换来的两百大洋让三位落魄朋友最后挺霜傲雪雅集于空无一人的如意楼，1993 年创作的《忧郁症》却只好将裴、龚两家的台柱子裴云锦送上绝路。上海阴影在汪氏故里小说中愈到后来愈加沉黑了。

两三年之后，汪曾祺笔下又出现了为上海发疯的两个高邮青年。《莱生小爷》（1995）写“我”的本家叔叔“莱生小爷”是“好吃懒做的寄生虫”，“他一天就是这样，吃了睡，睡了吃，无忧无虑，快活神仙。直到他的小姨子肖玲玲来了，才在他的生活里激起了一阵轩然大波”。原来这肖玲玲“在上海两江女子体育师范读书”，暑假回乡，人们发现，她“在上海读了两年书，说话、举止都带了点上海味儿。比如她称呼从前的女同学都叫‘密斯 ×’，穿的衣服都是抱身。这个小城里的人都说她很‘摩登’”，“玲玲来了，莱生小爷就目不转睛地看着她，听她说话，一脸傻气”。“他忽然向小婶提出一个要求，要娶玲玲做二房。”结果当然被各方面驳回，但他态度很决绝，“娶不到玲玲，我就不活了，我上吊！”莱生小爷并未上吊，但欲望不得满足，就一直不快活，最后中风失语，虽然医好了，但“又添了一种毛病，成天把玻璃柜橱的门打开，又关上；打开，又关上，嘴里不停地发出拉胡琴定弦的声音”。“很难说他得了神经病，但可说是成了半个傻子。”

《小孃孃》（1996）是汪曾祺晚年引起争议最多的作品，曾被指为“宣传乱伦”的“邪僻之作”[①]。这也是汪曾祺晚年情节比较丰满的小说，先写“来蜨园谢家是邑中书香门第，诗礼名家，几代都中过进士。谢家好治园林。乾嘉之世，是谢家鼎盛时期”。到了末代主人谢普天，“热爱艺术，曾在上海美专学过画——国画和油画，素描功底扎实，也学过雕塑。不到毕业，就停学回乡，在中学教美术课”。辍学回家，“这

① 《作品与争鸣》1997 年 4 期设立“《小孃孃》争鸣”专栏，发表了陶红《流于邪僻的文字》、王知北《说〈小孃孃〉》两篇评论，并在“读者中来”刊发河南洛阳拖拉机研究所宣传科郑宗良的来信《〈小孃孃〉是一篇宣扬乱伦的小说》。参见徐强《人间送小温——〈汪曾祺年谱〉》，第 427 页。

在谢普天是一种牺牲”。他依靠给人画肖像为生，但心里对这个降格以求的谋生手段极其鄙夷，经常解嘲自笑：“这是艺术么？”他心中的艺术标准是“上海美专”建立起来的。自觉“牺牲”之后的颓败心理致使谢普天外表潇洒，内心灰暗。与此同时，他和“小孃孃”（姑妈）谢淑媛孤男寡女住在偌大一座废园的关系也从最初的视若平常慢慢发展为怪诞不经，双方暗中都竖立心理防线，而一旦有了防线，也就有防线被攻破的时候。终于在“疾风暴雨，声震屋瓦”的大雷雨之夜，他们跨过了这道防线，陷入快乐而犯罪的乱伦生活。不久虽得昔日上海美专同学之助来到昆明，逃脱了乡人的指摘，却无法逃避内心痛苦。淑媛死，普天“飘然而去，不知所终”。小说还有一个细节，谢普天不论如何拮据，也不愿委屈谢淑媛，还亲自给她剪“童花头”，做“宁缎”（“慕本缎”）旗袍——这两样青年女子时髦的源头也该是上海吧？

败落旧家子弟的病、狂、死，是高邮传统文化在上海阴影笼罩下终将绝灭的表征。

八、“悲哀是美的”

从1970年代末“复出”至1997年逝世，汪曾祺着意经营的故里小说正面讲述了高邮古城的日常生活，也侧面涉及千里之外的上海。或者说，他描绘了时刻在上海阴影下败落和挣扎、清醒和疯狂的开放的高邮。远方的上海对高邮古城的影响是汪曾祺故里小说挥之不去的阴影。越到后来，阴影越加浓厚。这一点，使汪氏故里小说与鲁迅、茅盾、沈从文、赵树理、高晓声等同类作品相比，显得别有一种魅力。

王佐良先生一篇读十九世纪英国小说札记的最后说，“大凡小说可分两种：一种写小家庭、小地方、小社会，总之一个封闭的小世界”，“也有另一种是漫笔所之，铺得很开，人生万象都可装下。这里的世界也就广大”，“两者当然是相通的，往往是大世界侵入了小世界，从而造成矛盾和戏剧的冲突。仔细一看，几乎没有一个有为的小说家不发掘这两者遇合的意义的”，“而总是在这种时候，小说也变得更值得写也更值得看了”[①]。从汪氏故里小说实际描写看，也是“大世界侵入了小世界”，

① 王佐良：《中楼集》，辽宁教育出版社1995年10月第1版，第11页。

即大上海侵入了“屁帘儿大”的古城高邮。上海影响高邮的方面实在极广，举凡经济、社会、移民、教育、风俗、时尚、文化、伦理、疾病等，无所不包。汪氏阔别故乡四十年，仍能写出如此丰满鲜活的故乡风物人情及其与外界的深刻关联，其记忆之深切，想象之发达，令人惊叹。

记忆和想象倘有不足或模糊处，则汪氏1940年代末开始不绝如缕的上海因缘应该多有弥补与唤醒之功。其故里小说既然并非描写封闭的乡土，而是在上海的全方位影响下开放变动的高邮，因此有关上海的知识、体验与想象自然成为故里小说不可或缺的材料。

汪氏故里小说没有正面描写在沪之“苏北人”。汪氏早年目睹水旱和兵燹之灾逼迫大量苏北难民流落上海，充斥上海劳工市场与服务业末端（如理发、修脚、修鞋、拾荒、乞丐、码头工人、养猪户、清洁工、掏粪工、黄包车夫、澡堂侍者行列，进纱厂已高人一等）。他们主要居住在遍布上海各地而屡遭挤压的“棚户区”，构成备受歧视的特殊族群[①]，但或许由于经历所限，更因为这一族群扎根上海之后，至少在文化上无力“反哺”故乡，所以几乎成为汪氏故里小说关心的盲区。

汪氏故里小说频频写到在沪的高等（或生活并非十分凄惨的）苏北人，如高中生，商科、美专和体育师范学生，美专教授，乡绅，租界包打听，“白相人”，“在帮”流氓，杂耍艺人，画家，“跑单帮”的小贩，但汪氏并未在上海都市背景中描写这些苏北人，而是将他们放在故乡高邮加以侧面描写。这一群人是连接上海和高邮最强有力的纽带，正是通过他们的活动，我们读汪氏故里小说，才看到上海的影子几乎无处不在。

汪氏故里小说的重点是描写在上海阴影下生活的高邮众生相。近代以来，国际资本和民族资本以上海为中心辐射全国，深刻改写古老中国的经济社会与文化习俗。汪氏笔下本属扬州文化圈的高邮古城就是在这样无远弗届的现代化影响下走向衰落，其中主要人物虽然并没有移民上海成为“苏北人”，但通过那些往来上海/高邮的活跃分子，也和上海发生千丝万缕的联系，他们的命运取决于跟上海的关系，以及对待来自上海的影响的态度。

---

① 参看［美］韩起澜:《苏北人在上海，1850—1980》第三章“从移民变为族群”，上海古籍出版社2004年8月第1版。

以《金冬心》(1984)、《小孃孃》为代表，汪氏追述了高邮古城和周边淮扬各地的“乾嘉盛世”，最后落笔于《岁寒三友》《鉴赏家》《徙》《故乡人》中谈甓渔、陶虎臣、靳彝甫、王瘦吾、高北溟、王淡人等苦苦支撑的昔日扬州文化底蕴和傲气终于被上海阴影折辱摧毁的过程。年轻一代读书人和世家子弟为上海生病、疯狂、死亡，尤为现代上海给予传统高邮的致命一击。

较之汪氏深致同情的高邮文化上层，他更寄希望于底层的实干家王二、八千岁，少年明海和英子、十一子和巧云，《故乡人》中的金大力、捕鱼者以及“故里三陈”(1983)、薛大娘(1995)等无文化或文化程度不高的俗人，讴歌其朴实强韧的生活理想与自然纯朴的人性美。但他们能给高邮创造怎样的未来？他们自身也时刻受到“水上保安队”“鲍团长”“八舅太爷”的威胁。

四十年代汪氏小说开始以高邮为背景，但其笔下之故里绝无上海影响。盖彼时汪氏尽管已有不少上海经历，但尚未充分沉淀，也未看出上海与高邮之深刻关联。此后参与“样板戏”(尤其《沙家浜》)创作与改编，新的上海经历与见闻不断增加，叠印于四十年代记忆之上，与之化合发酵，遂造成汪氏对上海之独特观感与想象。条件成熟即发为文章，一见于《星期天》之正面讲述，再见于故里小说之侧面描写。以上海为舞台之正面描写，材料有限，且与故里无关，《星期天》一篇足矣。以高邮为舞台侧写上海影响下高邮众生相，材料富足，且为乡梓生活变迁之关键，故所作渐多，大有一发不可收之势，此殆亦“绝无可疑矣”[①]。

汪曾祺说，“我的小说多写故人往事，所反映的是一个已经消逝或正在消逝的时代。我的家乡是一个比较封闭的小城。因为离长江不远，自然也受了一些外来的影响。我小时看过清代不知是谁写的竹枝词，有一句‘游女拖裙俗渐南’，印象很深，但是‘渐南’而已，这里还保存着很多苏北的古风。”[②]汪氏小说在想象中构建了完整立体的高邮地方文化兴衰史，作者关怀被这种文化所化的雅俗高下各色人等的喜怒哀乐，

① 陈寅恪论史之文，每至结论处，辄喜书此数语。这里戏仿而已，并无深意。

② 汪曾祺：《〈菰蒲深处〉自序》，《汪曾祺全集》，北京师范大学出版社1998年8月北京第1版，第315页。

并试图揭示地方文化盛衰与人民哀乐背后看不见的社会历史根源，此即“外来的影响”与“苏北的古风”之起伏消长，质言之，亦即本文所论高邮传统文化在以上海为核心的现代文明挤压下走向衰落的过程中所释放的凄艳之美。家族、社会、文化之盛衰写得愈真切，其所迸发的人性之美即愈感人。汪曾祺小说之独特魅力盖在此乎?

“重读一些我的作品，发现:我是很悲哀的。我觉得，悲哀是美的。当然，在我的作品里可以发现对于生活的欣喜。弘一法师临终的偈语:‘悲欣交集’，我觉得，我对这样的心境，是可以领悟的。”[①]细察汪氏小说描写的上海与高邮之关系，对汪氏这一夫子自道，当有更深切之体悟。

2017 年 6 月 28 日初稿完成于乌鲁木齐

2017 年 8 月 10 日定稿于上海

原载《文学评论》2017 年 6 期

① 汪曾祺:《汪曾祺自选集·重印后记》,《漓江》1991 冬季号。

与“恶食者”游

——汪曾祺小说怎样写“吃”

一、散文多谈美食，小说常写恶食者

汪曾祺爱吃，曾夸口“什么都吃”[①]。也爱谈吃，散文尤多写各地出产及自家发明的“美食”。往往谈得兴会淋漓，令人口舌生津。他甚至将“做做菜”排在“写写字、画画画”之后，并称“我的业余爱好”[②]。

他不仅畅谈“四方食事”，还模仿周作人写过《故乡的食物》《故乡的野菜》。又不时弄点小考证，比如《宋朝人的吃喝》，琢磨古人怎么吃，结论是“唐宋人似乎不怎么讲究大吃大喝”，“宋朝人好象实行的是‘分食制’”[③]。他宣布“退休之后，搞一本《中国烹饪史》，因为这实在很有意思，而我又还颇有点实践”，尽管马上又自嘲曰“只是一时浮想耳”[④]。

“没想到我竟然写了这么多谈吃的文章！”弄得名声在外，人称“美食家”了，他却未敢承乏，“近年来文艺界有一种谣传，说汪曾祺是美食家。我不是像张大千那样的真正精于吃道的大家，我只是爱做菜，爱琢磨如何能粗菜细做，爱谈吃。你们看：我所谈的都是家常小菜。谈吃，也是一种对生活的态度，对文化的态度。那么，谈谈何妨？”[⑤]。

和“做做菜”有关的几种“食事”乐趣，他经常挂在嘴边：“客人

---

① 汪曾祺:《四方食事》,《汪曾祺文集·散文卷》，江苏文艺出版社 1994 年 1 月第 1 版，第 303 页。

② 汪曾祺:《自得其乐》,《汪曾祺文集·散文卷》，江苏文艺出版社 1994 年 1 月第 1 版，第 265 页。

③ 汪曾祺:《宋朝人的吃喝》,《汪曾祺文集·散文卷》，江苏文艺出版社 1994 年 1 月第 1 版，第 321、323 页。

④ 李建新编:《汪曾祺书信集》，上海三联书店 2016 年 9 月第 1 版，第 81 页。

⑤ 汪曾祺:《〈汪曾祺散文随笔选集〉自序》,《汪曾祺全集》(五)，北京师范大学 1998 年 8 月第 1 版，第 460 页。

不多，时间充裕，材料凑手，做几个菜是很愉快的事。成天伏案，改换一下身体姿势，也是好的，——做菜都是站着的。做菜得自己买菜。买菜也是构思的过程”。他还爱逛菜市，“看看生鸡活鸭、鲜鱼水菜、碧绿的黄瓜、彤红的辣椒，热热闹闹，挨挨挤挤，让人感到一种生之乐趣”[①]。

可怜他一生居处逼仄，“六平方米做郇厨”，能有什么“美食”？他不敢追蹑圣贤的“食不厌精，脍不厌细”，不敢仰攀高士雅人的“山家清供”。谈来谈去，除了家乡和外地一些土特产，无非就是平日爱做又能做的煮干丝、干贝烧小萝卜、干巴菌、拌菠菜（“应急的保留节目”）、塞肉回锅油条（“我的发明”），以及拌萝卜丝、拍黄瓜、炒苞谷、松花蛋拌豆腐、芝麻酱拌腰花、拌里脊片。[②]真是“只堪自怡乐，不可持赠君”。晒出“汪记食单”，肯定贻笑大方。

他也曾上过大宴席，见过“好东西”，但不想做权贵帮闲，夸奢斗富，罗列和大众无缘的异味珍馐。他能做、爱谈的“家常小菜”与“粗茶淡饭”，论其特色，无非“存本味，去增饰，不勾浓芡，少用明油，比较清淡，和馆子菜不同”[③]。他曾美其名曰“名士菜”，当然无关古代“名士”，不过是戏称爱吃又吃不起的当代文人学者罢了。

汪曾祺谈吃，只是表达“一种对生活的态度，对文化的态度”——对生活的热爱，对天地厚赠的感激——不是暴发户的摆阔，饕餮之徒的痴迷，风雅之士的自标格调。总之不是“独乐乐”，而是“与人乐乐”。

这就难免要一脚跨出“美食”的圈子，看到世间许多不那么美的吃食与食客。又因他爱“美食”，对不美之食与不美乃至不善的吃食之人就特别敏感，骨鲠在喉，不吐不快。他服膺不知名的宋人诗句“顿觉眼前生意满，须知世上苦人多”，这也是他自己对食物和食客的基本态度：欣赏食物与食客之美，也正视食物与食客之恶。

---

① 《食道旧寻——〈学人谈吃〉序》，《汪曾祺全集》（五），北京师范大学出版社 1998 年 8 月第 1 版，第 35—36 页。

② 所涉“美食”参见《自得其乐》，《汪曾祺文集·散文卷》，江苏文艺出版社 1994 年 1 月第 1 版，第 270—271 页；《家常酒菜》，《中国烹饪》1988 年第 6 期，《汪曾祺全集》（四）第 192 页，北京师范大学出版社 1998 年 8 月第 1 版，第 192 页。

③ 《食道旧寻——〈学人谈吃〉序》，《汪曾祺全集》（五），北京师范大学出版社 1998 年 8 月第 1 版，第 36 页。

汪氏散文多谈“美食”，小说常写“恶食”。散文每每论到古今“美食家”嘉言懿行，小说则多与“恶食者”游。并非说他的散文绝不写恶食与恶食者，小说绝不写美食与美食家，但侧重有所不同。

二、“恶食家”汪曾祺

除了某些禁忌或秽恶之物，汪氏对食物基本来者不拒。他主张“一个人的口味要宽一点，杂一点，‘南甜北咸东辣西酸’，都去尝尝”，“有些东西，自己尽可以不吃，但不要反对旁人吃。不要以为自己不吃的东西，谁吃，就是岂有此理”[①]。他还不无自豪地说，“甚矣，中国人口味之杂也，敢说堪称世界之冠”[②]。

既如此，他就不会随便宣布何为“恶食”。“恶食”和“恶食者”都不是汪曾祺本人的概念，而是我姑且对汪氏小说所写某些现象的命名。

所谓“恶食”，并非被“美食家”或公众排在“美食”之外的食物。许多不入“美食家”或公众法眼的粗品正是汪氏小说人物的美味。他笔下的“恶食”之“恶”，往往与食物本身无关，而更多涉及治备和享用普通食物（包括美食）的邋遢粗恶之人，折射出他们的生活状态与精神境界——集中体现为“吃相”。因此所谓“恶食”，除了少数犯忌或秽物，绝大多数材料与做法都很正常，甚至是公众或“美食家”所谓的“美食”，惟经邋遢粗恶之人染指，遂化为“恶食”。

“恶食”之“恶”不在“食”，乃在“人”。写“恶食”，重点写“恶食者”的粗蠢、恶俗、恶劣、恶毒、恶搞（汪氏斥花样翻新的“工艺菜”为“歪门邪道”）。他们不仅“吃相”丑恶，有时所吃之物也难称美善——但此点汪氏小说着墨无多。

他更喜欢写正常食物或“美食”如何被可憎可鄙的“恶食者”弄得不正常，更与“美食”无缘。

汪曾祺笔下的“恶食者”还包括那些只能吃到粗恶之食的穷人。

这分两类。第一类被生活压垮了，陷入无边的愁苦，吃不出食物滋

---

① 汪曾祺:《四方食事》,《汪曾祺文集·散文卷》，江苏文艺出版社 1994 年 1 月第 1 版，第 303—304 页。

② 汪曾祺:《五味》，原刊《中国作家》1990 年 4 期，收入《汪曾祺全集》（五），北京师范大学出版社 1998 年 8 月第 1 版，第 19 页。

味，更不见一点欢欣感激之情。他们治备的食物，别人也不敢恭维，甚至不敢下箸。这是可怜悯的“恶食者”。

第二类虽穷困，却不曾被命运击倒，始终保持强悍、坚韧、达观的精神面貌，无论吃什么都滋味无穷。他们把别人的“恶食”变成自家的“美食”。这是可敬可爱的“恶食者”。

汪曾祺并非“美食家”，只是爱吃，爱谈吃，尤其爱通过谈吃来表达“一种对生活的态度”，因此他也必然要与“恶食”及“恶食者”狭路相逢。

他笔下的“恶食者”，有些是昔日大学同学，有些是不同时期工作上的同事，有些是记忆深处故乡高邮的亲戚故旧，也有匆匆一瞥便再难忘怀的过客。汪曾祺研究他们，是想知道普通食物乃至“美食”为何居然会变成“恶食”。

真正的“美食”与“美食家”让他欢欣，感佩。所谓的“美食”与“美食家”为他所不齿。更多“恶食”与“恶食者”使他沮丧、厌恶、愤怒、悲悯——其中当然也有令他肃然起敬者。

与其说汪曾祺是“美食家”，不如说他也是一个悉心研究“恶食”、善与“恶食者”同游的“恶食家”。

三、早期作品中的“恶食者”

汪曾祺很早就有小说涉及“恶食”与“恶食者”。

短篇《落魄》（1947）写“学校”（当然是“西南联大”）边上，一个背井离乡的扬州人开了“小吃食铺子”，人称“扬州馆子”。起初囊中尚不甚羞涩的大学生们喜欢去那里谈天说地，“一边欣赏炒菜艺术”。扬州小老板穿着讲究，看不出是“吃这一行饭的”。馆子收拾得干净，墙上还挂着“成亲王体”的菜单。即使足球队员和跳高选手进来，“也不便太嚣张放肆了”。客人坐定，菜肴上桌，他会洗了手，捧一把细瓷茶壶，出来跟大家寒暄：“菜炒得不好，这里的酱油不行”，“黄芽菜叫孩子切坏了，谁叫他切的！——红烧才能横切，炒，要切直丝的”。这就见出讲究，不因食材匮乏而降格以求。

至于馆中所出，左右不过“鸡丝雪里蕻，炒假螃蟹，过油肉”，“品色不多，却莫不精致有特色。或偶尔兴发，还可以跟他商量商量，请他表演几个道地扬州菜，狮子头，芙蓉鲫鱼，叉子烧鸭，他必不惜工夫，做得跟家里请客一样，有几个菜据说在扬州本地都很少有人做得好。”

这就是写“美食”了吧？但其“美”不在“食”，乃在人，尤其在扬州老板“周身那股子斯文劲儿”，以及困难时期对供给客人的吃食一丝不苟，而毫无“美食家”或饕餮之徒的矜夸。

但不久大学师生们逐渐潦倒，跟着扬州小老板也“落魄”起来。且一旦“落魄”，便一发不可收拾。即使“胜利”了，也“毫无转机”。

> 扬州人身体简直越来越不行了，背佝偻得厉害。他的嘴角老挂着一点，嘴唇老开着一点……他的头发早就不梳了，有时候居然梳了梳，那就更糟，用水湿了梳的，毫无光泽，令人难过。

> 他牙齿掉了不少，两颊好像老在吸气。而脸上又有点浮肿，一种暗淡的痴黄色。肩上一条抹布湿漉漉的。

> 好脏的脚，仿佛污泥已经透入多裂纹的皮肤。十个趾甲都是灰趾甲，左脚的大拇指极其不通的压在中趾底下，难看无比。对这个扬州人，我没有第二种感情，厌恶！我恨他，虽然没有理由。

讲究的菜肴和“品色”谈不上了。固然还剩下“牛肉面”或“猪肝面”，但“客人的食欲就教他那个神气，那个声音压低了一半”。扬州小老板财力不够，招来表兄弟兼小舅子的“南京人”加盟，还与本地一位烟鬼的女儿同居，行那苟且之事，将饭店弄得乌烟瘴气。“牛肉面”或“猪肝面”没什么，但经过烟鬼女儿、落魄的老板和恶俗的南京人之手，顿时就叫人难以下咽。

《落魄》先写“美食”，后写“恶食”。“美食”之“美”与“恶食”之“恶”皆不在“食”本身，而在与“食”有关的“人”。全篇重点刻画“人”，而非“食”之美恶。

结尾有些费解。“厌恶”可以，何至于“恨”？

这其实是第一人称不完全叙述者的任性。他毕竟还是大学生，又是扬州人的小同乡。恨扬州人，实际是恨把他弄得如此“落魄”而又把故乡食物弄得如此不堪的年代！

汪氏早期散文，与后期小说一样，也很少谈美食，而多写恶食与恶食者。几乎创作于同时的《堂倌》可视为《落魄》的散文版。一个叫“东福居”的小店有一个古怪的堂倌（店伙计），“对世界一切不感兴趣”，“他对他的客人，不是恨，也不轻蔑，他讨厌”，“他说什么都是那么一个平平的，不高，不低，不粗，不细，不带感情，不作一点装饰的‘唔’”，“他让我想到死！”[①]该“堂倌”和落魄之后的扬州人一样，都是“恶食”制造者。

《堂倌》还写到另一种“恶食者”——吃相不好的人。“人在吃的时候本已不能怎么好看，容易叫人想起野兽和地狱。（我曾见过一个瞎子吃东西，可怕极了。他是‘完全’看不见。幸好我们还有一双眼睛！）”

1948年的散文《背东西的兽物》这样描写云南脚夫的“吃”——

> 他们的大事是吃一点东西到肚里。
>
> 看一个庄家，一个工人，一个小贩，一个劳力人，吃饭是很痛快过瘾的事，他们吃得那么香甜，那么活泼，那么酣舞，那么恣放淋漓，那么欢乐，你感觉吃无论如何是人生的一点不可磨灭的真谛，而看这种人吃饭，你，你不会动一点食欲。他们并不厌恨食物的粗粝，可是冷淡到十分，毫不动感情的，慢慢慢慢的咀嚼，就像一头牛在反刍似的！也像牛似的，他们吃得很专心，伴以一种深厚的，然而简单的思索，不断思索着：这是饭，这是饭，这是饭——仿佛不这么想着，他们的牙齿就要不会磨动似的[②]。

创作《堂倌》和《背东西的兽物》的青年汪曾祺还是一个愤世嫉俗的现代派作家，他当然不是嫌弃瞎子，或丑化可怜的“脚夫”，更不是

① 本段所引原刊1947年《文汇报》“笔会”，收入北京师范大学出版社1998年8月第1版《汪曾祺全集》，第35—36页。

② 原刊1948年2月1日《大公报》，收入北京师范大学出版社1998年8月第1版《汪曾祺全集》（五），第46—47页。

贬低“人”的“吃”，认为所有人的吃相都“容易叫人想起野兽和地狱”，否则就不会有《背东西的兽物》中一大段对“一个庄家，一个工人，一个小贩，一个劳力人”的吃相的讴歌了。

《堂倌》《背东西的兽物》描摹盲人和脚夫可怕的吃相，乃是运用“反讽”（或暗中模拟“高等华人”口吻）极写盲人和脚夫处境的恶劣。他们的精神被压垮了，失掉身心健康，不管吃什么（两篇皆未写食物本身）都麻木不仁，享受不到用餐的快乐，也不见有多少对食物的虔敬与感谢。这当然不是他们自己造成的。作者表面上厌恶、害怕瞎子与脚夫的吃相，实则委婉地诅咒那个时代，正如《落魄》结尾说他“厌恶”并且“恨”那个扬州人一样。

扬州人和堂倌之所以那样地为别人治备食物，瞎子和脚夫之所以那样地吃自己的食物，因为他们都是被生活扭曲和压垮的“恶食者”。他们都值得怜悯。

四、关键在“精气神”

1985年，汪曾祺写了三个系列短篇《故人往事》，其三《如意楼和得意楼》说隶属扬州地区的“我们那个小县城”（当然是高邮）有如题的两家“茶馆”（其实是小饭店），“卖的东西差不多，但是大家都爱上如意楼，不爱上得意楼”。为什么？因为如意楼的“胡二老板”三十五六岁，“很精神”，开朗、乐观、热情，会招呼客人。店堂明净，一切整治得井井有条，所以门庭若市（并不特别强调饭菜如何佳胜）。对门得意楼老板“吴老二”也就四十来岁，但门可罗雀，经常蹙着眉头想：“我怎么就这么不走运呢？”

作者代他回答——

> 他不明白，他的买卖开不好，原因就是他的精神萎靡。
>
> 一个人要兴旺发达，得有那么一点精气神。

“得意楼”老板输在缺乏“精气神”，就像《落魄》中的扬州小老板——后者起初的得意、充实、讲究，也曾令生意兴隆，跟如意楼“胡二老板”一样，都是因为有了“精气神”而受人欢迎。《异秉》中摆“熏烧摊子”卖卤味的王二，百业凋敝之际，唯独他生意兴隆，靠的也是“精气神”。“保全堂”药店两个倒霉的伙计不明此理，误信闲人张汉的话，以为王二果真有什么特殊禀赋，结果闹了场笑话。

“精气神”驱使早先的扬州人、“胡二老板”“王二”勤于经营，精于厨艺，也感染了顾客，大家共同营造出治备和享受“美食”的氛围。至于“美食”本身诸般细节，并非重点，故一笔带过。

汪曾祺小说凡写“美食”，大抵如此。比如1980年的《黄油烙饼》、1985年《桥边小说三篇》之一《茶干》、1986年的《安乐居》，皆写“美食”之“美”根源在“人”。单单食物本身无所谓美或不美。“黄油烙饼”“茶干”“安乐居”所出各种杂食都极普通，一旦浸淫了美好的人性、人情与文化习俗，便成了“美食”。

此所谓“美食”，乃在具体条件下针对具体人群而言，绝非天下之人交口赞誉的“美食”之极境。世间并无“美食”的“极境”，许多“极境”往往乃是“绝境”。

“美食”之道，不过如此。得其反者，即为“恶食”。

五、八九十年代小说继续关注“恶食者”

汪曾祺小说写“恶食者”，或点到为止，简练含蓄如禅语；或精心结撰，寄托遥深。

1983年短篇《星期天》取材作者四十年代末在上海致远中学教书经历，怜悯、宽恕（当然也缅怀）那时候上海一角各色人等的空虚、无聊、平庸、暗淡、卑俗、荒诞，以及很可能属于上海人特有的不事张扬的小恶毒。也有“美”的意外降临，但昙花一现，更反衬出那一角落的生活多么不可忍受。其中也写到吃。

一是校长赵宗浚热心办星期天舞会。他想讨好正在追求着的王小姐，但又说是因为“新从拍卖行买了一套调制鸡尾酒的酒具，一个赛银的酒海，一个曲颈长柄的酒勺，和几十只高脚玻璃酒杯，他要拿出来派派用场”。两个原因（恋爱和炫耀酒具）平行，令读者不知赵宗浚办舞会用意究竟何在。这大概是暗示赵在爱情与吃喝孰轻孰重的问题上尚有糊涂思想吧？赵的为人莫名其妙，可见一斑，他精心安排的舞会因而也注定要以失败告终。

果然，赵在舞会上自惭形秽，发现王小姐那么高贵，他本人则只有“庸俗”。而他有意炫耀的鸡尾酒也不受欢迎——

> 赵宗浚捧着赛银酒海走进来，着手调制鸡尾酒。他这鸡尾酒是中西合璧。十几瓶赤水，十几瓶可口可乐，兑上一点白酒。但是用曲颈长柄的酒勺倾注在高脚酒杯里，晶莹透亮，你能说这不是鸡尾酒？

舞会全过程，大家都被王小姐和半路杀出的电影演员赫连都的美妙舞姿吸引，除了自命不凡、心地龌龊、对“美”毫无感应的两名围棋“国手”尝了几口，再无别人碰过赵宗浚的鸡尾酒。不管这鸡尾酒是否正宗，在那时的上海总算一种时髦，却因赵宗浚以及周围人物的鄙俗而显得不伦不类了。

《星期天》另一个与“吃”有关的人物叫李裕藻，他是赵宗浚的老同学，教导主任，兼代数、几何、物理、化学教员，“所拿薪水也比两个教员还多。而且他可以独占一间相当宽敞明亮的宿舍，蛮适意。这种条件在上海并不是很容易得到的。因此，他也不必动脑筋另谋高就。大概这所中学办到哪一天，他这个教导主任就会当到哪一天”。这个胸无大志、庸庸碌碌、讲究实惠、毫无情趣的俗人，吃食颇有特色——

> 他一辈子不吃任何蔬菜。他的每天的中午饭都是由他的弟弟（他弟弟在这个学校读书）用一个三层的提梁饭盒从家里给他送来(晚饭他回家吃)。菜，大都是红烧肉、煎带鱼、荷包蛋、香肠——每顿他都吃得一点不剩。因此，他长得像一个牛犊子，呼吸粗短，举动稍欠灵活。他当然有一对金鱼眼睛。

1940年代末的上海，一顿饭能吃到这些，已相当丰盛。纵非美食，也颇不易得，况且由家人（没说母亲、太太或别人）精心治备，由弟弟小心翼翼提来学校，包含多少爱心殷勤，不幸消受它们的是这样一个李裕藻。呜呼！

“吃相”不雅，这在汪曾祺小说中很常见。《迟开的玫瑰或胡闹》（1990）写戏班里唱二花脸的邱韵龙贪吃猪肘子——

> 吃肉，尤其是肘子，冰糖肘子、红焖肘子、东坡肘子、锅烧肘子、四川菜的豆瓣肘子，是肘子就行。至不济，上海菜的小白蹄也凑合了。年轻的时候，晋阳饭庄的扒肘子，一个有小二斤，九寸盘，他用一只筷子由当中一豁，分成两半，掇过盘子来，呼噜呼噜，几口就“喝”了一半；把盘子掉个边，呼噜呼噜，那一半又下去了。

无独有偶，小说《唐门三杰》写另一位肘子爱好者“唐老大”——

> 自奉不薄，吃喝上比较讲究，左不过也只是芝麻酱拌面、炸酱面。但是芝麻酱面得炸一点花椒油，顶花带刺的黄瓜。炸酱面要菜码齐全：青蒜、萝卜缨、苣萝菜、青豆嘴、白菜心、掐菜——他爱吃天福的酱肘子。下班回家，常带一包酱肘子，挂在无名指上，回去烙两张荷叶饼一卷，来一碗棒渣粥，没治！酱肘子只他一个人吃，孩子们，干瞧着。他觉得心安理得，一家子就指着他一个人挣钱！

邱韵龙和唐老大不比前文提到的瞎子和云南脚夫，作者刻意写他们吃相难看，讽刺针砭显然超过或有的宽恕怜悯。《迟开的玫瑰或胡闹》写邱韵龙吃肘子，是要过渡到下文，“万万没有想到，邱韵龙谈恋爱了！”邱韵龙一贯来“贪吃”，跟“结婚小四十年”之后突然“贪色”，其中似乎有因果联系，但作者并不说破。从来不吃蔬菜、每顿都把一大堆荤菜吃得一点不剩的李裕藻为何“当然有一对金鱼眼睛”？这也只能靠读者想象。写唐老大贪吃，显然是揭示其蛮横、自私、自以为是、不知羞耻。一家之主再怎么苦，也不能自己吃肘子而让孩子们“干瞧着”！有这德行，当然别人说什么，他都一句话挡过去：“你管得着吗！”他搞“男男关系”，“你管得着吗！”到老了还染发烫发，“你管得着吗！”心安理得讲究吃喝，“你管得着吗！”作者只给他总结一句话：“叫人感到恶心。”

六、“二十年目睹之怪现状”

《星期天》写赵宗浚失败的“爱情”和“美食”（鸡尾酒）。将“爱情”和“美食”奇妙地联系起来的还有另一个短篇《鸡毛》（1981）。

故事背景是抗战时期中国最高学府、设在昆明的西南联合大学，主角之一是寡妇文嫂，住在联大宿舍旁边，给师生们缝洗衣被，又养了二十来只鸡，带着女儿辛苦度日。文嫂虽穷，没有知识，但洁身自好，不贪小便宜，同情国难中生活艰苦的师生们，懂得尊重知识，尊重人才，一律称学生们为“先生”。

另一个主角是联大学生金昌焕（文嫂当然也称他“金先生”）。此人极古怪，表现在几个方面。一、孤僻。他在学生宿舍弄了个“屋中之屋”，独来独往。二、实用主义。专业是经济，却只学簿记、普通会计、成本会计、银行会计、统计，“至于经济思想史、经济地理——这些空空洞洞的课程，他觉得没有什么用处，只要能混上学分就行”。这招果然很灵，他大四就在银行兼职当会计，毕业前夕又在重庆找到好差事，从此更加躲进小楼成一统，不谈国事，不发牢骚，只顾过小日子。三、极自私，吝啬。他有兼职收入，不比一般穷学生，却连纸张都舍不得买。每晚带着小刀，将校园张贴的布告、启示的空白处挖下来，“按大小纸质、颜色，分门别类，裁剪整齐，留作不同用处”。但他很爱惜自己，稍稍开点夜车就害怕“伤神”，“需要补一补”，不惜花大价钱按期买来猪肉，精心切成大小相等的方块，借文嫂的鼎罐（过后不洗就还给人家），在学校茶炉上炖熟，密封于瓷坛，每晚用功之后临睡之前，必叉出一块，“闭目而食之”。

上举《堂倌》有言，“年轻人不能吃点肥肥的东西，大概要算是不正常的”。但金昌焕这样炖猪肉吃，反而不正常。他另有许多怪癖，不必备述。总之此君在联大赢得一个恰如其分的绰号：“二十年目睹之怪现状”。

但他竟也有过“一段风流韵事”。原来某日路遇两女生，其中之一听说这就是鼎鼎大名的“二十年目睹之怪现状”，忍俊不禁，冲他“嫣然一笑”。他误会了，以为“一段姻缘却落在这里”，赶紧修书一封，内含金戒指一枚（标明“重一钱五”），直接向人家求婚。结果被对方将求爱信贴在校长办公室门外的布告栏，金戒指也钉在墙上示众。

金昌焕怎么处理此事？

> 他当着很多人，把信和戒指都取下来，收回了。
>
> 你们爱谈论，谈论去吧！爱当笑话说，说去吧！于金昌焕何有哉！金昌焕已经在重庆找好了事，过两天就要离开西南联大，上任去了。

就在这次闪电式“恋爱”期间，文嫂丢了三只鸡。她的孝顺的女婿恰恰也在这时出车祸死了。文嫂悲痛欲绝。为了“岔乎岔乎”，转移注意力，就去平时避嫌从来不去的学生宿舍，替毕业生打扫房间，顺便捡些破烂。轮到收拾不声不响一走了之的金昌焕的“屋中之屋”，故事情节急转直下——

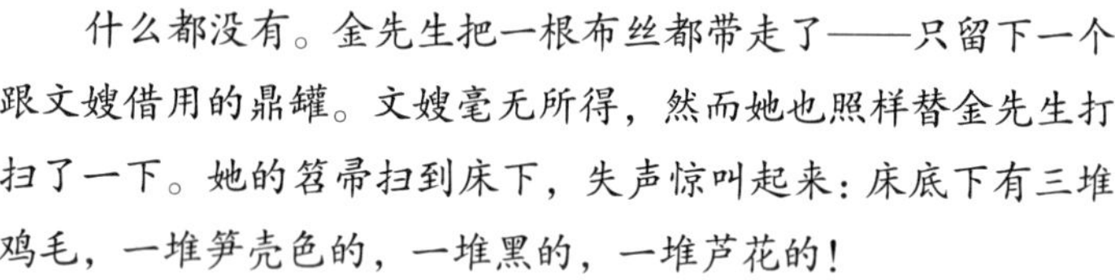

> 什么都没有。金先生把一根布丝都带走了——只留下一个跟文嫂借用的鼎罐。文嫂毫无所得，然而她也照样替金先生打扫了一下。她的笤帚扫到床下，失声惊叫起来：床底下有三堆鸡毛，一堆笋壳色的，一堆黑的，一堆芦花的！
>
> 文嫂把三堆鸡毛抱出来，一屁股坐在地上，大哭起来。

> 她哭得很伤心，很悲痛。好像要把一辈子所受的委屈、不幸、孤单和无告都哭了出来。

大学生金昌焕在西南联大干了两件惊世骇俗的大事，一是可笑地谈了场“恋爱”，二是可耻地偷吃了寡妇文嫂赖以活命的三只鸡。“恋爱”“偷鸡”相得益彰：可笑的“恋爱”说明只有这样不懂别人感情的人才会去偷鸡，“偷鸡”说明只有这样不顾及别人情感的人才会弄出那样的恋爱闹剧。读者掩卷之余，想到这位“二十年目睹之怪现状”种种表演，再想到他偷偷为自己烹制的美食之一（每晚临睡前“闭目而食之”的炖猪肉）与美食之二（文嫂的三只鸡），当然就只好将它们毫不犹豫地归入“恶食”范畴。

只有看到最后，再回过头去，读者才会明白小说开头为何那样绘声绘色地描写文嫂所养的二十只鸡的憨态可掬，以及文嫂和女儿跟所养之鸡那种动人的关系：

> 每天一早，文嫂打开鸡窝门，这些鸡就急急忙忙，迫不及待地奔出来，散到草丛里，不停地啄食。有时又抬起头来，把一个小脑袋很有节奏地转来转去，顾盼自若，——鸡转头不是一下子转过来，都是一顿一顿那么转动。到觉得肚子里那个蛋快要坠下时，就赶紧跑回来，红着脸把一个蛋下在鸡窝里。随即得意非凡地高唱起来："郭格答！郭格答！"文嫂或她的女儿伸手到鸡窝里取出一颗热烘烘的蛋，顺手赏了母鸡一块土坷垃："去去去！先生要用功，莫吵！"这鸡婆子就只好咕咕地叫着，很不平地走到丛草里去了。到了傍晚，文嫂抓了一把碎米，一面撒着，一面"啯啯，啯啯"叫着，这些母鸡就都即即足足底回来了。它们把碎米啄尽，就鱼贯进入鸡窝。进窝时还故意把脑袋低一低，把尾巴向下耷拉一下，以示雍容文雅，很有鸡教。鸡窝门有一道小坎，这些鸡还都一定两脚并齐，站在门坎上，然后向前一跳。这种礼节，其实大可不必。进窝之后，咕咕囔囔一会，就寂然了。于是夜色就降临抗战时期最高学府之一，国立西南联合大学的新校舍了。阿门。

这段写"鸡"的神来之笔落纸之时，不难想象汪曾祺是多么得意，却又多么伤心和厌恶，因为不久，他又要写最高学府的大学生竟会偷这等好人家所养如此可爱的鸡。多么不可原谅啊！无论何种食物，一旦被金昌焕这类恶人染指，都会魔术般化为"恶食"。

汪曾祺回忆西南联大生活，多半是美好而令人神往的。他也写了大学时代各种吃食和同学们的各种吃相，"重升肆里陶杯绿，饵块摊来炭火红。正义路边养正气，小西门外试撩青。人间至味干巴菌，世上馋人大学生。尚有灰藋堪漫吃，更循柏叶捉昆虫。"但金昌焕肯定不在这群可爱的馋嘴"大学生"之列。

此人成功地败坏了作者对大学生活的美好记忆，也成功地败坏了读者对"美食"的想象。

七、化美为恶与化恶为美

许多“恶食”，单从食材和“品色”讲，原本并不“恶”，甚至还称得上高雅，只因沾上人性之“恶”，这才变成“恶食”。

短篇《金冬心》（1984）写表面风雅而骨子里贪财媚俗的“扬州八怪”之一金农，跟着一班官员、商人及附庸风雅之士，陪新任命的两淮盐务道铁保珊吃饭。该大员之前接连吃了几天“满汉全席”，败了胃口，主人（扬州头号大盐商程雪门）便挖空心思，准备了“一桌非时非地清淡而名贵的菜肴”。那当然是天下少有的“美食”。但铁大人说什么“咬得菜根，则百事可做”，金冬心附和什么“一箪食，一瓢饮”，还得意地想起老友袁枚《随园食单》“把几味家常鱼肉说得天花乱坠，真是寒乞相”。这些官员、商人、文士们围着一桌美食进行各种虚伪的表演，令人齿冷。被他们享用的“美食”也连带成了“恶食”。

相反，某些食物材质普通，制作简易，诚为粗品，却有人甘之如饴。短篇《八千岁》（1983）主角“八千岁”就是这样一位化粗品为“美食”的人。

八千岁靠着一股子心劲，埋头苦干，居然成为家资饶富的米店老板。发家之后，他“包子有肉，不在褶儿上”，依然保持异乎寻常的勤俭本色。衣取蔽体，“无论冬夏，总是一身老蓝布”。食止果腹，对任何超出基本需要的“美食”都不感兴趣。那个游手好闲的宋侉子捕了八千岁家米仓的麻雀，卤熟了当“下酒的好东西”，八千岁不屑一顾:“这有什么吃头！”

八千岁曾从宋侉子手中买到称心的两头大黑驴，后又亏得宋侉子做中人，才脱离小军阀的绑架。八千岁看不起宋侉子的吃食，并非觉得这是什么有碍健康的断肠之药，或所费不赀的山珍海味（麻雀就取自他家米仓），只是讨厌宋侉子不务正业（否则他怎么叫宋侉子？）。卤麻雀不值什么，一旦醉心于这种食物，就有碍发家致富。小小的卤麻雀被八千岁视为必须抵御的可怕诱惑了。

那他日常吃什么？小说这样交代：

> 八千岁的食谱非常简单。他家开米店，放着高尖米不吃，顿顿都是头糙红米饭。菜是一成不变的熬青菜。——有时放两

块豆腐。

> 有卖稻的客人时，单加一个荤菜，也还有一壶酒。客人照例要举杯让一让，八千岁总是举起碗来说：“我饭陪，饭陪！”客菜他不动一筷子，仍是低头吃自己的青菜豆腐。

> 这地方有“吃晚茶”的习惯，每天下午五点来钟要吃一次点心。钱庄、布店，概莫能外。米店因为有出力气的碾米师傅，这一顿“晚茶”万不能省。“晚茶”大都是一碗干拌面，——葱花、猪油、酱油、虾籽、虾米为料，面下在里面；或几个麻团、“油墩子”，——白铁敲成浅模，浇入稀面，以萝卜丝为馅，入油炸熟。八千岁家的晚茶，一年三百六十日，都是草炉烧饼，一人两个。

小说有一段文字专门写“草炉烧饼”，总之极粗糙、简单而便宜。八千岁自奉极薄，人以为苦，他反以为乐。“头糙红米饭”“青菜豆腐”和“草炉饼”，就是他的“美食”——如果八千岁也知道有“美食”这个说法的话。

看八千岁吃饭，自然令人想起《大淖记事》里那些“靠肩膀吃饭”的挑夫们：

> 一到饭时，就看见这些茅草房子的门口蹲着一些男子汉，捧着一个蓝花大海碗，碗里是骨堆堆的一碗紫红紫红的米饭，一边堆着青菜小鱼、臭豆腐、腌辣椒，大口大口地在吞食。他们吃饭不怎么嚼，只在嘴里打一个滚，咕咚一声就咽下去了。看他们吃得那样香，你会觉得世界上再没有比这个饭更好吃的饭了。

这不就是三十多年前那篇《背东西的兽物》讴歌的“一个庄家，一个工人，一个小贩，一个劳力人”的“痛快过瘾”的“吃”吗？挑夫们“无隔宿之粮，都是当天买，当天吃”，八千岁可是开米仓的老板，竟然和他们一样，吃的都是“脱粟的糙米”。挑夫们的小菜还胜过八千岁，八千岁吃饭只就着“青菜豆腐”，挑夫们却“一边堆着青菜小鱼、臭豆腐、腌辣椒”。

如果因为挑夫和八千岁所吃的东西过于粗粝低劣，将他们归入“恶食者”之列，那他们肯定是令人肃然起敬的“恶食者”。他们都很好地阐释了“吃无论如何是人生的一点不可磨灭的真谛”。

为什么 1981 年写“大淖”边上的挑夫们“吃得那样香”，1940 年代末却写云南脚夫们吃得那样难看？这当然还是和“精气神”有关。作者赞赏挑夫们的“精气神”，悲悯被压垮了的脚夫们的萎靡麻木，于是就写了身份职业完全相同的两群人决然不同的“吃”。

八、两种“美食”不共戴天

但突然蹦出“八舅太爷”，几乎改变了八千岁的饮食习惯。

“八舅太爷”青红帮出身，趁着抗战混入军界，带着他的“独立混成旅”在里下河几个县轮流转，名为保境安民，实乃发国难财，鱼肉乡里。他在“开拔”去外县前夕，以“资敌”罪名绑架八千岁，勒索八百大洋才肯放人。“八舅太爷”花六百块钱给他的“虞姬”——流落江湖的风尘女子虞小兰买了件高级斗篷，剩余二百办“满汉全席”，“在水榭即荷花亭子里吃它一整天，上午十点钟开席，一直吃到半夜！”

“满汉全席”由八千岁邻居“赵厨房”治办，刚被“八舅太爷”放出来的八千岁忍不住跑去看了看，“一面看，一面又掉了几滴泪，他想：这是吃我哪！”

这事过后，八千岁对待吃食的态度出现了微妙变化——

> 吃晚茶的时候，儿子又给他拿了两个草炉饼来，八千岁把烧饼往账桌上一拍，大声说：“给我去叫一碗三鲜面！”

八千岁弃草炉饼而就三鲜面，是受“八舅太爷”刺激，自暴自弃，不再坚持衣取蔽体、食止果腹的原则，开始走向大手大脚挥霍浪费？还是因为刺激而开悟，以后将不再苦待自己，讲究起吃喝？又或者只是偶尔赌气，过后还要一仍旧贯？这都很难说。

在八千岁看来，吃饭就是吃饭，讲究那么多干吗！“美食”只是“八舅太爷”之流弄出来的花样。他们的“美食”就是八千岁的“恶食”，而“八舅太爷”或他人眼里的“恶食”才是八千岁的“美食”。

八千岁和“八舅太爷”的美食观势不两立。事实上，正是八千岁远近闻名的节俭之风激怒了本来与他毫无干系的“八舅太爷”。“八舅太爷”这种人就是要巧取豪夺，就是要铺张浪费，就是要矜夸炫耀，而八千岁引以自豪并为人称道的作风处处与之相反，这岂不就等于公然给“八舅太爷”打脸吗?

> 八舅太爷敲了八千岁一杠子，是有精神上和物质上两方面理由的。精神上，他说:“我平生最恨俭省的人，这种人都该杀！”物质上，他已经接到命令，要调防，和另一位舅太爷换换地方，他要“别姬”了，需要一笔钱。

所以“八舅太爷”一定要绑架、勒索八千岁，一定要碾轧、打击乃至摧毁八千岁“这种人”的美食观。“满汉全席”是“八舅太爷”的“美食”，“头糙红米饭”“青菜豆腐”“草炉饼”是八千岁的“美食”，二者不共戴天，迟早要发生冲突。

但无权无势的八千岁只能本分地自享其“美食”，不敢推己及人，扩张自己“美食”为天下人的“美食”。手握重兵、为所欲为的“八舅太爷”不仅享受自己的“美食”，也要推己及人，至少方圆数百里受他“保护”的乡民必须接受、认同、称赞、羡慕他的“美食”。他岂能容忍在势力范围之内还存在另一种迥然不同的“美食”？

九、“一种神圣的快乐”

食物的美与恶有客观标准，比如是否污秽不洁（某些宗教、习俗规定不能食用或大多数人不能接受某些动物或这些动物身体的某些部位），是否有污染，是否新鲜，有无发霉变质，是否过于辛辣、肥厚、甜腻、寡淡、粗糙，是否涉及违禁的珍稀濒危动物，是否有“虐食”之嫌。这是就食材和做法而言。相同的食材做法，烹饪条件厨艺水平不同，营养价值以及观赏和味觉效果也要分出高下。

除此之外，食之美恶并无绝对标准。有时候以某些食物为美、某些食物为恶，表面上理由很充分，但细究起来，并无太多道理。食之美恶更多并不取决于食物本身，倒是流露、传达、折射了硬给食物定出美恶标签的人们主观的趣味、好恶与价值观。

此理浅白，但很容易被各种貌似高明的奇谈怪论和争奇斗艳的烹饪戏法所遮蔽。此类说辞与戏法太多，充天塞地，直至将人们裹挟于商业主导的“饮食文化”，忘却一饮一啄的本意无非是在治备和进食之时，应抱有起码的满足、感谢、喜乐之情，切莫贪天之功以为己力，也不能暴殄天物，不必矜夸增饰——但不妨有节制地追求洁净与美好。

汪曾祺的可贵就在于或借散文直剖明示，或借小说激浊扬清，努力破除强加给普通食物的虚妄说辞与诈伪戏法，以推原天下之“正味”。

论到阿城小说《棋王》，汪曾祺感叹，“文学作品描写吃的很少”，这也许欠妥，至少《金瓶梅》《红楼梦》整天写吃。“新时期文学”中张炜《古船》写乡村一霸“赵丙”的各种吃物，王蒙《在伊犁》写维吾尔同胞喝茶、吃馕、酿酒，都很精彩。大概汪曾祺所谓“描写吃”，不仅要通过“吃”来写“人”，还要将“人”的“吃”完整写出来，“正面写吃”，突出地、强调地写“吃”。用这标准衡量，他认为陆文夫《美食家》“写的是一个馋人的故事，不是关于吃的”。此外他认为像《棋王》那样“关于吃的”作品不仅“正面写吃”，还很“虔诚”，表达了作家本人“对生活的极其现实的态度”。

汪曾祺小说跟他所激赏的《棋王》一样，确实频繁写到“人生第一需要”的“吃”，既满足生理需求，更写出“吃”是“一种神圣的快乐”。这就具有浓郁的生活气息，“显得非常真实”①，与普通读者日常感受息息相通。

但他深知，通过“吃”获得上述满足的人不多，所以他还善与“恶食者”同游，写出跟吃食有关的人生的悲哀与丑陋，在“虔诚”和感激之外，特具一种悲悯与愤激。

这当然也是“对生活的极其现实的态度”。

2018 年 6 月 25 日改定

原载《当代作家评论》2018 年 5 期

---

① 汪曾祺:《人之所以为人——读〈棋王〉笔记》,《汪曾祺文集·文论卷》，江苏文艺出版社 1994 年 1 月第 1 版，第 122 页。

天漏，人可以不漏

——评赵本夫《天漏邑》

赵本夫长篇新作《天漏邑》有两条线索，一条是民国时期的学者柳先生、当代学者祢五常先后带领的两个学术团队孜孜不倦追寻“天漏邑”神话传说和历史奥秘，另一条是宋源、千张子领导的“天漏邑”抗日游击队的活动及其主要人物的传奇故事。前者是神话传说和邈远模糊的历史记载构成的神秘世界，后者是更接近当代读者经验的现实世界。或者说，一条线写“天道”，一条线写“人道”。

交错呈现两条线索，两个世界，这在中国小说史上比较普遍。从汉代留存的古小说开始，直至明清演史小说和世情小说，无不在描写世俗生活的同时涉及大量宗教神学内容。中国传统小说始终就是世俗智慧和宗教生活的杂糅体。

到了明清两代，世俗智慧和近代理性精神日渐发达，小说的宗教神学部分逐渐从原有混合体中分离出去，成为与世俗生活相对的另一个大幅度收缩的神秘世界。尽管收缩，但仍然顽强存在着。彻底写实的《金瓶梅》甚至抛弃了这样的两重叙述结构，但其他许多小说仍旧保留世俗生活与宗教神学杂糅的特点，作者固然专心写实，可一旦碰到难以解决的历史、人生、社会的重大问题，还是喜欢“引经据典”，将现实世界的起源、演变、收场统统归结为某个超验世界的神秘预设与幕后控制。

《三国演义》《水浒传》《西游记》《红楼梦》都是这样的两重叙述结构。余英时说《红楼梦》有“两个世界”，一是大观园、荣宁二府的现实世界，一是青埂峰、无稽岩、女娲补天余下一块顽石、绛珠仙子和神瑛侍者的木石前盟、太虚幻境与金陵十二钗的判词共同组成的超验世界。这里就有一个问题：鲁迅说曹雪芹把中国小说先前的所有写法都打破了，为何天才如曹雪芹也还要采取这个套路？很简单，因为曹雪芹对人的世界说不清楚，他觉得有必要在现实世界之上或背后另设一个神秘世界，将现实世界的内容放进去，似乎这样才能求得一个较为权威和合理的解释。当然对于那些神秘的超验世界他自己也根本不能洞悉底蕴，设立这样的超验世界，只不过想贬低经验世界与现实理性的权威而已。

“五四”以后，科学主义和唯物史观君临天下，传统小说两重叙述结构有所抑制。然而一旦科学主义和唯物史观不再罢黜百家唯我独尊，小说的两重叙述结构又很自然地恢复了。比如，我们在《古船》中就碰到类似两个世界重叠的写法，一是洼狸镇最近几十年有案可查的历史与有目共睹的现实，一是洼狸镇邈远难寻的远古宗教、神话、传说、历史以及钻井队带来的有关洼狸镇未来的忧患共同组成的超验世界的幻影。《白鹿原》受《古船》影响，也有一个神秘的“白鹿”传说挥之不去。“新时期”之后，类似的写法当然不限于张炜和陈忠实，就连全身心关注当下现实、绝少在乎“怪力乱神”的路遥，其《平凡的世界》不也意味深长地收笔于孙少安“建校会”与神汉刘玉升“建庙会”的对垒吗？

所谓“两重”其实也是一种跳跃式叙述结构——本来聚精会神描写现实世界的“人道”，一旦遭遇理性不能解释的“天道”问题，就不得不陡然跃升至超验空间，允许作者和书中人物在那里展开“天问”式思考。这个传统贯穿周秦至晚近中国数千年各体文学，小说表现得更充分，直至当代《古船》《白鹿原》《平凡的世界》，依然绵绵不绝，由此形成中国文学（尤其小说）富于想象的神奇瑰丽的特点。

但恰恰这个传统又暴露了中国文学致命的短板：中国文学赖以为根基的中国文化之“天道”话语不成体系，严重残缺，虽然不断修补，仍难以完备。当我们的作家希望从远古神话传说以及本土的宗教寻找经典援助时，往往苦于找不到与现实世界配合无间的一整套有效的“天道”话语，共同撑起一个能够自圆其说的两重阐释空间。

鲁迅创作《呐喊》时也曾有意采取神话、传说做材料，第一篇《不周山》发表时还颇得“创造社”首席批评家成仿吾的激赏。但鲁迅很早就发现，中国上古神话保存极不完善，采取神话写小说一开始就困难重重。十三年之后他终于完成了八篇以神话、传说和历史故事为题材的《故事新编》，但真正算得上神话、传说的只有《不周山》（后改名《补天》）、《奔月》和《铸剑》，其他五篇都是对真实历史故事和历史人物事迹的“铺排”。《故事新编》堪称中国现代小说史一本前无古人后无来者的超奇之作，至今还以其丰茂的神秘性吸引着中外学者，但鲁迅同时也告诉我们，极不完全的中国上古神话传说不足以借来解释当下现实，即使你有“天马行空似的大精神”，也无济于事。

不仅远古神话传说，就是秦汉以前的“群经”也破碎不全。梁启超《要籍解题及其读法》认为，由于秦始皇焚书坑儒，除了凭吟诵而记忆不误的《诗经》可谓“精金美玉，字字可信”，其他古书皆有可疑处，因为都是汉以后“博士”访求、补缀、伪造而成。这个文化补天的工程至今还在继续。张爱玲《中国的日夜》说:“我们中国本来是补丁的国家，连天都是女娲补过的。”诚哉斯言。

赵本夫《天漏邑》更进一步，它虽然也部分借用了女娲补天神话，还煞有其事引用唐人孔颖达对《周易·无妄》的注疏，但并非完全照搬，而是截断众流，仅仅强调一点：他要讲述的这个地方本来就是一个“天漏”之国，其所拥有的也只是一种“天漏”文化。文化、记忆、制度如此，群体和个人的身、心、灵亦复如此。巨大的“漏”字覆压全篇，成为“文眼”。赵本夫并没有援用某个现成的神话传说为其小说的现实世界构造一个具有强大阐释功能的超验框架，而是暗示其笔下“人道”世界和“天道”世界都残破有“漏”。如果说他有足以阐释现实世界的超验世界，那也就是这个关于“天漏”的半神话半传说的奇特寓言。不同于“寻根文学”时期中国作家普遍相信我们一定还有遗失待访的神秘而完善的祖宗文化之“根”，《天漏邑》一上来就承认我们的文化之根就包含在一个巨大的“漏”字里面，犹如无法逃避的原罪。

每个人都是天漏村居民，都是天漏文化的组成部分，都带着与生俱来的“漏”来到人间，经历一世。犹如贾宝玉戴了一辈子“通灵宝玉”，“天漏邑”的人则一辈子都与“漏”为伍。“天漏”的说法并非现成神话传说，乃是赵本夫苦心孤诣的创造，犹如《红楼梦》一系列超验传说也并不见于任何典籍，而是曹雪芹对女娲补天神话的大胆改写，更多内容完全出于虚构。鲁迅《补天》也并非对女娲补天传说的简单扩充，而是大幅度改造，添加了许多读者根本意想不到的内容。赵本夫硬造出“天漏”假设，说明在他看来，中国并没有现成的神话经典可供援引，好作为他解释“人道”世界的最终依据。他在这种寻找中遇到巨大的空虚，无以名之，姑且称之为“天漏”。这和曹雪芹、鲁迅大胆改写女娲补天神话，一脉相承。

为何时至今日，中国作家仍然需要援引某种现成或臆造的神话传说来解释现实世界？这当然还是经典的力量在起作用。人的思考有限，他必须借助经典，哪怕这种借助是对经典的怀疑、挑战和改写，经典的到场也依然必不可少。

这是具有勇敢的探索精神的作家必然面临的处境。但引用什么经典，如何引用，则要看作家所处文化传统的实际状态以及他对不管什么状态的文化传统的认识。基督教世界的作家按理无须引经据典，他们的经典日常在流通、运用着，读者和作者都很熟悉。尽管如此，托尔斯泰《复活》还是引了《圣经》的话。“五四”以后，“作诗不用典”已成为白话诗人奉行的基本原则，但白话小说和白话文仍然无法告别经典。鲁迅在《彷徨》前面引了屈原《离骚》两段话,《坟》的后记还认认真真引了陆机《悼魏武帝文》。但鲁迅引用屈原和陆机，毕竟不同于托尔斯泰《复活》引用《圣经》，鲁迅不再将所引用的古代作家片言只语视为真理，而仅仅借来寄托感慨；正如小说《补天》并非简单援引女娲神话，而是有大胆的改写和许多出人意表的添加内容。“经典”的意义发生了根本变化。至于赵本夫的臆造经典更偏离了传统的“引经据典”。与其说他仍然在依靠经典说话，毋宁说他仅仅利用人们相信经典的心理惯性，将自己的创造伪装成经典，抬进那个虚位以待的制度性的经典神龛。

但这样又发生一个问题：变相援引或彻底改写所造成的新的神话传说究竟具有怎样的规模才比较合宜？为了使“天漏”说法有根有据，赵本夫让柳先生、祢五常师徒在九龙山的岩洞里，围着一大堆竹简，前仆后继，锐意穷搜，而且似乎也不断有所发现。但实际上，所有这一切只不过为了营造一个象征而已。作为象征和暗示，寥寥数笔足矣。小说重点无疑不在于此，而在天漏邑的“人道”世界，抗战背景下天漏村以宋源和千张子为代表的一大群人物的命运理所当然成为读者关注的焦点。读者也不会相信，如果让柳先生、祢五常等人一直那么研究下去，果真会找到某个惊天动地的奥秘。即使要追问“天道”，也必须落实为“人道”，正如春秋时代郑国王孙子产所谓“天道远，人道迩”。我认为,《天漏邑》围绕柳先生和祢五常委实写了太多，却并没有给“天漏”这个说法再增添多少新鲜内容，倒是另外衍生出柳先生与国民党政府、祢五常师徒与当代社会的一系列悲喜生死的故事，可惜这些故事和“天漏邑”

又并无必然联系，完全可以独立成书。像目前这样勉强将二者拼合，很难成为有机的整体。《红楼梦》寥寥数笔布置一个影影绰绰的超验世界是较为合宜的。倘若曹雪芹对太虚幻境大肆进行正面描写，一定会堕入魔道。比较起来,《天漏邑》对“天道”的神秘的关注或许有点“过”了。

尽管如此，我还是认为赵本夫的“天漏”寓言是个了不起的发明。可能确有一些地方因为地理和气候环境特殊而多雷暴，但赵本夫赋予这个特殊天象以独特意蕴，确实可以启人以思，如果由此想到《圣经·旧约》中“逃城”的设立以及索多玛、蛾摩拉两个城市被毁的故事，也是很自然的。反顾中国文学传统，则几乎从来没有出现过这种活该天谴而又仍然宜居的神奇所在。陶渊明发明“桃花源”，千载之下，仍称不朽。但“天漏邑”迥异于“桃花源”，它并非世外的洞天福地（尽管小说偶尔也这么说），而是经常要遭雷击的一个极其倒霉的山村。有趣的是村民们认为承受这种命运是应该的，甚至还有人自觉有罪，千里迢迢跑来落户，坦然领受随时降临的天罚天谴。他们不以此为苦，反而觉得这是上天对自己最合宜的处分。他们不想迁徙，毫无怨言，甚至还热爱这个小山村，以“天漏邑”的独特来傲视世人。这种半神话半传说的寓言故事内涵丰富，值得反复玩味，它凝聚了作家严肃认真的思考与探索，也构成了这部长篇小说根本的世界观。有没有这个根本的世界观，对长篇小说《天漏邑》的思想分量来说，是至关重要的。

佛家所谓“有漏之学”，指人间一切“解法”都不完善，最高境界是“无漏”。孙悟空就想学这“无漏之学”。但人怎能从“有漏”到“无漏”？这就是小说《天漏邑》的追求，也是赵本夫另一个成功之处。你看他笔下每个人物都带着与生俱来的“阙”“破绽”和“漏”，所有的挣扎和努力都是与外在的自然之“漏”和人物自身肉体与灵魂之“漏”苦苦周旋。赵本夫对“天漏”之下每个人物都有一种爱，他要在承认天命给予人物的各式各样“漏”的前提下，逐一为书中人物寻找可能存在的弥补和解脱之法。

除檀县长横死因而没有决定自己命运的可能之外，书中其他人物都有一个出路和归宿，从这里可以看出作者的苦心。他要让读者看看，在天漏邑这个恶劣环境中，每个人都有可能达到“无漏”之境。

这其实乃是人之为人的终极关怀。身为中国人，也有一些熟悉的表述。我们非常看重“盖棺论定”。中国人不怕死，但怕死后别人的议论，怕临死之时心愿未了，怕没有真正按自己的想法走完一生，怕“赍志而殁”。阿Q不怕死，但他怕“给小D王胡等辈笑话”，怕“未庄的一伙鸟男女”觉得自己是可笑的囚犯，最后竟没能唱一出像样的戏文。《天漏邑》针对中国读者这种普遍心理，力求给每个人物安排相对理想的归路，力求写出这一群“天漏”之人的终极关怀。

天漏邑最大的传奇英雄宋源的身、心、灵皆有“漏”。首先他的出生就是大大的“漏”，半边脸上那个怕人的胎记忠实记录了他的出生之“漏”。他性格孤僻，一辈子不能和别人正常交流。他甚至不敢和任何女人组成正常家庭，长期只能跟“七女”做露水夫妻，不敢向檀县长倾吐感情，因此遗憾终身，也因此造成他和千张子之间一个难解的“漏”。世事皆有“漏”，但宋源因“漏”而起的人生挣扎也是对“漏”的修补和克服。他终于有了不错的归宿——不一定是古人所谓“归隐”，但对宋源来说，没有比隐身青海格尔木更加合适的了。

宋源如此，千张子、侯本太、七女、武玉婵、祢五常，莫不如此。从“有漏”到“无漏”，是《天漏邑》人物描写的一个重要线索。

千张子一出场就有“漏”，他不是正常男人。但血与火的战争改变了他的性取向，他不仅在七女身上成功证明了男儿本色，作为游击队副队长，他骁勇善战，足智多谋，有些地方甚至连宋源也要退避三舍。可惜命途多舛，因为和宋源的矛盾，檀县长不得不将他们分开，委派千张子从事地下情报工作，因此被日军抓获。本来千张子完全可以视死如归，但“怕痛”竟然令一个英雄屈服于顽敌，乃至出卖檀县长，成了十恶不赦的大汉奸。就在日军抓获檀县长时，千张子趁乱逃脱，带着受刑而导致的满身伤痛，带着对檀县长的无限愧疚和对日军百倍的憎恶，开始了孤胆英雄隐秘的抗战。他开始希望救出檀县长，知道不可能之后又试图炮轰日军兵营，让檀县长玉石俱焚，免于自己曾经遭受的酷刑。得知宁死不屈而且不怕痛苦的檀县长被日军残酷杀害之后，他又展开了一连串疯狂的报复行动，以一人一枪令整个彭城的日军一筹莫展。在不知真相的彭城居民和天漏邑乡亲的心目中，千张子是不世出的大英雄，千张子可以无“漏”矣。但实际上，千张子无论如何不能原谅自己对檀县长的背叛，他的“漏”必须通过宋源之手才能弥补。千张子的归路是让宋源侦破他出卖檀县长的多年的悬案，然后死在宋源手里，这样他才死得其所，彻底卸下心头负担。

宋源亲手侦破并逮捕千张子，令人信服地证明千张子是十恶不赦的叛徒。千张子因此坦然伏法。不料宋源帮助千张子抵达“无漏”之境，自己却发生了新的“漏”：他反复追问自己，如果遭受千张子那种令人发指的酷刑，他真的不怕痛吗？这就引出“文革”期间宋源故意激怒造反派，希望借他们之手尝试酷刑的滋味，以卸下因为千张子从容伏法而造成的巨大心理负担。

中外文学写好人，无非两个套路，一是把顺境中的好人一步步推向不堪其苦的命运，最后以悲剧结束；一是写好人命途多舛，但结局好像还差强人意。《天漏邑》属于后一类型。文学作品中人物的结局其实很重要，这就犹如长跑比赛，必须设置一个终点，才能吸引运动员。如果对人物结局没有一个预判，作家就不可能有那么多的冲动、灵感去描写人物命运发展过程中的丰富细节。《天漏邑》最吸引我的正是作者为无处不“漏”的文化环境中一群本身也充满“漏”的人物一一安排各自“无漏”的解法，努力给他们设计较为理想的出路和归宿。

天漏，人可以不漏，大概就是这部小说的主题吧？

许多读者对侯本太这个人物特别有兴趣，也是基于这个理由。本来当汉奸是个无解的悲剧，但赵本夫给“汉奸”侯本太设计了一个合情合理的从糊涂、逆反、冲动、卑怯到怀疑、思索、痛苦、屈辱、逐步警醒、最后毅然反正的过程。侯本太家门口那个他经常躲在里面进行秘密思考的小树林，写得多么精彩！这个人物不仅是迄今为止“抗日小说”难得一见的异类，也是整个“抗战文化遗产”中不可多得的一个闪光点，体现了作家思考的深度和独创的勇气，也体现了作家对身处“天漏”文化而自身也充满各种“漏”的同胞的大爱。

侯本太形象的塑造跟他的军师“猫爷”密切相关。“猫爷”也是全书可圈可点的一个人物，他本是土匪窝里没人理会的火头军，但因为目睹好几代土匪头目兴废成败，阅世太深，老而成精，不鸣则已，一鸣惊人。其智商定力，整个苏鲁豫皖交界的芒砀山区无人能及。但在和日寇的关系上，“猫爷”立场坚定，绝不被侯本太的歪理邪说所动，宁愿以死相劝，也不肯跟着侯本太当汉奸。他的刚烈和他的老谋深算似乎并不匹配，但在侯本太不听劝说、定意附逆之际，“猫爷”要克服自身之“漏”，唯一的方式就是慷慨赴死。相对于“猫爷”前一段精彩表演，后来的逆转还可以写得更深入一些。不过即以目前的处理而论，赵本夫也已经写出了土匪军师群像中“独特的这一个”了。

《天漏邑》让我想到两点。

首先，中国作家对自身所属文化要有符合实际的宏观研究与独立判断，并在这个前提下有所创造，而不能既无宏观研究又无独立判断，却奢谈接受或拒绝。

其次，我们的作家对笔下人物要抱有符合正常人情物理的体贴与同情，不能进行粗暴的理性裁决或道德审判就万事大吉，更不能昧于人情物理的起码常识，仅仅为了好奇或好玩，或者为了在文学形式上进行剑走偏锋的所谓探索，就想当然地不管不顾乱写一气。

我以为这两点，仍然是今日中国文学能否有所突破的关键。

2017 年 7 月 16 日改定于杭州

原载《当代作家评论》2017 年 6 期

擦亮“过去”这面镜子

——读冯骥才《艺术家们》

内容提要:《艺术家们》部分地实现了作家冯骥才四十年前希望彻底反思过去的夙愿。一群艺术家一生对美的艺术和美的人生的渴求与失落，可以追溯到1960—1970年代，他们在精神成长的这一关键阶段对人生和历史的感悟基本决定了后来的升降沉浮。小说由此显明，1960—1970年代不仅是“三剑客”精神诞生之地，也是认识1980—1990年代乃至新世纪中国社会主流精神文化时一面需要继续擦亮的镜子。

关键词:冯骥才，艺术家们，反思，1960—1970年代

一

冯骥才走上小说创作之路并非一帆风顺。他青少年时代如饥似渴地阅读文学作品，写了大量不敢奢望发表的舒懑遣兴之作，但更大的兴趣（后来成了正式工作）还在绘画，对中国传统绘画南北两宗均有涉猎，尤其欣赏宋代院画，学习、临摹、复制，一干就是十年。“新时期文学”的澎湃潮音激发他这个在绘画上浸淫日久的青年艺术家从“潜在写作”状态破土而出，加入“伤痕”“反思”的文学行列。

但冯骥才按着“新时期文学”最初的节拍一气呵成的长篇《铺花的歧路》(原名《创伤》)实际创作时间虽然早于卢新华的《伤痕》，却没有《伤痕》幸运；几经周折，最后在茅盾、韦君宜等人的关心下，才获准出版。如果一完成就发表，并保留原名，说不定文学史命名那个时期的文学，就不是“伤痕”，而是“创伤”了。

随着后续作品频频问世，踏入文坛越来越深的冯骥才发现，如果沿着“伤痕”“反思”的逻辑一路写下去，就会越来越艰难。“伤痕”“反思”

原本是“新时期文学”题中应有之义，是世界文学也是中国传统文学的正宗。韩愈“夫和平之音淡薄，而愁思之声要妙；欢愉之辞难工，而穷苦之言易好也”，清人赵翼“国家不幸诗家幸，语到沧桑句便工”，之所以获得历代作者的普遍认可，就因为契合了文学发展的事实，道出了作家艺术家们创作的甘苦。但既然“一切向前看”，就不该时时抚摸伤痕，纠缠历史错失，所以许多最初以“伤痕”“反思”登上文坛的作者们渐渐只能将创作的热情消磨于“现代派”之类形式试验——这也是出道不久的冯骥才一度用力所在。

执拗的“伤痕”和“反思”受阻，被当时一些人不无洞见地戏称为“伪现代派”的形式实验又非其心之所好，因此就在 1980 年代中期“寻根文学”登场之前，冯骥才已经迂回到现实背后，接连写出《神鞭》《三寸金莲》《阴阳八卦》《炮打双灯》等后来被追认为“寻根”的一系列文化信息浓郁的作品。但冯骥才自己认为这组作品关注“俗世奇人”，乃是沿着“五四”启蒙主义传统反省批判某种文化现象，跟态度暧昧的“寻根”并不相同。因为有这种清醒的认识，一旦有机会，他还是想对刚刚结束的特殊十年进行更彻底的反思。

这就是《一百个人的十年》的由来。但这一系列也有遗憾。还在 1979 年 6 期《收获》发表中篇《啊》之前，冯骥才就打算用题为《艺术家们的生活圆舞曲》的中篇来写一写作为青年艺术家的自己和友人在特殊年代的经历。这可说是《艺术家们》的“受孕”。但特殊年代对他和家人损害太大。且不说环境是否许可，重返记忆的深渊，就连自己也缺乏足够的勇气。写完《啊》，他曾大病一场。尽管后来不断想要提笔续写，最终还是打消念头，改写一百个“他人”的口述实录了。这就与给当时的青年艺术家们创作自画像的初衷相去甚远。①

如此说来，2020 年 6 月完稿的《艺术家们》，就是 1970 年代末开始萌动的创作意图经过漫长的四十年熬炼之后的实现。《艺术家们》虽然在文字风格上一如既往写得很透明，但直面自我（甚至要总结一生）的

---

① 以上概述冯骥才创作经历，主要参考了《冯骥才周立民对话录》第五部分“文与画的两全其美”，苏州大学出版社 2003 年 8 月第 1 版，第 177—206 页，以及《变革时代的艺术与人生——答“书生说”问》，天津大学冯骥才文学艺术研究院文学研究室、冯骥才工作室、冯骥才档案室编（执行主编周立民）“内部资料”《大树》2020 年冬季号（总第 20 期）。

反思又谈何容易？打了四十年腹稿，就充分说明其骇人的难度。其实一切深刻的反思都很难“透明”。“透明”的《艺术家们》会有哪些不透明之处？一心想要完成“反思”文学未竟之业的冯骥才沉潜四十年之后，果真得偿夙愿了吗？

二

1990年代，一些热心的出版人组织老辈文化人撰写“且说说我自己”之类回忆性散文随笔，推出不少收集此类文章的选集，一些前辈文化人还发表了专门的随笔集或长篇回忆录、书信、日记选摘，给当代文坛留下一笔丰厚遗产，也给当代散文史增添了极其重要的一页。①在小说领域以虚构形式回忆一代人的历史并聚焦1960—1970年代，也颇多创获。②遗憾的是始终缺乏群体自觉和持之以恒的精神，终于难成正果。

《艺术家们》就是在这条文学史延长线上新的推进。对他个人来说，就是时隔四十年再来重写《啊》，完成《艺术家们的生活圆舞曲》的腹稿。研读《艺术家们》，既可以看出冯骥才个人的探索达到怎样的水平，也可以借此思考当代文学应该如何坚持和拓展历史反思和人生反思这一条若断若续的文学史脉络。

《艺术家们》分前、中、后三卷。前卷写1960—1970年代（重点是1970年代中期以后），中卷、后卷依次写了1980年代、1990年代直至新世纪。尽管并非全方位铺陈历史长卷，但毕竟交代了三位青年艺术家如何从1960—1970年代走出来，如何在1980年代至新世纪分道扬镳，经历各不相同的自我寻找、自我确立、自我否定乃至自我毁弃。因此，前卷固然接续了作者四十年前的创作意图，要为一段特殊历史记忆负责，但中卷、后卷又超出这个起初的意图，进而指向一代人在走出特殊年代之后的漫长岁月，如何抉择、坚守、期望最终达到自我完成的全过程，而贯穿一代人的生命全过程的主线，乃是艺术家这个特殊群体对

① 参见王彬彬:《我们这个时代的思想表达——十年随笔把滴（二〇〇一——二〇一〇）》,《当代作家评论》2011年4期。

② 这方面已经有许子东的专著《为了忘却的集体记忆——解读五十篇文革小说》（生活·读书·新知三联书店2000年4月版）以及为数可观的同类研究成果加以充分阐述了。

美的艺术和美的人生的追求与失落。

久违了，像《艺术家们》这样纯净透明、一意追求美好的小说！我们的文学多少年来主要跟假恶丑周旋，揭露生活中形形色色不能归入真善美的东西。久而久之，似乎就连作家们自己也陷入迷惘，再无剩余热情与智慧去察看反复遭遇的假恶丑，只好用诸如“烦恼人生”“一地鸡毛”“活着”“炸裂”“吃瓜时代”等无可如何的概念对付过去。

“新时期文学”至今这几十年，一开始确有不少真善美，但接下来就是越来越多丑陋不堪的东西弥漫开来。好在文学界一直善解人意，大家承认文学中的假恶丑绝非虚构，而是作家秉持公心，用作品折射生活的本来面目。这是忠于生活的现实主义态度。尊重这种态度，就必须尊重作家的审丑行为，包括直面与假恶丑有关的悲伤、痛苦与绝望。

然而一直如此也会受不了。尤其从六十、七十和八十年代一路走来，如今都已步入暮年或至少都已开始走下坡路的人，固然还可以继续审丑，继续品味历史的波折、循环与荒诞，但他们自然也有理由渴望明天渴望美，因此突然看到冯骥才这部主要描写美好人性和人情的《艺术家们》，自然就很容易被感动。

这部小说特点之一，是把上世纪六七十年代至新世纪的广阔社会场景压缩为一群艺术家生活的小圈子，写他们的恋爱、家庭、交往、内心追求与人生遭遇。叙事空间大幅度压缩，本身就可以看出作者的匠心。倘若放开来写，兼顾这几个年代的许多社会现象，结果势必又要审丑。《艺术家们》也还不时写到假恶丑，但作者毕竟最大限度地压缩了、回避了假恶丑，而一心聚焦于美，就像米兰·昆德拉的小说《不朽》所说，你可以盯着自己手里举着的一朵玫瑰，目不转睛穿过混乱肮脏的城市。这也是一种值得理解的生活态度与艺术表达方式。《艺术家们》聚焦一群艺术家对美的追求，聚焦他们生命本身所显示的美，聚焦美如何在追求美的艺术家们的生活中被淡化、异化、扭曲直至毁灭，整个过程的核心始终是美。这就不仅仅是纯净透明的境界，简直就是毅然决然的“艺术至上”的信念。1970年代末彻底反思过去的冲动一再被压抑之后，冯骥才又从文学回归了艺术，不仅重新拿起画笔，更全身心地投入文化遗产的抢救。而支撑他这样做的，正是文化随笔集《巴黎——艺术至上》所显示的一种坚定信念：如果不能通过文学彻底反思过去，至少还可以借助艺术来抢救、来凝固那些淹没在过去岁月中的美好人性的闪光。现在这一信念终于又通过《艺术家们》的写作而再一次凸显出来了。

与此相关的第二个特点，就是从中国作家习惯描写的社会生活的外部转向内部，直接进入笔下人物的内心。不是进入普通人内心，乃是进入特殊人群即艺术家们敏感脆弱的内心。

中国新文学一百年，写知识分子的长篇并不多。少数几部成功的以知识分子为主角的长篇往往还是以知识分子为由头，最后写出一段集体的历史记忆，一种社会生活全景的缩影，或是旨在讽刺和批判而主要让知识分子出丑露乖的新儒林外史。从二十年代末茅盾的《蚀》三部曲、叶圣陶的《倪焕之》到三十年代初废名的《莫须有先生传》，从四十年代初路翎的《财主底儿女们》、四十年代末钱钟书的《围城》到"新时期"杨绛的《洗澡》、宗璞的《野葫芦引》、王蒙的《活动变人形》以及"季节"系列，包括冯骥才的《啊》，几乎都是如此。

但《艺术家们》颠覆了这个传统，作者不再借知识分子来写别的什么，而是正面挖掘特殊知识分子群体即艺术家们的情感思想，努力写出其内心可能达到的高贵与极致。这种高贵与极致努力超越各种污秽、苦毒、沮丧、恐慌、焦虑、迷惘与落寞，指向永恒的美好与希望。所以《艺术家们》前卷在回忆 1960—1970 年代时，不再沿着《啊》的逻辑继续抚摸历史创伤，而是在荒原上竭力点亮一盏盏微弱的灯光，以此照亮那被黑暗所吞没的既往。

三

这是《艺术家们》最大的亮点。但细心的读者不免要问：小说固然照亮了以楚云天、洛夫、罗潜这"三剑客"为代表的青年艺术家的青春时代，但那个时代还有哪些内容没有如此被照亮吗？

冯骥才深通绘画艺术，当然知道在叙事上应该如何布局，什么该写，什么不该（不必）写；什么需详写，什么不妨"大写意"；什么可以凸显于前景，什么适合放在背景，稍作点染即可——甚至完全诉诸只可意会不可言传的"留白"。

在特殊时代（小说中一律写作"大革命"），固然有楚云天、罗潜、洛夫这样的"三剑客"，他们秘密渴求着、藏匿着、鉴赏着、流传着被排斥被查禁的音乐、绘画和文学作品，由此获得心灵的滋润，想象着人类在过去时代的辉煌，忍受着当下现实无边无际的贫乏、严厉、荒凉与荒谬，憧憬着不可捉摸的朦胧而遥远的未来，并由此结下珍贵的友谊。但这并非那个时代青年生活的主旋律，乃是需仔细寻找方能从断垣残壁中偶尔一见、侥幸未遭践踏和删刈的闲花野草。在作者笔下，这一丛闲花野草大有蓬勃蔓延之势。与此同时，“三剑客”生活的其他方面均被大大省略，只有他们在压抑中更显强韧、在贫乏中更显丰沛、在荒凉中更显温暖、在荒谬中更显明澈的精神生活被大大强化，占据整个画面的中心与前景。

小说毕竟不等于绘画。小说在某些方面不妨采用绘画手法，在其他方面却必须发挥小说的优势。作者既然想完成一次总结性叙事，或许也曾试图全面描写“三剑客”在特殊年代所处真实而完整的生活环境，再从真实而完整的生活环境出发，追问他们当时的精神探寻的具体内涵吧？这种精神探寻达到了怎样的成熟度，以至于可以从根本上决定他们后来精神生活的走向？他们躲在“沙龙”偷偷呼吸稀薄的艺术空气时，对周围环境有何具体反应和具体认知？是否意识到环境既限制着自我，也有力地塑造着自我，在每个人的生命中都会留下深深的烙印？《啊》中青年大学生们组织的“读书会”令其中几位佼佼者惨遭灭顶。“三剑客”的“沙龙”跟《啊》的“读书会”有所不同，后者是1950年代“鸣放”时期因为受到“鼓励”而公开组织的活动，前者却是“读书会”悲剧发生多年之后，三个年轻人以艺术的名义在更小范围的私下交往，二者不可同日而语，但围绕“沙龙”和“读书会”的大环境并无实质性变化，只是作者的兴趣有所转移，不再痛心疾首于“读书会”给青年人带来的灾难，而是一往情深地追忆“沙龙”曾经给一群年轻艺术家带来的精神抚慰。

回忆绝非单向度复活已逝的既往，也要更加看清从既往走来的当下自我，尤其要看清既往留给当下自我的是不堪回首的伤痛，还是值得反复咀嚼的美好记忆？是一笔值得感谢的丰厚遗产，还是像冯骥才本人在新世纪初那篇掀起轩然大波的《鲁迅的功与“过”》所提到的，历史积淀在我们身上的并非神秘牢固的“国民性”，乃是值得同情也更应该警惕的“精神奴役的创伤”？

不少读者认为前卷比中卷后卷写得更丰满，我深有同感。但看完第二遍，我发现这倒并非因为作者铆足了劲写前卷，中卷后卷力有未逮，渐渐有些松懈了。其实中卷后卷笔力并未减弱，甚至挥洒得更加恣肆，只是我们看到“三剑客”命运沉浮，感到前卷如严冬将尽，万物萌蘖，中卷如冰河解冻，百花争艳，后卷如落叶飘零，重归寂寥，由此联想到整部作品可能在结构和完成度上有些前紧后松——其实乃是小说的具体描写本身存在着灿烂于前而萧瑟于后的落差，并非作者在三卷之间用力不均。

看到生命走上坡路，不管这上坡路走得如何艰辛，人心总是油然欣喜，希望这条路越长越好，哪怕时间凝固也在所不惜。看到生命走下坡路，人心又会感到落寞，不管这下坡路有怎样值得感恩之处，总觉得其基调无非毫无意义的喧哗与骚动。

这恐怕是许多人阅读《艺术家们》的前卷与中卷、后卷时的不同感受。

前卷写压抑匮乏时代的精神潜流，无论如何细弱，却自有一股郁勃之气，似乎蕴含了无限可能。写到中卷后卷，先是罗潜消沉淡出，接着洛夫在一阵飞扬跋扈之后误入歧途，不能自拔，同时楚云天也越来越与时代疏离——虽然一刻未曾停止个人的艺术探索，也享受着同行的尊敬，却因为看不惯画坛风气的转变，不满艺术界乃至整个社会粗俗地将“作品”变成“商品”，加上几个爱徒禁不住诱惑，随波逐流，“何昔日之芳草兮，今直为此萧艾”，从而陷入孤寂，最后在个人情感和夫妻关系上重蹈覆辙，彻底沦为孤家寡人。作者（并非冯骥才本人而是“隐含作者”或“叙述主体”）对前卷描写的1960—1970年代流露了更多眷恋与感动，一度“鲜亮”的1980年代、喧哗与骚动的1990年代、烈火烹油的新世纪则不过尔尔。

换言之，尽管在一般历史叙述中，小说前卷、中卷、后卷所对应的不同年代是不断进化着的，但在小说叙述中，或者说在“三剑客”个人生命感受中，历史进化的同时又伴随着难以言说的历史退化。前卷对应的1960—1970年代是集体记忆中的客观历史的至暗时期，却是“三剑客”生命的高光时刻，而此后的历史虽然在上升之路上狂奔，但“三剑客”个人的生命、他们的精神生活，却越来越趋于暗淡。显然，“隐含作者”观察社会、审视历史、总结一生的情感立足点是1960—1970年代，是用1960—1970年代的情感记忆做底色来描画此后的世界图景。而为了调配这个底色，小说对1960—1970年代社会生活与个人生命的记忆不得不有所弃取，这弃取之法，多半就来自作者所熟悉的中国绘画的传统。

《收获》杂志 2020 年秋之卷为小说配发了程德培的评论《两支笔的舞蹈——读冯骥才长篇小说〈艺术家们〉》，该文敏锐地捕捉到小说中无处不在的“画意”：“‘画意’是叙述者审视这座城市建筑和住宅的观看之眼”。何止“建筑和住宅”，作者对整个时代和社会环境的描写都充满“画意”以及相伴而生的“诗情”。比如小说在主人公楚云天登场之初就大肆渲染“只有老的城市才有这样深在的韵致”，“他（楚云天）感觉就像穿行在一片无边、透明、清凉的水墨中”。楚云天怀揣一张得来不易的唱片，兴奋地要赶去跟罗潜、洛夫分享，他在当时心境下特别感受到“自己城市生活特有的静怡与温馨”，完全可以理解。

不止于此，那时候人们在打电话也很困难的条件下勤于写信或直接敲门的交往方式，洛夫一家在老西开教堂后边那片低矮破落的平房，罗潜独居的近乎都市村庄而竟然成为“三剑客”艺术沙龙的小屋，中俄混血的钢琴天才延年跟病卧在床的寡母相依为命的年久失修、拥挤嘈杂的居民老楼，田雨菲跟日本血统的寡母栖身的大杂院，楚云天和妻子隋意被扫地出门而侥幸住进的冬冷夏热、低矮逼仄的楼顶小屋（在楚云天眼中“很像一幅褪了色反倒更富于诗意的老画”），更不用说“落实政策”后楚云天一家搬回去的五大道租界时代的花园别墅，都富有“历史的味道”，都被作者涂抹了一层温馨的诗情画意，有些直接就被楚云天揽入画中。

在一幅幅“富于诗意的老画”之外，读者也能看到并无多少诗情画意的生活，比如楚云天和隋意如何跟各自的父母一起被扫地出门，出身寒微的洛夫如何过继给叔父，这位谨小慎微的养父如何一辈子只读《辞海》，创造了“人类阅读史上的奇迹”，还有生性乐观的钢琴天才延年只能靠一架侥幸藏匿的破旧钢琴偶尔偷偷地“练手”——但是在一幅幅“富于诗意的老画”之外，这些真实的社会画面一律被大大淡化和压缩了，以至于“三剑客”在精神 / 艺术探寻之外的世俗生活究竟怎样，没有经历那个年代的读者恐怕只能依靠一些蛛丝马迹来展开想象。

很长时间，楚云天和洛夫根本就不知道罗潜的家庭背景与成长经历，也不知道罗潜究竟在哪里工作，靠什么吃饭，结交哪些朋友。他们只知道罗潜有非凡的鉴赏力与创造力，似乎光这点就够了，无须再去了解好朋友日常生活的其他方面。一个人的精神生活跟世俗生活并无高下之分，合而观之，才能见出完整的人格。如果只看一个方面而不及其余，就不可能把握其精神品格的基调。如果不是罗潜为了帮助楚云天挣脱危险的婚外恋，将自己一段感情悲剧包裹在第三人称间接叙事中向楚云天遮遮掩掩透露出来，罗潜的生活就更缺乏立体感，他很可能就像传统山水画上那些模糊的人影，用高度写意的笔法随意穿插在烟云岩松和茅舍溪涧之间。

在中卷与后卷，读者还能看到罗潜生活的巨大改变，比如在迅速蹿红的昔日好友面前无法摆脱自尊和自卑，主动疏远他们，却又并非彻底封闭于孤独的艺术追求，而是非常务实地开街边画廊，甚至作为钉子户跟开发商斗智斗勇。但这一切都是随意点染，并未作深入精细的描绘，尤其没有从正面探索罗潜在 1980 年以后作为一个没有抓住时代脉搏而迅速落伍的人物内心的挣扎，这就使得罗潜后来的失落、嫉妒、退缩、小气乃至俗气缺乏必要的铺垫和转折。罗潜固然是落伍者，一度蹿红的洛夫以及始终站在聚光灯下的楚云天不也时时有落伍之感吗？为何罗潜落伍后就甘愿接受灰色低调的人生，洛夫落伍后就无法走出焦虑、失败、枯竭、任人摆布的困境，只能一死了之，而楚云天落伍后却不肯服输，千方百计要杀开一条血路，给自己的艺术人生争取一片新的天地？

小说也经常提到楚云天和洛夫的家世，但这些都跟罗潜的神秘身世一样，无法看出究竟怎样决定了他们的个性与命运。洛夫跟只敢看《辞海》的养父有怎样的精神交流？洛夫死后才出现的亲生兄弟跟洛夫的关系怎样？洛夫生父（一个虔诚的基督徒）为何始终不曾露面？同样不曾露面的还有隋意、罗潜的父母，田雨菲的母亲，白夜的爸爸。总之在不同年代，“三剑客”及其关系密切的亲友的世俗人生都很模糊（他们中间任何一个人肯定都有丰富的“故事”），“三剑客”的艺术人生因此也就难以获得立体化呈现。抽空了世俗人生，艺术人生就如同红花失去绿叶。将完整的人生强行划分为艺术和世俗，本来就是那个匮乏压抑的时代在他们精神上留下的扭曲与变形。“三剑客”身上的高贵与美好固然贯穿几个不同年代，但他们身上的不足和软弱也如影随形，挥之不去，但因为小说叙述的重点只是“三剑客”的艺术人生，读者看不到他们艺术人生的另一面，也就不容易理解，在特殊年代那样灵犀相通、彼此扶助的“三剑客”，后来为何分道扬镳，形同陌路，各自都变得面目全非？这究竟是新时代的风气使然，还是 1960—1970 年代的历史后遗症有以致之？如果不是本身修为不够，根基不稳，为何面对新时代的挑战（主要是名利财色的诱惑）就那样手足无措，失去本心？

小说反复强调"三剑客"在特殊年代如何相濡以沫，饥渴慕艺，并且点出他们的个性差异，比如楚云天多才而浪漫，罗潜孤寂而尖锐，洛夫奔放而粗糙，却较少留意特殊年代可能带给他们的"精神奴役的创伤"，这就无法为他们在 1980 年代以后的生命轨迹埋下足够的伏笔。有个问题就始终未能挑明："三剑客"究竟以怎样的精神面貌站在 1970 年代和 1980 年代的交汇点上？他们只是略微营养不良但本质健康的种子，一旦冬去春来，就能尽情绽放吗？试想一下，如果"三剑客"的生命深处都依旧潜伏着《啊》主人公吴仲义的"被迫害狂"，倘不及时加以治疗，又怎能承受和煦春风的吹拂，或新一轮风刀霜剑的催逼？

这样看来，上述诸多被高度简化的部分就显得尤为重要了。抄家、迫害、歧视、告发、精神恐惧与变态，诸如此类"伤痕""反思"文学所追问的历史悲剧如何影响人心，固然不容回避，而长期禁锢与匮乏造成看不见的"精神奴役的创伤"，包括对亲情、友情、爱情浑然不觉的亏欠，对真理、正义、财富、地位、名誉等核心价值隐秘而难以检验的偏见与无知，也都不能回避。

这或许正是作者念兹在兹的"反思"文学的未竟之业吧。如果不从这个角度深入挖掘，就无法解释"三剑客"为何能够安然地度过严苛匮乏的时代，却在和平富足的时代纷纷跌入谷底？究竟是什么让他们能够处高压却不能处自由，能够处卑贱却不能处荣耀，能够处贫瘠却不能处富有，能够处饥饿却不能处饱足？难道非要回到"无边寂寞却又无功利的七十年代"，才能拾回本来就属于人的美好与尊严吗？

四

跟"三剑客"相比，高宇奇的形象就不必"苛求"。高宇奇只是一个象征，小说借他来说明在艺术界普遍陷入名利场而不知艺术为何物时，一个孤独的艺术家如何抓住时代和艺术的脉搏，甘愿把生命献于艺术的祭坛。小说写他怎么死，固然会有不同的启示，但更重要的是写他不得不死。真正抓住时代和艺术脉搏的文艺家往往如此，这就是古人所谓"察见渊鱼而不祥"，"天机不可泄露"，或尼采所谓真理的光芒会刺瞎敢于直视者的眼睛，甚至令他们发狂而死。写落拓不羁的徽派画家易了然，立意也相似。

易了然、高宇奇可以“大写意”，但“三剑客”不能这么写。他们的生活世界应该有更加立体而多面的展开。如果罗潜和昔日恋人那条线没有中断，如果对跟楚云天、洛夫打了一个照面的罗潜后来的妻子有更多交代，如果洛夫和郝俊的关系不只停留在粗线条脸谱化的勾勒，如果对洛夫的生父养父两个家庭都有纵深的描写，罗潜、洛夫形象的内涵会大不一样。

楚云天和田雨菲、白夜两位女性的恋情也都浅尝辄止。小说反复强调楚云天只是因为天性浪漫而走向这两位女子，明知危险却甘愿被她们所打动，至于双方关系的伦理定位与现实走势，都取决于女方，而与楚云天无关。为了保证楚云天形象不受破坏，小说不惜将田雨菲、白夜一律写成工于心计、“本来就不是为艺术而活着”的俗人。田雨菲和白夜的形象更接近《围城》中的唐晓芙，而远离《战争与和平》中的娜塔莎。小说将隋意仅仅定格为善解人意的妻子，这与她毅然出走巴黎、最后又回到楚云天身边，也有些接不上榫。女性形象的单薄自然影响到跟她们密切相关的楚云天形象的塑造。

小说之所以在这些方面有所欠缺，根源还是作者面对 1960—1970 年代（“三剑客”精神上的诞生期），不肯放弃描绘一幅幅“富于诗意的老画”的执念。他无法用更冷静更全面的眼光来打量“三剑客”的过去。小说将“三剑客”的过去概括为“无边寂寞却又无功利的七十年代”，显然不够。用这样的过去观照现在并预测将来，许多地方自然会含糊不清。

历史不容割断，现在和将来总是从过去走来。回忆过去永远是思考现在、展望将来的必由之路。过去也总是可以帮助我们看清现在和将来的一面镜子。这就正如作者在 1979 年 9 月完成的《啊》结尾所说：“没弄清根由的灾难，仍是埋伏在道路前边的陷阱。虽然它过去了，却有可能再来。为了前程更平坦、更笔直，为了不重蹈痛苦的旧辙，需要努力去做，更需要认真深思……为了将来，永远牢记过去。”既然如此，就将“过去”这面镜子擦得再亮一些吧。

2021 年 4 月 14 日

写出“万难忍受的”“骇人的卑污”

——赵本夫《荒漠里有一条鱼》读后

一

赵本夫长篇新作《荒漠里有一条鱼》(《小说月报（原创版）》2020年4至5期）三十余万字，我一口气读完，不仅不嫌其冗长，反而有点意犹未尽。人物情节某些细部似乎还可以留出更多篇幅加以精细描绘，但既然整本书已经写得酣畅淋漓，局部有所节制甚至随处留白，也无伤大雅。

比如“鱼王庄”新一代领袖、村长“老扁”的后继者“抗战”率二十多位青年令人振奋的回乡过程还可以大书特书。孤僻、坚韧而善良的中日混血儿鲁明独闯北大荒以及他与老扁之间的心意相通，或许可以跟占领鱼王庄城堡、毁坏三十万株树木的日军小队长龟田联系起来，独立成章加以深度开掘。浑身散发异香、以不知餍足的疯狂交媾终结“鱼王庙”传说的神秘女子为何很可能就是高贵圣洁的“梅子”姑娘？曾经挽救老扁性命的新华社黄姓记者为何在老扁为“秋月”的官司主动打电报求援时杳无音信？作者花了颇多笔墨描写的小乞丐“螃蟹”跟心中女神“杨八姐”情感“归零”之后究竟有没有变成“泥鳅”似的十恶不赦的坏人？日军掠夺木材，大炼钢时野蛮砍伐，都写得惊心动魄，而第三次“割尾巴”毁林却一笔带过——这些虽然都点到为止，但作为长篇小说的“部件”已经发挥了应有的作用。

节制和留白的好处是不仅可以给读者留出更多想象的空间，也可以让作者腾出手来，牢牢抓住一部大书的主轴，即鱼王庄人一百年前赴后继、防风固沙、植树造林的可歌可泣的事迹，进行充分描绘。

结撰这样一部人物众多、事件纷繁、大跨度时空转换的长篇，作者必须先立主脑，扣紧主线，然后才能针脚细密铺排副线，才能在叙事逻辑上分出主次、先后、内外、明暗，为自己获得更大的挥写的自由，最终将围绕主线展开的异常酷烈的人类生存境遇和异常坚韧的人类求生意志一步步铺展开来，一层层写深写透。

赵本夫毕竟是一位在长篇小说技艺上高度成熟的老作家了，他在宏观布局和微观调配上处处显出指挥若定的真功夫。经过新冠肆虐人心惶惶的几个月，有幸展读这部主旨在于描写人类生存极端艰难而求生意志又极度坚韧的小说，自然有一种精神上的安慰和激励。小说只字未提当下全球性疫情（神医“梅三洞”抗击瘟疫应属事先设定的情节），但一部主要采取历史题材的苦难之书写得如此饱满激越而又从容不迫，恰恰在苦难的深渊生出拯救的希望，当下的读者能够从中感受到某种精神上的充实与慰藉，也就无怪其然了。

二

小说以“黄河故道”两岸荒原深处鱼王庄村长老扁带领全村人一边讨饭一边“栽树”为主线，采取大跨度时空转换与穿插，最终编织了一出涵盖上下一百年、方圆千万里的历史与人生的大戏。

起笔就追溯远在老扁当村长前鱼王庄之为鱼王庄的由来。首先是清咸丰五年六月十八日黄河决堤，改道，以原本在“堤外的官地”勉强安家的贫苦渔民“老八”为代表的第一代劫后余生的灾民在沦为生命禁地的黄泛区重新聚集繁衍，形成原始部落式的鱼王庄。其次是这以后，鱼王庄人齐心协力开始栽树。

这又分两个阶段。起初是黄泛区边沿凤城县（原型是作者故里苏北丰县）大药房主人、富可敌国的“梅云游”放浪形骸，四海漂泊，最后为鱼王庄人绝地求生的意志所折服，迷途知返，以毁家纾难、资助本来跟自己毫不相干的鱼王庄人栽树为晚年第一要务和终极的生命寄托。梅云游死后，其子梅三洞收养的弃儿老扁和梅三洞与法国家庭教师玛利娅所生的混血孙女梅子先后来到鱼王庄，继承梅云游遗志，开始第二阶段更加漫长、更加艰辛也更加卓有成效的栽树。

如果说具有强大生殖力与劳动力的老八是鱼王庄的建庄始祖，是“鱼王不死”和“有求必应”的“鱼王庙”神话的制造者，那么梅云游则是鱼王庄百年栽树大业的开创者。

如果说老八及其同代人，包括老八儿子“大船”及其数代子孙担任鱼王庙看庙“斧头”（暗中给方圆几十里不孕妇女授孕），主要代表着人类在生存绝境中仅剩的纯粹生物性求生与繁衍的意志，那么梅云游及其后继者老扁、梅子、忠心的老管家“程先生”以及团结在他们周围的全体鱼王庄人不惜一切、义无反顾、坚忍不拔的“栽树栽树栽树——”，则代表着鱼王庄人超出单纯求生与繁衍而展开的对未来美好生活的希望与追求。老八、大船、几代“斧头”们和梅云游、老扁、梅子、程先生这两条线及其各自牵涉的众多人事合并起来，就构成了搁浅泥淖几十年竟始终不死的“鱼王”的巨大象征的全部内涵。

从老八一家被洪水冲散，到垂死的老扁梦见其后继者“抗战”在自己肚子上种出一棵树，大概跨越了从晚清到上世纪七十年代末整整一百年。鱼王庄小历史和中国社会大历史纠缠在一起，人事代谢，沧海桑田。因为鱼王庄人要活下来，保证每年开春能够栽树，就必须四处要饭，所以远近数千里，甚至远到北大荒和青海，都留下他们的足迹，更不用说梅云游的全球探险。小说的空间布局非常大胆（梅云游撒哈拉历险简直是一篇浪漫之极的传奇），这与大跨度时间转换结合起来，使整部小说叙事格外显得包罗万象，气势撼人。

小说叙述的核心是鱼王庄人凭着鱼王不死的信念始终不渝地“栽树栽树栽树——”，这并非出于本能和愚昧的疯狂之举，而是深思熟虑之后精神与意志的决断。小说开头通过小乞丐螃蟹的回忆，让我们听到鱼王庄人集体外出讨饭前，村长老扁在“誓师大会”上的几句狠话：

> “不管你外出干啥，也不管你走多远，到腊月里都一定赶回来，赶回鱼王庄栽树！大年初一开始，栽一春天树，然后再出去。这是咱鱼王庄的律令，谁都不能违反！”
>
> “鱼王庄不治住风沙，就永无出头之日！治住风沙就得栽树！想栽树就得活着！活着就得出去要饭！到这地步，没啥丢人的！”
>
> “鱼王庄立村百年，都是四面八方自愿聚来的，自从我管事，只许进人，不许出人，这也是鱼王庄的律令！”

事实证明，鱼王庄人虽然恨极了老扁的严厉苛刻，但又着实敬佩其人格与苦心，基本没人违反“律令”，包括一贯与老扁为敌的“泥鳅”。鱼王庄人就是按照老扁颁布的“律令”，坚持一边要饭，一边克服种种天灾人祸，为子孙后代而不是为自己栽树。他们自己这一代甚至以后几代人都注定享受不到树木成林之后的幸福生活。栽树对于他们，纯粹是一种自觉坚守的精神追求。

三

读《荒漠里有一条鱼》，读者自然会想起中国新文学一个基本命题，即苦难书写。

“五四”新文学一百多年，无数中国作家都曾用各自的方式竭力写出一方人民“对于生的坚强，对于死的挣扎”。鲁迅在给萧红《生死场》做序时似乎不经意间说出的这句名言，简直成了中国现当代作家的最高“律令”。这是熟悉中国现当代文学史的读者们心知肚明的一个基本事实。

简单说来，中国现当代作家的特点之一就是使尽浑身解数，将他们笔下男男女女们放在自然和社会无比严酷的环境，看他们如何绝地求生。这也正如鲁迅所谓陀思妥耶夫斯基“把小说中的男男女女，放在万难忍受的境遇里，来试炼他们”，“将自己作品中的人物们，有时也委实太置之万难忍受的，没有活路的，不堪设想的境地”，“有时候，竟至于似乎并无目的，只为了手造的牺牲者的苦恼，而使他受苦”。比起俄罗斯作家写苦难、写残酷、写绝望，中国现当代作家也确实未遑多让。从鲁迅、李劼人、老舍、柔石、路翎等到王蒙、陈忠实、路遥、张炜、贾平凹、莫言、余华、苏童、阎连科、曹乃谦、艾伟、朱山坡等，往往也正如鲁迅论说的陀思妥耶夫斯基那样，力求“在骇人的卑污的状态上，表示出人们的心来”。

当然不能简单照搬鲁迅对陀思妥耶夫斯基的论述来认识所有中国现当代作家作品。如何具体地将小说人物“放在万难忍受的境遇里，来试炼他们”，如何具体地“在骇人的卑污的状态上，表示出人们的心来”，在不同作家那里总是显出千差万别。尽管如此，鲁迅的论述仍然具有高度的概括力。

但令人感到难堪的是，对比鲁迅关于陀思妥耶夫斯基这一具有高度概括力的论述，又总会暴露出中国现当代作家某些难于克服的不足。

我们的作家在社会生活的现象层面写苦难、写残酷、写绝望，可能并不输给谁，但如何把人物放在“万难忍受的境遇”，“用了精神的苦刑”来“试炼”他们，从而“表示出人们的心来”，还是显得不够深沉宏大。往往如鲁迅所说，仅仅把人物推进“万难忍受的，没有活路的，不堪设想的境地”，由此固然写出了人物所处“境遇”的“万难忍受”和“骇人的卑污”，却并未如何深刻宏大地“表示出人们的心来”，倒是往往只能表现出人们的近乎麻木的忍受。

质言之，许多中国现当代作家要么消极地借用对“骇人的卑污的状态”无所不用其极的描绘来控诉和批判现实的不公，写出人们在“骇人的卑污的状态上”麻木地“活着”；要么就同样消极地写出人们在“骇人的卑污的状态上”并不麻木而是相当“骇人”地“活着”，即抛弃一切道德伦理与理想盼望，在生命保存的意义上单纯为活着而活着。这也可以借用鲁迅的话，就是要么“辛苦展转而生活”，要么“辛苦麻木而生活”，要么“辛苦恣睢而生活”。这里有同情，有愤怒，有冷静，有狂热，有痛心疾首，也有纯粹展览、宣泄、猎奇与炫耀式的苦难描写。至于笔下人物是否“应该有新的生活，为我们所未经生活过的”，则很难想象，因为这始终就很少被成功地描绘出来。

应该将《荒漠里有一条鱼》置于这一文学史背景来考量。

四

在赵本夫笔下，所谓“万难忍受的境遇”与“骇人的卑污的状态”几乎无处不在。

小说一开始写咸丰年间，黄河涨水，下游两岸居民经常能看到被大水冲来的上游男女老幼的尸体。一名武官在庆祝大堤补齐的典礼上手起刀落，毫不犹豫地斩杀了突然跳出来的裸体疯女人，以除晦气，祭河神。这还只是全书残酷描写与卑污叙事初露端倪。随着黄河决堤，无数跟老八一家相似的民众“几乎全在睡梦中被洪水卷走，像卷走一窝蚂蚁”，此后大面积的残酷描写与卑污叙事就几乎从不间断了。

首先是大水过后，“黄河故道”成了风沙蔽日不宜稼穑的黄泛区。除了一些顽强的植物和野兽，方圆数千里一度变为人类禁区。但大灾之后的孑遗之民无处可去，他们留恋故土，渐渐还是闯入禁区，按照近乎原始部落的方式重新聚集，结果就有了本书集中描写的荒漠深处的鱼王庄及其周边的“一百单三村”。

这里的“居民”常年过着食不果腹衣不蔽体的生活。他们的所谓生活无非就是继续这样子生活下去，别无他求。起初他们与世隔绝，像野兽一样生老病死。后来发现了黄泛区周围村镇（或者被后者所发现），但也无非去那些地方乞讨，只要不饿死，还是回到各自的“原始部落”。

满足基本生存之后，剩下的任务就是繁衍后代。由于近乎原始部落，所谓婚姻家庭就极不规范，很多男女只是“露水夫妻”，儿女也大多只知有母不知有父，更无论爱情和廉耻，能够生养就是莫大的奇迹。“斧头”们如何让那些来“鱼王庙”烧香求子女的妇女怀孕，几乎是公开的秘密，“那些求子求女的男人们，其实大部分是知道怎么回事的，可他们选择了佯装不知。其间蕴藏了一个令人肃然的精神内核，就是对生命的渴望和尊重。在一个鲜活的小生命面前，所有人类的道德伦理都显得暗淡无光！”“那是鱼王庄的生命宗教”。在老八和“斧头”们的时代，甚至还谈不上什么“万难忍受”与“骇人的卑污”，因为单纯求生存的人们来不及思考这些问题，也没有什么外来思想资源刺激他们去思考。

对此作者显然不只是同情，也有肯定和赞美，因为在这种情况下活下来并繁衍后代，本身就已经是值得赞美的生命奇迹了。

但是随着梅云游带着现代文明闯入这片原始部落，情况为之一变。尽管梅云游纵火烧毁鱼王庄人东倒西歪的窝棚之后为他们搭建的“新居”也仅够遮风避雨，但梅云游毕竟给他们带来对外部世界的粗浅认识，对未来的渺茫希望。确切地说，是梅云游给鱼王庄人强迫灌输了一个遥不可及的生活目标，就是防风固沙，植树造林，由此改良气候与植被，渐渐将黄泛区变成真正适宜稼穑居住之地。

梅云游十年栽树的事业随着他寿终正寝而几乎中断。这项事业起初完全出于梅云游的恩赐和强逼，并非鱼王庄人甘心乐意；又完全仰赖梅家的财富做支撑，而随着日军进驻梅云游留下的神奇城堡，随着梅云游倾家荡产，鱼王庄的栽树事业也就难以为继，村民们几乎又要退回到过去的原始部落状态了。

在这节骨眼儿上，老扁、梅子和忠心耿耿一介莫取的老管家程先生先后来到鱼王庄，接过梅云游的未竟之业，情况又为之一改。

老扁不同于梅云游，他不想坐吃山空，他也不能凭借巨大的财富恩赐给鱼王庄人食物和树苗。他让鱼王庄人认识到“栽树”不是为了别人，乃是为了自己，因此不能依靠他人恩赐，只能依靠自己，“梅云游先生披荆斩棘，已经为咱们开了一条路，把命都搭在这里了，咱们不能把这一切视为理所当然！”“栽树是咱们自己的事，不能老是指望别人！”“咱们鱼王庄人要活得有点志气。”

老扁甚至看出一条更大的出路，就是联络周边“一百单三村”一起栽树。但他未能说服那些村民，直到后来深明大义的王县长一声令下，老扁才得偿所愿。

一贫如洗的鱼王庄人如何靠自己栽树？这就有了老扁为他们颁布的鱼王庄“律令”：以乞讨维持生存，能生存就坚持栽树！这在逻辑上似乎颇为自洽，却让胸怀理想一心栽树的鱼王庄人立即碰到价值伦理上的悖论：他们为栽树付出一切，结果他们的生命还抵不上一棵树。许多鱼王庄人自愿死后遗体充作栽树的肥料，他们“埋一棵树，心里还能小激动一下，盼着它能成活、长大。埋一个人，只是可惜少了一个人手”。为了渺远的将来，“人不如树”成了几代鱼王庄人必须正视也必须接受的现实，否则他们随时都会放弃栽树这一崇高的理想和终极追求。为了实现将来的文明生活的理想，鱼王庄人在眼前必须比梅云游时代更加自觉地忍受不文明甚至反文明的生活。

比如他们必须继续维持着从老八和“斧头”们传下来的普遍乱伦的两性关系与婚姻习俗。十几岁的姑娘“花花”外出乞讨被人欺负怀孕，回来后只能屈辱地生下孩子。“鱼王庄人只能拼命，用生命换取生命，再用生命养育生命”。他们必须长年累月含垢忍辱，以四处乞讨来维持栽树大业。必须接受老扁无情的鞭子随时抽打在自己头上，男女老幼都不敢在栽树上有丝毫懈怠。他们可以痛骂老扁，可以合伙发泄，围攻老扁，把老扁打得死去活来，但到头来还是要接受老扁的领导，继续千方百计地栽树。

鱼王庄人为了栽树而经历的屈辱、不公、丑恶、污秽乃至留下永难愈合的心理创痛，最极端的一幕，就是任由老扁将其新婚而未入洞房的妻子草儿的初夜拱手送给日军小队长龟田，以保住受到日军威胁的辛辛苦苦成活的那三十万棵大大小小粗粗细细的树。草儿因此终生疯狂，老扁因此必须终生供养不让自己靠近一步的疯狂的妻子，并忍受全鱼王庄人包括高傲的梅子的蔑视与仇恨。草儿的悲剧不仅是老扁的屈辱，也是鱼王庄人共同的屈辱。老扁甚至还让日军自由出入鱼王庄来玷污民女。他因此戴上了汉奸村长的帽子，而这一切都是为了栽树和保树。可悲的是，即使蒙受如此奇耻大辱，那三十万棵树还是在日军即将投降的三个月之前被砍净伐光，其间还白白葬送了几十名试图反抗的老人的性命。

屈辱和失败并没有击垮老扁，也没有击垮鱼王庄人。这并非因为老扁和鱼王庄人麻木不仁，不知痛苦和不知羞耻，而是他们胸中仍然保持着用栽树来改变后人命运的那一团希望之火。在这团圣洁的希望之火面前，一切的痛苦和屈辱都可以忍受，也必须忍受。

鱼王庄人（包括梅子）因此终于原谅和理解了老扁，尽管在他们内心深处常常还会泛起对老扁的蔑视和仇恨。这就正如单身汉老冉向乞讨时收留他们一行人的老和尚所倾诉的：鱼王庄人为了那片树林子活得像狗一样。但老扁坚持几十年，领着大伙栽树护林，又让他觉得是个了不起的事。在老扁身上，有多少光芒，就有多少丑恶；有多少丑恶，就有多少光芒。他无法对村长老扁有一个准确的评价。看上去颇为深沉的老和尚竟不知所对，这不禁令倾吐者老冉大失所望。老冉想在老和尚这里为老扁（也为鱼王庄人）讨一个说法。其实老和尚的无话可说不就是对老扁和鱼王庄人“准确的评价”吗？谁有资格评说老扁及鱼王庄人呢？正如梅子后来所说：“鱼王庄没人该受责备。”

当梅子针对秋月报复性地杀死“哑巴”的姐姐姐夫而说出这句话时，她不仅想到因草儿之事一直被她蔑视和仇恨的老扁，大概也会想到她自己。那个不时蒙面去“鱼王庙”与“斧头”疯狂交媾，令最后一代“斧头”精尽人亡的神秘女性很可能就是她。就连冰清玉洁的梅子也无法始终掩藏和压抑自己的另一面。为了栽树，鱼王庄人都付出了无比惨重的代价，他们都被推进了“万难忍受的境遇”，都落入了“骇人的卑污的状态”。

《荒漠里有一条鱼》主要着力点就是将鱼王庄人推入如此“境遇”和“状态”，然后再来看他们的精神因此会发生怎样的变化。

五

其实，老扁和鱼王庄人为了“栽树”而甘心忍受“万难忍受的境遇”和“骇人的卑污的状态”，这本身就足以表现他们精神上的可贵甚至高贵。

他们并非因为麻木才忍受一切，或自欺欺人以苦为乐，也并非像陀思妥耶夫斯基笔下人物那样基于宗教信仰而作出“伟大的忍从”，乃是在感受到现代文明之后，清醒地意识到境遇的“卑污”和“万难忍受”，却单单为了那只能留给子孙后代的邈远希望而逼迫自己不得不去忍受一切“万难忍受的境遇”与“骇人的卑污”，并在这样的忍受中逐步彰显精神的坚韧、圣洁与美好。

有了这种精神的底色，鱼王庄人某些并不一味忍受的思想言行，表面上似乎有悖于他们基于世俗理想的另一种“伟大的忍从”，但细究起来，精神深处还是一以贯之。

比如许多鱼王庄女人蒙受日军侮辱，或者像小姑娘“花花”那样出外乞讨受辱怀孕，为了生存，准确地说是为了以最卑微的生存来保证自己可以完成栽树使命，只能忍受。但也有不能忍受者如草儿，以及比草儿还要刚烈的秋月。

“七月”跟草儿、秋月都有所不同。她本是乞丐，但毕竟成了高贵的梅云游正式结发的妻子，受到梅云游百般宠爱，也深受现代文明熏染。但为了生存，为了保全梅云游的名誉，七月不能不一再忍受“泥鳅”的侮辱。这种忍受既没有使七月像草儿那样陷入疯狂并疯狂至死，或者如秋月那样一旦爆发就不惜鱼死网破，也没有令七月随波逐流，渐渐忘却奇耻大辱，自己也变得“卑污”起来。她虽然在凤城隐姓埋名，立下脚跟，子女都很有出息，甚至在日军威胁下机智果敢地救下梅子，但她始终无颜跟梅家后人老扁与梅子“攀亲”。仅此一点，就很可以见出其心性的高洁。

不必再说卧薪尝胆、含垢忍辱、矢志不移的老扁了。除他以外，鱼王庄男女老幼可圈可点者也不在少数。

比如为救游击队而不惜以身犯险的单身汉老冉，出于自尊不肯受城里人的歧视而讨得更多，宁愿去乡下不受歧视而讨得更少。那个在大庭广众之下刀砍自身、“卖惨”得钱的武二竟然无偿给病家献血。他为了秋月的官司，更是和老冉一样忧心如焚，倾尽全力。自命不凡自得其乐的小乞丐螃蟹受尽“破裤子”之流的凌辱，心中却始终怀抱着对女神杨八姐的美好念想。一旦念想破灭，他也曾决定破罐破摔，“穷斯滥矣”，预备像“泥鳅”那样无恶不作。可一旦得知秋月蒙难，立即自告奋勇跟随老扁和梅子赶赴千里之外的“古城”去拯救秋月。虽然最终未能救下秋月，螃蟹却因此拯救了自己的灵魂。

至于“抗战”率二十多位年轻人凯旋，动员结伴而来的青海姑娘竹子以鱼王庄为家合力栽树到底，而自卑委屈孤僻的混血儿鲁明千里独行，在北大荒喜获丰收之后，首先想到的是把劳动果实献给鱼王庄。这些年轻人所走的道路不同，却同样慰藉了老扁的心，使他在垂暮之年看到鱼王庄栽树大业后继有人。

鱼王庄人能做到这一点，关键在于他们从善如流，或者说他们内心天赋的善根积极响应了外来文明。如果鱼王庄人都像“泥鳅”那样冥顽不灵，怙恶不悛，那么梅云游、老扁、梅子、程先生这些外来户带来的现代文明在这块贫瘠土地上也就无所施其技，梅云游所灌输的“栽树”理念，老扁对这一理念的进一步深化（含垢忍辱、不假外求、持之以恒、守望相助），梅子默默地向全村推广医药卫生常识，她对女性和儿童特有的关爱，她始终强调的自尊与自律，程先生平时在经济上严格把关精打细算，最后“抖落”一生积蓄告别鱼王庄时所显示的那份忠诚、清廉与耿介——所有这一切也都会付诸东流。

鱼王庄人最大的美德当然还是凝聚为始终坚守栽树的理想。为了共同的栽树理想，他们外出乞讨不管走多远，寒冬腊月必定如期赶回，好参加正月初一全村的栽树活动，然后再外出乞讨。如此信守誓言盟约，对一个据说历来以多疑少信著称的民族而言，不能不说是极其难能可贵了。

“栽树”“保树”是他们的终极理想，也是他们生存的底线。只要能“栽树”，能“保树”，就什么都能忍。一旦践踏他们的底线，令他们不能栽树，或所栽之树将要被毁，他们就会为了心中的理想之火而不计后果，奋起抗击。

为保护那起初的三十万棵树木，鱼王庄年轻人群情激奋，情愿与树木同归于尽，也不愿领受龟田“好心”的庇护。若非龟田事先将他们

“请”入城堡软禁起来，这些年轻人肯定会像几十位未进城堡的老人那样拼死一搏。在大炼钢铁的时代，面对凶神恶煞般砍伐大军，鱼王庄人果然上演了集体护树、男女老幼一人抱住一棵至死不松手的惨烈一幕。

赵本夫就是这样将鱼王庄人置于“万难忍受的境遇”和“骇人的卑污的状态”，讲述他们如何为了“栽树”而忍受到底，或者忍无可忍而拼死一搏。这群蝼蚁似的栽树乞丐们心灵的强韧、美好与圣洁也就由此被作者用近乎赞歌与颂诗的语言展现出来。

一个古老民族能够绵延数千年，它的文明长河始终不曾枯竭，其中必有奥秘存焉。探索这个奥秘，是无数现当代中国作家的共同心愿。《荒漠里有一条鱼》就是赵本夫以他自己的方式对此千古奥秘的一次大胆探询。

2020 年 6 月 4 日写于上海

原载《扬子江文学评论》2021 年 1 期

“旧作”复活的理由

——《这边风景》的一种读法

一、版本学难题？

2013 年 4 月，花城出版社隆重推出王蒙据说动笔于 1974 年的上下两卷、六十多万字长篇小说《这边风景》，引起文坛震动，有说是新疆南北历史、社会和文化习俗的百科全书（古丽娜尔）；有说是汉语世界有关西域的最重要文献，“深入西域，又写出巨幅长篇者，王蒙堪为古今第一”（赵一凡）；有说是“文革”与“十七年文学”真正“落幕之作”（雷达）；还有批评家认为此书一出，不仅如王蒙本人所说，找到了他的“清蒸鱼的中段”，其六十年创作历程因此变得完整，而且“十七年”“文革”乃至整个“中国当代文学”也因此由残缺走向完整，此为三个完整说（王干）。许多人还认为，这部在王蒙迄今为止的文学生涯中耗时最久、篇幅最长、人物最多的奇书，撇开当下读者不难理解和剥离的过去时代政治文化印记，单就叙事内容而言，也是这位传奇式作者所有作品（包括长篇）当中生活积累最厚实、多民族文化生活细节最丰富（有人说是“排山倒海”）、感情投入最丰沛、艺术（语言）表达最酣畅的一部，其重要性无论如何估计都不为过（陈晓明）。

也有人提出质疑，说这部主要写于“文革”后期、取材六十年代初至“文革”前夕新疆生活的长篇，果真能出淤泥而不染，冲破“‘文革’文学”的沉重帷幕，成为那个年代在文学上的一个成功例外吗？尘封四十年之久的“旧作”重见天日的理由究竟是什么（陈冲）？

而就在批评家和学者们各抒己见之时，一个版本学上的难题也困扰着大家。

请看书后勒口“关于本书”的一段介绍性文字：

本书写于1974至1978年，后因各种原因未曾出版，一直放在库橱里。2012年作者重新发现并审读了书稿，做了必要的修改，添加了目录、人物表和每个章节后面的“小说人语”，在基本保持原貌的情况下，郑重交由花城出版社出版。

“目录”“人物表”“小说人语”很清楚，都是2012年添加的，但小说正文何处做了“必要的修改”？怎样是“基本保持原貌”？仅仅根据这段文字，难知其详。“下卷”交代那位“左”得可爱的“四清”工作队的“章洋”后来经历了“拨乱反正、平反冤假错案、改革开放……”一系列历史事件，一望可知是作者撰写的“情况介绍”所谓“适度地拉到新世纪来”，但除此之外，正文部分哪些是2012年4月至8月两次“校订”对“1978年8月7日”作者在北戴河完成修改的那个“初稿”（下文将说明这其实是第二稿）所作的“必要的修改”？

笔者2013年5月开始阅读《这边风景》，将近一年之后才动笔写这篇评论模样的文字，主要就因为始终无法驱除这个疑问。许多次读到某些看上去似乎不太像“文革”时期王蒙能说的话时，总疑心那就是2012年的添改。可继而又想，为什么一定是2012年的添改，而不是1978年北戴河的修改，或“情况简介”所谓1979—1980—1981年间多次试图动一动，作一番“起死回生的拯救”时可能的局部调整呢？王蒙思想和用语往往超前，1984年《在伊犁》系列之一《边城华彩》就写到“被拜年”，而“被什么什么”的结构最近两年才成为网络流行语的！根据个别文字判断小说正文具体写（改）于何时，十分危险。

可一旦放弃这种努力，经过1978年北戴河修改、1979—1980—1981可能的多次改动，尤其2012年两次校订之后，大约1976年年底完成的真正的初稿（情况详见下文）在最后出版的校订本上还会留下多少“原貌”，就不得而知了。

理论上可以说，正式出版的《这边风景》很可能叠合了上述四个不同时期创作和修改的文本，因此研究者和批评家的困窘就不难想象：他们是要将前三个创作和修改阶段理论上存在的三个本子和最后出版的第四个本子分而治之，还是综合起来？分而治之的线索是什么，综合起来的根据又在哪里？

《这边风景》似乎带来了版本学上无法破解的难题。

二、巨大的历史连续性

如果说 1978 年如何对待 1976 年年底初稿，1979—1980—1981 如何对待 1978 年修改稿，王蒙可能多少有点身不由己，不得不根据当时政治气氛和文学风尚而反复修改旧作，那么到了 2012 年，如何处置“重新发现”的旧稿，应该完全是他本人的事，谁也不能干涉了。他可以一字不改就出版，那么读者看到的便是一个时间概念十分清晰的历史文本。但这不是《这边风景》的命运。无论自觉还是不自觉，王蒙自始就没有遵循所谓保存手稿原始样态的原则。

当王蒙 1978 年 6 月应中国青年出版社邀请在北戴河动手修改《这边风景》时，我们有理由认为世上还存在着《这边风景》在此之前的某种原始样态。但这个原始样态何时完稿的呢？现有材料（王蒙自传、自述、答记者问、出版说明以及曹玉茹《王蒙年谱》）都没有明确交代。据方蕤（崔瑞芳）《王蒙——“放逐”新疆十六年》记叙，我们知道 1974 年 10 月 15 日王蒙四十岁生日那天决心恢复写作，很快进入状态，并请到创作假，不坐班而在乌鲁木齐家里安心写作。1974 年年底和整个 1975 年都在写《这边风景》，1975 年暑假还回了一趟北京。写作时而顺畅，时而陷入困难，直到 1976 年 10 月 6 日“四人帮”垮台，“这下他可以放开手脚，大刀阔斧地写作了。经过许多个不眠不休的日日夜夜，他终于写成了初稿《这边风景》——”推算起来，初稿完成总要到 1976 年年底至 1978 年 6 月之间的某个时日吧？为方便叙述，姑且名之曰 1976 年年底初稿本。

至于最初动笔，目前一般认为是 1974 年，这是王蒙本人的一个说法，也和方蕤的回忆吻合。但王蒙在《这边风景》第三十八章结尾“小说人语”中又提供了另一个说法：该章阿卜都热合曼、伊塔汗老夫妇粉刷房屋一节“试写”于 1972 年。与此同时，“后记”还说“三十八岁时凡心忽动，在芳的一再鼓励下动笔开始了书稿”。也是王蒙自己撰写的“情况简介”则进一步交代，“1972 年，我三十八岁时在干校开始考虑书写在伊犁农村的珍稀生活经验，并试写了伊犁百姓粉刷房屋等章节”。看来可以肯定，1972 年在乌鲁木齐南郊“五七干校”学习的王蒙就已经偷偷“试写”《这边风景》的部分内容了。八十年代初《逍遥游》(《在伊犁》系列中最“纪实”的一篇）也说，“七十年代初期，我和我的少数民族干校学友，常常用谈论伊犁来抵挡生活的寂寞和沉重，来激发我们对于生活的爱恋和信心。我们还常常用将来干校‘毕业’以后‘回伊犁去’来自我安慰和互相安慰”，而那正是“文化工作多多少少有了一点恢复的可能的时候”。总之，在相对宽松的政治环境和思念伊犁的心情下“试写”一点关于伊犁的文字，是顺理成章的事。但某些回忆确定1974年生日为执笔之始也不错，因为“试写”粉刷房屋时，或许还不曾想到真的会由此写出一整部长篇小说来吧。

最初动笔时间提前至1972年，对我们理解此书的年代背景并非毫无用处。从1972年“试写”部分内容，1976年年底完成初稿，到1978年6月去北戴河，这中间如果因为忙碌不再有任何改动，则1976年年底初稿可算是《这边风景》真正的原始样态，它的创作始于“文革”后期的1972年，大约完稿于“文革”结束的1976年年底，跨越“文革”和“‘文革’后”两个时代，已经不是严格意义上的“‘文革’文学”了。

但文学史上结束“‘文革’文学”、开启“新时期文学”的公认标志，是1977年12月《人民文学》发表刘心武《班主任》以及1978年8月11日《文汇报》全文发表卢新华《伤痕》这半年左右所谓“解冻时期”。《这边风景》1976年年底初稿早于“新时期文学”发端整整一年多，在通行的文学史叙述习惯上，称它是互相关联的“十七年文学”和“‘文革’文学”的“落幕之作”是不错的。问题在于，今天的读者还看不到“落幕之作”的原始稿本。《新疆文艺》1978年7—8月连载过《这边风景》1—5章，不管这是1976年年底初稿，还是1978年陆续完成的修改稿，经过1978年6月至8月集中精力的修改，1976年年底初稿作为整体，除非另有抄存留底，否则就不复存在了。

再看1978年8月7日完成的“初稿”（其实是第二稿），倘若及时出版，就该属于“新时期文学”，但这样的事并未发生。考虑到1979—1980—1981年间曾试图“作一番起死回生的拯救”，并在1981年2月浙江《东方》杂志上以《伊犁风情》为题发表过片段，加上1978年7—8月间《新疆文艺》连载的1—5章可能包含的北戴河修改内容，《这边风景》的部分章节还是有理由进入“新时期文学”范畴的。

设想将来倘若正式出版2013年3月21日由王山、刘珽发现的“旧稿”，我们得到的也只能是1978年8月7日北戴河改定的第二稿，或截至 1981 年某一时日的修改稿。若是前者，则 1978 年如何修改 1976 年年底初稿，尚需查考；若是后者，则 1979—1980—1981 年间如何修改 1978 年第二稿，也有待研究。

这是王蒙第二部长篇，和第一部长篇《青春万岁》一样，都经历了漫长的历史风雨的冲刷。所不同者，《青春万岁》1953 年开笔，1956 年定稿，到 1979 年出版时，未听说有什么改动。《这边风景》则一改再改，最后出版的并非曾经有过的三种稿本的任何一种，而是经过 2013 年 4 月至 8 月两次集中校订的重校定本。

如果将来有人找到并公开出版 1976 年年底初稿、1978 年第二稿、1981 年第三稿，加上 2013 年版本，《这边风景》就拥有四种版本，不管它们之间的差异是十分巨大还是非常细微，学者们也都可以根据蛛丝马迹，具体分析王蒙在四个不同历史时期怎样创作和修改，这样作家（文学）和时代的关系也就变得非常清楚了。

但至少在目前，我们所能据以讨论的只有 2013 年这个版本，其时间面目相当模糊。

文学史家和批评家总想面对一个时间概念上铁板钉钉的“定本”展开研究和批评，据说这样才能建立文本和历史的确切联系。如果作家的经历富有戏剧性阶段性变化，文学史家和批评家就更希望其具体作品的写作时间能够明确在某个特定历史时期。中国文学研究和批评史上的版本目录、作家年谱和作品系年，就是上述文学理念所鼓励的极其重要的工作。退一步，如果作家大肆修改他们的著作，那也希望是修改公开发表的版本，而非理论上存在但事实上不可得见的手稿，否则任何修改都将无迹可循。王蒙竟然把《这边风景》的创作和修改（修改也是一种创作）从 1970 年代初一直拉到二十一世纪第十二个年头，一本书写了四十年，而且都不是修改公开发表的版本，乃是在手稿上断断续续加以调整，以至于书稿的历史归属极其模糊，是可忍，孰不可忍？！在多次修改过程中，王蒙肯定摄取了这四十年来以新疆为中心的中国社会巨量信息，也把他四十年来所思所想糅进了最后定本，甚至把《青春万岁》“序诗”呼唤的“所有的日子”都编织进去了，这就令“有历史癖和考据癖”的学者头痛，也给中国当代文学批评家们出了一道新的课题。

这不是王蒙的错，不是他的恶意的玩笑。王蒙没有在 1972—1974—1976 年间立志将一部长篇小说初稿藏之名山，然后陆续修改，并算好赶

在2013年予以出版。这一切都不以人的主观意志为转移。不是王蒙作弄了历史，而是历史作弄了王蒙，作弄了文学。但被作弄的王蒙和他的文学反过来又以这种奇特方式记录了历史。2013年版既然由历史造成，也就具有历史研究的价值——其价值就在于超越一段一段分割开来的文学史观，既囊括了1972—2012中国当代文学各个阶段的丰富差异，更体现了中国当代文学这四十年来实际上不容割断的巨大的历史连续性。

历史有许多跳跃和断裂，但历史也有超越跳跃和断裂的内在连续性。讨论中国当代文学的断裂与连续，再没有比写作和修改时间持续四十年之久的《这边风景》更加适合的文本了。但由于目前我们暂时看不到作者历次修改的痕迹，看不到与这四十年许多关键历史阶段相对应的稿本，据此研究历史的断裂（或并未断裂）尚非其时。我们只能把2013年版本看作王蒙花了四十年时间，从1972年一口气写到2012年的一部完整的作品，也就是作者在“后记”中所说的那样一部“老友的新著”，由此研究这部“新著”与其年龄相等的四十年历史的对应关系，也就是研究这部“新著”所关联的当代中国四十年的历史究竟在哪些方面显示了连续性。小说反映的历史连续性，也是作者对中国社会关注与思考的连续性。

笔者煞有介事在“版本学”上绕了一个大弯子，只是想说明2013年版本的价值亦即它的独特的历史真实性，并不取决于它是否忠实地保留了第一（悬想为1976年年底）、第二（1978）或第三（1979—1980—1981）稿本的“原貌”，而在于即使加入了少量的“后见之明”的修改（下文将从作品结构与叙述逻辑推测这种修改很可能极小），也是合理和允许的，而且恰恰因为一写四十年，才更加有效地记录了中国社会的变化，更加充分地体现了作者本人思考的历史连续性。

三、作者态度之陡转

这就说到另一个问题，就是王蒙本人对《这边风景》前后态度的转变。

1972—1974—1976年，《这边风景》初稿完成，作者在新疆朋友圈里朗诵过部分章节，但并没有发表的野心，练笔而已。但1978年6月接受中青社邀请去北戴河改稿时，显然已准备将1976年年底初稿修改之后予以出版。1978 年《新疆文艺》连载 1—5 章就透露了这点。连载后来不见继续，整部书的出版也不得不暂时搁置起来。没想到，由于作者当时正开始了“新时期创作喷涌状态”，这样一搁置就到了 2012 年。

现在可以查到王蒙公开提及《这边风景》的时间是 1979 年 4 月前后，当时已获平反但工作单位和组织关系暂时还在新疆的王蒙正进入第二个创作井喷期，《北京文艺》开始连载雪藏二十四年的《青春万岁》。《文艺报》记者、后来的著名评论家雷达不失时机采访了王蒙，恰逢他改好《这边风景》从北戴河回来，借住姐姐王洒在北京的家里。雷达题为《春光唱彻方无憾》的采访稿发表于《文艺报》1979 年 4 期，其中说到“最近完成初稿的长篇《这边风景》，反映的就是新疆农村的生活，渗透了作者多年的体验”，不啻给王蒙第二部长篇做了广告。但雷达既未交代初稿写作时间是 1972—1974—1976，也没有透露创作过程中遇到的困难。直到 2000 年方蕤发表《王蒙——“放逐”新疆十六年》，才有所交代：

> 整个 1975 年，他几乎一直在我们家的斗室里伏案疾书，第一部作品便是以新疆维吾尔农村为背景的长篇小说《这边风景》。谁也不曾料到，他在写作中遇到了巨大的难以克服的困难。当时“四人帮”正在肆虐，“三突出”原则统治整个文艺界。王蒙身受二十年“改造”加上“文革”十年“教育”，提起笔来也是战战兢兢，不敢越雷池一步。作品中的人物又必须“高大完美”，“以阶级斗争为纲”——他自己说，凡写到“英雄人物”，他就必须提神运气，握拳瞠目，装傻充愣——因此，尽管王蒙有深厚的生活功底，也写得很苦，很下功夫，作品却仍然不能令人满意。

雷达也没有提到王蒙在北戴河修改初稿时仍然未能克服困难，对此王蒙本人三缄其口，直到 2007 年发表《王蒙自传》第二部《大块文章》，才做了详细回顾：

> 一九七八年六月十六号一早，我们在北京站与中青社的同志会合，登上了经天津到北戴河的列车——我在这里改写新疆

后期我所写的《这边风景》——写作当然是去北戴河的主要目的，但是写得糊里糊涂，放不开手脚，还是尽量往“三突出”、高大完美的英雄人物上靠。我想写的是农村一件粮食盗窃案，从中写到农村的阶级斗争，写到伊犁的风景，写到维吾尔的风情文化。但毕竟是先有死框框后努力定做打造，吃力不讨好，搞出来的是一大堆废品。

他对初稿以及修改稿的不满，主要是“先有死框框后努力定做打造”，“死框框”即“以阶级斗争为纲”的“主题先行”和“三突出”的“创作方法”。在观念日新月异、个人又进入新的井喷期的“新时期”修改“文革”后期的旧作，自然困难重重。

但王蒙并没有完全否定这“一大堆废品”，就在他向文坛抛出《夜的眼》《风筝飘带》《春之声》《海的梦》《布礼》《蝴蝶》这六部被称为“集束手榴弹”的中短篇、更多后续之作正源源不断的1979—1980—1981年间，业已成为“新时期文学”领跑者的王蒙没有忘记写于“文革”后期、整体上不属于“新时期文学”的《这边风景》，试图对它作一回“起死回生的拯救”，甚至在1981年2月浙江《东方》杂志上以《伊犁风情》为题发表过片段，可见《这边风景》有他难以割舍的内容，只是时机未到，不愿或不便和盘托出。

八十年代初修改《这边风景》以使它适应“新时期文学”整体氛围的努力，王蒙显然自认为失败了。但他在私人感情上对新疆的牵挂很快就成为一种不可遏制的创作冲动，催促他重写新疆经历。《这边风景》的修改既然如此不顺利，就不得不另辟新路。发表在1981年4月《民族文学》的重要文章《热爱与了解——我和少数民族》，透露了个中消息：

> 我觉得很抱愧。这几年虽然我也写了点，写了四个反映少数民族生活的短篇，还有一个长篇，由于各种原因还始终没有定稿。它比起我喝的维吾尔族老大妈亲自给我烧的奶茶，比起我和维吾尔族朋友喝的酒来，我拿出来的作品还是太少了，我是欠着债的。这个债今后我慢慢要还。

实际上王蒙并不是“慢慢”还债，他很快就放弃《这边风景》的修改，重起炉灶，这就是《在伊犁》系列。从1983年6月《哦，穆罕默德·阿麦德——〈在伊犁〉之一》问世，到1984年5月《边城华彩——〈在伊犁〉之八》发表，1984年8月《淡灰色的眼珠——系列小说〈在伊犁〉》由作家出版社出版，他的还债只用了不到一年时间。

> 《在伊犁》，收篇幅长短不一的小说八篇，都是记载我在伊犁的所见所闻所经历的人和事。八篇可以各自独立成篇——但人物与故事却又互相参照，互相补充，互为佐证，可以说是从不同的侧面反映了那一段生活。(《在伊犁·后记》)

就是说，《在伊犁》是独立自足的，《后记》没有提到《这边风景》，当时也很少有人会想到它的前身乃是一部未发表的长篇。王蒙本人当然不可能忘记《这边风景》。四五年后，有人问：“是不是还写过新疆生活的长篇？”他就明确回答：“对，但实际没有写成，好多内容我把它放到《在伊犁》里去了。”(《王蒙、王干对话录》) 仔细分析《在伊犁》与《这边风景》的关系十分必要，也非常有趣，但先请允许笔者暂借《王蒙自传》第一部《半生多事》(2006) 的回忆，预测一下《这边风景》哪些内容写到《在伊犁》中去了，哪些内容没写进去：

> (1974年——笔者注) 我也真的考虑起写一部反映伊犁农村生活的长篇小说来。我必须找到一个契合点，能够描绘伊犁农村的风土人情，阴晴寒暑，日常生活，爱恨情仇，美丽山川，丰富多彩，特别是维吾尔人的文化性格。同时，又能符合政策，“政治正确”。我想来想去可以考虑写农村的“四清”，四清云云关键是与农村干部的贪污腐化、多吃多占、阶级阵线做斗争，至少前二者还是有生活依据的，什么时候都有腐化干部，什么时候也都有奉公守法艰苦奋斗的好干部。不管形势怎么发展，也不管各种说法怎么样复杂悖谬，共产党提倡清廉、道德纯净是好事情。阶级斗争嘛总可以编故事，投毒放火盗窃做假账——有坏人就有阶级，有坏事就有阶级斗争，也不难办。就这样，以不必坐班考勤始，我果真在“文革”的最后几

> 年悄悄地写作起来了。
>
> 我写了伊犁的肥沃土地，我写到我在伊犁看到过的电线杆子发芽的奇景。我写到维吾尔女人的嗜茶。我写到伊犁地区其实是受俄罗斯人的影响勤于为房屋粉刷。我写到秋收，麦场，牛车，水磨，夜半歌声，婚礼，乃孜尔（祈祷）。我虽然举步维艰，我虽然知道即使写好了也无处可以发表，但一经写到了生活，写到了人，写到了苜蓿地，写到了伊犁河，仍然是如醉如痴，津津有味。

2006—2007 年写《自传》时，王蒙对《这边风景》的评价是一分为二，既承认因为主题先行、奉行“以阶级斗争为纲”而造成“一大堆废品”，又肯定“写到了生活，写到了人，写到了苜蓿地，写到了伊犁河”，并强调写作状态“是如醉如痴，津津有味”。所谓“好多内容我把它放到《在伊犁》里去了”，当然指《在伊犁》对《这边风景》内容上的汲取，主要就是《自传》肯定的《这边风景》在阶级斗争之外所描写的人、物、风光、习俗，包括 1981 年《我与少数民族》提倡的“更深地反映少数民族的灵魂”。尽管一分为二，却并没有想到整个予以出版。他写《在伊犁》，虽然将《这边风景》作为材料、记忆和思考的渊薮，目的却是要用《在伊犁》来取代《这边风景》，来保存《这边风景》有益的内容。写完《在伊犁》，对《这边风景》来一番“起死回生的拯救”计划，也算告一段落了吧？

其实没有。《在伊犁》并没有让王蒙彻底告别《这边风景》。五年之后（2012），他对《这边风景》的评价陡然提高。尽管还大致保留了一分为二的说法，但进而认为那值得肯定的内容价值上超过了应予否定的，而应予否定的内容在新世纪已无伤大雅，可以“基本保持原貌”，予以出版了。

王蒙之于《这边风景》，始于“试写”片段，不久兴奋地挥笔直书，继而在长期困窘和挣扎中时断时续进行修改，一度“死了心”，“承认无计可施”，不得已同意出版社的意见，搁置，冷藏，最后似乎意外地重逢、重读、重审、重新兴奋、重新予以肯定，直至赞同整个出版。四十年漫长曲折的过程，前三十多年波澜不惊，戏剧性的变化乃在 2012 年。

四、三种解读

所以要问：2012年王蒙从主要写于四十年前的旧作中看到了什么令他自己“拍案叫绝”“热泪横流”的东西，以至于一改长久的犹豫，毅然决定整理出版？为什么是2012年？为什么此前就没有看到这部差不多被遗弃的旧作竟然有如此激动人心的内容？这一戏剧性转变提醒我们，理解《这边风景》，重要的或许并非追究历次修改的具体细节，而是作者何以要在2012年突然高调认可旧作——确切地说，认可他本人以读者目前看到的面貌所完成而过去几次三番皆未能完成的对于旧作的“起死回生的拯救”？王蒙要从旧作中“拯救”什么？他希望读者看出什么？

主题先行的“阶级斗争模式”“三突出”创作方式和“个人崇拜的迷信狂热”吗？王蒙确实没有完全抹去这些未能免俗又岂敢免俗的时代印记。不仅没有抹去，实际上还容忍它们大量存在。整部长篇仍然是以1962年边民外逃过程中一桩粮食盗窃案和揪出“四不清”干部背后境内外阶级敌人为外在叙事框架。但这些显然不是王蒙所要“拯救”的内容。他只是借重时代的进步和读者的明智，大度保留旧作的历史风貌——“原貌”罢了。我甚至猜测，这部分内容，王蒙不仅没有大幅度修改，甚至还用历史的宽容态度欣赏着、追怀着、敬悼着往昔那些夸张的描写，比如伊力哈穆深夜读毛选、爱党爱社会主义的维吾尔族瞎眼老奶奶挨个摸“四清”工作队员的脸，雪林姑娘新婚之夜和新郎艾拜杜拉同做“大寨梦”，伊力哈穆的睡在摇床上的婴儿一听《大海航行靠舵手》“脸上就出现了明快的笑容”……

此外，小说的整体结构，众多人物，“排山倒海的细节”，丰富的日常生活和文化习俗的画卷，与时代精神合拍的浓郁的抒情气氛，盛年操笔才有的充沛文气，所有这些内容，从1978年北戴河开始的历次修改，包括2012年的校订，都只能是细部的充实、打磨，而不可能做大幅度的更改。

因此对《这边风景》2013年版本，完全允许有三种解读。

第一，你尽可以把《这边风景》当作十七年文学或“文革”文学的“落幕之作”来发思古之幽情，来惊叹作者在大乱避乡的岁月如何绝地反击，如何抗流拒俗，如何超凡脱俗，即如何在“文革”文学的套路里玩出了花样，显示了大量超“文革”、反“文革”的奇迹，特别是作者本人在“小说人语”里反复提到的，在批判“形左实右”的政治气氛中竟然还能坚持“批左”。你当然也可以因此而分析“文革”文学因为具体时段（“文革”后期）、具体地点（新疆）和具体个人（天才的王蒙）而必然发生却一直被忽略的复杂性。这是一种读法。

第二，考虑到 1981 年之前的历次修改，你若把《这边风景》当作从“文革”文学到新时期文学过渡时期的作品来解读，探索王蒙在过渡时期的前瞻与反顾，也未尝不可。这又是一种读法。

但这两种读法都忽略了 2012 年的语境。王蒙 2012 年决定推出四十年前旧作，不可能只为了展览他在“文革”后期从阶级斗争的模式中破茧而出的艺术，也不可能只是为了给学者研究七十年代末和八十年代初那个过渡时期提供一份历史文献。借这部旧作的复活，王蒙所要说的应该还有 2012 年想说的话，而这些话并不需要怎样加添改作，它就包含在旧作的基本不变的“大情节”的叙述逻辑之中。

这个“大情节”，就是《这边风景》所依托的主要政治背景，即 1962 年酝酿、1963 年干部蹲点摸情况、1964 年全国响应、1964 年底戛然而止的“四清”运动，其中的关键就是如书中反派人物亚力买买提所说，“他们的文件也会与文件打架”。“四清”运动固然因此突然降温，但这个运动一度坚持的主攻方向，即在“反修防修”和“阶级斗争”背景下力求“不上缴”而“就地解决”社会矛盾——对新疆来说，就是缓解 1962 年边民外逃的“伊塔事件”以来的民族矛盾，同时清理干部队伍，提高干部素质，改善干群关系，发展生产，改善群众生活——这些内容，后来就都谈不上了。《这边风景》将故事发生的时间限制在 1964 年底之前，始终围绕新疆地区“四清”运动的上述主攻方向，并始终强调运动的“基层”特征，始终凸显着作者本人关注的问题——他在那个年代作为放逐到边疆“基层”的普通干部能够理解的问题。基本不变的“大情节”所包含的思想信息在 2013 年版本中被充分释放了。

如果注目于此，进行第三种解读，版本学上的困扰和焦虑也就会大为缓解。

《这边风景》“大情节”凸显的问题（民族矛盾、干部队伍、群众生活）以及各民族文化习俗，可以穿越历史，走进今天和明天。我想这些才是2012年王蒙除了感念个人逝去的生命、痛悼与该书写作关系密切的爱妻的亡故之外，在旧作中所看到的最令他激动的内容。站在2012年前后语境中理解王蒙为什么要借这部旧作来回应当下，并不困难。至于这些内容究竟诞生于具体哪个创作（修改）年代，并不重要，毕竟这些被一段一段分割开来的不同历史时期仍然归属于完整的当代中国社会史和文学史，王蒙"重读"旧作时所要"拯救"的内容，在当代中国社会史和文学史上也是一以贯之，没有发生根本的断裂。

从这个意义上说，《这边风景》既是一部旧作，也是借旧作——不管何时被修改或是否经过大幅修改——指涉当下的一部"新著"。中国当下问题本身和《这边风景》一样，都具有不可否认的巨大的历史延续性，用这样一个亦旧亦新的文本来回应既是历史又是当下的那些问题，不也非常合适吗？

五、"基层"·"民族融合"·"干群关系"·"祖国颂"

1981—1984年的《在伊犁》吸收了《这边风景》的部分内容，取得了巨大成功。既然有了《在伊犁》，为什么还要推出《这边风景》？针对新世纪语境，《这边风景》可以帮助王蒙说一说《在伊犁》没有说尽的什么话吗？

这只要比较一下《在伊犁》和《这边风景》，看看哪些内容《这边风景》有而《在伊犁》缺失或弱化处理了，又有哪些内容一以贯之，答案便不难找到。

《这边风景》内容很庞杂，既有日常生活与风俗画卷的生动展现，更有高度的政治意识，这主要是指在"反修防修"和"四清"运动的大背景中，强调如何依靠中央正确文件（1964年底《二十三条》）来妥善解决因敌我矛盾、阶级矛盾，尤其是妥善解决干部素质恶化导致的基层单位（县、公社、大队和生产小队）党内和人民内部矛盾（包括民族矛盾），达到改善基层干群关系、提升干部素质、清除隐藏的阶级敌人、张扬爱国主义、促进民族融合、推动生产、改善生活的目的。小说主体故事发生时间（也是全知视角叙述时间），从1962年5月初伊力哈穆回乡，到1964年底颁布《二十三条》后"四清"运动降温，有时也用倒叙法回溯1962年以前的往事，但原则上不写1964年年底以后发生的事。

《在伊犁》的故事发生时间没有清楚上限，大致以1963年作者到新疆为起点，一直写到1981年9月作者在“新时期”之后第一次回访新疆和伊犁，主要内容是作者对新疆生活和维吾尔乡亲的深切思念，日常生活和风俗画的展现鲜活而丰满，至于政治意识，则主要指向“新时期”拨乱反正与改革开放，很大程度上正好是对《这边风景》的政治意识的扬弃。

比如，《哦，穆罕默德·阿麦德》在生产队用小砍土镘，干私活换大砍土镘，按照八十年代初的政治意识就被赞许为新疆的“李顺大”。同样被肯定被同情的还有《淡灰色的眼珠》中不爱集体劳动的木匠马克。而阿麦德的“特务”一案、“前科长”的“反革命集团”案，也都获得平反昭雪。这些都和《这边风景》大异其趣。又比如，《好汉子依斯麻尔》写一个无伤大雅的运动“根子”喜欢出头露面，一旦掌权就颐指气使，贪图享受，但他又颇能组织大规模群众劳动，熟悉农活，更可贵的是上台认真演戏，下台毫不恋栈，甘心做普通人。如果说《哦，穆罕默德·阿麦德》里有《这边风景》尼亚孜、麦素木的影子，那么依斯麻尔则可视为《这边风景》中穆萨和库图库扎尔的合成，但作者的态度和叙述方式都大不相同。《在伊犁》依托“新时期”政治文化气候，善意地嘲讽也大度地原谅了主要人物身上的缺点，高度肯定他们的优点，而政治色彩被极大地淡化了。这里面当然也有干群关系和干部素质问题，但并没有像《这边风景》那样，因为阶级斗争的政治主题而变得剑拔弩张，更多则归之于文化和人性。当然也有爱国主义和民族融合的问题，但在八十年代良好政治气候中，《在伊犁》中的这个问题也做了淡化处理——汉族代表“老王”和少数民族几乎天然地水乳交融，不像《这边风景》，正面落笔民族矛盾、民族冲突乃至由此酿成的群体性事件（比如第16章“猪仔事件”中一触即发的维汉冲突和大规模的干群对立），强调良好的民族关系必须通过紧张激烈的国际国内阶级斗争和干部群众共同努力，才能切实地争而后得。

展示维吾尔族和其他各少数民族日常生活和语言、宗教、习俗、文化心理，感念维吾尔族和其他各少数民族的善良、智慧、勤劳、勇敢，以及作为人类共有的可以包容的缺点，两书一以贯之，但这些内容《这边风景》写得更饱满（个别地方或许还略带夸张）。而在展示民族团结，渲染维吾尔族和其他各少数民族对汉族同胞、对社会主义祖国、对共产党的无限热爱，以及新疆和伊犁地区良好的干群关系方面，《在伊犁》也很重视，却没有像《这边风景》那样全力以赴，并且十分突出地强调：这一切都是经过 1962 年边民外逃的“伊塔事件”和 1964 年“四清运动”的国际国内严峻政治斗争的考验，而得到巩固和升华。

在“新时期”的政治氛围中，《在伊犁》的整体氛围不免显得云淡风轻，它并没有用罄当年鏖战急的《这边风景》所蕴含的生活、思想和政治资源。因此，尽管有了《在伊犁》，《这边风景》仍有值得出版的价值。

《这边风景》有两个“文眼”，第 11 章“老王也会受到挑拨吗？”（民族融合）、第 22 章“县委书记赛里木深入群众”（干群关系），今天看来，仍然历久弥新：

> 老王是汉族，但是他祖祖辈辈和维吾尔劳动人民生活在一起——他从小就感到不同民族的相同命运的人要比相同民族而不同命运的人亲近得多。
>
> 民族，什么是民族呢？为什么同样的人要分成一个又一个的民族呢？过去，里希提想到各个民族的各自的特点和共同的经历的时候，想到我们的祖国是一个多民族的国家的时候，总是更加感到祖国的伟大，生活的丰富多彩，各民族劳动人民的互相团结、互相补充和互相促进是一件大好事情。但是今天，他又一次清楚地看到有那么些心怀叵测的人正在企图利用民族的区分来分裂人民，企图把统一的中国人民的整体隔成一块又一块的血肉！再往这裂缝上撒下盐。

接下来一段关于“老王”既欣赏维吾尔文化的长处又恪守汉族文化的优秀传统，关于“民族感情”既要尊重又须警惕发展为狭隘民族主义和地方主义的议论和 1981 年那篇宣言式的《热爱与了解——我和少数民族》如出一辙。这些内容（包括上述“猪仔事件”），《在伊犁》并非没有，但或许写得过于蕴藉含蓄，远没有《这边风景》来得大张旗鼓，而又严肃峻切！

“新时期”或“五四”以来，写到少数民族的汉语（未必是汉族）作家夥矣，但真能深入少数民族日常生活，掌握少数民族语言文字，在保持本民族优良文化传统的前提下高度赞赏和充分吸收其他民族优秀文化（包括赞美西北少数民族优于汉族的歌舞文化和体魄！），在心理上精神上灵魂上彼此沟通，真诚昂扬地提倡各民族互相学习互相补充，以至于具体落实到语言文体的气韵魂魄与神经末梢，竭力促进民族融合，以至于成功地消除陌生感、异己感、恐怖感，真诚昂扬地歌颂爱国主义，一如真诚昂扬地歌颂少数民族和民族团结者，王蒙一人而已。

再看他如何描写县委书记赛里木下乡走群众路线的经验：

> 像鱼儿来到水里，一下来，他觉得自己的生活方式，思想方法以至精神面貌都发生了可喜的变化。他和人民更近了。他头脑里的实际情况和实际问题更多了。他的心情更充实也更自如了。虽然担任县委领导职务也已经五六年了，但是办公室一坐他总觉得六神无主。脸上没有土，身上不出汗，鼻子里闻不见牛粪、青草和柴油的气味，手里握不到厚实的硬茧——这可叫人怎么过下去！

赛里木只是一个典型而已，《这边风景》此外还描写了以里希提、赵志恒、伊力哈穆、热依穆、达吾提、吐尔逊贝薇为代表的一大批新疆县级以下直到生产小队的基层优秀干部形象，他们是群众路线的表率，也是维护民族团结的先锋，而群众路线与民族团结在《这边风景》中完全是一种直接的因果关系。干部淡泊名利，身先士卒，与群众水乳交融，及时化解矛盾，消除误会，就不会酿成和放纵为令人痛心疾首的民族团结问题。反之，干部高高在上，脱离群众，蜕化变质，必然受敌人蒙蔽和利用，甚至本身就变成敌人，最后受损失的当然是民族感情和党的民族政策——这后一种情况也是《这边风景》着力描写的，如果说在分量上没有超过前者，至少也是平分秋色。其中的重头戏当然是库图库扎尔形象的塑造，此君好逸恶劳，贪图享受，多吃多占，利欲熏心，最后脚踩两只船，一面对党和群众虚与委蛇，一面里通外国，跟破坏民族团结的“高腰皮鞋”乃至境内外敌人沆瀣一气，亲手制造“猪仔事件”和“死猪事件”，并散布流言，诬陷清正廉洁的维吾尔族干部，从根本上伤害民族团结，平时又欺下瞒上，巧舌如簧，非常具有欺骗性。如果说库图库扎尔是“四不清”干部的典型，章洋就是在“四清运动”中出现出来的可能比“四不清”干部还要可怕的另一种脱离群众的典型。小说成功描写了和尹中信、赛里木等优秀干部处处对立的章洋那种“左”得可爱、“左”得可笑、“左”得可怕、“左”得可恨、“左”得可耻的工作作风。这也是“小说人”虽然庆幸在批判“形左实右”时尚能坚持“批左”但回想起来仍然“痛心疾首”的一种现象。写得最绝的一点，是极左之实竟然也懂得盗用联系群众之名来大行其道，如章洋先搬进尼亚孜家，后来又强行与可怜的泰外库同吃同住，直闹得鸡犬不宁，洋相百出，而他本人却以为捞到了大笔政治资本，更加自信地挥舞大棒，至死不悟。

相比之下，《在伊犁》的重心是塑造一系列善良、勇敢、勤劳、豁达、爱美、富有理想与诗情、小有缺陷而瑕不掩瑜的普普通通可爱的维吾尔群众形象。偶尔也提到“社教”和“多普卡”（“斗批改”）干部，但大多通情达理，或无伤大雅，绝无“章洋”那样自以为是、拿着鸡毛当令箭、“左”得可爱、愚蠢之极乃至被阶级敌人挖苦为“什么都没有弄清先上来冲锋陷阵的好汉子”。《在伊犁》也写到从运动“根子”起来的咋咋呼呼的基层“铁腕”依斯麻尔，但情况并不严重，没有发展到类似库图库扎尔那种不可收拾的地步。

着眼于群众路线和民族团结，在基层干部形象塑造上激浊扬清，祛邪扶正，是《这边风景》较之《在伊犁》更加凸显的亮点。

当然，也间接地借了受尽凌辱的可怜的乌尔汗之口，强调了“文件”的重要性：

> 我的老天爷呀，我的看不清也听不明白的文件啊！让真主保佑：多发一些有利于老实巴交的好人、不利于兴风作浪的奸贼的文件吧，多发一些让人好好地过日子而不是平白无故地折腾人的文件吧。

看不到这一点，《这边风景》的出版就无非是替《在伊犁》找到前身，等于出了《在伊犁》的加强版。实际上《这边风景》的推出，不是从 1981—1984 年创作《在伊犁》的精神氛围后撤到 1972—1976—1978 写（改）《这边风景》的思想境界，而是以退为进，“拯救”出《在伊犁》所回避、所淡化的一部分内容。我以为，这些内容正是 2012 年王蒙希

望发表却未必能像过去那样顺畅表达的心声。“偏巧”这时“发现”了旧作，于是就借昨日心血凝成的作品，浇今日难平之块垒了。

《这边风景》虽然是主要在七十年代下半期书写六十年代前半期的新疆生活，但并非王蒙六十年创作历程的一个例外，其主要内容不仅远承五十年代，也呼应着八十年代以后直至新世纪王蒙的思考和探索。

从《组织部新来的年轻人》开始，王蒙就显示了他作为当代中国作家的两个基本特征，一是强烈的现实政治关怀，二是自觉融于新国家，坚信这新国家前途远大，个人命运不可能自外于国家命运。这二者简言之就是现实批判精神和虽九死而犹未悔的爱国主义。前者说得较多，后者则较少论及，其实是一个硬币的两面，不仅从《组织部》延续到《这边风景》，更透过作者当时信而见疑、忠而被谤的贬谪心态，获得了前所未有的强化。

首先，从现实批判精神出发就推出《这边风景》“四不清”干部和干群关系恶化问题。选择“四清”作为自己和时代的“契合点”，固然是“戴着镣铐跳舞”，却也是远未驯服的《组织部》之创作惯性使然，并迎头赶上了新世纪干部队伍整顿、群众路线运动。

其次，从爱国主义出发推出《这边风景》强烈的民族—国家意识，推出王蒙特有的对少数民族的感情与认识，对民族融合和大国主权的体认，对泱泱大国的由衷自豪，并且绝非歪打正着地指涉了新世纪新疆地区的民族团结问题。

论到这部书在西域和新疆文献史上的地位，与其说是上继《大唐西域记》《大唐西域取经诗话》和《西游记》等典籍的宗教遥慕与神话演义，或纪晓岚、魏源、林则徐等清代文人的新疆见闻，不如说是远追《史记》的囊括西域和周边其他民族之家国天下混一思想（尹中信下乡路上想到的正是汉代凿空西域的伟业），而近承碧野《天山景物记》等当代经典作品的颂歌情结与大赋情怀。《这边风景》真诚地赞美少数民族，赞美民族融合，赞美全然委身的新国家，赞美在祖国怀抱各民族的每一个凡人的命运的奇妙，从克服狭隘的民族主义和地方主义上升到爱国主义和国际主义境界，这是只有在新国奠基、百废待兴、前途远大的大时代才会有的心胸气度，也是今天在谈论民族团结和国家安全时弥足珍贵的一笔精神遗产。在这样的社会整体的精神氛围中，学汉语、爱汉族、爱国家、关心国际乃至宇宙大事的阿卜都热合曼老爹的形象塑造，属于王蒙的一绝，而阿卜都热合曼老爹在《这边风景》中绝非孤立现象，他是书中写到的所有少数民族群众的一个代表，体现了作者为之感动不已的真正超越传统夷夏之辨的新型民族关系和民族感情的精髓。

八十年代以后王蒙坚持这方面的思考，《布礼》《风筝飘带》和《相见时难》《新大陆人》两组小说，一则竭力化解内部的伤痛、愤懑、动摇和幻灭，一则坦然迎受外部（比如“美籍华人”）怀疑与质询的目光，其努力与国际主义和人道主义并行不悖的爱国主义主题，历经八十年代至新世纪文坛风雨的反复冲刷，愈加显得清晰而坚定。

现在我们又听到来自《这边风景》的悠远回响：

> 上面千条线，基层一根针。到基层几个小时，他们便开始看到、体会到，我们伟大的社会主义祖国的各个系统，各个部门的各式各样的方针、计划、设想、胆略、任务，是怎样地在基层汇合成了沸腾的、五花八门的、日新月异的生活。古今中外，还有比我们的基层单位更充实，更有吸引力的生活吗？

这是“四清”工作队员们刚下乡时内心腾涌着的上下一体的国家意识，洋溢着政通人和的祥瑞气氛。

再看《这边风景》的总结陈词：

> 这所有的一切，所有的地上的、人间的快乐和光明，都来自我们亲爱的祖国。我们唯一的愿望、唯一的要求和最大的幸福就是要把自己献给祖国，把自己的劳动和爱情献给祖国，让祖国变得更加美丽。哪怕是一百年以后，我们也要变成祖国大地里的泥土的一粒小小分子，也要歌唱伊犁，歌唱天山，歌唱黄河与长江，歌唱我们经过了不少的试炼，才有了些许的安慰。我们与祖国同在。

不管这两段话写于何时，都是王蒙从五十年代直到新世纪六十多年文学生涯的主旋律。祖国高于一切，祖国意味着一切。这并非外在的空洞的叫喊，乃是一个作家，无论遭遇乱世还是欣逢盛世，无论居庙堂之高还是处江湖之远，无论攀上汉民族文化高峰，还是深入少数民族生活的堂奥，都有深切体会而恒常持守的基本生存感悟。而他所要抵抗、所要警醒的反面，则不妨用《新大陆人》首篇《轮下》结尾一句来概括：

> 中国！中国！中国！你这个中国的不肖子！

作家王蒙的特点之一，是强烈（有时露骨？）的政治关怀。时代不同，境遇有别，另一些作家这方面有些淡化，也很正常。但如果站在远离政治的“纯文学”立场认为过于关心政治的创作不是文学，这在中国文学传统中，就有点像站在汉大赋、六朝宫体诗、李贺、李商隐等人（当然也是被误解了）的角度，说屈原《离骚》、杜甫和白居易诗歌以至鲁迅杂文不是文学一样。

重要的不在于是否关心政治，而在于能否将政治关怀转化为艺术的表达。《这边风景》再次让我们看清王蒙在中国文学史上的定位：他是无限深情地歌颂社会主义大中国的大作家。有的中国作家虽然伟大，但不一定描写社会主义大中国；有的作家能够描写社会主义大中国，但并不一定因此将自己造就成了大作家。

六、场面·人物·笔势·维汉混合语体

当然不只是政治关怀，可说的还有很多。

《这边风景》出版以来，肯定性评价集中于一点，就是王蒙对二十世纪六七十年代汉族、维吾尔族和哈萨克、塔塔尔、俄罗斯、回、乌孜别克、锡伯等其他少数民族杂处共存的我国新疆伊犁地区日常生活无出其右的丰富而出色的描写。所谓日常生活，除了四十多个活生生的人物及其性格和命运，还包括和这些人物有关的不同民族的语言、习俗、服饰、歌舞、文学、心理、历史传说、宗教乃至饮食、家居、器物之类。这当然不错。实际上这方面的研究还远远不够充分，光王蒙这本书究竟使用了多少维吾尔等少数民族的民间谚语，就颇值得词典学、民俗学和小说修辞学的统计和研究。在可预见的将来，大量学术论著还会在这方面继续展开。

这里仅就和王蒙小说艺术有关的几点，做些补充性探索。

先说场面描写。小说，尤其是长篇小说的场面或曰场景描写，是人

物塑造和情节推进的必要环节，也是作家展示其生活积累、观察力、想象力、结构组织力、语言表现力和基本价值关切的一门相对独立的综合艺术。对于偏向写实的长篇小说来说，没有成功的场面描写，就像一个将军只能组织小战役而不敢指挥千军万马的大决战，一座高楼没有几根必要的柱石，一桌酒席没有几道像样的主菜，或者一场交响乐，只有几把提琴的嘶鸣，至多加上木管组的几根短笛，而缺乏铜管组的圆号、长号、大号以及全套打击乐器的配合！经典现实主义长篇小说都有精彩的场面描写作为支柱，后来这门文字描写的艺术似乎日渐式微。深受十九世纪经典现实主义小说（尤其俄苏文学）影响的王蒙创作《这边风景》时，迎难而上，非但不畏惧场面描写，反而似乎酷爱大场面，追求大场景，一写到大场面大场景就格外来劲，比如穆萨的翻江倒海吸瓜而非吃瓜法（《在伊犁》"好汉子依斯麻尔"之"自动排籽吃瓜法"的前身？）、麦素木和古海丽巴侬夫妇为拉拢大队长库图库扎尔而设计的成龙配套的宴席与"恶之花"的弹唱、穆萨和库图库扎尔深夜举行啤酒烤肉宴、阿卜都热合曼老爹与妖龙毡子搏斗、米琪儿婉与雪林姑娘合作打馕、"社会主义教育（四清）工作队"从乌鲁木齐一路到伊犁的旅行、工作队进驻时全村的兴奋与骚动、亚森宣礼员应库图库扎尔之请主持人神对接的乃孜尔仪式——无不写得众声喧哗、有条不紊、波澜壮阔、纤毫毕露。有时同一章节接连就有两次盛大的场面描写，比如第10章刚写了牛皮穆萨刚刚与"翻翻子"乌甫尔的大战，马上又是乌甫尔和里希提两人默不作声挥动"钐镰"的强劳动场面（"好汉子依斯麻尔"用"芟镰"割苜蓿的前身？）。《这边风景》许多场面描写有的经过修改而移入了《在伊犁》，但生活和艺术的巨大体量明显远未用罄！这是一个作家创作实力的突出表现。

再说人物塑造。《这边风景》提到人物八十二个，至少正面描写了四十位左右，大多饱满鲜明，栩栩如生。细分起来，或者可以说，以伊力哈穆等为核心的正面人物，包括县委书记赛里木、跃进公社党委书记赵志恒、爱国大队长（后改任书记）里希提、"四清"工作队队长尹中信，包括作者寄予深情的大队团支部书记吐尔逊贝薇和汉族农技员杨辉，体现主题思想和政策理念的地方还是超过了真实的个性的开掘，而大量中间人物（姑且借用这个概念）如阿卜都热合曼夫妇、爱弥拉克孜的迷信恭顺一生害怕"哎鸠鸡哞鸠鸡"的父亲阿西穆、牛脾气车夫泰外库、拘谨刻板的亚森宣礼员等，着墨不多，却令人过目难忘。写得更好更出彩的还是那些落后以及反面人物，如工作上习惯蜻蜓点水自以为是的和田某副县长及其培养的四个宝贝积极分子，“四清”工作队“左”得可爱的章洋，身份可疑而经常挑起维汉矛盾的汉族流民“高腰皮鞋”包廷贵，同样身份可疑、来历不明的维吾尔族流民、著名的搅屎棍尼亚孜泡克，自诩神通广大据说有四十只脚而到处推销“塔玛霞儿”哲学的牛皮穆萨，包括在回忆里一笔带过的马木提乡约，麦素木的富商父亲、从“公牛”而巴依而病人而圣徒的阿巴斯。所有这些之外，写得最成功的坏人则是 1962 年出逃未遂的“前科长”麦素木，以及跟麦素木狼狈为奸而又钩心斗角的“四不清”干部典型、泥足深陷却自以为“羽毛比鸭子还要光润”的库图库扎尔大队长！伊力哈穆虽说是长篇的男一号，真正有戏的灵魂人物还是麦素木和库图库扎尔这两位。

这里值得特别一提的是王蒙在那个政治压倒一切的特殊年代，用罕见的爱心与柔情塑造了被诬陷为叛国未遂的乌尔汉以及米琪儿婉、雪林姑丽、独手爱弥拉克孜、伊塔汗、再娜甫、狄丽娜尔、莱依拉等众多美丽、善良、智慧、温婉、柔弱而坚强的女性形象，极大地彰显了人的尊严。当然他也浓墨重彩地描写了马木提乡约的遗孀玛丽汗、库图库扎尔之妻帕夏汗、尼亚孜泡克之妻库瓦汗、麦素木之妻古海丽巴侬的阴沉、狠毒、愚蠢、颟顸、邪恶、狂野、恣肆，他甚至也写了这些女人对各自丈夫超出平常女人的忠诚顺服与琴瑟和谐，正如他也写了雪林姑丽和粗暴倔强的车夫泰外库的劳燕分飞，写了不幸、自尊、内心无比丰富的爱弥拉克孜和库外泰之间苦乐交织的情感磨折。在那个普遍粗粝无情的年代，《这边风景》女性描写抵达了令人惊叹的复杂、深邃与美好，它上承《组织部新来的年轻人》对赵慧文、1957 年创作而未发表的一篇小说对尹薇薇的刻画(该篇后写进《初春回旋曲》)，下启《在伊犁》对“爱弥拉姑娘的爱情”、《淡灰色的眼珠》中木匠马克的娇妻阿丽娅和一怒之下嫁给老裁缝的痴情的独手姑娘爱莉曼的描写，往后一直延展到《活动变人形》和“季节系列”。写女性，写美丽的女子，哀怜她们的不幸，祝祷她们的幸福，这也是贯穿王蒙小说创作的一条红线。

王蒙写人物，或正面强攻，直接描摹，或“背面敷粉”，间接刻画。有些通过人物的语言表演来传神写照，有些则通过事件的前后勾连来反复皴染，有些随时穿插的次要人物如马木提乡约、麦素木之父的“小传”，也写得行云流水，有声有色，足以和表现库图库扎尔精神成长史的“四只飞鸟的故事”相媲美！最拿手的是心理描写，如第28章中央“文件”下来之前麦素木踌躇满志的穿梭外交，第53章“文件”下来之后麦素木失魂落魄地去伊宁市看望“老爷子”亚力买买提，两大段夹叙夹议的心理描写入木三分，而多处对库图库扎尔心理成长和心理矛盾的分析，则大有老托尔斯泰“心灵辩证法”的气象。如果说同样是写好人，或者写中间人物进步为好人，《这边风景》因“阶级斗争”“阶级感情”“阶级意识”无处不在而不免夸张和脸谱化，《在伊犁》则因为八十年代“人道主义”凯旋也难免有所拔高与美化，那么写坏人则是《这边风景》的特长——《在伊犁》只有那个枯干佝偻却专娶年轻妻子的老裁缝算是彻底的反面人物。这当然要拜“阶级斗争”之赐，正因为绷着“阶级斗争”这根弦，作者才特别善于发现人性的污秽，歪打正着地切合了生活的实际。生活中本来就有许多坏人，许多人性的残缺，借用麦素木名言：“地球也有缺点，两极寒冷而赤道炎热——何况是可怜的人类！唯其有缺点，才成其为世界——”尤其坏人实在写得太绝了，几乎令笔者提前满足，看不到背后的优美风景！这或许也是评论者的令人恐怖的泰外库式的粗糙吧。王蒙写汉族和写少数民族，都不惮于揭发不同民族共通的人性缺点，正如他也不懈地追寻不同民族共通的人性优点。如此，才真正达到了各民族文化心理深层的沟通和理解。

值得一提的还有那如火如荼的笔势。七十年代末，从新疆归来的王蒙甫一亮相就格外引人瞩目，这不仅因为他在“重放的鲜花”丛中怒放得最鲜艳，也因为他从新疆带来了不同于以往的另一副笔墨，就是把一切都“说个六够”“蛮不吝”、无所顾忌、四面出击、联翩而下的笔势。这不仅与五十年代王蒙判若两人，也和大多数汉语作家划然有别。王蒙从哪里获得这种他自己所谓“博士买驴式文体”？许多人疑惑不解。我曾称之为“说话的精神”，大意是说王蒙写人物、写生活，经常的办法就是直接用语言来写语言，写出生活中的人们的“说话的精神”，同时也毫不隐瞒自己作为作家的“说话的精神”。他捕捉语言的精髓，用语言来抓住生活的秘密，也用语言来吐露心声，更用语言之流来拥抱读者。但我和大家一样也不知道这种“说话的精神”从何而来。隐约猜测与新疆有关，但细读王蒙七十年代末回京之前在新疆发表的几则短篇故事，又不敢确认就是八十年代以后王式语言瀑布的源头。及至《这边风景》发表，不仅王蒙找到了自己“清蒸鱼的中段”，对他的如火如荼的笔势疑惑不解的人到此也就可以释然。《这边风景》充分描写了维吾尔族人民普遍的能言善辩、口若悬河的天赋，也令人信服地解释了善于学习和模仿这种语言天赋的王蒙的强劲笔势的来源。

但这也并非维吾尔族语言和文学的专利，就像令“老王”佩服得五体投地的名言“忧伤是歌曲的灵魂”并非维吾尔诗人纳瓦依的发明。汉语的力量何时弱过？早在先秦时代，三闾大夫的作品便有九畹多姿、百亩弥望的美称，伟大的庄周更是天马行空、汪洋恣肆、卮言日出。到了汉代，司马迁的历史散文瑰丽雄奇，司马相如、枚乘等人的大赋铺张扬厉，六朝贵族文人又有“绮縠纷披”“情灵摇荡”“为人先须谨重，为文且须放荡”的说法，他们的诗歌骈文所印证的无所拘牵的自由美学，唐宋以降，追随者代不乏人。“五四”以后出现了鲁迅、郭沫若等振笔直遂、恢宏阔大的巨匠，但白话文学普遍的笔力孱弱毕竟无法掩盖，加以政治钳制，人心猥琐，满目所见，更多还是规行矩步、形格势禁、中气不足、荣华凋敝，以至于连先前曾有的辉煌也不复记忆了。所以在王蒙这里，文体思想的彻底解放乃是维汉文学传统的英雄所见略同，王蒙只是有所汇聚、有所升华而已。他也确有基础和条件来完成这种汇聚和升华。基础是《青春万岁》的一往情深，用墨如泼，和《组织部新来的年轻人》的慎思明辨，一丝不苟。条件是他对维吾尔族语言文化传统的快速领悟，同时不放弃对本民族以及世界优秀文学作品的倾心热爱与不倦钻研。

如火如荼的笔势，落实在语言细节上，就是王蒙独家发明的“维汉混合语体”。《这边风景》面对的生活世界本身就充满了“维汉混合”的语言现象，许多汉人学说维语，也有许多维吾尔族人像阿卜都热合曼老爹那样痴情地学说汉语，这就自然产生了维汉两种语言、两种文化、两种智慧、两颗伟大心灵你中有我、我中有你的交错混杂关系。第 39 章一个地方，王蒙特别提醒读者：“在这一段和本书其他地方，有许多取自维吾尔语的直译，以便读者更多地了解维吾尔人的语言逻辑、感情和心理。”岂止短兵相接的“对话”，人物的自言自语、长篇大论、内心独白乃至作者的叙述、分析、抒情和评论，都体现了这种类似“直译”的“维汉混合”。比如第 28 章麦素木穿梭外交，到处煽风点火，布置众人在即将到来的工作队面前掀翻对手伊力哈穆，他对尼亚孜夫妇、亚森宣礼员、车夫泰外库一路游说过去，或者“暗引”革命导师“语录”，或者炫耀他所掌握（包括生造）的维吾尔族格言警句谚语套话和《古兰经》经文，滔滔不绝，舌灿莲花，就都是这种“维汉混合语体”。此外，尼亚孜习惯的胡搅蛮缠，库图库扎尔在会议上反守为攻、颠倒黑白的慷慨陈词，被库图库扎尔挤对而沉默退让但又不甘消沉的热依穆副大队长在县委书记赛里木面前的长篇大论，四大队队长乌甫尔一通论据充足滴水不漏的算账——都是气势若虹的维汉语言混杂交错的极致！

这里不妨欣赏一下那位在伊宁市深居简出、通过麦素木操控库图库扎尔、公开身份竟然是州商业部门某公司的领导干部、堪称幕后黑手的“老爷子”亚力买买提对麦素木的三次醍醐灌顶的开导。一次是 1962 年“伊塔事件”中，已经获得“苏侨协会”侨民证而一跃变成塔塔尔–鞑靼人麦斯莫夫的麦素木最终不仅没能走成，反而成了政府审查的对象，这时亚力买买提的说法是：

> 您是维吾尔人的精华和希望。我们不能离开新疆，新疆也不能没有我们，狗离了自家叫也叫不响，可您到底是怎么回事？——吞咽使人丢脸，多嘴使人掉头，而盲目的奔跑呢——可能带来更大的灾难！

第二次是社教工作队进村，麦素木心里没底，亚力买买提对他说：

> 您，我，我们都是政治家。可政治家能像您那样目光短浅、灰心失望吗？能够像您那样不订报纸，不用最新式的提法和口号来武装自己的舌头和牙齿吗？哎咦，科长兄弟，哎咦，麦斯莫夫老爷，难道在乡巴佬中间，您也逐渐变成鼠目寸光的乡巴佬了吗？——不错，现在讲阶级斗争，好啊，千万不要忘记，这是说给他们的，也是说给我们的。咱们谁也不能忘记喽。我们生活在一个大话连篇，一个话比一个话更猛更牛的时代，而我们：俄罗斯人、乌兹别克人、鞑靼人、哈萨克人与维吾尔人，我们才是大话的能手。哈萨克的谚语：大话可以通天！大话可以移山！大话可以改变世界，改变我们，改变伊犁

河的流向！

比如说，千万不要忘记阶级斗争，好啊，多么好！但是，谁跟谁斗呢？这可不像打仗的时候两军对垒那么清楚。什么党内党外矛盾的交叉啦，什么四清四不清的矛盾啦，谁知道会熬成一锅什么样的乌麻什？我最近读了一些文件，有些话说得吓人呢！把农村干部说得坏成什么样子！好哇，让他们用自己的油煎自己的肉去吧。

第三次是中央“文件”（二十三条）下达，“四清”运动急转直下，麦素木的精心布置眼看溃不成军，亚力买买提又安慰他说：

虽然他们调整了政策，大张旗鼓地宣传他们的“文件”，他们的文件也会与文件打架，这里头也有权力斗争——未来呢，难免还有新的纠纷、分裂以至于混乱。这样斗下去，他们早晚要不就四面树敌，顾头不顾尾，要不把自己斗乱乎了完事。我们活动的时机仍会到来。像你们的章组长那样的什么都没有弄清先上来冲锋陷阵的好汉子，还会有很多的！

真是汉族大话遇到了维吾尔族大话，北京侃爷拥抱了新疆侃爷。另外，麦素木用维文写给不能读汉语的库图库扎尔的匿名信（作者译成了汉语）更是维汉语文完美糅合的一绝！

当然绝不只是反派人物能言善辩，出口成章，正面人物如赛里木书记、伊力哈穆、里希提、尹中信、乌甫尔、亚森宣礼员、显然具有民间哲人风度的阿卜都热合曼老爹、巧帕汗外祖母，还有阿卜都热合曼老妻、一句“我也是公家人”令赛里木书记感动得险些失眠的伊塔汗……一旦说起来，个个都是好手，一点不输给亚力买买提、库图库扎尔和麦素木之流！

王蒙的“维汉混合语体”是站在汉语本位来充分吸收和模仿（“直译”）维吾尔以及其他少数民族语言，这既带来大量的少数民族的语言和智慧，极大地丰富了汉语的表达，也坚守了汉语本位的立场，甚至经过维语的补充和激荡，愈加彰显了汉语的独特魅力。

其实具备以上几点，就足够有理由“天生丽质难自弃”了。精力弥满的盛年饱含生命汁液的鲜活之作，岂能甘心仅仅因为政治不正确而打入冷宫，而它的复活，又岂是仅仅因为政治重新正确了而匆忙施行的“起死回生的拯救”！

2014 年 1 月 28 日定稿

原载《花城》2014 年 2 期

审视或体贴

——重读王蒙《活动变人形》

一

提到王蒙，你首先想到的可能是一种通达睿智、乐观幽默、健康向上、自信满满的人生态度。在许多人印象中，王蒙就是这样一个人，而王蒙在许多作品中也经常乐于将自己塑造成这样一个人。

但这肯定不是全部的真相。读王蒙自传和他更多的作品，你就不难看到一种更丰富的人的形象。这个人有许多无可比拟的先天禀赋与后天修为，但也经常会流露负面或至少是灰暗的思想情感。作为真实的人，他有凯歌行进之时，也有疑惑、苦痛、恐慌、失态、绝望之日。他也会碰到人生的几乎过不去的坎。

王蒙自传体长篇小说《活动变人形》就是写一种人生的窘境，甚至可以说就是人生的绝境。小说塑造了一个名叫倪吾诚的标准的“混蛋”。作为丈夫，倪吾诚几乎毁了妻子的一生。作为父亲，倪吾诚无疑给儿女们的童年带来难以抚慰的创伤记忆，甚至差点让他们遭受灭顶之灾，比如他的小女儿“倪萍”就一度精神崩溃而近乎疯狂。“混蛋”倪吾诚一手制造了罄竹难书的家庭悲剧，同时也并没有给社会带来任何益处。

四十年代日军占领期的北平，“倪家”伤痕累累，摇摇欲坠，但倪吾诚的下一代还是以这样那样的方式走出了悲剧，抚平了创伤，摆脱了混蛋爸爸的影响和控制，在破碎的原生家庭之外各自闯出一片新天新地。这个结局反过来多少冲淡了倪吾诚恶劣的那一面，以至于从整体看，他好像也并非那么十恶不赦，也有值得理解、值得原谅甚至值得欣赏的地方。

《活动变人形》终究还是王蒙的作品。王蒙终究没有将他的自传体长篇小说写成类似张爱玲《金锁记》那样以血缘和家庭为核心的一团漆黑的完全的悲剧。

倪吾诚这个混世魔王只是长篇小说上半部的中心人物，他再混蛋，也未能占领和祸害整个世界。到了下半部，虽然倪吾诚还频频出镜，但毕竟已是强弩之末，腾不起什么大浪了，他只是可怜巴巴地盼望着倪藻等人不定时的探望。作者把倪吾诚的故事放在中国近代以来思想文化大抉择大转型尤其是中国革命的历史长卷中予以表现，倪吾诚对家人的祸害一旦落入这个大的历史背景，也就微乎其微。在大背景大镜头中回看倪吾诚，作者就有了心态的超越和放松，倪吾诚其人也就变得不足为奇，变得可以理解、可以饶恕了。

倪吾诚不像曹七巧那样控制了家庭内部所有人的命运，剥夺了家庭内部所有人的幸福。他没有那么大的魔力。他只伤害过一家数口，而被他伤害的家人有的固然跟他同归于尽（如他的岳母姜赵氏），但绝大多数人还是逃过了他这一劫，得到了比他幸福得多的结局，这包括被他抛弃的妻子静宜，被他瞧不起的妻子的姐姐静珍，更不用说他的一子二女。

比起仇恨一切、报复一切、毁灭一切、将一切都带入黑暗的曹七巧，倪吾诚的恶毒和破坏力就小巫见大巫了。严格说来，他的可恶和他给社会造成的破坏都仅限于日军占领北平那段时间的倪家内部。只不过小说上半部以倪吾诚为绝对中心，对他的方方面面都加以浓墨重彩的渲染，他的可恶与破坏力无形中被放大了，给人印象极为深刻。

《活动变人形》从头到尾似乎都是写倪吾诚做人如何失败，如何不堪，如何不符合普通人心目中好丈夫与好父亲的标准（上半部写他对原生家庭的伤害，下半部写他重组家庭之后继续的荒唐与堕落）。那么倪吾诚是否就真的乏善可陈、罪大恶极了呢？

要正确认识这个问题，必须对倪吾诚的荒唐堕落，倪吾诚的卑琐龌龊，倪吾诚所有的可笑、可恶、可鄙、可怜与可叹，做一点具体分析。

二

首先，倪吾诚“不顾家”。倪吾诚的家是组合式的，有寡居多年的岳母姜赵氏，有十几岁就死了丈夫、跟着母亲和妹妹生活的大姨子，即倪吾诚妻子姜静宜长期守寡的姐姐姜静珍，再就是倪吾诚自己一家四

口：妻子、儿子和女儿。后来还添了小女儿。这一大家子总共七口人住在 1940 年代初日军占领的北平（日本人改北平为北京，但不愿投降的中国人仍称北平），生活非常艰难。倪吾诚岳母、妻子和大姨子母女仨一同操持家务，厉行节约。岳母和大姨子每年还能收到乡下老家一些佃租。尽管如此，柴米油盐基本开销的压力还是很大。为什么？因为倪吾诚虽然同时在两所大学兼课，收入不菲，但他交给妻子的家用太少，也太没规律，想起了才随便给一点。这就经常弄得全家无隔宿之粮，吃了上顿没下顿。

倪吾诚的钱都到哪儿去了？原来他爱面子，爱结交名流，经常上饭馆，一顿能吃掉半个月工钱。此外他宣称和妻子缺乏共同语言，经常理直气壮地搞婚外恋。这自然又是一笔开销。倪吾诚的妻子得不到丈夫的钱，也得不到丈夫的心，甚至不能让丈夫对家庭承担起码的责任。这个不幸的女人成天怨声载道，以泪洗面。她的痛苦当然也是她母亲、她姐姐和一双儿女的痛苦。

这是倪吾诚第一重罪，叫“不顾家”，只管花天酒地，自己潇潇洒洒地享乐。

倪吾诚第二重罪，就是上述婚姻的不忠，背叛妻子搞婚外恋。他甚至还在经济上哄骗妻子，在一次争吵中故意交出作废的图章，说可以凭这个去他所在的学校总务科领工钱，结果让他的妻子当众受辱。

倪吾诚第三重罪是“休妻”。他最后是在妻子不想离婚、也原谅了他所有过犯的情况下，不依不饶，硬是逼着妻子无可奈何地跟他“协议离婚”。

以上是倪吾诚最主要的三重罪：“不顾家”；搞外遇；“休妻”离婚。

此外他还有一个致命缺点，就是留学欧洲两年，成了“假洋鬼子”，拼命贬低中国文化，竭力主张全盘西化。平时他喜欢高谈阔论，不着边际。比如，要求全家人学习西方化的生活方式，要勤刷牙（一天三次，牙膏牙刷质量要好），勤洗澡（最好一天两次），讲话要礼貌（最好懂点外文），待人接物要大气，男女老幼都不许随地吐痰。衣着要光鲜得体，走路要昂首挺胸。最好还要经常谈点黑格尔、费尔巴哈、罗素等西方哲学家的思想，不时上馆子吃顿西餐。此外还要补充一点麦乳精、鱼肝油之类的营养品。

他妻子说：好，全听你的。但钱呢？这时候倪吾诚就会不屑一顾，王顾左右而言他；或恼羞成怒，一个劲地批评妻子，说：你怎么就整天想着钱？俗气。至于他自己，那可是最不把钱当回事，因为凭他的资质和尚未发挥的百分之九十的潜能，区区一点小钱算什么？

"倪吾诚"当然绝非完全不把钱当回事。闹钱荒时他比谁都着急，不惜要无赖跟店家赊账，甚至厚着脸皮，拖着不懂事的儿子倪藻向有钱的朋友告贷。只要钱一到手，就赶紧花光，完全不讲计划，不为家人和别人考虑。

倪吾诚既然是这副德行，可想而知，他必然"心比天高，命如纸薄"，到处碰壁，众叛亲离。在家他与妻子为敌，连带着也与岳母、大姨子为敌。孩子们天然地站在母亲这一边，所以也就成了他的敌人。在外面他追求爱情，但终生并未得到真爱。倪吾诚的第二次婚姻比第一次更惨——《活动变人形》没有展开描写倪吾诚第二次婚姻的细节，但如果读过王蒙在《活动变人形》之前完成的中篇小说《相见时难》，老教授蓝立文和年轻的寡妇杜艳的结合，大概就是倪吾诚第二次婚姻的写照吧。倪吾诚酷爱结交名流，呼朋引类，请吃，吃请，不亦乐乎。但没有一个名流真正瞧得起他。在他落难的时候，也没有谁主动想到伸出手来帮助他。倪吾诚并非真的不学无术，他爱琢磨问题，爱发议论，只是不肯下苦功夫，整天忙忙碌碌地静不下来，加以后院起火，鸡飞蛋打，所以最终还是荒废了学问。他就连在大学里上课，也经常颠三倒四，不知所云，吸引不了学生，以至于被解雇，丢了饭碗。

倪吾诚里里外外都是一个失败者。他因此也吃了许多苦头。但跟他一起吃苦头的还有一家老小。倪吾诚自己大病一场，被他瞧不起的妻子救活之后，也曾回心转意，预备老老实实地守着妻儿过活，但很快还是改变主意，一走了之，跑到外地另谋出路去了。

倪吾诚这一走，先是从北平到青岛，再从青岛转到"华北联合大学"，一直到全国"解放"，再也没有回到原来的家。他的"不顾家"的恶行，至此算是发挥到极致。

三

从 1980 年代中期《活动变人形》问世至今，中国读者一般都把它视为当代文学"审父"或"弑父"经典之作。作者把父亲身份的倪吾诚

放在被告席上一条条历数其罪状，进行无情的审判和几乎全盘的否定。作者的态度似乎就像小说中倪吾诚的儿子倪藻、女儿倪萍、小女儿倪荷那样，跟着外婆、姨妈和妈妈一起强烈谴责和诅咒倪吾诚这个失败的丈夫和父亲。

但事实并非完全如此。毫无疑问，小说无情地暴露了倪吾诚的种种可笑、可恶、可鄙，无情地描写了倪吾诚四处碰壁、一无所成的结局（有个细节写他临死都没能给自己混上一块手表），也充分描写了亲人和朋友对他的怨恨、贬损与“败祸”（方言，尽情尽兴地拆台、诋毁一个人）。但小说也有一些值得注意之处，那就是在更高的意义上，作者对倪吾诚还是有一定的理解、同情、悲悯和宽恕，包括局部的肯定。

这有一部分固然来自倪藻这个革命者从自身优越性出发对后来成为溺水者的父亲（被打成汉奸和国际间谍）的宽恕，包括从人道主义立场出发对倪吾诚的同情和怜悯，但也不排斥小说具体描写本身所包含的对倪吾诚的局部的肯定与赞许。

首先，留学欧洲的倪吾诚在思想文化上绝非一无是处。说他学问不行，主要是他妻子姜静宜的观点，但姜静宜的最高学历是大学预科旁听生，她批评丈夫缺乏真才实学，根据不足，何况这还是在两个人闹得不可开交的时候说的话，就更加不足为凭了。倪吾诚跟德国学者傅吾康一起办学术杂志，整日整夜翻译国外学术论著，仅仅这两点就足以说明他在学术上绝非毫无所长。

其次，倪吾诚推崇现代文明，批评中国文化传统（首先是普通中国人日常生活方式）某些落后保守的方面，也不能说全错了。比如他要求家人讲卫生，讲礼貌，不能佝偻着走路，而要昂首挺胸，要加强锻炼，注意营养。这都没错。他固然没有经济实力支撑和实践这些倡导，但总不能因此就否定他的这些现代化和科学化的倡导本身吧？无论倪吾诚的实际条件如何简陋，无论倪吾诚的家人如何奚落他这些“假洋鬼子”的主张，但他始终不为所动，始终坚持自以为正确的主张。仅此一点，也就很不容易了。

留学归来的人有倪吾诚这样高谈阔论脱离实际的书呆子，也有“中体西用”、圆融无碍、受到各方面欢迎的倪吾诚的老乡赵尚同。书呆子有书呆子的可恶，也有书呆子的可爱——从鲁迅的《狂人日记》开始，一部中国现代文学史，塑造了多少大同小异的书呆子形象！总不能像静宜那样实用主义地用赵尚同的标准去衡量倪吾诚吧？这不就等于拿一个模子去要求所有人，从而根本取消人的个性吗？

另外，倪吾诚对现代科学的推崇和赞美几乎到了痴狂的地步，这一点也颇为难得。小说写他重病卧床，凭着对科学的信仰，给儿女们示范大口大口地吞服鱼肝油的细节，固然有点戏剧化，但这一细节本身依然十分感人。至少对现代科学，倪吾诚真是怀有一颗赤子之心。“解放”后他下乡劳动，为了普及科学，竟主动请缨，让并无多少医学技能的农村赤脚医生给他割治白内障，结果弄得双目失明。这几乎就是一种甘心以生命（至少是生命的一部分）去殉了科学的理想！

因为条件所限，倪吾诚没法跟妻子过小家庭的生活，而被迫与丈母娘、大姨子同在一个屋檐下。起初倪吾诚希望单独过，不愿跟岳母大姨子掺和，但他妻子离不开寡居的母亲和姐姐。如果大家只是挤在一起，彼此照看，相安无事，那倒也好。问题是只要发生夫妻之间的冲突，妻子就习惯性地向母亲和姐姐搬救兵，后两位通常总是不分青红皂白，只知道维护倪吾诚的妻子而打击倪吾诚。这种畸形的家庭关系不断加深倪吾诚与岳母、大姨子的矛盾，也不断加剧他们夫妻之间的隔阂。

在这件事上，倪吾诚就并非毫无可恕之处。就连他妻子也曾抱怨母亲对女婿、姐姐对妹夫“败祸”得太狠了。比如在“假图章”事件中，母女三人联手报复倪吾诚，几乎到了必欲除之而后快的地步。一个经典的细节，就是大姨子将一碗滚烫的绿豆汤砸到倪吾诚身上，弄得倪吾诚有家难归，流落在外，差点一命呜呼。反过来，倒是倪吾诚始终保持着“君子动口不动手”的风度与底线。在中国式家庭纠纷中，倪吾诚仅此一点就可圈可点——当然不包括他在危急关头要无赖，偶尔脱下裤子，以吓退同仇敌忾的姜家母女仨，其实这一细节并不符合倪吾诚的性格，至多也只能算是他走投无路时无可奈何、丧心病狂的意外之举，因为这样的耍流氓恰恰是他平日深恶痛绝的传统文化的陋习，鲁迅《阿长与〈山海经〉》就生动描写过无知村妇给幼儿传播的“长毛”这一发明，喜欢听鲁迅演说的倪吾诚到了四十年代不可能不知道鲁迅写于 1920 年代中期的这篇著名的散文。

倪吾诚最初和岳母闹翻，是因为看见老太太随地吐痰，忍不住在妻子面前说了两句。这个问题其实并不大。不料倪吾诚的抱怨很快就被妻子有意无意间“告发”到岳母那里，引起岳母勃然大怒，从此就不再搭理这个她认为不着调的女婿。随地吐痰是不对，况且倪吾诚也并没有当面给老太太难堪，只是在妻子面前嘟囔了几句而已，结果如此，肯定是他想象不到的。至少就这件事而言，道理还是在倪吾诚这一边。

最后小说毫不吝啬笔墨，一再写到倪吾诚对儿女的挚爱。倪吾诚打心眼里喜欢自己的一双儿女，非常看重跟儿女们在一起的天伦之乐。他的舐犊情深，实属罕见。遗憾的是，仅仅因为夫妻感情破裂，加上岳母和大姨子在一旁火上浇油，使得倪吾诚失去了家庭，也失去了他最珍惜的天伦之乐，变成孤家寡人，还要被自己疼爱的儿女们谴责、诅咒、离弃。这种痛苦，难道不也是有值得同情和宽恕之处的吗？

甚至少年倪吾诚也有其可圈可点之处。他的母亲听了舅舅的话，要如法炮制，用倪吾诚奶奶对付倪吾诚爸爸的办法，给倪吾诚吃鸦片，以消除倪家祖传的“邪祟”（其实是从倪吾诚祖父开始的对于新思潮新文化的不被普通中国人所理解的那一份热忱）。母亲给儿子吃鸦片以达到控制儿子的目的，同样的一幕也发生在《金锁记》曹七巧与她的一双儿女之间。但曹七巧的儿女最后还是束手就擒，完全按照曹七巧规定的路线走进那没有光的所在，而少年倪吾诚就在被鸦片折磨得死去活来的时候，竟然猛地挣脱出来，坚决戒除了恶习，完美地实现了自我拯救（病愈之后留下一双罗圈腿）。十四岁的倪吾诚能做到这一点，简直可歌可泣。

《活动变人形》并非只写倪吾诚一个人。围绕倪吾诚的出乖露丑，作者也无情暴露了中国家庭内部所有人的原罪。比如，作者也批评了“倪藻”的外婆、姨妈和母亲（倪吾诚的妻子），包括受这些长辈影响而不由分说地疏远、敌视、抨击倪吾诚的儿女们。小说既不为尊者讳，也不为幼者讳，可谓“一个都不宽恕”。特别是写倪藻妹妹“倪萍”因为父母长期热战冷战而间歇性发作的精神病，真让人感到毛骨悚然。在家庭关系尤其是家庭的语言暴力和精神暴力中，受害者和施害者、弱者和强者、所谓清白无辜者和罪有应得者，经常频繁地转换位置与角色，因此家庭内部的恩怨矛盾总是很难解除，创伤总是很难抚平。作者恰恰想由此揭示家庭伦理悲剧的主客观两方面更深刻的根源，试图由此写出祖孙三代共同的无奈、无助和无辜，从而在更高意义上赦免、宽恕所有人。

可以说《活动变人形》有两种笔墨，两副心肠，那就是爱而知其恶，恶而知其善。比如倪吾诚确实是“混蛋”得可以，但他也有纯真善良的一面，也有他沦为“混蛋”的客观原因和值得理解、值得宽恕之处。其他家庭成员固然都很可怜，但可怜者往往又确有可恨和可怕之处，比如姜静珍的日课“骂誓”和她的那碗滚烫的绿豆汤，比如倪萍一段时期也如例行功课似的“抽邪疯”。

四

《活动变人形》在结构上分成两部分。上半部是小说的主体，集中描写倪家在日据时代的北平以倪吾诚为中心的吵吵闹闹的生活。这一部分写得饱满酣畅，一气呵成，因为作者定位清晰，爱恨分明，而小说叙述的时空转换也比较有限，基本限于倪藻记忆中那个童年的庭院。下半部“续集”以倪藻为中心，写倪家数口人在“解放”后各自的生活（其中倪藻的一部分还穿插在上半部）。因为是多中心，或者说因为缺乏一个必要的叙述重心，所以下半部既没有像 1980 年代以来王蒙的大多数“反思”作品那样，围绕一个主人公讲述大致完整的一个故事（如《布礼》《蝴蝶》《春之声》《海的梦》等），对倪家其他几个人（包括后来的倪吾诚）也没有像上半部那样进行耐心细致的刻画。下半部写得比较散漫，只是粗线条地交代倪家各人的结局。王蒙本人也承认这一点：“结尾也不理想，我已经无法结尾。”[①]

为什么会这样？除了时间紧张——作者马上就要走上文化部部长的岗位，不能为长篇小说创作投入更多的精力——还有没有别的原因？对此我一直很感兴趣，但又苦于找不到自以为满意的答案。[②]

读《活动变人形》，最好同时读《王蒙自传》。从《王蒙自传》可知，《活动变人形》基本上是一部纪实性的自传体小说，许多素材就来自王蒙自己的童年。某种程度上，童年的“倪藻”就是王蒙本人，姜赵氏、姜静宜、姜静珍就是王蒙的外婆、母亲和姨妈。当然小说比自传写得更放得开，更丰满，但基本的情节内容还是高度一致的。

---

① 王蒙：《王蒙自传第二部·大块文章》，花城出版社 2007 年 4 月第 1 版，第 225 页。

② 参见拙作《未完成的交响乐——〈活动变人形〉的两个世界》，《南方文坛》2006 年 6 期。

这里就有一个问题:《活动变人形》对倪吾诚形象的刻画，有没有做到足够的客观、冷静和公平？上文提到，作者对倪吾诚不无同情和宽恕，但那主要出于倪藻的革命者的优越感和人道主义精神，小说本身毕竟描写倪吾诚的出丑露乖太多了，毕竟倪吾诚在整体上仍然还是一个很少值得肯定的家庭伦理的破坏者和个人德行的失败者。但在倪吾诚的时代，思想上没有像“倪藻”那样找到并坚持“真理”，没有走出一条被后来的历史证明是“正确”的道路，以至于浑浑噩噩，泯为常人，学术上也没有卓然成为一代宗师，个人感情上更没有找到理想伴侣，没有在生活的汪洋大海驾驭家庭这一叶小舟安然渡过：这样的现代知识分子，从鲁迅塑造的吕纬甫、魏连殳、涓生和叶圣陶塑造的倪焕之开始直到如今，不是很普遍的现象吗？为何作者唯独如此不依不饶地一味渲染倪吾诚的荒唐、恶劣与一无是处？

吕纬甫、魏连殳、涓生、倪焕之这些现代启蒙知识分子，都因为在现实的坚硬墙壁前撞得头破血流，而和倪吾诚一样显露出理想主义的现代文明启蒙者的单薄、幼稚、脆弱、虚假、人格分裂、成事不足而败事有余，以至于在痛苦纠结中走向荒唐和疯癫。

吕纬甫和魏连殳没有成家，看不出他们作为理想主义的启蒙者会给自己的爱人和家庭带来什么悲剧，但他们和现实的疏离、隔膜，他们被周围人视为“异类”“怪物”，他们自己因为对某种信念的“认真”而容易趋于激烈，“发扬则送掉自己的命，沉静着，又啮碎了自己的心”[①]，这些都很像倪吾诚。至于跟爱人同居的史涓生，通过自由恋爱跟理想的女性结婚生子的倪焕之，这两位给他们的爱人和孩子带来的伤害乃至灭顶之灾，不更是和倪吾诚如出一辙吗？为什么在作者的实际描写和广大读者的印象中，吕纬甫、魏连殳、涓生、倪焕之就不像倪吾诚这样不堪呢？

区别也许仅仅在于，鲁迅写吕纬甫、魏连殳涓生，叶圣陶写倪焕之，多少有点夫子自道。他们尽管也写到作为自己化身的笔下人物的自我审视和自我忏悔，但更多是同情、体贴和悲悯，看到他们因为爱人、爱社会而被所爱之人误解、被所爱之社会唾弃，止不住地要为他们这种

---

① 鲁迅:《忆韦素园君》,《鲁迅全集》(第六卷)，人民文学出版社 2005 年版，第 66—67 页。

悲剧命运鸣冤叫屈。这就不像王蒙，站在一定距离之外审视自己的父母甚至外婆那一辈，更多是客观的描绘和无情的批判。“倪藻”对倪吾诚的谅解和饶恕，正如他对倪吾诚的鞭挞，都是胜利者对失败者、幸存者对灭亡者居高临下的审判，而不像鲁迅叶圣陶那样和被审判的人物有更多的感同身受。

早在发表于1988年1期《吕梁学刊》上的《倪吾诚家简论》中，王春林君就指出倪吾诚和魏连殳之间“有惊人的相似之处”，他在2018年出版的《王蒙论》中又进一步分析二者的差异，主要乃是作家鲁迅和王蒙对各自人物的“不同态度”：“在鲁迅那里，因为作家自己与魏连殳同为启蒙知识分子，有着绝对一致的共同精神价值立场的缘故，所以他对魏连殳所表现出的便是一种坚决而毫无保留的认同感。到了王蒙这里，因为王蒙自己以及作为王蒙化身的倪藻身为革命知识分子的缘故，所以他对于倪吾诚，在充分表达出某种人道主义悲悯同情的同时，更多的是一种批判性的否定。或者说，王蒙站在革命知识分子的立场，毫不犹豫地宣告了启蒙知识分子倪吾诚的死刑。很显然，在他看来，要想依靠启蒙来拯救中国，根本就是不可能的事情。与启蒙相比较，唯有自己所坚决认同的革命，方才可以被视为中国的真正福祉之所在。”[①]王君这一论述颇有洞见，但也不无可以商榷之处。

首先魏连殳（包括吕纬甫、史涓生、倪焕之）在多大程度上代表鲁迅和叶圣陶心目中理想的启蒙知识分子形象，还是一个值得探讨的问题。至少我们不能在作家和笔下人物之间简单地画等号。鲁迅是否对魏连殳有一种“坚决而毫无保留的认同感”，就很可怀疑。叶圣陶1928年塑造从辛亥到“五四”再到“五卅”的理想主义的启蒙者倪焕之，充分意识到这个人物的一腔热血和美好理想如何严重脱离社会现实，也指出倪焕之因为过分执着于理想而忍心抛妻别子是很不妥当的。倪焕之对妻子金佩璋态度的转变虽然不像倪吾诚对静宜那样恶劣，但如果时间允许，很难说倪焕之不会爱上他到上海后结识的革命者“密斯殷”。他心里已经不知多少次比较过热烈的“密斯殷”和甘心做少奶奶的平庸的妻子金佩璋了。行动家王乐山早就看出倪焕之“终究是个简单而偏于感情的人”，倪焕之最后也承认自己只不过是“脆弱的能力，浮动的感情，

① 王春林：《王蒙论》，作家出版社2018年6月第1版，第196页。

不中用，完全不中用”的人。可见当时启蒙的文学家们对自己的化身始终保持一种自我反省的态度，并非采取“坚决而毫无保留的认同感”。鲁迅、叶圣陶、王蒙，如果仅仅就他们对笔下人物理性的认识和评判而言（鲁迅对魏连殳、吕纬甫、涓生，叶圣陶对倪焕之，王蒙对倪吾诚），并无本质的不同。

其次，王蒙是否就以倪吾诚来代表他所理解的现代中国理想主义的启蒙知识分子？《活动变人形》提到倪吾诚曾热心带妻子静宜出席各种名流学者的集会，去听鲁迅、胡适等人的演讲，难道倪吾诚因此就可以和鲁迅、胡适混为一谈吗？王蒙处理的是倪吾诚“独特的这一个”，虽然他的外在身份是留学归国并从事哲学研究和哲学教育的人文知识分子，是标准的理想主义的启蒙者，但他显然不能代表现代启蒙者全部，更不能代表王蒙心目中那些更加先进的现代启蒙知识分子。在王蒙的叙述中，倪吾诚虽然侧身于现代启蒙知识分子的行列，却似乎是其中的一个成色不足的赝品。如果说王蒙塑造倪吾诚是为了否定整个现代启蒙运动和这个运动中所有倾向西方或主张充分世界化的现代文化的播种者，就未免以偏概全。如果说王蒙写倪藻否定倪吾诚，目的是表达一个革命者（倪藻和作者本人）对启蒙者倪吾诚的否定，甚至是为了表达“革命”对“启蒙”的否定，这样的全称判断就更加危险了。在《活动变人形》中，并不是“革命”否定了“启蒙”，也不是“革命者”否定了“启蒙者”，而只是倪藻作为少年时代家庭暴力的受害者试图回顾和总结施暴者同时也是受害者的长辈们（倪吾诚只是其中之一）的人生道路，如此而已。

再次，虽然成年以后的倪藻对其父倪吾诚的人生道路有所批判、有所反思、有所总结、有所议论，但这些批判、反思、总结和议论远远谈不上全面而准确的判断，因为倪藻对倪吾诚并非了如指掌，也并不很自信地以为可以对倪吾诚进行盖棺论定。“续集”第二章结尾甚至写到倪藻因为“无法判定父亲的类别归属”而“急得一身又一身冷汗”。无论少年倪藻还是成年倪藻都主要是倪吾诚命运的观察者而不是审判者，而倪藻对自己的革命也还在无尽的反思之中，所以他根本无暇（也没有这个能力）对倪吾诚所依托的启蒙文化进行通盘考察，更谈不上以一个革命者的身份去否定倪吾诚所依托的现代中国的启蒙运动。

倪藻和倪吾诚走在完全不同的人生道路上，很少正面交锋和交集。小说始终没有写父与子的冲突，尤其没有写父与子在思想上剧烈的冲撞与较量。如果说倪藻是革命者的代表，倪吾诚代表了某一种启蒙者，那么这两人从来就没有坐下来推心置腹地进行思想的辩驳和灵魂的交流。在日据时代北平倪家的终年吵闹中，倪藻只是一个懵懂的受害者和旁观者，他没有机会深入了解倪吾诚的内心深处。到了四十年代末和五十年代，倪藻忙于自己的地下革命活动和胜利之后日益繁重的革命建设工作，再后来就是经历革命内部的种种磨难，更无暇与另外组成家庭而且整个被时代抛弃的倪吾诚促膝谈心了。整个 1950 年代到 1980 年代，尽管倪藻是倪家儿女中唯一有耐心探望倪吾诚的人，但这样的探望多半只是礼节性的，探望者的例行公事和等待探望者的急欲一谈严重不对等。晚年的倪吾诚"几乎每天都等待着倪藻来看他"，倪藻却"有时候一个月，有时候两个多月才来一次"。倪吾诚对儿子倪藻"几乎变成了一种'单相思'的关系"。

有一个对比十分鲜明，鲁迅和叶圣陶虽然对笔下人物有许多保留，但毕竟是将这些人物当作自己的化身来描写，所以在字里行间总是尽可能体贴人物的内心，甚至尽可能让人物自己出场讲话。比如叶圣陶多次让倪焕之用刚刚学会的白话文给金佩璋写信，一吐衷肠。小说充满了倪焕之的剖白内心的自言自语，结尾甚至借倪焕之所欣赏的日本批评家片上伸的一篇演说辞来解释倪焕之的特点："现在世界人类站在大的经验面前。面前或许就横着破坏和失败。而且那破坏和失败的痛苦之大，也许竟是我们的祖先也不曾经受过的那样大。但是我们所担心的却不在这痛苦，而在受了这大痛苦还是真心求真理的心，在我们的内心里怎样地燃烧着。"黄子平、陈平原、钱理群在《二十世纪中国文学三人谈》中说"五四"一辈作家都是"写心"，这是确实的。叶圣陶努力描写的就是倪焕之的"真心求真理的心"如何"燃烧着"，因此不管叶圣陶如何看待倪焕之，他都必须尊重和体贴倪焕之的"心"。他不可能居高临下冷静客观地审视倪焕之，更不可能将倪焕之漫画化丑角化，一笔抹杀倪焕之的人生意义，最后再对他一掬同情之泪。

鲁迅更是如此，尽管他深知吕纬甫、魏连殳、涓生的缺陷、痛苦与失败，字里行间也不乏反讽。他写这些人物，目的就是想"竦身一摇"，像脱下一件旧衣服一样摆脱他们那种失败的窘境。但鲁迅仍然严肃地对待他们的缺陷、痛苦与失败，努力体贴他们的"真心求真理的心"。在小说修辞策略上，也尽可能让人物自己说话，披沥他们的真心。《伤逝》

整个就是“涓生的手记”。《在酒楼上》大半是吕纬甫对“我”滔滔不绝地倾吐。《孤独者》则是“我”对魏连殳的观察与魏连殳给“我”的剖白真心的书信这两部分内容相互补充。

《活动变人形》就不是这样。倪吾诚虽然贵为主角，却始终处于“被描写”地位。作者当然不能说不想深入探索倪吾诚的内心，但这种努力仅止于理性分析和判断，告诉读者倪吾诚必定是这样那样思维的，却未能像作者体贴自己的化身钟亦成、张思远、翁式含、缪可言、曹千里、岳之峰那样，尽量体贴倪吾诚的内心，或者就让倪吾诚自己来剖白。可怜的倪吾诚没有这个权利。作者更多只是让他像被耍的猴一样变着花样地出乖露丑。他的各种外在形状始终牢牢遮蔽着他的内心。小说第一部分结尾写躲在“胶东半岛的滨海城市”的倪吾诚终于托人给“萍儿藻儿”写来一封信，就又是他的一次出乖露丑的机会，“看完了信，静宜气急败坏地破口大骂。静珍边笑边摇头。你说这叫嘛行子？你说这叫嘛行子？姜赵氏劝女儿道：别气了，就当他死了吧”。

同样是让人物写信，鲁迅、叶圣陶与王蒙的区别就是如此明显。我这并非指责王蒙未能像鲁迅、叶圣陶那样体贴笔下人物，因为他们写的不是同一类人。鲁迅、叶圣陶是写自己的化身，而王蒙写的则是与自己在思想上有一段距离的父辈。换了钟亦成、张思远、翁式含、缪可言、曹千里、岳之峰等，王蒙就不会像写倪吾诚那样去写自己的这些化身了。倪藻和倪吾诚虽是父子，精神和思想上却并无多少实际的交锋和交集。倪藻作为叙述者对日据时代家庭争斗的回忆饱含了受害者和旁观者的酸甜苦辣，但这并不是革命者对启蒙者的审判，更不是以革命来否定启蒙，毋宁是一个革命者对同样折磨着这一家数口的“旧社会”的审判，其中有几千年文化的弊端，也有像倪吾诚所推销的夹生的现代文明。

最后，“启蒙”和“革命”是中国现代思想文化史上先后相继的两个不同阶段，思想资源、具体主张、人员构成和最后结果都大相径庭，甚至革命者和启蒙者相互责难、彼此否定的现象也比比皆是，而革命对启蒙的推进和“改造”更是 1940 年代以后直至今日中国思想文化界的主流。尽管如此，启蒙和革命并非简单对立或一个否定（超越）一个的关系。在启蒙的思想结构中已经包含了革命的萌芽，在革命的政治设计和文化理想中也继承了许多启蒙的精神资源。尤其当革命遭到历史性挫折、当革命需要在更大历史视野中反省和推进自己的时候，那似乎没有收获正果的启蒙运动又一次进入了革命的视野并获得新的阐释。这正是《活动变人形》诞生的1980年代中国思想文化界的主旋律。1980年代中国思想文化界不仅在革命的框架内容方面受了启蒙，也再一次集中批判了启蒙时代早已猛烈批判过的封建主义的污泥浊水。1980年代的革命某种程度上正是接续了“五四”以来的启蒙运动。在这样的思想背景下诞生的《活动变人形》不可能将革命与启蒙放在截然对立的两极。

当然《活动变人形》只是以长篇小说平行对照的松散结构让革命和启蒙在很少交集的情况下各自演出自己的悲喜剧，并没有让革命和启蒙充分互动，从而揭示二者实际的错综复杂的关系——整个1980年代的革命反思与新启蒙运动也都未能最终完成这个历史性任务。

因此，《活动变人形》小说的重心，毋宁应该是借倪藻痛苦的童年往事来写倪吾诚作为启蒙者的“独特的这一个”（夹生的流于皮相的新文化拥护者）的困境和失败。推而广之，《活动变人形》的主题毋宁应该是以四十年代日据时期北平倪家的悲剧来显示现代文明要在古老的东方古国结出美善花果将会何等艰难，或者说是为了显示新文化运动自始至终的尴尬，以及古老中国实现文化转型与文化创新的任重道远。

文化的涅槃绝不会像诗人郭沫若描绘的一蹴而就的美丽画面，其中必然包含了类似倪家祖孙三代所经受的无穷的痛苦与折磨。这种因文化冲突和转型而导致的痛苦与折磨，在现代作家如鲁迅、叶圣陶笔下多半呈现为将有价值的东西毁灭了给人看的庄严的悲剧，而到了当代作家王蒙这里，却是一出又一出令人啼笑皆非的将无价值的东西撕碎了给人看的喜剧或闹剧。

五

读《王蒙自传》可知，倪吾诚的原型就是王蒙的父亲王锦第。对王锦第的学术经历和人生轨迹，至今还缺乏充分的研究。或许正因为有了《活动变人形》太多刻意贬低的描写，在有些人看来，从历史学和社会学角度研究像王锦第这样普通的现代知识分子，就显得不那么有价值了吧？但换一个角度，也许恰恰因为有《活动变人形》这样太多刻意的贬低，像王锦第先生也还是有更进一步研究的必要——即使作为他的同学何其芳和李长之的人生道路的某种补充和对照的更大一群被历史埋没的知识分子，也有进一步研究的价值。

判断一个历史人物有没有值得研究的价值，判断一个已经成为历史的人物的生活有没有意义和价值，难道可以仅仅看他或她有没有皈依某种“真理”吗？何况倪吾诚不也全身心地皈依了他心目中的某种“真理”吗？比如他所理解的科学与爱情，比如他所神往的西方现代文明，只不过他所皈依的“真理”后来没有被贴上为更多人所承认的更加权威的标签而已。

即使倪吾诚果真与“真理”无缘，果真“一顿饭就能改变世界观”，果真庸庸碌碌过了一辈子，难道他的生活因此就完全失去了价值吗？谁有这个资格审判一个人的“平庸”？倪藻吗？倪藻的“审父”资格究竟如何取得？因为他是父母争吵的牺牲品？因为他后来追求到了父亲没有追求到的“真理”？凭什么判断一个人的人生有意义，而另一个人的人生没有意义？鲁迅笔下的吕纬甫不是说过，他的人生就像蜜蜂和苍蝇，飞了一圈又飞回来停在原地点吗？鲁迅难道因此就完全抹杀了吕纬甫的人生意义？吕纬甫的话固然是一种无奈的叹息，但也未尝不是一种更深刻的人生洞见。诗人穆旦不是也曾说过，他用尽所有的努力，最后发现只不过完成了普通的生活吗？王蒙先生本人不是在2016年，亦即他正式从事文学创作的六十周年之际，居然将五十年代初从革命队伍中急流勇退、甘心做家庭妇女的陈布文女士刻画成他心目中的“女神”了吗？

站在今天的立场，如果王蒙还想再写一写倪吾诚，他会把倪吾诚塑造成什么样子呢？

《王蒙自传》还提到一个细节，1984年王蒙的小儿子患忧郁症，王蒙陪他到处求医问药，到处旅行，以望调整情绪，排解忧郁。正是在这过程中，王蒙突发奇想，决定以自己的童年和家人为原型，写一部撕心裂肺而又贴心贴肺、暖心暖肺的作品。

王蒙创作这部作品或许还有一个动机，就是想告诉为忧郁症所折磨的他自己的儿子，也想告诉天底下所有随时会遇到类似精神风暴的年轻人，不要太在意自己相对封闭而狭窄的情绪天地，不妨走出去看看社会上别的人，至少应该多看看为了年轻人而忘我地工作和拼搏（至少是辛苦备尝）的所有中国的长辈们，看看从他们的生活中，年轻人能够汲取怎样的力量，获得怎样的启迪。

比如，在极端的情况下，假使你是一个小辈，不幸遇到倪吾诚这样的“混蛋”爸爸，或者小说中描写的长期守寡而性情乖张的外婆与大姨，以及心态脾气也好不到哪儿去的母亲，那你该怎么办？站出来“帮助”他们，介入他们的矛盾，希望他们听你的话，按你的心愿改变他们的人生？你有这能力吗？或者你自以为发现了他们的吵吵闹闹正是造成你忧郁症的罪魁祸首，你因此更加远离这些可怜的亲人们，更加退回自己的情绪天地？或者大闹一场，与他们同归于尽？但你有没有想过，你其实还有可能像书中“倪藻”那样采取更好的方式？比如你既努力与长辈取得相互谅解，又不必强求这种谅解。你既处处关心他们，也懂得克制，懂得跟他们保持一定的距离，以便给双方争取必要的独立生活的空间，甚至如前文所述，承认自己和父辈在思想上有一层隔阂，承认自己对他们的许多事情其实也并不怎么了解。这样你才敢于正视长辈们的缺点与罪恶，却绝不揪住不放，同时还要反躬自省，问问自己有没有同样的缺点与罪恶，问问自己是否真的理解他们。或许只有这样，你作为小辈才能正确地认识和对待长辈，才能对包括你自己在内的所有亲人给予更高的理解、宽恕与同情，才能避免重蹈覆辙，走出历史文化的惯性与人性的怪圈，走向美好和光明。

这是不是《活动变人形》另一个重要的创作动机呢？当然对创作动机的推测很难十拿九稳，甚至也并非文学研究的题中应有之义。一定的创作动机与作品所达到的一定的思想艺术境界之间并非一一对应的关系。但客观上，《活动变人形》在帮助读者调解家庭矛盾、抚慰年轻一代心灵方面可能具有的启迪，也应该给予足够的重视。

2018 年 12 月 24 日写

2019 年 9 月 2 日改定

原载《小说评论》2019 年 5 期

千古一哭有素芳

——读《创业史》札记之一

一

语言问题对柳青挑战极大。他笔下农民并非没有自己的语言。在他们自己的世界，农民的语言极其丰富，因此作家要写农民，首先必须学习农民的语言。柳青善于学习、提炼和运用农民语言，这是大家熟知的。

但是，哪怕非常熟悉农民语言的作家柳青也发现农民语言有时竟会那么贫乏，因为他要写的农民挣扎于新旧两个世界的夹缝，这种处境令他们失去了在以往生活世界如鱼得水的那份安妥，被硬推到全然陌生的天地，突然变得语言贫乏，甚至根本说不出话。

《创业史》的一个使命（或曰创举），就是让刚刚跨入新天地的农民学习说他们本来不会说的话。

二

让农民学说话，最典型的莫过于《创业史》第一部第十一章[①]，写土改开始时，工作组将“农会小组长”高增福选为重点，要他在群众大会上“诉苦”。这位积极分子欣然领命，经常在家“独自一个人站在脚地，把竖柜上摆的瓶子、盆子和碟子，都当作听众，练习诉苦”。但这是一项十分艰巨的任务，“他总也讲不联（连）贯，这一回练习遗漏了这件

---

① 本文引用《创业史》小说原文，若不特别注明，第一部皆为中国青年出版社 1960 年 6 月第 1 版，第二部上卷皆为中国青年出版社 1977 年 6 月第 1 版。

事，下一会练习又遗漏了另一件事。”高增福很着急，请示工作组是否可以不上台，回答是——“拿出点主人翁的气魄来！”

于是“他的阶级自尊心立刻克服了他对自己讲话能力的自卑心，开始一有空闲就练习”。果然水平迅速提高，没等诉苦会召开，就预先“毫不困难地”将从前的东家、蛤蟆滩“三大能人”之一姚士杰“说得彻底无言”。

高增福如此，追求进步的其他青年农民们也莫不如此，作者表现他们的“觉悟”和“成熟”，一个重要标志就是必须像高增福“练习诉苦”那样，逐渐（往往是很辛苦地）获得一种新的语言，新的“嘴才”。

三

《创业史》第一部，读者比较熟悉，这里再从第二部举几个例子。

第二部第四章写梁生宝的左膀右臂高增福、冯有万正式入党时，“支部大会的进行甚至还遇到了难以克服的困难。两个出身悲苦的同志充满了对党的感情，却不知道怎样讲出来。”接下来有这样一段描写：

> 下堡乡的共产党员们都盯着高增福和冯有万。两个人使着浑身的劲儿，很吃力地坐在长板凳上，克服他们面临的困难。显然，由于用脑过度，他们的鼻梁上和眉宇间，渗出了米粒大小的汗珠。暖烘烘的太阳从大门大窗进来，照着会议室里缭绕的吸旱烟的烟缕。但会议室里有一种挺别扭的沉闷。

这确实是一种煎熬。人“进步”了，却尚未获得与之匹配的一套标志“进步”的语言。对高增福来说，在支部大会上面对一大群老党员发表入党感言，跟驳斥富农姚士杰，不能同日而语！“野性子”冯有万更犯难，这个“蛤蟆滩的老民兵队长新任灯塔社的生产队长”平时快人快语，可第一次参加党的会议，还是以自己为焦点，就紧张得不知如何是好了，“唉，黄堡镇仁义堂中药铺有治性情急躁的药吗？我有万卖了鞋赤脚当生产队长，也要抓得吃几服！”

尽管如此，作者还是绞尽脑汁，让两位新党员在梁生宝一再鼓励和下堡乡党支部书记卢明昌反复启发下，终于神奇地克服了“难以克服的困难”，先后发表了各自“精彩的入党演说”。

高增福、冯有万入党一节，有柳青本人公开发表的三个版本:《入党——〈创业史〉第二部断片》(《上海文学》1960 年 12 期),《创业史》第二部第三章（《延河》1961 年元月号）,《创业史》第二部上卷第四章（中国青年出版社 1977 年 6 月第 1 版）。《延河》版对《上海文学》版进行了较大改动，中青社版与《延河》版大致相同。对比版本间的异同，有三点值得注意。

首先，高增福、冯有万两人的“入党演说”，三版基本一致，但也有不少细微改动，主要是随着版本升级，作者设置了越来越多外部条件，特别是梁生宝的鼓励和卢书记的启发（包括从反面打压爱说空话的郭振山，以启发高、冯“怎么想，就怎么说”），以此增强叙事的逻辑性，让高、冯短时间从窘迫得不会说话到发表精彩的“入党演说”显得更加合理。

其次，卢明昌书记要求梁生宝在两位新党员说话之前，作为入党介绍人先说说他们的情况，此处《延河》版在《上海文学》版基础上增加了一段——

> 虽然他肚里想好个草稿了，但到会场上，在讲话前，应当重温习一遍，他才不至于在讲话中遗漏掉什么。现在来不及了。管它呢！生宝英俊的身派，勇敢地直立起来，毫不踌躇地向讲桌走去了。

这说明柳青在整理《延河》版时意识到，梁生宝虽然比高、冯早一年入党，但也有些紧张，至少没有达到他所崇敬的卢书记的水平，“爱用庄稼人的方式讲话”，却处处能将道理“说得真个透亮”。

最后，上述三版都插入了作者用理论色彩浓厚的语言对农民入党的特殊意义进行高屋建瓴的大段论述。因为是作者论述，三版之间并无多少差异。然而结束论述之后，最早的《上海文学》版写道——

> 但是，梁生宝介绍高增福和冯有万的情形，他的水平使他

只能谈谈他们对互助合作热心的具体事实。

《延河》版将这句改为——

> 梁生宝介绍高增福和冯有万的情形，当时他分明感到一点这种意义，他也很想讲得更透彻一些。但他的水平使他只能谈谈他们对互助合作热心的具体事实。

到了中青社版，这段文字又变成——

> 梁生宝在支部大会上介绍高增福和冯有万的情形时，他分明感到一点这种意义。他很想讲点他们在这方面的觉悟。但他想来想去，只能谈谈他们对互助合作热心的具体事实。

相对于《上海文学》版，《延河》版强调早一年入党的梁生宝在支部大会上说话有点紧张，但思想毕竟成熟许多，能“分明感到一点”作者阐述的农民入党的意义，“也很想讲得更透彻一些”，只是限于“水平”，最后不得不放弃，转而介绍高、冯两人热心互助合作的具体事实。中青社版延续了这个思路，但在强调梁生宝思想成熟这一点上又有谨慎而细微的推进。梁生宝不是一般地“很想讲得更透彻一些”，而是具体意识到要“讲点他们在这方面的觉悟”，尽管最后同样也放弃了，但在放弃之前还是“想来想去”，内心作了许多努力。

高、冯“入党演说”确实如支部书记卢明昌要求的“怎么想，就怎么说”，主要还是农民自己的语言。此前插入的对农民入党意义的作者论述高瞻远瞩，高、冯二位固然达不到这个思想境界，早一年入党的梁生宝“水平”也有限，虽然能够“感到一点这种意义”，却仍然不能用自己的话说出来，所以必须由作者代庖。

由此可见，柳青充分意识到农民学习新语言时是多么步履维艰，因此他很有分寸地表现着农民思想的细微进步以及语言“水平”的微妙变化。他深知这绝非一蹴而就的突变，而只能是一个积少成多的渐变过程。

四

从这个角度讲，当时柳青反驳青年评论家严家炎的那篇《提出几个问题来讨论》确实不无道理。

严家炎讽刺柳青将梁生宝在政治觉悟上描绘得过于成熟，超出了这个人物“性格、身份、思想、文化条件”等实际情况。柳青则抓住“觉悟”和“成熟”这两个概念的差异，强调他只是描写梁生宝在一次次政治学习、频繁接触党的干部以及实际工作磨练中不断提高了政治“觉悟”，却并没有将梁生宝“觉悟”的提高等同于政治上的“成熟”。柳青由此反问：

> 在艺术上表现我们这个时代的工农兵英雄人物的精神面貌，如果不涉及他们的政治学习和阶级觉悟程度，怎么能够更准确、更深刻地描写他们的行动呢？
>
> 许多农村青年干部把会议上学来的政治名词和政治术语带到日常生活中去，使人听起来感到和农民口语不相谐调，这个现象难道不是普遍的吗？

尽管如此，柳青还是强调，他很少直接描写梁生宝在思索和言语中过多使用政治名词和术语，免得读者以为梁生宝离开了政治学习却能独立地“萌芽”出先进思想。很多情况下，“都是作者描写他回忆整党学习会上的话，描写他回忆县、区领导同志的话。请同志们查对。”[①]柳青对严家炎的批评之所以感到委屈而无法保持沉默，很大一个原因就是他认为严家炎没有看到小说在描写梁生宝这类先进青年农民说话“水平”逐渐提高时多么煞费苦心！

五

进步青年语言水平的提高尚且如此艰难而迟缓，不甘落后的老农民

① 柳青：《提出几个问题来讨论》，《延河》1963 年 8 月号。

就更是可想而知。他们虽然也能学到一点新语言，但终究有限。

第二部第十二章写梁三老汉惊奇地发现，“仅仅个把月的办社活动中，任老四就学了这篇嘴才”，这惹得老汉本人“舌根发痒”，也想奋起直追了。后来事实证明，老汉的语言能力确实有所提高，甚至还能和“穿狐皮领大氅的‘县书记’”谈得十分热络。

这里需要注意两点。第一，任老四“嘴才”的提高是从梁三老汉的角度看到的，究竟有多高，只能以梁三老汉的标准来衡量。如果用高增福、冯有万或梁生宝的标准衡量，恐怕就说不上什么好“嘴才”了。第二，梁三老汉居然能和“县书记”说得十分热络，这固然说明梁三老汉语言能力有所提高，但同时也可能是“县书记”学会了农民语言、能够跟农民拉家常的结果，并非仅仅因为梁三老汉提高了语言能力。何况老汉虽然跟“县书记”谈得十分热络，却也经常“两只粗硬的手颤抖着，帮助他表达心中的痛苦”——他的语言明显还是相当缺乏。他称“县委书记”为“县书记”，跟蛤蟆滩人游行时将“杜勒斯”说成“杜老四”，都是对新的语言相当陌生的表现。

但凡遇到新鲜事物、新鲜场合，蛤蟆滩农民依旧还是笨嘴拙舌。比如，远近各乡农民来观看高级社牲口合槽，梁三老汉“很想说几句这种场合适当的话，但他不知道说什么好。不是他缺乏机智，而是他的老脑筋对于这刚刚开头的新生活，还不是那么适应哩！”

梁三老汉、任老四在学习新语言方面多少有一些进步，平时不大出门的“生宝他妈”就更可怜了。第二部上卷第十一章写郭振山带着县委副书记杨国华到梁生宝家的草棚院看望“生宝他妈”，“头发灰白、满面皱纹的善良老婆婆，手里拿着拨火棍，在东边破旧的草棚屋里开了板门。她出来站在门台阶上，看见不只郭振山一个人，她这才紧张起来”。当郭振山向她介绍同来的就是“杨书记”，而没有架子的“县书记”又主动给她打招呼时，她被“弄得手足无措”——

> 她手里的拨火棍，不知往哪里搁是好。最后她还是忙乱地把它胡胡涂涂丢在门台上，好像她再也不需要这东西了。

多么传神！但如此传神写照，是付出了让“生宝他妈”完全不能开口的代价换来的。

为了让庄稼人在新社会说出“适当的话”，柳青殚智竭虑，最后不得不承认：“更多的意思庄稼人嘴笨，说不好。”

进入新世界的蛤蟆滩庄稼人啊，谁的语言够用呢？

这是他们的苦恼，也是柳青的苦恼。

让农民在新社会克服不知如何说话的困难，帮助农民说出他们心里的话，是柳青面临的一大难题。

六

但柳青并不因此片面追求将农民写得口若悬河。他一方面写农民在以往生活世界拥有丰富的语言，一方面又如实写出他们在新社会的语言匮乏，以及他们对这种语言困难极其有限的克服。

只有在塑造“轰炸机”郭振山及其哼哈二将（“低着头有了主意，仰起头就有了诡计”的“活周瑜”杨加喜，一贯巧舌如簧的“孙水嘴”）时，作者才故意让他们自以为是，任凭什么场合都能说下大天来。他们的能说会道是哄骗干部群众的烟幕弹，并不能代表农民说出他们的心里话。卢支书批评郭振山：“呀！同志！你的嘴才太巧了嘛！”可谓一语中的。

描写不同身份、不同思想感情的农民各不相同的语言处境和语言能力，是柳青现实主义追求的重要一环。

场面话难说，心底秘密更难表达。第二部第十章写梁生宝“对他最亲密的助手（高增福）打开他内心最深处的秘密”，显然夸张了。那充其量只能说是梁生宝思想中一个重要内容，即担心辜负领导希望，自觉肩上担子太重，谈不上“内心最深处的秘密”。真正的“秘密”不会这么容易就能写出来。

更多场合，柳青还是直面农民语言和“新生活”的距离，竭力追求让二者磨合接榫，让流行政治语言尽可能顺利进入农民语言的躯壳。

他这样努力的时候，其实就是采取了鲁迅所提倡的“给他们许多话”的办法。[①]《创业史》对话之外的大量叙事、抒情和描写，

① 鲁迅：《答曹聚仁先生信》，《鲁迅全集》（第六卷），人民文学出版社2005年11月第1版，第79页。

基本都是揣摩农民心理，用作者的语言说出来，或者混合作者学到的农民语言与作者自己的语言，千方百计说出农民心中的思考、议论与抒情。

“给他们许多话”，是鲁迅对“先驱者”也即启蒙知识分子说的。所谓“许多话”，主要是指启蒙知识分子的语言，这在自觉实践鲁迅教导的路翎小说中可以看得最清楚。至于郭振山、梁生宝、徐改霞、高增福、冯有万们竭力学习得来的“嘴才”则主要是规范化政治语言与农民语言调和之后形成的混合物，也是《创业史》为农村“新人”着力打造的一套新语言。

七

但上述语言追求显然不能令柳青感到完全满意。为了更好地写出农民的精神世界，他甚至不惜借助超语言方式来弥补语言表现之不足。

《创业史》第二部上卷第五章写小媳妇赵素芳趁公公“王二直杠”死后落葬，撕心裂肺哭个不停，就是整部作品描写农民用超语言方式克服语言困难的神来之笔。

过去谈《创业史》人物，大多集中于梁生宝、梁三老汉和蛤蟆滩“三大能人”，连改霞都很少谈到，有人甚至劝柳青删掉改霞这个人物。[①]

① 比如李希凡《漫谈〈创业史〉的思想和艺术》就认为“改霞并没有写好”，“尽管作者用了大量的漂亮词句，渲染这个美丽姑娘的容貌和性格，用不少篇幅细腻描绘她的内心生活，但是，终于由于她的生活、性格没有扎根在蛤蟆滩的现实生活土壤里，而不能取得像梁生宝那样的感人的效果，相反的，有时还会引起厌烦，使人觉得这个脱离斗争和梁生宝纠缠爱情的女孩子，并无多少可爱之处！”李希凡把改霞形象的塑造提到现实主义和浪漫主义结合的高度，认为“缺乏丰厚的现实生活基础的空虚的夸大的幻想，绝不是革命浪漫主义精神”，他的结论是，“从《创业史》整个的艺术形象的创造来看，改霞的形象只是我认为的个别失败的例子。它像游丝一样粘附在《创业史》的生活和形象世界里”，“只要扯断它，《创业史》仍然是很大程度上表现了革命的现实主义和革命的浪漫主义相结合的好作品”。换言之，必须将改霞删掉，才能保证《创业史》的整体思想与艺术成就。该文原刊《文艺报》1960年第17—18期合刊，转引自山东大学中文系编《中国当代文学研究资料·柳青专集》，1979年4月，第148—150页。

柳青虽未曾照办，却也不断提醒读者和改编者，改霞绝非中心人物。[①]改霞尚且如此，素芳就更不在话下了。大概只有当时正在读研究生的青年批评家何文轩（西来）着重分析过素芳的心理和命运。[②]据作者事后回忆，当时只想反驳姚文元在素芳形象塑造的问题上对柳青的“极左非难”，并非对素芳特加青眼。[③]

但素芳在小说整体构思中的地位不说超过改霞，至少也是《创业史》女性群像中仅次于改霞的第二号人物。当时评论界对素芳有限的研究主要围绕她和富农姚士杰的关系展开，对他们二人的性关系的描写争执不下。姚文元认为:“作者过分强调了生理的因素而忽略了起决定作用的阶级的社会的因素。作者是把素芳作为一个被迫害、被摧残者来描写的，也许以后她还会从惨痛的教训中觉悟起来，可是，用‘生理上是男人而精神上是阳性的动物，姚士杰给女人素芳多大的满足’，以及拴拴缺少姚士杰对女人的热烈拥抱来解释素芳被这个恶毒的富农所吸引，是不妥当的，至少是缺少典型意义的，这对姚士杰的阶级本质的揭露没有帮助，可以省略。”[④]

姚文元关于素芳形象的质疑仅限于这段文字，何文轩则用整段文章详细分析素芳形象的塑造，强调作为被旧社会迫害和摧残的女子，素芳形象既有普遍意义，更有不同于改霞、李翠娥等妇女的特殊性，这种特殊性跟她的家庭背景、少女时代惨痛经历、嫁给拴拴后饱受阿公“王二直杠”欺负——等等特殊遭遇有关，因此她和姚士杰之间看似变态扭曲的关系并非完全生理性的，背后也有社会性因素，“作者在处理素芳与姚士杰的关系时，分寸也是很严的”，“谁也不会因为作者强调了生物性的一面而不把素芳看作社会的人”，但唯其如此，“她的解放必然要经过更曲折、更痛苦的途径”。何文轩认为这个女性形象整体上“写得相当

---

① 比如，在《延河》1961 年 10 月号登完《创业史》第二部六、七章之后，柳青在“作者附记”中郑重其事地要求所有的改编者:“不要把徐改霞当作女主人公安排。这不符合《创业史》的总意图。”

② 何文轩:《论〈创业史〉的艺术方法——史诗效果的探求》,《延河》1962 年 2 月号。

③ 《流派开山之作》,《延河》2006 年 9 月号，这是何西来先生为《创业史》重印本所作的序言，参见仵埂、邢小利、董颖夫编《柳青研究文集》第 5 页。

④ 姚文元:《中国农村的社会主义革命史——读〈创业史〉》,《文艺报》1960 年第 17—18 期。

深刻，相当成功”，尤其考虑到素芳在小说中“处于更外围的位置，在《创业史》宏阔的艺术画面上，她只是占着不太重要的一隅，然而作者竟能赋予她以如此的历史深度和艺术深度，的确是不容易的”[①]。但他也指出，“第一部里的素芳，直到最后，还是处在灵魂上沉睡的状态”。

姚、何二人意见大相径庭，但有一点彼此相通，即都认为素芳形象在《创业史》第一部并未完成，都预期第二部将有更多精彩笔墨落在这个次要人物身上。当时《创业史》第二部还没有以完整形式公开出版，素芳在《创业史》第一部确实处于次要地位，她虽然也站在新旧世界交替的门槛上，却不像上述郭振山、梁生宝、徐改霞、高增福、冯有万等学到了属于自己的“嘴才”。姚、何二人感到不满足，并对她下一步的塑造作出预期，是合乎情理的。

果然，到了第二部上卷第五、第六章，柳青让素芳用鲁迅所谓“无词的言语”——无休止的哭泣——再次隆重登场了。

八

在此之前，小说经常写到素芳的“哭”。

十六岁被黄堡镇流氓引诱糟蹋，她痛哭过一场，“哭红了眼睛”。

带着明显的身孕嫁给木讷的拴拴之后，公公“王二直杠”用“顶门棍”“有计划地捣过几回”，残忍地打掉她的身孕，平时又凡事苦待她，而丈夫拴拴听由老爹摆布，完全不懂夫妻恩爱，素芳因此不知哭过几回。

“新社会”了，别人都可以离婚，唯独不名誉的她不能。她不得不继续饱受公公的折磨，不得不忍受毫无乐趣的夫妻生活。她因此不知暗自哭过几回——她知道在别人眼里，自己绝没有不满和哭泣的权利，“没有当着旁人的面哭鼻子的理由”。

她爱慕邻居梁生宝，但梁生宝“因为担心他在村里的威信受到损伤”，为了“尽力提高自己在群众中的威信”，连心爱的改霞都要处处回避，何况这个名声不佳的邻居人家的儿媳妇，所以他就以村干部资

① 前揭何文轩：《论〈创业史〉的艺术方法——史诗效果的探求》，《延河》1962 年 2 月号。

格“大白天日教训了她一顿”。素芳很快就断了对梁生宝的念头，但她并没有因此害怕、回避梁生宝，“她向村干部梁生宝哭诉，她还没有解放”，希望他“干涉”她的生活，帮助她摆脱公公王二直杠的严防死守，和毫无感情、仅仅被她称作“咱家做活人”的丈夫拴拴离婚，在新社会获得真正的“解放”。但“生宝板着脸要她好好劳动，安分守己和拴拴过日子”，“生宝硬着心肠，违背着他宣传的关于自由和民主的主张，肯定地告诉素芳：暂时不帮助她争取这个自由，等到将来看社会风气变得更好了再说”。这就等于宣布素芳仍旧是不名誉的贱民，在“新社会”低人一等。既在感情上被梁生宝严厉拒绝，又在社会政治上遭到梁生宝这一番训斥，素芳的精神世界会发生怎样的变化，小说未做交代，但读者完全可以想象。她为此暗自饮泣，应该是伤心而绝望的。

再后来就是在“堂姑父”姚士杰家磨房里啜泣。她陷入了难以自拔的屈辱、偷欢、犯罪的深渊，她的哭泣更加不能理直气壮了。

县里来的青年团干部王亚梅组织“妇女小组学习会”，包括素芳最看不起的李翠娥在内的妇女们竞相发言，“一再地触动素芳的伤疤”，迫使她“一再地回忆起疼痛”。素芳几次想开口，却总是被深深的自卑感和羞耻感压迫得说不出话来，只好忍住几乎夺眶而出的眼泪，跑进茅房偷偷哭泣。

素芳的“哭”，绝大多数场合都是暗自啜泣，无人知晓，作者因此也就没有必要描写周围人的反应。但这些预演性的啜泣非常重要，好像一道奔涌的河流受堤坝拦阻，改变流速，失去喧嚣，却并未静止，乃是默默积蓄力量，寻找机会，等待新的出口。

九

于是就有了《创业史》第二部上卷第五章素芳爆发性的“哭”。

素芳趁着以梁生宝为首的“灯塔合作社”一班人为公公“王二直杠”送葬，当着大家的面毫无节制地痛哭流涕，不听任何人解劝！她只是哭，并非边哭边诉，所以不管是旁观者、试图解劝者，还是事后与她谈心的干部，都完全不理解她为何而哭。

梁生宝是葬礼主持者，素芳的近邻，两人又有那层特殊关系，按理应该比较了解素芳，但他竟一点不懂素芳为何而哭，“心里头奇怪”，“阿公活着的时候，把你简直没当人！老顽固这阵死了，你还哭得这么伤心？没主心骨的女人！”

灵柩到了墓地，“按丧仪的程序”，跟在后面的妇女应暂停哭泣，但素芳仍然“哭得直不起腰来”。这时梁生宝就“鄙视”素芳了，“没出息的女人！”“经过建社期间两条道路的教育，她还是这个样子！什么时候才能把她改造成有社会主义觉悟的劳动者呢？糊涂虫！”

“灯塔社”其他送葬的社员们也“都注意到拴拴媳妇的伤心好令人奇怪。在灵柩周围解绳的庄稼人脸上出现了迷惑不解的神情。冯有义甚至感动了，低声说：‘啊！拴拴这屋里家，还是个孝敬媳妇哩！’”

死者落葬后，“按照殡葬礼仪”，妇女们都应该停止哭丧，“但素芳只管她弯着腰，伸长脖子，失声断气地抽泣着。好像决心要把肠肠肚肚，全部倾倒在这墓地上，她才回家。”新党员冯有万走到他崇拜的主任梁生宝身边低声骂道：“贱骨头！”梁生宝的态度也从“奇怪”“鄙视”发展到“生气”，他怀疑素芳这么哭，可能跟好吃懒做的李翠娥一样，“对灯塔社的女社员将来要参加农业劳动发愁？怕劳动的，怎么会有好思想呢？”

梁生宝想到这里都“心凉了”，更不想考虑自己的婚事。他对农村妇女几乎完全绝望，激昂慷慨地发表了一通关于“党真正的负担”在于“改造落后意识”的“墓前演说”，“把驻队干部和社员们都听得凝神不动”。

没想到，“已经不哭的素芳听了主任的话，重新又哭起来了”。

十

《创业史》第二部上卷第五章就这样写素芳之哭，以及周围人的迷惑不解乃至鄙夷愤怒，第六章则试图解释素芳为何而哭。

柳青告诉读者，苦命的素芳委屈太多，一直没机会宣泄，“阿公的死给她一个哭的好机会！”素芳究竟哭什么？原来主要是哭她和寡妇老娘受苦的根源——多年来始终被她怨恨不已的败家的父亲赵得财，“素芳在阿公尸灵旁边，哭着可怜的她爹赵得财”。赵得财在旧社会的堕落（吃鸦片）使她从一个殷实人家小姐变成到处抬不起头的自卑自贱的可怜女子。作者认为，素芳哭死去的父亲，实质上就是认识到“旧社会制度杀害了多少人呀！”而悲从中来。

这种分析当然值得尊重，但不能说作者本人就完全理解他笔下的素芳之哭。七十年代末，住在医院的柳青告诉前来看望他的阎纲先生，“素芳大哭，是哭旧制度”[①]，这与素芳在青年团县委王亚梅面前的告白大致相同，“王同志放心！我哭是为从前的事！”

这显然并非洞悉底蕴之笔。造成素芳不幸的原因并不都可以归结为“旧制度”与“从前的事”。不说“解放前”，“解放后”素芳仍旧不得解放。她和拴拴之间无爱的婚姻，她在“王二直杠”管束下“受苦受活”，她对邻居梁生宝的爱恋以及后者对她的冷漠与训斥，她和富农姚士杰并非始终“分寸也是很严的”的变态扭曲不可告人的关系，她在“妇女小组学习会”上不断加深的自卑感和羞耻感，她在葬礼上啼哭时梁生宝、冯有万等人毫不掩饰的鄙夷、厌恶、疑惑、隔膜和愤怒——她在号啕大哭时心里想到的这一切，岂能简单归结为对早已印象模糊的亡父的怀念，或者扩而广之，对“旧制度”的憎恶？

《延河》版素芳对王同志说的那句话是：“我一定在农业社好好劳动——报答共产党的恩情！”这句话上半截是复述梁生宝的“教训”，下一截是当时的门面话，都不是无论思想有无转变的素芳对自己那一场“哭”的全部解释。但相比中青社版的“王同志放心！我哭是为从前的事！”较早的《延河》版或许略胜一筹。中青社版试图拔高素芳，《延河》版则并没有将素芳拔高到看清自己的悲剧命运全部可以归因于“从前”的“旧制度”，反而暗示她不敢轻易流露真心，仅仅以梁生宝的“教训”与流行的门面话遮挡过去。

尽管用理性语言解释笔下人物复杂的内心世界未必成功，柳青还是照实写来，用了第五、第六整整两章大写特写素芳的“哭”。

“哭”，是柳青为素芳找到的“本本色色”的语言，他要透过这种超语言的情感发泄挖掘一个乡村女子的精神深井。一个谁也不理解的受尽凌辱的不幸的小媳妇在普遍隔膜中尽情吐露心声，这虽然在与同类交流的意义上失败了，却恰恰由此呈现出农民（大而言之也是中国人）情感与灵魂的真实状态。

关于素芳之哭，柳青至少为我们提供了两个版本，即《延河》1961

① 阎纲：《〈创业史〉与小说艺术》，上海文艺出版社 1981 年，第 225 页。

年四、五号连载的《创业史》第二部第四章，中国青年出版社 1977 年 6 月第 1 版《创业史》第二部上卷第五、第六两章。两个版本的差异不仅在于《延河》版的一章被中青社版扩张为两章，还在于《延河》版更加强调、突显梁生宝对素芳之哭的鄙视和厌恶[①]，并且始终没有将素芳拔高到看清了自己悲剧命运的高度。

但素芳之哭本身，中青社版的改动并不大，这说明柳青至少对素芳这个次要人物的内心世界的把握，并没有受其理性思考的干扰。

十一

鲁迅说“造化生人，已经非常巧妙，使一个人不会感到别人的肉体上的痛苦了，我们的圣人和圣人之徒却又补了造化之缺，并且使人们不再会感到别人的精神上的痛苦。我们的古人又造出了一种难到可怕的一块一块的文字；但我还并不十分怨恨，因为我觉得他们倒并不是故意的。然而，许多人却不能借此说话了，加以古训所筑成的高墙，更使他们连想也不敢想。现在我们所能听到的，不过是几个圣人之徒的意见和道理，为了他们自己；至于百姓，却就默默的生长，萎黄，枯死了，像压在大石底下的草一样，已经有四千年！要画出这样沉默的国民的魂灵来，在中国实在算一件难事”，“我虽然竭力想摸索人们的魂灵，但时时总自憾有些隔膜”[②]。

克服这困难，打破灵魂间“隔膜”的高墙，在中国文学中实在难得。

素芳之“哭”，很容易令我们想到中国文学史上那些善于哭泣的女子。

《水浒传》中金翠莲“哽哽咽咽啼哭”，“兰陵笑笑生”笔下李瓶儿丧子之后无言的哀毁，都是无告的中国女性常见的哭泣，与素芳之“哭”

① 中青社版删除了《延河》版中梁生宝对素芳之哭的不少过火的反应，“‘真个没彩！咳！真的没彩！——’生宝想着素芳从前的为人，甚至气呼呼的。他想不来这号女人，怎样在世上活着哩。”“生宝看也不喜看那个可怜的女社员一眼。”“俗气！俗气透了！生宝心里直发呕。”“大伙都回头看，生宝没回头看，有什么好看呢？不嫌羞！”

② 鲁迅:《俄文译本〈阿Q正传〉序》,《鲁迅全集》(第七卷)，人民文学出版社 2005 年，第 83—84 页。

有相通之处。但《水浒传》《金瓶梅》作者的笔墨何其吝啬！

关汉卿笔下窦娥的呼天抢地乃是作者激越情感的投射，并非人物本有的告白。而且，窦娥化悲为愤，“出离”了“哭”，化“哭”为“诉”，重点在“诉”不在“哭”。

《白鹿原》写田小娥跟祥林嫂一样，在多次啼哭、哀号之后，渐渐都不会哭了——残酷的生活剥夺了她们“哭”的能力。

鲁迅《野草·颓败线的颤动》里那个老妇“举两手尽量向天，口唇间漏出人与兽的，非人间所有的，所以无词的言语”，思想深刻，画面感很强，似更接近素芳之“哭”，但毕竟没有叙事的广度。

相知之下，素芳之“哭”不同凡响。作者显然也意识到这点，所以干脆放开笔来议论一番：

> 人身体里头到底能有多少眼泪呢？眼泪流得太多，对人有什么害处吗？为什么哭得时间长了，觉着脑子里头疼呢？为什么后来眼眶里也感到火辣辣的呢？曾经有过哭瞎了双眼的人。素芳现在不管这些。她只想哭！哭！哭个痛快！好不容易！阿公的死给她这样一个哭的好机会！她可以公开地、尽情地大哭它几场。哭个够！

面对素芳之“哭”，村民们的疑惑、猜测，妇女们的劝慰，干部们的思想工作，自以为“进步”的梁生宝、冯有万的“鄙视”“生气”，以及作者在书里书外的解释，都黯然无光了。

因素芳这一“哭”，我们不得不对《创业史》中完全不理解素芳的正反两方面人物做出另外的理解。

因素芳这一哭，《创业史》人物世界发生再度分裂。一边是《创业史》所有人物的猜测议论，一个是哭得死去活来的素芳一人的沉默无语。两面的隔膜与对峙，使我们得以重新体会柳青在揭示“沉默的国民的灵魂”方面取得的惊人成就。

素芳之“哭”几乎哭塌作者一手造成的整个世界！这种撼人的艺术力量也许只有传说中孟姜女哭倒长城或《红楼梦》中贾珍为儿媳妇秦可卿之死所发的不伦之悲约略近之。

但孟姜女之哭只是传说，缺乏文学的具体描写（苏童根据这个传说创作的《碧奴》以夸张游戏的笔墨写“哭”也基本失败了），而贾珍和素芳，一个是公公不知羞耻地哭那暗中与他有染的媳妇，一个是媳妇假装哭公公实则自悲其身世，二者表面相似，内涵迥乎不同。

十二

素芳之“哭”有一个蓄势过程，比如作者对素芳父母、诱奸素芳的黄堡镇流氓、王二直杠、拴拴、梁生宝、姚士杰等相关人物细针密线的叙说，包括暗中审察“他的拴拴婶子”“嗅见素芳脸上发出的雪花膏味道，简直要发呕”的“不曾接近过女性”的十七岁少年任欢喜“稚嫩的心”。

没有这些铺垫，素芳的无言之“哭”就犹如一面空镜子，什么也照不出。

另外，素芳之“哭”也需他人之“哭”的衬托，才能愈显其独特性。

比如改霞妈妈哭她们孤儿寡母的凄惨，固然悲伤，却怀抱希望，即希望年轻漂亮的女儿在“代表主任”郭振山帮助下有一个美好的前程。

小说也多次写到改霞哭她和梁生宝的一再错过，比如第一部第十五章，改霞久等梁生宝不至，就灰心起来，要下最后的决心不再等心上人了——

> 她这样想着，突然间鼻根一酸，眼泪涌上了美丽的眼圈。这既不是软弱，也不是落后。这是为了崇高的理想而牺牲感情的时候，从人身上溢出几滴感情的浆汁。改霞用巧妙的手指，把溢出眼角的两滴泪水抹掉，往回走去。

热恋中的年轻姑娘改霞的哭，美丽而忧伤。

穷汉子高增福，无论什么时候看见他，他总像刚刚独自一个人哭过的样子，高增福确实时常暗中饮泣，但又深自责备，作者写他这样强忍泪水：

> 他鼻根一酸，眼珠被眼泪罩了起来。但是他掩住嘴唇，没有让眼泪掉下来。他眨了几下眼皮，泪水经鼻泪管到鼻腔、到

喉腔，然后带着一股咸盐味，从食道流进装着几碗稀玉米糊糊的肚囊里去了。

无独有偶，以“在党”为无上荣光，却私心太重，梦想独自发家的“代表主任”郭振山收到“组织”的批评之后，他的那双炯炯有神的大眼睛竟然也“被泪水罩了起来”——

> 但是，倔强的郭振山不会让眼泪流出来的。他挣扎着硬不眨眼，让泪水在眼睛里打圈圈，然后在身体内部从鼻泪管流下去了。但有一滴流错了路，没有进喉咙里去，而从多毛的大鼻孔出来了。郭振山把它当作清鼻涕，用一个指头抹掉了，擦在鞋底的边上。

郭振山之哭和高增福之哭有不少神似，但内容又微有不同！

为了说明“私有财产——一切罪恶的源泉”这个道理，作者还写到乡村社会古怪的一种啼哭场面。没有子嗣的老大死了，老二老三争着把儿子过继给亡兄做“孝子”，为此大打出手，而这家人同时又上演着另一出滑稽戏：

> 他们的婆娘们和娃子们，在家大哭死者，尽嗓子哭，简直是嚎叫，表示他们对死者有感情。其实，他们都是对死者名下的十来亩田地有感情——

写得最详细、最精彩的还是第一部第十七章梁三老汉为梁生宝视若无物的童养媳妇的死哀哭不已，“眼泪只是揩了又流，流了又揩，不断线地涌着”。这在旁人看来，乃是“不顾体统”的“公公哭媳妇”，是“丢人”之举，但梁三老汉哭童养媳妇，一则因为“俺的童养媳妇，和闺女一样亲”，二则因为梁生宝“唯有上媳妇的坟这件事不当紧”，老汉因此“鄙弃”后妻带来的这个养子，认为他太没情义，“不管怎么，总算夫妻了一回嘛！一日夫妻，百日恩情嘛！给死人烧纸插香，固然是感情上的需要；但有时候，为了给世人看得过去，也得做做样子吧！你共产党员不迷信，汤河两岸的庄稼人迷信嘛！哼！”何况清明节上坟，老汉还想起了拉扯童养媳妇长大的那些“过去的凄惶日子”，这才“不顾体统地哭出声音来了”。

梁三老汉和贾珍都是有违正常伦理因而颇受非议的“公公哭媳妇”，但各有各的哭法，不可同日而语。这一细节充分说明柳青写“哭”的匠心独运。《创业史》第一部写梁三老汉哭媳妇，和第二部写素芳同样违背正常伦理观念而备受诟病的“媳妇哭公公”，前后呼应，相得益彰。

但写素芳之“哭”，又胜过写梁三老汉之“哭”。梁三老汉之“哭”，客观上暴露了梁生宝在亲情和男女之情方面的疏忽与凉薄，但作者本意是想表现梁生宝的公而忘私，梁三老汉的“哭”完全在作者操控之中，而素芳乃是面对整个世界发出痛彻肝肠的哀哭，其撼人的气势可能违背了作者的初衷，造成一种尴尬而失控的局面。

柳青写了多少人物的“哭”啊！

正是在蛤蟆滩人连绵不断的哭泣中，我们听到赵素芳最凄厉的哭喊，也看到更多周围人的反应，因此就有可能将素芳之“哭”与他人之“哭”区别开来，更深地体会柳青描写素芳之“哭”的苦心孤诣。

十三

素芳大哭之后，即“泯为常人”。

作者本来还想给她更多描写，在和女儿刘可风的谈话中甚至详细地介绍过总题构思中对素芳后来的安排：

> 后边我要写一个情节：一次，梁大老汉借走牲口不还，大家很气愤，让妇女主任欢喜他妈去要，欢喜他妈因为过去常借人家的牲口和工具，不好意思，素芳看见，自告奋勇：“我去要！”这样就把素芳的形象推进一大步，最后，我还想让素芳当妇女队长哩。①

但1977年中青社版《创业史》第二部并无这个安排。素芳大哭之

---

① 刘可风：《柳青传》，人民文学出版社2016年1月第1版，第413页。

后，只出场过三次，都没有正面或突出的描写。

一次是第二部上卷第十二章，大哭之后过了六章，梁生宝领导的灯塔合作社迎来第一件大事，即社员们牵着自家牲口“合槽”，进行统一管理。关心社事的梁三老汉发现“拴拴媳妇素芳”也跟在妇女队长欢喜他妈后面，帮助吆喝他家的牛。这时候的素芳还给死去的阿公戴着白孝帽，走在最后面，但“经过两条道路的教育，特别是直杠老汉的葬事以后，梁三老汉有了新的认识，已经不鄙弃素芳了”。大家谈到装病不出门的梁大老汉，素芳也插进来，讲了几句关于梁大老汉的话。这一节中心人物是梁三老汉、欢喜他妈以及不在场的梁大老汉，素芳只是陪衬，未作任何正面描写。

又过了十三章，即第二部下卷第二十五章，不愿加入合作社的梁大老汉看见素芳和合作社几位妇女一起在地里劳动，也是一笔带过。

第三次是紧接着的第二部下卷第二十六章，郭振山哼哈二将杨加喜、“孙水嘴”挑动梁大老汉闹事，灯塔合作社“遇到了成立以来的头一次风浪”，梁生宝外出开会期间主持工作的副主任高增福看见许多社员都来到“社办公室院子”，关心如何处理这件大事，“拴拴的媳妇赵素芳”也夹在众人中间，如此而已。

《创业史》全书未完成，柳青赍志而殁，1977 年中青社版第二部仅在“文革”前完成的一至二十五章基础上做了修改（《延河》1961 年元月至 10 月号发表的一至七章相当于中青社版上卷一至九章），将原来的二十五章扩张成二十八章，但具体修改只限于第二部上卷一至十三章和下卷十四至十七章，剩下的十八至二十八章仍是初稿，因此柳青跟长女刘可风讲他会多写一点素芳的计划并没有落实在最终公开面世的版本上，是不难理解的。

《创业史》第一部和第二部第五、第六两章，素芳的戏很饱满，因此大哭之后的素芳究竟会怎样，作者没有留下更多的“后话”，读者却不禁要猜想：除了梁三老汉不再“鄙弃”之外，素芳有没有获得周围人更多的理解？素芳的觉悟是否提高了，成为梁生宝所期待的“新人”，还是仅仅偶尔出场说两句不太重要的话，夹在女社员中间参加劳动，头脑依旧“糊涂”，抑或思想深处发生了旁人不能察觉的另一些变化，从此看人看事都别有一番滋味在心头？

十四

据刘可风所记1970—1978年和父亲柳青的谈话，柳青尚未决定放弃《创业史》第三、第四部的写作之前，就感到“第一部改霞就写多了，现在也不能取掉，会留下斧凿的痕迹”[①]。这和柳青在《延河》1961年元月至10月号登完《创业史》第二部第一至第七章之后所写的“作者附记”基本一致，在这个“作者附记”里，柳青郑重地劝告《创业史》的各类改编者：“不要把徐改霞当作女主人公安排。这不符合《创业史》的总意图。”他预先发表这几章，目的之一就是要提醒读者，改霞并非“女主人公”。

一部多卷本的长篇小说写了众多女性形象，怎么可以没有“女主人公”？取消改霞“女主人公”地位，是否需要另找一个女性形象递补上去？

从1977年出版的经过反复修改，将计划中第三、第四部或取消或压缩之后形成的《创业史》第二部未完稿来看，柳青很可能想把素芳或梁生宝新的“对象”刘淑良这两位其中之一增补为“女主人公”。刘淑良在第一部尚未登场，第二部实际描写也不多，总体形象苍白而单薄。相比之下，第一部就花了很多笔墨的赵素芳，到了第二部第五、第六两章又如此浓墨重彩加以描写，其形象的饱满程度单单在第二部就远远超过刘淑良，加上第一部的大量描写，总体分量也压倒了改霞。即使柳青想让刘淑良取代改霞成为《创业史》“女主人公”（他甚至借“有万丈母娘”之口说“淑良小名也叫改线，和改霞一样”），也完全不可能了。

撇开柳青的构思，从《创业史》第一、第二部实际描写看，素芳完全可以当得起“女主人公”的称号。

十五

但问题不在于柳青主观上想让谁取代改霞做《创业史》“女主人公”，

---

① 刘可风：《柳青传》，人民文学出版社2016年1月第1版，第410页。

问题在于既然他已经将素芳实际上推到如此重要的地位，那么大哭之后，他将如何继续塑造这个绝非“次要人物”的素芳？素芳惊天动地的大哭究竟有利于柳青接下来继续塑造这样一个终于摆脱旧制度旧社会的创伤记忆而顺利融入新社会的农村女性形象，还是适得其反，因为前面写素芳之哭用力过猛，给读者印象太深，以至于反而受到牵制，接下来就无法按既定构思对素芳展开新的塑造了？

第二种可能性显然更大。无论柳青将如何继续描写素芳精神上的新气象和行动上的新表现，都无法抹杀更无法澄清素芳之“哭”所包含的太多意义的不确定性。素芳之哭关涉的素芳心理和行为许多不可告人的隐痛无法抹消。梁三老汉只是在不知情的前提下“不鄙弃素芳了”，但不说别的，单单素芳和姚士杰的关系如大白于天下，老汉还能原谅素芳吗？

在上述《创业史》第一部第二十一节，素芳向梁生宝“哭诉”，后者“肯定地告诉素芳：暂时间不帮助她争取这个自由，等到将来看社会风气变得更好了再说”。社会风气要变得怎样“更好”，梁生宝才能满足素芳的请求呢？何况这还是素芳被姚士杰玷污之前的事。如果梁生宝知道了素芳和姚士杰后来的关系，他恐怕连这个遥远的许诺也不会赐给素芳了吧？

梁生宝性取向有没有问题，是否“厌女症患者”（misogynist）？这个问题不在本文讨论范围之内。根据小说实际描写，梁生宝对素芳如此冷酷，跟他一贯的政治原则性有关。作者写他为了不辜负党的嘱托，不损害党希望他为了开展工作而在群众中树立的威信，时时处处谨言慎行，不敢轻易和女性独处，宁可经常和王书记、高增福、冯有万这些男性“拍夜”，“拍嘴”，“合伙盖一块被窝，很畅快地过了夜”。他和高增福之间甚至“产生了夫妻一般的深情厚谊”。

但除此之外，梁生宝冷酷地对待素芳，还另有隐情。“蛤蟆滩曾经传播过生宝和这女人的流言风语”（《延河》版作“臭风声”），一贯谨言慎行、生怕因为自己失于检点而影响党的威信的梁生宝不可能不视素芳为危险人物而严加防范。更何况这个“流言风语”或“臭风声”早就飞出蛤蟆滩，飞到了欣赏郭振山而主张继续考察梁生宝的县委书记陶宽耳朵里：

梁生宝解放初期男女关系方面有点问题，说主要是同本村的一个姑娘和一个邻居媳妇，群众里有些议论。嗯，有问题，也不大。年轻人嘛，解放前在秦岭山区躲过兵役，山里头风俗混乱，可能受些影响。

连一贯支持梁生宝的县委副书记杨国华听了陶宽的话也非常吃惊，“真想不到梁生宝有这么一段不好的经历”。

小说没有交代梁生宝是否知道县级领导的这场对话，否则他的思想负担就会更重，对素芳的防范会更加严厉，厌恶也会更加激烈。

无论社会怎样进步，无论素芳本人的思想如何被改造，已经铸成大错的素芳都很难真正被“解放”。如果说，《创业史》第二部第十章梁生宝“对他最亲密的助手（高增福）打开他内心那最深处的秘密”属于夸张之语，那么素芳确实有她不能向任何人打开的“内心那最深处的秘密”。这是蛤蟆滩第一等机密，其机密程度甚至超过姚士杰藏在“墙眼里”的第三张国民党党证，因为姚士杰做出这一疯狂举动，至少还可以跟“婆娘”商量，素芳“内心那最深处的秘密”却不敢告诉任何人。她应该是希望带着这个秘密走进坟墓的吧？

柳青选择素芳做典型，本意也许是想描写这样一个拖着“旧制度”“旧社会”给予的太多创痛的女性如何成为“有社会主义觉悟的劳动者”，甚至打算让她担任“妇女队长”，但这实在是给自己设置了一个难题！他写素芳之“哭”，不仅不是解决这一难题的有效步骤，反而是在旧的难题之上又增添了一道新的难题，令他后来对这个人物的塑造难以为继。

谁也理解不了素芳。谁也帮不了素芳。素芳的哭包含了伤痛、委屈、悲愤、怨恨，是所有这些复杂情感的宣泄，但其中也有无法排遣的深深的惧怕和绝望。她借着公公葬礼的机会，一个劲地哭，不说任何话，也不听任何人解劝，因为自己或别人的任何语言对她来说都无济于事。

至少那一刻，素芳活在了语言之外。作者除了让她大哭一场，能给她什么别的语言呢？在她登峰造极的大哭之后，还能怎样描写她的脱胎换骨、焕然一新？

十六

柳青的主要任务是让农民学习说他们过去不会说的新语言，但他在全力以赴完成这个主要任务的时候，却将“女主人公”之一赵素芳推到了完全相反的境地。

素芳十六岁嫁到王二直杠家，七年之后，虽然生活有种种不顺心之事，但仍然是一个“眼睛灵动，口齿有利”的俊俏聪明的“乡村少妇”，绝非笨嘴拙舌之人。小说虽然没有具体描写素芳平时怎么撩拨梁生宝，被梁生宝拒绝之后又是如何严肃地求梁生宝“解放”自己，但即使透过作者简单的转述，我们也可以感觉到素芳的伶牙俐齿。

她过去家境不错，从小住在黄堡镇上，见多识广，这才嫌弃拴拴。单看她和极其厉害的公公“王二直杠”讨论是否要去姚士杰家帮佣时表现出来的那种以退为进、欲擒故纵、“摸着公公思量事情的心性”的策略，如果说素芳不仅伶牙俐齿，而且还颇有点工于心计，恐怕也并不为过。

但是在《创业史》第二部第五、第六两章，素芳除了最后对“王同志”吐露了那句词不达意的话，此外始终未发一言，仅仅将其全部存在的复杂内容藏匿于非语言、超语言、反语言的号哭中。

这样一个在学习新语言方面本来不应该落于人后的聪明女子最终竟失去了她固有的“嘴才”，变得只会哭泣而不会（或不愿）说话。与此同时，蛤蟆滩许多进步或并不进步的青年、妇女与老人却都或快或慢提升着他们运用新语言的能力，从笨嘴拙舌变得能说会道，纷纷获得新的“嘴才”。

作者或许打算继改霞之后，把素芳当作另一个女主人公加以重点刻画。但作者刻画素芳时遇到了更大的语言难题，他因此只能出奇制胜，想借助无言之哭来暗示素芳的精神世界那些难以言传的复杂内容。但也许作者没有料到，素芳的“言语道断”几乎抵消了作者赋予蛤蟆滩其他人物新的“嘴才”的有效性。他们空有新的“嘴才”，却谁也不能理解素芳的哀号，谁也无法与哀号中的素芳进行任何意义上的语言交流。

2016 年 5 月 16 日初稿于榆林学院

2018 年 6 月 24 日定稿

原载《文艺争鸣》2018 年 9 期

附记

2016年5月17日，榆林学院文学院、榆林文联、中共吴堡县委宣传部联合举办“纪念毛泽东《在延安文艺座谈会上的讲话》发表74周年暨柳青诞辰100周年全国学术研讨会”，笔者到会做了题为《素芳之哭及其他——“柳青模式”三题议》的主旨演讲，收入贺智利、贾永雄主编《柳青诞辰100周年全国学术研讨会论文集》（陕西新华出版传媒集团、陕西人民出版社2017年3月第1版），其中第一部分经过改写，以《关于当代文学批评的一个模糊印象——从〈创业史〉的批评与研究说起》为题发表于《创作与评论》2016年10期下半月刊。本文是主旨演讲第三部分（原文约两千余字）的扩充，写作灵感则来自多年前与授业恩师、红学家应必诚先生的一次闲谈，他说《创业史》写素芳的哭值得研究。如今终于敷衍成文，特此感谢他的点拨。

为鲁迅的话下一注脚（一）

——重读《白鹿原》

一

据 1993 年 6 月人民文学出版社第 1 版篇末作者自记，《白鹿原》1988 年 4 月至 1989 年 1 月草拟，1989 年 4 月至 1992 年 3 月成稿，算上 1987 年至 1988 年作者辗转查阅长安、蓝田、咸宁三县的县志、地方党史和文史资料的准备阶段[①]，正式创作逾时六年。该书是 1942 年出生的作者迄今为止唯一的长篇，倾尽心力和积累，可谓毕其功于一役。其实这是作者之福，也是读者研究者之福。中国作家倘若都能效法陈忠实，该省却读者多少时间精力！

作者自述执笔时，于外国作家颇借鉴托尔斯泰、肖洛霍夫、马尔克斯等，于当代作家则取法柳青《创业史》、张炜《古船》和王蒙《活动变人形》。[②]外国文学巨擘无论矣，自认学习当代作家，这在“毋友不如己者”的文化传统中十分罕见。比起柳青（还有另一位陕西前辈作家王汶石）、张炜、王蒙，就观念之转变、内容之充实、描写之细腻、头绪之繁多、语言之朴茂而论，陈忠实皆略无愧色，甚或后来居上。尤可称道者，全书结构首尾贯通，至于卷末而笔力不减。中国当代长篇小说名著“靡不有始，鲜克有终”，有之，当自《白鹿原》始。

小说所述起于晚清，新中国成立之初和“破四旧”“文革”若干事

---

① 陈忠实:《寻找属于自己的句子——〈白鹿原〉创作手记》，上海文艺出版社 2009 年，第 11—12 页，另见该书“附录”陈忠实、李星《关于〈白鹿原〉的问答》，第 181 页。下同（以下简称《寻找属于自己的句子》）。

② 关于陈忠实对柳青、王汶石的倾倒膜拜以及后来的脱离超越，参见前揭陈忠实《寻找属于自己的句子》第 9 页、第 43—44 页、第 91—97 页。关于陈忠实对《活动变人形》《古船》的评述，参见该书第 39 页。

件，但主要以民国为背景。读者若着眼于社会政治角度，会依次看到在“白鹿原”上演的辛亥革命、“大革命”、国共分裂与对抗、“全面抗战爆发”及第二次国共合作、抗战胜利后的内战直至国民党政府溃败的全过程。以往评论也确实主要注目于此，因而将《白鹿原》定位成一部反省民国史和革命史的“历史反思小说”或“新历史主义小说”，这当然也有部分道理。但由于小说地点仅限于“白鹿原”及其所属的“滋水县”，不可能呈现国共两党关系的全局。与此同时，盘根错节的家族纠葛与浓郁深厚的风俗人情实际上始终醒目地占据着小说的叙述中心。

整本《白鹿原》如它所效仿的《古船》，也采取了地方志和家族史形式。作者起初甚至将该书命名为《古原》，可见他受《古船》影响之深。[①]复杂的国家政治之“是非成败”收缩为浓郁深厚的乡土人情和犬牙交错的家族纠葛，厚积于民间地方和家族村落的复杂人性与文化习俗才是表层社会政治叙事包裹着的实际内容。陈忠实虽然也很关心在白鹿原这个“鏊子”上不停“翻烙饼”的严酷政治斗争，但不同于前辈作家柳青、王汶石的地方在于，他没有停留于此，而仅仅以社会政治的是非善恶为起点，由表及里，进一步追问深层的人性和文化。

这主要得益于作者 1982 年前后亲身参与解散人民公社、分田到户的基层工作，经历了从过去几十年深信不疑的合作化集体化农业政策到个体化经营的历史逆转所造成的巨大心理冲击，在“思想解放”的时代精神推动下痛苦而缓慢地从单纯以政治意识形态观察农村和农民的传统视角转换到“文化心理结构”，从而摆脱了前辈作家柳青等政治意识形态的固执，放开手脚开掘人物的人性内容及其背后的文化蕴含。[②]如果舍弃人性和文化，纠缠于“鏊子”之喻是否模糊了社会政治史叙述应有的价值判断，甚至争论《白鹿原》是不是一部针对现代革命历史的“翻案”之作，是否颠覆了传统固化的现代史观，如此解读法，并不适合于这部主要着眼于人性和文化的长篇。[③]

然而一定的人性总是在一定的社会政治生活中养成，并经过长期历

① 陈忠实、李星:《关于〈白鹿原〉的问答》，前揭《寻找属于自己的句子》“附录”，第 186 页。

② 前揭陈忠实:《寻找属于自己的句子》第十一节“我的剥离”，第 90—103 页。

③ 前揭陈忠实:《寻找属于自己的句子》第六节“朱先生和他的‘鏊子说’”，第 33—55 页。

史演变而积淀为一定的文化。任何历史舞台的前景都是社会政治生活中的人事浮沉，所谓“乱纷纷你方唱罢我登场”，而在这样的历史戏剧（包括在“鏊子”上翻烙饼般的政治争斗）中就有人性和文化的耀眼闪现。社会政治生活是人性和文化相互作用的中介物，只不过这个中介转眼即逝，而人性和文化却相对恒定。因此，借社会政治叙事来探究相对恒定的人性和文化，这对文学（尤其长篇小说）来说具有一定的合理性与普遍性。撇开文化和人性，把文学作品仅仅当作社会政治史研究的材料，其方法论之未当，正不待烦言而解。

二

《白鹿原》塑造了白、鹿两家和其他小姓、外来户众多人物形象，有的性格稳定，有的复杂多变；有的善恶分明，有的经过一番善恶转换之后变得模糊起来。作者写人，主要基于 1980 年代中期韩少功《文学的“根”》和阿城《文化制约着人类》等论著的文化观念[①]，有时则听凭不为文化制约的人性的自然流露。前者视人物负载文化信息的多寡而显出性格的单一或多面，后者却突破文化拘囿，显出浑然丰满的自然人性。前者如白嘉轩等，后者似乎只有田小娥一个典型。

白嘉轩、鹿三、冷先生、白灵、鹿兆海、鹿兆鹏、田福贤，是性格稳定、善恶分明的一组人物。执掌白鹿村宗祠的“族长”白嘉轩作为核心人物被大书特书，其主要精神支柱是清醒地认识到并在所有场合始终强调，不管社会政治环境如何变幻莫测，以传统儒家的“仁义”为核心的宗法制乡村传统文化价值都必须坚守。在他看来，这不仅是最高道德原则，也是乡村社会维持繁荣稳定的保障。他殚精竭虑，修身齐家，谨言慎行，敦厚风俗，虽然读书识字不多，但遇事懂得请教关中儒学传人（也是他姐夫）“朱先生”，其行事为人都有来自朱先生儒家文化的权威依据。辛亥革命胜利后，白嘉轩没有沉浸在革故鼎新的兴奋或恍惚中，

---

① 陈忠实在《寻找属于自己的句子》里反复感谢他在八十年代中期接触并很快深信不疑的“文化心理结构理论”，但不知为何始终没有提到提出该理论学说的作者和著作。根据上下文语境，笔者推测这一理论可能包括李泽厚大量论著中反复阐述的文化心理积淀说，韩少功、阿城、郑万隆等“寻根文学”主张，以及该书提到的余秋雨《艺术创造工程》等。

而是在朱先生指点下，迅速为白鹿村制定和推行了一整套乡规民约，以族长身份约束子弟和族人一体遵循。他从善如流，比如虽然种罂粟能获暴利，但一经朱先生晓以大义，即绝无留恋，立刻停止。他的严厉表现在毫不留情地惩治族内吸毒、聚赌和淫乱的男女，甚至拒绝接纳和周济因为情欲发动而堕落败家的长子白孝文，任其自生自灭。但他这种近乎六亲不认的严厉实际上潜藏着造福乡里或望子成龙的深厚温情。他对“海兽”一般生性活泼、献身革命的爱女白灵的感情也混合着这种严厉和温情。“交农事件”（交出农具以抗议政府横征暴敛）体现了他“为民请命”“舍身求法”的精神，不舍昼夜、不辞劳苦、力耕务农、精打细算的一生则凸显了他“埋头苦干”“拼命硬干”的品格，虽然当不起鲁迅所谓“中国的脊梁”的称号[①]，但确实为一方民众所仰戴。在“白鹿原”变成“鏊子”而忍受着不同政治力量拉锯式争斗的悲惨岁月，他不偏不袒，恪守中立，始终以家族文化和乡村人情为本位，以诚信良善为信仰依归。他佝偻的身躯蕴含着中国乡村以儒家理想为根基的家族文化强大的自信心和生命力。

和白嘉轩相比，朱先生更多传奇化、概念化和象征化色彩。朱先生谙熟儒学理论，白嘉轩则身体力行。这二人一表一里，共同构成了白鹿原儒家文化的中流砥柱。此外，白嘉轩的“义仆”鹿三、面冷心热的亲家冷先生、叛逆的女儿白灵，都是为了塑造白嘉轩而设置的陪衬，和其他次要人物（如国民革命军军官鹿兆海、中共地下党领袖鹿兆鹏、心狠手辣的“总乡约”田福贤）一样，总体上都善恶分明，前后性格变化不大。

性格复杂、人性模糊的是鹿子霖、黑娃与白孝文三人。《白鹿原》严格遵循柳青式的“人物角度”，作者尽量隐藏在人物背后，由人物依照各自性格逻辑说话行事，因此全书叙事力求客观冷静。人物的是非好恶不代表作者的观点立场，人物各行其是，呈现出“复调”的关系[②]，作者也尽量不偏不袒。尽管如此，作者对黑娃还是寄予了更多同情，因此黑娃的性格在这三人之中相对比较鲜明，然而这也并不影响作者探索

---

① 鲁迅:《且介亭杂文·中国人失掉自信力了吗？》,《鲁迅全集》(第六卷)，人民文学出版社 1981 年，第 118 页。下同。

② 前揭陈忠实:《寻找属于自己的句子》，第 44—45 页。

其人性的复杂。这位争强好胜自尊敏感的长工的儿子在“大革命”中加入“农协”，带领穷人在白鹿原上掀起一场“风搅雪”，失败后有家难归，只好落草为寇。他出身卑贱，但为了爱情敢作敢当，不惜与家庭、宗族乃至全村疏远，和所爱者田小娥住在村头破窑里孤苦过活。小娥因生活所迫和自然人性的需求而先后与多个男人有染，但黑娃并不嫌弃她，不将责任推到弱女子身上，依然对小娥有情有义，眷恋不舍，经常冒着生命危险偷偷回村接济她。田小娥被害，他更是悲愤欲绝，发誓不再踏入白鹿村一步。他虽然出于自尊并为了报复白嘉轩对田小娥的族规惩治，命令手下打折了白嘉轩腰杆，在土匪生涯中也表现得特别凶狠，但毕竟本性善良，爱憎分明，所以下山之后，一心“学为好人”，竟然出人意料成了朱先生最得意的关门弟子。尽管他已大彻大悟，却仍然无法从复杂诡秘的政治舞台轻易脱身，只能力求做到诚实无欺，无论对收留他的土匪头子“大拇指”、国民政府保安队，还是对后来归顺的共产党，他都肝胆相照，俯仰无愧，最终也因此被人构陷，冤沉海底。黑娃父亲鹿三是白嘉轩的“义仆”，始终被这个“义”字囚禁着无法舒展，黑娃则以他轰轰烈烈的一生将“义”字书写得酣畅淋漓。

如果说作者毫不掩饰地给予黑娃以同情和赞赏，对鹿子霖则充满鞭挞和憎恶，在这个人物身上，作者同样未能做到完全的冷静客观。鹿子霖父亲一开始也想将爱子培养成白嘉轩式人物，无奈鹿家祖上“勺勺客”用“尻子”立业，根基不正，这就注定了鹿子霖的人生道路最终和白嘉轩迥然不同。鹿子霖藐视白嘉轩视为生命的儒家伦理，惯于损人利己，又喜欢“吃官饭”，染上官场恶习，逐渐由迟钝变狡猾，由犹豫变坚定，起初“面慈心软”，后来日益歹毒，种种忍心害理之举甚至超过“总乡约”田福贤。他又天性好色，不择手段不知羞耻到处渔色。他对田小娥表面上爱惜呵护，实际从一开始就是乘人之危，以挽救黑娃为名欺骗田小娥。他将包括田小娥在内的所有女性都仅仅作为泄欲工具。不仅如此，还自以为身份尊贵，道德高尚，在心里鄙弃田小娥，大言不惭地声明他们“不在一杆秤杆上排着！”因此他才会利用正与自己打得火热的田小娥去色诱白孝文，以求在精神上击垮对手白嘉轩。鹿三杀死儿媳妇田小娥之前，鹿子霖已经起了杀田小娥以灭口的念头。他和女性交往表面上总是情深意长，正如他在政治舞台上偶尔也会讲究一点方圆规矩，似乎与田福贤们有所不同，这就使他的丑恶与肮脏蒙上一层伪装而富有欺骗性的面纱。

白孝文性格发展更跌宕多姿。在白嘉轩精心培养他做未来族长时，白孝文俨然就是一个未来族长，而当田小娥在鹿子霖指使下投怀送抱时，他的道德堤防顷刻崩溃。但白孝文并没有一败涂地。表面上他已经甘心沦为众人所不齿的败家子、色鬼、瘾君子、乞丐，破罐子破摔，放荡不羁，但这只是心高气傲的一种扭曲的表现，实际上还是想伺机自救，所以县保安队用人的机会从天而降时，他就毫不犹豫接受了。复活之后的白孝文并不像鹿子霖那样依然故我，而是洗心革面，城府转深，立志走一条完全不同的"新路"。这条"新路"和白嘉轩的期望背道而驰。白嘉轩先后接待了"浪子回头"的白孝文和黑娃回白鹿原祭祖，备受冲击的心理结构渐趋稳定，自信地说白鹿村任何人迟早都要跪倒在祠堂里，但他不知道白孝文的归来祭拜，目的乃是为了告别；白孝文此时已经坚信，谁要是走不出白鹿原，就一辈子没出息。"白孝文清醒地发现，这些复活的情愫仅仅只能引发怀旧的兴致，却根本不想重新再去领受，恰如一只红冠如血尾翎如帜的公鸡发现了曾经哺育自己的那只蛋壳，却再也无法重新蜷卧其中体验那蛋壳里头的全部美妙了，它还是更喜欢跳上墙头跃上柴火垛顶引颈鸣唱"，这是作者本人最得意的一笔。[①] 白孝文也曾对田小娥的死表示过痛惜，但他四处乞讨、企图翻身时，并没把寒窑中孤苦伶仃的田小娥放在心里。人死之后的怜惜与其说是良心发现，不如说是顾影自怜，或者是惋惜一个可心的女子不再为重新风光的自己继续占有。作者写白孝文最惊人的一笔还不是他荣归故里、从失败的鹿子霖手里昂然购回当年落难时卖出去的门楼、在一度唾弃他的父亲白嘉轩和白鹿村人面前扬眉吐气，而是写他如何狡黠地向贺龙所部冒领黑娃的功劳，并阴险地构陷黑娃，借不明真相的新政府之手置黑娃于死地而后快。如果说白孝文因田小娥的引诱从族长位置滚落，是儒家文化在原始人性面前溃不成军，那么他后来的见风使舵与心狠手辣，则是混同于民间政治厚黑学而乱中取胜。从人性角度看，这是更大的失败与堕落。白孝文的堕落，如同白灵、鹿兆海、鹿兆鹏的献身革命，异曲同工，都象征着白嘉轩、朱先生所坚守的儒家文化后继乏人。

① 前揭陈忠实:《寻找属于自己的句子》，第112—113页。

三

田小娥与上述几位都不相同。这是《白鹿原》中极富争议的人物，其最受诟病之点主要在于全无“贞节”、有亏“妇德”：做“武举”小妾时与长工黑娃私通；与黑娃成亲后，因黑娃做了土匪不敢回家，慢慢依附于趁火打劫的长辈鹿子霖；与鹿子霖打得火热时，甘愿受其指使“色诱”白孝文，后来竟然爱上了白孝文而疏远憎恶起鹿子霖来。无论站在旧道德还是新道德的立场，田小娥似乎都罪不可赦。

但仔细分析起来，她又并非全无可恕之处。“武举”是靠金钱强霸她来采阴补阳，她有理由“背叛”而与黑娃相爱。公公鹿三始终不认她做儿媳妇，黑娃落草为寇，有家难回，她孤苦无依，又亲眼看见亲身经受了反攻倒算的“民团”的凶残，加上鹿子霖软硬兼施，她只好姑且以鹿为靠山，在恐惧屈辱中得到一点可怜的生存的欢欣。她引诱白孝文之后发现这个未来的族长因道德压力变得性无能，非但没有幸灾乐祸，反而同情起来，认为“他确实是个干不了坏事的好人”。尤其得知白孝文因她而饱受白嘉轩族规惩罚时，竟浑然忘记了当初白孝文把她当“淫妇”残酷毒打的事，反而“一次又一次在心里呻吟着：我这是真正地害了一回人啦！”她就这样渐渐爱上了白孝文。不管哪个男人，但凡给她一点“爱”，她就万分感激，加倍回报。但除了身体，她用以回报的资本实在有限。她甚至拿出不知哪里得来的一点烟土来“孝敬”白孝文，这虽然在事实上令白孝文更快速地堕落败家，而在见识不广的田小娥自己，却是一种爱的表达。

田小娥的全无“贞节”，不是因为她奇淫无比，天性祸害男人，而是她所身处的男权中心社会根本不允许她保持“贞节”，反复以她无法抗拒的威势残酷地剥夺她的“贞节”。她并非像《金瓶梅》中的潘金莲那样被害之后反过来也来害人，倒是经常天良发现，以德报怨。她的所作所为多半乃是出于生存的无奈而非欲壑难填。陈忠实写田小娥，完全抛开了写其他人物时严格遵循的文化视角，一任田小娥的自然人性无辜地流淌出来，所以田小娥和《白鹿原》中任何一个人物都迥然不同。她恰似一面镜子，先后照见黑娃的善良与倔强，照见白嘉轩和鹿三基于儒家文化伦理中“女人祸水论”的偏激、愚昧与残忍，照见白孝文混合着真情的虚伪，照见鹿子霖灵魂和身体的邪恶与肮脏，照见早先利用小娥“吃泡枣”和采阴补阳的“武举”以及首肯此事的正房太太的丑陋与自私，照见她的穷秀才父亲的面子文化，某种程度上甚至也照见了貌似客观冷静的叙述者面对这个不幸的女人时经常陷入的情感与价值判断的游移暧昧。

作者自述他在查阅地方志时，被数不清的“贞妇烈女传”激起灵感，刻意反过来写一写被“贞妇烈女传”肆意歪曲的平凡女子的真实命运。[①]但我以为，就人物性格及其结构关系来说，田小娥之与黑娃、鹿子霖、鹿三，更像脱胎于《创业史》中素芳之与丈夫拴拴、梁生宝、富农姚士杰和公公“王二直杠”的关系。拴拴爸爸“王二直杠”生前把儿媳妇素芳“简直没当人”，但冥顽不化的公公一死，哭得最伤心的反而是素芳，这就好像鹿三虽然始终不认田小娥做儿媳妇，拒绝黑娃和小娥进家门，甚至在“女人祸水论”的驱使下理直气壮也极其残忍地杀害了小娥，但小娥临死前还是扭过头来，疑惑不解地喊了鹿三一声“大”（爸爸），这就很像素芳对“王二直杠”的以德报怨。拴拴是凡事听父亲摆布的平庸孝子，跟素芳夫妻感情淡漠，而“蛤蟆滩曾经传播过生宝和这女人的流言风语”，大英雄梁生宝和拴拴的组合才是素芳理想的丈夫。梁生宝+拴拴，相当于一个黑娃。在和梁生宝的关系上，素芳与田小娥的不同之处仅仅在于她只是在心里爱慕梁生宝而不敢像田小娥那样大胆地与所爱者私通结合。鹿子霖的身份地位和人格个性活脱脱就是姚士杰转世，他趁火打劫诱奸了田小娥，恰似姚士杰欺负善良胆小、不敢声张叫屈的素芳。素芳得不到丈夫关爱，对姚士杰的淫行既憎恶又有所留恋，这也正如田小娥对待鹿子霖的态度。连鹿子霖祖上“勺勺客”丑陋的发家史也和姚士杰父亲“铁爪子”富成老大不可告人的“创业史”如出一辙。田小娥与黑娃、鹿三、鹿子霖的关系，跟素芳与拴拴 + 梁生宝、“王二直杠”、姚士杰的关系，真是若合符节。

当然也有不同，这不仅表现在陈忠实添加了“武举”和白孝文两位与田小娥的关系，更在于他写田小娥时，索性将柳青笔下的素芳基本尚处于压抑状态的自然人性完全释放出来，让它得到充分展露。当然，柳青在《创业史》第二部（上）中极写素芳令众人大惑不解地为“王二

① 前揭陈忠实:《寻找属于自己的句子》，第 14 页、第 72—75 页。

直杠”撕心裂肺痛哭一场，或许也是为了弥补他在描写素芳的自然人性时过度节制所留下的遗憾。在深刻洞悉和大胆表现人性奥秘这一点上，陈忠实和柳青后先辉映，一脉相承。田小娥在《白鹿原》整本书中的分量因此一点不比白嘉轩、朱先生和鹿子霖等人轻多少。这是一个备受争议、难以一言以蔽之但无疑值得谅解和同情的文学中罕见的复杂而浑然的女性人物形象。

在田小娥的形象塑造上，一如在厚实的生活积累、丰富的民间生活语言的汲取和提炼方面，陈忠实均无愧于“柳青传统”的集大成者，甚至踵事增华，度越前修。而一个孤苦无告、受尽凌辱、死后还备受唾弃的田小娥就足以颠覆《白鹿原》全书苦心孤诣营造的“仁义白鹿村”的儒家文化氛围。

四

除了田小娥、黑娃、白孝文、鹿子霖，《白鹿原》中大部分人物性格稳定鲜明，并不难把握。作者显示艺术功力的地方主要不在人物个性和心理的挖掘，而在于对人物命运的准确追蹑，对方言土语和现代汉语共通书面语的娴熟运用与恰如其分的融合，对生活的敏锐观察，对历史复杂性的深切体认，尤其是对传统宗法制乡村社会面临崩溃而新的乡村文化尚未建立的转型期中国乡土文化形态的全景描绘。虽然陈忠实服膺“柳青的‘人物角度’写作方法”，但除了少数几个主要人物，大量次要人物都只是为了铺排事件而设置起来。全书篇幅巨大，大量次要人物穿插性散落于应接不暇的事件中，因此很难首尾呼应，捏成一个有机生命整体，这就像鲁迅分析《儒林外史》人物描写与事件铺排时所说的那样，“仅驱使各种人物，行列而来，事与其来俱起，亦与其去俱讫”[①]。作者用于事件铺排的功夫远远超过人物塑造，因此造成“事件大于人物”的局面。换言之，情节发展经常只是为了铺排事件，而不是为了追蹑人物心理和性格合乎逻辑的演化。

事件得不到人物支撑，人物沉浮于叙事之流，这就益发使事件的铺

① 鲁迅:《中国小说史略·清之讽刺小说》,《鲁迅全集》(第九卷)，人民文学出版社 2005 年 11 月第 1 版，第 221 页。

排显得过于臃肿堆垛，有时甚至缺乏充分的逻辑性和先后呼应。比如开篇头一句说“白嘉轩后来引以为豪壮的是一生娶过七房女人”，接下来逐个讲述白嘉轩迎娶七房女人的详细经过，但读者一点也看不到白嘉轩的“豪壮”，而只见他的万般痛心、委屈、懊恼、恐惧和心灰意冷。这就产生了情理逻辑的矛盾，使原本类似浩然《艳阳天》“肖长春没了媳妇，三年还没续上”那个著名的开头失去了“覆压”全篇的气势，显得不伦不类。再如整个第四章，先后讲述白嘉轩种鸦片得钱起房子，白鹿村人竞起仿效连种三年，朱先生出来干涉，大家从善如流，不久换了县令，全村又继续种鸦片，接着又写白嘉轩喜得贵子，筑坟，因为买李寡妇地而与鹿子霖打斗，朱先生出面和解，跟着又插叙一大段白鹿村人“种土”细节。这许多事件的铺排彼此见不出蝉联递进的逻辑关系，甚至完全不合逻辑。朱先生为何不在白嘉轩第一年种鸦片时就出面制止？若说他是故意让白鹿村人先赚点钱再说，那也不符合朱先生性格。而且新县令允许种鸦片之后，朱先生为何就不再据理力争？白鹿村人既然以“仁义”著称，既然在朱先生第一次劝说之后就从善如流，放弃“种土”，为何改了县令，又故伎重演？类似这样缺乏逻辑、过于堆垛的现象在小说中还有多处。此外，黑娃为何宁可冒着生命危险暗中接济田小娥，却始终不把田小娥接上山共享清福，也是一个破绽，因为书中并未明确交代土匪头子“大拇指”不允许二当家的黑娃接小娥上山。或许田小娥一走，许多事件就没法铺排了？作者从地方志获得大量材料，如若不用，会感到十分可惜。但这样一来，过于丰茂的事件铺排也就很容易割裂和淹没人物性格的内在逻辑。

但作者大量铺排事件，除了“补史之阙”，主要还是为了呈现自己在这些事件中把握到的文化。“事件大于人”本质上是“文化大于人”。这是以家族史和地方志为根基的小说《白鹿原》必然具有的特征，也是作者受到1980年代中期以来“文化寻根热”影响的结果。只不过“寻根热”过去多年之后，陈忠实还继续“寻根”，而且比任何一位“寻根”作者都更深地沉浸到他的文化根基里去了。陈忠实本人对这点的解释是，古代文学名著中张飞、诸葛亮、曹操、贾宝玉、王熙凤、林黛玉、孙悟空、猪八戒和鲁迅的阿Q、孔乙己这些典型人物已经“把中国人的性格类型概括完了”，在这之后他“不敢妄想‘典型性’”了，只想在坚持柳青式“人物角度”写法前提下尽量开掘人物所背负的“文化心理结构”，尽量写出“文化心理结构”动摇和复归过程中人物情感世界的震荡。[①]质言之，写人物，目的是写文化。

说到《白鹿原》所展现的中国乡村文化，占据中心和前景的无疑是白嘉轩、朱先生及其八位纂修县志的同道所代表的传统儒家文化。朱先生以“关中儒学”末代传人自居，扬言“南国多才子，南国无学问”，足见其在儒学修养上的自负。但他县志修讫无力出版，乡学屡兴屡废，从“白鹿书院”出去的学生都选择了和他的愿望背道而驰的道路，他和八位同道投笔从戎未果，几乎演成一场闹剧，这都说明他们和孔子一样，结局必然也是“吾道穷矣”。

其实朱先生也并非“醇儒”。他虽然雷打不动坚持“晨读”，恪守儒家“学为好人”的教训，模仿孔子春秋笔法，试图通过县志纂修而令“乱臣贼子惧”，甚至还亲手推倒“白鹿书院”不伦不类的四尊神像，但客观上村民们总把他视为“神”，逼着他“打筮问卜”，而朱先生主观上也并不拒绝与孔子之后正统儒家文化相冲突的那些阴阳占卜、风水堪舆、拆字算命之类民间道教的“怪力乱神”。他年轻时仅仅看到朱白氏的眼睛便决定娶她为妻，其中就大有“玄机”。他多次为白嘉轩、白赵氏等解梦占卜，且相当灵验。他还主动为白灵看相，又从国民党“青天白日满地红”的党旗来预测国共之争的胜负，以此作为生前最后一卦。他经常未卜先知，能预知自己的死期，艺术化地从容安排后事。死之前偷偷在墓碑和陪葬砖石上所刻的文字甚至准确无误地预言了二十多年后“破四旧”和“文革”。作为一代大儒，朱先生固然不同于鲁迅所谓“无特操”的历代“名儒”[②]，但他兼收并蓄了道教、佛家、原始巫鬼崇拜以及其他种种民间俗神的信仰，思想言行异常驳杂。由于作者对这个人物特别推崇，虽然多少画出了传统“名儒”的风采，但过于传奇化、概念化、象征化乃至神秘化的渲染也使得朱先生近乎《三国演义》作者笔下的诸葛亮，“多智而近妖”[③]。

朱先生尚且如此，在理论上始终仰仗朱先生的儒家文化践行者白嘉

① 前揭陈忠实:《寻找属于自己的句子》，第40—41页。

② 鲁迅:《准风月谈·吃教》，《鲁迅全集》(第五卷)，人民文学出版社2005年11月第1版，第328—329页。

③ 鲁迅:《中国小说史略·元明传来之讲史(上)》，《鲁迅全集》(第九卷)，人民文学出版社2005年11月第1版，第135页。

轩就更加驳杂不纯了。他的家族意识、女人祸水论，他与鹿三之间恪守传统的主仆之“义”，他坚守白家世代相传的“立家立身的纲纪”，他建宗祠，立乡约，兴私塾，约束子弟，固然都显示了儒家文化精神。小说恭敬地全文照录出于宋儒吕大临之手的中国第一份《乡约》，并且几乎就将白嘉轩写成了这份《乡约》的肉身化代表。但是，小说一开始就写白嘉轩处心积虑骗取鹿子霖家的风水宝地，先请朱先生破解“白鹿重现”之谜，再请阴阳先生帮他迁祖坟，以此“禳灾”，这就逸出孔孟以后强调“修齐治平”的德行功业而尽量摒除“怪力乱神”的正统儒家文化准则了，而对于他一向不齿的鹿子霖和整个鹿家，也有悖于儒家的“己所不欲，勿施于人”的忠恕之道。

白嘉轩带领族人在关帝庙“祈雨”一节写得尤其惊心动魄。众人祈求不应，白嘉轩乃以族长身份亲自出马，虽是佝偻之躯，却神奇地跃上供桌，双手抓住刚出炉的铁铧在头顶舞摆三匝，然后用烧得红亮亮的钢钎穿透左右腮，在锣鼓、铙子、男人们疯癫般“关老爷，菩萨心；黑乌梢，现真身，清风细雨救黎民”的“吼诵”声中真的化为“西海乌梢蛇”，同样疯癫般念咒降神，之后又被村民们抬着，翻山越岭来到黑龙潭，向“西海龙王”求雨。

“祈雨”之习源于上古，《吕氏春秋》说：“汤克夏而正天下。天大旱，五年不收。汤乃以身祷于桑林曰：‘余一人有罪，无及万夫。万夫有罪，在余一人。无以一人之不敏，使上帝鬼神伤民之命。’于是翦其发，磿其手，以身为牺牲，用祈福于上帝。民乃甚说，雨乃大至！”《淮南子》则记曰：“汤之时，七年旱，以身祷于桑林之际，而四海之云凑，千里之雨至。”《文选》李善注引《淮南子》则说商汤“将自焚以祭天。火将燃，即降大雨”。《荀子》《尸子》《说苑》《帝王世纪》等书都有类似记载，郑振铎先生认为这并非“荒唐不经的神话而已”，“愈是野蛮的似若不可信的，倒愈是近于真实”[①]。后来这种由部落首领或帝王以一人为罪身和“牺牲”向上天祈求的古风渐渐变为道教方术，仪式也趋于繁杂怪异。《白鹿原》描写的向关帝、西海龙王祈雨，显然是后世民间道

① 郑振铎：《汤祷篇》，原载1933年1月《东方杂志》三十卷一号，此处参考《郑振铎古典文学论文集》（上），上海古籍出版社2009年4月第1版，第108—109页。

教之所造作，不复有“祷于桑林”的上古遗风了。

与“祈雨”前后呼应的还有白嘉轩厌镇田小娥冤魂一节。他先是请来“驱鬼除邪的法官”驱赶田小娥附在“义仆”鹿三身上的冤魂，焚烧她的骨殖使其魂魄无所归依，最后采取朱先生的“构思设计”，以“六棱砖塔”镇压田小娥冤魂所化之厉鬼，“六棱塔喻示着白鹿原东南西北和天上地下六个方位：塔身东面雕刻着一轮太阳，塔身西面对刻着一轮月牙，取‘日月正气’的意喻；塔身的南面和北面刻着两只憨态可掬的白鹿，取自白鹿原相传已久的传说”。白嘉轩根据“女人祸水论”毫不顾念田小娥的死，甚至安慰凶手鹿三说，“这号人死一个死十个也不值得后悔”，浑然忘记儒家还有“仁者爱人”和“恻隐之心”。他最后竟以佛道杂糅而以道教为主导的宝塔镇妖孽的方式来收拾被田小娥冤魂搅得一片混乱的局面，更完全背离了儒家思想。小说开头写白嘉轩发现第七个妻子仙草新婚之夜腰上绑着六个桃木棒槌，觉得十分荒唐，嗤之以鼻，其实这六个辟邪的桃木棒槌也是道教“法师”所赐。不管仙草娘家所请的“法师”和白嘉轩后来为鹿三辟邪所请的“法师”是否为同一个，白嘉轩作为儒家伦理文化践行者思想深处的道教文化因素总算是暴露无遗了。

白嘉轩上述种种行为都浸染了可以直接收入道教囊中的民间“俗神”崇拜[①]，所以白嘉轩作为小说主人公的形象之所以显得混杂多面，并非其思想个性丰富复杂使然，乃因作者让他的人物负载了以儒教为外衣而以佛道（主要是道教）为内核的极其混杂的文化信息。“文化大于人”的特点在白嘉轩的形象塑造上尤其明显。

儒、佛、道三家历来分合无定，而道教不断吸取儒、佛两家思想，同时儒、佛两家也严重道教化了，这都是不争的事实。所谓“三教合一”，主要还是兼收并蓄有容乃大的道教取胜。比如在命运观上，佛教基本属于命定论，儒家也讲“尽人事以待天命”、“生死有命，富贵在天”、存顺莫殁宁，唯独道教相信人力可以扭转命运，“性命双修”的信仰和花样繁多的“炼养”之法就是最好的证据。恰恰在这方面，中国的

---

① 关于“俗神”，这里主要参考赵益《俗神的长成——多元宗教视角中的通俗文学》一文，见“复旦中文学术前沿工作坊”之《多元宗教背景下的中国文学论文集》（此次工作坊 2014 年 11 月 7—9 日在复旦中文系举行，论文集非正式出版物），第 79—93 页。

儒、佛两家实际上也会偷偷向道教看齐，正如鲁迅所说："许多外国的中国研究家，都说中国人是定命论者，命中注定，无可奈何；就是中国的论者，现在也有些人这样说。但据我所知道，中国女性就没有这样无法解除的命运。'命凶'或'命硬'，是有的，但总有法子想，就是所谓'禳解'；或者和不怕相克的命的男子结婚，制住她的'凶'或'硬'。假如有一种命，说是要连克五六个丈夫的罢，那就早有道士之类出场，自称知道妙法，用桃木刻成五六个男人，画上符咒，和这命的女人一同行'结俪之礼'后，烧掉或埋掉，于是真来订婚的丈夫，就算是第七个，毫无危险了"；"中国人的确相信运命，但这运命是有方法转移的"，"风水，符咒，拜祷……偌大的'运命'，只要花一批钱或磕几个头，就改换得和注定的一笔大不相同了——就是并不注定"[①]。鲁迅所言几乎原封不动发生在白嘉轩身上，差别只是男女角色相反，不是女克夫，而是男克妻罢了；至于所用的"禳解"之法，则如出一辙。

作者初衷是要将白嘉轩塑造成"仁义白鹿村"的灵魂，具体来说，就是一部流传近千年的儒家《乡约》的肉身化代表。他为白嘉轩儒家文化精神的张扬击节赞叹，也为儒家文化精神在白嘉轩的时代无可挽回的悲剧命运扼腕叹息。《白鹿原》实际就是一部儒家《乡约》及其肉身化体现者白嘉轩的命运浮沉史，所以作者后来如此形容白嘉轩在整部书中的地位："白嘉轩就是白鹿原。一个人撑着一道原。白鹿原就是白嘉轩。一道原具象为一个人。"[②]但在白嘉轩的儒家文化心理结构中，竟然杂糅着那么丰富的道教文化因素，这恐怕是作者本人始料未及的吧。

"白鹿原"原型是陈忠实故乡陕西省西安市东南郊灞桥区，刘邦曾屯兵"灞上"，唐朝诗人反复吟诵"灞陵"（汉孝文帝刘恒陵寝），历史上属周、秦故土，又是汉唐两代京畿繁华之地，儒、道、佛文化均有深厚遗留。孔子曰"郁郁乎文哉吾从周"，对周公"治礼作乐"终生敬仰，而《诗经》（全部为周诗）所展示的真实的周代文化远比孔子之后正统儒家的想象更加丰富多彩。秦汉之际本于《周易》和《老子》的谶纬之术和道家方技杂然并存，汉武帝一度"罢黜百家，独尊儒术"，但

① 鲁迅：《且介亭杂文·运命》，《鲁迅全集》（第六卷），人民文学出版社2005年11月第1版，第134—135页。

② 前揭陈忠实：《寻找属于自己的句子》，第89页。

他本人秉承秦始皇求长生的宏愿而更加信赖道流，之后佛法传入，益显驳杂，所谓“独尊儒术”只是政治上一句口号，实际操作和生活信仰仍以道教为主。《三国志·魏志·张既传》记张既“从征张鲁，鲁降。既说太祖拔汉中数万户以实长安及三辅”，陈寅恪先生据此认为建安之世，“曹操实有徙张鲁徒众于长安及三辅之事”，而“世守天师道之信仰”的“米贼余党”就大量附籍于长安及其郊县，加强了这一地区的道教势力。[①]“八仙”和全真教“北五祖”许多就出自关中地区（比如王重阳即生于咸阳大魏村）。唐代奉道教为国教，宋代道教势力益张，真宗、徽宗和高宗皆信之入迷，大儒周敦颐、邵雍、朱熹等不同程度也侵入道教。自唐之后，终南山即为修道隐居圣所，周秦故地深染道教之习毫不足怪。

鲁迅说“中国根柢全在道教，此说近颇广行。以此读史，有多种问题可以迎刃而解”[②]，小说《白鹿原》不啻为此下一注脚。

五

《白鹿原》另一可注意之点，是作者对于和“身体”有关的性、暴力和污秽场面的描写太过密集。

小说一开头，即逐一描写白嘉轩与六个被他所克的前妻举行洞房花烛夜的全部细节。此外，写白赵氏全面监管孙子白孝文和孙媳妇的房事，写小娥先后与“武举”、黑娃、鹿子霖、白孝文的性事，写鹿子霖与儿媳妇之间的性诱惑与性抵御，写鹿子霖儿媳妇（“冷先生”女儿）因为对公公的性幻想而发狂，写孝义不育，白嘉轩安排鹿三不懂事的小儿子兔娃给儿媳妇受胎，写白鹿原附近乡里“棒槌会”风俗，写朱先生死后两个儿媳妇看到公公硕大的生殖器时的感想，无微不至，全无避讳。

暴力描写方面，作者先是刻意强调黑娃与生俱来的暴力倾向，然后详细描写黑娃的农协如何“铡”淫邪的“碗客”与“大和尚”；写民

---

① 前揭陈忠实:《寻找属于自己的句子》，第 89 页。

② 鲁迅:《致许寿裳》,《鲁迅全集》（第 11 卷），人民文学出版社 1981 年，第 353 页。

团如何报复农协，将与农协有关的人逐一从高杆上“墩”下来，轻则伤残，重则血肉模糊；写土匪头子“大拇指”做木匠学徒时如何替死去的恋人小翠报仇，接连屠戮小翠的前夫和造谣生事的二师兄；写朱先生如何在为鹿兆海举行丧葬仪式时当众焚烧兆海历经百战收集来的四十三个鬼子的头发；写“总乡约”田福贤如何指使民团挑开怪人“白兴手”连在一起的手指；写白嘉轩如何指挥众人在祠堂里按族规逐个用缀满钩刺的鞭子抽打半裸的小娥……这一切暴力场面的描写都无所不用其极。

不仅性和暴力的描写频频“越轨”，《白鹿原》的秽恶场面也远远超出所有同类题材的作品。其中，写小娥死后，包括白嘉轩、鹿子霖在内的白鹿村村民们如何一波又一波到小娥和黑娃的村口土窑去观看裸死的小娥被“蛆虫会餐”的身体；写黑娃如何观看只剩下一副骨架子的小娥和她的依然美丽的牙齿；写瘟疫期间白鹿村人如何一个接一个“两头放花”，上吐下泻……所有这些描写无疑超过了任何西方自然主义的作品，作者似乎必欲抵达详细真切的效果才肯罢休，往往到了挑战读者心理和感官承受力的程度。《白鹿原》开头写白鹿村人如何传说白嘉轩那话儿长着毒钩，最后写鹿子霖如何在解放军公审大会上屎尿横流，以及鹿子霖女人鹿贺氏发现丈夫死的时候“刚穿上身的棉裤里屎尿结成黄蜡蜡的冰块”，可谓以污秽描写始，又以污秽描写终，始终一贯。

如何评价陈忠实的这些描写是一回事，而如何理解以陈忠实为代表的中国当代作家何以完全抛弃中国文学的含蓄传统，如此不知避讳地展览与身体有关的性、暴力和污秽，发扬光大了中国文学本来就有的与含蓄恰恰相反的过度暴露的传统，则是另一回事。

这里只想指出，以道教主导的中国传统文化对身体固有一种“前现代”和“前科学”的谙熟，或许与此有关。不妨再引鲁迅一段话：

> 医术和虐刑，是都要生理学和解剖学智识的。中国却怪得很，固有的医书上的人身五脏图，真是草率错误得到见不得人，但虐刑的方法，则往往好像古人早懂得了现代的科学。例如罢，谁都知道从周到汉，有一种施于男子的“宫刑”，也叫“腐刑'”，次于“大辟”一等。对于女性就叫“幽闭”……（注：省略号为笔者加）那办法的凶恶，妥当，而又合乎解剖学，真

使我不得不吃惊。[①]

鲁迅在同一篇文章中还说“大明一朝，以剥皮始，以剥皮终，可谓始终不变”，这些故事，“真也不像人世，要令人毛骨悚然，心里受伤，永不痊愈的”。正因为有这种令鲁迅也“不得不吃惊”的对于身体的奇特的谙熟，中国文学传统上一方面尽量含蓄地不写身体，一方面又毫无节制地大写特写。陈忠实及其志趣相投的许多当代中国作家继承的无疑是中国文学这一种全无含蓄乃至过度暴露的传统。

《魏书·释老志》记寇谦之：“服食饵药，历年无效。幽诚上达，有仙人成公兴……（注：省略号为笔者加，此处省去一些文字，下同）谓谦之曰‘……当有人将药来，得但食之，莫为疑怪’。寻有人将药而至，皆是毒虫臭恶之物，谦之大惧出走。兴还问状，谦之具对，兴叹息曰：‘先生未便得仙，政可为帝王师耳。’”是以秽物治病成仙，乃道教悠久传统。[②]宋人吴淑《江淮异人录》也记道士令病人“‘食少不洁，可以解’及疾危困，复劝之。病人有难色……谕之曰：‘事急矣，何难于此？吾为汝先尝之。’乃取啖之。人感其意，乃食，而病果立愈”[③]。白嘉轩用粪便惩治族中偷吸鸦片的青年，冀以猛药戒除恶习，此法也有甚深的道教渊源。

2015 年 1 月 22 日写

原载《文学评论》2015 年 2 期

① 鲁迅：《且介亭杂文·病后杂谈》，《鲁迅全集》（第六卷），人民文学出版社 1981 年版，第 165—166 页。

② 陈寅恪：《崔浩与寇谦之》，《金明馆丛稿初编》，生活·读书·新知三联书店 2001 年 6 月第 1 版，第 125 页。

③ 吴淑：《江淮异人录》，上海古籍出版社 2012 年 11 月第 1 版，第 125—126 页。

为鲁迅的话下一注脚（二）

——重读《古船》

一

张炜这部长篇处女作，据人民文学出版社1987年8月第1版作者自记，乃草于1984年6月至1986年7月，历时两年，初刊于《当代》1986年5期。该书时间跨度漫长，人物关系复杂，情节铺排恢宏壮阔，人物众多，场面描写和场景转换令人应接不暇，文学语言成熟老到，尤其是面对八十年代上半期"改革开放"之后中国乡村社会多重矛盾敏锐而大胆的思索（家族世仇、"极左"年代根深蒂固的乡村政治权威借改革开放的新经济政策攘夺"乡镇企业"领导权并进而巩固其政治地位），还有当时并不多见的从家族史和地方志角度出发对中国革命展开严肃反省（涉及新中国成立前夕胶东地区"土改""大跃进""大饥荒""文革"和正在进行中的"改革开放"），所有这些竟出自一位刚及而立之年的青年作者之手，令人震惊，在当时文坛诚可谓横空出世，一鸣惊人。

1986年11月和12月，济南、北京两地连续召开有全国各地作家、评论家和文学工作者参与的大型作品研讨会，据《当代》杂志编辑部发表的研讨会纪要，大多数与会者认为《古船》"具有史诗的气度和品格"，"是当代文学至今最好的长篇之一，是新时期文学中不可多得的成功作品。它给文学十年带来了特殊的光彩，显示了长篇创作的实绩"[①]。据责任编辑、《当代》副主编何启治事后披露，这份会议纪要迫于有关方面压力而被大大压缩，小说发表后批评和否定的意见强烈，主要围绕作者政治立场、历史观和所谓抽象人道主义问题而发，虽然见诸文字并不

---

① 参看"本刊记者"：《济南、北京举行座谈会谈论长篇小说〈古船〉》，《当代》杂志1987年2期，第271页。

多，但影响了单行本出版和该刊嗣后评论文章的正常发表。饶是如此，文坛上肯定《古船》的声音还是一浪高过一浪。据不完全统计，从《古船》在《当代》杂志发表到1989年6月两年半时间，全国各类报刊杂志谈论《古船》的文章达六十余篇之多，平均每年三十篇。[①]一直关注张炜创作的评论家雷达特地查阅了胶东地区土改档案，为《古船》有关描写提出正面辩护，并在思想艺术上高度肯定《古船》是“民族心史上的一块厚重碑石”[②]。著名诗人公刘在写给德国朋友的公开信中说，“《古船》使我体验了前所未有的激动。我认为，这是迄今为止我所接触到的反映变革阵痛中的十亿人生活真实面貌的杰作”，“它不仅展示了中国的改革，更重要的是透视了改革的中国。从平面上看去，它像一幅构图宏伟的画卷，然而，它的每一个细部都有各自的纵深。为此，我建议，一切关心中国的外国人，一切生活在外国的中国人，都应该读一读它；对于打开中国被迫锁闭已久的心灵，即所谓东方的神秘主义，它实在是一柄可靠的钥匙”[③]。在当时坚持进一步改革开放和“清污”“反自由化”两种思潮对峙的复杂政治气候中，大多数评论文章皆不吝褒词，一致肯定《古船》是“新时期”以来经典长篇之一。稍后还有评论家认为《古船》“不但是近数十年中国长篇小说中最优秀的几部之一，而且也是七十多年新文学史上的长篇佳作”[④]。《古船》的文学史地位如今已尘埃落定，无须再议，但回顾一下当时众多文坛领袖、编辑、记者和评论家坚持文学本位立场不惜为一部作品慷慨陈词的总体精神风貌，还是难免令人有不胜今夕之叹。即使批评和否定性意见（比如《当代》1988年1期发表的陈涌文章）也真诚坦荡，并不全是违心之论，应该得到后人足够的尊敬。

当时有评论家认为，《古船》在八十年代中期“新时期文学”抵达它的高峰之际被隆重推出，可视为“伤痕文学、反思文学、迄今为止的

---

① 参看孔范今、施战军主编，黄轶编选：《张炜研究资料》附录“研究资料索引”，山东文艺出版社2006年5月第1版，第450—455页。

② 参见雷达在《当代》1987年6期发表的同题评论。

③ 公刘：《和联邦德国朋友谈〈古船〉》，《当代》1988年3期。

④ 王彬彬：《悲悯与慨叹——重读〈古船〉与初读〈九月寓言〉》，《当代作家评论》1993年1期。此处引自《张炜研究资料》，山东文艺出版社2006年5月第1版，第166页。

改革题材文学的一个合乎逻辑的发展，在一定程度上还是它们的集大成者”[①]。这个评价至今也不显得过时。“伤痕”“反思”“改革”本来应该是文学的永恒主题，但因为“新时期文学”主潮急速推进，更因为当时文学与政治的亲密联姻，这个永恒性主题很快被“超越”，变成只有在某一特定历史时期才拥有合法性的阶段性文学主题。《古船》的出现使“伤痕”“反思”“改革”的主题跨越被规定的特定文学史阶段，成为日后严肃文学绕不过去的恒定主题。它甚至也因此成为一个标高，衡量着包括作者本人在内的中国作家此后创作的内在品质。[②]

二

小说描写了“洼狸镇”赵、隋、李、史四个家族，李、史两家分量相对薄弱，主线实际上还是隋、赵两家在“新时期”争夺洼狸镇粉丝大厂经营承包权的始末，在此基础上频频上溯两大家族祖孙三代历史恩怨，追踪洼狸镇盛衰演变之迹。按中国史学界的历史分期法，所谓现、当代中国社会政治经济的演变和八十年代中期“改革开放”引起的

① 冯立三:《沉重的回顾与欣悦的展望——再论〈古船〉》,《当代》1988年1期，第221页。

② 前揭王彬彬文就在综合比较《古船》和《九月寓言》的基础上坦言，他六年后重读《古船》，还是觉得有“很大的吸引力”，而抱着对《古船》作者巨大的期待读《九月寓言》,“多少有些失望”。他认为从《古船》到《九月寓言》是一种退步，并推测其中原因，一则也许是《古船》发表之后“颇招来一些异议”，令张炜不知不觉“改弦易辙”，二则也许是张炜感到《古船》已经把多年来“思想感情、体验表现净尽了，该在这里画句号，另辟蹊径了。如果这样，问题就要复杂得多。我原以为,《古船》虽是张炜创作道路上的一块丰碑，但却不是界碑，它同时也该是一块路标，指示着作家在这条道路上继续探索，创作出更伟大更深邃的作品来。《古船》中的思虑、探索，应该是不会有止境的，而《古船》作为一部长篇小说，即使在艺术上，也还不算很成熟。作者脚下的路，虽然崎岖，但艺术前景却无疑是广阔的”。对张炜《古船》之后的艺术转向深表遗憾。这种观察，即使在今日也不失为一种深刻的洞见。张炜后来作品在对中国文坛的冲击以及读者们的首肯方面，确实没有再超过《古船》的了。王彬彬还以《古船》为参照，评骘稍后问世的同样写乡村家族恩怨的贾平凹长篇小说《浮躁》，也得出类似的结论，参见王彬彬《俯瞰和参与——〈古船〉和〈浮躁〉比较观》,《当代作家评论》1988年1期。

巨大社会震荡占据了小说的前景。当时绝大多数评论文章都着眼于这个层面而尽可能深入解读天才的青年作家对中国现当代政治经济史的正面思考，比如冯立三先生那篇两万多字的著名长文就认为《古船》所描写的乃是“极左政治与封建残余结盟对农民的残酷剥夺以及农民对这种剥夺的麻木、隐忍、仇视和反抗。《古船》的政治倾向是明确的，它所揭露和攻击的矛头始终对准极左政治、封建残余”[①]。这种解读代表了文学界当时肯定《古船》的声音，显然高度契合了八十年代中期“思想解放”的主潮，但也恰恰是《古船》同时遭到激烈批评而险遭封杀的主要原因。[②]

然而一旦越过这一表层叙事，深入考察小说中大量历史传说、风俗习惯、日常生活、人物文化心理积淀的描写（有评论家甚至认为《古船》因此造成了结构过于“拥挤”而气韵不足的毛病[③]），则处处蕴含着中国传统道家和道教所奉阴阳相生相克和相互转化之理，尤其生动地呈现了民间道教末流的生存之道及其与地方政权沆瀣一气的中国社会特殊文化现象。

这才是《古船》的“文眼”，也是《古船》值得一再重读的价值所在。

实际上早就有人从传统文化角度讨论《古船》了。冯立三先生所谓“攻击的矛头始终对准极左政治、封建残余”，如果再深入一步，就必然会转入文化层面的思考。前揭老诗人公刘先生的公开信指出在隋抱朴和隋见素两人身上，“不只是揭示了道家思想对中国民族文化心理的渗透，同时也揭示了儒家思想在中国民族文化心理中的积淀。我甚至还感觉到，除了道家和儒家的无形力量外，还表现了经过中国改造过的——这也许可以算是有中国特色的吧——佛教教义的力量。什么叫儒道释合流？《古船》为您提供了形象生动的答案”。这当然还只是停留于一般印象，未能进一步分析小说所揭示的传统文化实质（“儒释道

① 冯立三:《沉重的回顾与欣悦的展望——再论〈古船〉》,《当代》1988年1期，第221页。

② 关于《古船》问世后肯定与否定的两派意见激烈交锋，可参见何启治:《道是无晴却有晴——从〈古船〉〈九月寓言〉〈白鹿原〉的命运看新时期文学破冰之旅的风雨征程》,《延安文学》2012年5期。另见何启治:《美丽的选择》，首都师范大学出版社2010年12月第1版。

③ 陈思和:《关于长篇小说结构模式的通信》,《当代作家评论》1988年3期，此处引自《笔走龙蛇》，山东友谊出版社1997年5月第1版，第396页。

合流”）的具体形态究竟为何。陈思和的评论更有针对性，他从“古船”书名讲到“水”之于洼狸镇的重要性，“水深则船行也远，故水为船之生命的根本”，“老隋家的兴旺与水有密切的关系”，“水干则隋家败”，“水衰则火旺，故隋不召航海失败归来的一年，也是洼狸镇河道干枯的一年，又正是雷击了老庙，烧了树，烧了房，使整个镇陷入一片火海之中的一年”，洼狸镇“于是进入一个阳盛阴衰的年代。水主柔怀，火主暴烈，水火不调，其意甚然，这又岂止是老隋家一个家族的报应？”将“水”“火”“阴”“阳”上升到《古船》的历史观和命运观的高度，已经暗示了《古船》的道家文化背景制作。[①]一年之后，青年评论家胡河清从正面具体分析《古船》两个主要人物隋抱朴和赵炳的“养气之术与现代政治”，他认为“与郭运、抱朴吸取道家文化的‘正古’形成对比，洼狸镇的腐朽势力的代表四爷爷、长脖吴则专讲道家的‘邪古’”，“抱朴的养气致静的目的与四爷爷赵炳之辈有着原则的不同”，见解可谓卓特。但胡文仅限于郭运、抱朴、赵炳、长脖吴从各自政治理想出发对道家传统的不同汲取和运用，未能触及《古船》其他人物、其他具体描写乃至全书整体构思与道家的关系，更未跳出道家思想而进入道教文化传统来打量《古船》。[②]

本文尝试从《古船》与道家、道教关系这个角度出发，再做一点探讨。

从文化传统角度讨论《古船》，当然也不能仅限于道家和道教。当时就有人指出，《古船》在隋抱朴身上体现了中国文学罕见的自我忏悔的“原罪”思想，“隋抱朴承担一切罪责，包括父辈和兄弟辈的罪责，把旧账新债完全记在自己的良知簿上。隋抱朴就是这样一个耶稣式的灵魂，甘地式的灵魂，一个背着沉重的十字架在人生的磨房里日夜劳碌的人，一个不是罪人的罪人。《古船》由于塑造了这样一个主人公，这样一个充满原罪感的灵魂，使得作品弥漫着很浓的悲剧气氛，很浓的忏悔情调，这种罪感文学作品的出现，在西方不算奇特，但在我国，则不能不说是一种新的开端”。就小说实际描写而言，这种论述并非无据（论

① 同前页脚注③。

② 胡河清：《论阿城、马原、张炜：道家文化智慧的沿革》，《文学评论》1989年2期，第78—80页。

者甚至认为赵炳后来甘愿接受含章的报复也“加浓了作品的罪感”)。[①]对《古船》的考察确实应该将作者有关道家和道教的认识与自我忏悔的原罪思想结合起来才算博观而圆照。但本文重点是道家和道教，至于张炜何以获得中国文学本来并不具有的忏悔、原罪和宽恕的主题，这些主题如何在《古船》中具体呈现出来，留待另文探讨。我觉得只有先阐明了《古船》所揭示的中国本土的道家和道教文化精神，那作为中国文学“一种新的开端”的原罪、忏悔、宽恕主题的“奇特”之处，包括有评论家强调的与原罪思想几乎同样重要的《共产党宣言》所阐述的共产主义信念如何成为《古船》的另一主题[②]，才能在一种较为稳定的参照物之前更加鲜明地彰显出来。

三

《古船》的整体故事结构、主要人物性格及其相互关系，都符合道家和道教所奉的阴阳相生相克和相互转化之理。

先是老隋家为阳，家业鼎盛，富甲一县乃至全省，而老赵家为阴，处于从属地位，无甚出色人物。1949年前后，老隋家在隋恒德两个儿子隋不召、隋迎之手里渐渐衰败，而“整个老赵家在土改复查中都表现得刚勇泼辣，一派振兴之势”。随着赵炳入党、任土改复查指导员，赵多多任民兵自卫团团长，“老赵家”迅速执掌了洼狸镇高顶街政权，这个局面直到改革开放“新时期”基本未变。但老赵家过于雄强凌厉，尤其冲在前头的赵多多“凡事最下得手去”，因此结怨于老隋家和洼狸镇其他小姓，注定要盛极而衰。与此同时，隋迎之的两个儿子隋抱朴、隋见素则暗中卧薪尝胆，积蓄力量，最后众望所归，击败老赵家对洼狸镇的

---

① 刘再复:《〈古船〉之谜和我的思考》,《当代》1989年2期，第231—235页。

② 比前揭刘再复文早两年发表的王彬彬《俯瞰与参与——〈古船〉和〈浮躁〉比较观》指出:“隋抱朴‘勿以恶抗恶’的态度，很容易使人联想到提倡道德自我完善的‘托尔斯泰主义’，也容易使人认为《古船》是在对历史作道德化的理解。但如果这样看待《古船》，那就是一叶障目，以偏概全了。隋抱朴不是基督耶稣的信徒，而是马克思恩格斯的信奉者,《共产党宣言》是他的圣经。他向往的是两位巨人描绘的共产主义社会。”转引自《张炜研究资料》，山东文艺出版社2006年5月第1版，第161页。

长期统治，赢得粉丝大厂承包经营权。但阴阳两气调和之后的隋氏兄弟目标已不再是过去两家斗法以求一族之权益，而是按照熟读《共产党宣言》的隋抱朴的理想，化解恩怨，带领全镇走共同富裕之路。

《古船》书写的就是这样一个阴阳消长以至阴阳调和的历史大轮回。如果从这个角度来解读，则全书纷繁复杂的故事情节之内在逻辑关系就井井有条，整然不紊。

隋赵两家一阳一阴，表面上领导高顶街政府的栾春记镇长和李玉明书记也复如此。赵炳说："姓栾的性子躁，干脆利落；姓李的大好人，温温吞吞。他们管着高顶街，就像用火煮肉，急一阵火，慢一阵火，肉也就烂了。"对两位父母官可谓揣摩得精熟。小说实际描写也证明了赵炳的这一论断。栾春记父亲栾大胡子原来是土改时的农会主任，他的许多"过火"行为导致洼狸镇土改"乱打乱杀的失控局面"，并一度将执行温和土改政策的工作队王书记排挤出洼狸镇。当王书记获得上级支持回到洼狸镇重新主持土改时，栾大胡子托病不出家门，却在暗中继续我行我素。当年栾大胡子和王书记之间也是一阳一阴的关系。

隋赵两家内部各色人等也一律分出阴阳。

积极进取、毕生渴望老隋家人再度"出老洋""多少水光滑溜的大姑娘乐得凑付"的隋不召为阳，凡事谦退、试图破财消灾的兄长隋迎之为阴。但这两兄弟之间曾经发生过阴阳的转化：少年隋不召神秘失踪，洼狸镇人只知其名不见其人，家业全赖兄长隋迎之独立支撑，那时隋不召为阴，隋迎之为阳；等到后来隋迎之格于形势，由阳转阴，浪游归来的隋不召反而由阴转阳了。

老隋家下一辈人，抱朴、见素兄弟俩为阳，妹妹含章为阴。抱朴、见素之间，血气方刚的见素为阳，柔和隐忍的抱朴为阴。但恰如上一辈的隋不召与隋迎之，抱朴和见素之间也经历过阴阳的转化。抱朴本来阳气极盛，但他目睹老隋家败落，看到父亲隋迎之、后母茴子的惨死，经历过和小葵之间有爱情无婚姻的悲剧，大病一场，被神医郭运诊断为"气分邪热未解，营分邪热已盛，气血两燔，热扰心营"，郭运依照"热淫于内，治以咸寒，佐以苦甘"之理给抱朴开了汤药，指示他关键还须"呼吸精气，独立守神"，这些医学诊断和养气守神的理论均来自《黄帝内经》，大概是"自幼苦钻，得道已久"的郭运谙熟于心的经典吧。抱朴从此二十年如一日，巨人般默默独守粉丝大厂的石磨房，如一尊雕

塑，积聚着又压抑着心劲，任由见素劝说、责怪和激烈抨击而不为所动，很像巴金《家》中大哥觉新和三弟觉慧之间的关系。后来抱朴阴极而反转为阳，见素却因为阳气过盛，上城闯荡，在生意场上遭遇挫折，也大病一场，并同样在神医郭运精心调理下阴阳调和，否极泰来，最终与抱朴联手打败老赵家。

抱朴、见素的命运都是被神医郭运依照阴阳转化之理予以扭转，可当郭运看出隋含章有病而主动要求为她诊治时，含章却因为她和赵炳之间不可告人的秘密而始终拒绝郭运的好心，甘愿被赵炳折磨得苍白消瘦，若非后来忍无可忍，奋而刺杀赵炳，以求解脱，真不知其将伊于胡底。可见神医郭运与老隋家的命运转捩至关重要。自古“医道一家”，郭运虽恪守其职，未入道流，但其为道教昌盛之区一深通道术之医家，则可准惯例而推知。

隋氏兄弟打败老赵家的标志不仅是从赵多多手里夺回粉丝大厂的承包经营权，还有一个重要环节，即兄弟联手，为刺杀赵炳未遂的“凶手”隋含章撰写申诉书，竭力将含章从赵炳魔掌中拯救出来。《古船》全书基础很可能就是抱朴主笔的那份为含章辩护的申诉书，这是隋赵两家长期对抗达于白热化高潮的重要一笔，而幕后相助的神医郭运厥功至伟。

作者没有交代含章的结局，最理想的自然莫过于和门当户对、情意相投的民间科技发明家李知常结为连理，阴阳和合。那才是老隋家彻底的胜利。

在老赵家内部，赵多多纯阳少阴，最终取败于此。赵炳也是纯阳，但他深知“一阴一阳之为道”，很早就“功遂身退”。在连“克”三任妻子之后，接受神医郭运点拨，自知秉性特殊，誓不再娶，而相继以张王氏、隋含章为鼎炉，弥补其阴气。犹嫌不足，更深藏不露，潜心炼养，力求舒阳培阴，刚柔相济。相对于赵多多，赵炳始终追求阴阳调和，他也赖此在历次政治运动中一直化险为夷，稳操胜券。

但赵炳取得阴气滋润，全仗其纯阳素性。他深悉阴阳之道，懂得“规矩”，比如土改时指点赵多多不要急于攻击被政府保护的“开明绅士”隋迎之一家，而要静观其变，等老隋家“气数到了，不用老赵家动手。你让他们自己烂吧”；又比如他用抱朴、见素为人质，从隋含章十八岁开始即以“干女儿”名义连续霸占二十年之久，自觉“太过”，只是难以抵挡性诱惑，“没法儿避灾”，继续造孽，静等着含章有朝一日实施报复。面对天地人事阴阳消长之道，绝顶聪明的赵炳束手无策，只能“顺乎自然”。在张王氏眼里他“声威如虎”，在隋含章看来他有一种“无法征服的雄性之美”，但赵炳恰恰因为所秉阳气太盛，很难“从心所欲不逾矩”。

四

如果说隋赵两家强弱胜败乃至整个洼狸镇今昔盛衰处处合乎道家和道教所奉阴阳演化之理，那么在核心人物赵炳身上，张炜更是将掌握的道教文化知识发挥得酣畅淋漓。

赵炳（人称“四爷爷”）说，“万物都分阴阳”，“有阴有阳，相生相克”。这是对《易·系辞》“一阴一阳之为道”基于道教精神的通俗发挥。《易》为儒道共奉之经，历代许多大儒也讲阴阳，但由于儒家重视“修齐治平”之类制度和心理建设，阴阳之道只是其总体理论构造的一环而非主干，再联系赵炳私生活，则可知他这番话主要依据还是民间道教信仰。

第十二章集中描写赵炳日常修道细节，极其生动而周详：以张王氏为赵炳捏背按摩、莳花种草、准备火锅食材供其“食补”导其先；以赵炳的发小、洼狸镇小学校长“长脖吴”与赵炳讨论读书养性居其中；以隋含章和赵炳之间惊人的秘密承其后；最终，当“长脖吴”迷醉地诵读《淮南子·原道训》和《抱朴子·畅玄篇》而赵炳于一墙之隔再次利用隋含章采阴补阳时，整章叙事于渐进高潮之际戛然而止。作者运笔成风，笔酣墨饱，绘声绘色地描写赵炳如何遵循道教方术四季“食补”，“年长不衰，精气两旺，水谷润化太好”，其肥硕壮大的形体在整个洼狸镇无有出其右者，又写赵炳如何和“长脖吴”一道历览古书秘籍，从正统道教经典《淮南子》《抱朴子》到涉及道教玄理和科仪的通俗小说《金瓶梅》《肉蒲团》《西游记》《镜花缘》乃至民间唱本《响马传》[①]，无书不窥，从中揣摩养生之理，企慕神仙境界，尽享人世的“粗福”与“细福”。

赵炳平日恪守道教方术教训，内练“精气神”，外练筋骨肉，他“从

① 感谢张炜先生见告，笔者方知赵炳、“长脖吴”一起品味的那段黄色小调出自《响马传》。

书中学得了健身之法，每日切磋，烂熟于心。清晨即起，闭目端坐，轻轻叩齿十四下，然后咽下唾液三次，轻呼轻吸，徐徐出入，六次为满，接着半蹲，狼踞鸱顾，左右摇曳不息，如此从头做完三次。此法贵在坚持，四爷爷一年四季，从不间断”。这套炼养之术见于许多道藏秘籍，如相传梁代陶弘景（一说唐代孙思邈）纂集的《养性延命录》“导引按摩篇第五”就有类似的呼吸导引之术，北宋张君房复将此书辑入《云笈七籤》卷三十二，文字基本相同。此术民间流传甚广，因地制宜，变化亦多，作者并未点明赵炳所据为何。赵炳和“长脖吴”还“都赞赏一个健身口诀，谨记在心：‘算来总是精气神，谨固牢藏休漏泄。休漏泄，体中藏，汝授吾传道自昌，口诀记来多有益，屏除邪欲得清凉。得清凉，光皎洁，好向丹台赏明月，月藏玉兔日藏乌，自有龟蛇相盘结。相盘结，性命坚，却能火里种金莲，攒簇五行颠倒用，功完随作佛和仙。’”这也是民间流传极广的道教内丹心法。《西游记》第二回“悟彻菩提真妙理，断魔归本合元神”，代表“三教合一”的“须菩提祖师”夜深人静之时偷偷教给孙悟空的就是这套长生不老的秘诀。[①]赵炳于道教方术可谓广收博采，谨守遵循，目的无非追求“长生久视”与现世威福。

陈寅恪先生尝论道教之庞杂：“吾国道教虽其初原为本土之产物，而其后逐渐接受模袭外来输入之学说技术，变异演进，遂成为一庞大复杂之混合体”，“而所受外来之学说，要以佛教为主。”[②]赵炳大概还不具备这种学术眼光，其杂学旁收也不限于佛教。用他自己的话说：“天下有用的东西，我们都要。志坚身强，才能干好革命。”在对越自卫反击战烈士隋大虎丧礼上，他甚至还规劝主持丧仪的张王氏“不要太迷信”，否则对英雄不利。可见他所谓“天下有用的东西”范围之广，甚至包括窃取“科学”和“反迷信”之美名而为我所用。实际上，传统道教深信不疑的“长生久视之道”在赵炳这里也已经发生变化，因为他毕竟接受了现代唯物主义和科学常识的洗礼，不会再相信通过“服食”“养炼”之类可以白日飞升的神话，但传统道教那种执着现世并尽可能追求和延长肉身享乐的思想精髓还是一脉相承的。

---

① 笔者到目前为止尚未查出这套歌诀的原始出处，也未究明其在《道藏》系统中的具体演变，恳望知者不吝赐教。

② 陈寅恪:《崔浩与寇谦之》，参见《金明馆丛稿初编》，生活·读书·新知三联书店 2001 年 6 月第 1 版，第 126 页。

赵炳这位“土改”和“大跃进”期间为全镇“拉车”,“文革”中韬光养晦，改革开放后仍指挥若定，长期幕后把持洼狸镇生杀予夺大权的芦清河地区第一位党员，实乃一个不折不扣“性命双修”而又杂学旁收的在家火居道士。张炜通过赵炳这个人物形象的塑造，不仅生动反映了道教的庞杂，更天才地揭示了民间道教末流和乡村政治、“全性养命”与“革命”的奇妙媾和。

鲁迅先生曾于 1926 年呼吁中国人应仔细研究“道士思想（不是道教，是方士）与历史上大事件的关系，在现今社会上的势力”[①]。许地山先生 1927 年撰成《道家思想与道教》，结论也是“中国一般的思想就是道教的晶体，一切都可以从其中找出来”[②]。许地山 1934 年著成《道教史》，开宗明义也说，“道家思想可以看为中国民族伟大的产物。这思想自与佛教思想打交涉以后，结果做成方术及宗教方面底道教。唐代之佛教思想，及宋代之佛儒思想，皆为中国民族思想之伟大时期，而其间道教之势力却压倒二教。这可见道家思想是国民思想底中心，大有‘仁者见之谓之仁，知者见之谓之知，百姓日用而不知’底气概”[③]。三十年代中期陈寅恪先生也在《天师道与滨海地域之关系》一文中深入探索了魏晋南北朝道教与政治文化之关系。[④]许、陈二氏所论客观上可以视为对鲁迅的一种响应，《古船》则于鲁迅的呼吁发出六十年之后，以文学形式出色地揭示了“道士思想——在现今社会上的势力”。

张炜并未说明赵炳所奉乃道教，也未详究其所属道教之具体门派，其实这正符合道教在世俗民间的真实形态。道教作为中国固有之宗教，据地极坚，构成也至纷杂，从《周易》阴阳八卦、占卜之术到老庄哲学，从原始巫鬼崇拜到先秦阴阳家、兵家、战国秦汉之际的方士、医家乃至正统儒家和佛教，都被汉末（至迟在魏晋时期）获得“清整”而正式成立的道教以及后来极其繁多的门派收入囊中，其经籍科仪浩如烟海，正

① 鲁迅:《华盖集续编·马上支日记》,《鲁迅全集》第三卷，人民文学出版社 2005 年 11 月第 1 版。

② 许地山:《道家思想与道教》，原刊《燕京学报》。此处引自许地山《道教史》，华东师范大学出版社 1996 年 12 月第 1 版，第 219 页。

③ 许地山:《道教史》，华东师范大学出版社 1996 年 12 月第 1 版，第 1—2 页。

④ 该文原载中央研究院历史语言研究所集刊第三本第四分，参见《金明馆丛稿初编》，生活·读书·新知三联书店 2001 年 6 月第 1 版，第 1—46 页。

统《道藏》《续道藏》之外，历代道士之所造作或民间口传更不可究诘。某种程度上，中国文化的主体实在已经都被充分道教化了。“正统”道教可能只盘踞于名山圣地那些“道观”，但鲁迅所谓“道士思想”则弥漫于朝野的日常生活，“仁者见之谓之仁，知者见之谓之知，百姓日用而不知”。论其精神旨归，无非在于不信儒家之天命有常人寿有定，也不信佛教之孽缘前定轮回涅槃诸说，而必欲人定胜天，自力更生，追求长生久视与现世威福。为达此目标，可谓前赴后继，百折不挠，不计成败，不择手段。其优者或有助于社会风教之整饬，或退而隐于岩穴，炼养服食，祈求白日飞升，羽化登仙，或以各种方式“尸解”以终，比如唐宋笔记小说经常讲述道士死后尸体消失而仅遗其某一用具如手杖，而具体还可细分为“兵解”“水解”“刀解”“火解”之类。至其末流，则大多混迹朝野之间，利用迷信交接权要，蛊惑愚民，或以服食炼养保全“真性”，或以“黄白之术”立致富贵（魔术般将手边任何物件变为黄金白银），或以符咒科仪祈福、求雨、袪病、驱鬼、厌胜，甚至以“剑气”杀人于无形，以房中术纵欲而兼养生——其余种种异想天开忍心害理之事，真是无所不用其极。

赵炳就是一个这种形态的民间道教末流的典型。

五

隋恒德、隋迎之、隋抱朴、隋见素、隋含章祖孙三代的取名，与道家和道教玄理也颇有关系。

“恒德”之名，或取自《周易》“恒”卦“九三变卦”的爻辞：“不恒其德，或承之羞，贞吝。”大意是说，人若不能保持德行，就会蒙受耻辱。卜得艰难之兆。邵雍《河洛理数爻辞》解释此卦：“凶。得此爻者，须防小人诽谤，争诉之扰。做官的须防被贬。”这也颇符合老隋家在隋恒德一代之后的命运转折，本来受政府保护的“开明绅士”隋迎之不就是被赵多多和赵炳诬陷而不甘其辱吐血身亡的吗？《周易》虽为儒家推崇，但也编入《道藏》而被后世道教尊为经典。《论语·子路》：“子曰，南人有言曰：‘人而无恒，不可以为巫医。’善夫。‘不恒其德，或承之羞。’”孔子以《周易》这句爻辞补充解释“巫医”之事，有学者认为战国时代南方的“巫医”就是相当于北方“萨满”的“南巫”，属于原始道教神职人员。[①]这样看来，“隋恒德”之名实兼有儒、道二教之渊源，而以道教为主。

“迎之”之名与道教的关系主要在于“之”字。按陈寅恪先生《天师道与滨海地域之关系》及1950年发表的《崔浩与寇谦之》两文说法，魏晋南北朝人往往父子祖孙皆以“之”字为名而不加避讳，如《南史·胡谐之传》:“胡谐之，豫章南昌人也。祖廉之，治书侍御使。父翼之，州辟不就。”王羲之、王献之父子也同样以“之”字为名。所以如此，皆因其家族世奉道教，“‘之’字在其名中，乃代表其宗教信仰之意，如佛教徒以‘昙’或‘法’为名者相类”。当然，在《古船》反映的隋迎之生活时代，姓名中的“之”字并不一定像魏晋南北朝那样“代表其宗教信仰之意”，但联系前述作者构思全书时所借用的阴阳转化之理，以及刻画赵炳时所深刻触及的民间道教徒之日常生活信仰，则谓“隋迎之”之名染有道教文化之风习，大概也不算穿凿太过了吧?

“含章”之名出自《易·坤卦六三》:“含章，可贞。或从王事，无成有终。”《周易·象辞》说是“胸怀才华而不显露”。《易·系辞上》说，“古者庖牺氏之王天下也，仰则观象于天，俯则观法于地”，“坤”卦为“地”，故《文心雕龙·原道》概括这两句为“仰观吐曜，俯察含章”，刘勰将“含章”理解为地上一切含有光彩纹饰的动植之物。《周易》为后世道教经典，《文心雕龙·原道》也包含道教（或道家）思想因素，两书所用“含章”，均有内含美质、谨慎处事、外禀光彩纹饰诸义，颇符合隋含章的才貌、性格与命运。她天生丽质，性情温婉和顺，但为了让两位哥哥免受老赵家的迫害，甘愿自我牺牲，忍尤而攘垢，拒绝无数优秀青年的求爱，而被迫暗中做赵炳采补之器达二十年之久。

《古船》描写的芦清河、洼狸镇处于陈寅恪所谓六朝“鬼道”（天师道）势力最大的“滨海地域”。降至唐、宋、金、元、明、清数代，山东滨海一带所出道教领袖人物更指不胜屈。“全真教”创始人王重阳虽生于陕西咸阳大魏村，但金正隆四年（1159）于甘河镇遇纯阳真人吕洞宾授以内炼真诀而悟道出家之后，东出潼关往山东布教，金大定七年（1167）抵山东，先后在文登、宁海、福山、登州、莱州建三教七宝

① 柳存仁:《道教史探源——“汤用彤学术讲座”演讲词及其他》，北京大学出版社2000年5月第1版，第23页。

会、三教金莲会、三教三光会、三教玉华会、三教平等会，收马钰、谭处端、刘处玄、丘处机、王处一、郝大通、孙不二为徒。据傅勤家《中国道教史》所引北京白云观抄本《诸真宗派总簿》记载，受元世祖册封的“全真七子”都出自山东“滨海地区”，长春真人丘处机是登州府栖霞县滨都人，长生真人刘处玄是莱州府掖县武官庄人，广宁祖师郝大通、玉阳真人王处一是登州府文登县人，长真祖师谭处端、长玄真人马珏、清净散人仙姑孙不二皆为登州府宁海州人。[①]《古船》作者张炜本人就是长春真人丘处机的栖霞乡党，他在小说中还特地指明长生真人刘处玄是洼狸镇人，又说洼狸镇坐落于东莱子国都城，“事情再明白不过，大家都在‘东莱子国’里过生活了”[②]。按隋朝开始以周初即存在的东夷莱国旧名在胶东半岛设立城邑，明清两代正式设莱州府（治所掖县），先后管辖登州、宁海州、平度州、胶州等地，民国二年废府治，1988年又设莱州县级市至今。我们虽不必因此坐实洼狸镇即刘处玄故乡莱州掖县武官庄，但可以肯定《古船》人物实浸淫于道教文化繁盛之区，隋恒德、隋迎之父子及隋含章之取名深具道教文化渊源，又何足怪欤。

但抱朴、见素兄弟之名，则取自道教奉为经典而实为原始道家哲学著作的《道德经》第十九章：“见素抱朴，少私寡欲，绝学无忧。”作者是否要在抱朴、见素兄弟二人身上寄托其接近原始道家的社会理想，遂刻意在他们的取名上与深染道教文化气息的祖父辈有所区别？抱朴、见素起初也延续着祖父辈的命运轨迹而难以自拔，但如前所述，他们最终还是走出了阴阳生克的历史轮回，这是否可以视为他们成功摆脱了笼罩洼狸镇的民间道教文化末流的势力呢？他们之所以能够达到此一境界，是原始道家生活理想的启迪，还是获得了抱朴所谓“净问一些根本”的《天问》以及“和全世界的人一块儿想过生活的办法”的《共产党宣言》的帮助？从小说实际描写看，似乎兼而有之。无论怎样，抱朴、见素兄弟俩的命运最终已经和隋恒德、隋迎之、隋不召迥然不同，尤其抱朴的首先悟道，转变观念，“我不是恨着哪一个人，我是恨着整个的苦难、残忍——我恨有人去为自己拼抢，因为他们抢走的只能是大家的东西。

① 内容参见傅勤家《中国道教史》，商务印书馆1937年初版，上海书店1984年3月重印版，第213—216页。

② 张炜：《古船》，人民文学出版社1987年8月第1版，第2页。本文涉及小说《古船》原文，均见此版本。

这样拼抢，洼狸镇就摆脱不了苦难，就有没完没了的怨恨”，更是赵炳、赵多多所无法想象也无从理解的。隋抱朴人生观念大转变可谓“黑暗王国的一线光明”，不再是道教末流的世界观所能范围的了。

抱朴、见素所以能够如此，关键在于他们身上的阴阳二气得到了调和，从而产生先秦原始道家追求的“和气”“正气”“精气”，阴阳不得调和时各种偏激、病变、愁苦、乖戾和灾难由此被克服。王充《论衡·讲瑞》说，“仁泊则戾而少愈，勇渥则狂而无义，而又和气不足，喜怒失时，计虑轻愚”，“西门豹急，佩苇以自缓；董安于缓，带弦以自促。急之与缓，俱失中和，然而苇弦附身，成为完具之人”，好像就是讲抱朴和见素的秉性、体质、性格和命运的前后变化。“儒者说曰，太平之时，人民侗长。百岁左右，气和之所生也”，“圣人秉和气，故年命得正数。气和为治平，故太平之世多长寿人”，“瑞物皆起和气而生”，这几段话皆出自《论衡·率性》，王充似乎把他的“和气”“元气”“精气”说统归于“儒者”，其实他这方面的思想更多来自道家。《老子》讲“万物负阴而抱阳，充气以为和”，“和”就是“道生一，一生二，二生三，三生万物”的第三种“气”。《韩非子·解老》将这比喻为“孔窍虚，则和气日入”。《庄子·知北游》说：“人之生，气之聚也；聚则为生，散则为死。”所“聚”之气也就是“和”，相当于稍后《吕氏春秋·尽数》“精气之集也”。差不多和庄子同时的《管子·内业》说，“凡物之精，此则为生”，“凡人之生也，必以平正”，“精气”“平正”之气（管子又称为“灵气”）是“稷下学派”主要观点，影响极广，屈原《远游》《离骚》等作品中也有充分反映。《黄帝内经》则说，“在天为气，在地成形，形气相感而化生万物”，“人生于地，悬命于天，天地合气，命之为人”，这是老子“道生一，一生二，二生三，三生万物”和庄子“人之生，气之聚也”换一种说法。总之阴阳二气调和才能“生”，否则只有“死”，这是《古船》透过抱朴、见素兄弟所阐发的核心思想。

隋不召自幼不愿承继祖业，浪迹天涯“半辈子”才回到洼狸镇，但仍然不事生产，到处闲逛，宣讲“跟郑和大叔下老洋”的传奇故事。他早年不服父亲隋恒德管辖，老来与整个洼狸镇若即若离，这行径颇似汉光武帝刘秀《与子陵书》中所谓“不召之臣”。刘秀告诉严光，“古大有为之君，必有不召之臣。朕何敢臣子陵哉！”隋不召当然不是拒绝皇帝征召的隐居之士，却算是一个不服管束的“不召之民”。他身上原始道家的精神气质超过抱朴、见素。这是作者在道教空气浓郁的洼狸镇故意安排的流淌着原始道家血脉的一个异类。但至少在小说结尾隋氏兄弟取得粉丝大厂经营承包权之前，无论年轻的隋氏兄弟还是年老的隋不召的原始道家精神都被以赵炳为核心的道教文化势力严重压迫着，难以彰显。

隋不召形象颇为诡异，似乎又并不仅仅为原始道家精神所限。他幼时神秘失踪，年过半百才回到故乡，这属于道教史和记录道流故事的唐宋传奇与笔记小说经常描写的道士成长的典型经历。隋不召也像古代那些故弄玄虚的道士们那样故意隐瞒年龄，在“胡言乱语”中一下子可以回到“公元前四八五年”，与范蠡、邹衍、秦始皇、徐福为伍。他还认定洼狸镇吹笛子的“跛四”就是战国时期齐国的阴阳家邹衍所托生，而秦时方士徐福则是洼狸镇东“老徐家”的先人。作为著名粉丝产地，洼狸镇确实会令人想起徐福故乡黄县（即今龙口市）。隋不召作为“不召之民”，除了具有原始道家不尊王权的“逍遥游”精神，还沉浸在邹衍、秦始皇、徐福等道教前史想象中。他对科学“原理”的推崇，恰如他对神秘的海航技术的吹嘘，都可以视为科学与道术的混杂。其原始道家精神不得伸张，除了客观上处于道教势力强盛地域之外，不也有自身的道教元素在起作用吗？

屈原《离骚》开头说：“帝高阳之苗裔兮，朕皇考曰伯庸。摄提贞于孟陬兮，惟庚寅吾以降。皇览揆余于初度兮，肇锡余以嘉名，名余曰正则，字余曰灵均。”冯友兰先生认为屈原父亲给屈原取名为“正则”，字为“灵均”，屈原又名“平”，都是根据当时楚国从中原传来的“黄老之学”而设计的“嘉名”[①]。与此相类似，《古船》中老赵家祖孙三代主要人物也都有这样的“嘉名”，它们或者与“黄老之学”有关，或者深具道教渊源。不仅如此，和屈原一样，张炜也将他根据道家和道教文化背景为人物所取的名字糅合进人物性格的刻画与作品整体的构思里面去了。

六

特别值得一提的，还有十四章专写张王氏奉赵炳之命，为省县两级

① 冯友兰：《中国哲学史新编》（第二册），人民出版社 1983 年修订本，第 243 页。

调查组置办令人咋舌的豪华宴席。由于见素坚持不懈的“算账”，赵多多粉丝大厂的经济问题险些败露，赵炳为了挽狂澜于既倒，临危授命，让张王氏“料理酒席”，以此笼络省县两级调查组。这场戏表面上是张王氏展示其怪异的烹饪术，实际上却是赵炳施展其不动声色的纵横捭阖之惯技。但妙就妙在作者写赵炳玩弄权术在暗处，明处却是张王氏的大操大办，这也可谓“一阴一阳之为道”了，而其中关键并不在暗处的赵炳，而是在明处的张王氏。如果张王氏的“料理”失败，则赵炳纵有三头六臂，也无回天之力了。这一回，张王氏确乎被推到风口浪尖之上，成败在此一举。

张王氏的烹饪术在她由外地嫁到洼狸镇不久教全镇人酿造神秘酱油时就已经牛刀小试过了，但直等赵炳让她取代有名的厨师老韩而为调查组“料理酒席”，才彻底露出她的庐山真面目来，什么“藤上瓜”“一窝猴”“糊涂蛋”“怪味汤”“鸡生蛋”“填鸭子”“家菜苦”“野菜甜”“山海经”“吊葫芦”——一道道异想天开的珍馐美味甚至令一位当时激烈抨击《古船》历史观的“左”派权威评论家也啧啧称奇：“在《古船》里，对张王氏备办晚宴的描写，是如此精细，如此不厌求详，读到这些地方，人们不禁心里要问：作者是哪里得来这些烹饪的知识的呢？难道他自己也得到名师传授，现在又来传授给我们么？”[①]这与其说是责备，倒不如说是张炜的神来之笔甚至令批评他的人也不得不为之击节称赏。

张炜怎么能够写出张王氏这出戏呢？这确实是个有趣的问题。自古“医”“道”一家，烹饪虽非道教专有，但若说道教文化将中华烹饪术在想象的层面以及实际操作上同时推向极致，也殆非虚语。1926年，鲁迅离开北京之前，曾激于日本学者安冈秀夫《从小说看来的支那民族性》所引英国传教士威廉士（Williams）《中国》（*Middle Kingdom*）一书对中国人的饮食的非议，锐意穷收，想从唐人杨煜《膳夫经手录》中一探究竟。可惜借不到收录该书的清人顾嗣立所辑《闾邱辨囿》，只好作罢，不得已退而求其次，以《礼记》所记“八珍”、唐人段成式《酉阳杂俎》中一张御赐食单、元人和斯辉《饮膳正要》以及清人袁枚《随园食单》为依据，来核实安冈秀夫与威廉士之所言，结果只好承认，中国人

① 陈涌：《我所看到的〈古船〉》，《当代》1988年1期，第234页。

在饮食上确实无所不用其极，“全个中国，就是这样的一席大宴会！”[①]鲁迅没有提及的还有宋人陶榖《清异录》，该书于“药品门”外，又设“馔羞门”“薰燎门”，专记奇异肴馔，计列六十三事之多，诚哉洋洋大观[②]。《清异录》和《酉阳杂俎》同属笔记小说，所录又大率道流方术，可见道教对肴馔之用心良苦，一点不亚于道士们之讲究炼丹采药。当然道教方术关于肴馔的描写虚虚实实，颇难究诘。葛洪《抱朴子》和《神仙传》记载许多仙人“坐致行厨”的奇闻轶事，极大地鼓励了后世道教文学对豪华宴席的渲染描写。张王氏早年既充当赵炳的采补对象，又深通按摩、算命、看相（正是她的看相导致了隋迎之的精神崩溃）、交鬼、娴熟地按照道教科条为隋大虎主持神秘丧仪，诸如此类，小说实在写了不少，所以她大概也算得上资深的道姑、女官、道母之类了，宜乎其精于烹饪。小说写她主持那场决定老赵家生死命运的大宴会时不动声色，好整以暇，一直等到客人到齐了，才调动各位帮厨，指挥若定，有条不紊，顷刻间变戏法似的“料理”出令洼狸镇人和省县两级贵客见所未见闻所未闻的十余道山珍海味，不啻为古代道教文学“坐致行厨”故事增添了一个精彩的现代版。

迄今为止，写民间治馔之盛，当代小说还没有能够超过《古船》的，这大概也是因为作者深得道教文化之秘而又善于讽刺性地加以挥写的缘故吧？

七

《古船》属稿于“寻根文学”未起之先，成书于“寻根文学”发动之后，但略考其所寻之“根”，实为千百年来中国朝野文化实际占主导地位的道教，此诚不啻为鲁迅先生“五四”之前在寄好友许寿裳的信中所论“中国根柢全在道教——以此读史，有多种问题可以引刃而解”[③]下一注脚。

---

① 鲁迅:《华盖集续编·马上支日记》,《鲁迅全集》第三卷，人民文学出版社 2005 年 11 月第 1 版，第 350 页。

② ［宋］陶榖、吴淑:《清异录江淮异人录》，上海古籍出版社 2012 年 11 月第 1 版，第 103—114 页。

③ 鲁迅:《致许寿裳》,《鲁迅全集》(第十一卷)，人民文学出版社 1981 年第 1 版，第 353 页。

必须指出，尽管《古船》汲取了道家思想，又大量触及民间道教遗风，但它本身并非一部阐明道家和道教玄理的道书，也不是历代深染道教思想的作者们刻意描绘其所见之信仰生活世界的“道教文学”。张炜是“新时期”成长起来的作家，其思想与古代作者毕竟不可同日而语。先秦道家思想，和汉末兴起、尔后一直占据中国朝野文化主流的道教，在《古船》中有清楚区划。作者部分借用了先秦道家（包括被后世道教奉为经典的《周易》）的阴阳演化思想来结构全书，对此并无明显褒贬，却清醒地将民间道家文化末流锁定为贯穿全书的现实批判与历史反思的对象之一，无情地揭露民间道教文化末流如何与时俱进，巧妙地借助世俗政治权力，以权谋、暴力、血腥、色情和各种怪怪奇奇的神秘方技来追求“全性延命”与现世威福，制造各种愚昧、停滞、混乱、残暴和丑恶。对现实和历史的批判反省抵达数千年绵延不绝的道教文化根柢，这是《古船》最值得称道的成就之一。

全书材料堆砌太繁，头绪过于纷杂，但作者心气沉静，笔势若虹，艺术造诣反为日后在心气浮躁中完成的长篇《柏慧》《外省书》《能不忆蜀葵》《刺猬歌》《丑行与浪漫》《你在高原》等所不及。

唯《九月寓言》（作于 1987—1992）以天地阴阳为结构主轴敷衍全书，尚能赓续《古船》文脉。作者将《古船》中地质队与洼狸镇之间相斥相引的一条副线引申为《九月寓言》中“工区”与“小村”对垒的主线，展示贪婪暴戾的现代工商科技文明对安宁平和的原始村落文化的灭绝性破坏，以矿藏挖掘造成严重地质塌方导致小村彻底消失为结局，再由此出发，倒叙小村灭绝之前村民们“羲皇上人”般的生活，唱了一曲哀婉激越的地母崇拜的挽歌。但《九月寓言》也抽空了《古船》日常生活和社会历史的繁杂厚实，仅以月夜大地上年轻人的奔跑嬉戏为作者所眷顾的正在消逝的原始道家式生活理想之象征，而以炙烤一切的太阳为作者杞忧的人类贪婪欲望之图腾，后者主导着日益逼近的现代工商科技文明，最终残酷吞噬了“小村”，败坏了大地本身。这就从《古船》沉重写实的一阴一阳的良性转化，演变为《九月寓言》诗意盎然但结局悲惨的阴阳错乱。

《九月寓言》的“代后记”、也是浓缩该书主旨的长篇散文《融入野地》（作于 1992）可谓这一思索路向上的巅峰之作。张炜此后兴趣转变，逐渐从他供职山东省档案馆期间（1980—1984）接触的大量地方志材料以及不知从何种渠道熟悉的原始道家和民间道教文化转向西方现代人文主义思想话语，就像《古船》里终日耽读《共产党宣言》的隋抱朴那样，日趋高明之道，但因为离开了“滨海地域”历史悠久的道家和道教文化传统，似乎终归凌空蹈虚，不复当年之气定神闲、深雄壮大矣。

在“新时期”集体反思的精神氛围中，《古船》虽根据于阴阳之道，却不同于传统的阐道翼教之作。作者以弥漫民间的道教信仰习俗与现代政治狂热的混合为批判反思对象，层层剥开近百年来欧风美雨带来的现代文明话语外壳，露出其固有的道教文化根柢。批判反思的对象之根柢愈坚固，作者思索探询的目光也愈深邃。

从《古船》出发，张炜日后创作分出两支，一则由藏垢纳污的道教文化转为原始道家生活理想（《九月寓言》《融入野地》），以此质疑现代工商科技文明；一则仰仗西方近代文化资源（包括马克思主义、十九世纪俄国经典文学中的民粹主义和宗教受难思想）继续其历史反思，并试图回应九十年代以后中国社会的现实挑战。

前者热烈而哀婉，后者热烈而偏激。

但若论作品的艺术造诣以及将来在文学史上的地位，恐怕都不及《古船》。

八

《古船》的巨大成就也吸引了众多作者竞相仿效。年长张炜十五岁的陕西作家陈忠实就明确承认，他在创作“垫棺作枕”[①]的唯一长篇《白鹿原》时曾以《古船》为师[②]。陈忠实动意写《白鹿原》的1986年正是《古船》冲击波覆盖整个文坛之时。《白鹿原》以白、鹿两大家族恩怨结构全书，颇取法于《古船》隋、赵两家之长期对垒。《白鹿原》虽以最后一代关中儒学传人朱先生和儒家文化践行者白嘉轩为主角，实际描

① 陈忠实:《寻找属于自己的句子:〈白鹿原〉创作手记》，上海文艺出版社2009年8月第1版，第22—23页。

② 陈忠实、李星《关于〈白鹿原〉的问答》(1993)，参见《寻找属于自己的句子:〈白鹿原〉创作手记》“附录”，上海文艺出版社2009年8月第1版，第183页。

写的却是弥漫民间的道教文化，对此笔者有专文探讨[①]，这里只想指出几点，以见出《白鹿原》借鉴《古船》之多。

赵炳连克三妻，又先后令与之交合的张王氏、隋含章受病，神医郭运说赵炳身有剧毒，“与之交媾，轻则久病，重则立死”，张王氏甚至说赵炳腹有盘蛇，因成剧毒之人，这和白嘉轩连克六妻之后白鹿村人传说白嘉轩男根上长有毒钩，皆如出一辙。《古船》详细叙写 1949 年前夕华北农村土改期间民兵和还乡团拉锯战使“整个洼狸镇像一锅沸水”，《白鹿原》则描写“大革命”失败之后，从“农协”和还乡团以暴易暴开始到新中国成立，白鹿原始终就像翻烙饼的“鏊子”那样备受磨难，构思造语均非常相似——甚至也都写到了将人从高杆上坠下来的一种特别的惩罚。陈忠实最初还准备仿照《古船》给他的长篇起名为《古原》。[②]这些都是《白鹿原》深受《古船》影响的地方。

从《古船》开始，长篇小说作者对家族史和地方志越来越倚重，比如紧接《古船》之后问世的贾平凹《浮躁》(《收获》1987 年 1 期）也有和《古船》极为相似的将家族恩怨和改革开放结合起来的总体叙事框架，甚至内部人物关系也如出一辙。[③]由于时间很靠近，贾平凹受张炜影响的可能性不大，应该是英雄所见略同吧。但是有一点可以说，因为《古船》和《白鹿原》的巨大成功，把家族史、地方志和现实生活结合起来的总体叙事框架已经成为中国当代长篇小说通行的模式之一，屡屡为有志于贡献史诗巨著的作者所采纳。

赵炳的形象再往上追溯，可以令人联想起湖南作家古华 1981 年发表的《芙蓉镇》里那个“运动根子”王秋赦。但王秋赦之与赵炳，“可谓小巫见大巫”。[④]勉强可以和赵炳相匹敌的大概只有河南作家李佩甫 1999 年出版的《羊的门》(又名《通天人物》) 中那个手眼通天的乡镇一霸“呼天成”的形象。

---

① 参阅拙文《为鲁迅的话下一注脚——〈白鹿原〉重读》,《文学评论》2015 年 2 期。

② 陈忠实、李星:《关于〈白鹿原〉的问答》，陈忠实《寻找属于自己的句子——〈白鹿原〉创作手记》，上海文艺出版社 2009 年 8 月第 1 版，第 186 页。

③ 参看王彬彬《俯瞰和参与——〈古船〉和〈浮躁〉比较观》,《当代作家评论》1988 年 1 期。

④ 冯立三:《沉重的回顾与欣悦的展望——再论〈古船〉》,《当代》1988 年 1 期，第 221 页。

浙江籍作家余华《兄弟》下部（2006）写李光头发家致富后大搞选美比赛，似乎脱胎于《古船》中“农民企业家”赵多多从外地聘请“女公务员”招摇过市的情节，虽然被余华加以夸张放大和荒诞化处理，但神情宛在。

即此数点，已足见《古船》影响力之深远。

《古船》的一些具体写法，对后来关注地方志和家族史的长篇小说也有影响。

首先，争夺粉丝大厂承包经营权是全书情节展开的主线，与这条主线有关的细节固然组织得比较严密，但众多人物之间的内在精神联络则比较松散，这主要因为作者以每一章或邻近两章为相对独立的单元，单元内部写得丰满充实，层次分明，而单元之间就难以融会贯通。比如，前述第十二章写赵炳“性命双修”，十四章写张王氏奉赵炳之命为省县两级调查组“料理酒席”，十六、十七章写隋氏兄弟一场大争论，十八章写民兵和还乡团以暴易暴，十九、二十章写隋见素上城创业，二十三、二十四章写“文革”中的暴力和“夺权”，都可作如是观。此外，隋不召动辄炫耀他追随“郑和大叔”的子虚乌有的航海传奇，神秘的古船和地下河道的发现，地质队丢失有害的铅筒，李技术员等一帮青年人经常讨论苏美太空竞赛，隋大虎在南疆执行任务时光荣牺牲，科学迷李知常发明变速轮，赵多多聘请风骚的“女公务员”，这些随手穿插的零碎内容，无疑使这种一章或相邻两章集中写一出重头戏的结构模式更加趋于松散。

以一章或相邻两章集中写一出重头戏，也有好处，就是可以充分利用收集到的材料，不怕局部“超载”和混乱，心无旁骛地加以描绘；缺点是许多人物不得不散落于相隔遥远的不同章节，与事俱起，又与事俱去，难以揭示其性格命运的完整性。更重要的，人物之间行动和心理的冲突（尤其隋赵两家历史悠久犬牙交错的精神对峙）无法始终居于前景，而不得不退居幕后，甚至被冲散，冲淡。隋赵两家真正称得上精神的对峙仅仅发生在赵炳和隋含章之间，抱朴见素一直不知道其中隐秘，也就一直居于这场无血的大戮之外。长篇小说内在精神结构关系让位于外在事件演进，精神冲突的紧张随之松懈，原本宽松的结构愈显散漫，这也是后来许多同类长篇小说的通病。

其次，是小说描写对“身体”的兴趣过于浓厚。赵炳壮硕肥大的身体无论矣，以赵炳为中心，全书旋转着洋溢着张王氏、隋含章、赵多多、隋抱朴、隋见素、大喜、闹闹、小茴、小葵、周燕燕、“女公务员”、隋不召、还乡团、民兵、绰号“面脸”的地主——众多人物的肉身和血气。这本来未可厚非，道教文化精髓就是对身体展开鲁迅所谓形形色色“中国的奇想”[①]，所以将身体置于叙事中心，对深悉道教文化奥秘的《古船》作者而言顺理成章。但过犹不及，尤其身体描写一旦压倒了对人物灵魂的刻画，就很容易变成就身体写身体。这一点《古船》还并不明显，但后来众多仿效者们无疑是变本加厉了。

最后，与身体有关，《古船》影响后来作者的还有另外三点，即性、身体暴力和由身体而来的污秽（或污秽加暴力）场景描写过于频繁。

隋见素与大喜、周燕燕以及赵多多与“女公务员”的性关系，还乡团、赵多多及其扈从“二槐”从四十年代末一直延续到八十年代的主要施于身体的日常暴力和色情，几乎构成《古船》暴力叙述的一条主干，整个第十八章的暴力描写至今可能还无人超过，而最极端的高潮莫过于还乡团将农会主任栾大胡子“五牛分尸”后挑出肝来“炒菜喝酒”，以此壮胆，并对妇救会主任实施轮奸，还当着妇救会主任的面将她的小孩残暴地撕开，以及一个老汉当众从绰号“面脸”的地主身上剜下一块肉来给自己的儿子煮汤“治腰”。

此外污秽场面的描写也是《古船》一绝，比如长久压在隋抱朴心头的赵多多在隋抱朴后妈小茴尸体上撒尿的儿童记忆；比如赵多多自幼就“靠吃乱七八糟的东西长大的，肚里装的最多的野物大概就是蚂蚱”，“三年自然灾害”中更是养成“摸黑吃东西的习惯”，“田鼠、蜥蜴、花蛇、刺猬、癞蛤蟆、蚯蚓、壁虎”，他都敢吃；再比如“文革”期间，造反派为了惩罚“吹牛大王”镇长周子夫，干脆将母牛外阴套在周镇长嘴巴上——

所有这些极端的性、暴力和污秽场面的描写，对《古船》这部专门描写“苦难”的巨著来说，许多地方还是顺乎自然，作者处处有所节制，处理得也颇具匠心，比如写抱朴的后母茴子最后火烧隋家大屋、赵多多在大火中肆意凌辱茴子的场面，乃是为了衬托幕后主使人赵炳的老

① 参见鲁迅：《准风月谈·中国的奇想》，《鲁迅全集》（第五卷），人民文学出版社 2005 年 11 月第 1 版，第 253—254 页。

谋深算与虚伪刻毒，与赵多多的为非作歹明暗相映，共同缀成一幅由赵炳指使赵多多迫害老隋家的“纵奴作恶图”[①]：“院子里，四爷爷赵炳两手掐腰看着熊熊燃烧的房子，神色肃穆。”有这一笔就够了。但在后来莫言的一系列长篇、陈忠实的《白鹿原》、贾平凹的《废都》、李佩甫的《羊的门》、阎连科的《日光流年》、刘醒龙的《圣天门口》、余华的《兄弟》中，这些内容一再重现，则又是另一种过犹不及的局面了，但追根溯源，还是要回到《古船》。此其流泽孔长，不可断绝乎？

2015 年 1 月 6 日定稿

原载《当代作家评论》2015 年 2 期

附记

这篇重读《古船》的文章，拉拉杂杂近两万字，无非想指出，青年时代的张炜在《资本论》、俄国批判现实主义文学的民粹思想（我过去反复提到过）以及有论者所谓原罪和宽恕信念之外，还倾向于原始道家理想，而除了集“医”“道”于一身的郭运，张炜对现代民间道教末流基本持批判态度，尤其对道教末流和现代政治媾和生出的怪胎如赵炳、长脖吴之类更加厌恶和警惕。我认为这是“反思文学”杰作《古船》所达到的最可喜的思想高度，对当下中国思想文化建设也不无启示。

但前几天偶尔走过上海古籍书店，看到张炜新出讲演录《也说李白与杜甫》（中华书局 2014 年 7 月北京第 1 版），第二讲“嗜酒与炼丹”题下，赫然就有“炼丹与艺术”“现代丹炉”“李白炼丹”“李白与东夷”“东夷与道教”“性”与“命”几个小节，真是如获至宝，急切地站着浏览起来，又用手机拍下相关章节回家细读。

不料细读之后，一则以喜，一则以忧。

喜的是，拙文属稿之际，除小说《古船》本文，我对张炜与胶东半岛道教传统的关系没有任何客观材料可以参考。现在他本人出来大讲东莱古国与道教的关系，证实了我的许多猜想式描述。张炜创作《古船》时，确实很熟悉他家乡附近的道教传统及其在当代生活中的流风余韵。

---

① 冯立三：《沉重的回顾与欣悦的展望——再论〈古船〉》，《当代》1988 年 1 期，第 225 页。

在这方面，张炜是有充分准备的。

忧的是，张炜这本讲演录对道教末流未置一词，而专门做翻案文章，全面肯定道教文化本身。他说，“郭沫若在《李白与杜甫》一书中，把李白和杜甫的炼丹、寻仙、寻求长生不老的愿望和行为给予了彻底否定，其实是大可商榷的”，因为现代人以为荒诞不经的炼丹修道其实体现了李白、杜甫面对生死问题的“终极关怀”，“人在这些大目标、大思维之下有所行动，自始至终地探索不倦，当然是可以理解的”，“炼丹只可以看作药物合成研究的一个阶段，而不能简单视为古人的执迷怪异之举”，“当年李白、杜甫他们喜欢的‘丹炉’，今天不但没有停歇，而且还利用了现代技术，比古代烧得更大更旺了”。张炜认为，现代中西药和古代炼丹不仅性质上毫无二致，所反映的人类的生死观念也一脉相承，换言之，我们今天仍然活在李、杜乃至李、杜所羡慕的东晋炼丹家葛洪的精神氛围中。这是张炜的结论。

这么说当然也并非毫无道理，但如果我们今天真的仍然活在一千二百多年前李白、杜甫的精神氛围，还呼吸着一千六百多年前葛洪所呼吸的空气，那么我们除了理解和同情他们“在这些大目标、大思维之下有所行动，自始至终地探索不倦”之外，是否还应该亮出自己的“终极关怀”？还是我们只能完全赞同一千二百多年之前李杜或一千六百多年之前葛洪的“终极关怀”？这关系到对具有复杂构成和历史演变的道教本身的评判，可以姑置勿论。问题是张炜讲这番话时，对遍布神州大地道教末流的生活形态和精神信仰（当然不一定继续打着道教的招牌）未置一词，似乎完全忘记了《古船》曾经做出的深沉而痛切的反思，不能不令我惊讶莫名。

《也说李白与杜甫》全书我还没读完，不知道张炜在“大目标、大思维”上是否真的发生了大逆转，但拙文发表在即，不允许仔细参详，只好聊记片语，算是为将来继续探讨做个小引。

2015 年 1 月 21 日追记

中国初期改革前后的编年史与全景图

——细读《平凡的世界》

一、天悬壤隔

——《平凡的世界》读解和接受之谜

路遥在 1982 年 3 期《收获》杂志发表的十三万字中篇小说《人生》，思想艺术成就达到了“新时期文学”的巅峰，不仅小说本身，根据小说改编的话剧、电影和电台广播都深深打动了无数读者的心。《人生》毫无疑问已进入中国当代文学名著经典的殿堂。

从《人生》发表当年路遥就开始酝酿一部大书，他为此精心准备了三年，包括确定新的创作主题，收集书面和现实生活各方面的材料，思考适合自己的创作方法，继而呕心沥血，连续执笔奋战三年，历经六个寒暑，终于完成了一百一十多万字的长篇小说《平凡的世界》。但《平凡的世界》尽管和《人生》一样销量可观，也多次改编成电视剧、话剧，1988 年 3 月 27 日起，中央人民广播电台“长篇连播”节目组“打破常规”，在《平凡的世界》第三部尚未定稿之前，就抢先播出已正式发表与出版的第一部（原刊 1986 年 11 月《花城》6 期，同年 12 月中国文联出版公司第 1 版）、第二部（1987 年 8 月定稿，未能被包括《花城》在内的任何杂志接纳，最后由中国文联出版公司于 1988 年勉强出版）。第三部直到 1988 年 5 月 25 日路遥三十九岁生日那天才定稿，同年经删节发表于《黄河》1988 年 3 期，1989 年仍由中国文联出版公司出版。借助中央人民广播电台的“长篇连播”，《平凡的世界》骤然获得广大普通读者的喜爱，但文学界一些专家学者和专业编辑对这部大书的读解与接受却始终与之大相径庭。

一方面，《平凡的世界》陆续发表、出版之时，1980 年代“文学热”并未完全消退，却再也没有出现当年《人生》问世时那种举国热议的盛况。路遥在《早晨从中午开始——〈平凡的世界〉创作随笔》中提到文坛前辈秦兆阳和少数几个批评家对这部长篇的欣赏，但绝大多数当代文学研究者与批评家的态度还是相当冷淡。小说第一部发表于广州《花城》杂志1986年6期，年底《花城》联合《小说评论》在北京召开座谈会，“绝大多数评论人士都对作品表示了失望，认为这是一部失败的长篇小说”[①]。在此之前，第一部的书稿还曾经被一向坚持现实主义文学主张的《当代》文艺社编辑周昌义退稿。据说《平凡的世界》之所以能获得1990年年底评选、1991年初公布的第三届“茅盾文学奖”，主要还是跟当时文坛神经绷紧的大气候有关。[②]

在1990年代末以后陆续出版的多部当代文学史著作与教材中，《平凡的世界》更是遭遇了普遍的冷落。有的教材只讲《人生》而不提《平凡的世界》。[③]有些教材正文部分甚至始终没有出现路遥的名字，只在关于“茅盾文学奖”历届获奖者注释中提到《平凡的世界》(路遥)。[④]有的既讲《人生》，也提到“他的长篇遗作《平凡的世界》”，却不作任何展开。[⑤]有的正文部分提到《人生》，只把《平凡的世界》放在注释部分的作者简介中，并且弄错了出版时间。[⑥]有些教材承认《平凡的世界》是路遥“以生命铸就的长篇巨制”，“作品的艺术感染力较强”，是“中

① 原文为时任《延河》主编白描的回忆，此处转引自杨晓帆:《路遥论》，作家出版社2018年5月第一版，第258页。厚夫据刘婷:《路遥曾因〈平凡的世界〉消沉，遭遇车祸时仍昏睡》(《北京晨报》2012年12月3日)也转引了白描的话:“第一部研讨会在京召开，评论家却对其几乎全盘否定，正面肯定的只有朱寨和蔡葵等少数几位”，“一些评论家甚至不敢相信《平凡的世界》第一部出自《人生》作者之手”(厚夫:《路遥传——重新开启平凡的世界》，人民文学出版社2015年1月第1版，第224页)。另据周昌义回忆，《当代》杂志资深编辑何启治参加研讨会之后亲口告诉他，“大家私下的评价不怎么高哇”(《记得当年毁路遥》，《文艺理论与批评2007年6期》)。

② 周昌义:《记得当年毁路遥》，《文艺理论与批评》2007年6期。

③ 孟繁华、程光炜主编:《中国当代文学发展史》(修订本)，北京大学出版社2011年10月1版。

④ 洪子诚:《中国当代文学史》，北京大学出版社2007年6月修订版，第192页。

⑤ 陈思和主编:《中国当代文学史教程》，复旦大学出版社1999年第1版，第233、240页。

⑥ 陈晓明:《中国当代文学主潮》，北京大学出版社2013年9月第2版，第298页。

国当代文学的重要收获”，但只抓住“孙少平、孙少安兄弟的奋斗史”进行简单评析，结论是“今天再来看这部小说，孙氏兄弟两种奋斗的时代局限已经十分明显”，“在真挚的情感投入中，路遥描述的社会历史长卷尚缺少更清醒、更深刻的历史意识；在激情澎湃的叙写中，作品留下了一些粗糙的痕迹”[①]，总体评价显得游移不定。青年学者撇开《平凡的世界》文学品质的考量，以小说为社会学研究的材料展开论述的现象十分普遍。在普通读者的口碑和某些学院派文学史教材和学术论文中，已经习惯于将《平凡的世界》归入青年励志书范畴，认为其创作方法过于陈旧，思想艺术成就不高，没有超过作者本人的《人生》，只适合给一些心智尚不成熟的青少年阅读，“对历史和现实的模糊认识和对农民人生奋斗图景的景仰与讴歌，使路遥的作品民间情感有余而历史省察不足”，“路遥的作品成为诸多底层少年的人生教科书，成为理想与寄托的对象，他对劳动美德与理想爱情的书写博得了许多动情的眼泪。在路遥之前，乡间的苦难从未获得如此‘瑰丽’的诗情呈现，这也使他的作品对于缺乏问题意识与悲剧感的普通读者具有长久的吸引力”[②]。

与此同时，在更广大的读书界，自 1988 年 3 月 27 日中央人民广播电台“长篇联播”播出以来，《平凡的世界》就一直备受欢迎，常年居于全国范围各类阅读排名榜前列。它也是大学生借阅最多的图书之一，完全称得上是文学界罕见的畅销书与长销书。如前所述，专业文学研究界也并非铁板一片，只不过少数肯定《平凡的世界》的专业论著在以高等院校为主体的学术圈不被看重而已[③]，学术界主流（包括一大批所谓“纯文学作家”“先锋作家”）至今仍然比较轻视英年早逝的路遥的这部绝笔之作。

为什么广大读书界和专业文学研究圈对《平凡的世界》的读解、评价与接受始终存在难以调和的差异？造成这个似乎难以破解之谜的原因

---

① 董健、丁帆、王彬彬主编:《中国当代文学史新稿》，人民文学出版社 2005 年 8 月第 1 版，第 439—440 页。

② 丁帆主编:《中国新文学史》（下册），高等教育出版社 2013 年 4 月第 1 版，第 187—188 页。

③ 成文秀:《〈平凡的世界〉的文学史叙述问题》（《宜宾学院学报》2017 年 1 期）就列举了李赣、熊家良、蒋淑娴主编《中国当代文学史》（科学出版社 2003 年版）和金汉主编的《中国当代文学发展史》（上海文艺出版社 2004 年版）对《平凡的世界》的高度肯定。

固然很多，但最主要的诚如“当年毁路遥”的周昌义所说，1980年代中期中国文学界集体“创新”的氛围排斥传统的现实主义写法，“那些平凡少年的平凡生活和平凡追求，就应该那么质朴，这本来就是路遥和《平凡的世界》的价值所在呀！可惜那是1986年春天，伤痕文学过去了，正流行反思文学、寻根文学，正流行现代主义。这么说吧，当时的中国人，饥饿了多少年，眼睛都是绿的。读小说，都是如饥似渴，不仅要读情感，还要读新思想、新观念、新形式、新手法。那些所谓意识流的中篇，连标点符号都懒得打，存心不给人喘气的时间。可我们那时候读着就很来劲，那就是那个时代的阅读节奏，排山倒海，铺天盖地。喘口气都觉得浪费时间”。

这个问题后来讨论得比较多，已不必赘述。但另一个看似简单其实却十分重要的原因始终被忽视了，那就是《平凡的世界》不仅如周昌义所说写得太“慢”，太“啰唆”，缺乏“悬念”，而且与同时期绝大多数长篇小说相比（包括周昌义作为主要退稿理由向路遥透露的当时拥挤在《当代》编辑部等待被采纳的《古船》《夜与昼》《桑那高地的太阳》等），《平凡的世界》体量实在太大，其丰富的细节和总体构思都相当复杂，实在不容易一眼看透。

这就要说到《平凡的世界》阅读上既“易”又“难”（或形“易”实“难”）的悖论。全书三大部，每部两卷，每卷二十五至二十八章不等，共计一百六十章，每“章”篇幅都不长（平均七到八页），集中讲述一两个故事，读来似乎甚感轻松。章与章之间，作者还经常站出来说些交代性和评价性的话，帮助读者更好地把握全书内在联系。这种尽量拆除阅读障碍的写法很容易给读者造成一种错觉，似乎他们可以毫不费力地走进作者所构筑的虚构世界，无须克服多少艺术上的“难度”。那些认为《平凡的世界》只适合心智尚不成熟的青少年阅读的观点，恐怕也就由此而来吧。多年来习惯于“啃骨头”、硬着头皮阅读高深艰涩的“纯文学”的专家学者们也因此怀疑《平凡的世界》太清浅，不够深沉含蓄，缺乏“纯文学”令人眼花缭乱的形式创新。这种阅读心态自然会诱导专业研究者或普通读者只见其“易”而不见其“难”，在轻视甚至藐视的心理驱使下随意取舍，各执一端，从而以偏概全，得出天悬壤隔的结论。

二、“主要人物”“次要人物”与“人物群像”

——《平凡的世界》人物设置的特点

要想比较公正地评价《平凡的世界》，必须尽可能如实地梳理其丰富的细节与整体布局的关系，既从容含玩其细部的描写，更要提纲挈领，统揽全局，这样才不至于迷失于多卷本历史长卷特有的细节的丛林。

决定《平凡的世界》纲领或全局的究竟是什么?

路遥早就说过，“小说创作中归根结底最重要的是人物，情节、主题都是围绕人物展开的，如果人物没有完成，那么它纵然有许多长处，也不能成为好作品”[①]。按照这个说法，人物塑造无疑是《平凡的世界》的纲领与全局。但《平凡的世界》全书一百多位人物，如果用习惯的方法，似乎也不难分出“主要人物”和“次要人物”，从而把握全书的纲领与全局。然而对《平凡的世界》来说，被作者置于中心地位进行轮流或交叉描写的孙少平、孙少安兄弟固然一直被公认为“主要人物”(其中孙少平又被视为主要人物之中更加主要的人物或曰“中心人物”)，但他们作为“主要人物”“中心人物”的重要性显然被过分放大，以至于掩盖了众多“次要人物”同样丰富的人生内涵。

倘若以作者对孙氏兄弟的塑造为小说的纲领与全局，就会对整部小说形成误判。孙氏兄弟的重要性部分地来自他们的心理与行为，另外很大程度上也来自作者赋予他们串联情节的作用，后者与其说是写孙氏兄弟，毋宁说是借他们被赋予的叙事功能来写其他更多的“次要人物”。孙氏兄弟既然有时仅仅充当描写“次要人物”的工具，那么其重要性和被描写的深度反而不及某些“次要人物”，也就不足为怪了。

群像描绘是《平凡的世界》人物关系设置最大的特点，也就是小说的纲领与全局。研究《平凡的世界》人物形象的塑造，既要关注“主要人物”，更要研究其地位绝不亚于“主要人物”的人物群像。对人物群

① 路遥:《东拉西扯谈创作》(写于1984年6月7日)，原载《陕西文学界》1985年3期，引自《路遥精品典藏纪念版·散文随笔卷》，北京出版集团公司、北京十月文艺出版社2014年10月第1版，第135页。

像，首先必须采取分类法加以整体把握。《平凡的世界》人物群像大致可以分为三类：青年、干部和农民。由这三大类人物群像而非仅仅由“主要人物”孙氏兄弟入手，才能真正提纲挈领，统揽小说的全局。

三、“关于苦难的学说”与“活人的道理”
——初期改革前后城乡青年群像

青年问题一直是《平凡的世界》备受专业研究者和普通读者关注的焦点，但如前所述，对青年的关注往往集中于孙氏兄弟，而忽略了包括青年群像在内的更多人物群像的重要性。就《平凡的世界》对青年形象的描写而言，其主要方式也是在相互联系中呈现出包括孙氏兄弟在内的城乡两地各行各业众多青年不同的境遇、成长道路和内心世界。作者力图囊括出生于上世纪五六十年代之交、经历了整个七十年代的极度贫困、进入八十年代之后迅速成长起来的青年一代：恰如当年由张枚作词、谷建芬作曲、传遍大江南北的流行歌曲《年轻的朋友来相会》所谓“八十年代新一辈”（这也是 1980 年 3 月《词刊》发表张枚原词的原名，作曲家谷建芬谱曲之后，才将歌名改为《年轻的朋友来相会》）。

不可否认，小说主要是通过孙氏兄弟，尤其是通过弟弟孙少平的人生轨迹，逐步牵出“八十年代新一辈”人物群像的。小说第一部，写双水村农民孙玉厚举全家之力也只能让儿子孙少平穿着破旧的衣服、吃着最差的“丙菜”在县立高中苦读。但少平有一颗不肯服输的心、酷爱读书善于思考的习惯、对美好生活的强烈憧憬，坚持读完了高中。这样小说第一部就以孙少平的苦读为中心辐射开去，渐次写出了孙少平的众多不同阶层、不同境遇的同学和同乡的青少年时代。

第二部写孙少平不愿和婚后“分家”单过的哥哥孙少安一起在农村发家致富，甘愿像乞丐一样来到地区政府所在地黄原市“揽工”，在平凡生活中追求精神上的不平凡。孙少平在“揽工”过程中初步确立了“关于苦难的学说”，就是坚信人生不分贵贱贫富，只有靠自己的双手辛勤工作才能获得真正的幸福，“自己历经千辛万苦而酿造出的生活之蜜，肯定比轻而易举拿来的更有滋味”。因此底层青年不应怕被任何艰难困苦击倒，而要一次又一次迎接命运的挑战，从中领略生命的尊严与价值，而不仅仅满足于获得一些金钱以改善物质生活条件。作者通过对孙少平不断贱价出卖苦力的“揽工”生活的精彩描写，在1980年代中期率先触及农民工进城现象。不同于1980年江苏作家高晓声颇具戏剧性地描写“陈奂生上城”或路遥本人笔下高加林“走后门”进城的个案，《平凡的世界》敏锐地发现，随着农村新经济政策的推行以及刚刚启动的城市建设和工业建设不断增长的需要，农村富余劳动力必将大规模转移到城市这一历史发展的大趋势，孙少平只是在这个历史趋势中涌现出来的无数“揽工汉”的一个典型。这就使《平凡的世界》当之无愧地成为1990年代和新世纪之交勃兴的“打工文学”的卓越先驱。

小说第三部，写孙少平在黄原市郊阳沟大队好心的曹书记帮助下，获得“招工”机会，成为大牙湾煤矿井下挖煤工。在一大群跟他年龄相仿的“煤黑子”中间，在幽暗、紧张、危险的地下采煤坑道，孙少平进一步丰富了以“劳动者的尊严和意义”为核心的“关于苦难的学说”。作者同时也强调，少平对八十年代中国青年价值观念和人生道路的分化、收入分配的不平衡始终抱着善意的理解与宽容。正如有学者指出的，“相比《人生》中充满高加林的不平之气，当路遥不断叙述‘苦难’时，《平凡的世界》反倒显得更加平和与隐忍”[①]。孙少平谢绝妹妹的男友、省委副书记吴斌之子吴仲平试图通过关系安排因井下事故身负重伤的他留在城市，坚持返回煤矿，并非出于他对城市的偏见和傲慢，他也并非“一定要在某些不协调甚至对立的认识中分出是非来。比如，孙少平自己不愿来大城市生活，并不意味着他对大城市和生活在其间的人们有丝毫鄙视的情绪。不，恰恰相反！这个人常常用羡慕和祝福的眼光看待大街上红光满面的男女老少”。孙少平决定重回矿区，主要是躬行他自己“关于苦难的学说”，“一些人因苦而竭力想逃脱受苦的地方，而另一些人恰恰因为苦才留恋受过苦的地方”。暗无天日的井下和单调乏味的矿区有他割舍不下的牵挂，他觉得听从内心命令做出的决定肯定比依靠世俗标准患得患失的选择要正确得多。

孙少平在探求成长之路上先后接触的“八十年代新一辈”，有来自乡村的贫困学生，有文学程度不高而只知拼命干活的“揽工汉”，有每天冒着生命危险下矿井的“煤黑子”及其提心吊胆的家属，也有生活相

① 杨晓帆:《路遥论》，作家出版社2018年5月第1版，第163页。

对富足的知识分子或干部子弟顾养民、李向前、武惠良、杜丽丽，以及大学生田晓霞、田晓晨、高朗、吴仲平、孙兰香、金秀等。这众多的同龄人在改革年代经历了各自的人生洗礼，探索着各自的生命意义，由此组成多声部的青春交响曲。

由于长期形成的文学观念和阅读习惯，在广大读者看来，从双水村走出的高中毕业生孙少平以及坚持在农村发家致富的孙少安兄弟俩无疑是整部小说焦点中的焦点。这种过于严格地分层次、别主从的人物谱系，一定程度上也符合作品的实际，但如果推至极端，在青年群像中只见主要人物孙氏兄弟的传奇故事（其中孙少平地位又超过孙少安），那就很容易忽略众多次要人物的价值。这不仅有违路遥替普通劳动者树碑立传的初衷，也会导致对青年人物群像乃至《平凡的世界》全书的误读与误判。

孙少平确实贯穿全书故事情节的始终。如果单从青年人物群像角度看，小说第一部重心就是少平苦读，第二部重心就是少平“揽工”，第三部重心就是少平下矿井，他的“关于苦难的学说”更是串接这三大叙事重心的一条红线。相比之下，孙少安包产到户，解决和田润叶之间痛苦的感情纠葛，顺利迎娶山西姑娘贺秀莲、拉砖赚得第一桶金，给自己和父母箍新窑，分家，“冒尖”，一度“破产”，最后成功扩大砖瓦窑生产规模以带动全村致富，虽然波澜起伏，却主要属于事务性描写，缺乏孙少平精神探索的深度与情感冲突的力量。但少安毕竟也是读书人，他对弟弟的精神追求并非毫无所知。少平在铜川煤矿招待所成功劝说少安放弃参股投拍“三国演义”，改为三水村办实事，这说明孙少平并非一味的浪漫主义和英雄主义[1]，孙少安也并非一味恪守其务实精神。兄弟二人可以互补，他们也因此牢牢占据着整部小说青年人物群像的中心。

但《平凡的世界》描写的“八十年代新一辈”不只是孙氏兄弟。作者在孙氏兄弟身上固然着墨甚多，但不少场合也写到他们的缺席和并不活跃。比如路遥以《水的喜剧》率先发表于《延河》的第一部二十六至二十八三章，绘声绘色地描写三水村田、孙、金三大姓空前绝后地团结

① 王一川:《中国晚熟现实主义的三元交融及其意义——读路遥的〈平凡的世界〉》(《文艺争鸣》2010 年 12 期）就集中论述了路遥的浪漫主义如何以类似西方“成长小说”“启蒙小说”的手法体现在孙少平这个人物的塑造上。

一致，为了活命去东拉河上游“抢水”。在这次行动中，少安去山西贺家相亲，从学校赶回家替补哥哥“赚工分”的少平担心在外村遭遇同学，基本置身事外。这说明孙氏兄弟并非在每卷每章都是小说故事绝对的中心（孙少安直到第一部第十章才出场）。

更重要的是，其他大量青年形象在实际生活和精神情感上并不以孙氏兄弟为中心。他们有各自的人生轨迹，有跟孙氏兄弟不尽相同的对生活的认识。如果说作者写孙少安的着眼点是为了个人与乡邻的发家致富而经常操劳到“纳命的光景”，写孙少平的着眼点是在沉重低贱的生活与工作中始终不忘追求普通劳动者的尊严与价值，那么即使在三水村，孙少安也并非独一无二的典型（“挖塘养鱼”的田海民夫妇就与孙少安夫妇很相似），而正如田晓霞所说，孙少平充其量也不过是“另外一种类型的同龄人”而已。作者看重少安的勤苦与善良，珍惜少平作为底层劳动者崇高的精神探索，但既然是写普通人的不普通，平凡世界的不平凡，那么在青年群像的塑造上就不能千篇一律，更不能让居于次要地位的其他青年沦为孙氏兄弟的翻版或影子。实际上，作者不仅千皴万染描绘了孙氏兄弟的善良、坚毅与探求，也实实在在地写出了其他青年人同样缤纷多彩却绝非孙氏兄弟的翻版的青春之歌。

比如少平的好兄弟金波，从小敢作敢为，一直无私地帮助和鼓励着少平。他的成长与成熟跟少平一样迅速。尤其从部队转业回乡、跟随父亲学习驾驶之后，金波的成熟度甚至已经超过少平。他跟孙少平一样不甘心一辈子做农民，内心深处总是听到模糊而有力的来自远方的呼唤。但他十分体谅父亲金俊海，不想提前顶替父亲捧上“铁饭碗”，让刚刚人到中年的父亲空虚失落。在生活的磨炼中金波变得越来越沉默寡言，他全部的生活重心就是像堂吉诃德对情人杜尔西尼亚那样刻骨铭心地思念那位不知姓名的藏族姑娘。他将这一段情感隐秘深埋心底，在最好的朋友孙少平面前也不肯轻易吐露。金波的强悍与隐忍、深情与脱俗、孤绝与内敛，某种程度上比内心世界全然敞开的孙少平更有魅力。

再比如跛姑娘侯玉英，高中毕业后追求孙少平不成，就及时成家，大大方方摆摊赚钱，并不觉得特别失败。漂亮好强的郝红梅当初“攀高枝”抛弃了孙少平，后来又被自己主动追求的同学顾养民所抛弃，被迫在异地隐姓埋名，成家立业，不幸很快沦为寡妇。如果不是与同样自卑而又终于战胜自卑的老同学田润生倾心相爱，郝红梅的命运肯定不如她的老同学、老“情敌”侯玉英。在实际生活中，路遥每次碰到侯玉英、郝红梅这样的旧日同窗，都“真想哭一鼻子”[①]；他对这一类人物的关切并不在孙氏兄弟之下。

小说还写到“三水村的罗密欧与朱丽叶”金强与孙卫红一波三折的爱情与婚姻。卫红是被村民们耻笑的“穷积极”孙玉亭、贺凤英夫妇的独生女，金强则是在父亲、哥哥被捕之后默默成为全家顶梁柱的成熟少年。他们既不同于孙少安与田润叶残酷的彼此错过，也不同于孙少安后来与贺秀莲多少有些理想化的一见钟情，更不同于孙少平与先后接触过的多位女性没有结果的恋情，他们冲破孙玉亭夫妇的阻挠成功结合，是八十年代乡村青年的另一种典型。

另外，作者描写田晓霞与孙兰香那些忧国忧民、不可一世、挥斥方遒的大学同学的火热生活，尽管只是冰山一角，却已经溢出孙氏兄弟视线。小说浓墨重彩地刻画的田润叶与李向前从最初强扭的瓜慢慢彼此接纳的无比艰辛的过程，以及作为反面对照的武惠良、杜丽丽夫妇从最初如胶似漆到后来劳燕分飞，更是孙氏兄弟未曾经历和难以想象的。

作者描写一系列青年群像，或许也是为了烘托孙氏兄弟尤其孙少平“关于苦难的学说”以及尊重普通劳动者生命价值这一主题，但那些居于次要地位的青年群像各自的生命历程与精神品格跟孙少平、孙少安又是多么不同！由他们共同组成的青春交响不仅包含着青年人的“励志”，更有超出“励志”之上、与更广大的人群息息相通的“活人的道理”。

“活人的道理”这个说法，是田润生跟着名义上的“姐夫”李向前学习驾驶的过程中领悟出来的。这虽然不像孙少平“关于苦难的学说”那样包含更多激励青年人积极进取的倾向，却显得更加朴素、深广而含蓄，也更接近《平凡的世界》的主题。

或许可以说，孙少平“关于苦难的学说”是从更加朴素、深广而含蓄的“活人的道理”中提炼出来的一项内容，也是最能打动人心的部分，好像一部交响乐的最强音，但反过来“关于苦难的学说”并不能涵盖“活人的道理”。一个极端的例子就是：孙氏兄弟的精神视野显然不能完全覆

① 路遥：《东拉西扯谈创作》（二），《路遥精品典藏纪念版·散文随笔卷》，北京出版集团公司、北京十月文艺出版社 2014 年 10 月第 1 版，第 141 页。

盖同样是小说贯穿性人物田润叶“波涛汹涌的内心世界”。

作者对田润叶感情发展的追踪、对田润叶心理层次的剖析，完全超过了对孙少平（更不用说孙少安）内心世界的挖掘。田润叶对孙少安的倾心相许，可以视为《人生》中刘巧珍爱恋高加林的一个翻版，但田润叶与李向前的情感纠葛完全突破了刘巧珍和高加林关系的格局，一定程度上是接着《人生》继续讲刘巧珍的故事，讲她被高加林抛弃而被迫与痴情善良的马拴结婚之后可能的结局。这也是当年无数《人生》读者关心的事，他们不敢相信，那样深爱着高加林的巧珍怎么可能平平安安地与毫无爱情可言的马拴过上幸福的生活。《人生》问世不久，路遥接到许多读者来信，要求他如果修改《人生》或创作“续编”，就必须让马拴死掉，让刘巧珍与高加林破镜重圆。对此路遥当时就颇不以为然：“这是很可笑的，马拴那样好的人，为什么要让他死掉呢！”[①]但《平凡的世界》果真要通过田润叶来继续写巧珍和马拴的故事，又谈何容易！马拴的“后世”李向前固然没死，巧珍的“后世”田润叶也没有发疯，但他们二人经历了怎样痛苦的折磨，才终于艰难地相互接纳！发生在田润叶和李向前之间感情的悲喜剧所形成的巨大冲击力远远超过了《平凡的世界》所有人物（包括孙少平与田晓霞）心灵的呐喊。

《平凡的世界》中“八十年代新一辈”有的终身都要在农村，有的不断向城市迁移，有的本来就生活在城市，有的是干部子弟，有的是普通农民和市民的孩子，有的幸运地考上大学，有的则在社会这所学校学习“活人的道理”。无论他们从事什么职业，无论他们社会地位如何，人生境遇怎样，都会遭遇绕不过去的人生主题，就是应该如何追求幸福生活和存在的意义。在这个共同主题下，每个人的生命都是独特的。如果仅仅聚焦于孙少平由乡入城的生活轨迹和孙氏兄弟不肯服输的意志力，就得出结论说《平凡的世界》整个就是写“城乡交叉地带”或“城乡接合部农家子弟的生活体验”[②]，或孙少平“雄心勃勃”的“进城”故

---

① 路遥：《东拉西扯谈创作》（一），原刊中国作家协会陕西分会编 1983 年 3 月 28 日《文学简讯》第 2 期，此处引自《路遥精品典藏纪念版·散文随笔卷》，北京出版集团公司、北京十月文艺出版社 2014 年 10 月第 1 版，第 127 页。

② 王一川：《中国晚熟现实主义的三元交融及其意义——读路遥的〈平凡的世界〉》，《文艺争鸣》2010 年 12 期。

事[①]，整个就是鼓励青少年奋发有为的通俗类励志书，这虽然有部分道理，却攻其一点不及其余，比如孙少平最后的归宿就并非“进城”。

“城乡交叉地带”和“青年励志书”的说法，都只看到孙氏兄弟及其周围青年的某一侧面而非全部。更何况，青年人的故事加起来也占不到《平凡的世界》三分之一篇幅，另外三分之二则留给数量众多的各级各部门干部与广大农民群像的塑造。这两部分无论如何也不能简单归入“城乡交叉地带”或“青年励志书”的范畴。

四、国家政治、经济和文化生活的枢纽
——初期改革前后中高层领导干部群像

《平凡的世界》各级各部门干部形象，主要是县级以上中高层干部，公社（乡）和村（队）基层干部在1980年代中期以前还很少脱产，基本属于农民形象的系列。

中高层干部代表，是原西县分管农业的革委会副主任，勤政爱民、工作扎实、富有改革意识和创新精神的田福军。小说第一部写田福军目睹濒临崩溃的原西县农业和农民生活，很想有所作为，但限于僵化落后的观念与政策，在方方面面的掣肘下无计可施。第二部写田福军在农村新经济政策以及整个国家政治生活恢复正常的形势鼓舞下，排除干扰，励精图治，迅速改变了原西县面貌，但也遭到思想落后自私自利的领导与同事的陷害，一度在省委组织部搞“清查”（等于赋闲），所幸因为新任省委书记乔伯年、省委分管组织人事的副书记石钟的赏识，出人意料地被任命为黄原地区行署专员，很快做了地区党委书记。到了小说第三部，因群众口碑好，工作出色，田福军又被提升为省委副书记兼省会城市党委书记。田福军面对更大的工作挑战，强忍着丧女之痛，更加忘我地投入工作，而他过去的许多同事和上下级也都经历了改革年代的洗礼，各有沉浮升降的命运转折。

路遥写领导干部，特点是全面而细致。在1975—1985年（“文革”结束前夕、“拨乱反正”初期直到改革开放全面展开的“新时期”）这一

① 金理：《在时代冲突和困顿深处——回望孙少平》，《文学评论》2012年5期。

历史背景下，中共黄原地区、地区下辖的原西县、原西县下辖的石砣节及柳岔人民公社、石砣节公社下辖的双水村大队和各小队，这四个层次全套领导班子成员都有各自的表现，包括他们如何认识国家与社会的现状，如何理解和执行基本国策，如何对待城乡人民生活需求，如何对待各自的领导、同事、乡邻、家庭和自己。小说第一部主要写地区及地区以下干部群像，到第二、第三部，省级党政全套班子和若干中央高层领导也频频亮相，由此形成从中央到省、市、地区、县、社和村队层层贯通的党政领导完整体系。

各级领导干部是我们国家政治、经济和文化生活得以正常运转的枢纽与关键。在以往小说尤其长篇小说中，干部形象并不罕见，但像《平凡的世界》这样力图完整描绘从中央到地方各级领导班子、成龙配套地系统塑造各级各部门领导干部群像，至今还是独一无二的创举。路遥的文学导师柳青在《创业史》中也注意干部形象的塑造，但《创业史》写干部基本到县一级为止，路遥则进一步写到地区、省级和中央。近年来“官场小说”“反腐小说”盛行，官员形象层出不穷，但这些小说写官员，第一缺乏从中央到地方层层贯通的系统性，第二缺乏官员在“官场”内外实际工作和生活的丰富细节，尤其缺乏《平凡的世界》以改革和反改革以及如何改革为核心对所有官员的全面透视。都是写官，其实不可同日而语。

小说对中央一层领导基本上是远距离间接描写，主要通过田福军即将离开黄原地区赴省委履新之前亲自操办的“振兴黄原地区经济汇报会”这个大关节展开。在此之前写中纪委常委“高老”高步杰回到家乡黄原视察，也是关键的一笔，不仅顺带写出若干省级领导以及黄原地区“接高办”（接待高老办公室）一干人等的庸俗可笑，又以“高老”（以及跟着视察黄原的一位副总理）为桥梁，沟通了后来参加在人民大会堂西厅成功举办的“振兴黄原地区经济汇报会”的两百多名中央领导，包括“高老”、级别更高的两位副总理、多名人大和政协副职领导，以及一大批部委（农业部、交通部、煤炭部等）领导。他们大多数原籍就是黄原地区，或者战争年代长期生活战斗于黄原，对黄原感情很深，痛心于它极端落后的当下，群策群力谋划它的未来发展。“汇报会”之后很快签署了二三十项援建老区的项目。当然限于条件，有关中央一级领导，路遥只是点到为止，不可能有更加深入细致的描绘。

省级领导这一条线，重点刻画的是从农业部“牛圈”放出来的新任省委书记，五十八岁就显出老态、但“老骥伏枥，壮心不已”的乔伯年。他一上任就迅速举家从北京迁居到这个四周是“菜帮子”而只有中间一点“菜心”的西部落后省份，不辞劳苦地展开调查研究，面对“二十万平方公里的土地，三千万人口”，深感责任重大，不敢有丝毫懈怠。作为一省最高领导，他最大的忧患还是干部素质问题。他在贫困山区调研时发现，越是贫困地区，干部思想越僵化，而越是思想僵化就越贫困，因此“改变那里极度贫困状况首先要改变那里的领导状况”。他也惊讶于眼皮底下的省会城市极度的脏乱差。他亲率省委省政府领导班子“挤公交”，但这一次摸底性的“现场办公”令他对高级领导严重脱离群众、习惯假大空的工作作风深感震惊却又无可奈何。他发现，喜欢搞形式主义、“头痛医头、脚痛医脚”、缺乏基本办事能力的高级领导，又岂止省委秘书长张生民和副书记秦富功这两位！唯其如此，他才决定从整顿干部队伍入手来打开工作局面。也唯其如此，他才求贤若渴，亲自带着分管组织人事的副书记石钟拜访赋闲中的田福军，将这位群众呼声很高却一直被顶头上司（黄原地区书记苗凯）排挤压制的原西县委副书记提拔为地区行署专员，日后也一直为其保驾护航，实事求是而不是通过不正当渠道（包括大量“告状信”）来评判这位下属的功过是非。乔伯年“戏份”不多，但作者通过上述几个细节，很好地刻画出改革年代一位党的高级领导应有的政治素质与工作作风。

比较起来，写得更多更丰满的还是区、县两级中层干部。如上所述，中心人物是田福军，但作者对田福军的刻画多少有些理想化概念化的痕迹。这也情有可原，作者在田福军身上寄托了自己对初期改革的全部热忱。

当然关于田福军，小说也有一些精彩的细节描写。比如他在挂职省委组织部搞“清查”时的“儿女情长”，十分难得地关注了儿子晓晨和女儿晓霞的成长，意识到自己作为父亲的疏忽与失职。他能够理解侄女田润叶的不幸婚姻。他后来才知道，润叶之所以答应嫁给没有一点感情基础的李登云之子李向前，主要是因为老岳父徐国强对润叶的一番“点拨”。这位退休的老领导为了把李登云在政治上拉到女婿这一边，不惜用润叶做“棋子”，将担忧“二爸”田福军政坛困顿的润叶推向了婚姻的火坑，所以润叶的痛苦也成了田福军无法弥补的亏欠。他因为避嫌，很少回家乡三水村，但心里一直牵挂着父老乡亲，能够一口报出孙少平和金波爸爸的名字（一位是标准的老农，一位是普通运输公司司机）。晓霞因为在洪水中救人而丧命，田福军悲痛欲绝，但他在整理晓霞日记时发现了女儿与孙少平的恋情，不仅不奇怪女儿何以看中这个普通的农家子弟，反而感激少平给予晓霞的美好爱情，索性让少平来保管晓霞日记。他感念旧情，因为过去在原西县工作时，副县长张有智经常和他一起对抗县革委会主任冯世宽的无理打压，就多次放过了与张有智交心、帮助后者迷途知返的机会，致使整个原西县的改革因为张有智的消极懈怠而长期止步不前，也由此造成田福军本人政治生涯中不可原谅的一个错误。所有这些往往一闪而过的细节，使作者心目中近乎完美的改革者形象的理想化概念化倾向一定程度上得到了纠正。

田福军之外，可圈可点的干部形象也还不少。值得注意的是，路遥很早就注意采用对比手法刻画人物。谈到《在困难的日子里》和《人生》的创作时他曾明确指出，“构思时有这样的习惯：把对比强烈的放在一起，形成一种反差”[①]。动手写《平凡的世界》之前，路遥读过六遍《红楼梦》，这就使他将“双峰对峙”的对比法更加纯熟地用来描写干部群像。

比如同样是如何对待田福军的任用问题，石钟的知人善任和苗凯的嫉贤妒能就形成鲜明对照。冯世宽原是打压田福军的老上级，后来成了田的副手，但他能够主动冰释前嫌，心无芥蒂地再度合作，而田福军的另一个副手、苗凯爱将高凤阁自以为田的位置本来非他莫属，竟然恼羞成怒，暗中发起一场声势浩大的“倒田运动”，对田福军进行不依不饶的污蔑构陷。田福军为了工作而努力走出丧女之痛，但他的老同事李登云却被儿子的不幸婚姻拖进了悲观的“宿命论”，完全丧失工作热情。周文龙“文革”中大学毕业，自愿下放做公社革委会主任，当时被誉为“新鲜事物”。他思想极左，不惜以残酷的体罚督促社员大搞农田基本建设，自己则以权谋私，让家人长期享受公社食堂的伙食。但进入“新时期”之后，周文龙通过学习，接受了事实的教训，真诚忏悔，洗心革面，成为改革急先锋；而原本与田福军并肩战斗的张有智却从原来的勇

① 路遥:《东拉西扯谈创作》(一),《路遥精品典藏纪念版·散文随笔卷》，北京出版集团公司、北京十月文艺出版社 2014 年 10 月第 1 版，第 125 页。

敢正直蜕变为利欲熏心、患得患失、刚愎自用、玩忽职守。同样形成鲜明对照的还有苗凯的上梁不正下梁歪，他的秘书白元竟然趁“主子”倒台前伸手要官；而乔伯年以身作则，一身正气，令习惯搞形式主义的省委秘书长张生民很自然地知错就改。

对比描写最成功的莫过于张有智的真“养病”而丢官，与苗凯的假“养病”而保官升官。张有智因为意志消沉，潜心“养病”，最后由于玩忽职守而被撤职。黄原地区书记苗凯则因为不满省委没有提拔他所力荐的高凤阁，却起用一贯被他打压的田福军，甚至危及他本人的“政治前途”，就带着一股无名之火，借口“养病”，住进省城医院以静观其变，并以高凤阁充当耳目，随时密报田福军的动向。一旦认为田真有取代他的可能，竟霍然病愈，立即“出院”，杀回黄原。苗凯作为高级领导干部，置工作于不顾，结党营私，欺上瞒下，工于心计，种种丑态跃然纸上。

然而当苗凯为同样玩忽职守而面临处分的高凤阁向省委副书记吴斌求情时，却被这位更高的领导在心里鄙视为“根本不懂得高级政治生活”。吴斌所谓“高级政治生活”，无非是在关键时刻见风使舵，选边站队，丢车保帅，确保自己立于不败之地。这时候，苗凯又成了一面镜子，照出平时不肯显山露水的省委副书记吴斌的可怕真容。这又是一个成功的对照描写。

说了这么多领导干部，喜爱《平凡的世界》的青年读者或许会感到有些沉闷。正如《红楼梦》的青年读者总爱看大观园内姹紫嫣红，不爱看贾府上下勾心斗角与贾府之外的官场酬对。但如果无视或忽略路遥塑造中高层干部的苦心，就会很容易对《平凡的世界》形成误判，比如认为《平凡的世界》无非就是写农村底层青年的奋发有为，而严重低估路遥对历史政治与官场百态过人的洞察。

五、“亲爱的”与“外国人”
——初期改革前后农民和基层干部群像

《平凡的世界》大书特书的第三类人物，是初期改革前后黄土高原上的两代农民，中心人物是长期担任三水村大队革委会主任（后改村支书）田福堂，副主任金俊山，田福堂的忠实追随者、大队党支部委员、农田基建队队长、贫下中农管理学校委员会主任孙玉亭（后升任副支书），第一小队长孙少安（全书结束时被增补为村民委员会主任），第二小队长金俊武（全书结束时接替田福堂出任村支部书记）。

公社（乡）及村（队）全套领导班子成员几乎一个不缺，但在小说“故事发生的时间”（1975—1985），公社（乡）干部主要任务是在县与村（队）之间上传下达，他们经常要么去县上开会听报告，要么召集村（队）干部社员开会，转达报告精神，或者农闲时组织全社范围的农田水利基本建设，其他实际工作（尤其与普通农民日常的近距离接触）并不多。包产到户后直至小说结束的 1985 年，大多数公社（乡）的作用更是大幅度降低，所以作者对公社（乡）干部的描写明显少于上面的县、区、省领导和下面的村（队）干部。

石砭节公社（乡）主要领导有白明川、徐治功、杨高虎、王根民。文书刘根民（后提升为乡长）帮助过老同学孙少安贷款买骡拉砖而赚下第一桶金，后来偶有“商机”，也会向孙少安通风报信，在孙少安发家致富过程中起过不小作用。革委会主任白明川（第一部结束时提升为原西县革委会副主任）思想解放，正直干练，厌恶极左那一套，但实际表现并不多。至于“武装专干”杨高虎（后升为副乡长），每次提到他，几乎都是又到什么地方打鸟去了，可见此君平时的闲散无事。为了得到提拔而从县农业局一般干部自愿下放担任石砭节公社革委会副主任的徐治功（后升为主任）举办过包产到户后的第一届“物资交流会”，但小说不提他在这次活动中起到怎样关键的作用，反而详细描写他趁乱与寡妇王彩娥厮混，事情败露后害怕处分，到处求情，最终居然因为泼辣的王彩娥大包大揽，不仅有惊无险，反而被提升为原西县乡镇企业局局长。徐治功这段故事写得很热闹，但与此前孙玉亭与王彩娥的“窑洞事件”几乎如出一辙，这说明作者在描写公社（乡）干部方面，实在是巧妇难为无米之炊。

《平凡的世界》写基层干部，着墨最多的是村（队）这一级。跟描写中高层领导干部的手法一样，作者描写农村基层干部，也总是把视线竭力拓展到农村的历史与现实的纵深处，渐次写到这些基层干部各自的历史（类似人物小传）、上下级、同事、家人与乡邻。对农村基层干部家人与乡邻的描写尤其显得浓墨重彩（不脱产的基层干部本身也是农民），不仅写到众多家族与家族、家庭与家庭（如三水村孙、田、金三大姓）的关系，还写了孙玉亭、孙少安叔侄先后去山西娶亲，孙少安去邻县米家镇为生产队医治病牛、置备结婚用品，去河南巩县买制砖机，金老太娘家亲戚参加葬礼时向金家孝子们“抖亏欠”，“窑洞事件”中王彩娥娘家二十多号人赶到三水村打群架，孙少安在黄原市城郊阳沟公社薄情的远房舅舅马顺夫妇和好心的曹书记夫妇两处不同的遭遇——作者由此将笔触伸向其他临近省份和区县的农村，最大限度地呈现农民的群像。

小说描写村（队）干部有轻重、主次之分。在农村经济改革之前，主要写田福堂和孙玉亭如何主政乡里，忠实执行极左政策。直到第一部第十章，基层干部主角之一孙少安才正式亮相，小说写他去邻县给生产队医治病牛，很像《创业史》中“梁生宝买稻种”。但孙少安在农村经济改革之前的活动空间与梁生宝不可同日而语，尽管作者不断写田福堂如何防范和忌惮这个能干的小队长，但三水村的政治、经济和文化生活始终牢牢掌握在田福堂、孙玉亭手中，根本不给孙少安任何发挥能耐的机会。他和另一个被田福堂高看的小队长金俊武在经济改革之前唯一的重大举措是偷偷给社员多分了一点自留地，在听到安徽等地包产到户之后，也想在三水村进行尝试。但这两件事都被田福堂、孙玉亭以雷霆万钧之势加以制止，双方谈不上有什么真正的较量。包产到户之后，金俊武基本退居幕后，孙少安作为基层干部也不再有什么本职工作，小说第二三部主要就写他和妻子秀莲办砖瓦窑如何经常到了“纳命的光景”。小说也写到善良的少安如何思谋“作为邻舍，怎能自己锅里有肉，而心平气静地看着周围的人吞糠咽菜？”他因此冒险贷款，扩大砖瓦窑的规模，以接纳更多乡党做小工，缓解他们的经济压力，直至最后捐资兴学，走向人生“最辉煌的瞬间”。所有这些都只是孙少安发家致富过程中零星自发的为公众和集体着想，他后来主要还是现身为普通农民而非基层干部。

相比之下，农村新经济政策推行之前田福堂的威势与奸猾，“穷积极”孙玉亭的“精神享受”，农村新经济政策推行之后田福堂的失落、不平与迅速转换心态做“包工头”，并且不失时机故伎重演，唯恐丢掉最后一点权势，甚至对在他看来有点“阶级报复”的摘帽地主老金家进行反报复。这些都写得非常精彩。孙玉亭的失魂落魄，整天看报纸、打听消息，“梦想复辟”，则更加有声有色。但田福堂、孙玉亭这两位基层干部在改革前后的种种表现充其量只能在翻天覆地的乡村生活变迁史上腾起一点细小的浪花，他们的基本身份始终也还是农民，他们所造之“福”与所贻之“祸”无非是整个“国策”神经末梢的痉挛性颤动。

《平凡的世界》写农村基层干部，首先是为了演绎基本“国策”如何贯彻到广大农村，其次是以这些活跃分子为抓手，写出广大农民在不同历史阶段的生活状况，尤其是写出若干家庭内部成员的复杂关系与丰富情感，由此展开农村政治、经济、生产、生活和精神文化各方面在改革前后的一幅幅巨大的历史长卷。

《平凡的世界》写农民和农村基层干部，有三个显著特点。首先，是突出地描写各个历史时期一以贯之的农村家庭成员浓浓的亲情爱意。其次，作者很喜欢把普通中国农民和农村基层干部比作外国文艺作品中的人物形象或某些真实的外国人。最后，与此密切相关的是：作者哪怕写农村生活极微小的一隅，也力求写出跟这一隅有普遍联系的中国与世界的某个宏观图景，并见微知著，从微小的一隅感知和预测整个国家和社会某些根本性的问题与趋向。

书写普通中国人家庭伦理与道德情感的复杂内容，是中国新文学叙事类作品（小说、散文和戏剧剧本）一项重要内容。这里有对传统叙事文学的继承发展，也有对外国文学的借鉴。鲁迅、茅盾、郁达夫、叶圣陶、朱自清、巴金、丁玲、李劼人、老舍、吴组缃、曹禺、赵树理、孙犁、钱钟书、张爱玲、路翎的小说、戏剧和散文对现代中国家庭成员相互关系的描写，既有温暖神圣的相亲相爱，也有黑暗冷酷的彼此折磨，“爱人”与“吃人”两大主题并行不悖，而后者的分量似乎更多一些。

上世纪五十年代以后，“农村题材小说”大行其道，鲁迅、巴金、吴组缃、钱钟书、张爱玲、曹禺、路翎等新文学作家对家庭成员内部无穷的忤逆、刺恼、冲突乃至绞杀的负面和变态伦理关系的暴露性、诅咒性描写减少了，但同时也发生了“阶级情”和“骨肉情”的张力[①]。路遥的文学导师柳青在五十年代末完成的《创业史》第一部以及1970年代末勉力修改的第二部，上述张力还仅限于进步的农村青年与落后的父辈的思想距离，一般不会伤害骨肉至亲的天然伦理（如梁生宝和梁三老

① 王彬彬：《当代文艺中的“阶级情”与“骨肉情”》，参见王彬彬著《应知天命集》，人民文学出版社2014年12月第1版，第18—38页。

汉）。某些家庭成员比较严重的隔阂与伤害，主要原因并不来自家庭内部，而往往被归结为某些人物在“旧社会”的特殊经历，或者坏人的介入，如拴拴与素芳夫妻不和、素芳与公公王二直杠的冲突。

以“伤痕文学”发端的“新时期文学”直至近三十年来的小说，家庭内部的亲情蜜意不是没有，但越来越多的作品开始正视家庭成员的情感裂痕乃至各种意义上的暴力冲突，若干名著甚至就以此为“亮点”，如王蒙《活动变人形》、贾平凹《废都》、陈忠实《白鹿原》、余华《在细雨中呼喊》和铁凝《大浴女》等。

在这个背景下读《平凡的世界》，读者不能不感到“三水村”家庭成员之亲爱和睦要远远超过“仁义白鹿村”。无论在贫穷混乱的1970年代，还是在生活普遍好转的1980年代，三水村几乎都没有像白鹿两家那样的父母与子女的代际冲突，也没有像白鹿两家那样的兄弟姐妹妯娌各为其主、分道扬镳、老死不相往来，更没有白鹿两家那样的夫妻之间名存实亡、貌合神离、尔虞我诈。以孙氏兄弟的原生家庭为例，读者看到的只有父慈母爱，儿女孝顺，兄弟姐妹无条件地相互扶助，夫妻（少安与秀莲）如胶似漆，长期瘫痪在床的老祖母成天担忧每一个家庭成员的安危，每一个家庭成员也发自内心地敬重和依恋老祖母。中间虽然有“分家”带来的苦恼，但无论在少安、秀莲夫妻之间，还是在少安与父母之间，抑或在秀莲与公婆和小叔小姑之间，这种苦恼很快就得到化解。“分家”之后的孙家甚至比“分家”之前更加亲爱和睦。“穷积极”孙玉亭在哥哥那不成器的女婿、“逛鬼”王满银被“劳教”并遭大会批判时，在众人面前假装要与哥哥划清界限，但他心里对哥哥的感激与敬重始终未曾改变分毫，“他孙玉亭总不能对他哥哥也实行无产阶级专政——”。看到哥哥为老娘的健康大搞迷信活动，“亲爱的玉亭同志”饱满的革命热情与坚定的政治原则也无所施其技。

“逛鬼”王满银也是一个极好的例证。不管他怎样不成器，怎样荒唐可恶，孙玉厚全家还是把他看作亲人。王满银对妻子儿女也不乏爱心。因他的荒唐无能吃足苦头的妻子兰花和一双儿女从不记恨这个不称职的丈夫和父亲。小说最后写兰花一片痴心和宽厚忍耐终于等到了她应有的幸福，几乎不可救药的“逛鬼”最后还是“收心务正”了。

当然作者也提到孙氏兄弟对姐夫的不满，金俊山对弟弟金俊文和小偷金富父子的不以为然，写到“盖满川”的风流小媳妇王彩娥对死去不久的丈夫金俊斌的“背叛”。但孙氏兄弟不管如何不满王满银，仍然和父亲一起竭力保障他妻子儿女的生活。心中含怒，却从来不出恶言。无论金俊山如何不满金俊文父子，他的初衷却是担忧弟弟一家不要误入歧途。王彩娥金俊斌夫妻十分恩爱，彩娥为了俊斌之死悲痛欲绝。丈夫生前，她并无任何劣迹。

正因为路遥特别看重普通农民家庭的亲情爱意，他在描写农民时就有一个非常有趣的特点，就是不管人物之间相互称呼，还是叙事者称呼人物，几乎一律要加上前缀词“亲爱的”“我的亲爱的”“我的至亲至爱的”。人物彼此这样称呼对方，并未落实在口头，而是作者替人物在心里这样说话。在作者看来，这是他笔下人物真实情感的必然表达，一点也不生硬，只不过在他们实际的语言系统中缺乏与之对应的言辞而已，所以路遥不得不像鲁迅所主张的那样“给他们许多话”[①]。路遥在农民内心称谓语方面的大胆创造，不仅一扫“五四”之后、“新时期”和“新世纪”以来现当代中国小说大量描写家庭成员之间负面情感与语言暴力的那种弥漫性阴霾，而且至少在《平凡的世界》所展示的乡村生活中一举扭转了几千年来中国家庭内部爱意表达匮乏的称谓习惯。

将普通中国人与外国文艺作品中的人物或真实的外国人联系起来，是“五四”新文学开创的一个新传统（比如鲁迅《故乡》写“豆腐西施”因为“我”一时想不起她是谁，就“显出鄙夷的神色，仿佛嗤笑法国人不知道拿破仑，美国人不知道华盛顿似的”），但路遥显然有意识地发扬光大了这个新传统，其“中外联系”的写法在小说中可谓俯拾皆是。

有趣的是路遥很少将中高层干部比作虚构或真实的外国人（只有一次将思想消沉、疯狂追求美食的原西县委书记张有智比作法皇路易十四），其独特的“中外联系”手法主要用于对农民、农村基层干部和同样是农民出身的许多青年的描写。

比如小说一开始就写孙少平营养不良，面黄肌瘦，两颊有些塌陷，却因此更显得“鼻子像希腊人一样又高又直”。接着又写郝红梅激起了孙少平“少年维特式的烦恼”和保尔·柯察金对冬妮娅的情愫。少平的邻居和最贴心的好友金波不远万里去追寻在军马场“认识”的不知姓名

---

① 鲁迅：《且介亭杂文·答曹聚仁先生信》，《鲁迅全集》（第六卷），人民文学出版社 2005 年 11 月第 1 版，第 79 页。

不通语言的藏族恋人，其行为类似堂吉诃德。孙少平酷爱杰克·伦敦小说《热爱生命》，“做梦都梦见他和一只想吃他的老狼抱在一起厮打”；他告诉田晓霞，自己很想跟杰克·伦敦笔下的人物那样，拼尽全力地做苦工，甚至独自一人去天寒地冻的阿拉斯加。他感觉只有那样才能实现生命的价值。孙少平还将他在黄原市“揽工”的东关大桥头比作“新大陆”和“我的神圣的耶路撒冷”（后来又把深圳经济特区比作“中国新的耶路撒冷”），而将他准备为父母箍的新窑比作“我的巴特农神庙”。田晓霞来信暗示她正被一个大学男生追求，同时井下挖煤的王师傅又不幸遇难，这两件事让孙少平“精神上扛起了双重的十字架”。孙少平明知田晓霞已经离开人世，但他独自走向两年前和晓霞约定的会面地点时，仍然希望出现奇迹，希望他和田晓霞的结局将是欧·亨利式峰回路转的喜剧，而不是苏联作家尤里·纳吉宾小说《热妮亚·鲁勉采娃》式的悲剧。诗人贾冰不无炫耀地称自己的农村媳妇为“土耳其”。无独有偶，目空一切的现代派诗人古风铃的妻子则是文化程度不高、过日子精细的小学教员，她买回一只铝制开水壶居然漏水，急得大哭，古风铃便略施小计，给报社写了封“读者来信”，附上一首打油诗。这不仅赚得稿费，杂货店还赶紧给他们换了新壶，“现代派诗人用现实主义方法创作的‘杰作’，使他那实用主义的老婆破涕为笑”。田润叶虽然“不知道安娜，更不知道娜拉”，但她“波涛汹涌的内心世界”一点也不会逊色于安娜与娜拉。

“中外联系”的手法在农民和农村基层干部身上的运用更加频繁。孙少安终于克服心理障碍，来县城看望吃公家饭的小学教员田润叶。在县城最大的国营饭店吃饭时，少安坚持要付账，因为他听弟弟少平说，“外国人男女一块上街吃饭，都是男人掏钱买——”。少安的妻子秀莲吵着分家，使少安陷入极大的痛苦中，因为他无比留恋由奶奶父母兄弟姐妹组成的原生家庭，那是他的“诺亚方舟”（小说后来又把洪水中“作楫作桥”的老树干比作“伟大的‘诺亚方舟’”）。田福堂为了压制孙少安，向上级告发少安私自为小队社员扩大自留地，导致少安在群众大会上受到批判。在台上挨批的少安心里默默地将坐在台下不敢抬头的田福堂比作出卖耶稣的“犹大”（小说后来还将工于心计的田福堂比作善于占卜的“古拜占庭人”）。再比如，小说好几次将河南人比作“中国的犹太人”或“吉卜赛人”。三水村人集体出动去东拉河上游“豁坝”偷水时，具有表演天才的农民艺术家田五即兴编了一段“链子嘴”，逗得大家有说有笑，“就像列宾油画中查波罗什人在嘲笑土耳其苏丹”。小说还将金强与孙卫红这对恋人比作“三水村的罗密欧与朱丽叶”，而此时卫红的父母坚决反对他们恋爱，金强的父亲和哥哥则因为哥哥参与偷窃团伙而被拘捕入狱。再比如村民刘玉升突然宣布自己曾经降到阴曹地府，能做活人死人的中介，甚至可以代濒死者向阎王爷求情以延长寿命。许多无知的村民居然信以为真，神汉刘玉升的地位顿时超过三水村“任何一位世俗领袖”，俨然成了常驻该村的“神职人员”，而他的一位学徒则尊他为“教父”。还比如，孙少安捐资修建的“三水村小学”落成之日，全村为之举行盛大典礼，县乡两级领导亲临现场为之剪彩，这时候孙少安的媳妇贺秀莲“内心骄傲的程度也许与南希·里根并无差别——”。

强调乡土中国家庭伦理中的亲情爱意，扭转中华民族几千年来家庭内部的称谓习惯，将农民、农村基层干部和农民出身的青年人比作真实或虚构的外国人，这两种特殊写法或许跟路遥自幼缺乏家庭温暖、喜欢广泛阅读外国文学作品有关，不过从这两种写法造成的叙事效果看，更值得注意的还是作者对“中国人”的认识——他不愿看到普通中国人因为物质生活和精神生活的闭塞、贫穷、落后而落入感情枯竭、僵死麻木的境地，他希望普通中国人能够超越现实生活的羁绊，在精神上与真实和虚构的“外国人”平起平坐。

这是“农村题材小说”“乡土文学”甚至整个中国文学汇入世界文学、实现本土性与世界性充分融合的必由之路。路遥只是十分真诚而稍显艰涩地走出了第一步而已。

六、中国初期改革前后编年史式全景图

——重释所谓“交叉地带”

从上述两种写法更进一步，《平凡的世界》写农民、农村基层干部、农民出身的青年时刻意追求第三个显著特点，也就顺理成章了，那就是纵然在描写中国乡村极端闭塞落后的一隅时，作者也始终竭力将这一隅放在更宏阔的背景下予以审视，由近及远，见微知著，大胆而敏锐地捕捉乡村生活一隅和整个国家、社会、民族和世界的普遍联系，尤其注意捕捉荒僻一隅所折射、所透露的整个国家、社会、民族和世界发展的某

些根本性问题与趋势。

路遥对这种写法具有高度自觉。早在 1983 年年初一次文学讲演中，他就勉励青年写作者“抓住了一个题材，哪怕是很小的题材，都应该把它放在广阔的社会历史背景上去考虑，甚至这背景不光是中国的，而且是世界的”[①]。1983 年 4 月 9 日写于上海的《柳青的遗产》一文如此描绘他心目中伟大的文学“天才”的品质：“他一只手拿着显微镜在观察皇甫村及其周围的生活，另一只手拿着望远镜在瞭望终南山以外的地方。因此，他的作品不仅显示了生活细部的逼真精细，同时在总体上又体现出了史诗式的宏大雄伟。只有少数天才才能把这两个方面统一起来。”[②]《平凡的世界》第一部第二十六至二十八三章最初以《水的喜剧》在《延河》1986 年 4 期发表，很可能出自路遥本人之手的“编者按”说，全书最终目标将是“追求恢弘的气势与编年史式的效果”。在 1991 年 3 月 14 日从西安出发去北京之前准备的茅盾文学奖获奖者致辞原稿中，路遥十分明确地将《平凡的世界》界定为“一部多卷体长篇小说”[③]。1991 年 6 月 10 日，获奖归来的路遥在西安矿业学院的讲演中明确告诉大学生听众，《平凡的世界》“跨度为十年，从 1975 年写到 1985 年，因为我是编年史式的写法，所以对这十年的背景材料全部要熟悉”[④]。这也是路遥临终前不久完成的《早晨从中午开始——〈平凡的世界〉创作随笔》反复交代的一条文学准则。

《平凡的世界》可以说基本实现了路遥的上述创作意图。小说“故事发生的时间”严格遵循客观社会历史节奏，小说世界内部的年月与现实生活中许多重大历史事件发生的时间往往分毫不差。作者追求的是真实的历史时空和虚构的小说世界高度统一。许多重大历史事件和典型社会现象，如 1975 年 4 月《红旗》发表张春桥《论对资产阶级的全面专政》，

① 路遥：《东拉西扯谈创作》(一)，《路遥精品典藏纪念版·散文随笔卷》，北京出版集团公司、北京十月文艺出版社 2014 年 10 月第 1 版，第 118 页。

② 路遥：《柳青的遗产》，《路遥精品典藏纪念版·散文随笔卷》，北京出版集团公司、北京十月文艺出版社 2014 年 10 月第 1 版，第 110 页。

③ 路遥：《生活的大树万古长青，《路遥精品典藏纪念版·散文随笔卷》，北京出版集团公司、北京十月文艺出版社 2014 年 10 月第 1 版，第 90 页。

④ 路遥：《文学·人生·精神——在西安矿业学院的演讲》，《路遥精品典藏纪念版·散文随笔卷》，北京出版集团公司、北京十月文艺出版社 2014 年 10 月第 1 版，第 181 页。

1970 年代中期国家和地方政府对农民养猪政策不断调整，农闲季节无偿征调各乡农民大搞农田水利基本建设，定期选派农村干部和积极分子去大寨参观。书中还详细描写了 1976 年 1 月 8 日周恩来总理逝世在原西县引起的震动，1976 年 4 月 5 日之后黄原地区青年人如何秘密传阅“天安门诗抄”，其他如 9 月 9 日毛泽东主席逝世，10 月 21 日粉碎“四人帮”，1977 年 9 月决定 10 月公布恢复中断十年的高考，1978 年 11 月安徽小岗村等地率先推行农业生产责任制，1978 年年底十一届三中全会召开，1979 年年初为“地主、富农分子”摘帽，1980 年 8 月成立深圳经济特区，1980 年代农村逐渐出现修建庙宇之风——凡此等等都有案可稽（全国和地区报纸杂志以及各类文件）。在空间概念上，西北某省大致对应着陕西，黄原地区大致对应着延安，原西县大致对应着延川县。“对应”不等于重合，但如果没有这种“对应”，小说虚构就会顿时失去来自现实生活丰富厚重的内容和不可或缺的质感。

《平凡的世界》毕竟不是社会调查报告，它的有关历史、文化和社会问题百科全书般的“知识”绝非生硬地作为框架包围或支撑着小说故事主体，而是巧妙地穿插于小说故事无比丰富的细节褶皱，在重点刻画三类人物形象——干部、青年、农民暨农村基层干部——过程中自然而然地涌现出来。正如这三类人物始终紧密地纠缠在一起，作为背景的丰富而准确的社会历史信息也和人物塑造高度融合。唯其如此，《平凡的世界》才真正称得上是中国初期改革前后一幅气势磅礴的编年史式全景图。

难能可贵的是，作者不仅熟稔已然的历史，也敏感于未然的历史，尤其对初期改革逐步推行过程中出现的诸多新的社会文化现象有相当出色的观察和富于前瞻性的思考。

比如，小说频繁写到初期改革几乎必然带来的各种乱象，包括地区发展严重不平衡（省委书记乔伯年所谓对应着该省地貌的经济发展水平呈现的中间“白菜心”与周围“菜帮子”的关系，金福、王满银外出归来告诉三水村人东南沿海与自己所居之地的巨大差异），官员及其家属以权谋私现象（“农民企业家”胡永合和“包工头”胡永州兄弟仗着担任地委副书记的表哥高凤阁胡作非为），连孙少安也觉得无师自通、无可奈何甚至理所当然的行贿受贿行为。行贿受贿不仅在“农民企业家”圈子里大行其道，刚刚晋升为省委副书记和省会城市第一书记的田福军还发现，他属下的省农业局局长也被迫去农业部行贿，而农业部一个小小的女办事员拿到好处后，竟然轻轻松松一下子批给他们异常紧缺的化肥三万吨，而这笔物资本来是要调拨给内蒙古地区的。这件事对田福军刺激很大，他不由得想到，“在改革开放的新形势下，社会各个环节存在着许多令人忧虑的问题，而这些问题又在直接威胁和瓦解着改革本身。从宏观上来说，一个国家和民族的真正强大，不仅依赖经济的发展，同时应该整个地提高公民素质的水准——”

包产到户刚刚解决温饱的农民马上碰到“缺钱”问题。为了增产而大量使用化肥对土地进行掠夺性耕种。大件农具、牲畜、年轻人追逐日益增多的小商品，这些生产必需品和农民对美好生活的向往，严重挑战着包产到户后小规模、高成本、难以与市场对接的传统农业经营方式，因此包产到户终究只能解决燃眉之急，农业问题仍然困扰着这个古老而现代的国度。

再比如乡村贫富差异与城市阶层相对固化的对比在 1980 年代初十分明显。个人发家致富与集体涣散也令人触目惊心。王满银铩羽而归，金福银铛入狱，小翠被逼良为娼，大量想通过招工下矿井的青年知难而退，这些都显示了农村剩余劳动力进城的有限活动半径与迟早要遭遇的瓶颈。孙少安砖瓦窑稍有赢利，要求做小工的乡邻便络绎不绝。当少安为了帮助大家，冒险扩大生产规模，因此一度“破产”时，当初哀求他“雇佣”的乡邻们又不顾情面上门讨债。孙少安的有求必应获得如此回报，这倒似乎反证了田海民、银花夫妇一毛不拔的“现代意识”可能具有某种合理性，但乡村伦理的破坏与重建也因为少安与海民的鲜明对比而被尖锐地提出来。孙少安听从少平的劝说，把原本准备参股投拍“三国演义”的钱拿来改建三水村小学，这固然是三水村学龄儿童之福，但也说明当时尽管娱乐业蓬勃发展，乡村中小学教育却出现了太多盲区，而根子还是各级干部与发家致富的农民思想观念深处对教育的轻视，对混乱的文化市场的迎合。其他如干部队伍和文艺界的急遽分化，科研机构如何更好地服务于经济社会，如何正确对待高科技和“外星人”问题——凡此种种也都尽收眼底。

小说结尾看似不经意的两处伏笔也意味深长。一是“封建迷信”大面积复活。对神汉刘玉升的装神弄鬼、谋取暴利，作者旗帜鲜明地予以辛辣的揭露和批判，但对于无知乡民的趋之若鹜，敬畏鬼神，小说也给予足够的理解，但最终还是将问题归结为“文化素质”:“如果不从根本上提高农民的文化素质，即使进行了几十年口号式的‘革命教育’也薄脆如纸，封建迷信的复辟就是如此地轻而易举！”其次是三水村村民们一贯藐视“亲爱的玉亭同志”，对他过去配合田福堂完成的诸般“德政”也怨声载道，但1985年冬天，“亲爱的玉亭同志”不仅没有随着他的政治偶像田福堂“退到‘二线’”，反而被提升为大队支部副书记，一如既往地活跃于三水村政治舞台。孙玉亭秉性仁厚，政治信念坚定，绝非紧跟形势的风派人物如苗凯、高凤阁，也不是《芙蓉镇》里的“运动根子”王秋赦或《古船》中老谋深算的不倒翁赵炳，他的留任和提升表明三水村人既往不咎呢，还是都忙于发家致富，热心公益的“玉亭同志”反而“物以稀为贵”，“蜀中无大将，廖化作先锋”？将来主导三水村大方向的会不会还是这位一辈子冥顽不化的“穷积极”？

路遥对上述种种历史和现实的思考其实并无多少自信。第二部第五十一章的议论就直接道出他对历史复杂性以及包括自己在内整整一代人历史局限的无可奈何的承认——

是的，我们经历了一个大时代。我们穿越过各种历史的暴风骤雨。上至领袖人物，下至普通老百姓，身上和心上都不同程度地留下了伤痕。甚至在我们生命结束之前，也许还不会看到这个社会的完全成熟，而大概只能看出一个大的趋势来。但我们仍然有理由为自己生活过的土地和岁月而感到自豪！我们这代人所做的可能仅仅是，用我们的经验、教训、泪水、汗水和鲜血掺和的混凝土，为中国光辉的未来打下一个基础。毫无疑问，在这一历史进程中，社会和我们自身的局限以及种种缺陷弊端是不可避免的。但这绝不能成为倒退的口实。应该明白，这些局限和缺陷是社会进步到更高阶段上产生的。

可是，在具体的现实生活中，坚持前行的人们，步履总是十分艰难。中国式的改革就会遇到中国式的阻力。[①]

---

① 路遥:《平凡的世界》第二部，北京十月出版社2012年3月第1版，第386—387页。本文有关《平凡的世界》的所有零星引文均出自该版，恕不一一注明页码。

有些文学史教材认为，在《人生》和《平凡的世界》中，“与王蒙、张贤亮不同，路遥确认当代政策走向的正确性，并把它作为展现人物命运的良性背景”，“自路遥开始，没有悲剧结局的个人奋斗史呈现出来，苦难不再与麻木愚昧相连，而是成为呈现人生奋斗诗情的必需品”，“对历史和现实的模糊认识和对农民人生奋斗图景的景仰与讴歌，使路遥的作品民间情感有余而历史省察不足”[①]。也有教材说，“路遥描述的社会历史长卷尚缺少更清醒、更深刻的历史意识”[②]。有学者则指出，孙少平“始终将克服‘匮乏’的途径放在默认‘匮乏’的前提之后的个体奋斗与自我完善之上，将‘不平等’待遇看作素质提升所必须经历的严酷考验”，因此尽管作者赋予孙少平“出色的思考能力”，但孙少平偏偏“对‘匮乏’与‘不平等’的历史性、制度性与结构性障碍却没有太多思考”[③]。凡此种种，确实反映了学术界对《平凡的世界》的某种“共识”。

确实，如果无视路遥对初期改革之前的历史的痛切反思，如果看不到路遥对初期改革全面展开之后很快遭遇的各种社会问题敏锐的观察和富于前瞻性的思考（这包括干部问题、青年问题、农民问题，也包括未必非得要孙少平“思考”的“‘匮乏’与‘不平等’的历史性、制度性与结构性障碍”，以及蔓延在全社会的全民族文化素质问题），如果罔顾孙少平重返暗无天日、随时有生命危险的矿井，以及贺秀莲身患肺癌，“鲜血喷涌”倒在用她和丈夫的“血汗钱”重建的三水村小学落成典礼上，认为这些都属于“没有悲剧结局的个人奋斗史”，都透露了“路遥确认当代政策走向的正确性，并把它作为展现人物命运的良性背景”，都说明路遥“尚缺少更清醒、更深刻的历史意识”，如果小说第二部第三十四章对“揽工汉”生活的全景描绘以及第三部对“煤黑子”井下作业之繁重危险的刻画，乃是路遥一味将“苦难”理解为“呈现人生奋斗诗情的必需品”，那么上述“共识”自然还会继续流传下去。

1981 年 10 月 30 日《文艺报》在西安召开农村题材小说创作座谈

① 丁帆主编:《中国新文学史》(下册)，高等教育出版社 2013 年 4 月第 1 版，第 187 页。

② 董健、丁帆、王彬彬主编:《中国当代文学史新稿》，人民文学出版社 2005 年 8 月第 1 版，第 439—440 页。

③ 金理:《在时代冲突和困顿深处：回望孙少平》，《文学评论》2012 年 5 期。

会，路遥在会上首次提出“农村与城镇的‘交叉地带’”的说法。[①]这个时期路遥的思想以《人生》创作前后的经验为基础，重点并不是抱怨城乡二元固化结构的永难改变，而是强调“城乡之间在各个方面相互渗透的现象非常普遍”[②]，因此不能始终将“交叉地带”窄化为“城乡交叉地带”或“城乡接合部”，更不能用这个模式来套《平凡的世界》。《人生》中城乡二元生活模式固然还很明显，但《平凡的世界》众多人物的生活轨迹与价值观念早已冲破《人生》的格局，不是仅仅在城乡二元的舞台上演出各自人生的悲喜剧了。

细读《平凡的世界》，应该可以更好地理解路遥当初提出的有关“交叉地带”“重叠交叉”“立体交叉”“立体交叉桥上的立体交叉桥”的思考。

首先，“交叉”并不限于“城乡”。《平凡的世界》着重描写的干部、青年和农民这三类人物就互相“交叉”着。这部一百一十万字的历史长卷，其中许多人物都是宽泛意义上的“转折亲”，都能通过这样那样的渠道发现他们远近亲疏各不相同的联系。不说别的，“次要人物”田润叶和李向前的婚姻悲喜剧就牵动了多少人的心！所以《平凡的世界》里许多人物在他们各自生活的世界都有或多或少的“交叉地带”。

其次，历史、现实、政治、经济、教育、文化、伦理，黄土高原和东南沿海，中国和国外，地球和宇宙，也无不呈现网络化交叉图景，尽管路遥可能做梦也不会想到今天的全球信息网时代人类生活更加全面而深刻、更加迅捷而紧密的“交叉”。

正是基于对普遍意义上的“交叉地带”的敏锐感知与深刻洞见，路遥才大胆宣布，五十年代柳青那样“蹲点式”深入生活的方式已经过时；描写任何一个小题目，都必须以认识整个社会为前提。[③]跟陈忠实一样，路遥也不得不与他的文学导师柳青进行了一场从思想观念到创作方法上的痛苦“剥离”。小说中老作家黑白，当年以描写农业合作化运动的长

---

① 《深入农村写变革中农民的面貌和心理——在西安召开的农村题材小说创作座谈会纪要》，《文艺报》1981年22期，此处转引自杨晓帆：《路遥论》，作家出版社2018年5月第1版，第5页。

② 路遥：《关于〈人生〉和阎纲的通信》，《作品与争鸣》1983年2期。

③ 路遥：《东拉西扯谈创作》(一)，《路遥精品典藏纪念版·散文随笔卷》，北京出版集团公司、北京十月文艺出版社2014年10月第1版，第114页。

篇《太阳正当头》震动整个文坛，俨然柳青转世。他专程拜访老友田福军，“脸上的忧伤变成了痛苦”。他愤怒地指斥1980年代初的农村“完全是一派旧社会的景象嘛！”“我们在农村搞了几十年社会主义，结果不费吹灰之力就荡然无存——”但正如田福军在借用列宁分析托尔斯泰创作以安慰“老黑”时所指出的，《太阳正当头》（影射《创业史》）不可避免地带有时代局限，但后人不会怀疑作者“当年的讴歌完全出于真诚”。更重要的是这部作品“的确细致地描写了当时农村的社会生活”，“不能因为作家对当时的生活做出不准确的认识和结论，就连他所描写的生活本身也丧失了价值”。路遥对“柳青的遗产”一分为二，既指出其思想观念和“蹲点式”观察生活的方法有局限，又高度肯定柳青将显微镜与望远镜结合、细部与全局汇通的这一文学遗产的精髓永远不会过时。《平凡的世界》就是路遥勇敢地背对文坛的风风雨雨，坚定地沿着柳青依然有效的“天才”创作方法，略加损益，才终于完成的。它当然仍旧带着《创业史》的流风遗韵。文学史上，后代作家不可能对前代作家进行完全的“剥离”。

2019年10月30日写

以《编年史和全景图》为题

原载《小说评论》2019年6期

羿光庄之蝶，海若陆菊人

——贾平凹《暂坐》《废都》《山本》对读记

在贾平凹十几部长篇小说中，新作《暂坐》（2019）无疑最接近《废都》（1993）和《山本》（2018）。《暂坐》是贾平凹继《废都》之后专门写都市与都市人的第二部长篇，也是他继《废都》《山本》之后第三部以女性欲念统领全局的作品。《暂坐》《废都》《山本》具有多重互文关系，但《暂坐》并非简单延续《废都》《山本》的文脉，也并非《废都》《山本》的机械叠加，其中透露了贾平凹情感观念与小说技艺的若干微妙变化。

一、从庄之蝶到羿光的身份转换

《暂坐》与《废都》都以西京为背景，都写了西京城的林林总总，都直指作者身处的当下现实，都围绕一位作家兼书法家与一群女人的交往展开叙事。《废都》中的庄之蝶和《暂坐》中的羿光都因小说书法而被誉为“西京城一张名片”，都长袖善舞，结交三教九流，都被一群美丽女性包围着，都卷入了当地政府与民间复杂的人事纠葛。

但二者差别也很明显。《废都》写1990年代初商品经济大潮开始涌动的西京，当时西京城已经开始拆迁新建，但市容整体上变化不大，雾霾尚不为人所知。《暂坐》则写2016年雾霾弥漫的繁华西京。隔了二十六年，西京城外在的景观早已今非昔比，日常生活的“泼烦”却依旧如故，甚至有增无减。

《废都》有“四大名人”，另外三个即剧团经理阮知非、画家龚靖元、书法家汪希眠，虽着墨不多，但戏份不少。到了《暂坐》，羿光之外再无其他文化名人正面亮相，只侧面提到文联主席候选人王季及其竞争对手焦效文，被突出也因此被孤立的羿光就成了简化压缩版的庄之蝶。写庄之蝶与其他三大名人的交往能显示其性格的多个侧面，比如庄之蝶与汪希眠老婆的暧昧，他利用龚靖元之子龚小乙套取其父大量书画，导致后者发疯而死，这都是作者刻画庄之蝶之为庄之蝶的重要细节。羿光则因为缺乏身份相似的其他名人的衬托，难以见出性格的多侧面。

包围庄之蝶的“寄生虫”式人物很多。有带女友唐宛儿从潼关私奔到西京的文学青年周敏，有文物掮客赵京五和帮庄之蝶夫妇开书店的洪江，有经常与庄之蝶谈玄论道的神秘文化信奉者、彼此真正忘形尔汝的昵友密交孟云房。到了《暂坐》，周敏的化身“茶庄”职员高文来戏份很少，更不曾像周敏那样以一篇纪实作品引发庄之蝶与前女友景雪荫旷日持久打官司。秉性各异的孟云房、赵京五、洪江则被压缩为类似《金瓶梅》清客篾片应伯爵而兼做文物掮客的范伯生一人。与庄之蝶关系深厚的《西京杂志》一干人等更被完全删除。这些寄生虫式人物大幅度简化说明《暂坐》不打算花太多笔墨展开羿光的周围世界，因而大幅度收缩了羿光的社交圈。庄之蝶平日骑一辆电动车到处游走，羿光更多时间则蜷曲于书房把玩文物或著书写字，偶尔接待访客。

庄之蝶有家庭，一是和妻子牛月清在文联大院的两口之家，一是和牛月清常去常住的岳母牛老太的双仁府旧宅，另外还有政府拨给他专事创作或举办文艺活动的“求缺屋”。他频繁穿梭于这三个常住地，日常生活的“泼烦”尽显无遗。羿光有家，但小说始终不写其妻子儿女，只写他那间位于“暂坐茶庄”后面的楼顶书房“拾云堂”。庄之蝶和妻子、岳母扯不完的家事在羿光这里无影无踪，《暂坐》没有展现羿光家庭生活的“泼烦”。

总之不仅羿光的社交圈大大简化，家庭生活也被省略。比起庄之蝶在《废都》中的核心地位，羿光在《暂坐》中所占比重一落千丈。跟庄之蝶身份相同的羿光并未增加二十六岁，但整体形象迥然有别，俨然一个简化和压缩版的庄之蝶。

这尤其表现在羿光和女性人物的关系上。《废都》中牛月清、唐宛儿、保姆柳月、住在底层“河南村”的安徽女子阿灿和汪希眠老婆都一心扑在庄之蝶身上。她们要么是庄之蝶百依百顺又怨声载道的保姆式妻子，要么是对庄之蝶崇拜有加、甘愿牺牲一切痴心到底的情人。这种极端自恋的男性中心主义在《暂坐》中荡然无存。除了俄罗斯姑娘伊娃曾一度倾倒于羿光的才华横溢与名动一城，其余“西京十二玉”只佩服其博学多才，聚会时请他过来凑热闹，急难之际也会让他出主意，或拿着“羿老师”书法作品当礼物疏通关节，却绝对谈不上崇拜献身。庄之蝶是众星拱月的情种贾宝玉兼淫棍西门庆，羿光则是被众多优秀女性接纳的一位谦逊淡定务实的良师益友或生命路上的同行者。羿光与女性基本超越了肉体关系，只在精神情感上彼此牵挂。《暂坐》并没有写羿光像庄之蝶那样与多位女性发生身体欲望的纠葛。仅有两处性描写都很隐晦，如羿光与伊娃不成功的做爱以及徐栖、司一楠的同性恋。辛起与香港富商的性爱只见于辛起转述。没有性描写或缺乏性生活的羿光只剩下庄之蝶式一张嘴，主要以其博学、睿智、幽默、善解人意以及各种粗俗刺激的玩笑为“西京十三玉”解颐取乐。

庄之蝶是《废都》的中心人物，羿光则只是《暂坐》中“西京十三玉”的陪衬。羿光仍如庄之蝶博学多才，长袖善舞，书法作品的市场价值还远超庄之蝶，但雾霾时代的羿光不再受到大众追捧，更不再拥有众多女性崇拜者。在《废都》所谓“没有新的思想和新的主题”的后启蒙时代降临之初，庄之蝶曾经以其孤傲、郁闷、怨毒、颓废一度充当了时代精神的代言人，羿光却并没有被赋予相同的角色。

羿光地位降低，“西京十三玉”却高升为小说主角。这一大批原本卑微的女性获得了可观的生活资本与社会地位，她们在《废都》时代大多属于弱势群体，只能依靠分享男性成功人士的光环而猎取精神物质的有限补偿。到了《暂坐》时代，女性已不再需要来自男性成功人士菲薄的恩赐，她们自身在精神物质两方面都已经宣告独立，开始享受这份独立的美好，也开始承受伴随这份独立而来的迷惘与失落。

与此同时，雾霾时代的男性成功文化人已布不成阵势，成为散兵游勇。他们的前驱庄之蝶、《西京杂志》主编钟唯贤之流的社会地位在1990年代初本来就已经岌岌可危，但这一群人在《废都》时代尚能彼此呼应，为大众社会所瞩目，而到了《暂坐》时代，他们已经彻底失去1980年代社会精英与启蒙者的地位，被迫融入商品化、大众化、平面化的消费社会的洪流。仰慕他们才华智慧的庸众逐渐升高，理解他们牢骚哀怨的知音越来越少。历史不允许他们继续恃才傲物或自怨自艾，他们必须收起启蒙精英的姿态，委身新的社会秩序，所以哀哀戚戚得了便宜偏卖乖的庄之蝶必须转变为宽和谦退、精明务实、从容淡定的羿光。羿光与“西京十三玉”参禅论佛，畅谈人生，只能采取商榷讨论的口吻，不再摆出指导者和布道家的姿态。他坦然为其书法作品挂出高额售价，权当上天补偿其小说稿费过于低廉，这都颇能表示其文化地位与角色的根本转换。庄之蝶俯瞰庸众，批评一切，羿光却必须与“西京十三玉”平起平坐，他的聪慧颖悟降为众声喧哗中的一孔之见。

从《废都》到《暂坐》这二十六年历史剧变的实质，正是这两部专门描写都市与都市人的长篇所揭示的精英和大众在社会地位与精神姿态两方面的此消彼长。但大众升高，精英降卑，并不意味着界线完全消除，也并不意味着大众凡事都能而精英凡事都不能。看不见的界线依然存在。比如，范伯生仍然扛着羿光的招牌到处招摇撞骗；文学青年高文来仍然崇拜羿光，甚至跟诋毁羿光的街头闲人打架；小官僚许少林轻视羿光的人品字品，却并不拒绝别人行贿给他的羿光书法；“西京十三玉”凡事请教羿光，她们要礼佛做居士，但自知对佛理的领悟还远不如号称杂学旁收、浅尝辄止的羿光。

大众升高之后骨子里可能仍然愚弱，精英降卑之后却仍然拥有知性优势，只不过消费时代的狂潮打乱甚至淹没了二者之间的界线，街头闲人及许少林等浅薄之徒遂误以为果真一切都平面化了，但至少“西京十三玉”心中有数，她们升高却自知有限，她们眼见羿光放下架子和光同尘，却并不因此就认为“羿老师”已泯为常人。范伯生、高文来和“西京十三玉”都还并非反智时代那些因为突然拥有话语权而自以为是极度膨胀的网络键盘侠。

二、依赖·掌控·摆脱

以众多女性围绕一个男性展开故事情节，这是《暂坐》《废都》相同的故事框架，而以女性欲念统领小说全局，则是《暂坐》《废都》《山本》共同的魂魄。《暂坐》《废都》《山本》的小说世界因女性欲念发动而兴起，也伴随女性欲念衰微而坍塌。《山本》写历史，《废都》《暂坐》写当下，差别不容忽视，但《废都》众女子身上隐然可见《暂坐》众姊妹的“前史”，《暂坐》女主人公海若则俨然是《山本》女主人公陆菊人的延续。她们都菩萨心肠，一心想着别人，经常处于忘我状态，但也因此愈加显明她们乃是一心希望男性顺着自己的欲念行动，一心希望在男性身上实现自己的欲念。她们因此都是小说世界得以展开的巨大内驱力。

女性掌控世界的欲念在《废都》中随处可见，但不同于《山本》和《暂坐》，这种原始的掌控欲念往往不得不扭曲为情非所愿的对于男性的依赖。牛月清之所以总抱怨自己从“庄夫人”“庄师母”沦落为受苦受累的保姆，就因其内心深处一直想着以妻子、情人的双重身份控制丈夫的身体与灵魂。只可惜她粗鲁不文，无法与丈夫并驾齐驱，也缺乏必要的心计，茫然无视丈夫在自己鼻子底下与其他女性苟且。传统的三从四德对牛月清仍然有一定的约束作用，她甚至想通过抱养表姐的儿子来维系婚姻的合法性，可见她虽有掌控丈夫的欲念，却缺乏相应的主观能力与客观条件，她的掌控更多转化为依赖。她最终提出离婚，将掌控依赖丈夫的欲念变为掌握自己命运的意志，乃是不得已的选择。小说没有交代牛月清的结局。也许她后来便走进了“西京十三玉”的行列？

唐宛儿、柳月和阿灿之所以甘愿充当庄之蝶的崇拜者，无非因为都有掌控庄之蝶从而掌控世界的欲念。但社会地位的巨大悬殊使她们深感希望渺茫，这也使得她们掌控庄之蝶的欲念不得不转化为对庄之蝶深深的心理依赖，但也因此而倍感委屈沮丧。唐宛儿明白庄之蝶每次说起要与牛月清离婚而娶她为妻时那种吞吞吐吐意味着根本做不到，但她不敢揭穿庄之蝶的空洞许诺，也不愿一拍两散，只能抱着渺茫的希望和庄之蝶继续沉沦于日益赤裸的肉欲孽海，这至少胜过掌控依赖为她所鄙视的一无所有的周敏。

小保姆柳月是另一个版本的牛月清与唐宛儿的结合，她目睹唐宛儿依仗美色得到庄之蝶的“爱情”，就想步其后尘，如法炮制，却因此不幸成为庄之蝶和唐宛儿用来封口的牺牲品。柳月后来被迫嫁给市长偏瘫的儿子，但结婚不久便出来工作，迅速成为阮知非模特队的头牌，不仅赚到美金，还结交了一位帅气的美国男友。模特队头牌柳月、“在单位业余舞蹈比赛中获得过第三名”的阿灿日后加入“西京十三玉”的可能性比牛月清、唐宛儿更大。《暂坐》中的夏自花不就是模特儿出身吗？海若、陆以可、应丽后、严念初、希立水等不都是因为结束了一段婚姻之后才获得经济上的独立，从而展开独立的精神追求吗？

但《废都》时代没有给牛月清、唐宛儿、柳月、阿灿提供成为独立自强的“西京十三玉”的土壤，历史在《废都》阶段也还没有为女性营造可以通过掌控男性而掌控世界的文化氛围。《废都》女性的掌控欲念只能扭曲转化为对男性欲罢不能的依赖。不同于《废都》，历史小说《山本》的主题之一恰恰就是女性如何将她们对于男性的依赖转为一定程度上掌控男性，她们大部分时间躲在暗处，很少抛头露面，却可以借助成功男性来实现女性自身的欲念。这就是《山本》女主人公陆菊人在三十年代秦岭深处的“涡镇”所演绎的一段人生传奇。弱化女性对于男子的依赖，强化女性相对的独立性，在这一点上《暂坐》离《废都》较远，而更接近《山本》。或者说，《废都》众女子经过陆菊人的中介化身为《暂坐》中的“西京十三玉”，2016 年的“暂坐茶庄”女经理海若俨然就是 1930 年代“涡镇”茶业总经理陆菊人的转世还魂。

但《暂坐》《山本》在女性形象的刻画上仍然有所不同。这倒并非因为一写历史一写当下，而首先在于《山本》虽然写了许多女性，但真正借男性一度成功实现其欲念的只有陆菊人。陆菊人一枝独秀，也独木难支。《山本》把陆菊人塑造得温婉蕴藉，绝不同于鲁迅笔下“辛苦而恣睢”的豆腐西施（《故乡》），也不像李劼人笔下顾大嫂（《死水微澜》）、陈三姐（《天魔舞》）等“热辣辣”的川味女子，可以随便结交并支使男人。陆菊人虽然对丈夫大失所望，却始终恪守妇道。她只能远距离关注井宗秀，甚至不得不凭借神秘的意念来影响被她寄予厚望的“涡镇”第一号男人。也正因此，自己不便于抛头露面的陆菊人不得不精挑细选，找到酷似自己的姑娘“花生”，将她培养成自己的替身而嫁给乱世枭雄井宗秀，通过花生来掌控井宗秀。可惜花生未能完成使命，这就迫使陆菊人最终不得不除下温婉蕴藉的面纱，亲自出马，成为井宗秀公开的赞助人。陆菊人的形象因此不仅显得过于传奇化，也多少有些勉强、虚假、前后不一。

居于《暂坐》核心地位的茶庄女经理海若却并非小说中唯一的女强人。小说开头的叙事视角并未落在海若身上，而完全随着从圣彼得堡回“第二故乡”西京的俄罗斯姑娘伊娃的脚步转移。此后视角不断变化，一会儿落在海若身上，一会儿落在其他姊妹身上。海若的众姊妹都有自己的历史、境遇、心理世界，海若不能覆盖也不能替代她们。《山本》重点烘托陆菊人一位女性，《暂坐》则写了众多女性。《山本》中的女性将希望寄托在自己看中的男性身上，此外再无别的生活追求。她们处心积虑影响着、襄助着男性，但终究只是男性的附庸与陪衬，是注定要淹没于男性世界的一座座可悲的孤岛。《暂坐》众姊妹却都是未婚或离婚的单身女子，靠自己生活，对男性不抱幻想。无论“西京城一张名片”羿光，还是羿光的寄生虫范伯生、文学青年高文来、海若结交的多位老板、市府秘书长、严念初前夫阚教授、催债公司老板章怀、希立水前夫与现任男友、夏自花死后才出现的情夫曾先生以及辛起的前夫和一度交往的香港富商，所有这些男性都是“西京十三玉”正常的社交对象而非寄托终身的偶像，或希望加以掌控的傀儡。

陆菊人和花生二人在整个“涡镇”形影相吊，十分孤立。“西京十三玉”则同气相求，成了气候。陆菊人为了掌控井宗秀，不得不加倍地掌控花生。海若一心为众姊妹着想，却尊重她们的个性隐私，不想她们变成自己的衍生与翻版。她告诫向其语不要触碰徐栖、司一楠同性恋的隐秘，不要到处传播严念初的丑事，而要设身处地为徐栖、司一楠和严念初着想，以姊妹情谊为重。众姊妹似乎无话不说，其实各有保留，这就组成一个丰富多彩的女性世界。被这个女性世界所烘托的海若的形象也就比陆菊人显得更加真实而自然。

陆菊人凭其强烈的掌控欲念，借助男性来精心构筑世外桃源式的“涡镇”，海若和姊妹们则抛开男子，完全获得自身独立。即使作为女性必须面临人类共同的困境，她们也不想依赖男性，而宁愿联络女性自己来共同应对，相伴到死。海若在“茶庄”酒会上的致辞颇能表明这一层意思：

> “是什么力量让我们坐在一起？表面上是请客吃喝，其实这是我们过去业的缘故吧。也更是我们每个人有着想解决生活生命中的疑团的想法和力量才聚成的。”

> “不管当今社会有什么新名堂、新花样、新科技，而释迦牟尼要让我们众生解决的问题一直还在。我们不能去寺庙里修行、打坐、念经，我们却可以在日常生活中做禅修，去烦恼。当然，具体到咱们众姊妹，现在都还不会。借着接待活佛，茶庄扩大了这间房，权当做个佛堂或禅室，以后就开始礼佛呀。”

欲念驱使《废都》众女子和《山本》陆菊人或依赖或掌控男性来维持自我的生存，但这些男性最终证明都不可靠。欲念让《暂坐》众姊妹抛开男性而追求独立。尽管她们自身也不可靠，但她们可以联合起来共同面对因为独立而必须面对的人类普遍的困境。《废都》《山本》《暂坐》刻画男女两性的欲念、处境、命运，可谓同中有异、异中有同，这很可以折射近三十年历史巨变中精英和大众在社会地位与精神姿态两方面的此消彼长，尤其可以看出男性主导的文化界由启蒙时代的忧郁、颓废、自恋转入后启蒙时代的谦卑、淡定、务实，以及女性从情非所愿地依赖男性、处心积虑地掌控男性到摆脱男性操控而争取自身独立这三种不同的欲念实现方式。

三、叙事方式与情思基调

《废都》众女性对成功男性的包围依赖终成泡影。《山本》女强人借乱世枭雄实现掌控世界的欲念尽付东流。《暂坐》众姊妹摆脱男性而独立自强的大观园女儿国式理想也惨遭灭顶。三部小说女性命运殊途同归，但作者解释女性（也是人类）命运的方式有所不同。

《废都》不时安排收破烂的老头用歌谣唱词反映社会大众的认知，让来自终南山而误入红尘的“牛哲学家”不断反刍而思索城市人的命运，让隔段时间必须有新的崇拜对象的神秘文化信奉者孟云房带着儿子孟烬追随“大师”去新疆问道。准备赴外地写作以自我拯救的庄之蝶则突然中风昏迷于西京火车站候车室。收破烂老头的“唱”、“牛哲学家”的“思”、孟云房的“求”与庄之蝶的“默”共同显示了1990年代初从“启蒙”到“后启蒙”转变之际社会人心的混乱芜杂。《山本》结尾面对毁于炮火的“涡镇”，陆菊人最佩服的陈先生自谓“说不得，也没法说”，但他还是接过陆菊人话头说，被毁的“涡镇”最终“也就是秦岭上的一堆尘土么”。这是不说之说，一切尽在不言中。

《暂坐》试图对人生困境作出不同于《废都》《山本》的另一番解释。作者在《后记》中说，“《暂坐》中仍还是日子的泼烦琐碎，这是我一贯的小说作法，不同的是这次人物更多在说话”。陕西方言“泼烦”无非就是活着的烦恼，即一个人因其活着而展开的无量感受（佛家“受想行识”）之综合，或存在主义所谓“存在之烦”，即个体存在者因其存在而展开的各种难以澄明的情感意识。《暂坐》不能涵盖全部“受想行识”“存在之烦”，必须有所选择、强化、集中，以构成特定的精神氛围，如小说结尾所写雾霾，“几乎又成了糊状，在浸泡了这个城，淹没了这个城。烦躁，憋闷，昏沉，无处逃遁，只有受，只有挨，慌乱在里边，恐惧在里边，挣扎在里边。”贾平凹喜欢给他每部长篇写“后记”，但“日子的泼烦琐碎”岂是短短的“后记”所能道尽，又岂是二十万字小长篇所能写透？“泼烦”的人生永远是个谜。以海若为首的“西京十一玉”各有各的隐秘与难处，各有各的希望与绝望，各有各的不安与慰藉，各有各的聪明醒悟与糊涂懵懂。她们“沉沦”不彻底，“觉悟”也不彻底，所以期待“活佛”莅临。但“活佛”杳无音信。她们（除两位亡故、两位飞去俄罗斯）不得不回归“泼烦琐碎”。

这是只提出问题而不要求答案的开放式写作。开放即众声喧哗。《暂坐》人物一律被赋予思索表达的能力，如《后记》所谓“人物更多在说话”。“说话”者也在感受思考。“说话”是感受思考的一部分，而不只是感受思考成熟之后的表达。《暂坐》世界亦如《废都》那样“没有新的思想和新的主题”，但《暂坐》人物毕竟开始了各自对新思想新主题的寻求。《暂坐》人物形象也许不够丰满，故事情节也许不够丰富，但字里行间充斥着众多人物的感受思考言说。开放式写作的要旨就是谛听众声喧哗而不求定于一尊。

作为一面镜子，羿光的存在也折射了《暂坐》众姊妹的寻求思索与表达。羿光往往能代“西京十三玉”说出心中所想。比如他告诉希立水“寻对象呀，寻来寻去，其实都是寻自己”。他说海若佛堂壁画乃临摹短命的西夏王朝地宫画，暗示西京这小小女儿国也将昙花一现。羿光还不客气地指出众姊妹“有貌有才，有一定的经济实力，想到哪就能到哪，想买啥就能买啥，不开会，不受人管，身无系绊，但在这个社会就真的自由自在啦，精神独立啦？你们升高了想还要再升高，翅膀真的大吗？地球没有吸引力了吗？还想要再升高本身就是欲望，越有欲望身子越重，脚上又带着这样那样的泥坨，我才说你们不是飞天”。说者是羿光，跟羿光把酒论道的众姊妹一定心知肚明。小说正面描写了经营医疗器械的严念初的“欲望”和脚下的“泥坨”。为一己之利，严念初不惜对应丽后进行信贷欺诈，对前夫阚教授和亲生女儿绝情而冷漠，对关怀她的众姊妹凡事隐瞒。其余众姊妹也都有不足为外人道的发迹前史与当下挣扎，但小说都不作正面描绘，只借羿光的泛泛而谈将众姊妹的难言之隐一语道破。聪明的羿光叩响了众姊妹心弦，代她们表达了内在的思考，弥补了众姊妹的言说空白。

羿光演说佛法和小说理论一节，也好比《红楼梦》写宝玉与众姊妹参禅悟道，从另一个角度触及小说主旨：

> 我现在的小说就是写日常生活的。比如佛教中认为宇宙是由众生的活动而形成的，凡夫众生的存在便是生老病死怨憎会爱别离求不得的周而复始的苦恼。随着对时间过程的善恶行为，而来感受种种环境和生命的果报，升降不已，沉浮无定。小说要写的也就是这样呀，小说的目的不是让我们活得多好，多有意义，最后是如何摆脱痛苦，而关注这些痛苦。

众姊妹因共同的烦恼准备礼佛，小说却偏不叫活佛现身，而让略通佛理却纯然在世俗打滚的羿光劝大家思考“如何摆脱痛苦，而关注这些痛苦”。这种思考不会指向宗教，而相当于《暂坐》叙述褶皱中随处可见的对人生百态既亲切抚摸又超然静观的心境。

小说开头写伊娃回西京次日去见海若，沿路饱览雾霾中的西京百态，是《暂坐》典型的叙事方式。全书叙述都带有这个特点，即一有机会就巨细无遗，如水漫金山，地毯式轰炸，或《死魂灵》中乞乞科夫一路扫地式捡拾各种杂物。席卷一切的叙事大肆罗列并多情抚摸西京社会森然万象，包括官民商学文艺医疗餐饮及黑白两道，街巷公园夜市停车场等开放空间，建筑商场宾馆新旧住宅区的外观内景，小吃秦腔埙鼓乐等详细节目，各种文房四宝文物古玩和引经据典。作者沉浸其中，就像伊娃穿行于雾霾笼罩的街巷时提醒自己“把心平静下来吧，尽量地能把烦躁转化为另一种的欣赏”。摇摆于欣赏和烦躁之间，大概也就是所谓“只有受，只有挨，慌乱在里边，恐惧在里边，挣扎在里边”吧。

贾平凹小说对生活的态度一贯如此，只不过《暂坐》更有意追求《金瓶梅》《红楼梦》那种混杂着青春执念与老年超然的境界，善恶并作，美丑俱现，色空一体。《暂坐》写物，既“自其不变而观之”，刻意呈现物质世界的喧嚣热烈，又“自其变者而观之”，充分暴露其不能持存于一瞬的虚幻。《暂坐》写人，既同情他们的世俗欲念，又冷静揭示其终极的乖谬。《暂坐》将人物放在入世执念和出世渴慕之间来把握其二重精神结构，这就造成与其叙事方式高度契合的情思基调。

2020 年 6 月 28 日写

原载《西北大学学报》2020 年 5 期

作家张炜的古典三书

2013 年某日，在上海至北京高铁餐车中巧遇张炜。人多，只得各买一份快餐，走到他所在的那节车厢，幸好还有空位，就坐下来边吃边聊。但我们并不聊文学，而是交流各自读书的兴趣。我说近来很不务正业，偶尔在大学兼点古典文学课，他眼睛一亮，说自己也在看古典，还陆续写了点。此外话题就转到他挂念的母亲，还有我至今也不知道“长得怎样”的“万松浦书院”。时间在漫谈中流淌，很快到了他的目的地济南，我还要继续赶往北京，匆匆作别，竟忘了问他关于正在读的楚辞、李白、杜甫，都写了些什么。

自从 1982 年王蒙发表《谈我国作家的非学者化》以来，中青年作家（小说家）频频弄起“学术”，化为“学者”的现象逐渐增多。王蒙本人钻研《红楼梦》、李商隐，“古稀”之后“皓首穷经”，接连推出谈老子、庄子、《论语》和孟子的书。虽是电视讲演底稿，但细心润色，与著作无异，一读之下，“老王”的阅历与风格历历在目。其他如格非谈《金瓶梅》，余华谈鲁迅，叶兆言谈民国文人，毕飞宇谈古今小说艺术，也都引人瞩目。这些应该都并非为了回应王蒙。王蒙还有一篇《读书之累》，说作家看书太多，如果不能消化，反而会成为坏事。倘若这个也要回应，那就变成回应王蒙之“累”了。我宁可将上述作家的研究古典理解为水到渠成的现象。有造化的作家不会满足、更不愿封闭于虚构写作，他们对文化传统或当下文化状况一定有所议论，否则身为作家，修养至少是不够全面的。

张炜亦然，但也有所不同。张炜读古典，总在某个角度紧扣其小说创作，二者有“互文”关系。

那次巧遇后不久，我就知道他早已出版《楚辞笔记》（上海人民出版社 2008 年版），之后又有《也说李白与杜甫》（中华书局 2014 年版）。屈原和张炜的关系不难想见。齐鲁大地和洞庭沅湘距离遥远，但三闾大夫忧国忧民与张炜“秋天的愤怒”“秋天的思索”并不隔膜，而齐鲁文化在儒家传统之外，还有好谈“精气”的“稷下学派”，和远古巫师方士的玄怪之谈。汉以后融入道教，变本加厉。楚地自古巫风猖炽，神话蔓衍，屈原又常出使北国，熟悉“齐谐”，喜爱那时候的山东人闹出来的许多奇奇怪怪的东西。冯友兰先生认为《离骚》作者之所以敢于想象自己在天上飞来飞去，就是受到“稷下学派”主张的“精气”说的影响，相信人一旦修炼到获得“精气”，就身轻如燕，可以御风而行。这样说来，张炜相遇屈原岂是偶然？从《古船》到《九月寓言》，楚辞式的忧愤深广与异想天开，不是始终融为一体吗？

谈李、杜那本暗批郭沫若，为唐代诗坛双子星座的“炼丹”辩护，顺便谈到他家乡胶东半岛的道教传统。我当时刚完成一篇谈《古船》与道教的文章，在上海古籍书店迎门书架上看见此书，迫不及待地立着读了个大概，深佩他的渊博、敏锐和敢于异调独弹，但又不免惊诧。《古船》作者当时十分憎恶自称“洼狸镇第一个党员”实则是鱼肉乡里的“火居道士”赵炳，现在对汉唐以来流行胶东半岛乃至陈寅恪先生所谓整个“滨海地域”达两千年之久的道教为何如此宽容，乃至情有独钟？拙文已经定稿，但忍不住追加一则“附记”，坦言疑惑。其实就在几天前，还蒙张炜短信赐教，告诉我赵炳和洼狸镇小学校长“长脖吴”爱唱的下流小曲出自胶东半岛流行的一种《响马传》唱本。我的“附记”也并非“批评”。“道教”太复杂，《古船》“反思”的民间道教末流与乡村政治混合，跟李、杜信奉的应该不可同日而语。张炜对末流之外的道教，尤其“丹术”的哲学起源保持一种理解和敬畏，这也不难理解。他说炼丹思想的源头乃是一些具有伟大思想的人物面对生与死的大问题所作出的“大动作”，今日中西方各种药丸制作，标明道教的丹炉虽然熄火，但类似的思想仍然在延续。

无论如何，1985 年《古船》和 2014 年《也说李白与杜甫》，毕竟因“道教”而联系起来了。

欲知张炜对胶东半岛“炼丹”传统及其现代命运更详细的描写，要看他 2016 年 5 月在人民文学出版社推出的最新长篇小说《独药师》。在这部小说中，张炜将清政府的鹰犬、保皇党康有为、革命党孙中山及其追随者、当时在胶东半岛已经扎下根来的基督教新学校与医院——这些辛亥革命以前中国社会的各种不同的人群与思想文化统统与胶东半岛一个著名的道教炼丹之家联系起来，精心演绎养生、革命、保皇、爱情、经商事业的复杂关系，这里暂且按下不表。

《楚辞》和李、杜之后，张炜接着又对话陶渊明，于是有了中华书局2016年1月出版的《陶渊明的遗产》。他和陶渊明的相遇更加自然——几乎不可避免。

但这事要从头说起。自从钟嵘《诗品》给陶潜戴上“隐逸诗人之宗”的帽子以后，很长时间并无异议。南宋汤汉注陶，提出“此老未白之忠愤”的新话题，局面遂大改，元、明、清各朝笺注者纷纷找材料，证明陶在“隐逸”之外（或竟在“隐逸”之中）的“忠愤”。于是述酒、止酒、命子、责子、乞食、闲居、移居乃至日常酬答之诗，无不与忠于晋室、耻事刘裕挂钩，至于吟咏给秦穆公陪葬的“三良”，咏贫士，咏荆轲，赋归去来，赋闲情，赋士不遇，读史，读《山海经》，作《桃花源记》《五柳先生传》《自祭文》，以及祖述外公孟嘉与曾祖陶侃的“遗烈”，自叹“总角闻道，白首无成”，更是壮怀激烈，而平淡、冲和、自然、超然、悠然，几乎消散得无影无踪了。渊明由此分裂为二，或是“忠愤”的节士贞臣，或者终日坐在菊花丛里饮酒，随便抛几本书在地上，固然好之，却“不求甚解”。

到了现代，“中国人的生命圈”日益逼仄，“忠愤”的陶渊明形象又不时髦了，许多文人（如朱光潜先生）“以割裂为美”（鲁迅语），重新将渊明打扮成标准的“隐士”“名士”“高士”。还有人抬出周作人为现成的榜样与之匹配。曹聚仁就说过，周氏经历了“从孔融到陶渊明”的一个思想发展的历程。这就惹得鲁迅翁奋袂而起，宣布“我每见近人的称引陶渊明，往往不禁为古人惋惜”。他认为陶征士在“五四”以来的文坛“实在飘逸得太久了”，这种情况并不符合“知人论世”的原则，实际上陶并非“浑身静穆”，相反还很“热烈”，甚至“金刚怒目”。有不服者找出版本学根据，说鲁迅看到的“刑天舞干戚”乃宋人曾纮妄改，善本原作“形夭无千岁”。时隔多年，周作人还“为得查考形夭无千岁的问题，把架上所有的陶集拿来一翻”，结论当然还是“形夭无千岁”，而非“刑天舞干戚”。周作人还谦虚地说，“寒斋所有的陶集不过二十种”，对郭绍虞的著录“望洋兴叹”。但他的“二十种”可不寒碜，其中有许多学界珍视的明清刻本和民国翻刻。《鲁迅日记》从1915年到1935年记买陶集二十多次，集中于1915、1924、1926、1931和1932五年。

1923年"兄弟反目"，大哥净身出户，许多书籍被二弟扣在"八道湾"，不知后来"知堂老人"展览的二十种陶集，多少是鲁迅购置，后来竟要利用这些藏书为"形夭无千岁"说撑腰，夺下老哥手上的"干戚"了。更有妄人以为善本一出，鲁迅便尽失据地，其实陈寅恪不也认为《读山海经》这句是"刑天舞干戚"吗？

陈寅恪是学者，靠史料说话，不肯掺和个人意气，但梁启超《陶渊明之文艺及其品格》说渊明只是看不过仕途混浊，并非不愿屈身新朝，陈寅恪便不以为然，"斯则任公先生取己身之思想经历，以解释古人之至尚行动"，他显然赞同"忠愤"说，1945年撰《陶渊明之思想与清谈之关系》，倡"新自然主义"之说，尽管不像宗白华那样要以《〈世说新语〉与晋人之美》为抗战、新中国成立服务，所谓"替民族灵魂一新面目。在精神生活上发扬人格底真解放，真道德，以启发民众创造的心灵，朴俭的感情，建立深高厚阔、强健自由的生活"，但若与朱自清《陶诗的深度》《陶渊明年谱中之问题》相比，反倒是陈寅恪的考据文章有更多的时代印记与身世之感。

中国文化真也可怜得很，有数的几个妙人如陶渊明，虽然实在有点活得稀里糊涂，连享年、故里、出处（或隐或仕），甚至"渊明""元亮""潜"何为本名，何为表字，到现在都闹不清楚，更别说究竟有无《宋书》及《文选》五臣注标榜的"忠愤"之举，所谓晋时所作皆题年号，入宋之后但书甲子。这就难怪后人要各抒己见，而结果都有意无意纷纷挂出了一幅幅自画像。

陶集以现藏国家图书馆"宋刻递修本"为最佳，明以后翻刻甚多，郭绍虞《陶集考辩》著录一百四十九种，据袁行霈先生估计，实际应当不下二百。现代重要的陶集笺注、校勘、赏析、传论，自古直《陶靖节诗笺定本》《陶靖节年谱》，丁福保《陶渊明诗笺注》以下，至梁启超《陶渊明年谱》、王瑶《陶渊明集》、王叔岷《陶渊明诗笺证稿》、逯钦立《陶渊明集》、龚斌《陶渊明集校笺》、杨勇《陶渊明集校笺》、袁行霈《陶渊明集笺注》、田晓菲《尘几录——陶渊明与手抄本文化研究》、钱志熙《陶渊明传》等，琳琅满目。历代诸家评说，中华书局1960年代《陶渊明研究资料汇编》及《陶渊明诗文汇评》收罗亦夥。

今人研读陶渊明诗文，材料不可谓不丰富。但张炜的陶渊明全从鲁迅而来，又投射自家心迹。他一贯的"忧愤"与陶征士的相通不必说了，开宗明义大谈“魏晋这片丛林”，非存身“丛林”既久，就不会有偌多感慨。读者不难从中读到《秋天的愤怒》《秋天的思索》《古船》以至《柏慧》《外省书》《能不忆蜀葵》《丑行与浪漫》等被有些人誉为“抵抗投降”系列长篇的一贯立场，而《融入野地》《九月寓言》分明又洋溢着《桃花源记》《归去来兮辞》的气息，甚至“不足为外人道也”的“海边葡萄园”“万松浦书院”，与色彩斑驳的“隐士”文化也不无干系。

张炜不想再造分裂的陶潜形象，他强调陶的“不平之气”，以及厌恶官场的“淡然”和归回田园的“欢欣”，努力将两个陶渊明合成一个，但并非矛盾消融之后的“静穆”，他说“陶渊明的‘静穆’是暂时的和表面的，内心隐含的壮怀激烈与追求闲适，二者在许多时候是势均力敌的”，“他的一生都在徘徊”，“陶渊明是多重的，而不是单向的；是复杂的，而不是单一的。一个最容易被概念化标签化的人物，一旦打开全部的精神储藏，也就让我们看到了无限的堆积”。

细究三四十年代作家学者治陶路径，再将张炜放在其延长线上考量，肯定有趣。我无力办此，拉杂写来，勉强交卷。谈陶渊明，俨然端然是不错的，但放松一点也无妨。鲁迅一见别人谈陶渊明固然就摇头，但他自己不也曾拿《陶渊明集》算过卦吗——事见1926年的《华盖集续编·马上日记》。

2016年6月28日写定

原载《南方文坛》2016年5期

先锋作家的童年记忆

——重读余华《在细雨中呼喊》

一、“写什么”也很重要

1980年代后期，继“右派作家”（“重放的鲜花”“解放牌”）和“知青作家”（包括一部分“回乡知青”或“在乡知青”）之后，中国文坛又涌现了一大批“60后青年作家”，比如苏童、余华、叶兆言、格非、孙甘露等。他们丰神俊朗，才华横溢，迥异于当时的文坛主流，令人刮目相看。

通常称这批文学新生代为“先锋作家”。当时使用“先锋”一词，主要着眼于他们令人眼花缭乱的小说叙述方式和语言形式。这些都明显不同于传统现实主义或浪漫主义小说，也是当时青年读者喜爱他们的理由之一。都说他们带来了小说叙事和语言的“革命”。稳健一点的批评家则说他们完成了一场前无古人的“先锋形式的探索”。从他们的小说中，人们可以读出卡夫卡的恐惧与战栗，可以读出美国作家福克纳、索尔·贝娄、雷蒙德·卡佛的神采，可以读出法国“新小说派”作家罗布·格里耶等的影子，还可以读出马尔克斯、博尔赫斯、略萨等拉美作家的气味——总之，他们和外国文学新潮息息相通，还有人干脆说他们的作品就是用汉语书写“某种外国文学”。

“先锋小说家”最初的冲击波确实来自横空出世的叙事方式和语言形式，但今天回过头来再去读他们的作品，尤其当我们对新形式和新语言的“探索”已有一定经验之后，你就会发现单纯形式上的研究已经非常不够。必须提出这样的问题：“先锋作家”除了探索新的叙事方式和语言形式之外，在小说内容方面可曾提供哪些新的因素？这些新因素究竟新在何处，是完全的创新，还是和中国文学的某种传统仍然保持着千丝万缕的联系？

余华 1991 年创作的长篇处女作《在细雨中呼喊》无疑是“先锋小说”经典之作。但我觉得，今天我们应该更加关注的并非这部小说在语言形式和叙述方式上的先锋性，即所谓“怎么写”，而是“写什么”，即这部小说实际的内容，相对于比如上述“解放牌”和“知青作家”，究竟有何新意。正是这一点，当时曾被忽略，至今也还没有获得足够的关注。

其实像《在细雨中呼喊》这样的先锋小说，“怎么写”固然很关键，但“写什么”也值得关注，甚至比“怎么写”更重要。

二、1970 年代的“性”与“友情”

读《在细雨中呼喊》，当代小说中我们熟悉的那些人和事，仿佛突然都不见了。比如，余华就很少写到“右派作家”王蒙、张贤亮、鲁彦周等的小说中常见的知识分子和老干部受迫害时的痛苦与幻灭，或重返工作岗位后新的困惑。你也很少看到“知青小说”反思的“知识青年上山下乡”的问题。像“在 / 回乡知青”路遥《人生》中农村青年“高加林”式的苦闷，《平凡的世界》中草根青年的困苦与挣扎，也不是余华的兴趣所在。“新时期文学”所谓“伤痕”“反思”“改革”等文学潮流的代表作品，比如古华《芙蓉镇》、高晓声《陈奂生上城》、贾平凹《浮躁》、张炜《古船》、张洁《沉重的翅膀》等，那种几乎一致的对于重大社会历史问题的关切，在余华这部作品中也很少看到。

撇开这一切，我们究竟还能看到什么呢？

不管别人怎样，我首先看到的，是那个叫作孙光林的第一人称叙述者“我”，透过时间的隧道，在回忆里重新看到一大群儿时伙伴。他们的年纪从五六岁到十五六岁不等，要么是小孩，混沌初开，刚学会走路说话，要么是懵懂少年，正朝着未知的将来快速成长。他们有时愚蠢可笑，顽劣可叹，有时又脑洞大开，非常敏锐。所有这些搅成一团，呈现出孩童和少年世界真实可感的一幅幅人生图画。

当然你也能看到，这群少年人所处的 1960 年代后期与整个 1970 年代。但余华并不像“右派”或“知青”作家那样，从中年人的立场审视那个年代的方方面面，而是用顽童心态和顽童视角，来回忆那个年代与他们自己有关的一些故事。在这样的回忆中，那个时代的城镇和乡村一律显得贫穷、寂寞、荒凉而又怪诞。余华笔下的这一群“顽童”正是嬉戏、游荡于这样的一片废墟上。似乎那个时代的主角并不是各种各样进步的或反动的、掌权的或失势的、幸运的或倒霉的大人们，而是那一群成天在历史的荒野上尽情嬉戏也盲目游荡的稀里糊涂的小屁孩。他们的生活倒是丰富多彩，有痛苦，也有欢乐，而他们的痛苦似乎也可以转换成欢乐。有善良，也有太多的恶作剧，以至于你没法分清这些小孩子究竟是善良的还是恶毒的。

这群在荒原和废墟上嬉戏和游荡的“顽童”，一个最大的特点，就是和大人的世界严重脱节。他们始终和父母们保持一段距离，歪着脑袋、斜着眼睛旁观父母们扭曲的世界。他们对父母们的痛痒显得漠不关心，讲起父母们的故事时，总是无法避免那种冷漠客观而又带着几分滑稽可笑的口气。张炜《秋天的思索》《秋天的愤怒》中整天陷入对乡村政治纠葛严肃而痛苦的思考的少年与他们无缘。他们也当迥异于路遥《平凡的世界》写孙少平、孙少安、孙兰香兄妹跟“乡党”、同学和父母们的世界息息相通，跟所有的亲人都始终保持着无比亲近的血缘关系。当然他们更不是在阿城“三王”(《棋王》《树王》《孩子王》)或王安忆《小鲍庄》中被“知青”们居高临下观察研究的对象。他们既是他们自己的故事的主人，也是他们自己的故事的讲述者。他们更多关心同代人的小天地，自成一体，独来独往，

可想而知，由这样一群在历史废墟上嬉戏流荡的“顽童”讲述他们跨越 1960 年代后期和整个 1970 年代的童年和少年的生活，必然跟“新时期文学”主流作家们关于那个年代的集体记忆极不吻合，在内容和色调上相差太远。但这又毕竟属于余华他们那一代人真实的生活。他们关于童年和少年生活自叙传式的回顾对“新时期文学”的集体记忆来说，未必不是一个有趣的补充。

比如我们可以看到，小说中大量描写了少年人对友谊的珍惜。那时候成年人最怕政治迫害、经济拮据、文化生活匮乏。少年人不计较这些。令他们兴奋的是友谊，令他们伤悲的则是友谊的破碎。那时候，尽管父母们都忙着自己的事，无暇顾及子女，但中小学生还没有出现什么“宅男”“宅女”。他们最关心的是能否在外面交上几个好朋友。他们那么重视友谊，甚至经常吃醋，嫉妒——我和你好，你就不能再和他好；至少你和他好，不能超过你和我好。

但转瞬之间，就是对友谊的背叛。比如小说写“苏家兄弟”跟随父母，从城里下放到农村，农村少年孙光林对他们充满了好奇、羡慕与向往。孙光林好不容易成了他们的朋友，但不久便插进来别的孩子，发生了友谊的破裂与彼此伤害。上中学之后，孙光林与高年级同学之间又重演了几乎同样的悲喜剧。

其次，小说也如实描写了少年人（主要是男孩）对“性”的无知、好奇和惊心动魄的“探索”，包括“探索”过后因为自我谴责和害怕惩罚而产生的恐惧。余华这方面的描写非常大胆乃至出格。但他并未沉溺于此。随着成长的继续，这一阶段自然也就过去了。

如果说《在细雨中呼喊》围绕“友谊”和“性”两个主题发生那么多喜剧、闹剧和悲剧，都可以归结为当时中小学教育的落后，都可以视为物质生活和精神生活极端匮乏的年代一些低版本的可怜的小破事，不值得津津乐道，这当然也不错。但是在那个匮乏年代，大人们因为自顾不暇，不像今天的父母密切关心子女教育，恨不得看住子女们的一举一动，而整个社会更谈不上如今“完善”到令人窒息的中小学教育体系。因此那时候，所谓“顽童”或“野孩子”“坏孩子”似乎特别多。比起今天的同龄人，他们可以说一无所有，但他们因此反而能够在大人们管不了的天地里自由自在，胡作非为。这样的自由自在、胡作非为、毫无约束的嬉戏与流荡，恐怕也无法复制了，因为那个年代已经一去不复返。

三、“亲情”的丧失与扭曲

在少年人的友情和性意识之外，余华还透过少年人的敏感心灵，折射出那个年代家庭成员之间“亲情”的丧失与扭曲。读《在细雨中呼喊》，也要注意这一点。

小说的重点，是第一人称叙述者（也是主人公）“孙光林”在两个家庭之间被抛来抛去的窘境。因为贫穷，孙光林六岁就被迫告别故乡和生身父母，被养父带去另一个小镇，在那里一住五六年。好不容易跟养父养母建立起亲密关系，却因为养父自杀、养母回娘家，一切归零。从此直到考上大学，整个初、高中阶段，孙光林回到全然陌生的亲生父母家，其地位无异于一个局外人。整部小说就是从孙光林这个家庭中的局外人独特的心灵感受出发，写出以父亲孙广才为中心的一家三代严重扭曲的亲情关系。

在孙光林眼中，父亲孙广才无疑是个十足的恶棍和无赖。他上有老，下有小，但他对三个儿子很少流露爱心，对父亲孙有元也很少有孝心。小说不厌其烦地描写孙广才怎样动不动发脾气，打骂三个儿子，又怎样变着法子虐待因为腰伤而失去劳动力的父亲。孙广才对妻子更是缺乏基本的忠诚与尊重，长年与本村一个寡妇通奸。他做这一切都理直气壮，明火执仗。在他眼里，儿子、父亲、妻子都是累赘，都是危害他生命的仇敌，他们的价值远在他所豢养的家禽家畜之下。

受孙广才影响，孙光林的哥哥弟弟也参与了对祖父的虐待。但孙光林冷眼看去，他的祖父孙有元也并非善茬：他因为腰伤失去劳动力，固然在儿子孙广才面前是个弱者，但他的狡猾超过儿子孙广才。比如他利用小孙子的年幼无知，跟一家之主孙广才斗智斗勇，常常令孙广才哭笑不得，甘拜下风。

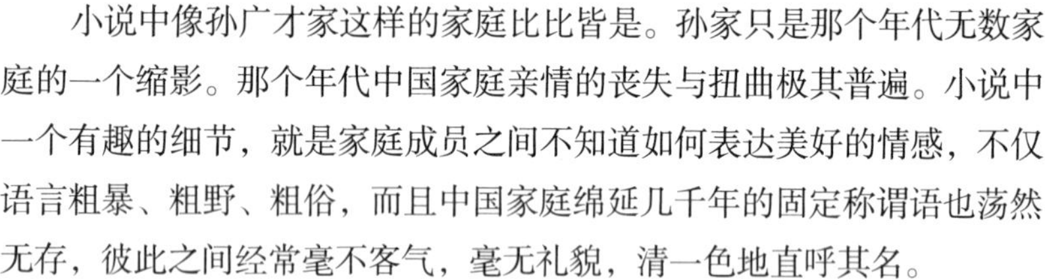

小说中像孙广才家这样的家庭比比皆是。孙家只是那个年代无数家庭的一个缩影。那个年代中国家庭亲情的丧失与扭曲极其普遍。小说中一个有趣的细节，就是家庭成员之间不知道如何表达美好的情感，不仅语言粗暴、粗野、粗俗，而且中国家庭绵延几千年的固定称谓语也荡然无存，彼此之间经常毫不客气，毫无礼貌，清一色地直呼其名。

1980年代中期，中国小说界突然刮起一股强劲的“审父”“弑父”之风，《在细雨中呼喊》无疑也属于“审父”“弑父”之作。寻其源头，始作俑者可能还是王蒙的《活动变人形》以儿子“倪藻”的口吻审视、批判父亲“倪吾诚”。但王蒙既是激情充沛的作家，又极其富于理智，他在小说中对“倪吾诚”之所以成为“倪吾诚”，做了方方面面的分析，总之将这个人物清楚地放在家庭、社会、时代乃至东西文化清晰的坐标系中予以把握，而并非简单地任凭儿子“倪藻”宣泄对父亲的鄙薄、仇怨和嘲弄。

更重要的是，《活动变人形》的故事主体发生于民国时期。王蒙对倪吾诚的剖析，是清算和告别自己和家族的过去。他的“审父”与“弑父”跟1949年之后并无实质性联系，尽管小说也写到“倪吾诚”在1949年以后一如既往的可悲与可笑，但那只是说明倪吾诚没有赶上时代、没有在新社会获得成功改造而已，对倪吾诚所有的“审”和“弑”

的激情都是针对那个过去的时代。

从上述这两点就可以看出，同为“审父”和“弑父”之作的《在细雨中呼喊》与《活动变人形》还是有根本的不同。这是问题的关键，至于两位作家具体的写法，包括语言上各自的特点，倒还在其次。

四、并非“残酷”作家

但是，余华不仅暴露了那个年代中国家庭亲情的丧失和扭曲，他还让我们看到，人类与生俱来的亲情关系仍然以这样或那样的方式继续存在着，犹如灰烬中的余火，给人意想不到的温暖。必须看到这一点，否则余华就成了只知道展览“残酷”的残酷作家了。当时确实有不少评论家总喜欢围绕“残酷”这个概念来诠释以《现实一种》等为中心的余华早期作品的意义，所谓先锋小说家喜欢进行“情感零度”的叙事的说法，也往往拿余华作为最佳例证。现在看来，这种说法不能不说是带有相当的片面性的。

比如小说中“我”的弟弟舍己救人，溺水而亡，“我”父亲和“我”哥哥竟然非常高兴，逢人便说，弟弟的死将会给孙家带来有关部门的褒奖与补偿。这当然令人齿冷，令人唾弃。但不要忘了，在此之前，余华也写到“我”父亲和“我”哥哥曾经竭力挽救弟弟的生命。他们把弟弟从水里捞起来，轮流倒背着，拼命狂奔，希望用这个办法救活弟弟。这个场面充分显示了兄弟之爱和父子之情。问题是他们实在穷怕了，穷疯了，在得知弟弟的生命已经无法挽救之后，对美好生活的幻想就迅速压倒了失去亲人的悲哀。

再比如，尽管父亲与寡妇通奸，把妻子抛在脑后，但妻子死后，他还是偷偷跑到妻子的坟头，发出令全村人毛骨悚然的痛哭。

还比如，晚年的祖父与父亲成了冤家对头。但祖父死后，父亲也曾流露出真诚的痛苦与忏悔，痛骂自己在祖父活着的时候没能尽孝。而祖父也很有意思，他最后坚持绝食，只求速死，目的竟然是为了给儿子减轻生活的负担。

在孙家之外，余华还写了许多类似的家庭成员之间爱与恨的痛苦纠葛。

比如孙光林有个同学叫国庆，母亲死后，父亲要跟别的女人重组家庭。国庆害怕因此失去父爱，他无师自通，给母亲的兄弟姐妹挨个写信，让他们出面，干预父亲的生活。他还以恶作剧式的破坏与捣乱来表达自己对父亲的眷恋。

无独有偶，小说最后还写到一个七八岁小男孩鲁鲁，鲁鲁与单身妈妈相依为命。妈妈沦落到社会最底层，靠做粗活甚至卖淫生活，心态和性情自然不会好，经常狠命地打骂鲁鲁。鲁鲁非但不恨母亲，反而越是被打被骂，就越离不开母亲，越懂得疼爱母亲。最后母亲被抓去劳改，鲁鲁竟然逃出学校，千辛万苦找到劳改队，坚决要求跟母亲住在一起。这当然不被允许，于是他就像乞丐一样硬住在劳改队附近，只希望有时能看到自己的母亲一眼。

国庆和鲁鲁，也属于余华笔下“顽童”或“野孩子”系列，但他们两个是多么凄惨，多么无助，多么渴望爱人和被爱。

在余华另外的长篇如《活着》《许三观卖血记》《兄弟》和《第七天》中，这样的“顽童”和“野孩子”比比皆是。余华实在是一个写“顽童”和“野孩子”的高手，他经常犹如一个冷静的医生，用寒光闪闪的解剖刀，先剥去中国家庭外表上温情脉脉的那一层面纱，露出底下彼此仇恨的关系，然后又继续剥去这层彼此仇恨的关系，露出尚未完全折断而只是隐藏更深的亲情的纽带。

所以在“先锋实验”和“成长小说”的外衣下，《在细雨中呼喊》主要关心的还是中国社会和中国家庭的感情维系。作者固然无情地暴露了人类感情遭破坏、被扭曲的悲剧，但也努力挖掘人类修复固有的爱的联系的希望所在。

2018 年 12 月 24 日初稿

2019 年 2 月 22 日改定

原载《当代文坛》2019 年 4 期

空间·时代·主体·语言

——论《东岸纪事》对“上海文学”的改写

一

1990年代中期以来，上海成了“新都市文学”的宠儿，许多作家对这座中国第二大城市的今昔变化兴趣浓厚，本地作家当仁不让，更把它当作取之不尽用之不竭的灵感源泉。“文学中的上海”也是现当代文学与文化研究热议的话题之一，但跟文学上如何描写上海一样，学术上用文学作品为材料来研究上海的城市文化形象，也都会碰到“谁的上海？”“何时的上海？”“何处的上海？”“说什么话的上海？”这四个存有争议却又颇难深入研讨的课题。夏商长篇新著《东岸纪事》（2012）为深入研讨上海文学乃至中国现当代文学上述重要课题，提供了新的信息。

《东岸纪事》背景是六十至九十年代与上海浦西城区一江之隔而天地迥异的浦东川沙南码头、六里镇、艾镇和毗邻的南汇，以青年男女情色恩怨、悲喜生死为中心，重头戏是“拉三”（女流氓）乔乔、黑老大崴崴的故事，由此辐射开去，竟一口气写了十多个平民家庭五十多位小人物在浦东开发前的命运沉浮，其中一些人的祖辈父辈的遭遇上溯到五十年代云南西双版纳，愈见历史画面的纵深与壮阔。

夏商以前两部长篇《裸露的亡灵》（2001）和《乞儿流浪记》（2004）虚构性很强，虽然影影绰绰都和浦东有关，但囿于先锋小说形式，对浦东之于上海文学的意义缺乏自觉，故始终未曾点明。这是许多先锋小说的共同点，孙甘露《访问梦境》《信使之函》《呼吸》也不曾明确说出虚构世界的现实背景，尽管我们猜测可能与上海有关。《东岸纪事》从专注先锋形式探索的“画鬼”转向“画人”（扎实地描写浦东平民众生相），夏商由此不仅找到个人的文学基地，掘开个人的一座文学富矿，告别了先锋作家无家可归的漂流状态，也大幅度改写了上海文学的空间想象。

长期以来，“文学中的上海”在地理空间上一直与浦西城区以外的郊区和周边乡县（包括浦东）关系不大。许多小说描写的上海局限于海上繁华地的文化孤岛，孤岛之外的周边地区在九十年代以来偏于“怀旧”或“欲望叙事”的“上海文学”中处于黑暗状态。同时，孤岛之内曾被现代左翼作家探索过的平民和革命者以及新中国成立后工人和普通市民日常生活也往往付之阙如。“70后”“80后”新生代作家展现自己一代人的生活，几乎无例外地首先要斩断与祖辈父辈的联系，这也遮蔽了九十年代以来上海市民的真实生活图景，结果和偏于“怀旧”及“欲望叙事”的都市小说一道，自觉不自觉地汇入各种文化政治力量催生的奇特的想象空间——这是以“消费”“财富”“摩登”“异国情调”“情色”“欲望”“竞争”“阴谋”“跨国资本”“冒险”“游戏”为主导的“国际大都市”“东方巴黎”“十里洋场”“租界”“咖啡馆”“舞厅”“片场”、公寓、弄堂，出没其中的是才子佳人、前朝贵族及其仆佣、工商巨子、寓公、阔太、外侨、混血儿、间谍、流氓、白相人、老克勒、妓女、姘妇、政客、伶界明星、南下干部、红后代、白领、小资、遗产继承者、各种特权和食利阶层——似乎这才是“真正的上海”。

某些作家偶尔涉笔近郊和周边地区，总是很清楚地和心目中“真正的上海”隔离开来，近郊和周边地区的居民在他们笔下则自觉向海上繁华地看齐。《长恨歌》中王琦瑶外婆家“邬桥”对这位“上海小姐”来说是“专供作避乱的”，“也是供怀旧用的，动乱过去，旧事也缅怀尽了，整顿整顿，再出发去开天辟地”，王琦瑶则赋予“邬桥”这样“在江南不计其数”的小镇一种上海情调，甚至让当地居民也具备了一颗“上海的心”。《长恨歌》突破上海城区界线，写到附近邬桥，但刻意营造的上海气息吞没了邬桥，邬桥在上海气息笼罩下变成上海的影子和附属品，不可能以自己的气息影响上海。

在怀旧小说和看似立足当下的欲望化叙事中，关于上海的想象不仅割断上海与周边地区的联系，使上海成为一座孤岛，还把偶尔映入眼帘的周边乡镇一厢情愿地涂抹上一层上海情调和上海色彩（好像把鲁迅的未庄、茅盾的林家铺子一律“上海化”了）。同时在成为孤岛的上海内部，也排除了占城市人口绝大多数的平民，反复描写的只是殖民主义及后殖民主义文化政治逻辑构筑的富贵、冒险、悬空、奢靡、洋泾浜、西方化、颓败、感伤、奇特的上海形象，敉平了上海参差不齐百态共存的历史与现实。

不能说这样获得的上海形象毫不真实，它无疑也是现代以来上海文学空间的重要组成部分，这方面的开掘已经为上海文学乃至中国文学创生了一个相对成熟而且流传有序的传统，涌现出不少优秀作家。从目前来看，它还有足够的空间，许多有才华的作家将会继续效力于此。但这仅仅是真实与想象中的上海的一部分，倘若以偏概全，不及其余，上海文学可能或应该描写的上海将永远只是一种被大大压缩了的奇特景观。

夏商写浦东，不急于融入这种仿佛经典化了的“文学的上海”。他野心不大，就想为消逝了的浦东树碑立传。但既然上海现在已经吞并了浦东，就不得不“被迫”消化浦东，像《长恨歌》消化“邬桥”那样。然而事实上，“上海文学”中既有的上海形象并不那么容易消化（同化）夏商笔下粗暴野性、充满血气的浦东平民世界。这个世界不仅闯入了上海文学既有的形象构图，也唤醒了长期被漠视的上海浦西城区的居民主体，他们和浦东平民“分形同气”，一旦会合，就像孙悟空钻进铁扇公主腹中，毫不客气地打破了以往创作所编织的由浦西某一地域某一历史时期某一特殊人群的文学形象一统天下的神话。

《东岸纪事》扩大了文学上海的地理空间，中断了迄今为止有关上海的文学想象的惯性，呈现出另一幅完全不同的画面。它既不同于向被误解了的张爱玲曲折致敬的各种“怀旧小说”七手八脚拼凑起来的传说化的“十里洋场”，也没有类似张爱玲早期短篇小说中末世男女凄惶苍凉、螺蛳壳里做道场、互相撕扯、一道沉沦的情绪。《东岸纪事》也有情欲横流，但这是生命的自然表达，不同于都市空间躲躲闪闪的狭邪之气或意在招徕的欲望尖叫。夏商的浦东是原生态的野性之地。本来血气的上海或上海的血气，在弄堂、公寓、单位男女被压抑被消磨的生命中也会偶尔爆发，但一闪而过，不成气候。到了夏商笔下，并且在迟至九十年代初尚未开发的浦东平民生活的庇护下，这才连成一片，蔚为壮观。野性，血气，血色，对“上海文学”来说多么遥远而陌生！但有了夏商，这些概念变得真实了，“上海文学”也从此具备了足以和外地文学佼佼者相颉颃的生命的元素。

二

应该承认，五十至九十年代的“上海文学”也并没有完全局限于浦西城区。即使在“怀旧”和“欲望叙事”的全盛期，许多上海作家仍然不约而同“借故”走出上海，写一写“外地”和上海附近的“农场”，比如王安忆的《长恨歌》《遍地枭雄》《上种红莲下种藕》等大量作品，里程（程永新）的《穿旗袍的姨妈》《气味》，西飏的《河豚》《向日葵》《夜色蝴蝶》，金宇澄的《繁花》。但如前所述，空间移动并不曾改变文学趣味，还会把无远弗届的“上海气”携带到外地和近郊，覆盖一切所经之地，但这样频繁“外出”也透露了上海作家不甘终日蜷伏于都市的狂野的心。还有一类作家喜欢经营上海某个“次中心”和“近郊”，比如殷惠芬、竹林、彭瑞高的松江、嘉定，张生的五角场，张旻的安亭，但也无力撼动以浦西城区为中心的空间想象模式。

当代上海作家笔下的上海人偶尔“外出”，现代作家写上海则经常“穿城而过”。郁达夫《迷羊》《她是一个弱女子》穿梭于杭州和上海、上海与安庆之间。《春风沉醉的晚上》男女主人公不喜欢窝在家里或出没于弄堂，“我”是喜欢“夜游”的作家，女工陈二妹主要活动空间在杨浦纱厂，亭子间只是被迫栖息之地，他们的心没有被上海围困，更无《长恨歌》所谓“上海的心”。茅盾《蚀》三部曲(《幻灭》《动摇》《追求》)从武汉、江西一路写到上海，《子夜》以上海为中心向周边辐射。即使沉湎于浦西城区的“新感觉派小说家”也常常涉笔市区以外（如施蛰存《春阳》、穆时英小说集《南北极》和《公墓》中许多作品）。张爱玲早期短篇写上海总有香港做对照，而正如小说《封锁》篇名所示，其相对封闭的空间想象与战时孤岛特殊地缘政治有关。四十年代末五十年代初根据短暂外地生活经历创作的《华丽缘》《秧歌》《赤地之恋》等由外地写到上海，或由上海写到郊县，境界就顿时开阔。在徐讦三十年代名作《鬼恋》和战后风靡一时的《风萧萧》中，上海只是人物诸多停靠站之一，有“流浪汉体小说”之称的钱钟书《围城》而把上海置入全国乃至国际空间来打量。总之，现代作家笔下的人物在上海来来去去，进进出出，落地生根、乐不思蜀的现象并不多见。

1843 年开埠之前应该就有“上海人”的说法，历史学家更可以研究开埠以后“上海人”这个概念如何被不断改写，“上海人”如何不断获得新的自我认同，然而五十年代以后上海文学所描绘的落地生根、与“外地人”区分开来、具有独特自我认同的“上海人”，以及九十年代以后立足（局限）于这种“上海人”的“上海文学”，恐怕是写上海的现代作家（包括号称其小说是专门写给上海人看的张爱玲）做梦也想不到的。

近现代文学中一头扎进上海城区出不来的情况也有，那是《海上花列传》开始、中经周天籁《亭子间嫂嫂》和大量“小报文学”所形成的广义的“狭邪”传统。死而不僵的“狭邪”传统，碰到五十至七十年代依托新的行政区划和户籍制度所开辟的将上海孤立起来的写法（如周而复《上海的早晨》），两者交相为用，逐渐使上海成为文学想象的一个封闭空间。八十年代以后复苏并在九十年代迅速热闹起来的“上海文学”，实际上就是在这个封闭空间打转，即使许多作家频频“外出”，即使有些作家经营上海的“次中心”，即使不少上海籍作家如彭瑞高、张旻、殷惠芬、竹林等一直也在写近郊和周边地区，都难以挑战这个封闭的空间想象模式。

《东岸纪事》的意义在于它凭借对浦东平民生活大规模的成功描绘，以群像矗立的浮雕效果和粗犷奔放的叙述风格，第一次有力地突破了五十至九十年代“上海文学”囿于上海城区的空间想象，接续了现代作家以上海为中心向周边辐射的开阔自由的空间意识。夏商笔下的浦东不仅是浦西城区的一个参照，也是浦西城区被半个多世纪政治文化遮蔽的本我的一部分，这让我们认识到所谓“上海人”本来就是跟“外地人”一般无二的“中国人”，浦西人、浦东人、上海人、外地人、中国人的生活记忆、文化习俗、活动空间、气质心性，纵然被分割开来，但“横竖是水，可以相通”。“阿拉上海人”“宁有种乎”？无非就是少数本地居民和大量外来移民的混杂，其中像“傣族公主”刀美香和上海知青柳道海这样来自外地或经过外地生活洗礼又回到上海的“新浦东人”或“新上海人”比比皆是。这种情形“现代”如此，九十年代后期至新世纪亦复如此，只有在五十至九十年代中期，才因为新的行政区划和不得流动的户籍制度形成相对封闭的历史上独特的“上海人”群落。《东岸纪事》的文学冲击力就在于它成功解构了似乎“从来如此”的狭隘凝固的“上海人”概念，并由此为上海文学带来一种粗犷凌厉的精神风貌。

夏商并非上海文学的一个异数，并非从外面突然闯入的他者，而属于被规训已久的上海文学内部的睡虎家族。这个家族在中国文学的“现代”时期非常活跃，五十至九十年代却一度沉睡了。现在应该张开双臂欢迎睡虎醒来，它们咻咻的吼叫让我们不仅想到外面，想到远方，也听到自己里面怦怦的心跳。

三

说《东岸纪事》描写的是浦东平民世界，一点不差。小说中乔乔学历最高，但也不过是尚未毕业就被除名的上海师大本科学生，官员最高是副乡长（从浦西赶来混吃拿红包的动迁办柯副主任只是一晃而过），其余都是标准的平民。浦东浦西一江之隔，浦西几个区还跨到浦东，这里除了农民，也有上海市民、工人、征地后的“农转非”和合同制工人，一些浦东人工作在浦西或在浦西市区有房产，亲戚朋友在上海的人家就更多，这便造成临近黄浦江的“六里”等乡镇农村户口和城市户口混居现象，当地浦东话也更接近上海话，不同于浦东腹地其他乡县。夏商集中描写的南码头、六里镇及周边地区是上海和浦东接合部，这里的浦东人和上海本来就有千丝万缕的联系。尽管如此，把他们当“上海人”来写，写得如此规模宏大，活色生香，在整个上海一地的文学史上还是首次。面对汹涌而来的浦东平民群像，上海文学以往各种模式都无所施其技，只能仰仗夏商扎实而粗犷的讲述方式，夏商也因此成了在文学上开垦浦东这块荒地并改写上海文学版图的首创的功臣。

从上海文学迄今为止占主流地位的狭邪、感伤、怀旧、欲望化叙事转到充满野性和灵异的浦东，犹如从烂熟的明代话本和拟话本的市井老套路转到唐传奇的天地，上海文学终于从空旷的乡间吹来一阵清新的风。乔乔及周围乡民们的多灾多难和张爱玲或张氏后继者们的悲欢故事大同小异，但很少感伤、萎靡、颓败之气。

不信你看，洁身自好、勤学上进、美丽自信的乔乔被“小螺蛳”用掺了迷药的一碗馄饨夺去贞操，人生道路从此陡转，但她并未沉沦，而是因此生出结结实实的复仇意志和另谋出路的筹算。她主动委身给明知没结果也不会担责任而偏偏纠缠不清的南京诗人邵枫，固然是可怜这位诗人，让他“心理平衡”，也是要和不切实际的理想挥手告别，从此走自己的路。她离家出走，躲到南汇乡下小饭店打工，和劳教所“唐管教”短暂同居，固然有苟且之嫌，但也含有欣赏和报恩的意思，并夹杂着绝望中希求安稳的心理。后来在报上看到唐龙根一家惨死，乔乔的伤心欲绝证明了这一点。她被邻居、青梅竹马的傻男人马卫东寻回，很快下嫁给他，也是出于知恩图报和希求安稳。但她发现马卫东无法帮她在险恶环境中立足，无法报复小螺蛳，就坦然与黑老大崴崴私通。这除了满足情欲，主要还是欣赏崴崴的硬气，并要借崴崴之手除掉小螺蛳。崴崴父母因乔乔丧失生育能力而歧视她，崴崴本人也逐渐移情别恋，这时候乔乔的离开绝不拖泥带水。她和马卫东离婚并非毫无留恋，还掺杂着对马卫东父母和姐姐居中挑拨的不忿，可一旦发现闺密娟子乘虚而入俘虏了马卫东，就很快原谅了娟子，心照不宣地接受了娟子在前男友崴崴开的饭店请的那顿意在告罪的饭。这一笔相当“杀根”，有点直追古人的意思：《傲慢与偏见》中伊丽莎白也是这样原谅了闺密卢卡斯小姐，后者看准时机，人弃我取，与惨遭伊丽莎白拒绝的乏味透顶的柯林斯先生闪婚，早已成为世界文学上一段经典叙事。乔乔先前在大学读书时原谅《嚼蛆》诗社那个浅薄自私的任碧云，也同样出于爽快旷达的个性。最后与“小开”结合，因为他并不令人讨厌，真心崇拜她，此时一个成了“拉三”，一个是刑满释放的流氓，相依为命，何况“小开”那个做副镇长的舅舅侯德贵还可以为乔乔新开张的饭店保驾护航呢。

乔乔、崴崴、仇香芹、刀美香、大光明、唐龙根、侯德贵、老虫娟头、小开、顾邱娘、小螺蛳以及崴崴的那些黑道手下们，属于鲁迅《故乡》所谓“辛苦恣睢而生活”的一群，柳道海、车建国、马卫东、金六六等则可归入“辛苦麻木而生活”的一类，他们都有自己的生活逻辑，活灵活现，是以往“上海文学”很少写到的。这些浦东平民的故事充满强暴、无奈、邪恶、堕落、愚蠢、残忍、野蛮、不被同情的饱满的烦恼、无人援手的深邃的痛苦、令正人君子皱眉的恣肆的快意，但绝无过去上海故事中常见的隐忍、猥琐、下作、躲藏、阴暗、腐败、算计、狭邪。比如写乔乔委身唐管教时的心理感受：

> 这是她的身体第三次被占领，却分属三个男人。每一次都不是她心甘情愿的，包括第一次。乔乔恨自己的身体，觉得并不属于自己，而是属于垂涎它的男人，她只是代为保管，却要

管饱管暖，带它走东走西，又不能扔掉。

这自然是对女性悲剧的深切体认，但悲剧主体强悍爽气，不轻易向命运低头，更不会发出屈服之后绵绵无尽的幽眇哀怨之声。夏商笔下的生命粗犷倔强，“双手推开生死路”，宁可如暴烈的猛兽四处乱撞，声名狼藉，头破血流，也不怨天尤人，坐以待毙。

面对这样的生命，夏商照实写来，不赞赏，不指责，唯有同情与怜悯。他不把人物当牵线木偶操纵，而任由他们自行其道，人物身上很容易被作者赋予的那种先验的光圈纷纷脱落，以本来面目示人，所以格外显得新鲜活跳。在我们熟悉的一些上海文学作品中，许多人物没上场走两步，读者就知道作者怎么看他们，或希望读者怎么看他们。这样随意揉捏的人物很难有自己的血肉。夏商追踪蹑迹，贴着人物一路写下去，作风强悍、粗犷、遒劲。他写“唐管教”已经很立体，又写了一个同样立体的片警王庚林。妻子中毒身亡没几天，王庚林就去找其实并不怎么喜欢的寡妇顾邱娘寻欢，而当那些被邱娘儿子小螺蛳陷害的姑娘们来告状时，王庚林既要保护小螺蛳，又没忘记趁机狠敲老相好顾邱娘一记竹杠。他和派出所同事、老姑娘林家婉结婚也非常实际，“我是找个伴，你是赶紧嫁掉省得爷娘啰唆，正好你当资料员，两本户口簿并成一本很方便”。可当勾引他女儿王月颖的技校政治课老师吴云朝迫于压力自杀，他却相信这个已婚男人真为他女儿殉情，临死还保护了女儿，因此宽恕了他。这都很像李劼人《死水微澜》不加褒贬照实写来的手段，也如清人评点《儒林外史》所谓“直书其事，不加断语，其是非自见”。

类似的例子“上卷”比比皆是。“下卷”宕开一笔，写崴崴父母柳道海、刀美香年轻时在云南的生活，有点破坏结构均衡，同时写浦东动迁，穿插 1989 年上海甲肝爆发和陆家嘴轮渡踩踏事件，也过于琐碎，但因此牵出自命风流而豪爽仗义的“大光明”、善于弄权而不乏真情的侯德贵、以色相诱人却也有情有义的“老虫娟头”三个活宝，足以弥补结构枝蔓的毛病。夏商写这三位，和“上卷”写乔乔、崴崴、娟子等人物一样，运斤成风，涉笔成趣。柳道海、刀美香在西双版纳浓情蜜意，千辛万苦办回上海却成了“死夫妻”，最后因动迁要一致行动，感情才有点死灰复燃。写平凡男女情感轨迹若此，颇有点鲁迅评价《海上花列传》时所谓“平淡而近自然”。

四

《东岸纪事》四十余万字，原本全用上海方言，写到三分之二才推倒重来，方言被大量删除，限制在外地读者根据语境大致能“望文生义”而无须注释的范围，像“老灵的”（很不错）、“清爽”（明白）、“买账”（服气）、“路道粗”（有门路）、“神抖抖”（自以为是）、“下作”（肮脏下流）、“下作坯”（骂人流氓、下流不正经）等。至于“阿拉”（我）、“伊”（他、她、它）、“赤佬”（骂人为鬼、坏蛋）、“杀根”“结棍”（厉害）、“戆大”（骂人为傻瓜）、“装戆”（装傻）、“脱底棺材”（骂人吃光用光）、“额骨头碰到天花板”（运气特别好）、“脑子坏掉”（骂人犯傻、发神经）之类，常见于过去“吴语文学”和当代沪语说唱艺术，“上海普通话”也往往夹带一二，所以外地读者并不太陌生。

适当使用这些对外地读者来说并不太难懂的方言土语（大部分是流氓切口和底层民众粗俗的口语），确实带来浓郁的生活气息和地方文化色彩。《东岸纪事》既然着力描绘浦东平民生活，方言土语的适当使用就更加显得必要。浦东民间文化的特点是沾染了一点浦西城区市民气和狭邪气而更多乡野的粗俗、粗犷、粗豪、粗粝的勃勃生气，在当代上海文学中，《东岸纪事》首次大规模写活了上海郊县（其实也是更早的上海城区）这种文化的原生态，但如果没有浦东（上海）方言土语的适当运用，这种文化原生态不会像现在这样顺畅而丰沛地跃然纸上。

但夏商并不依赖方言土语，《东岸纪事》更多还是以扎实的白描和人物塑造取胜。所谓浦东民间文化气韵，更多还是灌注于人物性格、气质、言谈举止、矛盾纠葛、喜怒哀乐、命运沉浮以及由此造成的场景与事件之中，并不依靠方言土语的孤立展览。除了上面列举的方言土语的适当运用之外，更多方言土语还是被“翻译”成普通话书面语。通过这种“翻译”，方言土语形式上是消失了，却融入共通书面语的精神内核，所以浦东民间文化气韵并未随着方言土语字面上的退隐而丢失，乃是深深嵌入普通话书面语，有一种借胎生子的效果。

这不奇怪，方言土语和共通书面语都是我们的母语，两者血肉相连，互相渗透。有些人喜欢在方言土语和共通书面语之间划一道鸿沟，实在是只知其一，不知其二。何况语言的“翻译”最终是语言携带的人

生内容的“翻译”，只要其中的信息可以沟通，“语际翻译”尚能克服障碍，一国之共通书面语和方言土语的转换又有何不可？

“五四”以后被新文学家升格为名著经典的明清小说《三国演义》《水浒传》《西游记》《儒林外史》《金瓶梅》《红楼梦》都用当时共通书面语撰成，少量吸取方言土语而已。与此同时，虽然也有杰出的“方言文学”如冯梦龙整理的《山歌》、韩邦庆创作的《海上花列传》，但毕竟存在方言阅读障碍，实际影响力与上述名著经典不可同日而语。新文学家洞悉此理，大多也是将方言土语“翻译”成“国语 / 现代汉语”书面语，尽管有胡适、顾颉刚、刘半农、张爱玲一度鼓吹“方言文学”，却并未得到鲁迅、郁达夫、茅盾、叶圣陶、徐志摩、艾青、沈从文、吴组缃、钱钟书等更多的南方方言区作家创作实践的响应。张爱玲毕生推崇《海上花列传》，但她本人的小说散文对上海方言只是偶一用之，后来还不得不把《海上花列传》翻译成国语以冀其流传。对南方方言区作家来说，一定程度放弃将方言土语直接写入书面语的企图，采用（创造）现代汉语书面语，并不等于放弃方言土语，而是努力借助共通书面语来保留和发扬方言中人的精神气息。北方作家的方言接近共通书面语，可以把更多方言土语输入共通书面语写作，近水楼台占尽便宜，但轻车熟路缺乏挑战和新鲜感，也不一定就是好事。南方作家被迫放弃“方言写作”“方言文学”的理想，用共通书面语“翻译”方言，反倒获得更多语言维度，读者也因此接触到更立体的语言世界。我一直以为现代文学史上对“文学的国语”“国语的文学”（胡适语）贡献更大的并非北方作家，而是南方作家。南方作家在语言上并不一定“吃亏”。

这是中国近、现、当代文学史常识，但因为文学研究长期缺乏语言意识，常识有时也会变成令人头痛的问题。近年来随着“保护沪语”“说沪语”“写沪语”的呼声越来越高，“方言文学”“沪语（吴语）文学”的旗帜好像又要被重新擎起，一些上海作家跃跃欲试，开始尝试在作品中更多输入上海话，有些激进人士甚至混淆“说沪语”“写沪语”“沪语文学”的界线，主张完全用上海话进行文学创作。在这种情势下，夏商明确继承明清小说经典名著业已确立、又被“五四”以来南方作家发扬光大的传统，自觉地放弃“方言写作”，专心经营共通书面语，这可说是他（也是同时发表《繁花》的金宇澄）文学上走向成熟的一个重要标志。

由此说来,《东岸纪事》保留方言还嫌多了点，比如“落乡”(荒僻)、“别苗头”(较劲、赌输赢)、“窝塞”(憋屈)、“接翎子”(交谈中迅速领会对方暗示、反应快、知趣)、“老卵”(自以为是)、“松了卵蛋”(因露怯而败下阵来)、“扎台型”(炫耀、爱面子)、“立升”(有能力)、“有腔调”“模子”(有种、有信用)、“有枪势”(有派头)、“混枪式”(浑水摸鱼、滥竽充数)、“穿帮”(露馅)、“触气”(骂人讨厌、可恨)、“架梁”(戴眼镜的近视眼)、“吃瘪”(当场揭人短处令其认输、丢面子、威风扫地)、“鲜格格”(骂人厚着脸皮、不知轻重地来占便宜)、“贼忒兮兮”(一脸不正经的样子),上海人讲起来固然味道十足，但外地读者总不易理解。上海人对这些方言词汇的丰富歧义往往也知其然不知其所以然，写成怎样的汉字，更莫衷一是。我不是上海人，对上海话也无特别的研究，不知道是上海话充斥了这种狭邪气味十足或女性化发嗲的切口俗语呢，还是夏商用得太多了。总之这样的方言土语，不妨再减去一些。

当然这对用普通话书面语“翻译”方言并保留其神采，又会提出更大的挑战。作家须洞悉方言土语的底蕴，并具备丰富的共通书面语知识，才能进行恰如其分、不打折扣的“翻译”。一般来说，“五四”以后，中国作家更熟悉自己的方言土语(《东岸纪事》就显示了夏商对浦东方言和上海话的丰富知识与近乎专题性的深入研究),但多半欠缺共通书面语的知识和训练，在把方言土语“翻译”成共通书面语时，往往苦于找不到恰当的共通书面语而导致用词不当。另外既然放弃了完全采用方言的“方言写作”，南方方言区作家就不仅要把方言土语“翻译”成共通书面语，许多时候还必须脱离方言土语，完全进入共通书面语写作——在这后一方面，新文学运动以来南方作家的贡献可能超过北方作家，但并不等于说南方作家必然高于北方作家。在共同书面语写作上，南北作家起点相同，优劣高下完全取决于作家的素养。夏商对“欲盖弥彰”“渊薮”等词语的把握不够精准，就暴露了他在共通书面语写作上一些值得注意的破绽。

学习共通书面语和与之相联的主流文学修辞传统，摸索共通书面语和方言土语之间的沟通桥梁与转换机制，学习如何在脱离方言土语的状况下完全从事共通书面语写作，是南方方言区作家重要的基本功训练，一生都不容懈怠。

五

我对夏商的生活及其在文学上默默的追求所知甚少，2004 年写过一篇评《乞儿流浪记》的短文，指出夏商“并没有站在我们所熟悉的同情者和拯救者的高度来俯视这个群体——满足于如实地写出这个群体在都市化进程中迅速覆灭的过程，由此清晰而完整地勾勒出现代都市的一部隐秘的前史——叙事笔法就因为中性而显得残酷，又因为残酷而显得遒劲有力”。又说他“不属于上世纪九十年代中期醒悟过来之后急急忙忙梳妆打扮一番就粉墨登场的‘上海文学’——我们在这样的‘上海文学’中只能看到上海的招牌而看不到文学……”2003 年在题为《一种“上海文学”的诞生》的文章结尾我还说，“现在预言这种颠倒的文学景观的终结还为时过早，因为支持这种颠倒的文学景观的关于上海、关于中国的制度性想象已经蔓延全国，在这过程中，并没有遇到足够有力的抵抗”。当时对夏商的第一印象，对“上海文学”的模糊认识，以及同样模糊的对两者未来的预感，如今在《东岸纪事》中算是得到部分的证实，我不仅看到夏商在文学上的成熟，也似乎看到苍白羸弱的上海文学的一抹血色，震惊欣喜之余，匆忙写下读后感，好像一改骂派作风，其实不然。我要感谢夏商，《东岸纪事》使我在消受过大量文学赝品、日益浮躁之后，又想起好的文学，复活了内心尚未失去的对于文学的一往情深。

2013 年 5 月 12 日

原载《当代作家评论》2013 年 4 期

难懂的袁凌

袁凌1996至1999年在复旦跟我一位学长读硕士研究生，后来转到我名下，算是我的第一届研究生。我那时刚毕业留校不久，就装模作样当起“导师”来了，其实是跟他一起学习，不定期讨论读书心得。

他毕业论文写胡风文艺理论，我也感兴趣，但讨论起来，颇不容易。袁凌个性强，不肯轻易附和别人，自己又并不善于表达，所以看起来似乎天生爱抬杠。当时我猜想，胡风思想与文风的影响，或许也是一个因素吧。

但很快发现，他的抬杠往往不无道理。至于表达的不顺畅，则是因为想法独特，暂时还没找到合适的语言。论文初稿出来，很有分量！文风也并不如胡风似的晦涩。

可惜他“读研”第三年，我去韩国讲学，只能通过信件和彼此都刚学会的E-mail保持联系。这些通信成了我居韩期间不小的慰藉。

大概我和学生相处，主要抓学习，生活上缺少关心和交流，所以他们毕业后，基本杳如黄鹤，相忘于湖海。袁凌是少有的几个例外之一，尽管联系也并不频繁。他先去西部一家报纸供职，毕竟有中文系的根底，迅速就以敏锐敬业的“调查记者”形象现身于媒体，几篇“大稿子”轰动一时。但原单位渐渐待不下去，不久便成了“北漂”。

北京的媒体似乎倒与他颇能相得，很快又如鱼得水，继续写起“大稿子”来，《北京SARS后患者骨坏死调查》《血煤上的青苔》《守夜人高华》，一篇接一篇。2014年《我的九十九次死亡》（广西师大出版社）又用纪实或虚构的方式，一口气写了九十九种死亡，算是不惮以最大的勇气，在早已令人不忍目睹的惨状之侧，固执地添上了自己的一笔。其中许多内容，就是那些“大稿子”转换而成。

但他这方面很少跟我交流。偶尔通信、电话或来上海出差，主要还是谈他的小说和诗歌。袁凌写诗有年头了，发表甚少，直到2011年才由中国戏剧出版社正式推出诗集《石头凭什么呼吸》。他知道我不懂诗，但照例送来一本，让我没事的时候，偶尔翻翻。

和诗歌相比，袁凌小说写作的道路更坎坷，显出的耐心和韧劲也更惊人。离开西部那家报社时，就完成了一部扎实的长篇，反映巨变中重庆各阶层的生活。可能手法过于驳杂，传统的写实之外，又吸取各种现代乃至后现代形式，而且毫不掩饰其感时忧国的激越与沉重，与当下文学流行色不甚投合。我帮着推荐，他自己也四处投稿，转了好几个圈子，至今还未能发表。

袁凌经常跟我提起他的老家"陕西省安康市平利县八仙镇"。我想象不出那究竟是怎样一块地方，但我知道他乡土情结牢固，不时要回去看看。2005 年，他竟突然辞掉北京的工作，回八仙镇住了一年。我不知道这年袁凌个人生活发生了什么，只晓得他暂时"归隐"期间写了许多短篇。最先拿给我的是《国风组篇》和《哥哥》，我一读之下，大皱眉头，心想不妙，袁凌继长篇之后，又要在短篇领域反潮流了。稍微在文坛上混过一阵子的人都知道，自打九十年代以来，经过"寻根""先锋"和"新写实"的三次洗礼，短篇还想发表，须具备两个条件，一是技巧须翻空出奇，二是生活信息须密集生猛。这两点袁凌都不具备。比起那部至今还在抽屉沉睡的长篇，《国风组篇》和《哥哥》的手法又趋于另一极端：太单纯了，让人觉得毫无小说应有的技巧，一路萧散到底，恰如色调淡至极点的水墨画，必须仔细端详良久，才能看清其中的山水人物。

更何况，现在的小说和电影恨不得往前穿越数千年，往后却至多愿意穿越到明朝，而袁凌竟要将故乡的人事写到周朝的《国风》里去，这怎么可以呢？尽管他的故乡真的在诞生了一部分《国风》的汉水流域的上游。

果不其然，《作家》《小说界》很艰难地刊载了几篇，其余大部分终于未能发表。袁凌见我为难，也没再让我看他另外的作品。

现在，上海文艺出版社决定出版袁凌这一时期的短篇小说选，包括上面提到的《国风组篇》和《哥哥》，一共八篇，命名为《我们的命是这么土》，我不禁欢呼雀跃，知道他的小说终于碰到识货的了。

若问袁凌这八则短篇有何特色，我只想简单说一句：不好读。

的确，如果你走惯了城市的硬化路面，如果你早已闻不到这大面积硬化的路面所掩盖的数十或数百年之前泥土的气味，那么袁凌专写泥土和在泥土中辛苦地求活路、从泥土而生最后又一律化为泥土的人们的几乎无事的悲剧，你肯定觉得不好读。

如果你相信现在真的到了物质丰盈而人性萎缩的“小时代”，如果你以为都市的工作与娱乐场所、豪华别墅、斗室蜗居便是人类普遍永恒的生活空间，那么像袁凌这样，将他的书写一味指向被都市化进程远远抛在后面的青壮走空、唯余老弱、地老天荒、渐复往古的穷乡僻壤，你肯定觉得不好读。

如果你看惯了也喜欢上了当下流行的类似“唐传奇”加“三言”“二拍”的新奇刺激的故事，那么袁凌的淡到极点的故乡人物速写，你肯定觉得不好读。

如果你喜爱空腹高心的“国族寓言”，像袁凌这样沉入日益淡薄的亲情与乡情，只偶尔谛听在远方“打工”的乡亲的一概悲惨的命运，此外几乎遗忘了你所在的远方，甚至像第一篇小说《世界》那样，特地让一个农民在你们的远方弄瞎了双眼，然后在黑暗中辗转回到日益破败的故乡，仅凭听、闻、触、想、回忆，重新建立他和故乡的联系，而如此这般建立联系之后，又明白无误地知道过去熟悉的故乡将迅速消逝，那么你也会觉得不好读。

如果你在“现代汉语书面语”的河流浸泡已久，冷不防遇到袁凌的混合着方言、古语甚至根本就将方言古语混为一谈的疙里疙瘩、难以一目十行进行“悦读”的小说，你当然也会觉得不好读。

如果你熟悉鲁迅、废名、萧红、沈从文、汪曾祺、贾平凹，也许能看出他们和袁凌之间的某种联系。但袁凌毕竟不是早已被过度阐释了的鲁迅、废名、萧红、沈从文、汪曾祺或贾平凹，所以你最终还是会觉得他的小说不好读。

要把袁凌的小说读完，甚至读进去，又有所收获，就非得和上面几种情况反一反不可。

否则，你大可不必去读。

编辑韩樱女士寄来打印件，叫我写两句吆喝的话放在腰封上，我竟主动请缨，为之作序。不想书稿带在身边，慢慢翻看，中间不断为琐事所困，一个多月就过去了。袁凌的小说集出版在即，实在不能再拖，只好略述我们之间的交往，以及他在文学上走过的坎坷之路，外加几个

“不好读”和一个“不必读”，权当一篇大打折扣的序言吧。正面阐释，只好交白卷，但免了“嚼饭予人，徒增呕秽”的罪过，也算是“有一失，必有一得”吧。

原载《小说评论》2015 年 4 月号

下编

文学史与文学批评

“民国文学”，还是“‘民国的敌人’的文学”？

2014年10月，南方出版传媒、花城出版社推出《民国文学史论》丛书一套六卷，主编之一张中良先生在题为《还原民国文学史》的“总序一”中说：“2006年，秦弓提出‘从民国史视角看现代文学’，意在把现代文学还原到民国史的历史语境中去重新审视。2009年，李怡阐述现代文学的‘民国机制’，将问题的讨论向前推进了一步。”同为主编的李怡教授在题为《民国文学史，如何立论？》的“总序二”中则说：“中国大陆最早的‘民国文学’设想出现在1997年（陈福康），最早的理论倡导出现在21世纪初（张福贵）。”2014年9月19日至21日，吉林大学文学院与《当代作家评论》杂志社合办“中国文学的‘现代’与‘当代’高峰学术论坛”，台湾“中央”大学中文系教授王力坚先生在提交的论文《回望“民国文学”》中说：“‘民国文学’并非新概念，早在上世纪20年代，周群玉《白话文学史大纲》（上海：群学社，1928）已将中国文学发展分为‘上古文学’、‘中古文学’、‘近古文学’及‘中华民国文学’四编；到90年代，葛留清、张占国亦有专著《中华民国文学史》（北京：人民出版社，1994）[①]，陈福康则在《应该“退休”的学科名称》一文倡导‘民国文学’[②]；然而，真正在学界引发连锁反应的是，2003年，张福贵在香港《文学世纪》发表论文《从意义概念返回到时间概念——关于中国现代文学史的命名问题》，明确提出：‘现代文学最后必将被定名为民国文学。’”[③]大陆地区提出和讨论“民国文学”的来龙去脉，看来还需仔细梳理，但这并非此处关心的问题。

---

① 李怡序中则说，人民出版社1994年版书名应为《中国民国文学史》，“这个奇特的书名”，“显然反映了当时的某种政治禁忌，因为这一禁忌，所谓‘民国’的诸多历史细节都未能成为文学史观察和分析的对象”。

② 王力坚教授文内注释说，陈福康该文发表于1999年上海书店出版的陈福康所著《民国文坛初探》。

③ 2014年9月19日至21日吉林大学文学院与《当代作家评论》合办“中国文学的‘现代’与‘当代’高峰学术论坛论文汇编”，第2页。

审视现代文学学科这场由命名引发的讨论，不妨先引入“当代文学”研究的一些思路。比如，当潘旭澜先生1993年在江苏文艺出版社推出他主编的《新中国文学词典》，将习惯所谓“当代文学”称为“新中国文学”时，就已经考虑到从国家体制角度命名某个阶段的文学史了。“当代文学”既可称为“新中国文学”，“现代文学”顺理成章也可称为“民国文学”，只是潘先生没这样表述罢了。上世纪九十年代中期开始，“当代文学”研究和批评界开始了“文学制度研究”“文学生产方式研究”或“文化研究视野的文学研究”，也可能刺激现代文学研究者更多从体制、制度角度反思过去以作家作品研究为主的模式。一旦着眼于体制和制度，“民国文学”概念也就呼之欲出。

上述努力，都以各自方式实践着八十年代初王瑶先生在《关于现代文学研究工作的随想》一文中提出的“必须解放思想，扩大研究领域”[①]的主张。王瑶先生当时提出这个主张，部分地也受到当时的“当代文学”创作和研究总体氛围的推动。

提出“民国文学”概念，除了当代文学制度研究的灵感刺激，也受惠于近来活跃的民国史研究。这是来自文学研究外部更大的影响。但我不熟悉这方面情况，中良先生“总序一”提到张宪文等著《中华民国史》第一卷（南京大学出版社2005年版）和李新总编《中国民国史》（12卷16册，北京中华书局2011年版），我都未曾寓目，只好略过不谈。

“民国文学”概念的提出还有第三个刺激。近年来，整个现当代文学或二十世纪中国文学学科发生了醒目的变化，过去很热闹的“现代文学”和“新时期文学”两个高原日渐沉落，一个学术洼地（十七年文学和“文革”文学）迅速崛起，而原本破碎漂流的一块土地即“海外（世界）华文文学”也不断要求获得整合与定位，所谓“向中心”与“去中心”、Sinophone（史书美）、“根”与“势”的争论（王德威）热火朝天，俨然已成新的“显学”，与此同时“网络文学”也来势凶猛，而“新时期文学”“后新时期文学”（“九十年代文学”与“新世纪文学”）和“现代文学”一样，则颇受冷落。立足于大陆地区汉语写作研究的当代文学批评界于是乎急欲提前作古，强调当代文学的经典化和历史化叙述，比如程光炜教授及其学术团队多年如一日“回到八十年代”的学术考古。现代文学受此影响，也不甘寂寞，赶忙收拾金银细软，继九十年代“文化

① 王瑶:《中国现代文学史论集》，北京大学出版社1998年1月第1版，第296页。

怀旧”之后，开始踏上文学史领域“民国范”“民国风度”的寻梦之旅，试图以此继续保持相对于“当代文学”和“海外（世界）华文文学”“网络文学”的那种传统上挺然翘然的学科优势。

主张1911年至1949年的文学以“民国文学”之名入史，不为无因。文学史要么以历史发展阶段叙述，如上古、中古、近代、现代，要么以朝代命名，如先秦、两汉、魏晋南北朝、隋唐宋元明清。这是修史惯例，故“民国文学”概念无疑可以成立，且可与“现代文学”并行不悖：后者也并非不合修史惯例。

但“正名”固然重要，“正名”之后还必须解决名实关系。谁也不会满足于仅仅更换文学史某一阶段的名称，或满足于研究某一阶段文学史得以展开的制度、机制、文学政策、文学生产方式和文化政治的生态环境，而回避“意义主导”的文学史研究基本诉求，否则“民国文学”只是“时间主导”的一次单纯名称变换，作为文学史模式本质上还是跛脚的。

民国时期的文学成就高，诚如中良先生在《回答关于民国文学的若干质疑》一文中所说：“如此自由、开放，与其说表现了现代性，毋宁说显示了‘民国风度’”，“民国风度将与弘放汉风、魏晋风骨、盛唐气象、宋朝的理风雅趣一样载入中国文学史册。”[①]

但文学上的“民国风度”从何而来？主张以“民国文学”取代“现代文学”的学者们认为有一种“民国机制”和“民国文学机制”催生了文学上的“民国风度”，但“若干质疑”也由此而起。我主要研究“当代文学”，知道“民国文学”的讨论较晚，本来不配赞一词，但稍微接触有关论著，不免心生疑窦：这奇妙的“民国机制”和“民国文学机制”究为何物？它和民国时期文学的关系究竟怎样？

稍微展开民国时期政治的时空版图，文学上“空前绝后”的“自由、开放”的“民国风度”之由来实在可疑，它既非1911—1928年北洋政府时期“民国机制”所赐，亦非1928—1949年国民党主政时期“民国文学生态环境”所赐，亦非租界特殊地缘政治所赐（其他租界就无上海租界的文学繁荣），更非“国破山河在”的沦陷区环境所赐，甚至也不单是三十年代初上海中共中央和江西苏区以及后来“左联”、陕甘宁边区、不断壮大的敌后根据地文化环境所赐。文学上的“民国风度”应该说是晚清以来追求进步的各路知识分子在1911—1949年各种政治权力

① 张中良：《民族国家概念与民国文学》，南方出版传媒、花城出版社2014年10月第1版，第200页。

互相制衡的特殊政治环境下为文学争取的相对自由相对开放的生存空间所致，是在周作人所谓“王纲解纽”之后与洪子诚先生所谓新的政治意识形态“一体化”尚未完全建立之前的三十年短暂间隙（也可谓“乱世”）文学统制相对宽松状态下产生的。质言之，是无心插柳的结果，非有心栽花的成就。既如此，也就谈不上什么“机制”，“机制”总是自觉建构的产物，比如目前知识界普遍扼腕叹息的现代中国基本缺失的“制度文明”和“制度建设”。既然“缺失”，何来“机制”？

实际存在的“民国时期的文学”不等于想象中具有自身一体化“机制”的“民国文学”。正如1920年代末革命文学论争中鲁迅提出的“革命时代的文学”不等于革命文学提倡者们急忙要建立的理想的“革命文学”。这是必须分清的两码事。[①]“民国时期的文学”注重国家体制对文学史阶段的定位，类似传统的朝代文学命名方式，它应该包含特定政治历史时期所有文学形态。承认这点，则“民国时期的文学”就不是“民国机制”或“民国文学机制”哺育的宁馨儿，不是各种鲁迅所谓“权

① 笔者修改本文时，正好拜读到范钦林先生《“民国文学机制”，还是“民国文学环境”？》（载李怡、毛迅主编《现代中国文化与文学》第十五期，南方出版传媒、花城出版社2015年5月第1版），范先生指出：“有没有统一的或者整体的‘民国文学’，而不是民国时期文学，并且与民国文学机制相对应的这样一种‘民国文学’？其实我们所能看到的是民国时期的多系统的分离的民国的文学。如果想找到一种在‘民国机制’影响下的统一的‘民国文学’是困难的，因为民国所形成的机制并不导致统一的‘民国文学’的出现。如果想找到一种在‘民国文学机制’影响下的‘民国文学’，几乎不可能，因为确认有一种统一的‘民国文学机制’的存在，这本身就很困难，因为在民国时期并没有什么统一的文学机制的存在。民国时期所形成的文学机制也是分离的，不单有纵向的断裂，而且还有横向的分离，但是我们可以反过来说这种断裂的和分离的文学机制就是民国文学机制或曰民国所实际存在的某种机制，但不是‘民国文学’的机制。”我闻见不广，不知道持有范钦林先生这样说法的学者是否很多。范先生与我不谋而合，但他的文章恰恰刊登在主张有“民国文学机制”的李怡先生主编的刊物上，说明关于这个问题，目前学术界争议还很大，同时李怡等呼吁研究民国文学的学者们也有相当的学术包容性。我相信依赖这种包容性的学术争议是会有积极成果的。近读张中良先生《回答关于民国文学的若干质疑》，才知道赵学勇《对“民国文学”研究视角的反思》（《中国社会科学报》2013年11月1日）和韩琛《“民国机制”与“延安道路”——中国现代文学史研究的范式冲突》（《文学评论》2013年6期）两文，已经“质疑”在先了。令人欣慰的是，中良先生的“回答”也显示了相当的学术包容性。唯其如此，我这个外行才愿意也胆敢继续“质疑”，并希望引起进一步的讨论。

势者”有心栽花的结果。相反，“民国时期的文学”乃是各种“权势者”忙于争斗而暂时无暇顾及文学的意外结果。

“民国时期的文学”不仅不等于“民国文学”，往往还是“反民国的文学”。鲁迅《华盖集·忽然想到之三》有言，“我觉得有许多民国国民而是民国的敌人”[①]，鲁迅所谓“民国的敌人”是危害民国的蟊贼，但民国时期也有大量如鲁迅那样热心爱国却不幸被指为危害民国的“民国的敌人”。如果将鲁迅的话反过来借用一下，则“民国时期的文学”大半乃“‘民国的敌人’的文学”，是走在鲁迅所谓“文艺与政治的歧途”上而又不甘心完全被政治收编的相对独立的文学。只有这样的文学，与中国文学史上其他许多文学现象相比，才有了不少亮色，才称得上“民国风度”。

比如，因为辛亥革命之后，“招牌虽换，货色照旧”，鲁迅受到刺激，更坚定信念，认为还是要“国民改革自己的坏根性”；因为北洋军阀政府既自顾不暇，又不懂文学，更不懂正在兴起的新文学，不知不觉放松管制，这才能在“辇毂之下”滋长起“五四”新文化和“老京派”，波及上海和全国，成就第一个十年文学的异彩。比如，孙中山、蒋介石宣传民族主义和坚持文化保守立场，国民党政府在大陆主政期间一直将新思潮和新文学视为民族罪人和“民国的敌人”，因此就连最忠诚的“诤友”胡适也接连写出《新文化运动与国民党》和《知难，行也不易——孙中山先生的“行易知难说”述评》那样激烈批评国民党和孙中山的文章。以胡适为灵魂的“新月派”和“现代评论派”同仁直到国民党政府溃退台湾之后，政治上与蒋氏父子有分有合，文化与文学旨趣则始终相去甚远。蒋政府大陆时期只能靠叶楚伧、程沧波、张道藩、潘公展、傅彦长、王平陵这些新文化运动外围人物施行“文化统制”，不仅统制不了，反而激起众怒。而在实际操作上，胡风、赵家璧、邵洵美、施蛰存等只需答应给分管文艺的小官僚出书或孝敬点烟酒，他们所编辑的书刊就能“蒙混过关”。除了三民主义、民族主义、党化教育，有哪种属于国民党政府自觉建构的“民国机制”与进步文学有关？又比如，当时的在野党受日共和苏俄文艺政策影响而干涉文学，先后发动了1928年革命文学论争、1930年初“左联”硬性规定创作方法和作家政治生活、

① 鲁迅:《鲁迅全集》(3)，人民文学出版社2005年，第16页。

批判第三种人、“两个口号论争”等多次文学运动，几乎构成新文学史“主线”，但这些有组织有领导有事先结论的论争事后证明都违背了文学发展规律。

无论国民党政府还是当时在野的中共以及其他小党在1940年代中期以前都不曾给文学以“民国机制”或“文学生态”，相反倒时刻想“统制”、收编、领导和支配文学，只是大家忙于政治军事斗争，在客观上对文学比较放任而已。一旦形势有变，比如国民党1928年执政，1948年在香港的左翼文人预感胜利在望，就大肆整顿了。溃败到台湾的蒋氏父子痛定思痛，终于完成全面文化戒严，也算是成功补上了大陆时期没有上好的一门主修课。

所以“正名”固然好，但“循名责实”更切要，否则就会变成一个空名，徒然惑乱耳目。

真要讲“民国机制”，不在文学，而在学院学术。蔡元培执掌教育部，屡屡受挫，但后来胡适、傅斯年、罗家伦、蒋梦麟等还是成功掌握了大学和学术研究机构。谈不上“民国文学”，只有“民国时期的文学”，但或许确有“民国学术”（当然还有与之并存的“民国时期的学术”）。这就是为什么1949年以后，大陆现代文学史界对类似今天谈论的“民国文学机制”只用“围剿和反围剿”一语表述，而矜夸革命文学从胜利走向胜利，同时却举国动员，批判胡适派反动学术思想，因为以胡适为号召为象征的高等院校“民国学术”确实根深蒂固，有体制，有信念，有人脉，有谱系，非用大力不能根除也。

“民国机制”在学术，不在文学。一部分民国学者确实为自己创设了现代化学术体制，并安居于这个体制之中。他们的学术相对于非体制和体制外的其他“民国时期的学术”，或可称为“民国学术”。至于民国时期的文学家，虽有社团、党派、宗派、籍贯、留学地之别，但大多属于流浪型文人，尤其代表那个时期文学高度的作家们都未曾托庇“民国”，替自己创设类似学者们享有的相对稳定的现代国家的文学体制，他们只是心里念叨着“我们活在这样的地方，我们活在这样的时代”，坚韧地创作着他们的文学。说他们的文学是“民国文学”，只是给他们的“文学”加上一个易于识别的前缀即“民国时期”而已。硬要说“民国时期的文学”即“民国文学”，硬要美化“民国文学”的“民国机制”和“文学机制”，就会抹杀民国时期的文学家们实际遭受的不同程度的限制、压迫，和他们为了文学而经历的我们所熟悉的流浪、愁苦、挣扎、奋斗、创造，甚至事与愿违，将他们想象成与今天的“作家”毫无二致，从而为今天的“作家”没有“风度”而在“机制”上加以开脱，最后大家叹口气了事：你看，没有好的“机制”啊，哪能有好的文学？许多现代文学专家对当代文学提不起劲，恐怕主要也是因为有这个心理情结。

文学的好坏与环境有关，但并不完全取决于环境。对文学来说，环境孰优孰劣，实在不易遽然回答，因为另外还有决定文学好坏的作家主体和民族精神素质的因素。历史研究分门别类，可以在某些门类重点研究“制度”“机制”。文学史研究是历史研究的一部分，自然不能例外。但文学史研究也有一点小小的特殊性，就是必须研究在无论好坏的“制度”“机制”之下作家主体及其作品所显示的民族精神。诚笃、勤勉、成就卓著的现代文学研究者们如果忽略作家主体和民族精神的因素，一味“研究”不同文学时代“制度”“机制”对文学的作用，好像文学的高低完全取决于环境的优劣，这种文学史观念是否也有必要加以反思呢？

2014年9月19日至21日，吉林大学文学院与《当代作家评论》合办“中国文学的‘现代’与‘当代’高峰学术论坛”，我与会做了简短发言。本文在发言稿基础上修改而成，原载《文艺争鸣》2015年8月号。

“创作”与“议论”

——反思“新文化运动”与“新文学”的一个角度

一

中国“新文化运动”由“新文学”发端，但“新文化运动”按自身逻辑是不能局限于文学的，必要从最初的文学运动扩张到整体文化改造。可事实上“新文化运动”几乎一直由“新文学”唱主角，因此说到“新文化运动”，总是以“新文学”为主，这就显得名实不符，看不到“新文化”其他部门的成就及其与“新文学”的内在关系。

九十年代以来，文学日益边缘化，在整体文化中扮演的角色越来越模糊，因此最近二三十年反思“新文化运动”，如何处理“新文学”的地位，又成了一大难题。

“新文学”的位置如果像以往那样抬得太高，势必只见文学而不见整体文化。反之，“新文学”的位置倘若被估量得太低，比如 2015 年各地举办“新文化”百年学术纪念活动，只谈政治体制、经济、军事、外交、法律、人文学术、美术等“新文化”的诸多领域，过去一直占据中心的“新文学”几乎不在场，那显然也与历史事实相去甚远。

用“新文学”覆盖甚至取代“新文化”，或者把“新文学”从“新文化”中剔除出去，这两种极端做法其实拥有一个共同想象，仿佛“新文学”和“新文化”从来就是两张皮，粘不到一块。对“新文学”和“新文化”的这种模糊想象始终困扰着研究者。有鉴于此，三十年代中期鲁迅提出“创作”与“议论”（“纯文学”与非文学乃至整体文化）的关系问题，对今天反思“新文化”和“新文学”运动，仍不失为一个重要启示。

1935 年 3 月，鲁迅在《中国新文学大系小说二集序》中这样回忆他和《新青年》的关系：

《新青年》其实是一个论议的刊物，所以创作并不怎样著重，比较旺盛的只有白话诗；至于戏曲和小说，也依然大抵是翻译。在这里发表了创作的短篇小说的，是鲁迅。从一九一八年五月起，《狂人日记》《孔乙己》《药》等，陆续的出现了，算是显示了“文学革命”的实绩——

这段话很有名，但过去大家更多关注鲁迅对《狂人日记》等小说的文学史地位未遑多让的自评，忽略了史家鲁迅触及的另一个问题，即“新文化”报纸、杂志两种不同的编辑方式，以及这两种编辑方式所喻示的文学与非文学、“新文学”和“新文化”的复杂关系。

“五四”前后，与“新文学”相关的刊物大抵有两种，一是《新青年》那样的综合性刊物，包括在《新青年》直接影响下创刊的《新潮》，一度与《新青年》对垒后来逐渐靠拢过来的《东方杂志》，始终对抗《新青年》的《甲寅》周刊和《学衡》杂志，以及从《新青年》分化出去的《语丝》周刊等。这些综合性刊物都以“议论”为主，“创作”为辅，又因编者不同，“创作”或较多，或只是点缀。但无论如何，“议论”的重要性从来不曾被“创作”取代。一些重视“创作”的编辑同仁也频频参与“议论”，如鲁迅加盟《新青年》“随感录”专栏，还鼓励《新潮》社诸君子“偏要发议论”。所谓“议论”，有关于“创作”的，但不限于“创作”，凡学术、社会、政治、经济、军事、外交等皆在其议论范围。另一类像《小说月报》(1921年1月12卷1期新任主编沈雁冰大肆革新之后)、《创造季刊》《创造》周报、《洪水》周刊等则属于以“创作”为主的文学性刊物，“议论”尽管不少，但主要围绕文学研究、文学翻译和文学批评展开，“创作”的重要性从来不曾被“议论”所取代。上述两类刊物的编辑同仁倘若想就某个话题较多发表“议论”，还会在已有的文学刊物或综合性刊物之外另办一份专门发议论的刊物，如《新青年》同仁的《每周评论》，“创造社”后来的《文化批判》，也是从《新青年》分化出去的《努力》周报和《现代评论》周刊等。“创作”在这些专门“议论”的刊物上更稀少，可视为“新文学”运动展开之后凡刊物一般都会有的应景式点缀。

上述与“新文学”有关的两类刊物的主事者都是晚清期刊杂志的热心读者，陈独秀、胡适、章士钊、周氏兄弟等在晚清时期还办过刊物，甚至是这方面的行家里手，所以上述两种刊物类型既延续了晚清以来与文学有关的期刊编辑方式，又有所创新，中国现代与“新文学”有关的“新文化”期刊杂志基本格局由此奠定下来。“新文化”期刊对晚清维新运动之后涌现的大量刊物的延续主要表现在综合性刊物和文学性刊物都有创作和议论并举的栏目设置，而创新之处主要表现在“新文学”的“创作”跃上了报刊的醒目位置，不仅与新文化运动的许多“议论”在精神上彼此呼应，而且用文学的方式提升、丰富了这些“议论”，使“新文化”的“议论”区别于晚清报刊常见的那种“社说”类的文字。鲁迅起初轻视《新青年》，大概《新青年》着重的“议论”令他条件反射地想起《摩罗诗力说》《破恶声论》抨击过的晚清报刊“凡所然否，谬解为多”的一片“扰攘”吧。但他终于还是加入了《新青年》的作者队伍，而且不仅发表“创作”，也发表“议论”，他的《随感录》几乎无所不谈，这主要因为“新文化”的整体氛围确实令他感觉到新的“议论”和新的“创作”都已经不同于晚清，不仅“议论”和“创作”的内容变了，而且“议论”和“创作”的相互关系也变了。

在这个背景下，鲁迅注意到刊物的“议论”与“创作”、学术性议论性文章和虚构类“纯文学”的不同比重的变化，就不仅是对中国现代与“新文学”相关的期刊杂志编辑方式的独特观察，也将问题上升到考察“新文学”和“新文化”交互关系的层面。

二

现代意义上“纯文学”概念最早成熟于何时，由谁首先加以阐明？过去大家比较重视王国维《红楼梦评论》《文学小言》《人间词话》等，这里不加赘述。考虑到王国维的文学思想在他本人少有赓续，尤其新文化运动之后王氏关于文学绝少发声，故新文学主将之一鲁迅在差不多同一时期有关“纯文学”的思考或许更重要，因为这种思考不仅在当时达到了罕有其匹的高度，而且一直延续下来，成为鲁迅本人后来的基本立场：

> 由纯文学上言之，则以一切美术之本质，皆在使观听之人，为之兴感怡悦。文章为美术之一，质当亦然，与个人暨邦

国之存，无所系属，实利离尽，究理弗存。故其为效，益智不如史乘，诫人不如格言，致富不如工商，弋功名不如卒业之券。特世有文章，而人乃以几于具足。

《摩罗诗力说》第三节第一段，从“一切美术之本质”出发，将“文学”“诗”“文章”视为“美术之一”，认为“涵养吾人之神思，即文章之职与用也”。第二段将“文章”与“科学”相对，阐明“文章”的“特殊之用”在于超越抽象学理而“直语其事实法则”，“虽缕判条分，理密不如学术，而人生诚理，直笼其辞句中，使闻其声者，灵府朗然，与人生即会”。第三段将“群学”（社会学）的道德论与“诗”相对，追问:“诗有反道德而竟存者奈何？”认为孔子的“思无邪”是主张“诗与道德合”，“而欧洲评骘之士亦多抱是说以律文章”，中西方都有如此强大的文学道德论传统，所以他预言“苟中国文事复兴之有日，虑操此说以力削其萌蘖者，当有徒也”（1926 年《诗歌之敌》即重申此说）。

综合上述三段，不能不说《摩罗诗力说》乃是现代中国对“纯文学”最早最系统的阐述。或谓“由纯文学上言之”相当于“仅仅从文学上来说”，语感固亦不差，但显然只抓住字面意思，而无视一、二、三段层层递进的推演，以及鲁迅早期其他几篇古文对“文学”“文章”“诗歌”彼此呼应而具有整体构架的周密论述。

即或不承认上述“纯文学”的论述，而早期鲁迅特别注重文学的思想终究不容否认。《摩罗诗力说》开宗明义所谓“盖人文之留遗后世者，最有力莫如心声”，关于文学的重要性已经一言道尽（他那时候相信最能表达“心声”“内曜”的首推文学）。这种对文学的注重，以及上述关于“纯文学”性质、功能的认识，与鲁迅 1930 年代中期断言自己的“创作”超乎《新青年》同仁先前所“著重”的“议论”之上而“显示了‘文学革命’的实绩”，一脉相承。

鲁迅看重文学（“创作”），一生不变，比如直到 1936 年 7 月 21 日所作的一篇序言仍然坚信“人类最好是彼此不隔膜，相关心。然而最平正的道路，却只有用文艺来沟通”[①]。四十年代中期竹内好在其小册

① 鲁迅:《〈呐喊〉捷克译本序言》,《鲁迅全集》第 6 卷，人民文学出版社 2005 年 11 月第 1 版，第 344 页。

子《鲁迅》中说，鲁迅是一个“彻底到骨髓的文学者”，“文学者鲁迅无限地生成出启蒙者鲁迅的终极之场”（李冬木译文），鲁迅有一种“除了文学家之外即无可称呼的文学主义的基本立场”（李先锋译文），殆非虚语。在现代中国文学史上，像鲁迅这样死抱着文学不放的“文学家”并不多。许多人顶着“文学家”称号干了许多文学之外的事，但鲁迅一切皆以“文学主义的基本立场”为出发点，他首先是“伟大的文学家”，其次才是“伟大的思想家”“伟大的革命家”（毛泽东）。

但似乎也有“矛盾”，即如此注重文学、注重“创作”的鲁迅，在“新文化运动”一开始就是小说和随感录（亦即“创作”和“议论”）并重。到了《新青年》团体解散，以他为主先后创刊的《语丝》《莽原》，前者反对“现代评论派”独爱欧美“纯文学”和“创造社”所谓坚守“艺术之宫”的立场，推崇“任意而谈，无所顾忌”的短小精悍的小文[①]；后者鼓励青年，“究竟做诗及小说者尚有人”，不妨更多参与“文明批评”和“社会批评”[②]，因此当青年作者“寄来的多是小说与诗，评论很少”时，他感到“很窘”，担心《莽原》也会像《妇女周报》那样“很容易变成文艺杂志”。[③]换言之，鲁迅在“新文学”起步阶段就不满足仅仅在“纯文学”（“小说与诗”）领域耕耘，而开始在与自己有关的杂志上注重“议论”“评论”，尽管他个人在这些杂志上仍然不停地发表“创作”（《野草》全部刊登于《语丝》，《朝花夕拾》全部和《故事新编》中的《奔月》《铸剑》两篇皆刊登于《莽原》）。他甚至担心由年轻的新文学家们主持笔政的杂志会蜕变为单纯的“文艺杂志”。

看重“创作”的鲁迅其实也很重视“议论”。他从来没有想过要把“创作”和“议论”截然分开，也从来没有刻意追求与“议论”无关的纯而又纯的“创作”。

他个人的文笔生涯，从北京时代后期就逐渐放弃“纯文学”，转而专门经营并非“纯文学”的杂文。尽管如此，他并不同意说“杂文”因

---

① 鲁迅：《我和〈语丝〉的始终》，《鲁迅全集》第 4 卷，人民文学出版社 2005 年 11 月第 1 版，第 171 页。

② 鲁迅：《两地书·十七》，《鲁迅全集》第 11 卷，人民文学出版社 2005 年 11 月第 1 版，第 64 页。

③ 鲁迅：《两地书·十九》，《鲁迅全集》第 11 卷，人民文学出版社 2005 年 11 月第 1 版，第 70 页。

为不属于当时普遍接受的“纯文学”标准，就不是文学了。他也并不佩服“美国的‘文学概论’或中国什么大学的讲义”，不承认“小说是文学的正宗”之类的定论，甚至嘲弄“新文化运动”之后“弄得像不看小说就不是人似的”那种矫枉过正的群众心理[①]，相信杂文也会继“杂文之一体的随笔”之后“扰乱文苑”，“侵入高尚的文学楼台”。[②]但有趣的是另一方面，他自己也承认“可以勉强称为创作的，在我至今只有这五种”（按：指《呐喊》《彷徨》《野草》《朝花夕拾》和当时尚未完成的《故事新编》），并不将“杂文”包括在内。[③]鲁迅看重“杂文”，这毫无疑问，但他是否认为非要将杂文抬到和诗歌、小说、戏剧、“随笔”同等地位不可？恐怕也未必。他只是肯定“杂文”的价值罢了，而杂文的价值并不一定非要用当时流行的“纯文学”标准来衡量，才能显示出来。

反过来，他之所以说《呐喊》《彷徨》《故事新编》《野草》《朝花夕拾》这五本书“可以勉强称为创作”，也暗示着在鲁迅自己看来，即使这五本书也并不一定完全符合流行的“纯文学”的标准。他说《呐喊》《彷徨》是“小说模样的文章”“小说模样的东西”，既肯定它们是小说，但也不想单单以小说来限制它们的文体特质。[④]他说《故事新编》“也还是速写居多，不足称为‘文学概论’之所谓小说”，显然也不想仅仅以当时流行的“小说”概念来范围《故事新编》。[⑤]《朝花夕拾》十篇，包括“后记”，跟《呐喊》《彷徨》一样，几乎也是“一篇一个样式”，回忆、叙事、描写、抒情、议论、考据、争辩、讽刺、论战，无所不包，根本不同于现代文学中成熟起来的单纯抒情或叙事的散文，所以他特别强调地指出《朝花夕拾》的特点是“文体大概很杂乱”。[⑥]至于《野草》，不是也有《我

① 鲁迅:《帮忙文学与帮闲文学》,《鲁迅全集》第7卷，人民文学出版社2005年11月第1版，第404页。
② 鲁迅:《徐懋庸作〈打杂集〉序》,《鲁迅全集》第6卷，人民文学出版社2005年11月第1版，第300—301页。
③ 鲁迅:《〈自选集〉自序》,《鲁迅全集》第10卷，人民文学出版社2005年11月第1版，第469页。
④ 鲁迅:《我怎么做起小说来》,《鲁迅全集》第10卷，人民文学出版社2005年11月第1版，第526页。
⑤ 鲁迅:《〈故事新编〉序言》,《鲁迅全集》第2卷，人民文学出版社2005年11月第1版，第354页。
⑥ 鲁迅:《〈朝花夕拾〉小引》,《鲁迅全集》第2卷，人民文学出版社2005年11月第1版，第236页。

的失恋》那样的“打油诗”，也有《一觉》那样的对真实事件和经历的叙述，也有独幕剧《过客》，以及近乎杂文的《立论》《死后》《狗的驳诘》，而不能用“散文诗”的名称一言以蔽之吗？

鲁迅以自身实践，在重“创作”而轻“议论”的“正题”之外竖起一个“反题”:“议论”也很重要。这不仅说明他鼓励《新潮》诸君子“偏要发议论”并非虚谈[①]，也延续了《文化偏至伦》《摩罗诗力说》《破恶声论》的思路，即在整体文化“维新”的角度讨论文学的特殊重要性。即使在为“弃医从文”寻找理论根据的早期古文中，鲁迅也并没有将“纯文学”孤立起来。“创作”和“议论”，从来就是鲁迅思想中一正一反两个相互依存的目标。正反相合，才是他完整的意见。

鲁迅毕生注重文学，坚守“文学主义的基本立场”，但他在狭义的“纯文学”领域之外竟然投入了更多的精力。曾经以“创作”傲视着重“议论”的《新青年》同仁的鲁迅后来更加偏重于“议论”而非“创作”的杂文，甚至他的“可以勉强称为创作”的五本“纯文学”作品也充满各种形式的“议论”，而他的“议论”也并不刻意排斥“创作”因素，“杂文”完全有资格进入文学史。唯其如此，他的“创作”和“议论”皆不拘一格，处处显示着文章的“实力”[②]，呈现出“文艺复兴”的大气象。

中国现代文学史教科书有个奇怪现象，一谈到杂文的文学性，似乎就只有鲁迅一人，其他作家杂文要么归入“鲁迅风”一笔带过，要么根本不谈。这似乎是推崇鲁迅杂文，其实乃是巧妙地孤立鲁迅杂文。如果我们不承认这种巧妙的文学史骗局，那么鲁迅之外的杂文也可以谈谈。即使鲁迅之外不再有杂文（绝非事实），这个现象（或者对这个现象的歪曲）也值得探讨。鲁迅杂文是文学，别的作家杂文能不能也写入文学史，由此构成一条流传有序的杂文史线索？鲁迅生前强烈抗议文坛对“杂文”的排挤，但他对杂文的命运并不悲观，也并不希望杂文非要获得文坛承认不可。“杂文”若能被接纳为“创作”，他固然乐观其成。倘不，他也毫无气馁，因为他坚信“杂文”（典型的“议论”）自有其价值。

① 鲁迅:《对于〈新潮〉一部分的意见》，《鲁迅全集》第7卷，人民文学出版社2005年11月第1版，第235页。

② 木山英雄:《实力与文章的关系——周氏兄弟与散文的发展》，见《文学复古与文学革命——木山英雄中国现代文学思想论集》，北京大学出版社2004年9月第1版，第70—83页。

他固然曾经以“创作”傲视过“议论”，但一个没有“议论”而只有“创作”的文坛绝不是他所盼望的。着重“议论”而无“创作”的“实绩”，鲁迅认为这是1918年以前《新青年》的一个缺陷，但如果仅仅以“创作”傲人，完全丢弃“议论”这块阵地，甚至以“杂文”为“伟大的文学”的敌人而竭尽攻击排斥之能事，则也为他所鄙夷。[①]

鲁迅现身说法，将“创作”和“议论”同时摆在“新文化运动”的核心位置，令后人观察“新文化运动”时不敢有所偏废，必须同时考虑“创作”和“议论”两面，领会先贤们如何处理这二者的关系，这样才算是完整地认识“新文化”，也才算是完整地认识“新文学”。

有学者认为，鲁迅将“创作”和“议论”并置，并非将“文学”和“非文学”“纯文学”和“不纯的文学”结合起来，而是沿着章太炎“文学复古”的思路，故意“不分文体”，试图以此复兴中国文学史上“大文章”的传统。[②]这种观点的深刻自不待言，它不仅触及现代作家容易淡忘的“大文章”传统，也触及现代作家不易察觉的“文学”和“非文学”“纯文学”和“不纯的文学”之间本来存在的有机联系。但赞同这个观点的同时也须充分意识到，章太炎执守的“文学”和“大文章”概念在“新文学运动”中已发生深刻裂变，周氏兄弟目睹并亲历了这种裂变，因此他们将“创作”和“议论”“纯文学”和不纯的文学结合起来，就不是简单重复章太炎“文学复古”的思路，而是在现代文学的具体环境中探索“新文学”更多的可能性及其与整体文化的联系。

三

鲁迅成为“创作”上成绩斐然的“文学家”，必然中也有偶然。

必然在于，自幼喜爱文学的鲁迅于1907年前后就从理论上有力地证明了“纯文学”的可贵而立志“弃医从文”，献身文学，并立即开始了“文学运动”，为日后加盟《新青年》而再度“开口”（《野草·题辞》）

---

① 鲁迅:《集外集拾遗补编·做“杂文”也不易》,《鲁迅全集》第8卷，人民文学出版社2005年11月第1版，第417—419页。

② 木山英雄:《“文学复古”与“文学革命”》，见《文学复古与文学革命——木山英雄中国现代文学思想论集》，北京大学出版社2004年9月第1版，第209—238页。

打下了坚实基础。

偶然在于，他应钱玄同的坚邀，决定给《新青年》撰稿，首先并未想到“创作”，而是打算像东京时代“提倡文学运动”那样重操旧业，写论文，搞翻译。正如他自己所说，“但我的来做小说，也并非自以为有做小说的才能，只因为那时是住在北京的会馆里，要做论文罢，没有参考书，要翻译罢，没有底本，就只好做一点小说模样的东西塞责”[①]。换言之，凭着《狂人日记》《孔乙己》《药》等“显示了‘文学革命’的实绩”，这在鲁迅确有偶然性因素。

如果没有这种必然中的偶然，鲁迅是否继续做文学家？做怎样的文学家？是我们实际看到的“议论”“创作”并重，还是像东京时代那样继续搞翻译，写论文，发“议论”，或者像“新文学”第二、第三代以至今天大多数作家们那样偏重“创作”，甚或只有“纯文学”的“创作”而很少乃至基本不发“议论”？这都不得而知了。

可得而知的是周作人。东京时代“提倡文艺运动”时与鲁迅毫无二致，两人分途演进，乃在鲁迅以小说暴得大名之际，而并非许多学者重视的1923年“兄弟失和”。周作人确实在1923年开始怀疑文学是否“自己的园地”，然而当鲁迅突然显出“创作”的天才并“从此一发不可收”之时，事实上也就注定了始终拿不出“创作”的“实绩”的周作人迟早要脱离先前与鲁迅几乎相同的那种文学家的形象。

当然1918年《狂人日记》发表之后，周作人并未马上放弃文学。相反，正如1963年他在香港《新晚报》发表的《郁达夫的书简》中所说，“一九二二年春天起，我开始我的所谓文学店，在《晨报副刊》上开辟‘自己的园地’一栏”。他的“文学店”（或曰“文学小铺”）其实早就开张了，至少可以追溯到1908年在《河南》杂志4—5期连载的长篇论文《论文章之意义暨其使命因及中国近时论文之失》[②]，但1922年在《晨报副刊》开辟“自己的园地”专栏，确实是“新文化运动”开始之后周作人从事文学活动最专注的一段时间。从1922年前后开始直到1932年在辅仁大学讲《中国新文学的源流》，他的散文随笔、文学研究

① 鲁迅:《我怎么做起小说来》,《鲁迅全集》第4卷，人民文学出版社2005年11月第1版，第526页。

② 参看陈子善、张铁荣编《周作人集外文》（上集），海南国际新闻出版中心1995年9月第1版，第33—58页。

自编文集和教材专著，如《欧洲文学史》《雨天的书》《自己的园地》《艺术与生活》《谈龙集》等，还有大量外国文学翻译和介绍，都证明他的“文学店”或“文学小铺”一度非常红火。当然主要不是“创作”，而是文学批评（如关于郁达夫《沉沦》、鲁迅与废名小说的评论），文学理论建设（如《人的文学》《思想革命》《美文》、“文学研究会宣言”），文学史研究（如《欧洲文学史》《中国新文学的源流》等），以及大量的翻译介绍外国文学。也有“创作”，即写作“美文”，尤其轰动一时的“小品文”，但周作人散文随笔中真正“闲适”的抒情描写和叙事的“美文”其实很少。

尽管如此，1927 年当听说丁文江等人要推荐梁启超做诺贝尔文学奖候选人时，周作人还是亮出了他的“纯文学”立场，特地在《语丝》上撰文质疑梁启超作为文学家的资格，“我所不能决定者即梁君到底是否一个文学家？夫梁君著作之富，与其‘笔锋常带情感’，海内无不承认，但吾人翻开《饮冰室全集》，虽处处可以碰到带感情的笔锋，却似乎总难发见一篇文学作品，约略可以与竺震旦之歌诗戏曲相比拟”[①]，当时所用标准显然是“纯文学”的。

但这个时期不长，很快他就宣布“文学店”要关门，正如后来所说，“自己以为是懂得文艺的，这在《自己的园地》的时代正是顶热闹，一直等到自己觉悟对于文学的无知，宣告文学店关门，这才告一结束”[②]。最早将这个想法公诸于世大概是 1924 年 1 月的《元旦试笔》：“以前我还以为我有着‘自己的园地’，去年便觉得有点可疑，现在则明明白白的知道并没有这一片园地了”，“目下还是老实自认是一个素人，把‘文学家’的招牌收藏起来”。照这个说法，1923 年周作人就开始怀疑文学是否“自己的园地”了。

从那以后，他虽然对文学“不忍恝置”，但几乎每年都要站出来宣布关闭“文学店”“文学小铺”：“我独怕近时出现的两个称号，这便是

① 周作人：《闲话拾遗四十二 · 诺贝尔奖金》，《语丝》1927 年 6 月 18 日第 136 期，引自陈子善、张铁荣编《周作人集外文》（下集），海南国际新闻出版中心 1995 年 9 月第 1 版，第 219 页。

② 周作人：《文学与宗教》，《知堂回想录》，三育图书有限公司 1980 年 11 月第 1 版，第 397 页。

文士与艺人。我自己呢，还愿意称作文童”[①]，“我不是文坛上的人”[②]，“洗手学为善士，不谈文学，摘下招牌，已二年于兹矣”[③]，“我不会批评，不必说早已不挂牌了”[④]，“列位切莫误会以为我自认自己是在弄文学，这个我早已不敢弄了”[⑤]，“自己觉得文士早已歇业了，现在如要分类，找一个冠冕的名称，仿佛可以称作爱智者”[⑥]，“我的文学小铺早已关门，对于文学不知道怎么说好”[⑦]，“我自己有过一个时候想弄文学，差不多开了一间稻香村的文学小铺，一混几年……忽然觉得不懂，赶紧下匾歇业”[⑧]，“好几年前我感到教训之无用，早把小铺关了门，已是和文学无缘了”[⑨]，“三十年前不佞好谈文学，仿佛是很懂得文学似的……后乃悔悟，实行孔子不知为不知的教训，文学铺之类遂关门了”[⑩]。

为何会有这种祥林嫂式的反复宣告呢？ 1934 年一篇文章一语道破天机：“我不是文学家，没有创作。”[⑪]次年所谓“我与正统文学早是没关

① 周作人:《文士与艺人》,《周作人散文全集》第 4 卷，广西师范大学出版社 2009 年 4 月第 1 版，第 114 页。

② 周作人:《关于夜神》,《周作人散文全集》第 4 卷，广西师范大学出版社 2009 年 4 月第 1 版，第 183 页。

③ 周作人:《国语文学谈》,《周作人散文全集》第 4 卷，广西师范大学出版社 2009 年 4 月第 1 版，第 486 页。

④ 周作人:《忆的装订》,《周作人散文全集》第 4 卷，广西师范大学出版社 2009 年 4 月第 1 版，第 514 页。

⑤ 周作人:《〈大黑狼的故事〉序》,《周作人散文全集》第 5 卷，广西师范大学出版社 2009 年 4 月第 1 版，第 527 页。

⑥ 周作人:《〈夜读抄〉后记》,《周作人散文全集》第 6 卷，广西师范大学出版社 2009 年 4 月第 1 版，第 369 页。

⑦ 周作人:《论救救孩子一题〈长之文学论文集〉后》,《周作人散文全集》第 6 卷，广西师范大学出版社 2009 年 4 月第 1 版，第 412 页。

⑧ 周作人:《弃文就武》,《周作人散文全集》第 6 卷，广西师范大学出版社 2009 年 4 月第 1 版，第 511 页。

⑨ 周作人:《希腊的神与英雄与人》,《周作人散文全集》第 6 卷，广西师范大学出版社 2009 年 4 月第 1 版，第 528 页。

⑩ 周作人:《自己所能做的》,《周作人散文全集》第 7 卷，广西师范大学出版社 2009 年 4 月第 1 版，第 698 页。

⑪ 周作人:《重刊〈袁中郎集〉序》,《周作人散文全集》第 6 卷，广西师范大学出版社 2009 年 4 月第 1 版，第 406 页。

系的了”[①]，也无非是说“创作”属于“正统文学”，他“没有创作”，自然和梁启超一样都“不是文学家”了。周作人甚至拒不承认“小品文”是他的发明，坚持认为自己所走的只是一条“国文粗通，常识略具”的“杂文的路”。至于新诗，则自认《过去的生命》所收写于1919年至1923年的三十六首就是“我所写的诗的一切”，“这些‘诗’的文句都是散文的——与我所写的普通散文没有什么不同”，“我无论如何总不是个诗人”[②]。《看云集》所收写于1930年6月的《村里的戏班子》大概是他仅有的一篇小说模样的试作吧。

周作人与现代文坛公认的“纯文学”的“创作”及研究的关系仅止于此。他自己对此有清醒认识，已如上述。[③]1944年7月20日，周作人更郑重宣布：“鄙人本非文士，与文坛中人全属隔教，平常所欲窥知者，乃在于国家治乱之原，生民根本大计。”又说，“总之我是不会做什么纯文学的——我很怕被人家称为文人，近来更甚，所以很想说明自己不是写文章而是讲道理的人”，“我一直不相信自己能写好文章，如或偶有可取，那么所可取者也当在于思想而不是文章。总之我是不会做纯文学的……假如可以被免许文人歇业，有如吾乡堕贫之得解放，虽执鞭吾亦为之……求脱离之心则至坚固，如是译者可不以文人论，则固愿立刻盖下手印，即日转业者也”[④]。这番话比二十世纪二三十年代不断宣布“文学店关门”更有深意。周作人此时思想已超出文学，开始反省被称为“中国的文艺复兴”的“新文化运动”。这种反省令他特别对自己单纯作为“文人”“文士”的过去深感不满，并由此对“新文化运动”由“纯文学”唱主角发表了独特的看法。1944年2月29日完稿的《文艺复兴之梦》说：

① 周作人:《〈中国新文学大系散文一集〉编选感想》,《周作人散文全集》第6卷，广西师范大学出版社2009年4月第1版，第540页。

② 周作人:《〈过去的生命〉序》,《周作人散文全集》第5卷，广西师范大学出版社2009年4月第1版，第574页。

③ 关于周作人“文学店关门”的问题，黄江苏博士论文《周作人的文学道路：围绕“文学店关门”的考察》论之颇详，中国社会科学出版社2013年6月第1版。

④ 周作人:《〈苦口甘口〉自序》,《周作人散文全集》第9卷，广西师范大学出版社2009年4月第1版，第358—359页。

文艺复兴应该是整个而不是局部的。照这样看去，日本的明治时代可以够得上这样说。

中国近年的新文化运动可以说是有了做起讲之意，却是并不做得完篇，其原因便是这运动偏于局部，只有若干文人出来嚷嚷，别的各方面没有什么动静，完全是孤立偏枯的状态，即使不转入政治或社会运动方面去，也是难得希望充分发达成功的。

他的结论是“新文化运动”并非“中国的文艺复兴”，只不过是中国人的一个“文艺复兴之梦”罢了。

周作人分析了中国新文化运动为何没有像西方那样迎来文化的“整个”的“新生”或“复兴”。其一，因为西方文艺复兴接受的是作为“国际公产”的古典文明，大家尽可自由采撷，而中国新文化运动的外来影响主要来自“强邻列国”，“虽然文化侵略未必尽真，总之此种文化带有国旗的影子，乃是事实。接受这些影响，要能消化吸收，又不留有反应与副作用，这比接受古典文化其事更难”。他这里主要批评从《北大的支路》就开始反复申说的“新文化运动”的一个大毛病，即狭隘地仅仅看重工业革命之后发达的欧美少数几个国家的文化，忽略其他民族国家如俄国、日本、希腊、印度、阿拉伯世界以及欧洲其他小国的文化。这个思想，在新文化运动初期领导人中可谓相当独特。周作人的眼界之所以比大多数新文化领导人都要开阔，主要在于他的这一自觉意识。其二，“希腊思想以人间本位为主，虽学术艺文方面杂多，而根本则无殊异，以此与中古为君为神的思想相对，予以调剂，可以得到好结果，现代则在外国也是混乱时期，思想复杂，各走极端，欲加采择，苦于无所适从”。这也是周作人见识卓特之处，其他人都在努力追赶现代西方的学术艺文，唯恐力有不逮，周作人却已经清醒地意识到现代西方各国如果从文艺复兴算起，也已经走过了黄金时期。这是被学习者的不幸，更是像中国这样的学习者的不幸。其三，“中国科举制度与欧洲文艺复兴同时开始，于今已有五百余年，以八股式的文章为手段，以做官为目的，奕世相承，由来久矣。用了这种熟练的技巧，应付新来的事物，亦复绰有余裕，于是所谓洋八股者立即发生，即有极好的新思想，也遂由甜熟而终于腐化，此又一厄也。”这是着眼于中国因自身传统束缚而在

学习现代世界先进文化时所必须注意的问题。

但他说来说去，仍旧归结到文学：

> 我们希望中国文艺复兴是整个的，就是在学术文艺各方面都有发展，成为一个分工合作，殊途同归的大运动。弄文笔的自然只能在文艺方面尽力，但假如别的方面全然沉寂，则势孤力薄，也难以存立。文人固然不能去奔走呼号，求各方的兴起援助，亦不可以孤独自馁，但须得由此觉悟，我辈之力尽于此，成固可喜，败亦无悔，唯总不可以为文艺复兴只是几篇诗文的事，旦夕可成名耳。

这当然不是简单地责怪“文学”“文人”“文士”，乃是提醒国人注意，当我们将“新文化运动”比作“中国的文艺复兴”时，不能仅仅满足于文学这一方面的成绩，而必须知道在西方各国究竟何谓真正的“文艺复兴”，否则就难以避免不适当的比附。

四

“维新运动”期间及以后的康有为、梁启超、谭嗣同、吴汝伦、严复、章太炎、王国维、蒋廷黻等人或多或少也有意在中国发动类似欧洲的“文艺复兴”，而期待“中国新文化运动”名副其实地成为欧洲的“文艺复兴”，也正是“文学革命”初期胡适、陈独秀等人的想法。白话文运动主要理论根据就是“文艺复兴”之后欧洲各国确立民族语言时摒弃拉丁文而采用白话和方言土语。但最全面的论述还要推 1935 年蔡元培为《中国新文学大系》所作的“总序”，这篇序言系统介绍了欧洲“文艺复兴”的来龙去脉，最后说：

> 我国的复兴，自五四运动以来不过十五年，新文学的成绩，当然不敢自诩为成熟。其影响于科学精神民治思想及表现个性的艺术，均尚在进行中。但是吾国历史、现代环境，督促吾人，不得不有奔逸绝尘的猛进。吾人自期，至少应以十年的工作抵欧洲各国的百年。所以对于第一个十年先作一总审查，

> 使吾人有以鉴既往而策将来，希望第二个十年第三个十年时，有中国的拉飞尔与中国的莎士比亚等应运而生呵！

蔡元培在这个运动开展将近二十年之后主要也还只是表达一种期待而已，似乎回避对“新文学运动”成败得失做正面总结，但看得出来他对“既往”的评价并不甚高。周作人《文艺复兴之梦》可说是在蔡元培“总序”之后“接着说”，方法相同，都是以欧洲“文艺复兴”为参照来判断“中国新文化运动”的成败得失，但周作人态度更清楚，评价也更不客气。比如他清楚地指出国人将“新文化运动”比喻为“中国的文艺复兴”，一个最大的错误就是忽略了“中国文艺复兴是整个的，就是在学术文艺各方面都有发展，成为一个分工合作，殊途同归的大运动”这个基本要求，过分抬高文学的地位，结果不仅在文学以外的“学术文艺”上建树不多，被过分抬高的文学也因为孤立无援而大受限制，所谓“势孤力薄，也难以存立”。

早在周作人写《文艺复兴之梦》之前，李长之就于1940年发表了《释美育并论及中国美育之今昔及其将来——为纪念蔡孑民先生逝世作》（收入1943年在赣商务《苦雾集》），在1942年又发表了《五四运动之文化的意义及其评价》（收入1946年年初在沪商务《迎中国的文艺复兴》），他只承认“五四”是“清浅的启蒙运动”而非“文艺复兴”，因而呼吁今后真正的“文艺复兴”起来。这与郑振铎、李健吾战后在上海创刊《文艺复兴》杂志，旨趣上都与周作人不谋而合。但是与李长之、郑振铎、李健吾等否定“五四”是“文艺复兴”的同时又对“文学”保持浓厚的兴趣不同，周作人的这种思考常常要走到对于文学的极端的否定。早在1925年3月的一篇《文法之趣味》中他就说过，“我总觉得有些文法书要比本国的任何新刊小说更为有趣；我想还可以和人家赌十块钱的输赢，给我在西山租一间屋，我去住在那里，只带一本（让我们假定）英译西威耳（Siever）博士的《古英文法》去，我可以很愉快地消遣一个长夏”，“文法的三方面中讲字义的一部分比讲声与形的更多趣味，在‘素人’看去也是更好的闲书，我愿意介绍给青年们，请他们留下第十遍看《红楼梦》的功夫翻阅这类的小书，我想可以有五成五的把握不至于使他们失望。”“民国癸未”（1944）的《论小说教育》一文认为，中国无论普通百姓还是读书人匮乏历史知识的原因就在于太重小说，习惯从小说了解历史，结果往往混淆小说和历史的界线。周作人甚至断言："减去小说教育之势力，民智庶几可以上进。"这已经是在讨伐小说了。晚年撰写《知堂回想录》和关于鲁迅的系列著作，反复强调"诗与真"的不同，暗示鲁迅所写偏于"诗"的虚构和狂热，他所提供的则是货真价实的真相。

以周作人的文学修养，不会无来由地轻视和否定文学，但他在欧洲"文艺复兴"对照下反思"新文化运动"太倚重"新文学"而忽略其他思想文化的努力时，确实不免过分归罪于唱主角的"新文学"，好像中国"新文化运动"之所以未能达到欧洲"文艺复兴"的境界，完全是文学喧宾夺主的结果。作为一种矫正，周作人不仅时常宣布"文学店关门"，还特地撰写长文《我的杂学》，现身说法，检讨自己如何突破"文学"界限，将兴趣尽量拓展到众多学术文化领域。其实"杂学""杂览"也是陈独秀、胡适、钱玄同、刘半农、鲁迅等共同的追求，无非这些新文化主将们没有像周作人那样认真检讨和罗列各自的学术领域（可能也确实没周作人那样广博）。应该说新文化主将们都没有为文学所限，都在各自或多或少的"创作"之外发表了许多"议论"，贡献了许多学术成果。鲁迅还在广义的"美术"领域颇有建树，如收集整理汉石画像、推动现代木刻运动等。新文化主将们各有各的"杂学"，但周作人代表一种类型，他的走到文学对立面的"杂学"固然不失为对唱主角的"文学"的一种提醒和补充，但其本身并未转化为"文学"。鲁迅的"杂文"是文学，周作人那些从"杂学"流溢而出的随笔虽同样冠以"杂文"之名，却很难说是文学。与鲁迅相比，周作人只树起一个反题，没有提供正题，即没有阐明"文学"在他心目中"整个"的"文艺复兴"里头究竟居于怎样的地位，这恐怕跟他毕竟缺乏成功的创作体验有关，正如胡适所观察到的，"周氏兄弟最可爱，他们的天才都很高。豫才兼有鉴赏力与创作力，而启明的鉴赏力虽佳，创作力较少"[①]。

从理论上正面解答这个问题，是蔡元培 1935 年 5 月 18 日一天之内为郑振铎、傅东华编辑的《文学百题》所撰写的《文学在一般文化上

① 胡适 1922 年 8 月 11 日日记。

居于怎样的地位》《文学和一般艺术的关系怎样？》两篇文章。[①]蔡元培认为，各门艺术皆以文学为其灵魂，“文学有统制其他艺术的能力”，“文艺虽有种种，而得以文学为总代表”。人类进入“科学时代”以后，宗教迷信乃至玄学时代的哲学都不能不因科学的严格审查而失却信用，“惟有文学，自幼稚时代以至于复杂时代，永永自由，永永与科学并行不悖，永永与科学互相调剂。每人每日有八时以上做科学的工作，就有若干时受文学的陶冶，所以饱食暖衣的，不至于无聊而沉沦于腐败；就是节衣缩食的，也还有悠然自得的余裕”。他的结论是：“文学在一般文化上的地位，可以说是宗教的替身而与科学平行的。”

照蔡元培的说法，周作人对“新文化”由“新文学”来唱主角深致不满，就并无充分的理由了。问题不在于“新文学”在“新文化运动”中唱主角是否合适，而在于它是怎样一种“新文学”，它果真有资格充当“宗教的替身而与科学平行”吗？果真有“统制其他艺术的能力”从而足以充当各门艺术的“总代表”吗？如果“新文学”达到了蔡元培所期许的这个高度，那它在整体“文艺复兴”中唱主角又有何不可？只有像当下这样发展一种没有文学为其灵魂的“文化”或曰“文化产业”，倒是令人担忧的事情。

五

“新文化运动”第一代主将们由“创作”转向“议论”大多很成功，但转入“议论”之前或之后的“创作”的成绩，则往往乏善可陈，只有鲁迅诗歌例外。到第二代、第三代文化界领袖或明星们那里，“创作”和“议论”越来越难以兼顾。

“创作”和“议论”的关系虽也有彼此妨碍之时，但基本是离则两伤，合则兼美。笔者过去研究鲁迅对文学把握世界的特殊方式和特殊价值的认识，有意强化了鲁迅对现代“学术”和“学者”的贬低，进而认为中国现代存在着以鲁迅为界线的“文学”和“学术”的“二马分

---

① 两文见《蔡元培全集》(第六卷)，中华书局1984年第1版，第531—532页。

途”。[①]这固然揭示了问题的一面，但也遮蔽了另一面，即鲁迅的“文学”尽管站在现代“学术”对立面，却并未因此和现代“学术”绝缘。相反，鲁迅的“文学”之所以迥异于其他作家，恰恰因为始终有来自深厚“学术”的滋养。鲁迅的“学术”不像周作人的“杂学”那样始终摆在外面，与“文学”处于对立的位置，而是消化在“文学”之中，成为“文学”的看不见的血肉，孙郁称之为“鲁迅的暗功夫”，确实是十分恰当的一种说法[②]。趁此机会我愿意修改旧说。我还想进一步指出，在鲁迅的场合，“文学”不仅离不开“学术”，也离不开“议论”。鲁迅把深厚的“学术”积累和辛辣的“议论”熔铸于“文学”，又不改变“文学”把握世界的独特方式，这才造就了他几乎无人可以企及的独特的“文学”境界。

要之，鲁迅作品既是“显示灵魂的深者”[③]精致深邃的“纯文学”，又始终向着同时代社会文化充分敞开，并没有为追求文学的纯粹性而自我封闭起来。之所以能做到这点，是因为鲁迅将“创作”和“议论”结合起来，没有“偏至”和偏废。这一点就使他迥然不同于那些“现当代”大小作家，他们面对社会文化现象不发一声，以此换来所谓文学的纯粹性。

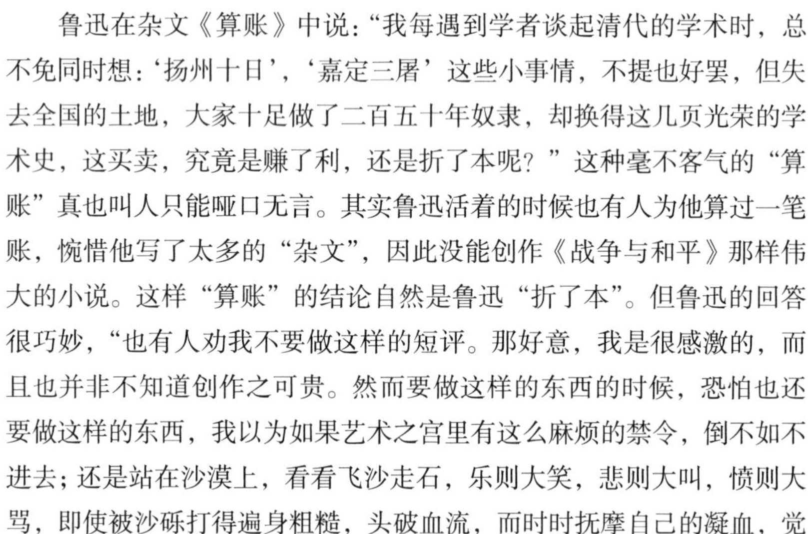

鲁迅在杂文《算账》中说：“我每遇到学者谈起清代的学术时，总不免同时想：‘扬州十日’，‘嘉定三屠’这些小事情，不提也好罢，但失去全国的土地，大家十足做了二百五十年奴隶，却换得这几页光荣的学术史，这买卖，究竟是赚了利，还是折了本呢？”这种毫不客气的“算账”真也叫人只能哑口无言。其实鲁迅活着的时候也有人为他算过一笔账，惋惜他写了太多的“杂文”，因此没能创作《战争与和平》那样伟大的小说。这样“算账”的结论自然是鲁迅“折了本”。但鲁迅的回答很巧妙，“也有人劝我不要做这样的短评。那好意，我是很感激的，而且也并非不知道创作之可贵。然而要做这样的东西的时候，恐怕也还要做这样的东西，我以为如果艺术之宫里有这么麻烦的禁令，倒不如不进去；还是站在沙漠上，看看飞沙走石，乐则大笑，悲则大叫，愤则大骂，即使被沙砾打得遍身粗糙，头破血流，而时时抚摩自己的凝血，觉

① 参见拙著《鲁迅六讲》，北京大学出版社 2007 年 1 月第 1 版，第 29 页。

② 孙郁：《鲁迅的暗功夫》，《文艺争鸣》2015 年 5 期。

③ 鲁迅：《〈穷人〉小引》，《鲁迅全集》第 7 卷，人民文学出版社 2005 年 11 月第 1 版，第 300 页。

得若有花纹，也未必不及跟着中国的文士们去陪莎士比亚吃黄油面包之有趣”[①]。他还说，“托尔斯泰将要动笔时，是否查了美国的‘文学概论’或中国什么大学的讲义之后，明白了小说是文学的正宗，这才决心来做《战争与和平》似的伟大的创作的呢？我不知道。但我知道中国的这几年的杂文作者——却没有一个想到‘文学概论’的规定——他以为非这样写不可，他就这样写，因为他只知道这样的写起来，于大家有益”[②]。鲁迅没有像替他“算账”的人那样把杂文与文学对立起来，也没有反过来说杂文就是“算账”的人们所说的文学，他要在别人的“文学概论”之外为杂文（“议论”）寻找一个适当定位，这样定位的杂文既不会是反文学的，它和一般社会文化的联系肯定也会比大多数人心目中的“纯文学”更紧密。

看来，周作人对“新文学”的不满并不适用于鲁迅，倒或许可以由此缓解他本人一直只有“议论”并无“创作”的遗憾吧，而蔡元培、李长之、郑振铎、李健吾等对“新文学”和“新文化”的未来的期待，倒可以在鲁迅这里获得满意的答案。

鲁迅“创作”和“议论”并重，周作人、李长之等对“中国文艺复兴”的偏失提出批评，蔡元培殷切期待中国“新文学”的未来，具体立论或有差异，但从各自角度都看到了问题的症结，对我们反思“新文化”和“新文学”的历程，认识当下文化和文学的状况，不无参考价值。

2015 年 9 月 18 日初稿

2015 年 11 月 25 日修改

原载《南方文坛》2006 年 1 期

---

① 鲁迅:《华盖集题记》,《鲁迅全集》第 3 卷，人民文学出版社 2005 年 11 月第 1 版，第 4 页。

② 鲁迅:《徐懋庸作〈打杂集〉序》,《鲁迅全集》第 6 卷，人民文学出版社 2005 年 11 月第 1 版，第 300 页。

论“权威”

——关于当代中国文学创作与研究的一个设想

即将过去的2015年颇为热闹，各地举行了不少学术或非学术的活动，纪念“新文化运动一百周年”（从《新青年》前身《青年杂志》创刊算起）。这期间，照例又听到不少否定“五四”的论调。也是为了应景，就找出当初质疑“五四”最激烈的林毓生《中国传统的创造性转化》想重温一遍，但也许是翻译的关系吧，感觉其行文的直质枯槁，跟多年前初读之时没什么两样，终于未能卒读。但第一篇《中国人文的重建》还是努力看完了，因为其中有个提法很有吸引力。林先生说，“中国人文内在的危机”首先表现为“权威的失落”。关于这个问题，他并不从熟悉的哲学入手，而举文学写作为例加以阐发：

“一个人如要写文章，一定要能驾驭语言，那么语言才能做很好的工具。如何使语言成为很好的工具呢？第一，要相信你底语言是对的；第二要服从对这种语言有重要贡献的人的权威性”，“服从了某些权威，根据这些权威才易开始你的写作”[①]。

林先生还由此谈到中国一些成名作家写来写去，总停留在“青春期”，难以走向真正的成熟，他认为这同样跟“权威的失落”有关，“他们从来没有服从过深厚的权威，没有根据深厚的权威来演变”。从这个角度出发，他谈小说创作的一段话，所有目空一切、闭门造车、粗疏支离的小说家们真应该看看：

大家要是看过托尔斯泰的小说，如果看过杜思妥耶夫斯基写的《卡拉马助夫兄弟们》的话——就会晓得我说的是什么意

① 林毓生:《中国传统的创造性转化》，生活·读书·新知三联书店1988年12月第1版，第7页。

思：当你真正要写小说的时候，当你真正欣赏别人写的经典的时候，当你发现那种经典之作真是了不起，那些著作就自然地变成了你的权威，那么，你就能根据你所信服的权威一步一步地演变，为自己开出一条路来——当然你不一定要一直信服那些权威，更不必也不可重复别人写的东西。然而，我们只能在学习中找寻转化与创造的契机；而在学习的过程中，我们必须根据权威才能进行。[①]

林先生以上论述，主要依据他所“信服”的“权威”博兰尼（Michael Polanyi）的“支援意识”和库恩（Thomas Kuhn）的“典范”理论，但是跟T.S.艾略特《传统与个人才能》、海德格尔关于西方文明的希望只能求之于该文明传统本身的说法，以及布罗姆的《影响的焦虑》，都可以互相发明。这里面当然有一些相当复杂的理论话语和方法论的转换，但万变不离其宗，无非是说作家不能凭空创造，在他之前的权威和经典总会对他起作用，而作用有好有坏，成功的作家之所以成功，就在于懂得如何将权威的影响转换为有利于他们自身的因素，而不是相反。

鲁迅也说过，他能写小说，无非仰仗了先前看过的“百来篇外国作品”。岂止“看过”，他还跟周作人一起精心编辑和翻译了《域外小说集》，并自豪地宣布，因为有他们兄弟的翻译，“异域文术新宗，自此始入华土”。鲁迅对那些来自“异域”的“权威”们的“文术”的敬仰见于言表，但他所仰仗的并不止于外国小说，那些更加烂熟于胸的中国小说和中国传统叙事文学经典也在他写作时提供权威的帮助，只是出于某种策略考虑，那篇《我怎么做起小说来》没有正面提及罢了。

鲁迅的创作历程提醒我们，大作家更喜欢“转益多师”，他们所“信服”的“权威”往往不止一个。

总之，任何天才作家都离不开“权威”，离不开“传统”。作家的天才一定程度上就表现为他们对某种传统的占有，或者说就体现为他们以某种方式成功地让传统的洪流流过自身，使自身成为传统的一部分，成为新的经典、新的权威。如果不是这样，如果作家的创造活动外在于某个传统，与传统的任何权威都了无干系，那他的天才就是悬空的，无所

① 同前页脚注①。

附丽，不会被身处这个传统的任何读者所理解、所承认。

这应该是不刊之论，只可惜似乎尚未成为当代中国作家的共识。而这往往就是许多当代中国作家共同面临的创作上的“瓶颈”。

但林毓生先生接下来的推论就不能叫人信服了。他认为中国人文世界缺乏“权威”，主要是“我们中国好歹发生了五四运动”。何出此言？原来他认为自从“五四”以后，“我们传统中的各项权威，在我们内心当中，不是已经完全崩溃，便是已经非常薄弱”。把罪责完全推给“五四”，这是林先生引起海内外学界瞩目的主要学术观点，其实经不起推敲。

首先，“五四”以后中国作家实在还是“厚古薄今”居多。因为置身“五四”延长线上的我们有“五四”之前的人们不曾有的越来越完备的文学史教育，所以谁也不敢小觑“五四”以前的历代名家。当然能否认真“学习”历代名家的作品，收到实效，又是另一回事。

不仅如此，历史事实也反复证明，在我们这里最容易刮起来的还是“复古”之风。不说别的，“文革”固然被许多人指为破坏传统文化的浩劫，但几乎很少有人深究，“文革”的破坏者们到底是“五四”式的“内心有理想的光”的“革新的破坏者”，“有确固不拔的自信”的“偶像破坏者”“轨道破坏者”，还是与之相反的“偶像保护者”，或中国特色的“盗寇式的破坏”“奴才式的破坏”[①]？换言之，是对于无论好坏的传统的传统式的破坏，还是现代启蒙知识分子有鲜明爱憎和是非的批判性破坏和破坏同时的艰苦卓绝的建立？对这个问题的回答似乎至今还在模糊两可之间。与此同时，也恰恰是“文革”期间，大家跟着伟大领袖学了多少古文，复活了多少古人的思想和做法！而1965年《致陈毅》信中所说“用白话写新诗，几十年来，迄无成功”，单单这句判词就几乎令本来就步履维艰的“新诗”彻底转入“地下”，与此同时旧体诗则堂而皇之流行于全社会，甚至岸然要求写进现代文学史。仅此一端，我们还能笼统地说“文革”破坏了传统文化，并且在这种笼统的思维逻辑指挥下在“文革”和“五四”之间悍然画上等号吗？

自从王德威教授被压抑的晚清现代性的说法风靡学界以来，寻找被

---

① 鲁迅:《再论雷峰塔的倒掉》、《热风·随感录四十六》,《鲁迅全集》第1卷，人民文学出版社2005年11月第1版，第204页。

“新文学”压抑的其他现代性因素俨然成了近一个时期学界主要的兴趣之一。这个说法最初提出来应该有其不容回避的证据，但随着它的日益广行，实际上真正被“压抑”的倒不是别的，而恰恰是以鲁迅为代表的“五四”新文学，是现代作家们以各自过硬的外语亲近世界各国文学的“别求新声于异邦”的现代性取向。

历史真实往往与表象有一段距离，甚至恰恰相反。“文革”大革传统文化之命，实际上却出人意料地复活了传统文化的许多早在“五四”时期就被要求放在理性天平上加以严格剖析的内容。另一方面，“文革”虽然始终高举鲁迅旗帜，但公然的歪曲和实用主义张冠李戴的利用所在皆是。表面文章多么容易掩盖历史真相，连大学者林毓生先生也被骗过，竟然以所谓“‘五四’激进反传统”作为自己全部论说的起点与终点。

得罪了！这篇读书随笔式的短文当然不敢与林先生商榷，只是简单提出几点，略表对林先生基本判断的一些疑惑。其实林先生所谓中国作家写不好小说在于他们缺乏“权威”，这点完全值得赞同，所不敢苟同的仅仅是他后面的推论，即认为中国作家缺乏的仅仅是古代文学的“权威”，而其原因乃是“五四”导致了古代作家“权威”的失落。

真实情况或许正相反，中国当代文学长期不振，主要因为大家至今还不肯正视“五四”，还没有真正意识到许多现代作家对今天的文学创作来说其实是和古代作家一样具有权威性（如果不是比古代作家更具权威性的话）。今人一般都比较敬畏几千年的“大传统”，尽管往往采取“敬鬼神而远之”的态度，但谁也没胆量公开叫板。至于“五四”以来离我们更近因而在我们身上更起作用的“小传统”，则往往不会受到今人足够的敬重。林毓生先生本人就是一例。

这是否另一种“数典忘宗”呢？对此，学术界和文学创作界始终没有给予足够的重视，所以“新文化运动”百年以来，各种贬低“五四”而讳言“现代”的论调很容易畅行无阻，也就不值得奇怪了。

人们敬畏“大传统”，主要因为它有几千年的体量。轻视“小传统”，主要看它只有一百年的历史。但这种向后看的观点其实十分短视，缺乏对未来必要的预见性。几千年“大传统”毕竟已经过去，一百年“小传统”却方兴未艾。“小传统”不是要转过身去，不自量力，非要与几千年“大传统”较一日之短长不可。它的任务是面向未来，做未来千年新传统的伟大开端。我们自己就置身于这个伟大开端之后的新传统，而不再属于已经过去几千年的“老调子已经唱完”的“大传统”。

因此，不讲“权威”则已，要讲“权威”，讲“传统的创造性转换”，就不能只讲“五四”以前几千年的“大传统”，而不讲“五四”以来的“小传统”。

说“五四”一代“激烈反传统”，造成传统的“断裂”，实在是厚诬了“五四”先贤。如果没有他们用现代世界的学术眼光来重新整理传统，来“重估一切价值”，我们对传统的理解至多不会超过“乾嘉学派”。而二十世纪的中国人如果仅仅简单接续“乾嘉学派”的余绪，传统就不“断裂”了吗？但是，如果说“五四”先贤无论在学术方法上还是在整体文化气度上都远超“乾嘉学派”，因此不仅在细节上取得了更多更好的整理国故的成就，而且在整体上作出了“乾嘉诸老”根本梦想不到的关于几千年传统的大判断，这，倒是更加符合学术思想史的发展真相的。学术思想史如此，文学史在“五四”前后划时代的突破，截断众流，别开生面，就更加毋庸置疑了。

所以“小传统”比“大传统”更重要，这是“五四”新文化运动直至上世纪八十年代中国主流知识界的共识。从“五四”到八十年代，不管中间发生了怎样的迂回曲折，文化界主流对于“小传统”的自信和殷殷瞩望丝毫不曾被几千年大传统所压抑。没想到，九十年代以后，这个共识竟突然变得模糊起来。

其实讲“大传统”往往大而无当，讲“小传统”却要动真格的。

谓予不信，可以参照林毓生先生的“权威”理论，姑且就拿现代作家鲁迅为参照，而以继起的一些当代重要作家为研究对象，看看先行者在后继者的意识里究竟具有怎样的权威性。具体地说，就是看看鲁迅的权威性的“失落”或鲁迅的权威性的有限存留如何比任何一个古代或外国作家都更直接更深刻地影响了这些当代作家们的文学探求。

“鲁迅与当代作家”，这个题目曾经被做得很滥，以至于差不多被当代文学研究界和鲁迅研究界共同抛弃了。但现在必须赶紧重做，尤其在鲁迅研究渐趋封闭乃至无话可说（没有新话题可以展开），而当代作家研究又急于经典化的时候。对鲁迅研究来说，不能一直只谈鲁迅，而不看鲁迅之后。对当代文学研究来说，你研究的对象都快要经典化了，为什么还躲着鲁迅，还不敢跟鲁迅碰一碰啊？

据说现在一些文学研究刊物组稿的时候最不欢迎谈鲁迅的文章，编辑们认为，谈鲁迅的文章有一本《鲁迅研究月刊》集中发表就够了，不必溢出这本专业的鲁迅研究刊物之外。似乎鲁迅是一匹猛兽，最好关在铁笼子里，免得放出来伤人。有一些专门从事当代文学研究和批评的人也一样，据说他们一见别人在谈论当代文学的时候扯到鲁迅，就大皱眉头，脸拉得很长，似乎一扯到鲁迅，他们的当代文学的好世界就立刻不那么圆满了。研究当代文学的人可以大谈六朝志怪、唐宋传奇、宋元话本、三言二拍，以及《金瓶梅》《红楼梦》，可以大谈福楼拜、普鲁斯特、卡夫卡、马尔克斯、博尔赫斯，却如此忌讳鲁迅，这种现象实在古怪得可以。

当然，鲁迅和绝大多数当代中国作家处在迥然不同的历史时代。鲁迅的学养和遭遇，绝大多数当代作家没有。绝大多数当代作家所经历的鲁迅也未曾经历甚至未曾想到过。然而文学除了丰满而逼真地描写不同作家所处不同时代的不同历史境遇之外，还要进一步描写处于各自时代不同历史境遇中的人们可以心心相印的那些精神领域所发生的故事。不能达到这一境界的作家就不会超越他们的时代而被别的时代的读者所理解，甚至他们被同时代读者所理解的内容也不会具有怎样的历史深度。在这意义上，和绝大多数当代中国作家具有不同经历的鲁迅仍然可以作为理解当代中国作家的一个权威性坐标。

其实所谓鲁迅和绝大多数当代中国作家处在不同的历史时代，也是相对而言。认真说来，绝大多数当代中国作家所处的时代仍然和鲁迅的时代有着千丝万缕的联系。不说别的，文艺与政治的关系问题，从鲁迅到现在，就一直是中国作家必须正视的头等重大的问题。在这个问题面前，当代作家和鲁迅的历史境遇并没有太大的不一样，尽管具体表现形态会有一定的差异。鲁迅认为文艺与政治走在“歧途”，即走在不同而平行的道路上；文艺可以不做政治的传声筒，但文艺无论如何摆脱不了政治，文艺还要以自己的方式去处理政治所处理的问题。鲁迅对文艺与政治的关系的思考是双重的，文艺独立于政治，但不能脱离政治。鲁迅这个态度必将永远挑战着绝大多数中国作家，任凭后者想把文艺简单等同于政治，将文艺硬绑在政治的战车上，成为政治的奴婢，还是凭空想象文艺已经脱离了政治，已经完全回到了文艺自身。这两种处理方式迟早都会经受鲁迅的传统的挑战。而鲁迅的挑战也是双重的，即既是文艺的，也是政治的；追求“内容的充实和技巧的上达”的鲁迅既要揭露你在政治上的怯懦伪诈，也要揭露你在艺术上的薄弱与自欺欺人，至少会以他的“用字之正确”反衬出不少当代作家语言的粗糙甚至错误百出。

就以“新时期”以后的文学来说吧，鲁迅与王蒙，鲁迅与张承志，鲁迅与张炜、莫言、贾平凹、余华、残雪、陈忠实，虽然都已经有过一些研究，但仍然有许多现成的材料没有被很好地加以利用。

可以预期，在今后相当长的时期，这仍然会是一个极有趣味的话题。

2015 年 12 月 24 日定稿

原载《南方文坛》2016 年 2 期

“重大题材”再议

1949年后，日益走向“一体化”[①]的“国家文学”[②]显出高度组织性计划性特征，几乎每场重大政治运动、每次基本国策的实施都有蜂拥而至的作品跟进，这就限制了作家“写什么”，亦即通常所谓“题材”。经过“反胡风”“反右”和“大跃进”，对“题材”的“片面化、狭隘化”理解造成“题材问题上的清规戒律”更加严重，“似乎无产阶级的文艺只能表现当前的重大题材，似乎重大题材只能是今天群众运动中的新人新事，而群众运动只能是当时当地的中心工作，新人新事只能是现成的模范人物、模仿事例”。更激进的“尖端题材”也提出来了，其他非重大、非尖端题材自然备受冷遇甚至责难。[③]

当时文艺界部分领导认为这种倾向割裂了生活整体，不利于“工农兵方向下的百花齐放”，遂于1960年年底酝酿纠偏，翌年第三期《文艺报》发表了主编张光年执笔、作协副主席兼党组书记邵荃麟润色的头条“专论”《题材问题》，又在第六、第七期《文艺报》推出周立波、胡可、冯其庸和夏衍、田汉、老舍的笔谈，指出“题材本身，并不是判断一部作品价值的主要的和决定性的条件，更不是唯一的条件”，呼吁“促进创作题材的多样化的发展”。

《文艺报》此举自以为忠实执行1956年4月28日毛泽东在中共中央政治局扩大会议上正式提出的“双百方针”，和同年5月26日中

① 谢冕:《文学的纪念》(《文学评论》1999年4期)，丁帆、王世忱:《十七年文学:“人”与“自我”的失落》,《唯实》1999年1期，洪子诚专文《当代文学的“一体化”》(《中国现代文学研究丛刊》2000年3期)的分析更为周密。

② 吴俊、郭战涛:《国家文学的想象和实践——以〈人民文学〉为中心的考察》，上海世纪出版股份有限公司、上海古籍出版社2007年6月第1版。

③ 《题材问题》,《文艺报》1961年3期。

宣部部长陆定一代表中央向知识界科学界所作《百花齐放，百家争鸣》的讲话[①]，一时也得到不少应和。但好景不长，1962 年 9 月毛泽东在中共八届十中全会上发出“千万不要忘记阶级斗争”的口号，并针对“利用小说反党”的《刘志丹》特别提出“要抓意识形态领域里的阶级斗争”。上海市委第一书记柯庆施闻风而动，1963 年 1 月 4 日在上海文艺会堂举行的元旦联欢晚会上提出要“大写十三年”，1 月 6 日《解放日报》《文汇报》同时刊出柯的讲话，虽然 1963 年 4 月 16 日中宣部召开的文艺工作会议上，周扬、林默涵、邵荃麟等就“大写十三年”与柯的代言人张春桥展开公开辩论，坚持“十三年要写，一百零八年也要写”，但随着 1963 年 12 月 12 日和 1964 年 6 月 27 日毛泽东对文艺工作接连作出“两个批示”，1956 至 1957 年以及 1961 年文艺界在文艺如何服务政治的大前提下对“题材问题”的两次纠偏遭到完全否定，“文革”初期还被林彪委托江青主持的《部队文艺工作者座谈会纪要》扣上“反‘题材决定’论”的帽子，成为“黑八论”之一，实际罪状已经等同于张光年撰写《题材问题》时谨慎规避的胡风三十万言书的“五把刀子”论。[②]

“新时期”清算“‘题材决定’论”，废止“重大题材”的提法，理

① 陆定一讲话公认是对“双百方针”最详细最权威的解释，其中谈道:“题材问题，党从未加以限制。只许写工农兵题材，只许写新社会，只许写新人物等等，这种限制是不对的”，“文艺题材应该非常宽广”，“关于题材问题的清规戒律，只会把文艺工作窒息，使公式主义和低级趣味发展起来，是有害无益的。”这些话被张光年“专论”反复引用。

② 胡风《关于解放以来的文艺实践情况的报告》(俗称三十万言书)1954 年 3 月至 7 月写成，7 月 22 日面交国务院文教委员会主任习仲勋，请其转呈中共中央领导毛、刘、周等。1955 年，未经作者同意，《文艺报》1、2 期合刊以《胡风对文艺问题的意见》为题公开发表了《报告》的二、四部分，一、三部分也铅印成册，内部分发。胡风在《报告》中批评林默涵、何其芳等文艺界领导的一些理论倡导是加在文艺工作者头上的“五把刀子”，这分别是：第一，要求作家必须具备完美无缺的共产主义世界观；第二，只有工农兵生活才是生活，日常生活不是生活；第三，作家必须等思想改造好了才能创作；第四，以旧的民族的形式拒绝国际革命文艺和现实主义文艺；第五，题材有重要与否之分，题材决定作品的价值。1961 年《题材问题》“专论”所反对的显然正是 1954 年胡风所谓“五把刀子”的第二、第五项，所以张光年在批评“重大题材论”“‘题材决定’论”时，不得不重新高调批评胡风的文艺理论，小心翼翼地将自己的论述与“何其相似乃尔”的胡风理论区别开来。

论界也很少再提“题材”概念，但关心“当代文学”的人士梳理文学史流变，很自然地还会按作品“反映”现实生活“重大题材”之年代先后，依次想到“三大运动”(“镇反”、“土改”、抗美援朝)、城市工商业改造、过渡时期总路线、农业合作化、“大跃进”、“反右”、人民公社、第一个五年计划启动后各地重大生产建设项目(工矿企业桥梁铁路水库建设)、“三反五反”“四清”，直至“文革”。不管你是否赞同“‘题材决定’论”，在“革命历史题材”之外[①]，同步把握具有重大政治性内涵的现实生活“重大题材”的写作不仅构成“十七年”和“文革”文学的主流，也是“新时期文学”一个重要方面。这其中率尔操觚旋生旋灭的应景之作比比皆是，但也不乏占据文学史一席之地甚至足以标示文学史框架与骨骼的经典。甚至与许多“重大题材”对应的基本“国策”和社会运动早已属于历史陈迹，甚至不断遭到新的基本“国策”的反思与否定，但那些经典之作仍然能够让后人感到常读常新。

这里就存在着“重大题材”概念在历史演变中所呈现的复杂性问题。一般来说，“十七年”前期文学尚能勉力紧跟“三大运动”、城市工商业改造、“合作化”、大规模工业建设，到了“反右”“四清”和“文革”时期，文艺界迭遭冲击，作者自主把握“重大题材”的空间一再被挤压，1956至1957上半年(所谓“百花时代”)以及1960至1961年的纠偏只是昙花一现。“文革”中“重大题材”从“塑造社会主义新人”推进到“塑造无产阶级英雄典型”，阶级斗争成了唯一的“重大题材”，“重大题材”与社会生活的血肉联系完全取消，假大空肆虐。随着“文革”落幕，严重变形的“重大题材”成了陪葬品，也就不难理解。[②]

---

① 许多当代文学史论著把“革命历史题材”也视作“重大题材”，根据《题材问题》对当时文艺状况的描述，以及柯庆施、张春桥、姚文元对“大写十三年”的鼓吹，当时“革命历史题材”虽优于一般“历史题材”，却并非反映重大现实问题(后来愈加收缩为仅仅反映重大现实政治斗争)的“重大题材”。

② 中国人民大学人文学院中文系钟华的硕士论文《十七年“题材问题”研究》(2004年，导师方兢副教授)全面梳理了十七年围绕“题材问题”展开的理论争辩与政策调整的脉络，以及文学创作相应的荣衰起伏，是不可多得的好文章。笔者只在网上拜读，不知该论文后来是否正式出版。钟文结论说，“十七年文艺理论中题材问题是错误的”，“题材问题只有在‘文学反映论’的理论体系中才能成为一个问题”，“如果脱离了‘文学反映论’的理论体系，就没有‘题材问题’的理论。”这个结论将“题材问题”限

“新时期”之初，因为文学史的惯性（执掌“新时期”文坛牛耳的正是“十七年”中两次文艺政策调整时期被整肃的作家和文艺界领导），尽管理论上不再提“重大题材”，但“伤痕”“反思”文学实际描写的内容仍带有“重大题材”的影子。许多作家以事后追记的方式“重写”和“续写”十七年的“重大题材”，试图突破魏巍、杨朔、巴金、老舍、路翎、陆柱国（抗美援朝）、张爱玲（土改和抗美援朝）、周而复（城市工商业改造）、曲波（剿匪镇反）等共时性写作局限。其实《三里湾》《山乡巨变》《创业史》正面反映合作化时也经常回溯“土改”，王蒙在七十年代中期开始创作的长篇《这边风景》也是事后追记新疆地区的“社教”和“四清”，但这些文学追记太靠近“重大题材”发生的时间，因此不得不囿于当时官方流行说法，不可能像“新时期”那样拉开距离，站在新的历史认识高度来“反思”。

但“伤痕”“反思”文学写得更多的还是被“文革”压抑的另一些“重大题材”，如“反右”“红卫兵”“文革”“知青上山下乡”，至于“反右”之前的那些“重大题材”（如李准、赵树理、周立波、柳青倾心的合作化）则极少有人触及。十七年文学关心的“题材”有优劣、主次、高低不同的“价值等级”[①]，“新时期”在处理“重大题材”时也有详略深浅和立场的差异，这就颇堪玩味。

比如“土改”，轰轰烈烈开展之时就缺乏同步记叙，“新时期”也只

接上页②

于十七年和“文学反映论”语境是不错的，但完全取消“题材问题”超越十七年的普遍意义，就值得商榷。且不说“十七年文艺理论中题材问题是错误的”这个结论抹杀了当时争论的积极意义，即使“新时期”以后少谈甚至不谈“题材问题”，也并不等于这个问题真的解决了。若将此逻辑推向极端，文学就只剩下“怎么写”而完全可以不管“写什么”。割裂“写什么”和“怎么写”，造成八十年代中期以后某些文学创作严重脱离现实、空洞无物、沉湎于“能指的游戏”，不也有目共睹吗？其实十七年之前，“题材问题”早就跟“怎么写”一起被提出了。二十年代末和三十年代，鲁迅为此专门写过《革命时代的文学》《怎么写——夜记之一》《关于小说题材的通信》等大量文章，这说明在“十七年”和“文革”政治语境以及“文学反映论”之外，“题材问题”一直存在着，不能笼统断言“十七年文艺理论中题材问题是错误的”而因噎废食，造成理论探索和文学史研究新的禁区。果如此，则今后中国文学恐怕还要继续背负“十七年”和“文革”文学的负资产。

① 洪子诚:《中国当代文学史》，北京大学出版社 1999 年 8 月第 1 版，此处据 2007 年 6 月修订版，第 75 页。

有零星回溯（古华《芙蓉镇》等）或限于1949年前局部地区（张炜《古船》）。[①]合作化运动，因为很快和新的“国策”南辕北辙，自然也不会出现第二个柳青。一直视柳青为文学导师的陈忠实1982年亲身参与“分田到户”的工作，大受刺激，决心不再碰当代“重大题材”，义无反顾地沉浸于辛亥革命至1949年之间白鹿原的旧时记忆。[②]“大跃进”“三年自然灾害”写得更少，翘楚之作只有二十年后张一弓《犯人李铜钟的故事》，发表时还备受争议。涉及“文革”的作品可谓多矣（许子东早有专著研究“回忆”“文革”的几种模式），但至今尚未诞生立体全景式的扛鼎之作，只有巴金《随想录》独力支撑着这一巨大空白。造成这种局面的原因不难理解。伴随“伤痕”“反思”文学始终的“暴露”与“歌德”两派尽管不久淡出，却内化为中国作家对待历史的两种基本立场，直到八十年代末，才在两败俱伤的事件中一同走向“意识形态终结”，并在新阶段的“新状态”以“新自由主义”和“新左”继续化妆演出，且总显得“左右为难”。换言之，“新时期”以后文学界也和意识形态其他领域一样，对诸多重大历史问题的“反思”并非一蹴而就。作家个体在思考、表述这些问题上不仅缺乏必要的自由，也缺乏必要的历史知识和对于历史真相的知情权。因此，他们在处理“重大题材”时表现出来的详略深浅和立场的差异，有些是有意为之，更多可能还是不得已而为之。

此外，朝鲜战争迟至九十年代才有少量纪实（《远东：朝鲜战争》）和网络写作（《长津湖之战》），严肃的虚构作品甚少（海外作者哈金《战废品》除外）。描写中苏和中印边境冲突的成功之作至今仍付阙如。从老干部受难这一重大题材剥离出来专门针对知识分子思想改造的创作也很少（流沙河《锯痕啮齿录》、杨绛《洗澡》《干校六记》和季羡林《牛棚杂忆》等），贾平凹、莫言、阎连科在“新世纪”持续不断的回顾性书写虽有所弥补，但限于认识能力和知识水平，又有新的缺憾。

“重大题材”在“新时期”不断嬗变，作家把握“重大题材”的方式多半从为潮流所裹挟、为长官意志所左右而转变为主动选择、独立思

① 陈思和:《土改中的小说与小说中的土改——六十年文学话土改》,《南京大学学报（人文社科版）》2010年4期。

② 陈忠实:《寻找属于自己的句子》第十一节“我的剥离”，上海文艺出版社2009年8月第1版，第90—103页。

考，但若想写好，又谈何容易！

除了被“文革”压抑的一些“重大题材”，许多“新时期”文学作品还触及了“新时期”以后发生的一系列重大运动与历史事件，如平反冤假错案与老干部重返工作岗位（鲁彦周、王蒙、张贤亮、张洁），知青回城（王安忆、张承志、史铁生），家庭联产承包责任制以及早期自发的个体经营（高晓声、何士光、路遥、贾平凹），公社和生产队解体（陈忠实、刘玉堂）、对越自卫反击战（李存葆）、工厂改革（蒋子龙、张洁、柯云路）、出国热（大量可以归属于“中国当代文学”的海外新移民创作）、民办教师退出历史舞台（刘醒龙）、农民工进城（尤凤伟、铁凝）。

其中也有详略深浅和基本立场的差异。比如，平反冤假错案和老干部重返工作岗位一度是反思“反右”和“文革”的突破口，但“向前看”“宜粗不宜细”的原则很快阻断了亲历者洞察历史现场的可能。“知青作家”是“回城知青”的幸运儿而非“代表”，蹉跎岁月与青春无悔两种态度之争也不能涵盖这一群体的复杂经验，所以“新世纪”还有知青身份的作家频频回顾“抒情年代”，写了不少重返当年“知青点”与“下放地”的作品。生产队和人民公社解散催生了一些作品，作者们也重视“国策”调整给农民精神心理带来的变化，但这几乎是“一过性”的，不像柳青那样长期跟踪和研究农民精神情感从“土改”到“合作化”的痛苦挣扎，并对整个国家生产力与生产关系展开全局思考。唯其如此，才刺激了路遥创作《平凡的世界》，刺激了贾平凹在《浮躁》之后继续关注农村剧变，接连写出《土门》《高老庄》《秦腔》《高兴》《带灯》《极花》。但这些作品的肤泛无力也人所共知。

再比如 1990 年代上半期国企改革（“关停并转”）、股份制、下岗与再就业、建立社会救济和保障系统，一系列连锁动作不仅关乎千万工人家庭生活出路，更关乎工人阶级领导地位和诸如国家性质等意识形态难题，其重要性无论如何估计也不为过，但正面描写这一历史过程的作品何其稀少！数得过来的只有“现实主义冲击波”中《大场》《分享艰难》几部急就章，某些“先锋文学”的侧面描写（苏童小说《城北地带》就是南京当时正被“改造”的旧工业区），上海作家李肇正的长篇《无言的结局》《躁动的城市》和短篇《石库门之恋》《女工》《勇往直前》等。文学界忽略这一重大社会现象，恰似对某些讳莫如深的重大事件的规避，不能不引人深思。

“重大题材”所以“重大”，主要因为它所包含的社会生活确实有其他题材所没有的深广度，而巨大的国家宣传机器客观上也帮助描写“重大题材”的作品产生广泛而持久的社会辐射。因此，捕捉“重大题材”，一度内化为中国作家的某种创作本能。但是，八十年代后半期直至九十年代，尽管围绕“重大题材”的外在思想束缚一度宽松，然而随着“文学主体性”和“向内转”呼声的高涨，作家们捕捉“重大题材”的兴趣锐减，在“寻根小说”和“先锋小说”中，针对那些不容绕过的重大事件，作者们要么刻意回避，或只让其露出一鳞半爪，要么干脆视而不见，置若罔闻；而对于以往所压抑和忽略的个人内心体验、存在意识、身体和性别自觉以及“怎么写”（“小说叙述”和“语言形式”等）的探索，作者们则倍加瞩目，由此形成的一种新的文学惯性，即使贯穿“九十年代”和“新世纪”、一度被誉为“现实主义回归”的“新写实主义”也根本无力加以扭转。“新写实主义”之“新”，主要表现为将传统现实主义全景式史诗图景与无法连成整体的碎片化现实对立起来，回避前者（放弃和拒绝“宏大叙事”）而独取后者（由此造成“鸡毛体”），这就与过去“题材决定论”只抓主干而删尽枝叶正好翻转过来，无怪乎有人称之为“新题材决定论”[①]。

不能说绕过“重大题材”就意味着文学疏离了现实。文学可以因此获得另一种逼近现实的途径。个体内心、历史文化、离奇芜杂的存在图景确乎从根本上改变了中国读者以往过于单一僵化的现实想象。曾几何时，一谈到现实，似乎就只是和“重大题材”相关的那些内容，比如《创业史》中农民和干部们日思夜想，除了互助组和“建社”，仿佛就再没别的了。况且正面捕捉“重大题材”也不一定是好办法，福楼拜、托尔斯泰以爱玛和安娜的情感命运为主线，照样将当时俄法两国社会百态尽收眼底。但“重大题材”囊括的现实往往真的很“重大”，不能因它是“重大题材”反而刻意回避。托尔斯泰不也写过《战争与和平》《哈泽·穆拉特》吗？问题是在“文学主体性”“向内转”“先锋小说”“新写实”之后，观念丕变，谁还想写当下现实的“重大题材”，似乎不是奔着“五

① 杨世真：《新题材决定论——当代“新写实”小说批判》，《浙江广播电视高等专科学校学报》1999 年 2 期。

个一工程”之类政府订单而去，就是自身文学观念和手法落伍的表现。

所以说这也是一种新的文学惯性，其强大吓阻机制令有心把握“重大题材”的作家不敢造次，而只能另辟蹊径。于是我们看到，许多作家如果不写个体内心，不进行纯形式探索，不触碰“重大题材”，就转而描写乡村风俗画图卷（有别于“农村题材小说”）、城乡两地家族史、都市白领生活、金融（股票）和商界职场的沉浮、涉外跨国婚恋、老龄化、准黑社会绑架凶杀、经济犯罪、家庭伦理、各种形式的暴力、蚁族、中学生早恋和叛逆、网络“二次元”、新科幻虚拟空间、同性恋，以及“70后”“80后”“90后”的年龄神话。六十年代初有“中间人物论”的说法，上述折中之道是否也可称为“中间现实论”呢？不管怎样，这些题材领域在九十年代至今持续活跃与不断发酵，令“重大题材”越发无人问津。

物极必反，“新世纪”以来也有一些作家冲破上述文学潮流辖制，尝试触及重大敏感的社会问题。上海作家夏商《东岸纪事》正面展开浦东开发背景下几代人命运悲欢的历史画卷，程晓莹《女红》继李肇正之后直击国企改革后工人的含辛茹苦，管新生、管燕草父女合写近代至当下的《工人》三部曲[①]，贾平凹、余华、莫言反身捕捉被遗漏的重大历史事件（《古炉》《兄弟》写“文革”，《蛙》写“计划生育”。长期高空飞翔的先锋作家也纷纷宣布“正面强攻当下现实”，如格非写官场（《春尽江南》），李洱写计划生育（《石榴树上结樱桃》），余华写“强拆”与群体性事件（《第七天》）。

值得一提的还有“70后”和“80后”作家对一些重大社会现象的关注，比如鲁敏《六人晚餐》和路内《慈悲》都不约而同以回忆父辈的视角描写1990年代上半期“厂区”的陆续消失，以及工人阶级的历史地位与工人家庭悲惨命运之间巨大的悬殊。当《六人晚餐》最后以一场大爆炸将整个“厂区”夷为平地，当《慈悲》借人物之口喊出“工人阶级算个屁啊”的时候，这两位青年作家恐怕也仅仅掀起了沉重历史帷幕的小小一角，正如乡村“空巢”、土地流转和外来务工人员衍生的城市危机虽然也时常进入一些青年作家的视野，但全面而深刻的描写也还只

---

① 陈思和:《工人题材是海派文化的一个传统——从长篇小说〈工人〉说开去》，原载2013年2月25日《文汇报》，此处据陈思和著《昙花现集》，上海人民出版社2015年7月第1版，第351—357页。

能俟诸来日。

聪明的作者是既知道“榛楛弗剪”，又懂得抓住主干的，因为这二者本来就是一个不可分割的整体。经过“十七年”“文革”“新时期”“九十年代”和“新世纪”这些不同的文学阶段，我国作家对生活细节、个体生存、内心隐秘、宏大叙事、当下现实、历史维度的关系已经有更加丰富而深刻的认识，若再写“重大题材”，应该不会简单地重复过去了吧。

“重大题材”这一中国特色的文学命题在文学史上毁誉参半，能否再度焕发生机，谁也无法预测。但因为敢于重新直面“重大题材”，一些中国（尤其青年）作家业已固化的形象多少有所改观，倒是可以肯定的。这至少表明，他们大概也并未全然忘怀世事，而只关心月亮之遥的虚幻与脐下三寸的琐屑吧。

2016 年 6 月 28 日写

原载《文艺争鸣》2016 年

二十年后的回顾

——“人文精神讨论”再反思

一晃二十年过去了，当初参加“人文精神讨论”的情景，现在还记忆犹新。那时许多问题其实并不怎么清楚，但热情高涨，好像并非因为成竹在胸而参加讨论，倒恰恰因为胸无成竹，才要讨论个不休。“人生讨论糊涂始”，谁谓不然？

这样的讨论不能取得令各方面都满意的结果，也就可想而知。如今回过头来，有几个问题，似乎还并非毫无可谈的价值。

一、我很佩服发起者们，他们大概也和我一样，仅仅因为对当时精神文化现象和相关社会问题有所不解、不适与不满，尽管并未在学理上做出充分准备，还是愿意大声疾呼，真诚地说出想要说的话。事后，发起者之一王晓明先生收集历次讨论记录和相关论辩文章，编成《人文精神寻思录》，其中就包含若干不同意见。别的暂且不论，这种关心现实的精神和包容异己的气量就很可贵——但十分可惜，这好像也是那场讨论过去之后到现在越来越变得稀薄了的东西。

二十年过去，大家并没有忘记这场讨论，不断有人提起，海内外许多高校还有不少学者和研究生以此为题撰写论文，可见凡真诚严肃的讨论总会为人们所记起。在中国，像这样的讨论，不管水平怎样，迄今为止都不是太多，而是太少、太少、太少了。别说类似人文精神这一类的重大问题，就是小到一个作家一部作品的评价，也听不到多少不同意见，这情形，真好像青年鲁迅在《破恶声论》中所形容的，“举天下无违言，寂寞为政，天地闭矣”。

但我绝不是说，随便什么时候都可以再那么来一下。

倘若没有一定的积累和准备，倘若不是学术思想发展到水到渠成的地步，倘若不是心里确实有话要说，就随便发起一场讨论（像现在某些煞有介事的对话啊、讨论啊、商榷啊之类），除了制造人为的热闹，吸引一点眼球，是什么积极的结果也得不到的。

二、尽管当时无论发起者还是参与者都没有想得很清楚，但大家总是努力把话说清楚，也总是希望把对方的话听清楚。用一大堆谁也看不懂听不明白的名词术语吓唬人的风气，那时虽然也有，但还不很流行。

这也是那场讨论值得纪念的一点。

如今，包括当时一些讨论者在内，可能学问越来越大，而说话写文章也越来越令人看不懂、听不明白了。

文风问题包含内容太多，对照二十年前后中国思想文化界的文风的变化，真有不胜今昔之慨。

除了学术语言，今日人文社会科学本身的发展也大大超乎九十年代中期人们的普遍想象。虽然人文精神讨论过程中也有一些学者有炫耀博学之嫌，但大多数的兴趣并不仅仅在所谓“纯学术”。那时候，恐怕真的还有一些从八十年代而来的剩余的激情，没被那以后的高等院校愈演愈烈的冷冰冰的学问所完全涵盖。即使那时候谈学问的人，也万万没有料到所谓学问会演变成今天这个样子。试问今天的学问成了什么样子？大家心知肚明，用不着我的拙笔来描绘了吧。

三、讨论匆忙结束，虎头蛇尾，除了外在压力，一些关键人物后来心气浮躁，也是原因之一。反对和质疑的声音刚起来，就觉得受到误解和干扰了，或满脸不屑，或兴味索然，很快鸣金收兵。

中国学术批评界缺乏打破砂锅问到底的精神，更缺乏在不同意见甚至不怀好意的对话丛林中穿行、持久地走自己的路的毅力。在这意义上，人文精神讨论的参加者们面对过去时代那些执着坚定的“精神界之战士”，恐怕都要汗颜的。

我们太爱惜羽毛，太注意自家形象，太小家子气，没有陈独秀那种以我辈之是非为绝对之是非的霸气。一旦发现情况不妙，就默而息之；而稍遇缠斗，就生怕于光辉形象有损，恐怕要归于“过于聪明”之类吧。似乎当初闪亮登场，只为博得喝彩，并不想引起争鸣，更不准备让讨论和争鸣持久化、日常化。

四、回顾二十年前那场讨论，人们很自然要问：当年那些发起者和参与者们而今安在？他们今天还记得自己当初说过的话吗？他们还坚持当初的提问方式吗？关于知识分子的批判立场与出处进退，关于市场经济，关于文化传统，关于精英文化与大众文化，关于学术规范，关于学术和文艺的独立性，关于知识的建构与解构，关于文化机构是否要被“养起来”，关于讨论中是否暴露了一些人的“左”的无意识或另一些人（比如王蒙）的“恐左情结”——诸如此类，当初所反对的，今日还反对吗？当初所赞同所坚守的，今日还赞同还坚守吗？当初所忧患的，今日还忧患不已吗？

不做这种具体的追问，则一切总结、反省、回顾，都不会落到实处。

但这类问题又太尴尬。时间最爱作弄人，往往令人觉得今是而昨非，或今非而昨是，稍微照照镜子，真的自己也认不得自己了。

这并非什么高深的学术问题，而是小学生都能做的题目。现在文风越来越晦涩缠绕，是否就是想回避这种小学生式的令人尴尬的追问呢？

鲁迅说过，读书人最好各自准备一个笔记本，记录说过做过的，不时拿出来看看。关于人文精神讨论，即使没这样的笔记本，相信各人心里都会有一本账，但敢于和愿意时常拿出来晒一晒的，似乎也并不很多。

五、“人文精神讨论”只不过为九十年代中期以后人文学术发展开了一个头，后来的事情，功过与否，不能都记在这场讨论的账上。但既然参与者许多也是九十年代中期以后至今的思想文化界的主导者和中坚力量，则这前前后后，还是可以看到一些联系。

比如，继“人文精神讨论”之后，关注最多的自然是“新左”和“新自由主义”。一般认为，这是讨论之后知识分子的分化和重新站队，我觉得固然也很重要，但是否比鲁迅所谓个人心里那本账更切己呢？未必。我一直怀疑，至今依然高度怀疑，什么“新左”啊，“新右”啊，热闹一时，但果真有那么回事吗？比如，“新右”的一些代表据说不理解鲁迅和现代文学，认为学了现代文学和鲁迅，顶多会骂人而已。我觉得说出这种话的人，骨子里恐怕是“右”不起来的。比如，“新左”的大帅小将们毫无历史感，对自己和父辈亲历的历史事件睁眼说瞎话，我就横竖不明白那是怎么一回事。这中间颇有几个过去有想法、有感觉、有文采的，不知为何，一旦加入“新左”阵营，就顿时变得毫无想法、毫无感觉、毫无文采，甚至毫无写作能力，费了好大的劲终于写出来的东西，也几乎一律呜里哇啦，拼命搬弄自己也不懂的理论话语不说，甚至连起码的语文规则也不讲，令人如读天书。“新左”不是要为最大多数的底层着想吗？不是要在思想上获得最大多数的底层的理解和支持吗？既然如此，那你写这种根本不通的鬼话连篇的东西给谁看呢？仅此一点，就可以断定他们骨子里也“左”不起来。没有“左”，没有“右”，剩下来唯一足以傲人的，就只有一个“新”字了。既然都只有一个“新”字，则“左”与“右”，迟早都会混在一起，恰如当年看似壁垒森严的“京派”与“海派”那样。

再说了，难道一切都非得装进或“左”或“右”的框子里不可吗？难道“左右”之间和“左右”之外就空空如也、毫不重要了？

过去别人喜欢给知识分子戴帽子，谢天谢地，这种帽子现在总算不常有了，但知识分子难道因此就发慌，赶紧要自己给自己制造一些帽子来戴吗？

任何帽子，包括“人文精神”“新左”“自由主义”（新右），不管别人制造的，还是自己制造的，都太过招牌化、口号化、标签化、脸谱化、面具化、表演化，与个人的“文行出处”距离很远，和个人的真实想法和真实处境甚至完全不搭界。

但也许正因为不那么关乎个体，这才大谈特谈？我想很可能就是这样。

所以要说那场讨论有什么致命的缺陷，我以为还是真实的个人和个性的缺席。说了一大堆学问、主张、主义，搬弄了许多连自己也不甚了了的名词术语，甚至因此把母语也糟蹋得半通不通，而结果只造成更加严实厚重的帷幕，把个人的真心牢牢遮蔽了。人文精神讨论应该有一个坚定的目标，就是呼唤真实的个人到场，然而除了当时和现在都被视为“杂音”、视为很不漂亮的两三个人的“捉对厮杀”之外，剩下的，就只是一些莫名其妙、永远也说不完、永远拧得像麻花一样的好听的说辞，以个人身份站出来讲点真心话，真可谓绝无仅有。

这里似乎又得引用青年鲁迅的一段话：

> 故病今日中国之扰攘者，则患志士英雄之多而患人之少。

> 志士英雄，非不祥也，顾蒙帼面而不能白心，则神气恶浊，每感人而令之病。奥古斯丁也，托尔斯泰也，约翰卢骚也，伟哉其自忏之书，心声之洋溢者也。若其本无有物，徒附丽是宗，辄岸然曰善国善天下，则吾愿先闻其白心。使其羞白心于人前，则不若伏藏其议论，荡涤秽恶，俾众清明——

六、讨论过后不久，我写过一篇小文章，将人文精神讨论与现代文化史上其他几场讨论略加比较，认为人文精神讨论无论从哪个角度来看，都还不如过去那些讨论。听说此论一出，颇引起一些人的反感，甚至被某位北京的朋友目为人文精神的叛徒。

其实没有比较，就见不出高下真伪，“叛徒”云云，无非做了一点比较的工作，通过比较，掂量出人文精神讨论的真实分量，以为并不像有些人吹嘘的那么美妙罢了。这里我还想再提到一些现代作家，继续作一点比较。

周作人说过，“五四”以后出了不少“吃五四饭”的，就是躺在“五四”的功劳簿上做官当教授的人。他认为，知识分子在“五四”前后呐喊鼓吹并不困难，那时发言空间相对宽松。其实，比“五四”更重要更值得记忆和讨论的，应该是“三一八惨案”，因为不仅学生在“三一八惨案”中有许多牺牲，“三一八”之后，军阀政府直接拿知识分子开刀，知识分子也因此发生了实际的分化。因此，真正深刻影响现代中国文化的，不是“五四”，而是“三一八”。可一直以来，人们就喜欢年年来讲“五四”。“三一八”呢？对不起，谁还记得！“五四”给知识分子带来了成功者的光荣，“三一八”给知识分子带来了失败者的难堪，纪念前者，忘却后者，乃是人情之常。周作人这番话是1949年他出狱不久，暂时滞留上海，正准备北上回家时用对话体写出的，无论当时还是现在，关注的读者都不太多。但不得不承认，他这种观察和反省，是十分独特、足以启人以思的。

鲁迅也有类似意见。表面上他很看重“五四”，但他每次谈论“五四”，都是为了提醒当初的“五四”领袖们不要言不顾行，不要忘记自己说过什么。鲁迅并未参加“五四”，更未曾把“五四”作为桂冠戴在头上。众所周知，他更看重“三一八”。惨案发生时，他正在写系列杂感“无花的蔷薇”，刚写到第三节，就笔锋一转，剩下的篇幅全交给“三一八”了。之后连续写了《“死地”》《可惨与可笑》《纪念刘和珍君》《空谈》等杂文，都收在《华盖集续编》里。“三一八”对鲁迅本人的影响不止于这些愤激的杂文，正是“三一八”之后不久，他彻底告别北京知识界，开始了辗转广州、厦门、上海的所谓后期的流亡与挣扎。

时代在前进，“吃人文精神饭”的毕竟没有“吃五四饭”的多，尽管海内外确实有人为了搞清楚究竟谁最先提出这个“创意”而争得面红耳赤，但真正关心发明权、专利权之类问题的，毕竟少而又少。但这倒也并非什么高风亮节，而是因为新的诱惑太多，争论二十年前那场讨论的发明权、专利权，已经意思不大了。

但另一方面，愿意记住类似“三一八”那样重大历史事件的似乎也并不多。这是今天回顾二十年前那场讨论时不妨提出来，略微想想的一个附带的问题。

2013 年 4 月 24 日写

2013 年 9 月 30 日改

原载《文艺争鸣》2013 年 12 期

身份转换与概念变迁

——近三十年中国文学概观

通常称 1949 年“至今”的中国文学为“中国当代文学”。这个概念更狭义的内涵是指 1949 年“至今”以中国大陆发达地区汉族（包括少数汉化少数民族）作家为主体，运用汉语写作（或将一部分本来少数民族语言的作品译成汉语），主要关注发达地区汉族主流社会之主流话题的文学写作。该术语有时也用来指称当下十几年的上述文学创作。长期以来，海内外关心中国文学的人士并不觉得这个说法有何不妥。

但 1990 年代之后，此概念越来越受到质疑。这首先是因为，“中国当代文学”在时间和空间两方面都发生了持续的扩张、位移和修正。比如，“中国当代文学”时间的上限和下限就不断向前和向后伸展，内部不同时段的文学史意义也不断被改写，而无论中国大陆内部还是“海外”皆不断涌现过去往往被忽略的“新”的文学空间。

所有这些都需要对“中国当代文学”概念的内涵与外延进行重新界定，这也是最近三十年海内外学术界全力以赴进行的一项复杂学术操作，但不管中国当代文学的时空如何变化，作家的主体地位始终不会改变。文学史的时空之所以不断被改写，其目的无非也是要更加清晰更加具体地对作家主体进行文学史定位。换言之，借助中国当代文学史研究不断拓展的时空概念，关于中国当代作家的主体身份，我们可以（也应该）获得比以往更为清晰的认识。

本文尝试将文学史时 / 空研究的成果落实到作家主体，考察 1990 年代以来那些活跃的和有代表性的“中国作家”的身份变化如何深刻改写了“中国当代文学”的固有概念。

一、1990 年代以来中国作家身份的七种类型

1. 来自台湾、香港、澳门地区的中文作者的创作。以往称之为“台湾文学”“香港文学”和“澳门文学”，亦即存在于中国台湾、香港和澳门地区的中国文学。现在越来越多的中国当代文学史著作、教材的作者与编者都已经明确意识到，有必要将这三个地区不管是中文还是非中文的文学创作与新加坡、泰国、马来西亚等地的“华文文学”区别开来，最终纳入“中国当代文学”版图。道理很明白，“新马泰”等地活跃的“华文文学”主体是当地华人，他们早已成了所在国的国民，而台、港、澳三地作家，按照“一个中国”的政治表述，都应该是“中国人”。

但是，如何克服物理和文化政治的时空隔阂与差异，阐明这三个地区的文学与中国大陆主流文学的有机联系，至今还是一项繁难的工程。目前大部分教科书或专著都仅仅用“拼贴”的办法将它们勉强塞入“当代文学”总体框架，总是不能令人满意。

2. 生于中国、长于中国、用中文写作中国故事的海外华人作家如北岛、严歌苓、张枣、李笠、肖开愚、陈谦、张翎、陈河，或者用中文以外的语言写作的海外华人作家如张戎、巫宁坤、哈金、欧阳昱、裘小龙、李翊云、郭小橹等（英语）以及高行健（法文）。他们是 1980 年代至 1990 年代以后涌现的“新移民”或“离散”作家的杰出代表，巫宁坤、严歌苓、哈金、裘小龙、李翊云移民美国，张戎、郭小橹移民英国，张翎、陈河移民加拿大，高行健移民法国，肖开愚、张枣移民德国（张枣一度回国，死于德国），欧阳昱、黄惟群、张劲帆、田地、刘海鸥、辛夷楣等移民澳大利亚，李笠移民瑞典。

这里提到的“新移民作家”只是冰山一角。事实上在世界各地，中国新一代移民都有数目极其庞大、创作异常活跃、互动十分频繁的作家群落，即使专业的“海外华文 / 华人文学”研究者也无法全面占有这方面的资料，而交织在他们中间任何一个作家身上的文化（文学时空）的复杂性往往超过他们的中国国内的同行。

个别“新移民作家”移民之前就已经在国内成名（北岛、巫宁坤、

高行健、张枣、肖开愚、裘小龙等），但移民之后身份改变，或者是“新移民作家”，或者被称为“离散作家”。这两种身份似乎都意味着他们不再属于“中国当代文学”范畴。但问题是这些作家移民之后仍然和中国大陆保持着千丝万缕的联系，如何“正确地”描述他们的文化身份，一直是困扰中国当代文学研究者的难题。最突出的例子就是高行健，他究竟是作为中国作家还是法国作家而获得诺贝尔文学奖？他是中国作家吗？但他拿的是法国护照。他是法国作家吗？但他的《灵山》动笔于移民之前，修改于移民之后，内容则完全是移民之前在中国的生活。英国的张戎、郭小橹，美国的哈金、裘小龙，澳洲的欧阳昱，情况也基本相同。哈金甚至说，他的理想就是写出“伟大的中国小说”！一个“美国作家”会在乎他的作品是否“伟大”，但不会在乎他的作品是否属于“中国小说”。

我举高行健、张戎、郭小橹、哈金、裘小龙、欧阳昱为例，因为他们六位都能够以所在国官方语言写作、被所在国文坛深度接纳。他们尚且有这种身份认同的问题，其他“新移民”或“离散”作家身份认同之复杂性就更加可想而知。

史书美（Shu-meiShih）试图将上述台、港、澳、新加坡、马来西亚、泰国和1990年代以后欧美各国的“华人新移民作家”的创作一劳永逸地概括为“华语语系书写（Sinophone）[①]，这个概念因明显模仿Francophone和Anglophone而颇受争议——中国大陆与海外华语文化圈的渊源，与作为宗主国的英、法两国主流文化及其殖民地文学的关系，毕竟有着本质区别。但如果将史书美的概念稍加修正，比如更多留意台港澳三地“中国文学”与东南亚“华文文学”的差异，更多留意台港澳三地“中国文学”、东南亚“华文文学”与北美、欧洲及大洋洲“新移民”或“离散”华文及华人作家之间的差异，更多考虑这些国家和地区的华人及华文文学与中国大陆文化及地缘政治的联系，比如，考虑到1990年代“新移民”或“离散”作家与中国大陆之间固有的纽带，考虑到东南亚（新马泰）华文写作的现代传统及本地化发展与中国大陆主流文学

① 参见史书美《视觉与认同：跨太平洋的华语语系表述·呈现》（*Visuality and Indentity: Sinophone Articulations across the Pacific*, Berkeley and Losangeles,University of California Press,2007;2013台北联经繁体字版）。

的继承、影响和疏离关系，考虑到香港、澳门回归之后两地文学的未来发展之可能性，则“华语语系书写”这个概念对上述不同地域华语及华人文学的连带关系的强调，还是有一定的启发性。最近王德威教授借助海德格尔“在世界中存在”的哲学概念提出“世界中的中国现当代文学”以及“众声喧‘华’”的说法[①]，也是想解开上述多线错综的死结，提出一个更具开放性、包容性和流动性的描述框架。

3. 有些中国作家（如余华）许多随笔最先以英文在国外发表，然后翻译成法文出版，再部分地“回译”成中文在大陆和台湾发表或出版，比如《十个词汇里的中国》最初以英文在美国发表，后出法文版和台湾繁体字版，2015 年部分章节以《我们生活在巨大的差距里》为题在大陆推出中文简体字版，但完整的中文版至今还是台湾麦田出版社的繁体字版。

也有些作家的长篇小说仅仅在海外推出中文版或外文版。还有些中国作家的长篇小说，最初应海外出版商约稿而以英文完成，后来又自己翻译成中文在国内出版，而海外版最终反而并未出版。上述情况并不妨碍中国国内的读者和批评家们对这些作品的关注、阅读和评论（乃至激烈的争论）。换言之，它们仍然被包含在“中国当代文学”范畴，只不过它们和“中国当代文学”的常规系统之间，存在着某种难以厘定的局部疏离关系。

还有一种情况：个别中国当代作家的创作一直受海外专家学者的高度推崇，其作品外文翻译的比率远远高过其他国内同行，但在国内文学界始终“叫好不叫座”，无论专家的研究还是读者的接受都十分冷淡。最突出的例子就是山西作家曹乃谦。曹乃谦 1980 年代中期就登上文坛，而真正蜚声海外则是 1990 年代以后。他作为一个中国当代作家身份的复杂性，也只有放在 1990 年代以后的文化语境中才容易被理解。

4. 有些中国作家身处（或暂住）“边地”或离开“边地”之后书写关于“边地”故事，如张贤亮根据他在宁夏长期生活的经验创作的大量作品，王蒙 1970 年代在新疆创作的长篇小说《这边风景》、回北京后完

① 王德威：《世界中的中国现当代文学》，《南方文坛》2017 年 5 期。

成的短篇小说集《在伊犁》，马原关于西藏的长篇和短篇故事，藏族作家阿来关于民国时期川藏交界地“土司”家族的历史故事《尘埃落定》，汉族青年作家刘亮程、李娟的新疆书写，陕西作家红柯、甘肃作家徐兆寿的作品，以及北京作家宁肯关于西藏的《天葬》(2009)，以网络文学起步而逐渐步入严肃文学阵营的安妮宝贝的《春宴》，电视节目主持人李蕾的《藏地情人》等关于云南和西藏的写作，还有藏族作家次仁罗布史诗性巨著《祭语风中》对五十至八十年代西藏社会各阶层生活变迁的汉语书写。

将这些作品和五六十年代一些汉族主流作家（如碧野、冯牧）以及“现代”作家（沈从文、艾芜、周文、无名氏）的“边地”写作略加比较，可以发现回族作家张承志，藏族作家阿来、次仁罗布九十年代以后的边地写作与边地的历史、文化、习俗、宗教的联系更加紧密，而精通维吾尔语、长期生活在新疆的王蒙的新疆写作也与他的前辈作家碧野、冯牧等大异其趣。

5. 有些少数民族作家过去习惯用汉语写作，但 1990 年代以后逐渐回归本民族语言的写作，像新疆维吾尔族作家阿拉提·阿斯木、延边自治州朝鲜族作家郑世峰。据新疆作协主席阿扎提·苏里坦介绍，维吾尔族作家用维吾尔文写作的占 99%[①]，藏族作家情况基本相同，像扎西达瓦、次仁罗布等能熟练地用汉语写作并受到主流文坛好评的作家实在屈指可数。

上述五类作家，又可大致分为两大类。一是海外华文/华人作家(包括“新移民”或“离散”作家)，一是居住在国内的汉语和民族语言并用的双语或多语作家。这五类作家的某些作品（并非他们的全部创作）未必都能纳入过去占主流地位的“中国当代文学”范畴。

6. 还有一种情况也和语言有关，但并不牵涉少数民族语言和汉语的张力，而是有关汉语写作内部的等级秩序问题，这就是有些中国

---

① 《民族文学的书写与构建——阿扎提·苏里坦文学评论集》，作家出版社 2016 年 5 月第 1 版，第 82 页。

作家从主流的普通话书面语写作转向方言土语写作，或者尝试方言土语和普通话书面语混杂的写作。考虑到中国当代文学所奉行的基本语言政策，这类写作也可说是主流语言文化之外的一种边缘或“边地”写作。

从中国文学一般所谓的“现代”时期（1917—1949）开始，除极少数作家、理论家之外，完全采用方言土语进行写作是不被鼓励的。1958年全面推广普通话以后，大幅度方言土语写作更加受到严格限制，尽管这与1940年代初“民族形式”讨论和1942年《在延安文艺座谈会上的讲话》（简称《讲话》）之后大力倡导的学习“群众语言”之间有明显矛盾，但“当代文学”的语言政策毕竟与“一体化”之初的设想不可同日而语。然而1990年代以后，越来越多的作家纷纷踏入胡适在1920年代中期倡导的“方言文学”这一禁区。其中有些作家如贾平凹《古炉》和金宇澄《繁花》还颇受欢迎。但更多的方言写作在图书市场和现存的主流文学评价体系中仍然不受欢迎，甚至惨遭失败——尤其当他们完全采取方言土语写作的时候，比如一直坚持大量运用山西“雁北方言”写作的曹乃谦（当然曹乃谦在国内文坛的被冷落，方言写作只是原因之一）。尽管胡适1920年代中期希望在吴方言和粤方言中产生优秀的“方言文学”，尽管1990年代和“新世纪”在广州、上海两地保护“粤语”和“沪语”的呼声很高，但大规模方言写作在目前的语言政策（Language policy）框架内是不可能实现的，只能也处于内部的“边缘”和“边地”位置。

7. 非主流但绝非不重要的是网络写作。这是相对于传统主流文学的又一类型的边缘或“边地”写作。不过学者们时常抱怨研究网络文学太难，网络写作通常都是“海量”而且极其纷乱，茫无头绪。这里暂且以两位走红的网络写手为例——“杨卡洛夫队长”和“君达乐的慢先生”——显然都是化名，其中一位可能毕业于澳大利亚某所不太知名的大学。他们都在青海西宁注册博客，文体非常驳杂，关注问题也极其广泛——大多与时下敏感话题有关。他们扮演无所不知的先知角色，风格上明显受王朔和王小波影响，但读者数量显然要超过1990年代中国青年亚文化的两位“王”姓代言人。当然博客微信假托王朔等名人发表作品非常多，这似乎继承了中国古代假托名人发表作品的风气。另一个值得注意的情况是，许多原来的网络写手一旦走红，就会选择“下线”，在纸质媒体和传统出版的市场站稳脚跟，逐渐汇入主流文学圈。所以网络上的“边缘写作”“边地写作”状态很不稳定，而最大的特点，无疑还是作者身份的假名和匿名状态。

假名、匿名的古代白话小说后来成了“五四”以降一超独霸的文体，当下假名和匿名的网络写作是否也会在现存文学体制衰微之后，一跃而成为未来中国文学的主流呢？

二、可能得出的几点结论

如前所述，1990 年代之前，“中国当代作家”基本指国籍上是中国人（汉族、汉化的少数民族或作品被译为汉语的少数民族语言的作者），关注主流社会历史、现实与文化，不管他们住在何处。这个意义上的“中国当代作家”自己会认为（或被认为）属于 Benedict Anderson 所谓“想象的共同体”（imagined community），一个巨大的无所不包的“中国当代文学”范畴。在“政治正确性”上，未被翻译的少数民族语言的创作也应属于“中国当代文学”，但绝大多数主流文学读者和研究者都不会（也无力）关注这一部分文学创作。

可是现在，以往各种《中国当代文学史》著作或教材所叙述的传统意义上的“中国当代作家”的身份已发生巨大变化，传统的“中国当代作家”当然还有，但并非全部。他们只是他们自己，不能代表其他身份类型的中国作家。后者也是政治或文化意义上的“中国人”，他们或许既用汉语也用其他语言（外语或我国少数民族语言）写作，而且很可能关注主流社会之外其他族群的生活，作品的出版空间也早已超越了国界和敏感地域的边界。.

换言之，“中国作家”或“中国当代文学”的概念因作家身份的多样化，正经历着一系列挑战，以至于分化或衍生出诸多不同范畴。它们中间某些部分固然可以继续被纳入“中国当代文学”，但“中国当代文学”概念本身因此在一定程度上也就有“改写”的必要。与此同时，另一些作者可能暂时或永远也难以纳入“中国当代文学”范畴，但谁也无法否认，他们和“中国当代文学”仍然息息相通。如何在这种复杂联系中重新思考“中国当代文学”的内涵与外延，是当前“中国当代文学”研究无法回避的基本问题。

比如 Sinophone 总有这样那样的中国或汉语背景，大多数 Sinophone 作者（“新移民”或“离散”作家如张戎、郭小橹、巫宁坤、高行健、哈金、严歌苓、欧阳昱、肖开愚、李笠、陈谦、张翎、陈河、裘小龙、李翊云等）在文化上都具有双重乃至多重身份，我们很容易在他们身上看到夏志清所谓“感时忧国”（obsession with China）的意识。

另外更值得重视的是，他们中间绝大部分在中国国内拥有主要读者群和图书市场，严歌苓、陈谦、张翎、陈河、李翊云等还经常回国居住、讲学，与读者互动并寻找创作灵感，而张枣、欧阳昱等干脆回国短期或长期工作。还有一些“新移民”或“离散”作家甚至放弃已经取得的外国国籍或永久居民的身份，恢复中国国籍，叶落归根，彻底回国居住——但他们的文化身份因此不仅没有“净化”和“单一化”，甚至更加显得复杂。这种情况，仅上海一地就有曾经移民澳洲而后彻底回国的作家刘观德、批评家朱大可，以及八十年代初移民美国、“新世纪”回国、最后老死故乡乌镇的著名作家木心，还有目前仍然十分活跃的画家兼作家陈丹青，等等。

另一方面，一些高度汉化的少数民族作家也可能继续拥有文化上的双重身份，如郑世峰、阿拉提·阿斯木和次仁罗布。他们的写作在汉语和民族语言之间不断移动。即使他们完全固定地采取一种语言写作，这种语言也会混杂另一种语言及其文化因素。针对王蒙《这边风景》，就有专家认为在语言上有“维汉混搭”性质。过去学术界注意不够的中国作为一个多民族国家内部双语或多语写作的现象，越来越成为中国文学不容回避的一个重要问题。

中国当代作家文化身份上的复杂性还表现在语言之外。比如当王蒙、马原、阿来等人的作品所描绘的世界介于汉族主流社会和少数民族生活世界的时候，他们的文化身份乃是双重的，只不过他们不像另外一些作家那样张扬出来。事实上许多维吾尔族群众（包括一些政治领袖如司马义·艾买提、阿扎提·苏里坦）称王蒙为“好兄弟”，但众所周知，王蒙更是中国当代主流文学界最重要的代表人物之一。

考虑到上述独特的海外发表和出版方式，一部分作家在文化身份上也有多副面孔，这也决定了他们在不同场合的发声会传达不同的信息。

所以，研究中国当代作家的不同文化身份，尤其在这些不同文化身份之间维持建设性的对话关系，较之无视或夸大他们的不同文化身份之间的差异与对立，显然更为重要。

比如有些中国作家生活在中国，却能从事双语、多语和跨文化写作。另一方面，许多“新移民”和“离散”作家却只能用中文写作，只能写关于中国的故事，只能反映跟他们的身份相同的“新移民”的海外生活，只能在海外中国社区发表，甚至只有回到中国才能获得真正的读者，因为他们很难融入所在国的主流文化。

也有另一种情况。欧阳昱的英语诗歌在澳大利亚非常成功，其受欢迎的程度甚至超过本地的西人作者。尽管如此，他还是承认他不属于澳洲。他有一首诗《坐》这样形容旅澳生活的孤独感：“不为什么 / 坐在这里 / 永远都不可能入诗入纸的人就会把你打死 / 不为什么 / 坐在这里 / 天就会把你打死。”

另一首《双性人》更直白地说：“我的姓名 / 是两种文化的结晶 / 我姓中国 / 我叫澳大利亚 / 我把他直译成英文 / 我就姓澳大利亚 / 我就叫中国 / 我不知道祖国是什么意思 / 我拥有两个国家”。欧阳昱的文化自觉（或者说迷惑）比起那些根本不懂英语或稍微能够写一点英语、得到一点英语世界真真假假的称许就自以为可以“去中国”而融入“世界”的作家，要真诚得多，也深刻得多。所以我认为，大多数“新移民”或“离散”作家仍然是中国作家，只不过生活在海外而已。如果将来他们决定回国，就会和从来没有移民经验的国内作家有很好的交流——如果不能说他们之间毫无差别的话，因为毕竟移民经验是国内同胞所没有的。这种情形就像苏联作家索尔仁尼琴回国之后发生的尴尬。[①]

换言之，当我们讨论中国当代作家身份认同的复杂化时，应该记住他们中间某些人只不过是“五四”时期周氏兄弟所说的“住在中国的人类”[②]，他们的心灵始终向着世界开放，而另一些中国作家则只拥有某种需要具体分析的“中国的迷思”（obsession with China 另一种译法），

① 参见金燕《倒转红轮——俄国知识分子的心路回溯》关于索尔仁尼琴回国的叙述，北京大学出版社 2012 年 8 月版。

② 这个说法最初由周作人在与日本作家武者小路实笃通信时提出，鲁迅在《〈一个青年的梦〉后记》中加以援引，见《鲁迅全集》（第十卷），人民文学出版社 1981 年版，第 190 页。

不管他们住在何处，也不管他们获得了怎样外在的身份。

2016 年 8 月 24 日初稿

2018 年 1 月 1 日修改

原载《南方文坛》2018 年 3 期

近二十年“文学沪军”一瞥

可能因为都市生活流动性太大，不利于情感认识的积淀，上海文学也有不足：流动有余而不够沉稳，尖新有余而不够宽厚（也不敢或不能走向真正的尖刻），爆发力有余而持久性不足，开放性有余而内敛性欠缺，滑稽感有余却还够不上幽默，分寸感和功利意识有余但难见不计利害、挥洒通透的赤子之心。

一

上世纪七十年代末至八十年代中期，上海一地的文学是“新时期文学”的重要组成部分，先后涌现出白桦、宗福先、沙叶新、俞天白、赵长天、孙颙、王安忆、陈村、赵丽宏、程乃珊、叶辛、陆星儿、卢新华、周惟波、王小鹰、王晓玉、彭瑞高、王周生、殷慧芬、沈善增等一大批作家，他们都有长期生活积累和文字磨炼，取材广博，小说、诗歌、话剧、散文无体不备，积极参与并极大地丰富了“伤痕文学”“反思文学”“知青小说”“改革文学”“文化寻根小说”等排闼而来又频繁更迭的新时期文学主潮。

八十年代中期以后，上海作家在先锋戏剧、先锋诗歌和先锋小说浪潮中不甘落后，张献、罗怀臻、赵耀民等戏剧家，宋琳、陈东东、王寅等诗人，孙甘露、格非、阮海彪、金宇澄、孙建成等小说家竞相登场，俱怀利器，各显神通。

这两批作家或是“知青”，或是稍晚于“知青”的“60后”，大多目前仍很活跃，长期以来一直是“上海文学”的中坚。

九十年代“新写实”“新都市文学”“新状态小说”“新历史小说”崛起，一批生在上海或从外地来上海定居的“60后”“70后”作家趁势登场，其中陈丹燕的上海怀旧系列，唐颖的新丽人小说及其后来反映东南亚华人生活的作品，西飏对新都市青年偶合场景的描摹，张旻对城郊中学朦胧师生恋的揣摩，夏商对数代浦东人生活变迁的孤独追踪，卫慧、棉棉不遵矩度的欲望叫喊，与之相对的潘向黎、南妮（杨晓晖）、龚静等并非刻意的温润雅洁，丁丽英、张生、海力洪、须兰等在先锋派小说式微之后的勉力坚持，文学名编里程（程永新）对上世纪六七十年代上海城区及郊区农场生活的追忆，都面目清晰，各有创获。他们未能赶上前两批作家投身其中的“新时期文学”主潮，也没有像网络上异军突起的“80后”“90后”那样接受更成熟的文化市场的筛选与检验，单兵作战，布不成阵势，但大多数皆坚持写作，并顺利汇入新世纪文学潮流。

二

九十年代后期和新世纪，上海迎来了新一轮移民潮，这座城市的全国化和国际化的迅猛发展不断刷新其文学版图，也只有到这时，才能更加看清“文学沪军”的人员构成。

首先是“沪生作家”。从“知青族”叶辛、王安忆、陈村、金宇澄到“60年代”孙甘露、张旻、里程、西飏、夏商、丁丽英、谈瀛洲（谈峥）、王宏图、龚静、须兰，直至“70后”“80后”薛舒、滕肖澜、韩寒、凌寒、苏德、蔡骏、那多、小白、任晓雯、河西、周嘉宁、徐敏霞、王若虚等，这些生在上海、日常说上海话，能采用上海方言写作的作家迄今仍是“文学沪军”的主干。

其次是马原、褚水敖、张生、海力洪、寒山子（王月瑞）、路内等原本生活在外地、在外地写作成名、因工作和家庭关系定居上海的“来沪作家”。和“来沪作家”相近的还有“留沪作家”，就是一大批更加年轻的在上海或外地高校读书、毕业后留在上海的作家，如葛红兵、毛尖、卫慧、郭敬明、刘轶、甫跃辉等。这两类作家绝大多数没有早年在上海的生活记忆，到目前为止也较少以移民上海后的生活为素材写作，他们和生活在外地而作品主要由上海杂志和出版社推出甚至最先获得上海评论界关注的“投沪作家”起初并无两样，差别只是后来毕竟融入了上海，上海生活在他们今后创作中的影响或许会大于“投沪作家”，后者仅仅向《上海文学》《收获》《萌芽》《文学报》《文汇报·笔会》《解放日报·朝花》和上海文艺出版社等出版机构“投稿”，数量庞大，人员构成庞杂，和上海的关系比较疏远。

上海是仅次于北京的经济文化中心，对全国作家吸引力很强。近年来上海作协、上海社科院和复旦、华师大、上大等综合性大学举办的各类文学研讨会、各种规格的作家班和签约作家计划，迅速拉近了“投沪作家”与上海的关系。作为国际大都市，上海近来十分重视“上海写作计划”等国际作家交流项目，努力建设相对稳定的“外国驻市作家”体制，许多外国作家短期入驻上海，和同样短期来上海居住和学习的国内作家一道，构成不同于过去“投沪作家”的“过沪作家”群体，短暂而印象深刻的上海生活经验必将给他们今后的写作增添一种抹不去的上海元素。

此外还有两个和上海关系密切的“交叉跑动”的作家群，一是生在上海，或在上海开始写作并成名，之后离开上海去外地或远赴海外的“去沪作家”，如去香港的程乃珊，去澳大利亚的黄惟群等，去美国的薛海翔、李劼、裘小龙、西飏、卫慧，去加拿大的张翎，去英国的棉棉，去北京的格非、李洱、赵波、安妮宝贝，去美国转台湾的杨小滨。另一类是“返沪作家”，即结束了长期海外生活又回到上海的上海作家如木心、陈丹青、卢新华、贝拉（返自北美），刘观德（返自澳大利亚），李笠（返自瑞典）等。这两类作家，或者为上海文学注入新血液，或者将某种上海文学的因素带向外地和域外，强化了上海文学与外地和域外文学的交流。

上述“沪生作家”之外其他五类作家的崛起，彻底改变了“文学沪军”以往清一色由“在上海的上海人”组成的格局。上海作家队伍在新世纪这种聚集与离散交错的动态格局，深刻影响了上海文学的内在素质。

2010年，上海市作协和文化发展基金会隆重推出由众多学者参与策划的一百三十一卷《海上文学百家文库》，十九世纪初至二十世纪中叶一百多名与上海有关的近现代重要作家被网罗无遗。主编徐俊西这样解释文库的核心理念与收录标准：“主要不以作者的出生地域为界，而是视其是否通过这样那样的方式参与了上海文学事业的共建共荣，并获得重要的文学成就为取舍。”这个较宽泛的上海作家概念大致相当于本文所讨论的“文学沪军”的上述六类，当下上海文学与近现代文学的历史延续，也由此可见一斑。

三

新时期以来，上海的文学批评一直享誉全国。上海批评家的职责并非专门研究上海文学，但同在一城，许多批评家还是参与和推动了各时期上海文学创作的进程，这已广为人知。值得一提的是，近年来上海许多学者和批评家也纷纷开始创作，如俄罗斯文学专家王智量的长篇小说，英美文学专家谈瀛洲的短篇小说、话剧和散文，现当代文学、比较文学和文艺学专业的毛尖、杨剑龙、王宏图、朱志荣、葛红兵、吴礼权等的电影和文化时评、中长篇小说和历史小说，虽然参差不齐，但也不乏可圈可点之处。老学者吴中杰的《海上学人》《复旦往事》，吴亮的《夭折的记忆》(含《八十年代琐记》和《九十年代小纪事》两部分)、《我的罗陀斯——上海七十年代》，陈思和的《1966—1970：暗淡岁月》，则是继“文化大散文”之后，从纪实和回忆录角度丰富了“学者散文”的内涵。

专家学者非小说、非虚构的创作及其文情并茂的文学批评与研究论著，包括实际上也以他们为主的一班特别活跃的旧体诗爱好者的诗作，提醒当代中国文学读者和作者意识到小说并非文学的全部，中国文学未来的发展可能还是要多种文体并重，小说一门独霸、一枝独秀，并非“从来如此”，也不必“永远如此”。

从“文学沪军”的代际更迭看，上海文学的优势在于能及时而敏锐地呼应中国文学的整体推进，几乎每次新的文学浪潮起来，都能看到上海作家的身影。最初将文学浪潮推到极致的作家来自上海的并不多，但九十年代中期以后和新世纪，这种现象有了显著改变。余秋雨“文化大散文”，西飏、卫慧等新都市小说，金宇澄、夏商的新沪语小说，包括《萌芽》“新概念作文”推出的“80后”“90后”作家群，以及小宝、沈宏非等代表的类似上世纪三四十年代小报小品和以韩寒为代表的微博，跟此前王安忆的知青/女性小说、孙甘露的先锋小说一样，不管学术批评界如何见仁见智，褒贬不一，他们将某种文体和某种题材类型推向极致的努力，还是有目共睹的。

可能因为都市生活流动性太大，不利于情感认识的积淀，上海文

学也有不足：流动有余而不够沉稳，尖新有余而不够宽厚（也不敢或不能走向真正的尖刻），爆发力有余而持久性不足，开放性有余而内敛性欠缺，滑稽感有余却还够不上幽默，分寸感和功利意识有余但难见不计利害、挥洒通透的赤子之心。另外，如何协调上海文学一直沉溺其中的"怀旧风"与一直不够泼辣爽快的对当下都市生活的直面和介入，如何处理上海地域/方言文化与现代汉语共同书面语、民族性与世界性的关系，这在全国化与地区化、全球化与本地化业已取得某种均势的新世纪，在都市生活渐趋稳定似乎已不再新奇的当下，越来越成为上海作家值得认真思考的问题。

思考上述问题，也就是思考如何突破上海文学的"瓶颈"。这除了提高作家的主体性和自觉性，忠实于生活感受，积极汲取外地和外国文学养料，并无特别法宝。现在批评界对上海作家代际分化大致可以说清楚，却并不容易辨明每一代内部具体作者的特点与潜力。尤其文学沪军的新生代，少数固然已经挺然特出，大多仍如锥处囊中，并未露出真容。

文学史不是录鬼簿，文学批评也非功名榜，新世纪上海文学所期待的真正优秀的作家，既要像巨人安泰那样热情拥抱人生，入乎地域精神文化生活之内而获得深切丰富之感受，又要能够出乎地域精神文化生活之外，以天马行空的大精神来观照和挥写。

原载《文学报》2013年5月9日第007版《论坛》

“作家论”的转变与重建

八十年代中后期以来，中国文学批评在“作家论”这一块变化很大。今天，“作家论”不能说已经完全消失，至少有了根本转变。曾几何时，这几乎是一种主要的批评模式，但九十年代以后越来越少见了。有些冠名“作家论”的文章实际内容已今非昔比，甚至有名无实。九十年代初，我写过《人物论式小说批评模式的反思》《文体学的小说批评》，当时计划还要完成一篇《作家论式小说批评模式的反思》，不知怎么没有写下去。回想起来，可能跟批评界对“作家论”普遍失去热情有关。但我觉得今天应该补上这一课。“作家论”批评模式源远流长，并未过时，而我们对“作家论”至今仍然颇为冷淡，这本身倒是值得反思的一个现象。

中国文学批评传统讲“诗言志”，讲“以意逆志”，讲“读其书，想见其为人”，总之作家主观心理和客观行为是过去中国人谈论文学时最关心的问题，肇端于《论语》，魏晋时期登峰造极的人物品评，包括《史记》《汉书》《三国志》的人物列传，都深刻影响了文学批评。古人论“文”，某种程度上就是论“人”，即始终把作家及其生活的世界放在批评的核心地位。这是我们的一个传统，所谓“知人论世”。与此同时，中国文学批评也喜欢“寻章摘句”，也喜欢“披文入情”，所谓“寻枝振叶，沿波讨源”，强调从字里行间悟入。文本分析的传统在中国古代文论史上一直都很自觉。别的不说，古人在语言文字上都有洁癖，像今天许多批评界同行捂着鼻子，对许多连语文基本功都没有过关的恶劣文本分析来分析去，力图绕过语言文字，发掘背后的微言大义，这在古人看来也许是不可思议的恶趣味吧。注重作家主体及其文本创造，这两者结合起来，大概可以看出中国古代文论传统的整体面貌。

三十年代左翼文坛引入苏联的马克思主义“美学—历史批评”，也大量介绍了俄国批判现实主义时期的文论，尤其“别车杜”三大家，

1949 年以后影响巨大。俄苏文学批评在进行社会历史和美学分析时，一个突出的特点，就是特别强调文学批评中作家的地位。寻找作家的“才能的本质”几乎是文学批评的一个核心任务，所以批评总是批评家和作家之间的心灵对话，总是批评家对作家的心理奥秘的热情的探寻。这有两种结果，一是批评家和作家惺惺相惜，如早期别林斯基和果戈理。一是彼此闹翻，如别林斯基和果戈理的晚年。不论哪种情况，批评家和作家都保持近距离面对面的对话，批评家丝毫不惮于表达自己对作家的成败得失的清晰判断。作家和读者社会重视文学批评，这应该也是原因之一。

这种批评的“盛事”“佳话”，在中国文学的“现代”时期也屡见不鲜。当然，像瞿秋白之于鲁迅、周作人之于郁达夫、茅盾之于众多被他评论的许多作家那样相对融洽的关系可能少一些，而像成仿吾、钱杏邨等之于鲁迅、胡风之于林语堂和周作人、李健吾和王任叔之于巴金那样剑拔弩张乃至恶语相向的时候兴许更多一些，但批评家不怕说出自己对作家作品直接而清晰的价值判断，由此而来的那种泼辣坦率的作风，乃是相当坚定的。这也形成了现代中国文学批评的主要精神品格。

这个传统多少也延续到当代。比如，即使在政治气候阴晴不定的五十年代，围绕《创业史》的许多批评就显示了这个传统的阔达气度。八十年代老中青三代文学批评家欢聚一堂，其中也不乏鲁迅所倡导的“坏处说坏，好处说好”的批评作风。

但现在，这种空气无疑日益稀薄了！除了少数真真假假的“酷评”，目前中国批评家和作家被私人之间的情谊或利害关系绑架得太过紧密，缺乏共同进入文学的公共空间进行坦诚交流的风度和雅量。从批评家这方面说，就是尽量不触及作家的历史经历、当下处境与内心世界，总喜欢王顾左右而言他，要么起劲地分析大家共同置身的历史文化环境，而回避单个作家对环境的个性应对；要么起劲地分析封闭的文本，避而不谈文本中可能矗立的作家本身的形象。过去说“批评缺席”，我想恐怕还是因为批评家一味回避对作家提出直接坦率的批评，从而导致了批评活动中“作家的缺席”吧？

这个问题怎么来的？首先，可能是因为八十年代以后，中国文学批评界受“新批评”、结构主义影响太深，迷信“作者已死”的说法，过分注重“文本细读”，结果与作家渐行渐远。同时还有神话原型、语言文体、符号学和叙事学分析，都风靡一时，而这些又都是超乎作家当下的生存与创作活动的高深理论。因为有感于过去政治对文学捆绑太严，八十年代中后期提出了“向内转”，主张回到“文学本身”“文学本体”，强调文学的“主体性”。但十分吊诡，越是呼唤回归文学“本身”“本体”“主体”，好像就越是看不清作家的存在，认不清作家的面孔了。再往后，“新历史主义”登场，一切都必须“历史化”了，都必须还原为特定的政治历史过程。相对独立的文学生产过程一旦经过“历史化”的还原分析，似乎都成了历史强人们一手操控的文学制度与文学生产方式，不关作家什么事了。作家可以一边凉快去了！这就进一步加剧了批评活动中“作家的缺席”。

在文学研究极端的“历史化”操作中，不仅作家成了被历史强人们牢牢决定的可怜虫，曾经以探索作家心灵隐秘和创造奥妙为己任的文学批评本身也完全被这样的文学史操作所取代。许多年轻的批评家一上来就忙着“叙述历史”，远兜近转，就是不肯单刀直入剖析作家作品。至此，作家在批评活动中就完全“缺席”了。

我这里绝对不是片面责难文学研究的“历史化”“史学化”，更不是片面责难近年来蔚然成风的对“文学制度和生产方式”的研究。这种学术性很强的研究过去太不够。忘记历史，看不到人（包括作家）的具体历史境遇，文学批评还剩下什么呢？我稍稍感到不足的仅仅是一些研究“文学制度和生产方式”的学者把作家置身的具体历史境遇狭隘化了，似乎作家们的文学创作环境仅仅就是诸如文学领导机关、文学会议、文件、领导讲话、批评家、出版社和杂志等直接的文学生产“现场”，而忘记与此同时作家们还有更广阔的生活天地，他们进行文学创作的环境还有上述这一切之外更丰富的社会历史因素，比如过去传记研究中全面涉及的作家成长经历、读书研究、社会交往、婚姻恋爱和家庭背景、工作环境、文学上的影响与传承——诸如此类，尤其是包含这一切又超乎这一切的“时代精神”。如果这一切都抛诸脑后，仅仅关注直接的文学生产现场，仅仅描述中国文学被这样狭隘化理解的局部的历史所决定的那一面，看不到即使处在如此被决定的环境之下的作家个体的应对、个体的命运，以及并非浪漫主义所独有的文学情感与文学想象，那么对“文学制度和生产方式”分析得再精妙，对局部的历史事件如何决定文学生产的过程研究得再透彻，结论也无非是一声叹息。

为什么以前我们那么看重作家，甚至发展到不适当的崇拜创作的地步，现在又如此回避作家，而特别看重超乎作家个体之上的全民共同置身的客观社会历史的过程？为什么文学批评似乎不再是或不再主要是对于作家的个体精神创造活动的研究，而是虽然涉及作家但最终是对绝对超乎作家之上的客观历史过程的探索？研究作家个体的精神创造活动，难道会阻碍我们对于客观社会历史的理解吗？对于客观社会历史的理解，至少在文学研究的场合，难道不应该或不可以落实到对于置身一定社会历史过程的作家个体精神承担的研究？无视客观历史的“作家论”固然是悬空荒谬的，但文学研究如果抽空个体承担，倾全力于客观社会历史的研究，难道不也是一种“偏至”？

关于浪漫主义文学批评的天才崇拜、创作崇拜，不仅“新批评”“结构主义”和“新历史主义”各有透辟的分析，其他文学批评流派也不是没有看到其中的“偏至”，但这并不是在文学批评中忽略作家存在的理由。正如我们虽然警惕文学研究片面和狭隘的历史化和史学化趋向，但我们对从事这种研究的学者们已经取得的成绩也应该心怀敬意，因为我们过去在这方面研究得实在太不够。各种文学批评模式的不同侧重点都是具体历史条件下自然形成的，既非毫无道理，也非止于至善，更不能简单重复，或彼此隔绝。以后如果还要做“作家论”，恐怕需要从批评家自身的文学经验出发，吸取上述各种文学研究和批评的所长，同时克服它们各自的所短，从而争取给中国读者描写出更加清晰的中国作家的精神形象来。不能清晰地描写作家精神形象的文学批评总是犹如画龙而未点睛。

原载《中华读书报》2017年1月11日第003版《家园》

“中国现当代文学研究”的“史学化”趋势

一

我想探讨一下“中国现当代文学研究”的“史学化”问题，看看最近三十年左右，这门学科怎样被“逼”着一步步迈向“史”的研究的道路，以及在这过程中都处理了哪些老问题，又碰到哪些值得重视的新问题。

任何一门人文学科风尚的改易都不会仅仅起因于学科内部，而往往更多地受到社会政治和思想文化等外部力量的推动。就“中国现当代文学研究”来说，最切近的影响莫过于社会公众对现当代文学的态度之丕变。1988年1月30日《文艺报》发表阳雨（王蒙）《文学：失却了轰动效应以后》（《人民日报》2月9日转载），引起广泛讨论。王蒙谈的主要是八十年代后半期文学创作“失却了轰动效应”，但受到直接影响的还有“新时期”以来一度热闹的“现当代文学研究”（不包括古代和外国文学以及相应的学科）。从那以后，不仅整个“现当代文学”失去轰动效应，“现当代文学研究”这门学科的地位也急剧跌落。

前些年文学界有“唱盛”和“唱衰”两派真真假假“争鸣”过一回，似乎并没有取得什么共识，但可以肯定，如何估价“现当代文学”的成绩，不同意见的差距目前还很大。不管是将“现代”和“当代”笼统区别开来强分轩轾，还是把“当代”分成几个阶段区别对待，都限于学术界内部，无助于激发社会公众对“现当代文学”任何一个阶段的兴趣。至于“现当代文学研究”，有时“当代”比“现代”热闹，有时“现代”比“当代”显得更成熟，或者“新时期”一度被抬到回归并超越“五四”的高度而备受关注，一度又被视为毕竟属于过渡阶段而逊色于“九十年代”和“新世纪”，甚至不如“新左”起来之后被大肆炒热的十七年文学与“文革”文学——这些也都只是“现当代文学研究”为了回应不同阶段社会文化环境所作出的内部调整，无论如何，都已经是“门前冷落鞍马稀”了。

“失却了轰动效应”云云始终没有引起思想文化界足够的重视，仿佛这只是一种局部现象，交给“现当代文学学科”慢慢消化就可以了。其实不论是文学和文学研究“失却了轰动效应”，还是思想文化界对此无动于衷，都很值得思考。

如果一个时代整体的文学氛围急剧减弱，文学创作水平大面积滑坡，那么其他文化部门再怎么繁荣，也很可怀疑，至少是很不均衡。高校里的人意识不到这个问题的严重性，成天有开不完的学术会议，听不完的学术讲座，弄不完的学术（学科）检查与评估，真是一派繁荣（繁忙）景象！须知这种繁荣（繁忙）对整个社会文化的辐射十分有限，至少不能和八十年代有影响的一篇小说、一首诗、一出话剧相比。学术和文学的不均衡发展导致的结果是高端人文科学界要与国际接轨，要办一流大学，而广大社会公众的精神食粮却主要依靠限量入关的欧美大片或大戏，偶尔刮来的“韩流”，五六个在“新时期文学”和“先锋文学”（所谓“纯文学”）阶段取得原始资本的“一线作家”不定期勉力推出几部“小长篇”，“80 后”与“90 后”的“青春写作”，盛演不衰的“抗日神剧”，明星们“爸爸去哪儿了”之类综艺节目和花絮。这些都还属于面子上能起“点缀”作用的“文化”，其实更接地气、更能吸引大众参与的乃是麻将和“跳神”这些历史悠久、生命力更强的“国粹”，见缝插针遍地开花的“大妈街舞”，以及充斥于微博微信的各种八卦与攘袖而谈国事的“深度好文”。

在这幅九十年代和“新世纪”中国文化略图中，曾经被蔡元培称为“一般艺术的总代表”[①]的文学这台主发动机基本停运了。这难道不严重吗？一句“失去轰动效应”就能打发过去吗？在这种情况下大肆鼓吹“文化创意产业”，更显得极其荒怪。没有文学，何来文化，又能发展怎样的“文化创意产业”？

我曾多次呼吁要继续讨论这个问题，为此专门写过小册子《为热带

① 蔡元培：《文学在一般文化上居于怎样的地位？》《文学和一般艺术的关系怎样？》，两文都是 1935 年蔡元培为郑振铎、傅东华主编的《文学百题》而作（生活书店出版），引文参见高平叔编《蔡元培语言及文学论著》，河北人民出版社 1985 年 10 月第 1 版，第 305、307 页。

人语冰——我们时代的文学教养》，可谓强聒不舍，甚至还引鲁迅杂文《算账》来吆喝。鲁迅认为“前清”几代人用不能自由说话的代价换来乾嘉学术的“繁荣”，其实是“折本”买卖。若按鲁迅的方式为当下文学和学术“算账”，会不会得出类似结论呢？但因为是谈“文学”，没有“学术性”，故应者寥寥。

“中国现当代文学”学科在80年代十分活跃，这跟文化思潮的大转变关系匪浅。八十年代初曾经准备在1962年文艺政策调整期制定的“文艺十条”基础上，再搞一个新的“文艺十条”，当时拟定的十条意见，其中第六条说发展文学事业，“要讲两个传统，两千多年的民族文化传统和‘五四’以来新文化的传统。这两个传统都要继承，我们首先要继承的是‘五四’以来的传统。”[①]但主持者周扬本人就置身“现当代文学”这个“小传统”的局内，他那个试图为文艺立法的“新十条”并未被采用，《周扬文集》也没收这篇轶文。90年代以来的“不争论”态度避开“现当代”一些悬而未决的问题，这自然也会影响到对“现当代文学”这个“小传统”的学术研究，有学者提出建立“现代学”的构想也成了空谷足音[②]。

现当代文学史和现当代文学学科的地位获得显著提升，固然是80年代“思想解放”的直接产物。“思想解放”是在当时历史条件下开展的一场针对历史的反思，包括反思与中国革命休戚与共的“中国现当代文学”的历史，所以现当代文学学科一度充当了历史反思的主角，这本身就使得文学研究有不堪重负之感。

塞翁失马，焉知非福。“中国现当代文学”正唯其不再扮演历史反思的主角，不再被动进行学术操作，才有可能反躬自省，梳理学科内部的真正问题。

“中国现当代文学研究”的“史学化”的要求正是在这个背景下提出来的。

① 周扬《关于新“文艺十条”的谈话》，见顾骧《晚年周扬》，文汇出版社2003年9月第1版，第178页。

② 参见王一川《中国现代学引论——现代文学的文化维度》，北京大学出版社2009年版。

二

这当然绝非一蹴而就，而是经历了相当剧烈的学术转轨的阵痛。

首先，八十年代后半期以来“现当代文学”以及相关学术研究备受冷落，导致了人们（包括“现当代文学”创作与研究专业人士）从功利角度出发，贬低“现当代文学”的社会功能与审美价值。这就出现了一个非常吊诡的现象：本学科既是研究“中国现当代文学”，自然应牢牢把握研究对象，才能确保其“学术性”。但恰恰本学科的研究对象被普遍认为“价值”不大，即使从审美标准来说，也是“一种‘说来惭愧’的文学”[①]，那么本学科究竟要研究什么才算有“学术性”呢？

这确实是令人困扰的一个问题。九十年代初，“现当代文学研究”许多从业人员普遍有一种深重的学科危机感，觉得继续研究中国现当代文学已经不能给当代思想文化提供什么有分量的学术成果了。[②]长远看，

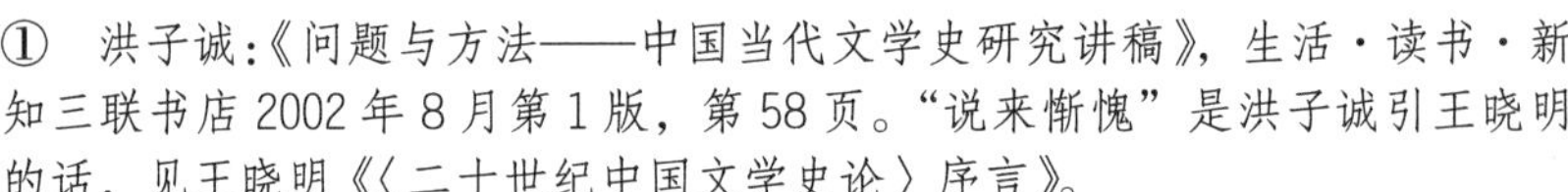

① 洪子诚:《问题与方法——中国当代文学史研究讲稿》，生活·读书·新知三联书店 2002 年 8 月第 1 版，第 58 页。“说来惭愧”是洪子诚引王晓明的话，见王晓明《〈二十世纪中国文学史论〉序言》。

② 《上海文学》1993 年第 6 期发表王晓明等《旷野上的废墟——文学和人文精神的危机》，很快引发全国范围“人文精神讨论”。“危机”说最初从现当代文学领域提出，问题意识与现当代文学学科有关。正如王晓明所说：“文学的危机实际上暴露了当代中国人人文精神的危机，整个社会对文学的冷淡正从一个侧面证实了，我们已经对发展自己的精神生活丧失了兴趣。”但后来的讨论蔓延到众多人文学科，文学问题被掩盖。“人文精神讨论”高潮过后，现当代文学学科危机感不仅没有缓解，反而更加严重。2001 年同一家杂志推出李陀等关于“纯文学”的讨论，是前一场讨论返回现当代文学内部的继续，但说法变了，从指责社会冷淡文学转向追问文学为何被冷淡（有关“纯文学”讨论，参看毕绪龙《“纯文学”讨论迷思》，(《山东理工大学学报社科版》2006 年 2 期）。2005 年 5 月王晓明在华东师大中文系主持召开过“中国现代文学研究：重建学科的合法性”国际学术研讨会，推出《文学性问题讨论集》。2005 年 12 月王晓明又在上海大学主持召开“鲁迅与竹内好”国际研讨会。两次会议反思对象都不再是冷淡文学的“社会”，而是误入“纯文学”神话的文学本身。从此，借助“新历史主义”、福柯“话语权力”、西方马克思主义等有关理论解构“纯文学”的意识形态神话，将一切文学现象还原为权力运作的历史过程，俨然成为新的学术时尚。但 2001—2002 年“纯文学”讨论，2005 年两次会议，都不提洪子诚 1999 年出版的《中国当代文学史》，而正是这本书真正成功地将文学史描述为各种权力交替运作的结果。

也不能与外国文学和古代文学分庭抗礼。外国文学情况不太清楚，据说翻译小说销量一直高过本土原创作品。至于古代文学，似乎没听说过有危机感。古代文学研究据云更有学术难度，而难度就代表高度。中国不仅有“深废浅售”的古训，也有鲁迅揭示过的“崇拜‘难’的脾气”[①]，不管是真“难”，还是假“难”。不仅如此，古代文学研究还属于“国学”和“文化遗产”，事关“伟大复兴”，即使洪水滔天，研究古代文学的大师们仍然可以像“鸟头先生”那样被供在“文化山”上写考据文章。

但“现当代文学研究”内部不同领域的境况也有区别。文学研究分三大块，文学理论、文学批评和文学史。和“中国现当代文学”有关的许多“理论”一度很热，如五六十年代“现实主义”“写真实”“人民性”“世界观与创作方法”“形象思维”“人物性格”“典型”“介入生活”“社会主义新人形象”和八十年代“现代派”“意识流”“人道主义”“异化”“主体性”“小说叙事模式”等。一个时期不讨论这些“理论”话题，就很难从专业角度进入“中国现当代文学研究”。但九十年代以后，不仅“中国现当代文学研究”的理论兴趣锐减，“文学理论”本身也越来越不受欢迎，差不多成了架空的怪物。仅仅因为教育部继续承认“文艺学”这个传统专业，各综合性大学才坚持开设“文学理论”这门课，但教师们各显神通，所讲内容早就与以往“文学理论”大相径庭。至于它能否像八十年代那样与“现当代文学”相互促进，就不得而知了。

跟“文学理论”相关的“文学批评”处境更糟。过去习惯的批评模式是作家作品和文学现象的分析，即作家论、作品论、现象论。这些批评操作如今既不能像“十七年”和“文革”那样操有生死予夺的特权，又缺乏原创的“理论”，更不具备上下几千年宏阔的历史视野，只是围着作家打转的抬轿子营生，当然说不上“学术性”。何况还有“红包批评”和“批评的缺席”之类的谴责雪上加霜，其名声比过去“棍子批评”好不到哪里去，学者瞧不起，读者不爱看，“批评家”自己也很少苦心经营。啃完几十万字一部长篇，搜索枯肠写出几千字不受待见的“评论”，岂不大大“折本”？

---

① 鲁迅:《南腔北调集·作文秘诀》,《鲁迅全集》第 4 卷，人民文学出版社 2005 年 11 月第 1 版，第 630 页。另参见鲁迅《热风·随感录四十七》,《鲁迅全集》第 1 卷，人民文学出版社 2005 年 11 月第 1 版，第 351 页。

与“中国现当代文学研究”有关的“文学理论”“文学批评”大面积塌方，只剩下“文学史”还差强人意，于是本来三足鼎立变成了文学史研究一统江山。原本就侧重研究“现代文学史”的学者们自然得其所哉，觉得可以大展拳脚，而原本侧重研究文学理论、业余做点文学史研究的学者们则干脆放弃文学理论，转而专门研究文学史的某个问题。至于批评家们，倘若无力转向“现代文学史研究”，至少可以近水楼台，将一直关注的当下文学转化为历史对象来研究。所幸八十年代成长起来的几代批评家不像俄罗斯的别、车、杜那样短命，他们赶上了“拨乱反正”与“和平崛起”的时代，从事文学批评一晃就数十年，即使一点也不追溯历史，直接批评的当下文学也不知不觉变成了一段甚为可观的历史，这就给他们提供了大好的机会，可以顺理成章地完成由批评家到文学史家的身份转换。

以批评家的根底做文学史研究，固然时时显得史学训练不足，但文本解读的敏感一定程度上也能有所弥补。如今被八十年代成长起来的批评家们当作历史对象来研究的同时代人的文学创作毕竟也已经过去二三十年，这二三十年的历史间隔足以让他们能够和对象拉开距离加以历史的审视。王瑶、唐弢和“夏氏兄弟”那一辈学人讲述“新文学”，洪子诚、董健、孔范今等一辈讲述五十至七十年代的当代（社会主义）文学，陈思和、丁帆、於可训、程光炜、陈晓明、孟繁华、王彬彬、张闳、洪治纲、张清华等讲述八十年代文学，都有一段历史间隔，使他们能够较为从容地转换角色，即从当初的文学批评家身份转换为后来的文学史家身份，不像更年轻的80后、90后批评家们，一上来就落入批评空气稀薄而文学史空气浓郁的“学院批评”时代，似乎处理任何一个当下文学问题都必须首先叙述历史，“提前作古”，省略了文学批评这个环节，一下子跳到文学史研究的阶段，弄得学究气十足而缺乏文学批评应有的简洁明朗的作风。这是一点题外话。总之，“中国现当代文学研究”现在基本就等于“中国现当代文学史研究”了。

三

其实，“中国现当代文学研究”的历史兴趣一开始就很浓郁，其中“现代文学研究”的“史学化”程度尤其明显。中国“新文学”从诞生之日起就始终经受着历史的挑战，也始终思谋如何回应历史。“新文学”开创者们每提出一种主张，无不建立在重新叙事历史的基础上，那种彻底“重写文学史”的气魄是七十年后局限于“现当代文学研究”内部的新一轮“重写”不可比拟的，但二者在文学史建构的整体意识上声气相通。1949 年以后，以王瑶为代表的一代学人对“新文学”或现代文学的书写，与新的时代背景下重塑历史的政治使命紧密相连，头等大事就是用文学史讲好大历史。“思想解放”的“新时期”以来，在“重写文学史”和“二十世纪中国文学”的声声呼吁中，“中国现代文学研究”在历史维度的一系列大动作先后登场。章培恒教授揭橥“中国文学古今演变”论述框架，试图将古代、近代和现当代一气贯通；陈思和教授鉴于九十年代和“新世纪”文学出现的一些新质，继“中国新文学整体观”和“重写文学史”之后又提出“不可一世论文学”的时间跨度更大的文学史视野；在魏绍昌、严家炎、吴福辉、陈子善、袁进等学者相继开展“海派文学”“新感觉派文学”“新都市文学”“鸳鸯蝴蝶派文学”“新武侠文学”研究的同时，范伯群教授以一人之力在更大范围更丰富的历史细节的基础上努力整合中国现代文学的“雅”“俗”两股潮流；海外（世界）华语暨华人文学、少数民族文学和“边地”写作、网络与新媒体文学、“民国文学”“东北沦陷区文学”的研究，还有黄修己先生所谓“文体史”“思潮史”“阶段性和地区性的新文学史”①，也都在重新梳理历史线索的基础上蔚为大观。

上述研究侧重于现代文学内部的史的探索，但现代文学的存在范围不限于文坛，因此“现代文学研究”的触角注定要突破文学的界线而伸向更大的历史时空。

和当代“专业作家”显著不同，现代文学家们往往既属于文学界，又属于其他社会生活领域，尤其在中国现代政治舞台上经常能看到文学家们活跃的身影。现代文学史和现代社会史（社会史的集中表现即政治史）紧密交织在一起，不仅作家们经常涉足政治或被政治所波及，作品所描写的也往往是现代政治的那些关键内容，所以现代文学研究许多课题都要横跨文学史和政治史两个领域，如“光复会”与周氏兄弟，“新

① 参见黄修己《中国新文学史编纂史》的第十一章“其他文体史的编纂”、第十二章“其他类别的新文学史著”。

文学”与“五四”运动，“三一八惨案”与国民党，“革命文学”高涨与“大革命”失败，“革命文学论争”“左联”成立与中共的文艺政策，“民族主义文学”与国民党，更不用说抗战时期国统区文学、沦陷区文学和陕甘宁边区文学三大板块所呈现的文学与政治的错综复杂关系了。

政治以外，现代书刊出版与流通体制、稿费版税体制、民间社团存在方式、大学教育体制、国境内外人口流动管理体制、外交、战争、交通、金融、各种法律（如婚姻、财产、兵役）制度以及地方文化习俗等，也无不牵动着现代文学的神经枢纽。比如研究鲁迅小说《祝福》，必须了解当时绍兴和中国民间一般祭祀方式和寡妇再醮问题；研究《伤逝》和《离婚》，必须考虑当时的婚姻制度；研究后期鲁迅思想，必须研究“托派”问题和三十年代上海租界的特殊文化空间；研究《死水微澜》，必须了解“保路运动”前后四川“袍哥”这一特殊人群以及所谓“反洋教”的社会风潮；研究《子夜》，必须对民族资本、买办资本、官僚资本、证券交易、军阀割据、上海及周边工厂农村的实际生活状况略知一二；研究巴金的《家》，也要注意高家因地租难收而投资西蜀实业公司股票，最后一场大火令股票成了废纸，所以高家的败落，不单单是道德沦丧所致[①]；研究沈从文、周文、路翎一些涉及部队生活的小说，最好有一点当时兵役制的知识；研究周作人“落水”前后思想脉络，不得不深入了解国、共、日本和“京派”文人四种力量围绕周氏的复杂纠结；研究《围城》，最好知道抗战时期人口流动、交通线、大学管理体制；研究张爱玲四十年代的创作，必须了解上海“孤岛”和沦陷期各阶层日常生活；研究孙犁的“抗日小说”，必须对八路军山地战有所了解；研究《讲话》与“延安文学”，必须了解 1942 年前后延安的政治生态；研究丁玲《水》，须知它的题材背景是中国近代十大灾荒之一的 1931 年十六省大水灾，而研究《我在霞村的时候》《太阳照在桑干河上》，则须了解当时华北地区的土改以及西北抗日战场像“贞贞”这样饱受敌人欺凌和我方军民误解的“女间谍”存在的可能性；研究柳青《种谷记》《铜墙铁壁》和杜鹏程的《保卫延安》，需要对边区民众创造的“变工队”模式以及胡宗南部队兵力部署与进攻路线略知一二。

① 此处据黄修己《中国现代文学史编纂史》，北京大学出版社 1995 年 5 月第 1 版，第 241 页。

总之，无论在现代文学内部展开“史”的探索，还是研究文学与政治以及其他社会生活的接壤，都构成了对“中国现代史”的必要补充，可视为“中国现代史”的重要分支。缺了这一分支就不可能有完整的“中国现代史”。“中国现代文学研究”完全可以称得上是一门够格的专门史学，符合一切专门史学的所有条件，比如这门学科所处理的对象是晚清至1949年相对而言已经“完成”了的历史，几乎所有作家均已“作古”，研究者和研究对象之间有足够长的距离，不像正在进行中的“当代文学”尚无清晰的时间下限，研究者身在其中，缺乏客观冷静的学术研究和评判所必需的历史距离感，而且无论研究对象的存在与发展，还是研究者自身的观念与方法，都不能不受当下政治与政策导向的直接影响，所以长期以来“现代文学研究”对“当代文学研究与评论”一直保持着显著的“学科优势”。

四

但九十年代以来，“当代文学研究与评论”的历史兴趣也急剧增高。

首先，要求习惯于瞄准文学创作的“文学批评”突破当下视野而汇入整个“现当代文学史”脉络的呼声此起彼伏[①]，有些学者如程光炜教授就明确主张“用现代文学的方式来研究当代文学史”，就是要像研究现代文学那样从历史维度平心静气重新检讨几代学人亲身经历的“当代文学”，“把批评的状态转型到学术研究的状态当中”，“渐渐形成一个研究当代文学史、而不是总是在那里写评论文章的风气”[②]。程光炜教授与他的团队坚持多年“重返80年代文学”并进而对五十至七十年代文学展开同样的精耕细作，就是很有影响的一种试验。这在谈批评家身份转变为文学史家时已经提到，不再赘述。

其次，和现代文学一样，当代文学也是当代中国社会历史一个有机

① 参见杨扬：《重返文学史——对中国当代文学批评的一种新期待》（《上海文学》1992年4期），收入徐俊西主编《上海五十年文学批评丛书》，华东师范大学出版社1999年10月第1版。

② 参见程光炜、魏华莹：《在“当代”与“历史”之间——程光炜教授访谈》，《学术月刊》2013年7期；程光炜、杨庆祥：《文学、历史和方法》，《当代作家评论》2010年第3期。

组成部分，不深入研究1949年以来中国当代社会的历史变迁，就不可能理解当代文学的纵深。何况当代文学除了许多写到当代以前历史事件的作品，还有大量作品直接涉及当代中国重大历史事件（所谓重大历史题材），它们几乎构成了中国当代文学历史演进的骨干，这就要求研究者必须具备有关这些历史事件的起码常识。

再次，“当代文学”并不像人们想象的那样是“现代文学”在1949年左右突然休克之后诞生的，而是和1949年之前的“现代文学”有着千丝万缕的联系，许多学者（钱理群、洪子诚、陈思和、刘志荣）都主张要从1940年代（《讲话》发表或抗战胜利）开始梳理“当代文学”的发生学意义上的“开端”。既然“当代文学”就在“现代文学”腹中孕育，至少它的一部分内容完全可以用研究“现代文学”的方式——“史学化”方式——加以审视。

最后，随着时间的自然推移，人们越来越无法回避一个奇妙的事实，即已经“完成”了的“现代文学”不过三十年，但正在进行中的“当代文学”却拥有了六十多年历史，而且还在不停地向前延伸，时间总量早就已经超过“现代文学”一倍以上。研究具有六七十年时间跨度的“当代文学”，其历史感和学术性为何不及研究只有三十年历史的“现代文学”？

所以九十年代以来，“当代文学研究与评论”的“史学化”兴趣日益浓厚，而所采取的操作方式则几乎完全仿照“现代文学研究”。比如在“当代文学”范围内也提出了“文学史断代”与“分期”的问题。有的“当代文学史”著作对“当代文学”的分期远远超过现代[①]，而过去一些现代文学研究的权威学者（如王瑶先生）一直认为“断代”和“分期”是“中国现代文学研究”作为一门成熟的学科所特有的课题。[②]另外“经典”和“大师”的确立，不同等级作家在文学史写作上“见章见节”的

---

① 比如董健、丁帆、王彬彬主编的《中国当代文学史新稿》就将“当代文学”划分出许多不同时期，仅十七年文学和“文革”文学，就有明显不同的六七个阶段。

② 参见王瑶《中国现代文学史的起讫时间问题》，《中国社会科学》1986年5期；旷新年《中国现代文学史分期的政治学与文学》，《涪陵师范学院学报》2002年6期。丁帆《中国现当代文学史断代谈片》（《当代作家评论》2010年3期）和黄发有《文学会议与中国现当代文学史的分期问题》（《中国现代文学研究丛刊》2013年8期）则干脆把“断代”“分期”视为“现当代文学史”共同的基本学术问题，而不是现代文学史研究专有的问题。

不同安排，当代文学研究“史料学”问题，也都被提出来引起广泛讨论，许多已故或在世重要作家研究资料、传记、年谱乃至年谱长编也纷纷出版——这些都是“当代文学研究”模仿“现代文学研究”走向“史学化”的标志。

对仍然身处其中的“当代文学”完全做到“客观”“公允”的研判，煞有介事地进行超然历史叙述，自然还很困难。洪子诚先生说，“现代文学史研究，相对说可能是‘很’‘成熟’了，在这种情况下，要有所进展，主要是寻找对‘规范’的偏移；对‘当代文学’而言，则是寻找使之‘规范’和‘稳定’的路子”①。所谓“规范”和“稳定”，就是要求当代文学研究摆脱单纯关注当下的那种批评模式，尽可能获得类似“现代文学研究”那样成熟稳定的“史”的研究的“规范”。“现代文学研究”是否真的已经获得了成熟稳定的“规范”姑且不论，至于为“当代文学研究”寻找“稳定”的“规范”，至少目前还是显得有点超前。比如，一些海内外学者对十七年文学和“文革”文学以及相关戏剧电影的“再解读”，就因为急于建立某种“规范”，毫不掩饰其明确的社会政治立场，而很自然地激起了同行的批评。②

尽管有种种困难，类似八十年代中期唐弢、施蛰存等先生“当代文学不宜写史”的意见很少再听到了，而为“当代文学”提前修史的热情却空前高涨。③九十年代末至“新世纪”，一批高质量的当代文学史教

① 洪子诚：《问题与方法——中国当代文学史研究讲稿》，生活·读书·新知三联书店2002年8月第1版，第15页。

② 程光炜：《再解读思潮与历史转型——以唐小兵编〈再解读：大众文艺与意识形态〉等一批著作为话题》，《上海文学》2009年5期；王彬彬：《〈再解读：大众文艺与意识形态〉初解读——以唐小兵文章为例》，《文艺研究》2014年6期；王彬彬：《〈再解读：大众文艺与意识形态〉再解读——以黄子平、贺桂梅、戴锦华、孟悦为例》，《扬子江评论》2014年2期。

③ 1985年10月29日《文汇报》“文艺百家”争鸣专栏第42期发表唐弢《当代文学不宜写史》，引起一场“当代文学应不应该写史”的讨论。1986年2月17日《文汇报》以编者名义发表《关于“当代文学应否写史”的讨论来稿综述》，意在总结，但此后陆续仍有文章发表。当时争论焦点并非一般地反对撰写“当代文学史”，而是何种意义或哪一段的“当代文学”可以写新史。赞同可以写史的呼声显然越来越高过笼统反对写史的意见，其实反对当代文学提前写史的唐弢先生本人似乎也忘记了，他主编的三卷本《中国现代文学史》从六十年代初到八十年代的漫长过程，其中的困难应该一点也不小于纂修当代文学史，而历史上许多当代人写当代史的例子也不容抹杀。

材陆续问世，如洪子诚《中国当代文学史》，孔范今主编《二十世纪中国文学史》，董健、丁帆、王彬彬主编《中国当代文学史新稿》，陈思和主编《中国当代文学史教程》，陈晓明著《中国当代文学主潮》。虽说这些教材或个人著作与大学中文系课程设置有关，但不同的体例安排还是体现了各自的文学史意识。比如，或者注重文学发展的客观社会历史和文化环境而相对省略传统的作家作品的艺术分析（洪子诚）；或者截断众流，将客观社会历史和文化环境化约为“五四”以来“启蒙”精神的消长起伏，以此考察在这过程中文学所扮演的角色（董健、丁帆、王彬彬主编之《中国当代文学史新稿》与孔范今主编之《二十世纪中国文学史》）；或者将上述问题进一步凝聚为对作家作品和文学思潮的深入解读，外貌上更多保留传统文学史以作家作品为主体展开叙事的格局（陈思和、陈晓明）。这些教材各具特色，但也因为急切地要将当代文学（1949年至九十年代）提前入史而激起同行的商榷与反思。其中，“当代文学史”的“史”的脉络和界限应该落在何处，仍是中心问题。但这些商榷反思并不能阻止当代文学研究的史学化趋势，只能刺激当代文学研究更快进入各人所理解的真正历史研究的深处。

总之，九十年代以来，“中国现当代文学研究”有意无意都要显示其“历史癖与考据癖”，似乎非此就没有“学问”和“学术性”，就得不到其他人文学科的尊重，就不符合马克思所谓“一切研究只有成为真正的历史研究才是科学”的论述，这已经是大势所趋。

五

“中国现当代文学史研究”尽管有其特殊性，但好歹也算是一门历史科学，然而如果和其他历史类人文学科（社会史、制度史、思想史、文化史、学术史）相比，似乎仍然感到底气不足。你的“历史癖与考据癖”与人家的“历史癖与考据癖”不是一码事！

首先，文学之“史”和其他学科之“史”，都是“史”，但总显得没那么货真价实。文学史尽管非常肥硕，讲述内容气象万千，但长期以来占据统治地位的文学史模式是在交代了一定的客观历史背景之后，尽量凸显作家主体的思想意识和文学手法的流变。换言之，将文学史的主体设想为浪漫主义的主体精神史和心灵史及其外在投射的艺术形式的嬗变史，其中主体精神史和心灵史亦即文学作品通过作家主体所反映的一个时代情感想象的流变，乃是确定不移的重中之重。

如此设想的作为文学史基本追求目标的情感想象偏于主观世界，很难外化和落实为公共知识谱系。社会史告诉我们某年某月发生了某事，这是确凿无疑的，或者是作为确凿无疑的事实被讲述出来，但文学史家若说某年某月中国人的情感想象如何如何，肯定得不到普遍认可。他顶多只能说某年某月某位作家某部作品的某个方面传达了某种情感想象。这种文学史叙事即使有说服力，它所揭示和描绘的内容比起真实发生的历史事件来，还是没有同等的重要性和“学术价值”。在长期奉行辩证唯物史观的中国学者们看来，文学史处理的“史”是在其他学科更大更确凿的“史”的框架内发生的精神现象，它始终是从属性衍生性的，是“上层建筑”的一部分。

其次，所谓文学反映一个时代的思想感情，并非像古人所相信的“诗言志”那样简单地有感而发，往往受制于一个时代占统治地位的意识形态，最终是一种扭曲的反映，不能直接传达当时大众真实的思想感情。这样问题就更大了，文学史家辛辛苦苦挖掘的材料，包括从作品中精心阐释的“意义”，究竟有没有资格充当历史研究的材料？早就有社会学家质疑五十至七十年代文学的“红色经典”对于研究那个时期的中国社会究竟有多少史料价值。①对人文学科的公共学术平台（或“学术共同体”）来说，“中国现代文学”之“史”的研究所提供的“知识”与其他历史研究很难融通，也很难进行平等对话。

这就毫不奇怪，“中国现当代文学史”作为专门史学的存在理由一直饱受怀疑。当然这也不只是针对“中国现当代文学”，一般的中国（历代）文学史也遭遇过相同的问题。文学史和社会史的界限究竟何在？有真正独立的文学史吗？从文学本身能看出文学史的发展脉络吗？如果说文学史也是一门“专史”，我们可以一视同仁地看到它和其他领域的“专史”吗？这类问题甚至逼迫文学史家们不得不回过头去，重新检讨现代中国的文学史撰述的世界学术潮流和意识形态背景，对现代中国的文学

① 如杨念群《“风景”的再发现与“劳动”的再定义》对蔡翔《革命/叙述：中国社会主义文学—文化想象》的批评，见《读书》2012年5期。

史撰述之史的追问一度成为学术热点。[①]但这主要发生在古代文学史领域，而以黄修己教授为代表的现代文学史编纂的反思则展开了很不相同的学术路径，有关文学史撰述的经验总结仍然局限于中国学者的文学史编纂工作内部，并没有跨出专门的文学领域，而与其他“专史”领域进行融通和对话。但九十年代以来，对“现当代文学史研究”更尖锐的发问不是来自文学史的编纂队伍，而是来自与“中国现当代文学史”“共时”的现当代中国历史的研究者。比如有学者认为，一定要写现当代文学史，只有现代史专家才有资格。不懂现代史，许多文学史过程很难讲清楚[②]。话说得很满，但也并非毫无道理。过去大家认为，对胡风、周扬、夏衍、茅盾等人的关系，对三十年代左翼文学内部的人事纠葛，算是已经研究得相当透彻了，但随着一些新材料的披露，还会显出以往研究的不足。洪子诚先生曾感慨，研究当代文学史最大的困难是许多档案都未解密，有的可能永远也不会解密，文学史家只能“耐心地等在门外，看有关的人士是否还能从门缝里递出来更多一点的材料”[③]。

正因为有上述种种对“现当代文学史”学科价值和合法性的质疑，在许多从事具体历史研究的学者看来，文学史家很可能是最没学问的低层次学者。现当代文学史从业人员本身也有一种挥之不去的自卑感，总觉得矮人一等。

这就造成现当代文学史研究近年来一些值得注意的转变，或者说新的风尚与趋势。

其一，干脆改行做别的。许多优秀的现当代文学史研究者在九十年代纷纷改行从事思想史、文化史、制度史或“文化研究”去了。这一部分研究者尽管还想时时反顾旧乡，希望从文学中继续寻找新的研究的有用的材料，但如此“征用”文学作“材料”，往往会“误读”文学。比如，“文化研究”与“中国现当代文学研究”如何很好地结合起来，至今还

① 清末两部冠名《中国文学史》的著作，即黄人（1857—1914）《中国文学史》（国学扶轮社印行，无出版年月，可能在1900年至1914年作者于苏州东吴大学执教期间）和林传甲（1877—1921）《中国文学史》（武林谋新室出版，日本宏文堂1910年初版）一度成为许多中国学者研究的课题。

② 商昌宝、徐庆全、胡守常:《不尽如人意：史学视域中的文学史》，《名作欣赏》2016年3期。

③ 洪子诚:《问题与方法——中国当代文学史研究讲稿》，生活·读书·新知三联书店2002年8月第1版，第197页。

没有得到很好的解决。

其二，原来从业人员尽管恪守本职工作，但越来越不满足于过去单纯的文学研究，而总想将自己的文学研究朝“史”的方向做大做强。强大到何种程度才好呢？就是取得和其他历史研究学科平等对话的资格。在方法论具体操作上，就是尽量使文学研究所追求的“史”的“知识”挣脱“纯文学”的束缚，进入“真正的历史研究”，以至于能和“党史”融通，和现代中国的政治史、制度史、思想史、学术史、宗教史、人口史、外交史、教育史、语言变迁史、翻译（文化交流）史、性别史、民族史、地方志、租界史——诸如此类的“史学”融通。[①]

以文学史和思想史关系为例，“新世纪”之初就有人指出，现代文学研究“越来越往思想史靠拢”，这很可能脱离文学而被“思想史”问题所左右，强调文学史和思想史的分野应该予以注意。[②]2002年1月中国社会科学院文学研究所、上海社会科学院文学研究所、华侨大学在福建泉州联合主办“中国思想史与文学史”学术研讨会，讨论“中国思想史与文学史的互动关系”“中国思想史对文学史发展及特征的影响”“具体的学术思潮与断代各体文学的关系”“思想家对文学家的影响”等主

① 关于中国现代文学研究与中国现代专门史学的融通，这里仅举数例，恕不展开。比如从五六十年代至今以丁景唐、王观泉、倪墨炎、陈铁健、王铁仙、郑择魁、胡明、袁小伦、王锡荣、王彬彬等学者对瞿秋白、陈独秀、张闻天、鲁迅、茅盾和“左联”的研究，温泽远、王培元、黄昌勇、朱鸿召、袁盛勇等对丁玲、王实味和“延安文学”的研究，李辉等对“胡风集团”的研究，就深刻体现了打通“现代文学史”与“党史”的愿望。其他如汪晖对现代思想史与文学史关系的研究，杨剑龙、袁进、王本朝、许正林等对中国现代基督教史与现代文学的研究，马有义、马燕、马梅萍、何清等对汉语伊斯兰教文学的研究，张福贵、张中良、朱晓进、倪伟、李怡、张全之等对三十年代民国政治与文学的研究，李永东等对现代租界与现代文学的研究，钱理群、吴晓东、李怡、陈青生、刘晓丽对大后方、上海“孤岛”和东北沦陷区文学的研究，陈平原、姚丹、王彬彬、谢泳、罗岗、李光荣等对现代高等教育（民国教育）与现代文学的研究，杨扬等对民国出版与文学的研究，沈永宝、王晓明、李楠等对现代文学与民国报刊史的研究，朱晓进、高玉、文贵良、刘进才、刘琴、张昭兵等对现代汉语史与现代文学之互动关系的研究，李今、毛尖等对现代文学与电影史的研究，都从不同角度追求文学研究与某一现代中国专门史学的结合。

② 参见温儒敏：《思想史能否取替文学史》，《中华读书报》2001年10月31日，赵宪章：《也谈思想史与文学史》，《中华读书报》11月28日。

题，多数代表肯定文学史与思想史的关联研究，只是强调不能忽视文学史研究的独特性而已。[①]

上文列举八十年代中期以来方兴未艾的“中国现当代文学研究”之“史”的探究，许多内容仍然局限于传统的“中国现当代文学史”学科范围，仅仅在时间空间上做一些补苴罅漏的工作，但不可否认也有大量论著突破了传统文学史框架，深入到文学运动所依托的“大历史”中，从文学的角度出发，试图与中共党史、民国史、城市史、战争史、灾祸史、外交史、思想（思潮）史、学术史、宗教史、语言史（语言政策与语言规划史）、性别史（尤其是妇女史）、租界史等专门史学构成直接对话关系。近三十年“中国现当代文学研究”队伍获得更新的显著标志，就是从文学研究领域涌现了许多偏重史学研究的中青年学者。但毕竟本业是文学，史学训练大多属于后天“恶补”，屡屡被“正宗”史学研究者指出破绽，也在所难免。

以上说的是“中国现当代文学研究”和中国现当代“大历史”研究的其他学科努力融合。如果把范围再缩小一点，对文学活动直接依托的“文学体制与文学生产”的探索，也显示了一种强烈的深度历史研究的意识。近年来中国现当代文学史“体制研究”“制度研究”蔚然成风，对文艺政策、文学领导和组织机构、新闻出版和各种媒体、重要报刊杂志、大学与文学教育、文学会议、稿酬制度、文学奖励和扶持等的研究成了“中国现当代文学史研究”的“显学”，青年学者趋之若鹜，新作新著迭出，是一个特别值得注意的现象。

关于“文学体制与生产方式”（洪子诚），后发的当代文学史研究成绩似乎要超过现代文学。与洪子诚先生的研究同时，杨匡汉、孟繁华、旷新年、李洁非、贺桂梅、王尧、路文彬、吴俊、王本朝、洪治纲、黄发有、斯炎伟、张均、王秀涛、蔡新水、邵燕君、董丽敏、何平等研究

---

① 相关文章还可参看贺照田《为什么转向思想史》（2003 年 2 月 24 日《中国社会科学院院报》），贺文认为文学史研究进入思想史研究乃由文学史问题的复杂性所决定，不可避免，也不必忧虑。此外，《天津社会科学》2006 年 1 期“思想史与文学史关系研究”专栏刊载张宝明《问题意识：在思想史与文学史的交叉点上》、张光芒《思想史是文学史的风骨》、姚新勇《由“文学史”到“思想史”：原因、张力与困惑——关于由文学史转向思想史研究现象之思考》、林岗《思想史与文学史》，大部分作者也都基本肯定转入“思想史”领域会有利于“文学史”研究的深入。

"共和国文学""国家文学"概念弥合破碎的"当代文学"的可能性(与"民国文学"的倡导相呼应),十七年文学与同一时期国家政治的关联,"文革"文学与文学领导机构及文艺政策的变迁,"新时期文学"的发生与性质界定,整个当代文学时期关键报刊、文学会议和文学奖励与扶持制度对创作与批评的影响,"先锋文学"周边环境,网络上下对文学生产方式的改写,等等,皆引人注目。这可能是因为现代"文学体制与生产方式"研究起步虽早,但在现代文学史编纂高潮的八十年代中期前后,关于现代中国社会和文学的大历史观基本定型,难有突破①,同时新材料的发掘也遭遇瓶颈,而且不管是"现代文学"还是"民国文学",其"文学体制与生产方式"对文学进程乃至作家个性的制约似乎没有达到洪子诚所谓当代文学"一体化"之后那种无远弗届、无微不至的程度,或者说,现代时期的"文学体制与生产方式"更加多样化,但因此也就激发不起研究者们特别浓厚的兴趣,只是因着具体研究对象的差异而加以个别的处理,难以从"文学体制与生产方式"这个角度形成统一的文学史叙述模式。当代文学则相反。首先,长期以来"当代文学"主要是"文学批评"处理的对象,来不及被纳入"文学研究"的范围。一旦"文学批评"让位于"文学研究",人们发现被印象式的"文学批评"忽略的"文学体制与生产方式"原来大有用武之地,不仅许多材料和问题从来不曾被利用被提出,当代"文学体制与生产方式"对文学进程和作家个性乃至作品形式的影响也远超现代。因此,正如洪子诚所说,即使你

① 八十年代中期乃至以后关于"现代文学"大的史观基本定型,许多新说法,如基于"启蒙与救亡的双重变奏"理论的各种文学史写法和提法,各种关于"现代文学"定性和阶段划分的方式,甚至和现代文学有关的四十年代开始的当代文学"一体化"的提法,仔细辨析起来,都可以追述到五十年代初期王瑶、蔡仪、张毕来、丁易、刘绶松以及起步于六十年代初而完成于八十年代初的唐弢三卷本文学史的基本框架,比如作为这三十年现代文学史编纂集大成的"唐弢本"对现代文学的基本定性,仍然是"新民主主义论"的框架,但表述更细致,即认为现代文学是"无产阶级、革命小资产阶级和资产阶级三种不同力量在新时期实行联合的结果,其各个组成部分之间有着原则的区分",同时也指出一些成员(如何其芳等)在不同阶级之间的转换,最后强调"居于主导地位、占有绝对优势并获得了巨大成就的,则是无产阶级领导的人民大众的反帝反封建的文学,亦即新民主主义性质的文学"。这种表述以及与之保持高度统一的对文学史各阶段的划分与阐释实际上涵盖了后来几乎所有貌似新颖的提法。

不喜欢这种似乎远离文学的研究，但“文学体制与生产方式”的许多问题深深嵌入了当代文学史各个角落，“你想要躲也躲不开”[①]。

比起传统的研究模式，研究“文学制度与生产方式”确实容易“出成果”，因为这跟以往研究文学史时套用现成历史叙述，简单讲讲社会历史背景，或者为了个别研究（尤其作家传记）的需要做些零星考证，有了根本的区别，即希望在研究某一文学现象时真正系统而全面地进入包括文学在内的“大历史”，同时尽可能避开先验历史叙事的干扰，用自己的材料和方法挖掘文学进程背后或之中的真实历史。“文学体制与生产方式”探讨的都是看得见摸得着的政策导向、制度设施、人事变更，比捕风捉影阐释作者“寄予”或“反映”的“思想情感”显得更加确凿，也比八十年代风行一时的“结构主义”“形式主义”“符号学”和“新批评”多少有些迂阔神秘的研究更能直击要害。[②]

这也是洪子诚先生倡导“文学制度与生产方式”研究在“专史”方向上超越前辈学人的地方。如前所述，自有新文学史研究以来，就不断有人主张新文学史是一门科学的“专史”。比如周作人就说过：“既然文学史所研究的为各时代的文学情况，那便和社会进化史，政治经济思想史等同为文化史的一部分，因而这课程便应以治历史的态度去研究。至于某作家的历史的研究，那便是研究某作家的传记，更是历史方面的事了。这样地治文学的实在是一个历史家或社会学家，总之是一个科学家是无疑的了。”[③]王瑶先生八十年代初明确指出：“文学史既是文艺科学，也是一门历史科学，它是以文学领域的历史发展为对象的学科，因此一部文学史既要体现作为反映人民生活的文学的特点，也要体现作为历史科学，即作为发展过程来考察的学科的特点。”为此他一再强调“文学史”不能写成“作家作品论的汇编”，“作为历史科学的文学史，就要讲

① 洪子诚：《问题与方法——中国当代文学史研究讲稿》，生活·读书·新知三联书店 2002 年 8 月第 1 版，第 203 页。

② 最早提倡从“文学体制与文学生产”角度研究当代文学史的洪子诚先生就说过，“80 年代在理解新批评派的文本中心，或文本自足的观念时，还颇有点费劲；或者说，这种‘痼疾’（按指从社会政治背景来理解文学的习惯），使我一直没有办法完全认同新批评的观点”。参见《问题与方法——中国当代文学史研究讲稿》，生活·读书·新知三联书店 2002 年 8 月第 1 版，第 191 页。

③ 周作人：《中国新文学的源流》，《周作人自编文集》之《儿童文学小论·中国新文学的源流》，河北教育出版社 2002 年 1 月第 1 版，第 8—9 页。

文学的历史发展过程，讲重要文学现象的规律性”和“来龙去脉”，“文学史不仅要评价作品，还要写出这个作品在文学史上出现的历史背景，上下左右的联系，它给文学史增添了什么，作出了什么样的贡献，对后来的文学发展有什么样的影响”[①]。但王瑶先生理解的“文学史”之“史”仍然限定在“文学”的范围，很难走到这个范围之外。这是王瑶先生那辈学者的学术环境有以致之，尽管他们的历史意识非常强烈，但除了遵循政治权威的既定历史论述，一般很难对于包括文学在内的大历史的“来龙去脉”上下议论于其间，所谓“文学史”之“史”只能是局限于文学内部的“小历史”，只能在这个被小心翼翼切割出来的相对独立的“小历史”中寻找“发展规律”，所以王瑶先生特别推重的还是古代文学史叙述中常见的那种作家之间互相影响的事实，特别是一定思潮流派中后起作家对前辈作家的“继承与发展”，所谓“因变”“通变”的关系。王瑶的下一辈学者也基本秉承这一文学史叙述模式，如黄修己先生就一再强调，“论述作家作品的历史地位，历史作用，应该是文学史著的重要使命”[②]，“寻找作家创作的家族关系，这也是文学史家所应负的责任”[③]。这样的文学史叙述自然容易给人造成一种印象，似乎文学史是相对封闭自足的一条以文学精神与文学形式为主体的特殊历史线索，这条线索和外部环境等“大历史”的关系，除了政治权威既定解释之外，就无法呈现更加丰富的细节真实。所以尽管黄修己先生在1990年代初理直气壮地说，“新文学史可以名正言顺地归于史学，为专史之一”，但同时又不得不承认，“新文学史作为专史，除了具有史学的一般共性，还有它专门研究文学历史的特性，但有关这方面的知识，并没有多少现成的、系统的东西”。既坚持新文学史是“专史”，又承认这个“专史”还没找到自己的“特性”，关键是因为这个“专史”和其他“专史”的关系没解决，用黄先生自己的话说，就是“长期以来对新文学史的文史双重性格，缺乏足够的认识”[④]。简单地说，就是在1990年代以前，中国新文学或现代文学史的研究主要还是局限于“文学本身”的“小历

① 王瑶:《关于中国现代文学研究工作的随想——在现代文学研究会学术讨论会上的发言》,《中国现代文学研究丛刊》，1980年第4期。

② 黄修己:《中国现代文学史编纂史》，北京大学出版社1995年5月第1版，第240页。

③ 同上，第280页。

④ 同上，第1—2页。

史”，未能真正将文学这个“小历史”融入“大历史”，从文学的“小历史”出发，真正取得对“大历史”独立发言的资格。

相比之下，洪子诚这辈学者及其学术上的追随者们走得更远些，他们不满足于在所谓文学史内部谈论文学的历史发展过程（这也谈不清楚），而试图走出文学研究者自我设置或被他人所规定的藩篱，努力去触碰那些可能对文学起“决定性影响”的“外部因素”，也就是以往相对自足封闭的文学史进程之外的那些和文学息息相关的“大历史”的问题。“文学制度和生产方式”之所以受到特别的重视，就因为这是“文学史”和“大历史”之间最重要的中介。“中国现当代文学史研究”在“史学”方向上取得真正的突破，并非首先发生在一向具有“学科优势”的“现代文学史”研究领域，而是势不可挡地发生于一向比较贫弱的“当代文学史”研究领域，这似乎有点令人感到意外，其实也在情理之中：一方面当代文学史研究者们有更多接触当代文学史之外的“大历史”的热忱与材料；另一方面，不同于现代文学史研究者们长期饱受更具“学科优势”的“现代史”的压力，1990 年代以后当代文学史研究者们并不觉得“当代史”有什么压迫性的“学科优势”，许多当代文学史研究者掌握的当代大历史的材料未必逊色于研究当代中国其他领域的“专史”学者，因此他们可以真正“出入文史”，一举克服黄修已先生所谓“新文学史的文史双重性格”带来的问题。

因此尽管八九十年代之交“向内转”的文学理论呼声言犹在耳，但“中国现当代文学研究”已经不可逆转地被压缩为“中国现当代文学史研究”，而“中国现当代文学史研究”通过一系列“向外转”的操作，又进一步从“内部研究”彻底转向主要着眼于历史的“外部研究”。似乎这才脚踏实地，有点“史学研究”的模样了。这就好比在“红学界”，老老实实研究小说《红楼梦》不被承认，只有从小说《红楼梦》跳出去，研究作者的家世生平、时代背景、版本源流，甚至研究小说所影射的清代政坛秘辛，才算有学问。

这是九十年代至今“中国现当代文学研究”的一种普遍趋势，我姑且称之为“由文向学”或“由文向史”，即不管是放弃“中国现当代文学研究”，还是将“中国现当代文学研究”改造和提升为“中国现当代文学史研究”，努力靠向真正的历史研究，总的思路无非都是认为文学研究本身不算学问，非要放弃文学研究，或者对文学研究来一番彻底改造，使之成为一种够资格的专门“史学”，这才有希望上升到“学问”“学术性”高度，和其他史学研究平等对话、知识共享。

上述观察可能很不全面，但这个趋势基本上有目共睹，或许是思考与“中国现当代文学研究”有关的全部问题的一个基本出发点。

六

说到“中国现当代文学研究”的历史化趋势，不能不首先想到陈寅恪先生的“诗史互证”。一些致力于将“中国现代文学研究”史学化的学者也确实喜欢引陈寅恪为有力的援助，比如王彬彬教授批评“中国现代文学研究与中国现代历史研究两不相干的现象”，提倡“中国现代文学研究与中国现代历史研究的互动”，就反复举陈寅恪为例。[①]但有了这个参照，恰恰也更容易看出“中国现代文学研究”史学化在目前存在的问题。

这主要表现为，虽然对“中国现当代文学研究”进行了“由文而学”或“由文而史”的改造与提升，但毕竟大多数学者的主业在“文”而不在“史”，所以史料的搜集、甄别和解读皆甚感吃力，同时“文”这一面往往又不能兼顾，以至于出现“有史而无文”的偏枯。尤其在“新历史主义”和福柯等人的“话语政治”“话语权力”理论的影响下，许多现当代文学研究者轻易取消了原来认为是文学所特有的一些问题，他们相信所谓文学所特有的问题其实都可以转换和消弭为历史（主要是政治史）。似乎一旦讲清楚了某个政治史的关节，文学问题就迎刃而解，或干脆不在话下了。结果，历史问题的考索既不清楚，原本要解决的文学问题也被搁置一边。比如，应该怎样看待鲁迅晚期杂文对国民党不抵抗政策的批评？一些研究者从民国史角度出发，挖掘鲁迅当年很难知悉的国民党上层对日谋略和国共两党复杂关系的细节，从而得出鲁迅的批评不得要领的结论。姑且不管这个结论是否可靠，能否据此解决鲁迅晚期杂文的全部问题呢？显然不能，因为鲁迅晚期杂文之得失并不完全取决于当今学者所追认的“政治正确”。关于鲁迅与“三一八惨案”，鲁迅与

① 王彬彬：《中国现代文学研究与中国现代历史研究的互动》，原刊《文艺争鸣》2008 年 1 期，收入王彬彬著《应知天命集》，人民文学出版社 2014 年 12 月第 1 版。

苏联的关系的研究，都存在类似的偏颇，即以实际上并不能成为定谳的零星考据和后人眼里的“政治正确”充当文学史评判的唯一标准，用“大历史”的眼光看待文学的“微历史”，鲁迅所说的“文艺与政治的歧途”在这里似乎可以完全合并起来了。

对柳青《创业史》的评价也有类似情况[①]，不同观点都着眼于文学与历史的关联，思考方式很接近，即都是用优先考虑“政治正确”的所谓历史研究来取代文学研究，结果都认为柳青是一位令人遗憾的文学天才。《创业史》成功只能归于柳青在政治上的先见之明，《创业史》失败也只能归于柳青在政治上的赶潮流。总之作家完全被外在政治历史所决定，判断《创业史》的成败，只要看柳青在政治历史中的表现就可以了，小说本身不值得深入研究。

看来，如何在“由文而学”“由文而史”的同时保持文学研究的一些看家本领，自由地“出入文史”，作出精当的“诗史互证”，应是今后“中国现当代文学研究”追求的目标。

王彬彬注意到这个问题，所以他强调“互动”，希望“中国现代文学研究”和“中国现代历史研究”能够出现“你中有我、我中有你”的局面，不是一边倒，以历史研究完全取代文学研究。他还特别为此批驳了《陈寅恪评传》作者、历史学家汪荣祖对陈氏“诗史互证”的误解。汪荣祖说:“寅恪以史证诗，旨在通释诗的内容，得其真相，而不在评论诗之美恶与夫声韵意境的高下，其旨趣与正统诗评家有异。”王彬彬认为，“陈寅恪的以史证诗，出发点固然主要不在诗的艺术价值。但是，如果认为以史证诗，全然与对诗的审美鉴赏无关，全然无助于对诗的艺术价值的评说，则又是颇为谬误的。实际上对文学的‘内容’、‘真相’的了解，与对其艺术性的鉴赏，往往是相关联的。对其‘内容’、‘真相’的了解越准确，对其艺术性的鉴赏就越到位。陈寅恪在以史证诗时，也绝不只是‘通释诗的内容，得其真相’。他常常在指出某种史实的同时，或多或少地引申到对诗的艺术性的评说。”这个批评很有道理，道出了“史诗互证”的真相。

---

① 参见刘可风《柳青传》所附“柳青和女儿的谈话”之“四”《未完成的〈创业史〉的构想》和之“七”《对合作化的长期研究和思考》，人民文学出版社 2016 年 1 月第 1 版。

或许也正是有感于此，洪子诚坦言，“从内心上讲，我很讨厌这个问题[①]，有时候会觉得离我想象中的‘文学’很远”[②]。洪先生一直感到文学史研究的“文学”与“历史”界线不好划定，“文学史到底是‘历史’，还是‘文学’”，真不容易说清楚。他把这个问题概括为“文学史研究中的‘文史之争’”，“‘文学’和‘历史’之间确实存在一些矛盾和冲突的方面。按照一般的要求来说，历史研究带有一种刚才说到的‘真实性’或‘可检验性’，但是文学本身的阐释更多地带有强烈的主观性。这两者怎么结合起来，这是一个问题”。尽管有此困惑，洪先生还是采取了他所说的文学史研究第一种“趋势”，即“把它写成像‘历史’，关注演变过程，关注事实的联系，而且更多地强调文学作品的外部因素，重视外部因素对文学事实产生的决定性影响”[③]。他的《中国当代文学史》就偏重这些“外部因素”，具体说就是“文学体制和生产方式”，而这确实是过去当代文学史研究忽略的方面。该书揭示中国当代（尤其五十至七十年代）文学的社会政治和文化环境的细节极其丰富，多方面的创见、突破和对青年学者的引领之功显而易见。该书以及稍后出版的姊妹篇《问题与方法——中国当代文学史研究讲稿》的学术辐射力至今还远远没有充分展示出来。[④]

① 指他本人提倡和擅长的“文学体制与生产方式”。

② 洪子诚:《问题与方法——中国当代文学史研究讲稿》，生活·读书·新知三联书店 2002 年 8 月第 1 版，第 205 页。

③ 洪子诚:《问题与方法——中国当代文学史研究讲稿》，生活·读书·新知三联书店 2002 年 8 月第 1 版，第 45—46 页。

④ 关于洪子诚《中国当代文学史》对当代文学研究的学科意义，参见《文艺争鸣》2010 年 9 期一组文章：谢冕《一束鲜花的感谢——祝贺〈洪子诚学术作品集〉出版》，赵园《有感于洪子诚先生文集的出版》，曹文轩《一个人与一个学科》，张志忠《建构复杂性的诗学——洪子诚的学术品格略论》，陈晓明《“一体化”：封存还是开放——洪子诚的文学史思想论略》，孙民乐《重塑文学史的知识品格——洪子诚文学史研究的意义》，张洁宇《学者姿态与学科意识——谈洪子诚先生的当代文学研究》，贺桂梅《文学性与当代性——洪子诚的当代文学史研究》，以及贺桂梅《穿越当代的文学史写作——洪子诚教授访谈录》(《文艺研究》2010 年 6 期)。贺桂梅《文学性与当代性》开头一段话很有概括力：“洪子诚的《中国当代文学史》于 1999 年出版时，许多人认同钱理群先生的感叹：这本书标志着当代文学终于‘有史了’。显然，这里的有‘史’并不是指当代文学此前没有历史叙述，而是指这种历史叙述的有效性。”所谓“历史叙述的有效性”，主要是指超越以往局限于

但姑且勿论“文学体制与生产方式”是否真能说清楚，即便乐观地估计这项工程最终能够完成，文学史的主体部分也未必就能水落石出，所以洪著《中国当代文学史》还是留下了许多空白。他以太多篇幅处理“文学体制和生产方式”，关注作家作品自然就不够。在“文学体制和生产方式”的知识背景下，读者主要看到作家主体被决定的命运。洪先生十分注意的作家“身份”在他笔下发生了根本性转移，即从精神体验、反抗和创造的主体转变为社会活动的主体，作家的社会活动、社会交往、文学论争、文坛际遇始终被置于文学史叙述的前景，洪先生引用过的普鲁斯特所谓跟作家日常身份不同的真正创造作品的另一个身份，亦即自我否定自我创造的那个相对隐秘的想象性“自我”的精神流变史，不得不大受压抑。

洪先生对此也颇感困惑，但他清楚地意识到首先要梳理文学史外部环境的问题，至于作家作品内部那些更隐秘和“神秘”的因素，应该在此之后予以考虑，“如果我们完全接受‘新批评’的观点，那实际上可能就没有文学史，或者文学史写成单独的文本阐释的组合。过分地强调作家的独创性，作家作品的不可替代性，这种文学史会变成什么样子呢？很可能变成作家作品评论的‘流水账’”，“希望有一天，我们会有机会来试试看，试试看这种强调‘独创性’、‘文学性’标准的文学史写作，会暴露什么样的矛盾和问题”。

中国并没有“完全接受‘新批评’的观点”写成的文学史，但任何一个对过去流行的文学史著作稍有接触的人都会赞同洪先生这个说法，因为过去流行的文学史普遍无力处理文学发展的外部环境，故而不得不把重心放在“‘独创性’、‘文学性’标准”上，这就部分地暗合了后起的“新批评”。这是洪先生对文学史老问题切中肯綮的批评。但他又承认，“像我那样的挖空心思，为每个作家设计一个座位，这也反过来证明，文学史有时是多么乏味，多么没有意思”[①]。凡读过洪先生《中国当代文学史》的人恐怕都会有同感，不妨把这理解为洪先生在解决文学史

接上页④

个别作家作品分析和浮面的社会思潮介绍的那种文学史叙述，努力呈现文学史得以展开的更丰富而系统的那些决定性的外部因素及其相互关联，也就是当代文学研究的“史学化”追求，而其方法论的核心统领，就是对“文学制度和文学生产”的优先关切。

① 洪子诚：《问题与方法——中国当代文学史研究讲稿》，生活·读书·新知三联书店 2002 年 8 月第 1 版，第 46—47 页。

老问题时遭遇的新问题。

现当代文学史研究是否非要变成韦勒克所说的“外部研究”才算真正达到了“史”的研究水平？其实韦勒克并无一锤定音的解答，他自己对此也颇为困惑：“写一部文学史，即写一部既是文学又是历史的书，是可能的吗？应当承认，大多数的文学史著作，要么是社会史，要么是文学作品中所阐述的思想史，要么只是写下对那些多少按编年顺序加以排列的具体文学作品的印象和评价。”[①]我们不妨顺着他的思路继续追问下去：包括文学在内的现当代中国人的思想情感果真完全受制于可见的“外部”历史？共同经历的可见的“外部”历史极易被遮蔽，所以“外部”历史的发掘工作显得极其艰难而珍贵，但是否因此就应该压抑相对来说不可见而同样容易被遮蔽的“内部”历史？除了洪先生所说的缝隙中偶尔仅存的一些“‘自由表达’的可能”之外，“内部”历史是否完全受制于“外部历史”而绝无“自由表达”之可能？“外部”历史不也是一种被决定的主体活动的结果吗？那么决定“外部”历史的除了文学之外的社会政治，作家和同时代大多数国民“主观内面生活”是否也是决定性因素之一呢？抑或这里所说的“外部”和“内部”压根儿就是历史的两个面相，之所以被区分为“外部”和“内部”，只是因为我们不善于一眼看出二者的血肉联系？洪先生敏锐地提出，“中国当代作家艺术的普遍衰退，跟外部环境有非常重要的关系，但是也不能完全把责任归到环境归到外部压力上，在作家的心性结构、价值观念、文化修养上，或者说‘内部因素’上，会出现一些什么问题？”[②]既然如此，那么作家主体，包括整个“文学场域”的主体性参与者，他们的“主观内面生活”之重要性真的逊于“文学体制和生产方式”诸如此类“决定”文学史进程的“外部因素”吗？

这样的追问或许又会迫使我们重新回到上世纪六十年代初普实克和夏志清那场争论所涉及的一系列问题，或者从他们的问题再出发，将文学史“内”和“外”两个问题真正糅合起来加以思考。

能否开展这样的工作，关键还是要看文学史研究者能否紧紧抓住文

① 勒内·韦勒克、奥斯汀·沃伦：《文学理论》，刘向愚、邢培明、陈圣生等译，江苏教育出版社2006年，第302页。

② 洪子诚：《问题与方法——中国当代文学史研究讲稿》，生活·读书·新知三联书店2002年8月第1版，第59页。

学史参与者“主观内面生活”这个中介，也就是“人”的因素。说穿了，“文学体制和生产方式”这些“外部因素”如果真如洪子诚先生所说，对文学进程起着“决定性影响”，那么这种“决定性影响”最终仍要落实为文学史中一个个具体参与者的行为意愿。如果一切都被“外部因素”决定好了，这样叙述出来的文学史究竟要诉诸怎样一位不可知的“决定者”和怎样一双“看不见的手”？文学史如果始终由“决定者”和“看不见的手”在书写，那么作家、批评家、文学机构的组织和领导者、普通读者的思想、情感、想象、下意识、梦幻、选择、意愿，以及包含所有这些内容的个人应该承担的历史责任，又该落在何处？撰写一部全然不诉诸个人主体性的“被决定”的文学史，意义何在？

七

所以我觉得，与其推崇陈寅恪的“诗史互证”，不如重新审视鲁迅对中国古代文学和新文学的论述，特别是《中国小说史略》《魏晋风度及文章与药及酒之关系》《上海文艺之一瞥》《中国新文学大系小说二集序》等经典的文学史描述方式，即牢牢抓住作家主体为中介来考察社会政治、思想文化与文学演变的关系。

从“中国现当代文学史研究”现状看，最大的问题还是“作家缺席”。不是说这些文学史著作没有举出作家们的生平活动、作品和创作谈，也不是说这些文学史著作不曾致力于给一个个作家安排适当的文学史位置，“排座位，吃果果”（洪子诚），而是说都不曾像鲁迅那样对于作家，无论他们处于怎样的思想文化潮流，无论受到怎样的“文学体制和生产方式”这些“外部因素”影响，都能“秉持公心”，画出他们在这些复杂环境和过程中所显示的心态和灵魂的本相，如鲁迅对“魏晋名士”、明清小说作者、才子＋流氓的“革命文学者”的心态与神情的描摹。

这样的描绘才是有血有泪有哭有笑的活的文学史，即使到头来仍然证明是被决定的，至少也让读者看到了文学史通过怎样的主体遭际而被决定着。目前一些现当代文学史著作最大的遗憾就是仅仅告诉我们，现代作家多半是自由挥洒的，当代作家则都是被绳捆索绑。前者显得过于潇洒和飞扬，后者又显得过于窝囊而沉闷。现代作家被写得过于潇洒和飞扬，因为他们有相对宽松的政治制度做保障；当代作家被写得过于窝囊而沉闷，因为他们生活在严格管控的政治制度中。无论现代还是当代作家都是被决定的，文学史主体不是作家，而是决定作家的政治制度以及商业手段。现当代（尤其当代）作家在这种姑且假定是真实的被决定状态下心里究竟怎样想，文学史家都还缺乏力透纸背的描绘。

这绝不是说，要取消或弱化对“文学制度与生产方式”的研究，取消或弱化包括对文学在内的各种社会思潮的研究，取消或弱化对重要作品的细读，而是说，所有这些方面的研究都要进一步得到加强，以至于真正可以和作家主体的心态沟通，看到作家主体在所有这些方面所呈现的精神活动的真相——在这一层面，文学史的叙述或许不必那么烦琐，那么长篇大论，那么迂回曲折，而很可能只需要三言两语的评骘。鲁迅分析“魏晋风度”，主要只是告诉读者“名士”们的精神为何显得“清峻，通透”，他们的作品为何显得“华丽，壮大”，“非汤武而薄周孔，越名教而任自然”的真实心态是什么，为什么有人整天喝酒吃药，有人喜欢“扪虱而谈”，或者一生气就拿着宝剑追杀苍蝇。文学史研究在别的方面做得再好，倘若缺乏这副笔墨，就是“明乎礼仪而陋于见人心”，画龙而不能点睛。

令人特别困惑的是，一些最有影响力的当代文学史著作的编撰者们都曾经（或仍然）是他们所经历的不同阶段“当代文学”的亲历者和与之发生密切接触的批评家，他们对作家们的情况比较了解，也有大量独立的作家作品的精彩论著，可是一旦进入文学史描述，或者说一旦他们的身份从批评家转换为文学史家，以往对作家们的抵近把握似乎就一律派不上用场，难以放置到各自的文学史框架之中。

当代文学史读者最不好理解的问题，是那些从“现代”跨入“当代”的作家们的创作和人格为何出现巨大反差，前后判若两人，中间始终缺乏对主体内部变化的合乎情理的解说。这个看似明白却似乎永远也说不明白的问题，如果完全推诿给起“决定性影响”的“外部因素”，那么文学史家至少也应该合情合理地描述出这些作家在被决定状态下怎样一步步完成思想、人格和创作上的“改造”，否则读者只好像当年郑振铎先生那样奇怪阿 Q 竟然要革命，革命之后为何又要被“咔嚓”，人格上似乎是两个人。当代文学史家们能否令人信服地说明，这些作家从“现代”跨入“当代”之后出现的巨大反差，尽管使他们外表上看起来似乎判若两人，而实际的思想变化还是有迹可循——就像鲁迅当年负责地告诉郑振铎，革命前后的阿 Q 在人格上还是一个？

八十年代以来，现代文学研究一个很大的麻烦是既要为大部分“鲁迅骂过的作家”逐一平反，同时又不得不在根本上继续保持对鲁迅的高度评价，其间出现了种种有趣的解决之道，一时也难备述。比如，抬高“鲁迅骂过的作家”的同时，在逻辑上不得不暗地里批评鲁迅“骂错了”，沿着这个思路就会进一步思考鲁迅既然这么容易“看错人”，一定还有哪些地方也很不恰当，于是不断“扩大战果”，逐渐形成高抬“现代文学”“民国文学”而贬低鲁迅的风气，好像鲁迅不属于“现代文学”“民国文学”，好像那时候只有鲁迅独自发狂、战斗、到处“乱骂人”。另一种做法也是暗地批评鲁迅“骂错了”，不过调子缓和得多，就是认为之所以“骂错人”，是大水冲了龙王庙，一家人不认一家人，鲁迅和被骂的人之间精神上是相通的，都属于“自由主义”，都具有“民国范”。这两种解决鲁迅与当时文坛左中右三种力量全面对抗关系的“历史研究”势必把鲁迅的社会批判和文明批判的合理性慢慢从“现代文学”或“民国文学”挪开，而往下延伸到“当代文学”中来，结果“现代”或“民国”的鲁迅批评民国的时候，许多地方基本上都错了，而如果让鲁迅继续活着，帮我们批评“当代”，倒恰到好处，得其所哉！这显然是隔断历史的做法。

被隔断的“现代”与“当代”的关系，在“现当代文学研究”不断历史化”的过程中被部分地重新提出。早在八十年代陈思和的“中国新文学整体观”与陈平原、钱理群、黄子平“二十世纪中国文学”的提法，其实已经是旨在“打通现当代”了。但如何打通？当时主要着眼于文学思潮、流派的历史断裂与重新接续。到了九十年代，“当代文学史”研究的“一体化”概念提出来之后，就更清楚地落实到从二十年代中期“革命文学”理论与初步实践、三十年代以上海为中心的左翼文学运动、江西苏区红色文化、三十年代末至四十年代初以延安为中心的新民主主义文学与“工农兵文学”的雏形、五十至七十年代的“社会主义文学”的一脉相承。这些不同阶段的文学，相互之间存在复杂的差异性甚至激烈冲突，但先后接续的基本谱系总算梳理得比较清晰了。这种文学史梳理主要以“文学制度与生产方式”为主要着眼点，某种程度上也确实成功地“打通”了现当代，却依然无法描写出那些“跨代作家”乃至“跨代”知识分子群体的心理流变。正是在这一点上，鲁迅描写“革命”前后阿Q的生态与心态及其最终命运时所把握到的历史的深层脉动，仍然值得我们深思。鲁迅写阿Q，视野绝不局限于一个无业游民的心理，而是想着全体国民。人所具有的阿Q基本都兼收并蓄了。阿Q也生活在一个易代之际，也算一个“跨代”国民。如果阿Q识文断字，也是一个“跨代作家”。文学史家能否像鲁迅写“革命”前后的阿Q那样烛照“跨代作家”们的灵魂深处呢？

若能做到这一点，那么夹在“现代文学”和“新时期文学”之间的“当代（社会主义）文学”（1950—1970）对于今天的广大青年读者的陌生感与异质感或许可以得到部分的消除。否则，对于起“决定性影响”的“外部因素”的历史重建无论怎样完备，这段文学史的许多现象还是会显得非常有“异质感”而难以理解。换言之，难以理解的主要不是二十世纪五十至七十年代“文学体制与生产方式”，而是在这种“文学体制与生产方式”作用之下发生急剧变化以至于和之前的“现代文学”几乎无法接续、和之后的“新时期”与“新世纪”文学也无法“相认”的那些“当代作家”的真实内心。

但怎样才能知道“被决定”着的作家们的真心？既然可靠的文学史材料多半来自“决定”文学史进程的“外部因素”，那么即使有“鉴别灵魂”的文学史家站出来，又能让他从哪里寻找可以见出作家们真心的材料？依靠极少数较能披沥真心的“潜在写作”？依靠写作年代难以确认的“抽屉文学”“地下文学”？还是老老实实以公开发表的作品为材料进行正面强攻，或者避开正面，从可能存在的文本缝隙中抓住偶尔漏出的一点光亮？

这样写出的文学史将呈现怎样一种形态？比如，二十世纪五十至七十年代“当代（社会主义）文学”是“五四”新文学直至“新世纪”文学百年历史中一个脱出常轨的“异数”，还是仍然和前后不同阶段的文学保持着深刻的历史关联和巨大的历史同一性？[①]继五十至七十年代

① 钱理群把这一时期文学延伸到四十年代，认为四十至七十年代中国文学是“毛泽东时代的文学”或曰“共和国文化”“中国式的社会主义文化”，“它与中国传统文化和五四新文化自然有着深刻的联系，也显然受到外来文化（首先是马克思列宁主义）的深刻影响。但应该承认与正视，它是一种有别于传统文化、五四新文化与外来文化的独立的文化形态，它在近半个世纪的发展中已经形成了与特定的政治、经济体制相适应的自己的观念、哲学，自己的思维方式，心理结构，情感方式，伦理道德，行为准则，甚至有自己的文体，话语方式，并且经过半个世纪的体制化的灌输，已经渗透到大陆人的心灵深处，成为集体无意识，形成了新的国民性”。这就提出

“异质性”或“被异质化”的文学阶段之后崛起的“新时期文学”真的“回归并超越了五四新文学”吗？九十年代至“新世纪”的文学新变，和“新时期文学”又具有怎样的内在联系，抑或纯粹是“后新时期”特殊的社会政治与思想文化这些“外在因素”（后现代精神、全球资本）直接作用的结果？如何理解上述文学史各阶段的断裂与连续的关系？

这还联系着另一些问题：“文学史”所治之“史”可以悉数还原为普遍的权力运作的历史过程，还是具有高于这种冷冰冰的历史的文学的特殊性，如亚里士多德所言，诗比历史更具有普遍性？文学史是对真实存在的过去的忠实记录，还是被一定的立场方法和价值标准的持有者主观叙述出来的图景？换言之，文学史是对外部决定性因素的重建，还是对内部被决定因素的重新阐释？“文学史”所提供的历史“知识”究竟如何才能和其他历史类的人文学科所提供的“知识”进行对话和共享？

这些问题恐怕还要一直存在下去，不断挑战中国现当代文学史的研究者们。

2016 年 8 月 6 日初稿

2016 年 8 月 20 日改定

原载《中国现代文学研究丛刊》2017 年 2 期

接上页①

了消解这段历史时期文学的陌生化与异质感的一种思路，用洪子诚的话说，是“在‘全球化’的历史语境”如何理解文学史“这种‘异质化’，这种‘异类’的声音”。对这段文学史及相关学术研究，洪子诚本人提出如下思考：“我和另一些人经常使用‘一体化’的说法。这个说法不是意味着这个时期的文化、文学的单一性，事实上仍存在复杂的，多种文化成分、力量互相渗透、摩擦、调整、转换、冲突的情况。”“这个时期文学思想艺术存在的严重阙失，恐怕难以否认。在这种情况下，它的研究的魅力来自什么地方？一方面——现代中国的革命及其文化问题与成果，并未为‘历史’所尘封，仍具有现实的急迫意义。另方面，这种研究将可能尖锐地检验我们在处理存在争议、也让研究者困惑的历史和文学问题时的能力”。参见赵园、钱理群、洪子诚等《20 世纪 40 至 70 年代文学研究：问题与方法》，《中国现代文学研究丛刊》2004 年 2 期。

文学是借助文字来发挥语言奥妙的艺术

引　言

一直说“文学是语言的艺术”，这定义固然不错，但不完全，需要补充说明。

理论上，“语言”这个概念并不包括记录语言的“文字”，人们习惯于把“文字”看成次要、第二位、辅助性的工具，割裂了文字和语言(口语)的血肉联系，忽略了文字对语言（口语）的意义（文字可以令语言有所提高并行之更远，孔子说“不学诗，无以言”），更忽略了文字在文学创作和欣赏中至关重要的地位，导致“文学是语言的艺术”这个原本正确的定义，在实际运用场合往往滋生许多误会，变得很不完全。

比如，当我们说“文学是语言的艺术”时，文学和戏曲、相声、小品、脱口秀等“语言的艺术”的区别何在？相声等显然更多诉诸语言，或只能诉诸语言，而文学发挥语言的奥妙不同于戏曲、相声、小品、脱口秀的地方在于：文学写作和文学接受都非要过文字这一关不可，没有文字就谈不上文学的写作与接受，也谈不上“文学语言”。

一、现代语言学割裂语言 / 文字的关系

为什么会发生这种情况呢？这跟现代语言学对语言的理解有关。

古人早就意识到语言与文字（“言”和“文”）的区别，但不用西方式的统一抽象的“语言”概念来绝对区分口语和文字，更不用统一抽象的“语言”概念来定义文学，而是比较灵活，看场合需要，有时谈文学与口语的关系多一点（如汉代《毛诗大序》所谓“情动于中而形于言，言之不足，故嗟叹之，嗟叹之不足，故永歌之，永歌之不足，不知手之舞之，足之蹈之也！”），有时讲文学与文字的关系多一点（如《文心雕

龙》的《练字》等篇)，总之并不绝对地偏向哪一边。通常讲口语时也捎带讲讲文字和书面语，反之亦然。直到今天，许多中国人讲语言，心里也还想着文字，讲文字和书面语，也认为自己就是在讲语言。

当然古人也许更看重文字，但这并不意味着古人只知有文字而不知有口语，否则就不会出现那么多研究方言俗语的著作，不会有那么多作家学者讲究音韵训诂(音韵训诂不限口语但也包含了对口语的研究)，也不会有诗、词、戏曲、小说、散文作品中那么多采用口语的绘声绘色的描写。古人懂得文字和语言有区别，但不像西方那样一面抓住统一抽象的"语言"概念不放，一面又在这个统一抽象的"语言"概念之下割裂口语和文字的血肉联系，或者日夜不忘在口语和文字之间制定一个先后发生的顺序，与价值上高下不同的等级(从《圣经》到索绪尔)。

现代中国获得了西方式的统一抽象的"语言"概念，建立了西方式的语言学和文学理论，又经过"五四"新文学运动，普遍懂得指责"言文分裂"的中国文学传统，从这以后，就开始割裂语言和文字的关系了。

比如在文学理论上，"文学是语言的艺术"的说法就没有对文字的地位、特质和文字(汉字)对中国文学的意义作出必要的交代与说明，以至于在这个关于文学的定义中竟然完全看不到文字的影子。

许多新式"语言学家"专攻语言学理论、语音学、方言、语法、修辞、古文字、语言政策、运用语言学、比较语言学等中的某一门具体学问，缺乏融会贯通，不仅语言文字被割裂开来，文字和语言各自的许多内涵也被割裂，分而治之。就中国语言学来说，治语言学理论的人往往缺乏渊博的语言文字之学，文章越写越抽象，许多符号、公式和专门术语比理工科论文还难懂，与语言学其他领域根本无法对话。音韵训诂之学和古文字学，即使语言学专业研究者也视为畏途。从事方言调查的人因为缺乏其他方面的语言学知识而无法将调查所得的方言知识与语言学其他部门结合起来研究，反过来限制了方言研究。古代汉语和现代汉语、语法研究和修辞研究也互相隔膜。当然不敢指望这样的语言学对文学创作和文学研究有什么启发。事实上，文学研究和语言学研究早就分道扬镳了。

我不是语言学家，这方面不能谈得更细，只说一点读过中文系的人都能感受到的现象。我主要还是想谈文学创作中语言和文字的割裂，兼及文学研究和批评的一些相关的误解。

二、“新文学”理论 / 实践的分野

大家知道，新文学运动一开始就重点批评“言文分裂”，号召以白话去带文言、以大众口语文学取代贵族书面语文学，目的是要达到新的“言文合一”，新的语言和文字的平衡。一百多年过去了，这个目标达到了吗？大致达到了，但也出现了偏差，主要就是强调语言（口语）的重要性而轻视文字，“有言无文”的现象越来越严重，以至于出现新的语言和文字的脱节和不平衡，这在文学上的表现尤其明显。

追本溯源，还得说到胡适。胡适给白话文写作制定的原则是“有什么话，说什么话；话怎么说，就怎么说”，前一句强调“言之有物”，反对“无病呻吟”，固然很好，后一句就出了问题。什么叫“话怎么说，就怎么说”？胡适本意是要给处在新旧交替之际六神无主、不敢轻易下笔、不知如何写白话文的作者们提供一种起码的文章做法，教他们照平常说话的方式大胆写去，“作文如说话”，他认为只有这样才能挣脱几千年因袭的文言文习惯，走上白话文写作的康庄大道。这在那个时代振聋发聩，行之有效，但显然很不够，因为作文除了要像说话那样亲切自然，还必须考虑到文学写作并不是说话的简单记录，必须承认文字的相对独立性，必须讲究必要的文字修养。中国几千年文化和文学传统都记录在中国文字（而不是那未曾记录下来的古人的说话）中，因此没有精深的文字修养，也就没有精深的文化修养和文学修养。光会说话，光会“写话”，文学的门槛也就太低。

胡适的话在当时虽是一种理论的共识，但真正懂文学的人并不太把它当回事，更不会奉为金科玉律，甚至还有不少人站出来明确表示反对，或者加以纠正和补充。

周作人虽倡导欧化，表彰“絮语”式随笔，但也主张向传统文学学习，特别要学习因为用汉字写作而自然养成的那些修辞手段，包括被他的同学钱玄同骂为“妖孽”的骈文笔法。郭绍虞紧接着周作人的提倡，具体研究中国文学所受的汉字的许多影响。他说的影响主要不是消极的限制，而是那些值得利用的积极的便利，比如“单字成词”“双声叠韵”之类。胡适从他的“作文如说话”的理论出发，主张文学越趋向口语越

好，大量采用方言土语的所谓“方言文学”，他认为乃是文学的最高境界。但几十年过去，“方言文学”虽然也有过局部和一时的风光，毕竟没有蔚为大观。不说别的，一部《海上花列传》经过胡适和张爱玲两代人的推介，最近又被某些文学史家奉为现代文学的开山之作，却一直没有吸引太多的读者。胡适甚至说《阿Q正传》若改用绍兴话写，一定更成功(《吴歌甲集序》)。有谁会相信他这个“大胆的假设”吗？三十年代，有人把《阿Q正传》搬上舞台，让阿Q说绍兴话，鲁迅先生不以为然，认为编者“信手胡调”，眼睛“为俗尘所蔽”了(《答〈戏周刊〉编者信》)。

三四十年代之交，著名的青年小说家吴组缃曾被誉为最能把皖南土话写入小说的人，恰恰是他在1942年写过一篇文章，叫《文字永远追不上语言》，结论是“言文一致”“我手写我口”“怎么说怎么写”之类，都只能是一种理想，实际上“根本无此可能”。他并不贬低文字，只是说文字不必去追赶语言，文字有它的用武之地。如果让文字追赶语言，记录方言，那才是根本的错误，因为正如文字有其自身的许多奥妙无穷的修辞功能一样，语言也有其自身无穷的非亲耳听见就无法转达的变化。宏观上讲，文字是语言的延伸。但具体地看，语言是语言，文字是文字，文字永远也追不上语言。吴组缃这个意见是很实在的。现在有不少人，比如广州和上海一些语言学家和年轻作者，又在提倡“方言文学”，我建议他们不妨去看看吴组缃先生这篇文章，相信会得到许多有益的启示。

“五四”初期那一代作家“去古未远”，不管他们怎样追求“作文如说话”，一下笔，自然还是做文章，还是讲究文字之美。他们追求“美文”，小说也有“文章”做底子。鲁迅称《阿Q正传》为“文章”，甚至说他所有小说都是当杂文来写的，都是“小说模样的文章”。把小说当文章做，就会大量吸取文言文的资源，结果与散文、论文和杂文一样，也变得“文白夹杂”，显出过渡时期文学语言的特色来。“文白夹杂”除文言文和白话文的掺杂，还有就是口语和书面语相互吸引又彼此排斥的紧张关系。这在不同作家那里会有不同的表现。同样是“文白夹杂”，“周氏兄弟”的文体就多么不同！但“文白夹杂”的作家有一点相同：他们的文字功夫都很过硬，很少因为不懂得文字的含义和习惯用法而滥用、误用，所以“文白夹杂”的另一面又是“文从字顺”。这听起来有点怪，其实很自然，因为这代作家都认得许多汉字以及和这许多汉字相联系的许多中国文学固有的精神信息与表现手法。有了这个基础，他们就能根据自己的情况，在文字上进行新的创造。

“鲁郭茅”之后，新一代作家起来，到了三十年代，情况慢慢变化。但这变化还只是认得汉字的多寡之别，并非完全不同。我有一个初步估计，不晓得是否正确，我认为文从字顺的传统直到王蒙那一代还没有完全失掉。王蒙可能是不大写错字病句的最后一代中国作家的代表，他的语言大胆挥洒，往往到了令人吃不消而不得不提出怀疑、非议和抗议的程度，但你可以抱怨和指责他不加节制，过于繁复、炫耀，却不太容易挑剔他的遣词造句上的破绽。

讲白了，这其实就是一个语文基本功的问题，一点不玄妙。从王蒙往上追溯，四五十年代之前的现当代中国作家大多从小受过良好的语文基本功训练，加上整个社会的语言环境能够起到良好的语文监督作用，出错的机会自然少得多。这和古代成名作家一般没有语病，道理相同。当然也有例外，南京大学王彬彬教授就曾指出梁斌《红旗谱》许多语文错误，甚至说这部“红色经典”几乎“每一页都是虚假和拙劣的”。但这种情况毕竟还是少数。

王蒙那代作家之后，情况发生逆转。作家普遍缺乏良好的语文基本功，编辑和文学研究者、批评家也一样缺乏必要的语文基本功的训练。不仅如此，他们还普遍轻视语文基本功，甚至为作家、批评界和学界同行的语病辩护。一旦有人“咬文嚼字”，就说这人不懂得文学批评，专门说鸡毛蒜皮的小事。可想而知，由他们组成的专业文学读者圈自然也就难以发挥良好的语文监督的作用，错用、误用层出不穷，中国文学因此也就渐渐脱离中国语言文字的正轨，缺乏中国语言文字的滋养，日益变得单薄、贫乏乃至错误百出，毫无感人之处了。

三、当代作家普遍缺乏语文基本功

举几个例子。莫言回忆其成名作的标题原来叫“金色的红萝卜”。他当时在解放军艺术学院读书，该院文学系主任、老作家徐怀中帮他改成《透明的红萝卜》。用“金色”形容“红萝卜”，好比用“蓝色”形容“绿叶”，这样的搭配居然出现在标题上，作者的语文基本功有问题！莫言成名后，不断有读者对他的作品进行“咬文嚼字”，也就很自然。

李锐的长篇《张马丁的第八日》写年轻的外国牧师“张马丁”被教堂逐出，又得不到当地农民谅解，无处安身，病倒在冰天雪地的野外。北方的严寒冻得他浑身疼痛，如“敲骨吸髓”一般。“敲骨吸髓”只能形容剥削之残酷，没别的意思，用来形容痛苦，只能说是误用或错用。李锐爱读鲁迅，也许模糊记得《野草》《复仇》（其二）描写耶稣被钉上十字架时有一句“碎骨的大痛楚透到心髓了”，于是重新组装，变成“敲骨吸髓”？我这样推测。实际如何，不得而知。

“复出”的先锋作家马原的长篇新作《牛鬼蛇神》曾经被大肆炒作，我翻开来一看，第一页写“文革”中大元和李德胜两个红卫兵在北京串联认识了，当大元知道对方竟然起了一个毛主席的曾用名，就大惊失色，而这也引起李德胜的激烈反应。

> 李德胜？大元的疑窦令他受到了伤害。他拿出他的学生证，翻开首页。是李德胜，就是，一字不错。

这短短一段话就有许多纠葛。带问号的“李德胜？”三字是在描写谁的心理活动？不清楚。如果指大元的疑惑，接下去就该详细叙述大元如何如何，不应马上转到李德胜受到伤害；若是写李德胜不服气，也不该以这三字的问句起头。至于后面接连三个“他”字，从上下文来看，当然都指李德胜。既然如此，“他拿出他的学生证”的“他的”两字就该“承上省”，否则就很可笑，难道李德胜还能拿出别人的学生证？到此为止，所谓语文问题还仅限于叙述中的逻辑不清造成含义不明、颠倒混乱、用词重复，而“大元的疑窦”，就牵涉对字意和用法的误解了。从《汉语大字典》提供的“疑窦”的用例看，这个词一般指客观事物的可疑之处。常见的“疑窦丛生”，并非主观上疑心、疑惑。该字典也说有“疑心”的意思，但没有提供具体用例。通常所谓“心生疑窦”，并不能直接理解为心里产生了怀疑，也可能是心里觉得有可疑之处，心里在琢磨某个可疑之点。总之把“疑窦”当怀疑和疑心用，并不稳当——大概只能在“心生疑窦”这样比较模糊的成语中才能勉强使用吧？像“大元的疑窦令他受到了伤害”，把“疑窦”从成语中拆开来，当“疑心”的意思来单独使用，就属于不通。

翻到第二页，写大元建议李德胜更名为李文革，遭到李的拒绝，因为“他这辈犯这个‘德’字，下辈犯坚，下下辈才犯文”。这里应该按中国人习惯用“行”字，却胡乱抓了一个“犯”字顶替。“犯”当动词使用，有“触犯”“冒犯”“侵害”“发作”等义，跟姓名中代表行辈的“行”字不相干。或者来自方言吧，但这种方言用法太不具普遍性，至少需要一点说明，否则读者哪里会知道？

一部小说，开头两页就出现这么多叙述逻辑混乱、用词不当的现象，叫人怎么有信心和耐心坚持看下去？

再看王安忆的《天香》写莲藕、菱、池水和桃林的关系：“莲藕和菱，养得池水丰而不腴、甜而不腻，出淤泥而不染，所以才有了那样的桃林。”已经有批评家分析过这句话的种种错误，这里就不啰唆了。我专门写过文章，分析余华《第七天》、郭敬明《爵迹》的文字错误，这里也不多说。总之缺乏语文基本功，这在当代中国文坛绝非偶尔一见，而是非常普遍也非常严重的现象，不得不引起我们认真对待。

小说，不管中篇、短篇或长篇，如果充斥着语文上的败笔，不管是无心之失，还是因为修养、才能不够而无法避免的错误，或编辑错看、漏看或误改所致，要想在字里行间打动读者，让读者获得愉悦和启发，岂不难矣哉！

王蒙那辈人之后，五六十年代出生的作家里头也有文字功夫比较过硬的如贾平凹、韩少功、刘庆邦、格非、李洱、毕飞宇等。我想这除了语言天分好之外，主要还是得力于后天的有心积累和积极学习。说到学习，不免又想到王安忆，她的文字本来不错，只是《长恨歌》之后整个创作越来越书斋化，语言也跟着越来越书面化，而书斋化书面化的语言是她刚刚学来或正在学习的东西，还没有与她的思想磨合得恰好，就急于派用场，结果自然显得夹生。《长恨歌》喜欢用“大德”一词称呼得道高僧，扩而广之，也用来形容一切有修养的人，乃至一切有内涵、有历史、有深度和厚度、令人肃然起敬而又轻易不能说清楚的人与事，这当然都可以，但她似乎对这个新学到的佛家名词情有独钟，一用再用，乃至无处不用，就显得小家子气了。《天香》许多败笔大抵也如此，或是学《红楼梦》得其形似者，或是学《红楼梦》学得不够到家的半吊子模仿品，或是完全误会了而纯属生造，其肯于学习的精神固然可嘉，但急用现学、边学边用的方式不足为法。马原过去语言破绽相对较少，那时他专心布置批评家吴亮所谓“叙述圈套”，文字上没什么追求，“辞达而已”，“上下都很平坦”，反而不容易出乱子。《牛鬼蛇神》不再玩“叙述圈套”，文字顿时暴露在前台，经不起推敲了。余华的情况跟马原相似，过去语言上一直比较简单直截，也就不容易露马脚。总之，五十年代以后出生的作家，包括一些“60后”“70后”和“80后”“90后”，文字上出乱子，大多因为想主动出击，有所作为，只不过超出实力允许的范围而露出马脚。不出乱子的作品，则往往因为善于藏拙，本质上还是实力不够、修养不够。出了乱子不必气馁，不出乱子也不必侥幸。对批评家来说，看出同时代作家语言上的极限，更不必沾沾自喜，而应该多一点善意的理解和提醒，因为批评家的语言也很贫乏，他们和作家共处一个语言环境，象喜亦喜，象忧亦忧，也就是了。

四、现代作家与批评家文字语言的自觉

三十年代初，留学德国的冯至给国内好友杨晦写信，说他自己二十年代的诗歌全是失败之作，甚至是他的耻辱，因为那时候他还没有认得几个中国字，对中国字的理解还不够亲切。以后如果再写诗，最要紧的便是认真学习中国字，好好下一番“小学”的功夫。

1906年，章太炎在东京留学生为他举行的欢迎会上发表演说，着重提到文字对文学（文辞）的极端重要性：“文辞的本根，全在文字，唐代以前，文人都通小学，所以文辞优美，能动感情。两宋以后，小学渐丧，一切名词术语，都是乱搅乱用，也没有丝毫可以动人之处。”

冯至、章太炎所说的文字，不仅仅是字典上一个个孤立的汉字，更是和这些汉字紧密联系着的中国文化、中国生活、中国人的喜怒哀乐的丰富内容，自然也包括作家的思想、感情、逻辑训练、观察能力、知识面、想象力、感受力，这些内容和文字是一而二、二而一的关系。若无文字背后丰富的内容，文字是死的，而这些内容若离开文字，也就失去唯一的载体，正如德国诗人格奥尔格说的，“语言破碎处，无物复存”。

闻一多、孙犁、汪曾祺等人都有过类似的说法，这里不必一一列举。

明白这个道理，1938年蔡元培先生为《鲁迅全集》写序，说鲁迅的文学天才就在于“用字之正确”，也就不难理解。用“文字之正确”解释鲁迅的文学天才，不是对鲁迅的贬低，而是真正懂得文学的人的发自肺腑的赞美。

优秀作家，一字一句都不会随便写出来。善读者遇到优秀作家的精心之作，一字一句也都不会随便看过去。这时候，作者与读者的交流，深入字里行间，深入文学的内在肌理，才真正说得上是文学的交流。

说了半天，不晓得有没有说清楚。我的意思很简单，就是认为“文学是语言的艺术”这个定义在实际运用时需要做一点补充说明。比如不妨说：“文学是借助文字来发挥语言奥妙的艺术。”当然，如果你说“文学是语言的艺术”时，切实想到那些像精灵一样跳动着的汉字，这个定义也就无须修改了。

原载《南方文坛》2013 年 1 期

何必以“代”论文学

《名作欣赏》今年第9期推出“80后文学新青年”专号，此前还多次发表过“80后”个别作家的作品和相关的评论、访谈，显示了该刊对“80后作家”的关注和重视。突然要我说几句话，却十分为难。我害怕命题作文，不知从何说起。其次很惭愧，看过不少80后作品，但思考零散，一旦要谈整体看法，就深感准备不足。

无计可施，索性做点反面文章，讲讲我对类似“80后作家”这种以年龄为根据的也许是一时权宜的提法的困惑吧。

一群作家聚成社团、流派或文学现象，文学史上屡见不鲜。倘论年龄，却很复杂。或较接近，如初期“创造社”。或成员庞杂，年龄差距也大，如“文学研究会”和“语丝社”。若算上后期加盟诸君子，“创造社”内部的年龄差距也不小。现代作家聚在一起，主要因为文学观念、出道时间、出生地（如“东北作家群”）或政治立场（如三十年代“左翼作家联盟”）比较接近，不曾有过以年龄为依据的作家群概念。“六十年代出生作家群”提出之前，“当代文学”的情况也是如此。再看“古代文学”，“建安七子”中孔融大其他六位平均二十岁；“初唐四杰”中骆宾王大卢照邻十八岁，大王勃、杨炯三十一岁。照这样算起来，“80后作家”完全可以和“50后”“60后”“70后”比肩而立，可惜至少在目前，当代中国作家不知为何，非要以十年为期，被分割得几乎不像是同时代人。更难以想象，他们能否像“建安七子”“初唐四杰”那样跨越年龄的小沟小壑，构成文学史上关系紧密的作家群落了。

这很奇怪。为什么九十年代以后，“60后作家”“70后作家”“80后作家”“90后作家”鱼贯而出？王国维《宋元戏曲考序》提出“凡一代有一代之文学”，其所谓“代”，“朝代”之谓也，并非年龄“代际”的分野。文学贵在个性和超越性，它允许也鼓励作家摆脱时空局限，和不同时代不同地域乃至不同文化的人实现精神交流。年龄接近，所见所闻所思所写更能相通，这好理解。但恰恰因为“年相若”，彼此知根知底，分化也愈激烈，这在文学史上同样司空见惯。如果仅仅因为年龄靠近，作家之间，作家批评家之间，或作家、批评家、读者和文学赞助者之间就“抱团取暖”，恐怕不正常，也不会长久。除非大家都一成不变，毫不发展。

年龄好比作家胎记，随着创作个性日渐成熟，注定要被掩盖。整天把年龄胎记露在外面以寻找文坛定位，这恰恰是文学上不成熟的标志——这当然不是暗示“80后”们要隐瞒年龄，或即刻内讧，互相死掐，以显示各自的成熟。

我生于六十年代中后期，八十年代末接触“当代文学”，当时看不到一个同龄作家的影子，真是“脱略小时辈，结交皆老苍”了，但好像也并不恐慌，装模作样看起“知青文学”“重放的鲜花”来，也没有隔膜到不可理喻。九十年代初，同龄人中作家倒是出了不少，但我跟他们并未因此就格外亲近。有人说批评家最好批评同龄作家才深切有味，所见才更靠谱，对此我总是有点怀疑。批评史上，“尚友古人”或“隔代亲”的现象，远比同龄人“抱团取暖”来得普遍。刘勰《文心雕龙》从《尚书》、“诗骚”一直讲到同时代的齐梁文人，浑然不计自己和批评对象在年龄上有无差距。别林斯基小果戈理两岁，评果戈理的文章代表了他的批评高度，但二人到了晚年，还是分道扬镳。何况在果戈理之外，别林斯基也评过涅克拉索夫、普希金、莱蒙托夫等年长的作家。杜勃罗留波夫小冈察洛夫二十四岁，并不妨碍他写出《什么是奥勃洛摩夫性格？》那样在批评史上精光四射的名文。夏志清评年龄接近的钱钟书、张爱玲，固然最有心得，但他的哥哥夏济安谈得最精彩的还是相差三十五岁的鲁迅。

因此我认为，不必以“代”论文学，而要具体审查同代作家相通或相异的文学品格，这样才不会被表面的年龄所眩惑。当然也不必故意不看作家年龄，故意不看因为年龄关系而面临的大致相近的精神文化问题——这同样是被作家的年龄绑架，忽视了他们的创作实际。

我们尽管不济，没有“天马行空的大精神”，但避免掉进自己编造的年龄的神话，这还是比较容易做到的吧？

2014年11月15日写

原载《文汇报·笔会》2014年11月27日

中国当代文学和批评八题议

一、“中国批评”·“人情世故”·“东方恶习”

客: 最近比较空闲，我们何不放松地谈谈当代文学与批评的一些基本问题?

主: 哈哈，看来你也无聊！谈什么不好，偏要谈文学和批评，不是很过时吗?

客: 那也不见得。我看是你自己无聊，爱发感慨，其实还是有人关心文学和批评的。每年出版的文学书刊和围绕这些书刊的议论就有不少，最近各地还纷纷成立了专门的评论家协会，“鲁奖”“茅奖”“华语文学奖”等全国性文学奖项每次评选都会激起热议。总体上没以前那么热闹，但既然有人关心，就不妨一谈。

主: 现在谈论文学和批评还有什么意思?

客: 我只是模模糊糊地觉得，一个社会的文化再怎么活跃，文学总不会失去它的位置，虽然我并不知道文学的位置究竟应该怎样。九十年代以来各种以“文化”冠名的活动超过“文学”而越来越发达，我们已经从“文学的时代”走进了“文化的时代”。但“文化的时代”也可以而且应该谈“文学”。“文学”本来就包含在“文化”中，是“文化”的一个重要部门。

主: 你杜撰了两个概念，“文学的时代”和“文化的时代”，请问你是怎么划分的?

客: 从“五四”到上世纪八十年代末，大家都重视文学。竹内好说中国现代有一种“文学主义”，我想有“文学主义”，就有“文学的时代”，这个时代，文学在整体文化中占据主导地位，“知识分子”或多或少都跟文学有关。三十年代中期蔡元培给《中国新文学大系》作“总序”，说“五四”是中国的文艺复兴，他没有说明其实“复兴”的主要是文学，这一点周作人四十年代一篇文章《文艺复兴之梦》讲得就很清楚。

主：这篇文章哪里可以看到？

客：收在他自编的随笔集《苦口甘口》里。但上世纪九十年代以后，转入了“文化的时代”。不知怎的，忽然“咸与文化”了。现在你可以根本不懂文学，却可以就任何一个文化课题高谈阔论，或操弄“文化产业”。我算是看着这个现象起来，一路跟踪，总觉得有点怪。

主：你奇怪什么？

客：我发现突然兴起的“文化”普遍缺乏文学品质，是“无文学的文化”，或“没有文学深度参与的文化”。偌大一个国家，只有进口大片和国产贺岁片，天天爬起来都是看历史剧或警匪片，耳濡目染都是“影视文化”，以及各种乱跳乱唱的歌舞组成的“晚会文化”，还有乐此不疲、愈演愈烈的变相选美（美女美男）文化，“高雅”一点，也不过请几个学者在电视上普及与当代生活脱节的“国学”来装点门面，或者凭空塑造几个转眼就被遗忘的标兵楷模，就是没有立足当代生活的优秀的文学创作来激动人心、维系人心、滋润人心，没有围绕文学的各种批评的声音来激发智慧的对话，年轻人的精神交流只限于电邮、短信、博客、“网聊”“微博”这些披着新技术外衣却基本属于即时性、快餐性，旋生旋灭并很容易造成阅读疲劳的不负责任的闹剧和恶作剧，久而久之，这个社会的文化一定缺乏深沉而稳定的内涵，徒有表面的热闹。据说欧美新一代汉学家已经不看中国文学了，只研究中国影视，扩大一点也不过是中国的“媒体”。现在汉学家可以不识汉字，只看看来自中国的画面就够了。这怨不得人家，我们自己的文化本来就缺乏文学的因素，缺乏语言文字深层和细部的建造，有什么理由要求人家关注我们的文学？总而言之，现在的文化，好像是在文学的废墟上建立起来的。

主：你还是太留恋文学了，总想让文学凌驾于文化之上。比起你刚才提到的这些五花八门的“文化”，文学果真特别高贵吗？

客：语言文字是社会生活的主要维系物，文学利用语言文字呈现社会生活，这个精神创造的传统在世界各国历史悠久，至今仍未失去它无可比拟的深刻细腻。与此同时，创作和阅读的个体性也始终和群体文化活动保持必要的张力，以相对沉静的个体方式补充相对浮嚣的群体文化活动。创作和阅读的个体性也并不拒绝群体性，进入批评领域之后，更呈现个体性和群体性的良性互动。因此我说，在各个文化部门当中，文学应该有其特殊地位。

主: 被你这么一说，我倒也觉得，当前虽然“超女”“超男”“达人”轮番登场，虽然无聊的晚会占据了许多美丽的夜晚，虽然媒体网络上假真实与真谎言齐飞，假正经共真滑稽一色，但文学并未死绝，不必妄自菲薄，没事谈谈也好。但从何谈起呢？

客: 先说批评吧。你从事批评多年，对批评界总有一点想法吧？相对于创作，批评似乎更活跃。经常还是能听到各种不同的声音，还算有点民主气息。

主: 我可不敢苟同。批评界表面上确有某种民主性，实际却是缺乏真诚对话的一种“无政府状态”的民主。

客: 此话怎讲？

主: “无政府”云云，只是一个比喻，并非说批评界要组织起来，像政府那样有序地工作和管理，而是说批评家、作家与读者之间应有彼此关注、相互促进、真诚对话的兴奋而紧张的关系。“各人自扫门前雪，不管他人瓦上霜”，不失为一句立身处世的金玉良言，批评如果如法炮制，可就糟了。

客: 确实有人想让批评通过某种方式达到组织化、秩序化、规范化，比如流派、师承、利益集团乃至所操话语，皆壁垒分明——

主: 是的，但这固然可以消除批评的无政府状态，却也丧失了批评赖以生存发展的自由。批评界一方面是互不关心，缺乏真诚对话，另一方面又被组织得过于严密，无法表达个性，结果还是缺乏真诚的对话。

客: 现在的批评，内容形式日趋多样，历史上有过的批评类型，比如法国学者蒂博代所谓“自发批评”“职业批评”“大师批评”，我们一样都不缺。网络批评大行其道，更是特有的国情。每年各种媒体上和文学批评相关的文章无人统计，相信数量一定惊人。你的估计好像有点悲观。

主: 这些数量惊人的文章究竟多大程度上构成了对话？批评界同行是否关心、是否还在看别人的文章？对此大家都表示怀疑。

客: 这种局面对批评来说究竟是好是坏？

主: 互不关心，各说各的，除了容易出现低水平重复和有意无意的剽窃，也有好的一面，就是彼此不受影响，不受牵制。但实际并非如此，往往情面、利益、利害看得很清楚（这方面心照不宣的潜对话倒非常充分），真为文学而不管不顾、畅所欲言的“狂人”，比如一直备受诟病的“骂派批评”，仍然少见。即使有也昙花一现，要么被收编，要么被“冷处理”，很快按下不表了。结果自然是你好我好、不痛不痒、不知所云的批评大行其道。

客：造成这种状态的根本原因是什么？

主：说起原因，你也许认为不具有“学术性”，没什么好谈的，但我觉得它对中国批评的影响肯定超过任何围绕批评的所谓学术性问题。

客：有这么严重？请问那是什么？

主：很简单，就是批评家太关心情面、利益、利害关系，太在乎“人情世故”而轻视文学本身，缺乏对文学的爱与尊重。

客：从这角度出发对批评的指责，我也听过不少，但不大有人把它上升到如此吓人的高度。愿闻其详。

主：《后汉书》记周乘、陈蕃两人经常说，“时月之间不见黄生，则鄙吝之萌复存于心”。写于同时的《世说新语》则只有周乘一个人的话，“吾时月不见黄叔度，则鄙吝之心已复生矣！”《世说》还记录了当时一位名叫郭林宗的人对这位名叫叔度的“黄生”的评价：“叔度汪汪如万顷之陂，澄之不清，扰之不浊，其器深广，难测量也。”看来此君是一位大家钦敬的益友，连见一面都可以消除“鄙吝之心”，有精神治疗的特异功能。何谓“鄙吝之心”？白话还真难翻译，但并不妨碍我们心知其意。鲁迅就曾不加翻译地使用过这句成语，他预想自己死后身体拿去“养肥了狮虎鹰隼，它们在天空，岩角，大漠，丛莽里是伟美的壮观，捕来放在动物园，打死制成标本，也令人看了神旺，消去鄙吝之心”(《半夏小集》)。

客：你答非所问了，这跟刚才讲的批评中的“人情世故”有什么关系？

主：容我慢慢道来。人活着而需要文学，这一简单的事实说明文学有其特殊品质，其功能相当于黄叔度那样的益友，帮助人们消除“鄙吝之心”；或如亚里士多德讨论希腊悲剧时所说，起“净化”的作用。文学来自生活，但（我们希望）它高于生活。如果把文学和文学批评从众人期待的高处拉下来变成人情世故的交易，广结善缘，呼朋引类，交换资源，互通有无，巧立名目，欺哄青年，也许某些人认为理所当然，但热爱文学并希望从中发现一点奇迹的人就难以接受了。并不是说任何文字一旦冠以文学或批评的名义就格外尊贵。说到底，文学和批评乃是或

此或彼、充满可能性的精神活动，就像中间空虚的容器，比如我们每天喝水的杯子，可以往里面放进绝望，也可放进希望；可以盛满人情世故，也可以容纳人情世故以外的别的什么。

客：把文学比喻成杯子那样的容器，说文学本没什么，只是作家或批评家往里面装进什么之后才成了什么，这会不会取消文学固有的属性和价值？会不会因此失掉文学的神圣性？

主：我只是取消了想当然的文学的属性、价值或神圣性，取消了先验的、抽象的文学的概念。说到文学，一般总会肃然起敬，因为下意识里想到好的文学，想到曹雪芹、鲁迅、莎士比亚或托尔斯泰。但古往今来，许多（甚至绝大多数）乃是糟糕或很糟糕的文学，在时间冲洗下慢慢淘汰，留下一些经过考验的水平线以上的文学。这就容易造成假象，似乎文学天生就是如此，其实不然。看看“当代文学”就不言而喻。有人因为德国汉学家顾彬说中国当代许多作品是垃圾，就震惊、愤怒，实在大可不必。当代文学充斥着垃圾有什么奇怪？别国的当代文学都是杰作经典？杰作经典总是从许多垃圾乃至垃圾山中脱颖而出，总需要时间检验才逐渐被多数读者所认可，这往往要等到作家死后，等到同时代人的“当代”过去之后。笼统地向文学脱帽致敬很容易上当。文学掮客们赞美文学、拿文学作护身符或招摇撞骗的工具，手段无他，就是利用了人们对文学的笼统的敬意。其实没有先验神圣的文学，只有好坏掺杂、这样那样的具体的文学。所以文学只是一种可能性，一只空杯子，好坏全取决于你往里面装什么。听到文学就肃然起敬，固然不必；说到文学就满脸严肃，觉得自己随着提高了不少，也很虚妄。以文学的名义可以进行美妙的创造，也可以进行体贴人情世故的庸俗交易。

客：文学，文学，多少荒谬诈妄假汝之名以行！但中国是“人情大国”，处处讲人情世故，难道批评就能例外？

主：批评恐怕也要讲一点人情世故。比如，在无伤大雅的情况下不妨为尊者讳，对刚刚起步的作家不必过分挑剔，用语尽可能委婉，避免直露，谈缺点可以点到为止，心领神会，无须夸大，张扬，穷追不舍，无限上纲，总以鼓励为主，论争尽量别伤和气，不能搞人身攻击。再比如，在特殊的气候下不必过分迎合和过于媚俗，但也不必有意表演“批逆鳞”的勇敢，身上留几片铠甲也是必要的。话虽这么说，倘若将人情世故放在压倒性地位，将批评当作讲究人情世故的工具，那干吗不直接去讲人情世故，偏要假手批评呢？参加一个座谈会，打开一本评论杂志，如果都在表演人情世故，虽然也是一道特别的风景，总有点不对劲，毕竟还有一些读者在看。即使读者跑光了，做批评的人自己心里应该明白，聚在一起睁眼说瞎话、说胡话、说大话，也不是什么滋味。

客： 但怎么也有人说，现在的批评家对当代作家太“苛刻”，太吝啬好话了？

主： 我不知道“苛刻”论者的本意是什么，或许是指在正常平和的心态下，批评家对作家作品的客观研究和深入分析，发现和阐释作家的才能的本质，不是专门挑剔缺点与不足。八十年代，文学整体呈上升趋势，大家都在创造和发现的兴奋中，自然就以这样的批评为主。九十年代以后文学生态改变，这样的批评很难再有，取而代之的就是廉价的吹捧，“苛刻”却谈不上。恶毒攻击作家或批评界同行，像鲁迅当年痛恨的动辄在电线杆上散布谣言说谁谁拿了卢布，诸如此类苛待作家、苛待文学、苛待批评的现象，“人情大国”确实屡见不鲜，但那恰恰与真诚的批评无关，往往正是爱讲人情世故者的杰作。对当代文学批评来说，从七十年代末以来，已经为当代文学抬了三十多年的轿子，现在终于可以歇歇肩了。如果作家们还想舒舒服服继续坐轿子，那就只好对不住了。

客： 还有一点不明白，“世事洞明皆学问，人情练达即文章”，不一直是很受推崇的为文之道吗？这也错了？

主： 有人因为《红楼梦》引过这话，就断言那就是曹雪芹的主张。因为鲁迅曾被攻击为“世故老人”，也有人说这就是鲁迅文学成功的秘诀。曹雪芹和鲁迅或许真的洞明世事、练达人情，但唯其如此他们才生出不满，和专讲人情世故的文学分道扬镳，如鲁迅所说，“看见世人的真面目”，就“想走异路，逃异地，去寻求别样的人们”。再将他们恭敬地请回，封为讲究人情世故的大师，岂不荒唐？

客： 鲁迅有没有具体谈到批评中的人情世故？

主： 有。他说：“中国汉晋以来，凡负文名者，多受毁谤，刘彦和为之辩曰，人禀五才，修短殊用，自非上哲，难以求备。然将相以位隆特达，文士以职卑多诮，此江河所以腾涌，涓流所以寸折者。”鲁迅引刘勰的话见《文心雕龙·程器》，意思是文人做官，文才不会增加，但文坛评价与现实遭遇一定好过地位卑下的文人，所以就连倾心文学的刘勰也高唱“安有丈夫学文，而不达于政事哉——文武之术，左右惟宜”，其实他一生非但没做成像样的官，甚至贫寒得连老婆也娶不起，一度依傍僧人，最后干脆出家当和尚。但刘勰的话道出了中国文学批评史上最基本的“人情世故”。世人多以职位之高下，判断文人成就之大小，这是“官本位”在文学批评中的直接延伸。今天的文人不仍然伏在这条千古如斯的定律之下吗？鲁迅佩服刘勰的观察，但憎恶这种人情世故，他的评论是：“东方恶习，尽此数言。”

客：这样说来，中国式的人情世故和中国的文学批评岂不成了孪生兄弟，全都染上这种“东方恶习”？

主：问题就在这里。我前几年提出一个概念叫“中国批评”，目的就是想提请大家注意在中国做批评必然碰到这个根本问题。举一个简单的例子，弄批评的人常常苦恼：某作家，不相识时，尽可以随便谈论。一旦相识，便顾忌重重，难以施展，因为这时候人情世故也就挥之不去。

客：最好是彼此不认识。

主：但因此也就少了朋友，少了朋友之间真诚交流文学经验的那份愉悦，这也很遗憾啊。再说现今社会通信如此发达，故意躲着不见，也未免矫情。

客：都是被人情世故所害。最近我看到某批评家刚写过一篇分析某部小说存在问题的文章，就被请去参加也是针对这部作品的研讨会，在一片赞歌声中当场改变观点，情不自禁（尽管有保留）地夸奖起来。

主：这就是被现场的人情世故的空气捆绑，动弹不得。世故人情左右批评的力量岂可小觑！早就有人批评过“研讨会现象”，但大大小小的研讨会还是照开不误。有朋友劝大家别参加研讨会，因为媒体不关心甚至也听不懂认真的批评，“他们是来收集关键词批评的”。某些批评家知道什么样的“关键词”适合报道，就专门量身度制，从容批发。一场研讨会下来，媒体上出现的只有那些预先准备或当场发挥的堂皇而抓人的“关键词”，别的发言等于白费唾沫。组织者（书商、出版机构或其他赞助者）也并不真希望批评家在研讨会上讨论问题，他们只是把批评家的名字作为符号拿来用一下，在媒体上亮个相，能够哄骗读者就够了。

客：这位朋友够刻薄！研讨会并非都如此，但批评仅有的一点真诚和锐气，在某些“研讨会”上也确乎消磨殆尽。“研讨会”之外的批评文章又怎样呢？

主：我写过一篇杂感，认为现在许多书评和评论都是书商的帮闲

（姑且把其他出版机构或赞助者也归为用书来赚钱的书商一类），帮助书商引诱与恫吓读者:快来买某某人的书啊，这书前所未有地好（诱惑）；如若不买，后果可怕（恫吓）！所谓“文化”（包括文学）只是被商人及其帮闲们拿来诱惑与恫吓读者的口号。普通读者生活在文化诱惑或文化恫吓的时代，诱惑、恫吓、绑架读者为书商及其帮闲们制造的垃圾文化买单，就成了文化研究、文化批评、文学批评的主要功能。这当然是极端的人情世故。

客: 刚才提到“中国批评”。全世界都有的“文学批评”在中国还有其“特色”？“中国批评”的特色就是特别在乎“人情世故”？

主: 可以这么说。这现象太普遍，大家熟视无睹，认为不具有“学术性”，也就没人理会。正因为如此，“人情世故”才从无意识层面制约着“中国批评”。现在是重新将它提升至意识层面加以审视的时候了。我说“重新”，因为先贤早就注意到这个问题。曹丕《典论·论文》是“建安时代”专门论述文学批评的纲领性文章，开宗明义就讲“文人相轻，自古而然”，将这个最具“人情世故”的敏感话题当作讨论文学的切入点，目的并非让人陷入“人情世故”的泥塘，而是要将此作为“论文”之前首需克服的难关，叫人“免于斯累”，看到高远之境，就是他所说的:“盖文章，经国之大业，不朽之盛事。年寿有时而尽，荣乐至乎其身，二者必至之常期，未若文章之无穷——日月逝于上，体貌衰于下，忽然与万物迁化，斯志士之大痛也。”

客: 关于“文人相轻”，鲁迅晚年也一论再论，至于“七论”，把曹丕提出的这个题目做得更细更深，透彻地解析了这一现象中的“世故三味”。鲁迅的目的也是想撩开“文人相轻”这层面纱，将文学真正的价值剥离出来。

主:“人情世故”当然不止于“文人相轻”，大凡和文学超越的精神追求相反的所有世俗算计都可以归入，可以说是批评中一切反文学和非文学因素的集合。

客:“人情世故”之外，还有什么因素对当代批评有决定性影响？

主: 某些“学院批评”追求学术产量和所谓客观、公正、深刻、全面乃至摩登的学术性，文章有意无意写得过于“学术化”，而又并无真学术，只是故作学术状，令读者和同行看不懂，或不愿看:这也是对话热情丧失的原因。但这说来话长，等会儿有机会专门再谈一谈。

客: 好，等会儿再谈“学院批评”。现在我感兴趣的是，你为何这么看重对话？不对话，或自说自话，难道就不是批评了？

主: 我觉得“人情世故”之外，与“中国批评”最有关系的，就是这个“对话”的问题。这两个问题密切相关，因为太讲究人情世故，就必然丧失真诚对话的热情。

客: 怎么讲？

主: 批评的生命在于发现问题，并在发现问题之后明确地表明立场，像鲁迅所说，“像热烈地主张着所是一样，热烈地攻击着所非，像热烈地拥抱着所爱一样，更热烈地拥抱着所憎——恰如赫尔库勒斯（Hercules）的紧抱了巨人安太乌斯（Antaeus）一样，因为要折断他的肋骨”；或者借车尔尼雪夫斯基的话，“令人想到生活”，而非让人回避生活，超然物外，而这就必然有对话，有争鸣，有争吵。只有在广泛、真诚、激烈的对话、争鸣和争吵中，批评的质量才能提升。古人所谓“如切如磋，如琢如磨”，所谓“奇文共欣赏，疑义相与析”，就是这个道理。追求此中乐趣，人情世故的苦心经营必然导致的机陧也就可以回避。批评家为人情世故拖累，找不到对话者、对手和“敌人”，缺乏关注对方的兴趣，语调平缓、冷漠、匀速而海量地布道、演绎或自说自话，必然缺乏生气，失去批评的本意，也缺乏批评应有的快感。

客: 谁在批评中扭住“敌人”不放呢？

主: 优秀的批评家都有自己的“敌人”。最近看刘绪源《今文渊源》，他说鲁迅杂文最大的特点是为“敌人”而写，总有一种紧张感，“言之有物”，“气韵生动”。这说法很平凡，也很精彩。“敌人”不一定非得是仇家、对手。国民劣根性，是非真伪、美丑善恶界线的泯灭，作家创作或读者欣赏中的某些误区，如果也算是“敌人”，那么批评家缺乏这样的“敌人”，就不可能“气韵生动”。失去对立面，根本就没有做批评的必要。可惜许多批评就是没有“敌人”、麻木不仁、可写可不写的文章，越聚越多，怎能不令人气闷！

二、批评要顶住学术或伪学术的压力

客: 你认为今天需要怎样的批评？

主: 这问题太大，我只能根据自己的观察略微讲一点。近三十年来批评和文学一样经历了从热闹到冷寂的转变。批评家抱怨不被尊重，关心文学的人士抱怨批评缺席。两种说法不管谁对谁错，都指向同一事实，就是批评在社会生活中失去了以前曾经扮演过的重要角色。从前太关心批评也值得分析，不一定是好事，但现在要说的是另一回事：当下似乎不是关注批评、鼓励批评的时代了，许多文章有批评之名，并无批评之实。

客：在不鼓励、也不关注批评的时代，批评还有出路吗？

主：事在人为，出路总归有。就批评本身来说，恐怕要优先考虑在新形势下如何转变职能。

客：你指的是什么？

主：以往批评无所不能：懂行的文学史研究者、敏锐的艺术鉴赏家、美学家、哲学家、心理学家、语言学家、社会学家、历史学家、经济学家和宗教学家——这都可以为批评家所囊括，所有领域的知识都集中运用于对文学现象的评骘，批评家往往也是社会舆论的制造者与引导者，甚至是社会变革的急先锋。

客：现在不是还有一些批评家在继续追求这种大气象的批评吗？

主：这也无可厚非，问题是，近现代之交涌现的那些学术思想巨人如严复、黄遵宪、康有为、梁启超、章太炎、蔡元培、王国维、鲁迅、胡适、郭沫若等日渐稀少，东西方文化不断融合，知识谱系日渐纷繁，欲求弥伦群言、定于一是，反而有堆砌废话、迷失本心、“本根剥丧”（鲁迅语）的危险，而且很容易远离文学，远离普通人的日常生活，远离眼前可见的现实，徒作架空之谈。一些原本批评出身的人，学问越做越大，话题越说越宽，但和批评的关系越来越疏远，或干脆不再做批评。在他们那里批评好像天然就跟学问无关，文学和批评的价值好像本来就比不上被学院体制呵护的那一点点学问。

客：你是说，批评不应该追求无所不包的大学问，而要更多关心文学本身？在文学批评和越来越趋向宏大高深的学院学术之间，需要画一条界线？

主：且慢！我并非暗示批评家可以不读书，可以远离学术，可以只关心文学的一亩三分地。周作人就曾设想耕耘文学这块“自己的园地”足矣，但他很快发现并没有与外界隔绝的纯粹的文学，终其一生他还是既谈文学也谈其他的不折不扣的“杂家”。文学和学术不可分，没有和

学术完全隔绝的文学，也没有和文学完全无关的学问。今日批评家尤其不能回避一些重大学术思想问题——他必须先读更多的书，思考更多的学术问题，顶住更大的学术压力，然后才能从事有效的文学批评。

客：为什么从事批评之前必须先做学问?

主：因为和历史上各个时代比起来，现今社会有其特殊性，我曾概括为“作家去势，学者横行”，意思是鲁迅当年盼望的“直语其事实法则”的文学衰微了，弯曲古怪的学术取得了更大的发言权。别以为各种学术理论、概念范畴乃至名词话语会乖乖地蹲在学院围墙之内，实际上它们很容易普遍流行，覆盖社会，甚至渗透进日常生活。现在媒体上不是充斥着许多以学术名义教训、引导、恫吓普通人的假先知吗?压抑性的学术威权和学术神话自然更会波及文学和批评，所以在“学术昌明”的盛世，普遍视文学为无物，视批评为无物。这个现象，批评必须首先给予关注。

客：对批评而言，这恐怕也是不得已。前几年西方哲学研究界津津乐道现代哲学往往采取批评的形式，或最初从批评界发动。曾几何时，包括西方哲学研究界在内的各种人文学术，甚至原本应该和文学批评密不可分的“文化研究”，都突然变得很高贵，转而鄙视文学批评了。但问题是，批评家该怎样关注这个现象?批评家毕竟不是学问家，他关心思想学术问题，其方式与目的，和学问家会不会有所不同?

主：那当然。批评家谈学问，不是为了博学炫耀，不是为了放弃文学而躲进学术殿堂，不是为了披上学术的华服而鄙薄昔日批评家的身份，乃是为了更好地把深奥玄远、繁难沉重的学术问题（包括值得分析和批判的伪问题）还原为直接感性的文学性问题来把握，让更多的读者一道参与，让更多的人在文学批评领地取得对社会人生的发言权。

客：可不可以这样说：批评家关注学术问题，目的还是为了文学，为了将某种文学的智慧引入学术领域?

主：是这样。这也是文学的分内之事，批评不过是顺着文学的本性设计它的说话方式罢了。文学和学术不同，学术追求论说的客观性，文学则通过同时代人的内心情感予以“直剖明示”。这也是批评竭力追求的境界。

客：既然如此，批评家瞄准文学不就得了，干吗非要理睬学术的喧嚣?

主：这就是问题的症结。不错，批评应该径直走向文学，但批评走向文学的途中必然遭遇许多围困着生活也围困着文学的学术屏障。这些学术屏障是弥漫性的，本身就包含着对文学的理解乃至权威解释。比如，过去的现实主义理论、浪漫主义理论、人民性理论、内容与形式理论、形象思维理论、世界观和创作方法理论，后来又有各种现代主义和现代派思潮与理论、结构主义与后现代主义、符号学以及更新的后殖民主义、新历史主义、女权主义、第三世界理论、全球化理论、文化批评理论、现代性理论……批评必须"穿过"这些屏障，文学上的许多事才看得分明。照我看，今日需要的是敢于正面迎接学术威权的挑战、由博返约、化玄远为日常、极高明而道中庸的批评家。只有这样，批评才能不被现时代日益积累的学术难题（包括伪命题和伪难题）缠累，才能从灰色的智慧树上跳下来，贴近现实、贴近文学、贴近语言、贴近作家、贴近同时代人的内心跳动，做同时代文学的谈话良伴。当各种学术神话对普通人构成无形压力时，批评家更应该借助文学的力量解除这种压力，让普通人的心智获得解放，摆脱神秘莫测的学术话语的围困，到空旷的地方去呼吸一点新鲜空气。

客：听起来，似乎是要批评家做学问家做不到的事。这方面有无典范性操作？

主：有。许多批评家都喜欢读别林斯基的文章，为什么？因为他将那个时代最高的学术问题和真诚的具有创造性魅力的批评实践结合起来。那时候，黑格尔哲学影响整个欧洲，也渗进俄罗斯思想界，别林斯基有本事将黑格尔哲学灵活地加以阐发，使之为批评所用。差不多同时在德国文化界也有一位天才，用充满文学感性的语言，将包括黑格尔在内的德国、法国乃至全欧洲的宗教哲学放在一起加以生动描绘，打破了文学和学术的界限，让不懂哲学的人也能像读诗歌小说一样理解当时错综复杂的宗教哲学问题。这就是海涅，他的《论德国宗教和哲学的历史》，薄薄一本小册子，令人百读不厌。在中国，将理论思维运用于文学批评而不露痕迹的是鲁迅。胡风说在鲁迅那里，"思想本身的那些概念词句几乎无影无踪"。胡风这句话真是了不起的发现，可惜至今没有引起足够的重视。

客：你举这三个人，别林斯基是公认的批评家，海涅和鲁迅似乎和平常理解的批评家形象有所不同。

主：批评家对作家和读者的帮助可以有多种，不一定非要整天围绕某部作品发表意见。用自己的专业知识和作家、读者一道来清理将我们大家围困的那个知识环境和知识状态，从而在谈论和理解文学现象时有更好的知识论和方法论准备，这不也是批评的任务吗？鲁迅一生具体研究过多少当代作家作品？不会太多。但这不会影响他作为批评家的重要性。他的大量杂文为我们理解文学扫清了多少问题和知识的迷障！鲁迅这种批评工作与当时文坛息息相通，他虽然不像许多职业批评家那样大量撰写作家作品论，但眼前心底始终有当代文学。更重要的是，他在思想文化和学术领域的不懈突击，和《呐喊》《彷徨》一脉相承的，是他那个时代最具文学性的论说方式。现在，"杂文"的文学性不是越来越得到公认了吗？海涅也一样，他谈的是高深的哲学和宗教问题，但到处散发着诗的灵感和文学的芳香。比如他说"这个像蛛网一样的柏林的辩证法既不能从灶窝里诱出一条狗，又不能杀死一只猫，那就更不能杀死一个上帝了。我亲身的体验可以作证，它的杀害是多么没有危险。它经常杀人，可是被杀的人仍然活着"，"在《圣经》中还有许多动人的有价值的值得他们注意的故事，例如一开始就有一段有关天堂的禁树和蛇的故事，这条蛇可以说是一个在黑格尔诞生前六千年已经讲授了全部黑格尔哲学的小小女教师"。

客：可以有各种各样的文学，也可以有各种各样的批评。

主：不同的批评家完全可以有不同的方法。他可以从社会环境切入，可以对文本展开细读，可以从语言层面振叶寻根，沿波讨源，可以透过某种文学现象与读者直接对话，可以抓住作家，将传统的作家论批评模式发扬光大。他甚至可以独辟蹊径，声东击西，从相对遥远的问题绕到文学，再从文学绕到另一个遥远的问题。

客：且慢，这其中是否也需要有一个始终不变的关注中心和思想的目标？

主：确实如此！批评无论如何灵活多变，必须始终瞄准文学的核心价值，否则就不算文学批评。非文学的批评也有价值，而且有价值的非文学的批评不会排斥（甚至欢迎）文学批评的元素，这对自身也是一种提升。但那是另一回事。让我们回到文学批评。文学批评的关键是要抓住文学的核心价值——作家的独特发现和独特体验——并善于用自己的语言释放这个核心价值，从而让文学在整个文化生活中发挥应有的作用。

三、批评要瞄准文学的核心价值

客：你反复提到“文学的核心价值”，可否说得具体一些？

主：这是我杜撰的概念，姑且讲两点。

首先，文学要知人心。春秋吴国公子季札说，“中国之君子，明于礼义，陋于知人心”，季札对“君子”有特别的要求，就是“知人心”。我觉得读者对文学最特别的要求也是如此：文学的核心价值首先就是有助于读者“知人心”，也就是透过文学最透明最有力的语言来感知同时代人内心的真实，破除因为人们的内心的彼此隔绝而造成的文明的诈伪和寂寞。

“人心”是整体，而人最不能知晓的就是“人心”。如果看到“人心”二字马上想到世俗的“心机”“用心”“城府”，那中国文学或许真足以傲视各国。但如果看到“人心”而想到托尔斯泰“艺术是感情的交流”，或想到陀思妥耶夫斯基毕生追求的“更高的心理现实”，那现今中国文学实在太不够了。且不说托尔斯泰、陀思妥耶夫斯基、罗曼·罗兰等作家揭示的人类心灵的浩瀚深邃，就是契诃夫、福楼拜、狄更斯、莫泊桑等作家笔下小人物心里的灵光一闪，现今走红的哪一个中国作家敢说可以在自己的作品中能经常看到？

也许我不该举太多外国文学的例子，那么就回到中国文学吧。不错，现在是女权主义当令的时代，女性在社会生活中起着前所未有的作用，我们现在也涌现了许多善于写女性的男作家，更有不少善于写女性的女作家。但是，我们在看鲁迅的短篇小说《明天》和《祝福》时，因为直面单四嫂子和祥林嫂这两个乡下苦命女子的灵魂的真实而曾经产生过的精神震撼，却再也没有出现。我们现在的文学写了男男女女之间各种稀奇古怪的事情，积累了各种稀奇古怪的“段子”，炫耀着各种道听途说的“话柄”（鲁迅所谓清末“谴责小说”善于收集的官场“话柄”就类似今天的“段子”），我们的与时俱进的文学在这些方面真是越来越出色，但就是无力像经典作家们那样仁慈而直率、温柔而残酷地探索人心的真实，由此而与同时代人的感情发生强烈共鸣。

我们时代的文学和批评的冷寂原因有许多，但我相信最大的原因不

是别的，还是文学和批评在大动荡时代不敢正视自己的内心，也不能体贴别人的内心。

失去内心的真诚交流，在心灵的沙漠上，大家一起煞有介事地谈论文学，就显得很多余了。其结果只有一个，就是大量无关人心的“写作”的扰攘，不断强化着当代人心的寂寞。

批评不能忘记文学这个核心价值：“知人心”。这是批评的基本标准。写不出心的真与深，都是莫名其妙的文学。七十年代末登上文坛、现在依然活跃着的好几代作家，一开始都关注人心，而且首先关注自己的心，自己的人生遭遇。但时过境迁，他们在文学上成功之后就忙于应付成功人士不得不应付的各种社会问题，忙于保持所有成功作家似乎都责无旁贷而必须保持的“高产”，这样一来，最初关注人心的倾向慢慢就减退了，后来的作品岔到别的方面，再难看见那种内心的真实的跳动和呐喊。往往写了社会变动中的各种现象，也应景赶场地跟上了各种文学时尚的转换，算是不肯落伍，但如果问他们是否写出各阶段人心的变化，是否深入地写出自己和自己熟悉的周围人、同时代人、同年龄人的内心：在这个标准面前，大多数作家恐怕就通不过了。

客：“知人心”是“文学的核心价值”的一方面，还有一点是什么？

主：就是作家“写心”时所显示的特殊才能。用俄罗斯批评家杜勃罗留波夫的话讲，就是“作家的才能的本质”。这也是批评家最应关注的内容。但“作家的才能的本质”和“知人心”这一点是紧密相连的，或者说是一个问题的两面。作家才能的这一面之所以和“知人心”有所区别，是因为它涉及将作家对人心的认识用文学的方式写出来的能力的问题。如果作家的才能不是用在对人心的探索上，而是单纯用在某些文学形式和技巧的淬炼上，他当然还是有才能，但那已经是无关本质的才能了。批评可以围绕作家谈许多问题，但如果抓不住“作家的才能的本质”，就好比射箭不能命中靶心。不能命中靶心的批评无益于读者对作家的认识，无益于作家对自我的认识。过去许多批评家很关心“作家的才能的本质”，喜欢既肯定作家的优长，又指出作家的不足，希望作家保持并扩充其才能。曾几何时，这样的批评越来越少了。现在许多批评似乎承认作家爱怎么写是他们自己的事，批评只能在作品完成之后品头论足。这种“不介入”的批评貌似公允，实则放弃了自己的职责，把作家推到不容别人论说的“天才”的位置，助长了某些作家的骄傲和无知，使他们失去了文学的谈话良伴，看不到什么是自己才能的本质，什么是才能的误用和滥用。

客: 什么是作家“才能的滥用和误用”？

主: 滥用，就是作家本来有某种才能，自己也看到了，却不知道如何扩充，只是原地踏步，结果那一点才能倒是没怎么浪费，却浪费了读者太多的时间来欣赏他有限才能的重复表演。误用，就是许多作家看不到自己的才能的本质，令人惋惜地放弃本来可以写出好作品的路子，偏偏用不适合自己的方式在不适合自己的领域大做文章，结果诚然也能闹出很大的动静，成就却微乎其微。现在一大批作家成名之后，因为缺乏持续的个性追求，缺乏对于市场的慎思明辨，尤其缺乏批评的砥砺（包括来自作家同行的相互激发），很容易滥用或误用自己的才能。对这个现象，批评家未能及时发现，或发现了却不敢真诚地指出来，是很大的失职。

四、中国作家才能的滥用和误用

客: 作家都是人精，难道不知道自己的才能究竟在哪里，还会滥用和误用？能否举几个例子，说得更具体一些？比如就从你过去有过研究、后来渐渐不再关注的王安忆开始？

主: 其实我还是在尽可能地跟踪阅读王安忆的创作，只是我的看法与她本人，与一直肯定她每一步探索的许多朋友，相去甚远，因此话就比较难出口。一定要讲，就变得似乎故意跟大家唱反调了。

客: 也是一种“人情世故”？

主: 大概是吧。但今天不妨讲一讲。任意而谈，不算什么研究。我曾经多次指出王安忆的才能的本质主要不是《小鲍庄》《纪实与虚构》的“寻根”，不是“三恋”、《岗上的世纪》《香港的情与爱》对“性”的大胆探索，不是《叔叔的故事》开始的高度主观化的讲述和概述风格，不是《长恨歌》以一个女子侧写半个世纪上海历史的怀旧风，不是《发廊情话》《富萍》《遍地枭雄》敏捷介入当下现实的能力，更不是这种变化多端的题材和体裁的适应性，而是《妙妙》《米妮》《我爱比尔》等作品中强烈显示的那种心比天高命比纸薄的女性对自身存在的病态关注。王安忆又有一种清晰的目光，在关注自身的同时偶尔偷眼扫视一下时代，往往能多少触及时代的真实。这之间有一种平衡，即始终以关注自己为前提。先把自己看定了，属于自己的时代也就多少能看透几分。反之，如果丢掉对自己的真诚而强烈的关切，无所不能地上下左右拓展空间，无所不知地以启蒙者的姿态评说一切、解释一切，平衡就被打破，结果连关注自己的才能的本质也被忽略了。

客：王安忆后来的作品就不关注自己，缺乏对自己的严肃审视了？我看你这个说法有点偏颇。

主：我并不是说王安忆后来的作品就不关注自己了，而是说这种关注没有以前那么强烈，那么坚定，那么专注，那么感动同时代人，变得游移和稀薄了。与此同时，过于强烈的对外界的关注越来越掩盖对自己的本来就日渐稀薄的审察。比如最近颇受争议的《天香》对古代、对技艺、对物件的精雕细琢，不能说毫无才气和学识，但这种沉溺性的写作冲淡了对自我的正视，冲淡了对同时代人命运的感同身受，得不偿失。偌大一本书，缺乏对自我和同时代人处境和命运的关注，且不说丧失了文学的核心价值，就是描写古代、描写技艺、描写物件的灵感，也无从产生。对古代社会的想象只能来自现实生活的刺激，离开现实的强烈刺激，所谓往古的想象也会失掉根基。已经凌空蹈虚了，却假装脚踏实地，再加以叠床架屋煞有介事的描写，自然不会太有意思。

客：你曾经说过，上海作家因为没有北方作家方言的便利，一下笔注定就要落入“新文学”所开创的现代文学书面语传统（其中许多中坚恰恰也是南方作家），所以上海作家不能躺在方言土语的温床上孵化作品，他们必须更多地向“五四”以来的语言传统学习，吸收多元语言因素，以创造自己个性的书面语。从你这个理论出发，《天香》和王安忆的其他许多作品一样，还是展现了作家勤奋学习的精神，比如她的化用文言和明清白话小说特别是《红楼梦》的语言，就不是一般作家所能做到的，可以想见王安忆为此付出了艰辛努力。

主：王安忆确实为她的小说语言付出了心血，只是若要论到成绩，恐怕还是不能尽如人意。我读《天香》，发现那些文从字顺的句子似乎全是从《红楼梦》里套出来的，连口吻都很像，比如有几段是“石头”的，有几段是宝玉黛玉的，有几段是冷子兴的，有几段是贾赦、王熙凤的，而那些“不通”的地方，则是学《红楼梦》没学到家或自己凭空生造的。《天香》的语言，大致不出这三种类型，叫作三者必居其一吧？

为什么会出现这种情况？我想一则还是基本功问题，但一则也是刻意怀旧（《长恨歌》是怀四十年代的上海的旧，《天香》则更加往前追溯，怀的是“明朝的那些事儿”了），但自身与这个“旧”又并无血肉联系，只好生拉硬扯的缘故。活的语言只能由一定的生活孕育出来，没那种生活，却幻想拥有唯独那种生活才会有的语言，怎能如意？

客：和王安忆相似，你好像对莫言也一度关注，之后就逐渐淡然了。

主：是这样。我觉得莫言最初的来历暧昧的以放大少年的感觉来展示乡村并非魔幻的现实的那些作品，如《透明的红萝卜》《大风》《枯河》《石磨》《美丽的自杀》《球状闪电》《天堂蒜薹之歌》等，显示了他的才能的本质。后来大概从《丰乳肥臀》开始，据说向伟大的中国小说传统、向民间文化“回归”了，就是采取传统小说的“说书”艺术，以大开大阖、峰回路转的故事情节取胜，小说写得越来越传奇化、故事化、戏剧化，但个体面对世界的最初的那种强烈的无法用理性来解释的感觉越来越淡化，乃至无影无踪，而作为一种弥补，早期作品已经显出端倪的对某些刺激性场景的哗众取宠的雕琢和夸饰，则更加失去节制，变本加厉，几乎成为后来的莫言仅有的吸引读者的法术了（如《檀香刑》《生死疲劳》和《蛙》）。

客：我也听说，现在的莫言已经由向博尔赫斯或马尔克斯遥致敬意的异国学生，一变而为纪晓岚《阅微草堂笔记》或话本小说无名作者的门徒。

主：早期莫言的小说，确实和拉美魔幻现实主义难脱干系，不管他是用怎样的方式学习和模仿，学习和模仿的痕迹确实明显。后来的小说，一转身“回归中国传统”了，但这也还是一种学习和模仿。同样是模仿，我倒更愿看他前期的模仿，虽然生涩、生硬，但多么新鲜，多么虎虎有生气！后期的模仿看不见那种包含着创造和探险的生涩与生硬了，好像驾轻就熟、熟极而流，但因此也就平淡无奇了。莫言的这种转变，是由难趋易、由高就低、由绚烂到干枯的退步，是才能的误用。

客：你能不能更明确地解释一下，在你心目中，早期莫言的“才能的本质”究竟是什么？

主：主要是对童年世界的“感觉”的把握。童年的感觉最清楚，但成人之后将过去的感觉重新打捞出来，需要超常的感觉记忆和相应的文字表达力，而这些正是早期莫言的特异之处，也是许多“先锋派”作家的共通之点。在八十年代中期成名的莫言，之所以被归入八十年代后期和九十年代初期成批涌现的“先锋派小说家”之列，主要就因为这个。

客：先锋派小说家遁入各自童年的感觉记忆，对这个现象，陈晓明在九十年代的一系列影响很大的文章中认为这是对历史（主要是六七十年代社会政治历史）的后现代式的拒绝宏大叙事的“逃逸”。这个观点风靡一时，现在一提到莫言、余华、苏童、格非、北村等先锋派作家的早期创作，许多人似乎还这么看。

主：陈晓明的文章，好几篇都发在王干主持的《钟山》杂志理论版，我当时看了也觉得很有道理。他后来的专著《无边的挑战》就以这些文章为基础。但现在我觉得，用“后现代”理论解释这些现象，固然也是一种方法，但如果着眼于中国文学的传统，与其说是“后现代”，倒不如说是“前现代”。

客：怎么讲?

主：中国传统文学（诗、词、曲、赋、文、小说）历来就注重对精妙的感觉的捕捉，中国古代高端的理论家们也一致将文学的发生归因于外物对人的感动，是“感于物”而“形于言”。注重感觉的传统，因为有中国文学的另一个传统——儒道释互补的思想传统——的统辖，就变得不那么明显。比如唐代三大诗人王维、李白、杜甫，都极善于写感觉，但王维的佛教文化、李白的道家精神和杜甫的儒家情怀太显眼了，他们对感觉的精密把握在一般读者心目中反而退居其次。直到近代，传统文学的思想的这一层受到质疑，感觉的那一层就赤裸地呈现出来，又因为缺乏思想的庇护，而备受新派文人的贬抑。比如青年鲁迅就认为，中国古代文人特别“善感”，但善感是一切“有生”“有情”的共性，“若夫人类，首出群伦，其遇外缘而生感动拒受者，虽如他生，然又有其特异”，因其所感，率由“内心”过滤，如果“不揆诸心”，人的感觉就没有什么可贵，“发若机栝”，简单化、机械化了，或者等于“林籁”“鸟声”，显不出人之为人的独特性。如果用青年马克思的术语讲，鲁迅这里对感觉的要求其实就是“自然的人化”，也就是要求作家不仅清晰精密地写出真实的感觉，还要深沉博大地写出感觉所承载的社会历史的内容。否则就是为感觉而感觉，将感觉孤立化、神秘化，变成可以独立于社会历史的一个特别的对象，供作家去追索玩味。

客：这样写感觉的作家就有点“头脑简单，四肢发达”了。莫言和

“先锋派小说家”都有这个倾向吗？

主：我觉得是这样。有一段时间，他们真把童年的感觉“特权化”了，不仅外在于历史，甚至与历史相对，半斤八两。你讲你的历史，我写我的感觉。我的感觉就是我的历史，而且是更真实的历史。这种写法的挑战性，陈晓明分析得很透彻，但它的局限性也不言而喻，可惜至今还没有被大家充分意识到。

客：莫言后来改变写法，不再主要依靠感觉，而开始讲故事，大概也是看出自己的才能的局限性，而另辟蹊径吧。

主：但写惯了感觉的人，一旦讲故事，就很容易凭着感觉讲故事，这样的故事势必传奇化，往往“写漂”了：在好玩、有趣、刺激的层面把故事讲得热热闹闹、顺顺畅畅，但就是看不出与故事一同生长的足以感动读者的作者自己的真情实感。早期和晚近的莫言的才能的“滥用”，都是过于听凭自己的感觉，缺乏对历史人生的深沉思考。莫言如此，许多先锋作家也如此。他们的小说写得特别、好看、新鲜、细巧，但仔细品味，意思不大。好在后来走这条路的青年作家逐渐减少了，以至于让先锋小说的另一位主将马原悲从中来，哀叹“小说死了”。

客：据说最初是在一个什么会上讲的，在场的王蒙马上接口说：“小说没死，只是马原的小说死了。”

主：有这回事，我听马原亲口说过。你读过毕飞宇的小说吗？毕飞宇可能是个例外，他是在先锋小说退潮之后，继续在历史的侧面专心经营感觉而后来居上的集大成者，也是将小说写得很好看也很没意思的一位极端“滥用”其才华的作家。

客：残雪是否也这样？

主：不，残雪一开始就将她的怪异的感觉“对号入座”，指向并不神秘、差不多可以一言以蔽之曰“异化”的现实。如果说莫言等绝大多数先锋小说家是无目的地写感觉，残雪的感觉描写就太有目的了。这种太有目的的感觉的宣泄很快就变成“清醒的狂人日记”，有人说这是“装疯”。残雪实在是长期没有变化：属于另一种才能的“滥用”吧。

客：还有一个作家，就是张炜，你对他的态度好像也是始热而终冷。我有一个疑问：是不是你对王安忆、莫言、张炜这一代作家缺乏应有的同情和耐心，特别对他们晚近的创作，是否因为不像过去那样读得认真，就干脆放弃了，放弃之后又不负责任地胡乱批评起来？

主：我不知道，也许存在你讲的这个现象，尽管他们的小说，我还是继续在看，但确实潜心研究得不够了。但批评家也不是万能的解释机器，你得允许他有看走眼的时候。你也没有理由要求批评家始终追踪某几个作家，他有权对自己一度热衷的作家掉头不顾。关于张炜，情况却并不这么简单。我九十年代初确实非常喜欢他的作品。《九月寓言》对民间大地挽歌式的赞美和留恋令我感动，从《九月寓言》出发，我又看他早期的《古船》《秋天的思索》《秋天的愤怒》，那种对屈辱和压迫的忍受和思索，尤其在忍受与思索中竭力寻找道德出路的精神力量，和他对土地的眷恋结合在一起，确实是我们的文学缺乏的一种可贵的元素。我只能猜测，那是得自俄罗斯文学的特殊滋养。《柏慧》以后的作品虽然仍带着往昔的经验和思考，但也许是来自新的现实的刺激，使张炜觉得已经找到某种道德制高点，所以一改过去谦卑的思索、忍受与寻求，频频以教化、教训的口吻出之。如果说过去他是在没有亮光的隧道苦苦忍受默默思索而获得蚌病生珠的升华，现在他的发言就因为缺少过去的难度而不再具有难度所带来的厚重了。尽情表达被压迫被损害者的忍受和思索，是张炜的才能的本质，这种才能一旦失去，他的文字本来就有的粗糙松散就裸露出来。最近大部头的《你在高原》还没有细读，真诚地希望他有新的突破，更清楚地看到自己才能的本质。

客：我注意到你喜欢用自己比较看重的文章标题做评论集的书名。你第一本评论集《拯救大地》的书名取自你谈张炜的那篇文章;《说话的精神》取自谈王蒙的一篇文章;《不够破碎》取自谈阿来的一篇文章;《小批判集》有一篇批评苏童《碧奴》的文章叫《岂敢折断你想象力的翅膀》，最近上海文艺出版社出你的文学批评自选集，干脆就用这个做了书名。看样子你是准备以对苏童的批评来概括你最近认识到的中国作家的某种创作偏失了?

主：谢谢你对我几本评论集的关注。关于苏童，我一直认为《刺青时代》《舒农兄弟》《少年血》《城北地带》《沿铁路行走一公里》等“少年系列”是他的才能的诞生地。这种才能不一定非要附着于同时代人的过去，不一定非要像余华那样总是围绕李陀所谓“昔日顽童”在六七十年代文化荒原上的恶作剧做文章。长篇小说《蛇为什么会飞》已经证明，苏童有能力追踪长大了的“昔日顽童”，看他们在新现实中的遭遇。这对苏童来说也是责无旁贷。但《蛇为什么会飞》没有得到批评界的赞许，与此同时“妇女系列”和“历史虚构”总让他轻易地就获得肯定，他因此也就抛弃了“少年系列”有可能继续挖掘的空间，一再表演他在“妇女系列”和“历史虚构”中倍受欢迎的想象力的神话，去向自己实际上并不熟悉的历史 + 妇女的虚构领域讨生活。

客：除了评论界的误导，造成这种情况，是否还有别的原因？

主：如果猜测得不错，苏童之所以不肯在文学上忠诚地随“昔日顽童”一起长大，不愿大胆地“走进新时代”，一味在过去时代晒太阳，可能是因为“昔日顽童”的当下生活已经有朱文、韩东等写得很出彩了，苏童不愿与他们竞赛，所以就以规避的方式，与自己才能的本质擦肩而过。

客：说到韩东，我看过你一篇文章《卑微者说》，在考察“南京青年作家群”的基础上高度肯定他在朱文“从影”之后独守南京而深入挖掘“南京现在时”的可贵。现在对韩东有无新的看法？

主：北京、上海这样过于喧嚣的大都市，一切都流动着，很难定睛观看。中型城市南京既在“发展”，又保留着许多过去不发展的痕迹，所以更能写出当下中国的真实。

客：这是你对韩东的基本定位？

主：对。但韩东还有另一副笔墨，就是写乡村记忆。我最初知道韩东，是听了张生背诵的韩东的诗句：“我们都有过一段乡村生活，这养成了我们性格中温柔的部分。”乡村生活确实给了韩东许多珍贵的记忆，值得频频回首。但我发现，最近韩东写当下南京文人生活的小说不大有了，乡村生活记忆的作品则接二连三地出版，《扎根》之后又推出《小城好汉之英特迈往》《知青变形记》，全写“下放地”，写得也不错，但毕竟只是韩东幼年随父母度过的一段生活，可深入挖掘的东西不会太多，现在这样连篇累牍，叠床架屋，难免单调，同时对当下南京反而有可能生疏起来，后者才是他应该多写并且可能写得更好的，否则也属于才能的滥用加误用了。放弃深挖中型城市如南京的青年文化人的精神世界，是才能的误用；一再追写可能早已写尽的早年乡村生活记忆，是才能的滥用。

客：你的评论集《不够破碎》获“2009 年华语文学传媒奖 · 年度批评家奖”，其中《不够破碎》一文是谈阿来的。这好像也是你迄今为止唯一研究阿来的文章？

主: 我其实对阿来并无研究。《尘埃落定》早就看过，我一位来自日本的硕士生还把它译成日语，在日本自费出版。我跟她一起认真读过这本书，但我一直对《尘埃落定》无话可说。2006年吧，当时还在《文学报》工作的徐春萍要编一本阿来短篇小说集，叫我写篇书评，当时人在澳洲，就请她把所选的阿来短篇通过E-mail发给我看。看过之后，我认为阿来的短篇和《尘埃落定》很不一样，脑子里顿时有了两个阿来，没法组成一个，因此索性到处借书，居然找到并读完了阿来的几乎所有作品，这使我有信心认定阿来以川藏边境"小村"为题材的短篇（如徐春萍编选的短篇小说集《格拉长大》）记录了不同历史时期国家政治与边民生活之间微妙的互动，但更大空间和历史的展开，也许现在还缺乏必要的条件，对阿来而言把握起来相当吃力。但阿来不满足短篇的"以小见大"。他的特殊的居于汉藏之间的身份，他在国际汉学界多年游走所碰见的来自学者们的有关民族和国家的宏大论述，很容易诱惑（或逼迫）他对一些大问题发言，所以《尘埃落定》之后，阿来频频以长篇小说问鼎文坛。结果呢？恐怕也是才能的误用。

客: 你是否认为，中国当代作家只能从小处落笔，不可以像托尔斯泰《战争与和平》那样展开宏观的历史画卷？

主: 那倒不一定，问题是有没有这个才能。如果有而不用，就是浪费；如果没有却硬要从大处着笔，结果大处写不好，本来能够写好的小处也给耽误了，那就是才能的误用。关于这个问题，批评界基本上还是有共识的，大家都看到中国作家太喜欢离开他们熟悉的某个角落而企图把握宏大的历史问题，结果大都以失败告终，大开大阖的历史叙述，基本变成简单的历史翻案或教科书、流水账式的平铺直叙。一开头写得不错的某个角落，一旦放进大的叙事框架，就完全被淹没，比如李锐《旧址》、刘醒龙《圣天门口》、阿来的《空山》甚至陈忠实的《白鹿原》等。这情形很像《水浒传》写单个英雄"逼上梁山"的故事大多精彩，而招安之后的四处征讨，就淹没在集体行动中，毫不出色了。

客: 能不能这么说，"宏大叙事"原本就与中国作家无缘，像曹雪芹那样关起门来专心写细节，积小为大，"积健为雄"，才是中国小说传统所指示的正道？

主: 为了防止误会，我有必要一再申明：我绝不是说中国作家不应该从大处落笔。我只是说如没有相应的大手笔，还是老老实实从小处着墨比较好，否则画虎不成反类犬。谓予不信，请看“茅奖”，不是一直鼓励“史诗性”的大制作吗？但评来评去到底评出几部像样的来呢？大制作可遇不可求。俄罗斯文学，若论真正成功地反映宏阔历史画面的大制作，也就《战争与和平》这一部。中国文学史上大概《三国演义》《水浒传》勉强算得上，但也并不那么令人满意，其他如《静静的顿河》《日瓦戈医生》，包括茅盾先生的《子夜》、柳青的《创业史》，用大制作的标准衡量，都有种种非议。一旦写“大”了，往往就会导致才能的误用。可惜没有几个作家承认这一点，像鲁迅、沈从文、汪曾祺、刘庆邦等作家那样安于写短篇小说。没有很大的定力，就很容易被“大制作”所诱惑。

客：刚才说到莫言等“先锋派作家”抓住感觉，而拒绝（错过）历史；我们讲到阿来、刘醒龙、李锐、陈忠实，可能也包括号称要在《古炉》中反映“文革”的贾平凹，倒是直奔历史（并且是“大历史”）而去了，结果仅仅抓住历史的梗概和模糊的影像。王蒙在九十年代以后苦心经营、号称要为共和国作传的“季节系列”，好像也没有受到多大的肯定。指向宏观历史的所谓“宏大叙述”，困难究竟在哪儿？

主：恐怕主要还是因为有意触碰历史的作家们自身历史学修养有所欠缺吧？托尔斯泰写《战争与和平》，据说所消耗的材料可以堆满整整几大房间。如果没有对历史本身真正下过一番功夫，真正有深入全面的研究，哪怕是亲身经历的历史也不容易写好。人们所谓的亲身经历，或许也仅仅是历史的一角而已。

客：中国文学要想真正获得历史的深度，依然任重道远。

主：好在我们还有生活。尤其日夜展开的普通人的生活。对自己的生活，对每天每夜在自己所生活的小圈子以及自己的内心发生的一切，总有切实的把握吧？由此进入历史，也不失为一个有效的通道。在这方面，文学还是大有可为。如果连这一点都写不好，那就怪不得谁了。

客：我注意到，你的比较认真的批评，还包括一些显然有才能而你自认为也有话可说的一些青年作家，比如同样来自河南的张生和乔叶。

主：乔叶代表了新一代作家某种创作倾向。他们登上文坛时，传统现实主义文学的辉煌已经远去，过分注重形式革命而丧失直接介入现实的能力的先锋文学也逐渐式微，代之而起的“新写实主义”因为作家年龄结构的限制多少拖着一条传统现实主义的尾巴。有鉴于这三股文学潮流的得失，乔叶这一代作家几乎集体摈弃了先锋文学的语言形式的试验，也摒弃了用宏大社会命题结构小说的传统现实主义的雄心，他们紧紧抓住“描写”这个文学的基本元素，迅速捕捉当下社会现象而敷衍成篇，因此往往能够给人营造一种类似电视直播的现场效果，而这时候的读者也真希望看到在这一代作家眼里所呈现的新现实。然而单纯的现象描写很快后劲不足，与当下生活现象的距离的消失意味着沉溺当下，缺乏与精神传统（往往是有问题的精神传统）积极对话的愿望与能力，看不到当下生活现象只是思想传统的某种改头换面，“日光底下，本无新事”，所以挖掘总是不深，流于平面，甚至和当下其他强势媒体竞争，收集“段子”以保持直接介入的同步性和现场效果，结果小说就过于传奇化、程式化了，巧则巧矣，却失去了最初的冲击力。

客：这种典型的才能的滥用，或“过度开发”，上海话叫“一招鲜”，难道不是经常可以看到的吗？

主：没错，这种现象比较普遍。乔叶使我很自然地想到另一个来自河南的作家阎连科，他在《耙耧天歌》《年月日》《日光流年》等作品中逐渐达到创作高峰之后又接连写出《坚硬如水》及其改编本《为人民服务》《受活》《丁庄梦》《风雅颂》等一系列轰动性作品，无疑显示了旺盛的创作力和实力派作家中罕见的对当下现实的关切。但在创作方法上，我注意到阎连科只是将过去的险、怪、奇、酷进一步发扬光大，这固然有他所谓荒诞现实本身的强烈刺激，问题是作家对这个刺激的回应方式渐渐趋于凝固，除了以怪写怪、以险写险、以奇写奇、以酷写酷之外，主体心灵的宽广宁静与活泼雄健，明显有所萎缩。所幸这种才能的滥用在《我与父辈》中有所纠正，这部作品既让我们看到阎连科的固有才能的延续，也显示了他的创造力的新的爆发。

客：刚提到张生，一打岔，就把他给忘了。《小批判集》有一篇评张生《乘灰狗旅行》的文章《你硬着颈项要到几时？》，是我看过的你的文章中下手最狠的一篇。许多朋友也都说你批评得太重了。

主：是吗？我倒没听张生本人抱怨过，他还夸我写得好呢。

客：《乘灰狗旅行》是一部记录当代中国人在海外生活的书。张生只去过美国一年，就写出这本系列短篇集，其聪明勤奋，确实可观。王蒙当年曾打算写一部观察美国的书，写完几篇《新大陆人》就放弃了。当代文学界像《乘灰狗旅行》这样具有詹姆斯·乔伊斯《都柏林人》、安德森·舍伍德《俄亥俄州的温斯堡》(中文通译为《小城畸人》)气象的书，至今还是唯一的一部（电视剧《北京人在纽约》之类另当别论）。许多在国外生活多年的中国（汉语）作家，既不能全面深入地观察所在国居民的生活，比如像美国青年作家 Peter Hessler《江城》(*River Town*)、《甲骨文》(*Oracle Bones*）那样全面立体地描写中国，也不能深刻体贴当地华人的酸甜苦辣。不用说绝大多数到过和移居外国的中国（汉语）作家不能用外文写作，即使好不容易掌握了外文（如英语)，稍微写了一点人家的皮毛之后，就义无反顾地落入回忆的深渊，不厌其烦地写自己过去在中国的生活，要不就写祖宗八代的辉煌往昔，或者等而下之，对外国人痛说被自己亲手歪曲得一塌糊涂的“家史”和“国史”，所谓“告洋状”式的作品，实在太滥了。对比起来，张生这部直接观察当代海外华人的书，就特别显得难能可贵。

主: 他能做到这一点，与他长期执教大学而又出身于现当代文学专业，比较熟悉知识分子精神状态有关。我赞同你上面讲的，中国（汉语）作家就是走不出中国，走不出汉语圈。即使改用英语写作，还是翻腾自家的事，很少探出头去看一看别人家里的事。前几天在悉尼碰到裘小龙，也向他提出这个问题，他说:“我用英文写，是给英语世界读者看的，他们自然希望我写中国的事。中国读者想知道外国的事，应该请主要用中文的作家来写啊。”我说:“小龙兄你这是推卸责任，用中文写的中国(汉语）作家没有外语能力来了解外国啊，你让古华放弃“京夫子”的野史创作，改写美国，写得起来吗？你和哈金、张戎、李翊云、张翎等精通英语的作家不写英语世界，倒让严歌苓、陈谦这些身体出国而灵魂心思仍然留在国内的作家去写外国，公平吗？”

客: 这可能跟我们中国人和外国人的不同的交往方式有关。中国人碰到外国人，尤其像 Peter Hessler 那样的“老美”，有时候很喜欢“竹筒倒豆子”，主动叙说自己的故事，毫无保留。外国人碰到中国人的时候，一般不会这样“倾诉衷肠”。所以外国人看中国人容易，中国人了解外国人就难。

主: 但也不尽然，现代中国的留学生和“访问学者”就并不全这样。创造社的郁达夫、滕固、陶晶孙，不都写过关于日本人的小说吗？更不用说鲁迅的《藤野先生》了。当然，出了国而只写国内或只写国外狭窄的华人圈子，再把这样的小说发到国内，现代文学史上这种主流的“自产自销”的模式可能起于老舍的《二马》《赵子曰》《老张的哲学》三部在英国写的书。那时国内文坛刚起步，国人全球化意识也不强，爱国主义、民族主义精神特盛，故老舍的选择情有可原。现在不同了，如果还是一味地“自产自销”，中国文学就太自我封闭了。所以我同意你说的张生的《乘灰狗旅行》还不错，尽管他只是走出半步，他的英语也不行，也只能写海外华人。但有这半步，总比没有强。

客：既然这么肯定，怎么写起文章来又骂得很凶呢？

主：那是因为我觉得他这本书暴露了我们很熟悉的阿Q心理，就是在“未庄”（中国）和“城里”（美国）之间轻盈穿行，既看不起“未庄”也看不惯“城里”，而其实是不敢正视一直活在“未庄”偶尔走进“城里”的自己，所以总那么底气十足，专门挑未庄人和城里人的毛病，在精神上轻易地“得胜”，乃至怜悯别人，就是不肯示人以弱，看到自己的困难。我确实看不出作者如何认识自己的思想困难（除了泛泛而谈独居国外的寂寞和无聊），只知道他一直在回避这种困难，同时又特别喜欢谈论别人（美籍华人）的思想困难，并处处显出莫名其妙的精神优越。张生从熟悉的中国现代文学继承了现实批判的精神，但未能更好地继承现代文学的另一个传统：自我怀疑、自我承担、自我承受的传统。失去后一个传统（自我反省）的滋润，前一个传统（清晰而有力地向外面和对他者进行探究的能力）就很容易因为凭空获得一种优越感而被滥用。

客：《乘灰狗旅行》我也看过，蛮不错啊，你这样上纲上线，是否太言重了？如果这部小说存在着你所说的问题，我想也不会是孤立现象，可你为什么专门抓住张生不放呢？

主：我同意你的看法：这不单单是《乘灰狗旅行》一本书的问题，甚至也不是在这本书中表现得最突出。我选中它，理由等会儿再说。中国新文学自我反省（有人称之为“忏悔”）的传统本来就没有现实批判的传统强大。到了一部分知识分子重新感到重任在肩的“新世纪”，这个传统就更微弱了。我编过一套现代作家自叙丛书，深深感到现代作家有一个突出特点，就是有许多篇幅写到自己——不全是自怨自艾、自我迷恋，也有自我反省和自我批判。现代作家一般都在探察社会、探究别人的同时，也用自己的作品塑造比较清晰的自我形象。拿这一点和当代作家相比，区别就非常明显。有人说当代小说越写越好，在技术层面可能是这样，但如果论到对自我的反省和认识，论到作家用自己的作品直接塑造自己，那我要说当代作家实在太不够。我曾经鼓吹当代文学史应该更多吸取传统作家论的经验，直接剖析作家的精神世界，不要一味跟着作品跑，或一味介绍社会和思潮的背景，看不清作家主体的精神面貌。这话说来容易做来难，因为许多当代作家根本就不写自己（当然也有例外），根本就不曾提及自己精神发展的历史，好像中国社会几十年风云变幻只对别人有影响，作家本人则是高居云端的智者，其使命只是站在精神优越的地位指点江山，激扬文字，而不是跳下来自己体验、自己承受。既然这样，你又怎能去写关于他们的作家论呢?

客：你是说，凡写自己的就好，写外界现实的就不好?

主：当然不是！自己和他人、内心和现实，本为一体。不写他人，不写外界现实，内心就没有着落，也写不好。反之亦然，不写自己，不反观内心，就不能设身处地地认识他人，也不能带着同情心设身处地地去描写现实，因为他人已变成与自己无干的他者，现实已变成自己不在其中的现实。我的意思不是说当代作家可以不写他人和外界现实，关起门来单写自己和内心；更不是说当代作家写他人、写外界现实已经相当成功了，现在应该补课，转过来写自己和内心。一张口说不出两面话，如果非要显得辩证而平衡、全面而联系地看问题，也许应该说，作家必须把自己放在现实中，放在人群中，和自己也在其中但更多由他人所组成的现实和时代一道经历、体验、思考、挣扎和前进。选择张生的书为话题，无非觉得自我反省这个话题太敏感，也许在比较熟悉的人之间还可以放松地谈谈，不至于引起误会。有一种理论说我们是最富有自我反省精神的，从孔夫子的高足曾参“吾日三省吾身”开始直到当下，而你却说最缺乏自我反省，这岂不是天大的冤枉？况且你自己又反省得怎样？所以这问题不好谈。但我也因此感谢张生和他的《乘灰狗旅行》，使我有机会在一片光明的新世纪，稍微释放了一点久被忽略的幽暗意识。

客：评张生就这一篇?

主：过去关于他的短篇也写过一则印象记式的东西，但写得很勉强，因为明显无话可说。

客：为什么?

主：张生入道时拼命学博尔赫斯，其实是跟在马原、格非后面挤上“先锋小说”那辆正在文坛上横冲直撞的快车。他写那种所谓“形式探索”的小说，确实煞有介事，有些地方甚至颇有独创，比如他喜欢用平淡无奇的流水账式的叙事来暗示读者自己去追问：发生了什么？你不妨把张生的许多短篇拿来和格非、李洱和早期李冯的小说做个比较，实在不差。但内容如何？空空如也。有些作家对小说的形式主要是叙述形式的探究确有过人之处。但叙述形式大多来自对既成作家的模仿，如果沉溺其中，似乎也确有一种内容性的东西迷惑作家。许多作家，他们对小说形式的探索胜过对时代生活包括自己内心的探索。不能说他们的小说没有生活，但这个生活只是服务于探索和表演小说叙述形式和叙述技巧，是作家展开其叙事表演的一个由头、一个道具。这不是才能的滥用加误用吗？

客：以前有没有人谈过这个问题？

主：很少。可能因为一段时间里，先锋小说的气焰太盛，谁也不敢轻易一试其锋芒？所以我非常欣赏王鸿生对张生的批评，王鸿生的文章叫《小说已死》，意思是张生过分注重小说的形式，而无法将真实的生活感受融进去，结果小说在他手里走上了“形式探索”的绝路。王鸿生批评的是张生，也可以把马原、格非、李洱全包括进来。我甚至觉得他写过《小说之死》之后，从马原到张生这一路小说就不必再多说什么了。我之所以写《你硬着颈项要到几时？》，是因为张生在这部小说中终于摆脱了热衷于“形式探索”的那一层束缚，开始定睛打量现实中的真人真事，也开始稍稍流露一点自己对现实的想法。换言之，他的真实的自我终于开始有点露头了，已经“死去”的小说也因此有点“复活”了，而这就才有谈一谈的价值。

客：今天你集中地谈了许多中国作家才能的误用和滥用，我想知道这类文章多不多。

主：以上举例说明，应该还有不少。比如，我曾对比过王蒙《活动变人形》中叙述者对倪吾诚毫不留情的嘲讽暴露和对倪藻的相对宽容，指出这部书存在着“严于审父”而“轻于自审”的不平衡，这就和我谈张生的《乘灰狗旅行》有点类似。《活动变人形》审父时可谓目光炯炯，物无遁形，来到倪藻一辈人，就轻描淡写了。结果我们看到新旧两个世界的界线实在过于明晰。倪吾诚真的没有委屈、没有值得欣赏的优点、没有被审父的目光所遮蔽的内心更加隐秘的世界？难道倪藻在审父过程中真的完成了和父辈的告别，从而进入一个全新的境界？这个问题只能是一桩悬案，因为《活动变人形》有点“滥用”了审视他者的能力，没有很好地拓展自省的空间，因此基本上还是重复了1949年以后对于“现代”的制度性的一团墨色的黑暗想象。我还曾研究从孙犁到铁凝的“柔顺之美”，也曾指出这种可贵的德行在一律化凄惨为柔美的叙事策略上必有的界线。但也不一定非得要扯上“误用”和“滥用”。有的作家刚形成风格，刚意识到才能的本质，暂时还看不出误用或滥用的迹象，有些作家又习惯于“低产”，比如西飏、魏微等，因此我的评论就还是以肯定为主，希望他们照着目前的路子走，就是体贴现时代卑微者的内心，不受干扰地写下去。以后如何，还说不定。

客: 这些文章发表之后，效果如何？

主: 大多还是以失败告终吧。批评界同行很少回应，看过我文章的作家据说多数很不以为然。这可能跟我的文字不明朗、看问题也并不那么坚定有关。我的文章一般都有这缺点。不敢奢望什么影响，只想在读过的人那里留下一点印象就足矣。赞同与否不要紧，不要辛辛苦苦写出文章来惹人家不高兴，就很好了。

客: 刚才讲的都是“严肃文学”，对麦家这样和影视、畅销书绑在一起的现在市场最欢迎的当红作家，你好像一直没有关注？

主: 并非不关注，只是没有写文章而已。我有许多作家朋友，比如格非、李洱，包括麦家，个人交往不少，但就是写不出他们的评论来。无可奈何。对他们，我常有负债之感。也许不定什么时候，终于有话要说了，或者灵感来临，就会写出一点什么来吧。

客: 对“70后”“80后”如郭敬明等人的创作，你怎么看？

主: 惭愧，“70后”“80后”，我看得很少。最早读到的是卫慧的小说，我是第一个在《小说界》上撰文评论她中短篇小说的人，那时她还没成名。2000年年初我从韩国回上海，她的长篇闹得满城风雨，我很快发现自己不适应那种一哄而上的“评论”，从那以后没再关注她了。我对她的小说的印象停留在《像卫慧那样疯狂》等早期作品，当初是同事李祥年转给我看的。

客: 看过你评安妮宝贝《莲花》的文章，你怎么会接触她的作品？

主: 我有几年在复旦开当代文学选修课，从1949年开始，到九十年代先锋小说为止，不涉及网络作家。有次课后一名女生追上已离开教室的我问:“老师看过安妮宝贝吗？”我很愕然，脑子里马上闪出书商袁杰伟请客时在座的一言不发的安妮宝贝的影子。那次拿到她几本书，但一直没看，心想网络作家嘛，跟严肃文学不一条路，还是交给“网友”评价比较好。这位女生非常激动，说:“老师一定要看，她是中国当代最伟大的作家！”我一般不敢冒犯学生，何况是女生，所以唯唯诺诺，敬谨接受，但回家之后还是淡忘了。不久在张燕玲、李敬泽组织的一个会上又碰见安妮，她以本名厉婕与会，就坐我边上，竟然没认出来，李敬泽也不介绍，大概别人都知道，用不着。她在会上发言，我在边上听得很清楚，也很感兴趣，一问才知道原来见过面了。这次会后我才认真看了她几本书，很快就改变了以前对网络作家的模糊想法，觉得严肃文学实在没有理由自划界限，自我感觉良好。许多以严肃文学自封的作品其实是标准的垃圾，网上泥沙俱下，却也不乏佳作，因此就趁着《莲花》出版，把这意见说了一下。

客: 你的总体评价如何?

主: 她很善于体贴某一类现代青年的心境，文字又清新、轻盈、灵动，即使用句号连在一起的单词也能传达某种富于质感的心绪。她的一些哲理性的感触更随时碰出思想的火花来，一路照亮围绕主人公的离群索居的叙事。人物、情调、故事背景和布局，基本哲学，都有明显重复。重复就是才能的滥用。这几年我看到她为了克服自我重复，正不断用心求变，一边写现代的精神隐逸，一边也沉入浮嚣，清醒地回到红尘;一边是轻盈的跳跃式的语句，一边也有连续的较为缜密的叙事;谨慎游走于耶、佛、道之间，“拣尽寒枝不肯栖”，一再延耽，不愿说出最终的所信。2011年的新书《春宴》可以看出这些。“梦未圆时莫浪猜”，还不到下结论的时候吧。

客: 去年《收获》发表郭敬明的《爵迹》，配发了你的评论，一时沸沸扬扬，但没看到你的回应。

主: 我乐意再次承认，我真的看不懂郭敬明的小说究竟显示了他那一代人怎样的精神背景。这里有我的一种恐慌。作为应该密切跟踪当下文学创作的批评家，对“70后”“80后”还有“90后”一大批作家都看不懂，岂不应该趁早“下课”？其实卫慧、安妮宝贝，包括郭敬明，我的评论都是被动操作，或者朋友约请，或者旁人激发，并非主动出击，有意为之。我对他们实在缺乏研究。那次郭敬明本人很大度，倒是惹怒了一帮“粉丝”，骂不绝口。最近有朋友传来网上一篇文章，说我不懂郭敬明，人家写小说就是将现在流行的动漫、网游转换成文字，而我还一个劲地用传统文学标准来衡量。我不知道这位朋友说的是否属实。果真如此，那就不存在才能的误用或滥用，唯一值得提醒的只是游戏时要劳逸结合，别“过劳”而影响健康，妨碍“可持续游戏”，那么让偶像继续吸金，粉丝继续得趣，周瑜打黄盖，皆大欢喜也很好，说不定还可以为将来的文学史增添一章，叫作“新世纪的文学游戏或游戏文学”呢。

客：但也有很不游戏的在，比如韩寒博客。知道许多人都很欣赏他，还有一些人要运作将某些“严肃文学”的奖项颁给韩寒。对此，曾经痛骂“文坛是祭坛”的韩寒本人肯定不在乎，而这个“一厢情愿的”的奖迟迟发不下来，或许也说明“文坛”要全面接受韩寒，还要一段时间。

主：这也很有趣。不妨暂时把韩寒放在文坛之外，作为一个参照物，那样会更好。郭敬明说韩寒杂文尚可，小说不行，基本属于“意见领袖”，还没有上升到文学的层次。这个批评够刻薄，但杂文算不算文学，今天大概不必争论了，反之郭的小说是否就属于够格的文学倒是问题。当然我觉得韩寒也不必因此就故意使劲弄小说，或者将博文越写越长。“尺有所短，寸有所长”，“文非一体，鲜能备善”，不是也有许多人认为王小波杂文好过小说吗？另外做“意见领袖”也不错啊，那也不是随便什么人都能做的，“意见领袖”的文字照样也需要十分讲究。

客：有人认为韩寒应该增加修养，多读书，少写短文，你觉得如何？

主：这话我以前也说过，现在看来，大可不必！就像你我，读的书不少了吧，但天晓得都读了些什么书！而且，至今也还没有开始真正的文学写作啊！

客：这辈子也别想了。

主：“诗有别才，非关书也”。再说你非韩寒，安知人家不看书呢？他读的书你我根本就不可能读到，我指的是他的人生经验，人生的那本大书。不说别的，一个赛车，固然一般人做不到，再一个脱离当今教育体系，就更不是你我这样的学院奴隶所敢效仿的了。再说他那一代人在网上的信息获得也是你我望尘莫及。当然这样说绝非鼓励他不看书。在不耽误现在的写作思考的前提下，“随便翻翻”也是有益无害的。

客：还有“当代鲁迅”的说法。

主：那就更不必在乎了。我甚至觉得这可能是一个“捧杀”，先给他戴上这顶高帽子，然后用高得不能再高的标准来衡量。再说为什么非得是鲁迅，非得成为“当代鲁迅”才有资格去痛切地批评时弊？什么时候，批评时弊变成鲁迅的专利而非普通公民的基本权利了？所幸的是迄今为止，名满天下的韩寒一直严守普通人的身份，并加以有意强调，我觉得这点甚至比他的勇敢、尖锐、聪慧还要可贵，乃是超乎勇敢、尖锐和聪慧之上的一种善良和平常心。否则，不就与那些靠公众的浅薄和变态养活、自己也迅速变得浅薄和变态的众明星为伍了吗？我觉得光这一点就有理由继续看好韩寒。如果说网络乃中国文学的希望，至少在目前韩寒身上可以这么说吧。至于他以后会变成怎样，那就只有为他祝福、祈祷了。

客：今天我们谈来谈去，实际上只谈了小说，除了韩寒博客，当代诗歌和散文都没涉及，实在太片面了吧？怪不得许多人抱怨，说中国当代文学评论家只是小说评论家而已。

主：确实有这情况。中国是有诗歌研究者和评论的，比如陈超、张清华、程光炜、李振声、唐晓渡，老一辈还有谢冕、洪子诚等。过去我还在《读书》杂志上偶尔看到研究西方哲学后来移居法国的赵越胜的一些精彩的诗歌评论。他们的成绩有目共睹。尽管如此，诗歌研究和评论仍不及小说。为什么？一是新中国成立以来诗歌影响力不及小说，到后来更是写诗的比看诗的多，诗歌成了小圈子的秘密活动。虽然有人（比如顾彬）认为当代中国诗歌成就最高，但究竟有几个人相信？“五四”以来，有关白话诗“迄无成就”的看法，一直是诗人头上的一柄悬剑，很难拿掉。白话小说可以傲视文言小说，这个大概可以说得过去，但白话诗歌可以傲视唐诗宋词吗？差太远了！所以评论界对当代诗歌的冷淡也并非毫无道理。

客：散文的情况比诗歌略好一点，甚至还有“散文中兴”的说法。

主：也比较复杂。如果说当代小说超过了现代小说，某些方面（比如叙事技巧）恐怕还并非完全属于无稽之谈，但如果说当代散文超过了现代散文，那就很难通得过。好文章不是没有，但与现代相比，总体上不成气候，而且和诗歌一样，影响力也不大。

客：就散文的影响力来说，好不容易出来一个余秋雨，差点没被口水淹死。

主：对余秋雨的批评肯定有不公平，但你也不能说余秋雨的散文就到了一种境界，可以和现代的散文大家们媲美。跟小说一样，散文光写得长、写得大（大题材、大空间、大视野）还不行。读者在佩服过余秋雨式的长和大之后，势必还会向散文要求自然、深邃、含蓄和隽永，这些恰恰是当代散文包括余秋雨散文所缺乏的。当然散文的成就肯定不能以余秋雨为顶峰，好的散文很多。实际上散文（包括随笔杂文）的成就很可能早就超过了小说。最近看到王彬彬在《当代作家评论》上的一篇长文，专门介绍这些年以反思“文革”为核心的随笔，他令人信服地展示了当代随笔在历史反省方面做出的扎实努力。王彬彬讲的那些随笔，有些我看过，更多的闻所未闻。如果诗歌方面也有类似情况，那么在实际成就上，小说实在不能说是一枝独秀。

客：既然如此，为什么当代文学评论仍然给予小说更多的关注呢？

主：恐怕主要是习惯使然。“五四”新文化运动以后，现代小说奇峰突起，迅速攘夺了诗歌、散文在中国文学传统上两分天下的霸权地位。中国的诗文传统主要以抒情和议论为主，客观描写非其所长。但进入现代，读者要求于文学的主要是对客观社会人生的“看”和“认识”，借用海德格尔的说法，现代社会已经进入“世界图画的时代”，人们在这个时代最想看到整个的周围世界都像画面一样清晰地展现在目前，被他任意观看，通过这种观看，观看者就可以拥有一种掌控世界的幻觉。在世界进一步图像化之前，对文学的这种要求，相当长时间内显然只能由小说来满足。小说是“看”的时代的艺术，诗歌、散文则是“想”和“说”的时代的艺术。“五四”以来近一个世纪，“想”和“说”（议论、抒情、思考）的艺术，难讨大众喜欢；大众更加乐意的是通过小说去“看”世界。所以“五四”以来，作家的概念差不多就等同于小说家，就是鲁迅，其文坛地位的最初确立，也是通过小说，而非后来主要经营的杂文。理所当然，文学批评也就几乎等同于小说批评了。这种集体的欣赏口味现在其实已经因为影视和多媒体的冲击而有所改变。尽管小说的产量逐年递增，但看小说的人数不是已经锐减了吗？相反，诗歌和散文好像倒是比小说更能经得住影视和多媒体的冲击，因为诗歌和散文一开始就并不和影视或多媒体争抢观众。喜欢诗歌和散文的读者，如果真的喜欢的话，就不会受影视和多媒体太大的影响。问题是文学批评一旦形成习惯，轻易还改变不了。至少在目前文学批评领域，还只好且由小说来继续“跛扈”吧。

客：哈哈，我明白你的意思。你是说，什么时候小说真的一衰而再

衰，诗歌、散文真的一强而再强，完全取代了小说而重新进入中国文学的中心，那么诗歌研究、散文评论自然就会取代目前还一枝独秀的小说评论，成为当代文学研究与批评的主要样式。

主：恐怕是的。

五、“言之无文，行而不远”

客：最近贾平凹长篇新作《古炉》正被热议，我觉得从《废都》开始，中经《高老庄》《怀念狼》到《秦腔》而至乎其极的类似《红楼梦》《金瓶梅》的细节本身牵连孳乳大于情节演进的板块式和流动式叙事，恰如同样被推向极致的方言土语的大面积输入，是否也属于另一种样式的才能的滥用呢？

主：这个问题提得好！最初让我注意到当代作家推崇方言土语，是李锐的《无风之树》及其后来的某些言论。我觉得过分推崇方言土语，有可能使我们的文学过分远离“字本位”而回到“音本位”。实际上这之间需要一个平衡。当代作家因为在语言上更多承继新文学的方言口语 / 乡土革命的文学传统，而非“五四”新文学最初开创的国语书面语 / 都市知识分子的文学传统，所以从“字本位”文学传统吸收的养分本来就很少，已经处在平衡被严重打破的这条历史延长线上了。李锐在一篇发表在《作家》上的文章中对我这个观点有所反驳，但他后来作品不多，不知是否真的进入了他所说的身边的群众语言的汪洋大海，彻底摆脱了书面语的羁绊？

客：其实从《厚土》系列到《无风之树》和《万里无云》，李锐固然有将口语用得比较好的时候，但只要稍加对照就可以发现，他的作品中精彩的段落，还是他自己宣称并不太喜欢的“知识分子语言”，而不是“方言土语”。

主：这里面的道理很简单：处理某些相对复杂的问题，恐怕还得依靠“知识分子语言”——其实也就是中国文学经过“五四”的文学革命并没有中断、只是改弦更张的那种文学书面语的传统。至于单纯的口语，从来就未曾上升为中国文学（包括小说）的正宗。比起摹写人物的口语，直接探索心理和历史的叙述主体的书面语更需要经营，也更能显示主体精神世界的深邃广袤。如果放弃后者，一味经营口语（口语当然也需要经营)，那就是我所说的“一俊遮百丑”了。

客：我记得胡适之当年曾经从他的白话文理论出发，推想如果鲁迅的《阿Q正传》用绍兴方言，会更加出色。会不会真的这样？

主：我可以有把握地说，如果真的全用或主要用绍兴方言，就绝对没有《阿Q正传》，因为那样会失去鲁迅那种灵活多变、多元并存而主要以书面语为根基的语言策略。其实乡土气息、群众的生活气息，包括群众的心理，只要在个别地方，适当以方言土语加以表现就足够了，没有必要完全依仗方言土语。我举鲁迅的历史小说《出关》为例，其中只用两句方言土语，就惟妙惟肖地模仿出函谷关的“账房”和“书记先生”的声口。账房说：“来笃话啥西，俺实直头听弗懂！”书记先生说：“还是耐自家写子出来末哉。写子出来末，总算弗白嚼蛆一场哉啘。阿是？”都是背后对老子的议论。鲁迅很可能写得兴致来了，随手派给这两位他最鄙夷的“苏白”(基本上也是当时的上海话)。其实这两位都是虚构出来的，让他们说苏州话，并非写实的需要，所谓要忠实于人物语言，而属于一种艺术想象。在鲁迅北京时代的日记里，有一段对苏州话极不恭敬的说法，大意是世界上竟然还有这种语言，尤其出自男人的嘴巴，简直应该明令禁止！这自然是玩笑，其实是将他对某些南方人的鄙夷转嫁到他们的语言上面去了，不过在《出关》中，让那两位先生用苏州话背后议论伟大的老子，大概也是用这个方式对他们加以针砭吧！至于老子、孔子之间的对话以及他们各自的心理活动，则都是用书面语乃至文言来加以表现。甚至在表现农民的心理和说话时，鲁迅也让他们出口成章，引经据典，甚至让祥林嫂拦住一个文化人来追问：“一个人死了之后，究竟有没有灵魂的？”却一点不让你觉得别扭。这个忠于艺术的假定性而并非生活的真实性的随物赋形的文学语言的传统，后来被胡风、路翎等继承、放大。路翎就明确主张，群众的语言不够，应该专门给他们设计一套他们口头没有但内心未必不存在的语言，就像鲁迅所说的：“先驱者的任务，是在给他们许多话，可以发表更明确的意思，同时也可以明白更精确的意义，如果也照样写着‘这妈的天气是妈的，妈的再这样，什么都要妈的了’，那么，于大众有什么益处呢？”

客：鲁迅这段话出典在哪里？很有说服力啊。

主：是在《且介亭杂文·答曹聚仁先生信》中。

客：这样看来，那些主张多用或全用方言土语的作家，是否就会像

鲁迅讽刺的，最后弄成满纸“妈的妈的”呢？

主：很可能的，不信你去看看他们的小说。这并不奇怪，完全“顺着”群众的口头语言写小说，弄到后来肯定会“技穷”。别的作家这样我还不奇怪，但过去一直比较重视文白协调、“言”“文”相济的贾平凹，现在也如此大幅度地向方言土语倾斜，倒着实让我感到惊讶。这一现象再次使我意识到，当代中国作家实在太容易被口头语言吸引过去，而太容易疏离“文”和“字”的传统了。

客：这是否属于中国文化和中国文学的一个特有的问题？

主：我想恐怕是这样。西方有“声音中心主义”，一直强调文字是第二位的，只是记录语言的工具，但中国自古就“言文分离”。中国古代语言学的两翼，音韵和训诂，各占一半，其中训诂完全围绕字义和字的用法（语法学的萌芽？），而音韵也并非今天的语音学，很大程度上也联系着文字训诂，所以合起来叫作“小学”的这门学问，有时也直接称之为“字学”。影响到文学，就使得传统的文人不把文学简单地奠基于语言，而是通过文字的中介才将文学和语言联系起来，甚至干脆就从文字直接跳到文章。鲁迅的《汉文学史纲要》第一章，不就是“自文字至文章”吗？即使某些强调吸取口语的大作家，也并非照着口语去写，而是——必然是——尽可能地提炼群众的口语，使之和“文”的传统相调和。唐朝的白居易和现代的老舍，都是很好的例子。鲁迅杂文和小说都十分强调口语的气息，强调要向活人的唇舌学习，但他的作品也是“文”气十足的。他是将二者很好地调和起来，不露痕迹。当然在鲁迅的场合，“文”的比例可能更大一些，并非照录口语，即并非“用中国人口头上可以讲得出来的白话来写”（瞿秋白语），只是“言”的根基犹在。看不到这点，就很可能像瞿秋白那样，认为鲁迅作品，尤其翻译，乃是“用文言做本位”。

客：你这么说，好像和一般语言学的常识相去甚远。从我读小学开始，就知道文字是记录语言的工具，语言学只研究语言，也就是人们的口头说话，研究文字只是附带性的，是帮助语言的研究。人类学研究早就证明，许多民族可以没有文字，但不可以没有语言。文字不是语言，不是第一位的。难道这个普遍真理到我们中国就不适用了？

主：说老实话，我也很疑惑，搞不懂。至于你说的那个普遍真理，大概没错吧，但中国文字的情况，又确实很特别。世界上几千年的古文字，现在还使用的，也就独有我们一家了，它的生命力之强大，在通过电脑这一关之后，再次向世人显明。要说汉字的功能仅仅是记录语言，那也得正视它和语言之间长期的分离，正视它的相对独立性。它和完全贴近语言的所谓拼音文字毕竟不同。这个不同，就影响到我们的文学表达。中国现代新文字——拼音文字运动，目的是彻底摆脱汉字，寻找汉语的理想匹配的记录工具，这就说明汉字并非仅仅是记录语言的，或者按照以前的说法，不是理想的记录汉语的工具。但在拼音文字广泛采用以至完全取代汉字之前，就不能简单说，汉字仅仅是记录语言的工具，我们弄文学的人，更不可以抛开汉字，直奔汉语。在中国，字是字，言是言，二者有合有离，而我们的文学和字与言都有关系，绝不是只和那赤裸裸的汉语有关系。在古代中国，文学偏向字，“五四”以后，主要偏向言，但“白话文”仍然是“文”，也就是字的组合。如果不正视这一事实，就永远处理不好文学和语言文字，尤其是和文字的关系。“言而无文，行而不远”这一句古训，就永远是对我们文学的一个严厉的判决。

客：这个问题，《李泽厚2010年谈话录》也提到过。李先生似乎把这当作自己的发现。他说西方是“太初有道”，“道”就是“言”，因此西方一直注重语言，而轻视文字，即使德里达要反这个“声音中心主义”，但德里达的“文字”和“书写”，也还是“言”。而中国就不同，上古是“结绳记事”，由结绳演化出来的文字原本为了历史书写之用，并非为了“记录语言”，文字跟语言是分离的，后来和语言结合，也总是高于语言。李泽厚还认为从马建忠到王力，可能都没有看到这个问题。你怎么看这个问题？

主：李先生对马建忠和王力，恐怕是有点冤枉了。中国近、现代语言学家固然一直跟在西方现代语言学后面，鹦鹉学舌地说文字是记录语言的工具，但另一方面他们中间的绝大多数也一直有意无意地很重视文字的地位。王力很早就主张要根据中国语言文字的特点来研究汉语，马建忠的书叫《文通》而不叫《语通》，不正说明他的切入点是“文”而不是“言”吗？据说直到五十年代，陈望道先生与他的复旦同事张世禄、郭绍虞两位先生还在争论究竟是提“语法”好，还是提“文法”好呢。

客：这是语言学界的情况，文学界如何呢？“五四”以来，按照胡适的说法，文学不就是“写话”，不就是记录语言吗？甚至汉字也要取消呢，这不是中国式的更加极端的“声音中心主义”吗？

主： 表面上是这样，“五四”以后，因为要将白话文取代文言文，对于文学中的“说话”和“文字”，确实有不同的轻重缓急的对待。简单说，就是将语言看得绝对高于文字之上。但实际上，情况又相当复杂。比如现在，“文学是语言的艺术”已经成了老生常谈，但“五四”以来的一些大家如鲁迅、周作人等仍然看重文字，并不简单地将文学归结为语言，他们很务实地研究文字（具体来说就是“汉字”）在文学写作中的特殊地位。汪曾祺先生甚至说，他写小说，是用汉字来思维，而不是用汉语来思维。2002 年我写过一篇《“音本位”与“字本位”》，专门谈这个问题，并将它直接引入当代作家的评价，但今天不宜太展开。至于中国的这个传统好不好，则属于另一个问题。我现在要强调的是，对作家来说，关键在于必须正视这个传统，至少有必要借助这个传统，使自己的文字更加有内容，有表现力。千万不要忘记，“言之无文，行而不远”！即使折中一点，也不妨把“言”和“文”视为中国作家的两种才能，有人在收集、学习和锻炼口语方面能力较强（比如老舍、王朔），有人在驱遣文字方面能力较强（比如鲁迅），两种能力，不可偏废，否则就难以避免才能的误用和滥用了。

客： 孙甘露很注意文字，他是否属于当代作家的一个异数，就是说，他特别善于玩弄文字的游戏？

主： 孙甘露确实很讲究文字本身，但他的文字主要来自翻译外国文学的滋润。王小波早就说过，中国翻译家在翻译外国文学时无意中创造了一种高贵华美的汉语。但王小波没有解释“为什么”。很长一段时间，我说的是从五十年代到八十年代，由于政治钳制，从现代而来的中国文学到了“当代”就一蹶不振，中国作家不能真诚自由地贴着生活的地面来锻造自己的语言文字，当时几乎一边倒，都是“山药蛋”式地向群众语言看齐，三四十年代呈现的语言的多样化被大大压缩了。翻译家的情况两样，他们不需要基于现实的独创，他们可以把自己的哪怕不合时宜的现实感受，连同全部的汉语言文字的修养，尽情倾注到翻译中，而他们所翻译的又恰好是外国文学经过筛选的精品。在这种情况下，就造成了来自汉语而又异于乃至高于一般汉语的特殊的翻译文体。这种特殊的翻译文体，就是孙甘露所抓住的文学语言的源头。

客： 翻译文体有好有坏，你说的是好的那一种。

主：那是，但那个时代不像现在，你要找坏的翻译，恐怕也难啊。但是另一方面，这种好的翻译文体也只能在翻译中才能顾盼自雄，仪态万方，简单地移植到创作，就像孙甘露所做的那样，固然可以逞一时之快，获得轰动效应，但只可有一，不可有二。孙甘露出来之后，再无第二人走相同的路，不像马原之后，跟着出了无数个小马原。

客：为什么？

主：新中国成立后的翻译外国文学，是一大批优秀的翻译家们一方面应和着自己寂寞的心的跳动，一方面迎合着广大读者压抑不住的对"生活在别处"的浪漫遥情，从而创造出来的文字奇观。一旦这批翻译家的劳作结束，一旦广大读者不再相信"外面的世界很精彩"，一旦年轻的读者可以直接阅读外文原著，继续产生翻译文学的这种文字奇观的土壤就失去了。这种情形，恰如以配音演员为真正主角的译制片艺术，随着时势推移，也一去不复返了。翻译文学如此，主要以翻译文学为养料的孙甘露式的文字炼金术，自然更加难以为继，因为翻译文学有自己的源头活水，而模仿翻译文学的孙甘露并不能直接承继翻译文学的源头活水，而只能将翻译文学本身作为自己的灵感的泉源，取法其中，风斯下矣。孙甘露的文字，不仅脱离了语言的当代生活的地面，也脱离了汉语文学固有的"文"的传统（只是以翻译文学为语言的源头），尽管表面上孙甘露似乎恰恰是这个"文"的传统的发扬光大（我曾借郭绍虞先生的术语称之为"白话赋"）。他后来基本搁笔，很明智，也很智慧。听说最近又会有一部长篇要出来，我衷心盼望他有新的发展，希望他的小说能"死而复活"，在翻译外国文学的传统之外，找到他的语言的新的立足点。

客：其实说到调和"言""文"，做得最好的还是鲁迅。

主：关于鲁迅，也真是说得太多了，打住。

六、批评首先要让人懂

客：好的，我也怕一提到鲁迅，你就说个没完。换个话题，谈谈批评的用语和文风现象吧。今天中国批评家广泛引用西方文艺理论的现象十分突出，批评文章中理论名词的堆砌令人头痛，所以第一个问题：你如何看待今天一些批评家对西方文论的学习？

主：这又是一个老问题，我怕说不好。现在国内许多大学都纷纷与国际接轨，恨不得从这一代青年教师开始全部改用英语上课，文学批评中用一点夹生的西方文论，也不算什么。不过既然有人像你这样“头痛”，可见问题是越来越严重了。有一点可以肯定，西方文论对我们主要是方法论启示，目的是解决我们自己的文学问题，用鲁迅的话说，从西方盗得火来，本意乃是“煮自己的肉”。因此不能随便批评人家“搬用西方理论”，关键要看他的理论能否切中我们的文学实际。要警惕的是买椟还珠式的“方法热而目的盲”（胡适语），徒然操演和卖弄学来的一套概念术语，不能持此有效地分析文学的实情。

客：能否根据多年的批评经验，谈谈你自己心目中理想的批评应该对理论采取怎样的态度?

主：我的一些评论，也屡屡犯了理论先行的毛病。没办法，处在学院派各种学术问题的丛林里，很难走出去，看到丛林之外的景色。虽然如此，我仍然坚持在心目中保留自己对文学批评的理想，那就通过对于理论的研究而“克服”了“理障”之后，就毅然推开一切理论，细读作品，了解作家全人，努力达到对作家作品和周围世界的熟悉，这种熟悉的程度，类似我们对亲人的熟悉，因此说起话来，家常亲切，语语落实，犹如跟亲人谈话一般——谁见过亲人之间拉家常还要满口理论？只可惜这样的文学批评实在太少了。往往是真话匮乏，就只好弄一些理论来瞎凑合。

客：但看得出，你对理论，仍然保持足够的尊重。

主：理论，包括与某种理论匹配的一整套话语，一开始也并非无本之木、无源之水，所以研究一套理论、话语、概念术语，绝非易事，因为必须明白这一套概念术语与它本来的文化土壤的关系，保证基本不走样地介绍人家的理论。这其实很难，因为要想明白土壤和环境，就不能满足于单纯地学习理论本身，就像要读懂《文心雕龙》，必须先大致看明白在刘勰之前已经展开的中国文学史、社会史和文化史以及刘勰所身处的文学环境。不仅西方文论，中国古代、现代文学理论和经典也都不可以现成地拿来批评当下的中国文学。即使外国和古代、现代批评理论都具备了，认真的批评家还应该根据自身的学术素养，根据长期与文学的接触，逐渐摸索出一套适合自己的批评方法，虽然不一定非得采取纯理论的形态。

客：现在许多人反映，“批评的理论话语”过于纷繁，一般读者难以亲近。可不可以这么说，批评家的话语方式应该最大限度地贴近文学，贴近日常语言，能够让非专业的文学爱好者基本上看得懂，而不能满足于操演专业圈的行话？

主：毋庸讳言，某些批评文章确实是“以其昏昏，使人昏昏”，不想叫人懂，或只叫一部分人懂，令大部分人望洋兴叹。那一部分人可能也不懂，只是利益攸关，必须装懂。学界的许多行话、切口、口诀、秘传，大抵如此。

客：此话怎讲？

主：我说他们相互之间无须真懂，是因为他们看重的，其实也只是表面文章，也就是只要学会一套咒语，会摆一种腔调，就可以把臂入林，坐而论道，彼此分一杯羹了。

客：能否说得再详细一点？

主：咒语、腔调是贬词，局中人另有说法，叫“话语”。近二十年来中国学界，语言 / 话语之分是关键，而话语的势力远远超过语言。操常识常言，讲平常话，纵有精密考证、美妙辞章、鲜明的问题意识，亦是枉然。做张做势的话语压迫平凡日常的语言，似乎已成定局。弃语言而就话语，“不讲人话”，自属明智之举。所以话语的选择，并不基于学术的诚伪，乃是集团、利益、声气的类聚，说到底还是常识做主，俗语“投机”“别站错队”是也。但这也太过常识了，所以为了不让常人看穿，自然要拼命用非常识非常言乃至反常识反常言的形式表出。

客：你讲得有点玄妙了，可否举例说明？

主：比如“现代性”的“话语”。在“后现代”叫嚷了十多年之后，“现代性”的幽灵悄然进入中国，囊括一切问题，吸引包括后现代叫嚷者在内的大部分精英。开会写文章，只要念念现代性咒语、表演现代性腔调就够了，哪怕违背基本常识，比如在政治上推崇极“左”年代，包括“文革”时期“反现代的现代性”，在文学上一味赞美同一时期的“红色样板”。还有所谓关心“底层”、倡导“无产阶级写作”的批评话语，满纸类似的现代性咒语。我曾问一位用常言常识作文且成绩不错的同行在忙什么，答曰“正研究晚清民初文学的现代性”。也曾见某学者在湖南凤凰一艘小船上接受电视采访，关于沈从文，这位对着镜头阐述道：“他既不满乡村愚昧，又留恋乡土温馨，既反对城市喧嚣，又不否认城市文

明。这个矛盾显示了现代中国的基本问题。什么基本问题？现代性。”

黑格尔穷毕生精力，几乎将当时全部知识编进以“绝对理念”为核心的概念体系，结果被海涅讽刺为“这个像蛛网一样的柏林的辩证法”。但黑格尔毕竟是勤恳、博学而并不鄙视常识的“缀网劳蛛”，我们这里吐着“现代性”丝线的大大小小“蜘蛛”们可省事多了，他们将西方大学现成的现代性话语移植过来，一夜之间就把几百年来中国问题乃至先秦两汉到晚清民国的思想史悉数纳入中国特色的现代性咒语和腔调。按他们的逻辑，国人知道“现代性”之前都白活了。这笔买卖实在太便宜，怪不得从名流学者到后生小子，都趋之若鹜。

在“现代性话语”面前敢不敢不信邪、不依赖性地使用这三个汉字，实在是考验中国学术批评界自信力的一个标准，也是考验中国学术批评界有没有起码常识的一个标准。现在确实有一种时髦，好像不围绕“现代性”打转，就根本没有问题意识，其舍我其谁的声势，令人想起过去不管谈什么，总要把“历史规律”“发展必然性”“主要矛盾”“意识形态”之类挂在嘴边。其实尤其研究文学，条条道路通罗马，可使用的角度、方法和语言很多，比较起来，总想囊括一切、唯我独尊的“巴别塔”式的“现代性话语”，其实最不靠谱。可以预言，不出几年，那些过分依仗“现代性话语”、鹦鹉学舌、叠床架屋的研究著作都将一钱不值，成为标准的学术垃圾。

东汉杨雄最怕别人说他“少而好赋”，认为那只是“童子雕虫篆刻，壮夫不为也”。颜之推虽然也和刘勰一样看到“自古文人，多陷轻薄”，力诫子弟“深宜防虑，以保元吉”，但对杨雄这种鄙薄文学、好高骛远的态度还是看不惯，而施以严厉的批评：

> “虞舜歌《南风》之诗，周公作《鸱鸮》之咏，吉甫、史克《雅》《颂》之美者，未闻皆在幼年累德也。孔子曰：‘不学诗，无以言。’‘自卫返鲁，乐正，《雅》《颂》各得其所。’大明孝道，引《诗》为证，杨雄安敢忽之也……又未知雄自为壮夫何如也？著《剧秦美新》，妄投于阁，周章怖慴，不达天命，童子之为耳……此人直以晓算术，解阴阳，故著《太玄经》，数子为所惑耳……且《太玄》今竟何用乎？不啻覆酱瓿而已。”（《颜氏家训·文章》）

颜之推的意思是说，被杨雄瞧不起的文学，正是历代圣人所看重的，而杨雄自以为高过文学的那一套政治理论，不过是自讨没趣迎合僭主的献媚之辞，至于他研究《周易》数算阴阳的哲学著作《太玄》，只够资格被后人用来盖酱油瓶罢了。

客：怎么忽然扯到杨雄和颜之推？

主：颜之推对杨雄的批评，很可以给今日鄙薄文学，鄙薄常识、常言而大肆贩卖政治学、哲学之类“话语”的高人们做参考。

客：但有人会说，任何领域都有专业性较强的关于某个专门问题的“行话”，也就是“话语”（discourse）。若想在专业领域深入探讨，往往不得不创造不像“人话”而只有小圈子才懂的“话语”（或曰“论述”）。你对“话语”的批评好像有欠公允。从语言学角度看，索绪尔不是早就严格区分了“语言”（langue）和“言语”（parole）吗？索绪尔所谓“言语”，再缩小一点范围，也就十分接近“话语”了。世界上只有这样那样不同圈子、不同情境的“言语”“话语”共同组成的“语言”，没有可以脱离具体“言语”“话语”的总的“语言”。语言像一个大仓库，“话语”和“言语”就是这个仓库中各种分类存放的货物。因此学习一门“外语”，也就是学这门“外语”不同部门的“言语”“话语”；等到熟练掌握了一定范围的“言语”“话语”，这才算大致熟悉了某种外国的“语言”。通向“语言”的道路无法越过“言语”“话语”。你说的可以让更多读者看懂的“人话”“语言”，其实就是对过分专业的“话语”进行某种程度的修饰和改造，使其和别的部门的“话语”多一点沟通，向着共同的“语言”本体靠拢一些，如此而已。

主：这个问题提得好！我并非一般地反对“话语”，只是反对“话语”的滥用，尤其反对人文科学“话语”极端的封闭和孤立现象，反对将“话语”和“语言”完全割裂。索绪尔谈“语言”和“言语”，原意只是“区分”，不是“割裂”。大多数人抱怨“看不懂”，就意味着你已经把“话语”和“语言”割裂了。自然科学基础性、实验性、探索性、假定性的尖端理论研究允许普通人看不懂，但在自然科学运用和推广领域，情况就两样。医生开处方，工程师写产品介绍，不是也可以有另一套向病人和顾客做通俗解释的语言吗？人文社会科学的“话语”更不应该离开公众语言世界太远，因为人文社会学科的目的就是为公众谋取权益，既如此，就应该与公众保持起码的对话关系，不能和公众语言世界隔绝。

客： 这一点，中国近现代学人是基本做到了的，他们无论讨论怎样重大深奥的学术问题，中等文化程度的读者只要肯动动脑筋，都不难看进去。

主： 可以说，他们的学术是为大多数中国人着想的。他们当然也有专业性的"话语"，但和普通人的"语言"之间，并无一道难以逾越的高墙。"话语"允许一定程度上疏离"语言"，这是学术探索暂时的需要，不是学术探索的终极目的，更不是学术探索借以高自位置、目无尘下、自娱自乐、以艰深文其浅陋的"做戏的障眼法"。尤其当学术探索达到某个成熟阶段，某个需要与公众对话的节骨眼，比如讨论文学中"底层""无产阶级""全球资本"诸如此类问题，尤其是将近一百年来国际国内学术思想和制度变迁共冶一炉的"现代性研究"，其"话语"就更应该在彼此对话和沟通的基础上，逐步靠拢公众语言世界，成为公众语言世界的一部分，这才叫"深入浅出""化难为易""为浅人说法"，才能在公众语言世界实际发生作用，从而丰富、纠正公众语言世界所包含的思维模式和价值取向。

客： 可否举例说明研究高深学问的人，也能意识到不应该被自己领域的"话语"所围困？

主： 这种例子很多。海德格尔就批评西方现代哲学"太哲学"了，以至于搞哲学的人没思想，只知道不断发明哲学的专业语言。海德格尔说，"科学和哲学的语言研究更坚定地旨在产生一种所谓的'元语言'。孜孜以求这种超语言的分析哲学更顽固地认为自己是一门元语言学——元语言学就是将所有语言彻底技术化为仅仅是星际信息操作工具的那种形而上学。元语言和人造地球卫星，元语言学和火箭技术，实是一回事"(《通往语言的中途》)。

醉心于"话语"的学者主要感到日常语言不够用，故而发明一种超乎日常语言之上的"元语言""超语言"，认为这样的人造语言必定更有助于他们接近真理，甚至本身就是真理的语言。海德格尔说这就是典型的形而上学，他主张干脆放弃这种自以为是的"元语言"和"超语言"，倾听诗人的语言，因为诗人的语言是让语言（存在）"自己说话"的那种未被破坏的本真语言。

客： 我看海德格尔他老先生自己也有一套存在论的"话语"，并不好懂吧？也许他在自己的“话语”世界也绕得很辛苦，这才祈求诗人援手？海德格尔还是暂时放一放吧，我现在想到的是，会不会目前的学者、批评家面对问题太复杂，又要与世界学术潮流对话，许多文章还有“双语写作”背景，不纯粹是汉语了，这才不得不趋于复杂艰深，不得不满足于躲在“话语”的螺蛳壳里呢？

主：是有这种解释。上面提到的刘绪源的《今文渊源》针对这个问题，有几段话很精彩，应该是那些一味替艰深复杂的文章辩护的人难以回避的：

> 我想起了“五四”以后的那几代学人和他们的文章论著，他们又何尝不是面对关系到中国和世界的种种迫切的难题？他们的研究，也深入到了大量艰深的学术领域，其中也包括社会科学各领域，但他们的文章，仍能写得一清如水——这样看来，新一代的不少学人，之所以不能写出像前辈那样的美文，主要还是未能充分认识“五四”以后中国文章优美可贵的新传统。他们多为留洋的博士（其实老一代学人中也不乏西方名校博士），他们所学的是国外学院派论文的论证方式，但他们“入乎其内”，却未能像第一代学人那样“出乎其外”。在面对中国大众时，如果还只习惯于以课堂讨论、论文作业的方式说话，那就不能不留下遗憾。

客：这话说得确实很中肯，应该能够引起大家的重视。

主：但我觉得，这可能还不光是文章的难易深浅和美与不美的问题。轻易借用别人的方法、术语，背后实在有一种不易觉察的奴隶心态，一种压抑自己的经验和创造力的痛苦而别扭的自我否定。你看从梁启超、章太炎到鲁迅、胡适甚至八十年代，中国人文学术经历了不同意识形态的洗礼，但学术奴隶的心态至少在语言展开上还不多见。即使有，也很快为大家所警惕，比如鲁迅批判“术语”乱用造成的另一种“酱缸”，对生吞活剥理论术语的革命文学论者的狙击；胡适对“名教”的抨击；毛泽东对“党八股”的当头棒喝；陈原和吕叔湘等老一辈语言学家对恶劣文风的持久关注和坦率批评。究竟什么原因，从何时开始，文学研究和一般的人文学术中出现了这种愈演愈烈的语言取消（“不讲人话”）和语言投降（“鹦鹉学舌”）的局面？这个问题，实在值得好好研究。

客：你是如何看这后一个问题的？

主：也许问题出在最近几代学人的素质上？去年冬天在北京和钱理群先生谈起过这个问题，他的解释就很干脆，他认为现在许多学者和批评家文章写得太绕，主要还是因为底子太薄，却又想做大学问，中西古今全部打通，结果自然煮出一锅夹生饭。

客：但是我想，在政治、经济乃至大众文化日益“全球化”的时代，能进行国际学术对话，直接介入国际学者共享的知识背景、问题背景和话语背景，在一个大的对话场所发出中国学者的声音，这也是当代中国学者所面临的挑战，我们不能一味地回避这个挑战，否则我们在国际的学术舞台上就始终是个局外人了。

主：我完全同意你的想法。与国际学术接轨、对话，确实很好，确实应该鼓励，但至少在目前，对于绝大多数中国的人文学术来说，这恐怕仍是遥远的“愿景”，现在是否就是必由之路或唯一的出路，我觉得还是个疑问。像中国（华语）文学一样，中国（华语）学术在今后相当长时间里仍难超出自己的语言和社会的国境线，这跟中国社会和文化巨大的“体量”和相对的“封闭”有关。什么时候，我们的文学完全融入“世界文学”，我们的学术完全融入“世界学术”“国际学术”，那么这个“愿景”也就会由新一代国际化的中文学者自然而然地实现，出现中国的萨义德将是自然而然、水到渠成的事，否则就是操之过急，并因为急于进行国际对话而疏忽了国内更多、更急切的对话。

客：那么你总的判断，是“与国际学术接轨”，对于中国的大多数人文科学来说，目前还是为时尚早？

主：我不是这个意思。接轨是要接轨的，对话更加迫切，但首先要有条件，其次是别忘了在自己的国家和自己的语言环境中，仍然有更多的问题，尤其在基本囿于汉语圈的当代文学的许多问题上，需要彼此坐下来耐心而真诚地展开对话。不要急于和外人对话，而忽略了与自己人的交流。至少在文学界，目前的问题正是这样。从晚清黄遵宪、严复、康有为、梁启超、章太炎到王国维、蔡元培、胡适、鲁迅之后，一批又一批学者和思想家基本上是“放眼世界”而“立足中国”的，他们虽然尽可能地积极了解世界（蔡元培的“学习精神”超过现在绝大多数的学者），但总是眼光主要盯着自己的现实和周围的人群，总是写大多数中国人能看懂，甚至能与他们直接对话的清清白白的文章。他们是现代知识分子的主流。二十年代的“学衡”、三四十年代的林语堂，主张汇通中西，贯穿古今，两脚踏中西文化，一心评宇宙文章，陈义固然甚高、学问固然甚广，却终于未能“预流”，我想主要原因，是忽略了国内的问题与问题的脉络。

客：你说的主要是“现代学术”“现代批评”的“主流传统”，但这个传统今天是否已经结束了呢？

主：我表示怀疑。即使结束了，还有另一个问题：全球化时代的学术就可以建造“巴别塔”式的地球学术大全、地球学术话语了吗？现在不是越来越多的学者开始关注“全球本地化”的问题了吗？这里有两个限制，一是时间限制，一是空间限制。我们如果不是被历史推着、不是被地球命运携带着，实际走出了这个限制，那么我们迟早会碰到这个双重限制。总之我们还不能超前地国际化、超地域地全球化，还得适当照顾现代学者的“主流”传统——当然也要随时注意变化。

客：批评和学术文章越来越不好懂，还有没有别的原因？

主：也许和美国学院学术或来自美国的汉学研究在国内“一超独霸”有关？也许是因为心中太没有读者而只写给臭味相投的同行看？我不敢下简单判断，还是希望大家都来讨论吧。现在的情况是，已经不只文学，几乎一切领域都兴起了语言神秘化、故意复杂化、过分修辞化的先是“学舌”后是“生造”或“学舌兼生造”的恶习，一起掩盖着思想的混乱和简单化，掩盖着对真实的漠视（电视新闻中官员语言的极度矫揉造作几乎可以和学者语言一拼了），掩盖着作者与读者关系的严重疏远。我对这种恶习有生理上的讨厌，因为自己就是从中走出来的，没想到现在又被迫落到其中了。中国批评若能对这个恶习的矫正有所作为，无疑将功德无量。不然，国人以后要说（写）怎样稀奇古怪的汉语，真是无法想象。

七、传统和现代批评的启示

客：你的研究方向包括现代文学，从你的文章中也可以看出，你深受现代文学以及“五四”文人的影响，他们是在中国传统影响下的一代，也是迫切追求现代思维的一代。你认为今天的批评如何面对传统和现代？

主：首先声明，我喜欢看中国传统文论，也喜欢研究现代文学和现代批评，但我的传统文论和现代文学根底都很差，只是心向往之而已。

客：别谦虚了，赶紧言归正传吧，你觉得今天我们还有必要吸取传统文论和现代批评的经验吗？

主：我看中国传统和现代批评，至少有两点启示。

首先，不重系统著作。这个传统甚至也延续到现代。综论一代或一家之文学而著成专书，即使现代印刷便利，也不为读者所喜。“不著一字，尽得风流”固然难以企及，但披文入情，直指本心，片言解颐，毋庸辞费，始终悬为批评之正鹄。孔子说诗，“一言以蔽之”，其高度概括法实开后世论文“以少总多”的先河。“五四”以来，呼唤精练，裁斥冗繁，也是读者（包括专家）的基本态度。我经常说周作人身为北大教授，写了一辈子随笔，而他那个时代，英美学院式长篇大论已经隐隐约约要问鼎学术文化界的霸权地位了，所以周作人的自信与定力实在稀奇。九十年代以来，“项目”成堆，著作满地，而追求严密浩大之体系者，仍然百不一见。当然各种貌似的“大著作”又另当别论。中国读者是否天然地喜欢小巧灵便的批评方式？网络流行的三言两语的互动，和这个传统有无联系？

其次，是批评与整体文学活动保持有机联系。古代“文”的概念至广，凡写在竹帛上的文字，除不成句读之表谱簿录，皆可称为“文”。这自然包括批评。批评是“文”的一种，无论少数系统著作还是大量短制小篇，都不与整体文学活动分离。中国古代在创作、理论、文学史研究之外并无一部职业批评家单独造成的批评史。批评是作家分内事，所以古代批评没有走专家化职业化道路。反过来，整体文学活动也滋养了批评：文人自担批评之责，创作与批评左右采获，二难并能，相得益彰。“五四”到上世纪八十年代，这两点基本延续下来。九十年代学院批评起来以后，有很大变化，笨重冗长的论著多了，贴近创作而懂得作家甘苦的会心的批评少了。这很可惜。

客：综合起来看，你觉得中国传统和现代文论对今天最大的启示是什么？

主：不重系统著作，与整体文学活动保持有机联系，最大的好处，是批评家因此可以和作家、读者息息相通，而作家、读者、批评家三方面经常互动，彼此砥砺，正是批评保持活力的基本保障。得其反者，就是云山雾罩、废话连篇、脱离文学实践、与作家读者声息不通、缺乏真诚的对话批评：目前中国批评最大的困难也就在这里。

客：当代中国的文学批评既然来自现代批评，而又有所变化，那么认识当代批评，首先必须对现代批评，有个大致的了解。如果只用一句话，你是如何定位"现代批评"的？

主："现代批评"首先是一种"启蒙批评"。"批评"在中国是引进概念。徐志摩译英文 critic 为"评衡家"，二十年代末创造社的"文化批判"、三十年代李长之《鲁迅批判》，则是对译德文 Kritik。"评衡""批判"，分析、评价、商量之谓也，强调近代启蒙理性在文学研究中的渗透，所以我说，"现代批评"首先是一种"启蒙批评"。

客："启蒙批评"最大的特点是什么？

主：我这里不想扯得过于遥远，比如像某些学者那样，总是从康德的《什么是启蒙》说起。还是直接针对现代中国的文学批评吧。我觉得在现代中国，"启蒙批评"总是居高临下。过去只看到少数先知先觉教训多数后知后觉、精英教训大众，但"启蒙"还有另一面，即群体性观念思潮永远比个人独立思考强大。少数精英敢教训大众，就因他们率先委身于强有力的观念思潮。"太阳社"和后期"创造社"几个乳臭未干的青年大言不惭地教训鲁迅，就因为他们自信掌握了先进社会理论。总之，现代批评家和作家平等对话的机会不多。这是学说、思潮、观念优越性造成的批评的膨胀。优越性一旦转化为政治权威，批评就更觉高人一等，最后出现拉大旗做虎皮、自己攻击别人甚至动辄置人死地的棍子批评，便势所必然。

客：是否现代批评都是这样气势不凡，专门启他人之蒙呢？

主：也不尽然。启蒙时代的批评并不总是高高在上、挟启蒙以自重。在思想高于一切、话语高于一切的批评风气中，也有人在启大众之蒙的同时自我启蒙、在学习西方的同时质疑西方，如鲁迅所谓从别国盗得火来本意却是煮自己的肉的"抉心自食"的真正的启蒙与批评。两种启蒙并存，造成现代启蒙批评的复杂结构。但毋庸置疑，高高在上的简单的启蒙批评在整个启蒙时代还是占了上风。不妨把狭义的简单启蒙（以世界启蒙中国、以自己启蒙他人、以精英启蒙大众、以理论启蒙创作）的批评风气，称为"启蒙批评"。对这一点，周作人的认识非常清醒。他认为现代批评缺点有二，“其一，批评的人以为批评这一个字就是吹求，至少也是含着负的意思，所以文章里必要说些非难轻蔑的话，仿佛是不如此便不成其为批评似的……其二，批评的人以为批评是下法律的判决，正如法官一般；这个判决一下，作品的运命便注定了”。“这两种批评的缺点，在于相信世间有一种超绝的客观的真理，足以为万世之准则，而他们自己恰正了解遵守着这个真理，因此就被赋裁判的权威，为他们的批评的根据”。他说的就是占主流的高高在上、真理在握式的“启蒙批评”。

客：照这样说来，“启蒙批评”在中国现代是被“异化”了。是什么原因导致了这种异化？

主：“启蒙批评”的异化，并非国人对西方“批评”“批判”的故意“误用”，乃是现代中国特殊文化结构有以致之。直抒胸臆的文学忠实于土地，依托外来先进思想观念的批评忠实于天空。一个在天，一个在地，批评必然失去和文学整体的有机联系，变成高于、先于、大于文学的一个特殊存在，一个具有权威性与杀伤力的思想话语的怪物。这种批评自然遭到作家们的拒斥。鲁迅建议年轻作家创作时不妨抹杀一切批评，巴金主持文化生活出版社和《收获》，从不出批评家的书、不发批评文章。所幸现代批评并非铁板一块。与扎根土地的文学息息相通的批评依然存在，类似传统批评那样和整体文学活动的有机联系，并未中断。首先是在天外飞来的批评压制下奋起反击的作家批评。在启蒙批评的高压下，作家若不掌握批评的武器，永远处于被教训的地位抬不起头。鲁迅、郁达夫、茅盾、沈从文等创作之余也弄批评。他们的批评是自卫性的，却往往为职业批评所不及。“启蒙批评”也出人意料地刺激了批评的优化。

客：当我们关注中国批评从现代到当代的有序演化时，你所说的高高在上的那种典型的“启蒙批评”，在当下批评界有无最新的发展？

主：九十年代后，“启蒙批评”失去政治架构的支撑，难以为继（“人文精神失落说”便是这种恐慌的流露），但不久又出人意料地绝处逢生，甚至后来居上，气势甚至超过以往“文学 = 政治”“文学批评 = 政治斗争”的“庸俗社会学”。

客：这是怎样的一种“启蒙批评”？

主：这种“启蒙批评”并不限于被称为或自称为“新左派”的那群

学院派批评家，也包括与之对立的群落（“自由主义”），二者很大程度上共享着相同的知识背景和方法论（如新马克思主义、女权主义、萨义德反“东方主义”论、罗兰·巴特符号学、福柯知识考古学、海登·怀特新历史主义批评、全球化背景下后殖民理论），都倾向于反省八十年代审美中心论和纯文学立场，主张将文学还原为以政治利益为核心的“历史叙述”，从而揭示文学外衣包裹着的话语权力运作，最大限度地向着社会学、历史学、经济学、媒体符号学、城市空间理论和建筑学等交叉学科开放，最后敉平以情感想象和文字形式为能事的传统书写和其他文化行为的差异，使文学成为社会学分析的一份平淡无奇的文件。

客：这种批评在当下有没有一个统一的名称？

主：这股批评新潮，目前姑且被笼统地概括为“文化批评”，因它主要研究超文学的文化（文学也在其中但绝非主体部门）。其实“文化批评”不仅不关心文学，也并不真正关心通常所谓“文化”，这里的“文化”乃“政治”的修饰语。但究竟何谓“政治”，“文化批评”也无力回答，往往将各种政治诉求局限（或降低）为现实政治（性别、阶级、种族、经济、能源的冲突），无视所有这些政治“场域”中主体思想感情的复杂性，比如尼采所谓国际政治最后乃“精神战争”的显见的事实。“文化批评”争取为“底层”“弱势”“无产阶级”代言，但如此被代言者除了作为经济动物而存在，往往不再具有任何别的内容。被代言，实际成了被弯曲、被遮盖、被剥夺、被利用。所以我觉得，要说“文化批评”是借文化谈政治恐怕还太夸张了一点，往往只不过是通过文化来摸一摸政治的边缘。

客：你认为“文化批评”最大的盲点是什么？

主：文学的情感想象（包括宗教体验）往往超越“文化批评”关心的政治权利，恰恰对这些核心元素，“文化批评”的祛魅（还原）无能为力。“文化批评”固然可以援引各种经典著作，将人的一切观念意绪统统解读为某种现实政治的衍生或投影，但它起码应该接着分析何以在不同文化环境和传统背景中，相同的政治诉求会衍生或投影出不同的文学叙事？文学的出发点与所表现的内容果真只是现实政治诉求而没有独立的精神领域吗？此外“文化批评”还忽略民族国家文学赖以存在的语言文字的差异，只讨论超越语言文字差异的那一部分，结果对文学的分析评判容易粗糙和简单化（这已极分明地表现在近年诺贝尔文学奖评奖结果上）。

客：“文化批评”作为新鲜事物，和直接仿效欧美学术界的“文化批判”，二者之间的关系怎样？

主：欧美盛行的“文化批评”由文学批评以外的学科资源生发，而且并不以代替或取消传统文学批评为前提（比如法兰克福学派、伯明翰学派），但中国目前“文化批评”缺乏相应的学科资源，泰半由不安本位的昔日的批评家和文学研究者“转业”，急学活用的“文化批评”客观上往往取代了传统的“文学批评”。结果“文化批评”成了一锅夹生饭，用以起家的文学批评又据地尽失。目前的所谓中国的“文化批评”，实际上是“现代启蒙批评”历史延长线上的一个新的果实，是日益衰落的启蒙批评的一段袅袅的余音。

客：你觉得“文化批评”的出路何在？

主：我不搞“文化批评”，岂敢谈什么出路！其实“文化批评”也是应运而生，现在面对各种复杂的文化现象，传统的文学批评明显已经无能为力，所以“文化批评”对传统批评视野扩张之功、“文化批评”在中国的发展前景，都是有目共睹的。站在传统的文学批评的立场，我觉得所求于它的是“多闻阙疑”。尽管文学许多因素可以还原为以政治权益做核心的历史叙述，但若以为文学意蕴借此还原即可告罄，那也未免过于僭越。其次，“文化批评”不妨多调和新旧知识谱系，尤其是协调与传统批评的关系，至少不必简单地弃旧图新。比如，至少应该吸取二十年代末“后期创造社”的那种“文化批判”的经验教训，不要满足于获得一套“话语”而失去了和更大的语言世界和生活世界保持沟通和对话的能力，更不能因为抓住了文化，便丢弃了文学。

客：说到“文化批评”，很自然地就想起现在更加红火的“文化产业”，其中许多从业人员，过去也都是做文学研究和文学批评的。你怎么看这个新起的现象？

主：中国当代的文化需求极其强劲，但文化表述又极其模糊。震惊于欧美文化产业的发达，现在国内有识之士都知道文化可以成为一种产业，可以来钱，但把什么样的文化变成产业，大家又都像没头苍蝇一样到处乱转。目前文化产业最大的尴尬，是有产业需求，无文化底蕴；有政策支持（国家投入巨大的资金和政策保障）而缺乏相应的产业反馈。这就好比同样强势的影视剧产业，迄今缺乏好的影视剧文化的匹配。现在许多人已经开始承认长期的“剧本荒”乃是中国影视剧产业最大的软肋了，但文化产业界似乎还没有意识到，他们以为自己是文化太多了，产业太少了，其实恰恰相反！和《花木兰》《功夫熊猫》相比，我们输在产业，情有可原；输在文化，不是应该好好反躬自省吗？现在基本上还是“烧钱”的阶段，一部分人捷足先登，把自己迅速包装成文化产业的专业人士，帮助国家先把前期资金投入花光再说。如果说“文化批评”是通过文化来摸一摸政治的边，那么“文化产业”就是打着自己也不清楚的文化这块招牌来摸一摸经济（钱）的边。也许前期资金投入作为学费被花光之后，也会慢慢摸出一点门道来吧？

客：顺便再提一个问题：不少学者认为传媒批评对文学是一种伤害。你如何评价当下的传媒批评、学院批评？你认为中国的批评怎样分类，哪一种批评才是真正的文学批评？

主：我不大熟悉传媒批评。一些学院批评家自己的文章常常挂在网上，或者有自己的Blog和“围脖”，在传媒批评与学院批评之间画一条界线，恐怕很难。批评的好坏跟它来自学院还是出自媒体，没有必然关系。

客：有些学者似乎不这样看，他们认为中国古代文学联系着简帛、造纸术、毛笔、活字印刷和雕版印刷，现、当代文学联系着现代铅字印刷技术，而后现代文学则与网络有关。

主：我想这是只知其一，不知其二。各民族、各种文化的许多经典，不是一直超越、跨越着不同时代的书写和出版流通的技术吗？书写工具和传播渠道对文学和文学批评的影响确实很明显，但也不能夸大。中国文学如果真的可以推到“三代”，推到商朝人在龟甲兽骨上写字的时候，那我们的书写工具和传播渠道实在经历了太多的变化，但中国文学不仍然还是中国文学吗？根本的内容不会有大的改变。

如果单纯说影响力，你不得不承认传媒批评的“作用”要远远大于学院批评。但这个“作用”也要分析。如果在媒体上的批评水平不高，甚至谬论公行，那么影响力越大，作用就越坏。反之，如果学院批评很精彩，虽然发在学报之类的偏僻刊物上，关心文学的人士也值得找来看看，或者最终转发到网上去，在网络空间产生新的互动。说到这个问题，我觉得关键还不是做批评的人是否在媒体和网络上发文章，而是媒体和网络的管理者有没有在“全媒体时代”发现好文章的眼光和推介好文章的能力。凭空说哪种批评好，哪种批评坏，是不能作数的。

八、对当代文学的整体评价

客： 最近围绕"当代文学"整体评价，批评界出现了不同看法。你有没有参与这方面的讨论？

主： 我很少做宏观文章，自己知道对当代文学缺乏整体研究。但我还是比较关注有整体研究的学者们的文章。

据我所知，在整体上评价"当代文学"之前，首先对什么是"当代文学"就有不同意见。流行的说法有两种，一是认为1949年以来的文学都是当代文学，没有下限，叫作"当代文学一直要'当'下去"。一是认为当代文学从1949年开始，但八十年代中期或九十年代初就已经结束。这种对当代文学下限的断然划分，基于对当代文学性质的理解，即认为当代文学其实就是社会主义文学，这种在特定历史阶段、国际范围内共产主义政治实践所产生的文学，八十年代中期或九十年代初就难以为继了。还有一种折中的意见，是说当代文学肯定要终结，但终结的过程缓慢，目前还处在这个缓慢终结的过程中。折中的意见基本上还是把八十、九十年代以来的文学划入当代，只是强调后一阶段的文学与1949年至八十、九十年代的文学之间，具有某种显著的区别。

客： 这样一来，对当代文学进行一言以蔽之的整体评价，就比较困难了。

主： 恐怕是这样。目前的文章，基本就按上述三种主张，分四个阶段，区别对待。第一段是"十七年"，第二段是"文革"，第三段是"八十年代新时期"，第四段是"九十年代到新世纪"。现在最有可能产生对话的，恐怕就是对当代文学进行某种整体评价的尝试了，目标大，话题有冲击力，也比较能引起公众关注。但至少到目前为止，除了因为反对或赞同德国汉学家顾彬的"中国当代某些作家作品是垃圾""现代文学是五粮液，当代文学是二锅头"的高论而在部分学者那里引发过争议，其他分阶段的研究，基本上各自为战，互不相关。

客： 那为什么在一般读者的印象中，似乎总有围绕当代文学整体评价的一些争论呢？

主： 争论并非完全没有，但不是针对上述四个阶段的文学，而是针对四个阶段的文学所依托的四个不同的历史阶段中国社会的所谓“现代性方案”，换句话说，是社会问题的争论，不是文学的争论。

比如，强调“十七年”和“文革”文学研究的重要性，往往就是“新左派”阵营里治当代文学的学者。他们不是简单地呼吁文学史研究的拾遗补缺（洪子诚基本就单纯从文学史的客观研究出发），实际上乃是高度肯定这两个阶段的文学实践前无古人后无来者的属性。他们认为这两个历史阶段具有中国特有的“反现代性的现代性”，以前的否定太简单，现在需要在国内外政治经济和文化环境下重新总结中国革命的历史经验（钱理群），跟着这两个阶段的文学，自然也就有重新研究的必要了（李扬、董之林、贺桂梅等）。主张“重返八十年代”的学者，认为八十年代的文学辉煌不可多得，但它过去得太快，来不及回味就进入九十年代以后的文学，这是通过回忆八十年代的文学而缅怀那个时候思想解放和百废待兴的精神环境（如程光炜及其专门以八十年代文学为题的研究团队）。另一些同样主张返回八十年代的学者恰恰相反，他们强调八十年代“纯文学梦”其实是政治变革的产物，文学本身的成就并没有想象的那么高（如蔡翔等）。对九十年代以来和新世纪文学，也有截然不同的评价。有的评价很高，认为超过“当代文学”的前面三个阶段，某些方面甚至也超过现代三十年（如陈晓明、陈思和）。有的则完全相反，认为八十年代以后的文学基本上是对“十七年”和“文革”的“当代文学”（“工农兵文学”）的背叛，是一路堕落。至新世纪，堕落得极其不堪了，完全为暴发户和一心想暴发的候补暴发户树碑立传——此论旷新年君持之最坚，不知他病愈之后，是否犹不改旧说。

显然，这些评价表面上大异其趣，但都借文学来评价自己感兴趣的某个历史阶段，或者是政治上的怀旧（“十七年”和“文革”），或者是对一代人的青春期和文化复苏阶段特有的生机的缅怀（八十年代），或者进化论的执着当下：都是借文学谈政治，谈文化，谈个人和国家的某种记忆和经验，谈知识分子在某个文学时代的价值取向和生存状态，很难看到统一而稳定的文学评价的线索和标准，因此尽管似乎有争论，却并没有产生有效的对话。比如，王彬彬从语言文字和文学描写的朴素角度认为《红旗谱》几乎每一页都是荒谬，这个石破天惊的观点，就不曾得到肯定这部“红色经典”的研究者们任何的回应。

尽管如此，这个有可能产生对话的问题空间，仍然值得关注。

客: 为什么?

主: 因为一旦针对这些不同阶段的不同的研究彼此对话起来，整个当代文学的评价问题，也就不会那么扑朔迷离了。但这里的关键，是不能片面地从文学中读出历史，更要积极地从历史中读出文学来，就是说，要看中国当代作家在不同的历史环境中，怎样用他们的文学来进行心灵的回应。恰恰这个文学研究的终极目标，我觉得在现在许多借文学来奢谈政治、奢谈历史的批评家那里，被严重忽略了。

客: 今天我们围绕中国当代文学和文学批评，谈了许多问题，现在能否就当下文学状况，作一个总的描述?

主: 对当下文学，我只能用一句话来表达模糊的观感：当下似乎是文学最衰微的时代，但也可能是文学的千载难逢的好时机。借用鲁迅的话说，是一个大时代，也就是说，既可以由此走向死，也可以由此走向生的一个大时代。目前，文学面对时代的需要亏欠越大，对有志于革新的作家来说，一展身手的空间也就越大。这就好比市场上赝品越流行，对真品的期待，理所当然也就愈加强烈。

客: 还有一个问题：在全面估计当代文学的成就时，人们往往喜欢拿当代文学和现代文学相比，要么认为现代文学比当代文学好，所谓"唱衰当代文学"（比如顾彬的茅台酒与二锅头的比喻），要么反过来，说当代文学，尤其是新时期以后至今的文学，已经"赶上并超过了"现代文学，所谓"唱盛当代文学"。对这个问题，你怎么看?

主: 我的看法很简单：没法比。

客: 此话怎讲?

主: "现代文学"是相对于古代文学来说的另一个漫长的文学史的开端，它不单是我们这个时代的文学的开端，也是将来许多时代的文学的开端，这一点似乎至今还不见有人提及。换言之，"现代文学"作为将来漫长的文学史"开端"的意义，一直没有得到充分的估量。四十年代对当时的左翼文学、新中国成立初期对刚刚过去的现代文学，虽然都有崇高的评价，但评价立足于政治，而且仅仅着眼于左翼文学，新中国成立初期的评价是对于已经成为过去的一段文学的感谢性的总结，也主要着眼于左翼文学，这种总结意味着告别。与此同时，有人就唱起了"时间开始了"，大家对这以后的"当代文学"显然寄予更大的期待。事实证明，新中国成立初期直到目前为止的"当代文学"，只不过是"现代文学”这个“开端”之后的第一场演奏，二者在文学史乃至文化史上的地位都不可同日而语。

客：愿闻其详。

主：首先，在整个中国文学史上，“现代文学”也是前无古人后无来者的非常独特的一个文学史阶段。有治古代文学史的学者曾经说过，“中国文学通史”给“现代文学”的篇幅太多了，他认为修一部中国文学通史，“现代文学”只配单列一章或一节。这位学者忘记了，如果没有现代文学以及和现代文学一同生长的现代中国的文学史学、文学理论与文学批评，就根本不会有这位学者所托身的“中国文学史”学科，也不会有这位学者在撰写他自己的“中国文学史”时所使用的语言。仅仅着眼于时间的长短，“现代文学”在整个中国文学史上确实不算什么，但如果着眼于文学的质量，着眼于文学对整个民族精神的触动，着眼于文学在民族文化历史转型中扮演的角色，着眼于文学所包含的新思想、新感受、新形式、新技巧、新语言，那么“现代文学”放在几千年中国文学史任何一个阶段都不会有愧色。

客：哈哈，人家“唱盛当代文学”，你却“唱盛现代文学”。

主：其实也不是唱盛现代，而是提醒人们注意现代和当代的不同。曾几何时（大概自七十年代末至八十年代末），“现代文学研究”一度相当热闹，如今真是“门前冷落鞍马稀”了。尽管如此，我还是觉得，现代文学承先启后的重要性，并没有被大家充分意识到。再出现类似鲁迅这样的现代文学大家，再出现类似现代文学那样特别繁盛的文学时期的机会，在可预见的将来还是微乎其微，至少我们在迄今为止的“当代文学”中，是看不到这个趋势的。

客：能否说得更具体一些？

主：当代文学走过六十多年，时间上已经超过现代文学一倍，但六十多年的当代文学始终没有出现一个反抗传统而又批判地继承传统、反抗西方而又勇敢地融入世界、干预现实而又持守着文学本位的特别优秀的集大成的作家，而这种类型的作家在现代文学中比比皆是。仅此一点，就足以说明现代文学作为古代文学的“终结”的不可替代之处，也足以说明现代文学作为将来无数个“当代文学”共同的“开端”的不可替代之处。

客：所以你才说，“当代文学”无法和现代文学进行简单比较？

主：是这样。当代文学某些地方诚然比现代文学进化了不少，但正如章太炎的“俱分进化论”所描述的，善者进化，不善者也进化；进化的同时就包含着退化。一定要比较现代文学和当代文学，应该把进化和退化这两种因素都考虑到，从而加以综合的考量，看看整体上是进化的多，还是退化的多。比如，我们不能说，当代作家的语言比现代作家“规范”，当代文学就超过了现代文学，因为文学语言的价值并不仅仅取决于“规范”与否。就说“规范”吧，在纯粹语言学的角度，恐怕也不是单纯的进化。事实上，不规范或不够规范的现代文学语言，要比自以为规范了的当代文学语言，无论词汇和语法，都要丰富多彩，而且准确得多。我常常怀疑，所谓语言的“规范”，其实是语言的“萎缩”的另一种说法。又比如，许多人认为当代作家的叙事艺术已经超过现代作家，但这也并不意味着当代文学超过了现代文学，因为即使叙事文学的价值也并不全取决于叙事艺术。即便就叙述艺术来说，断言现代不如当代，也并不妥当。恐怕只能说，现代文学的叙述方式偏向于单纯明亮的直线叙述，而某些当代作家受到后来的当代外国文学的影响，有意识地使其叙事趋向于复线和晦暗而已，二者是风格的差异，不是高低的不同。比如，余华的《许三观卖血记》，对许三观的几次卖血，进行绘声绘色无所不用其极的描绘，其叙述的充分性自然大大超过鲁迅写祥林嫂的接二连三的人生惨剧。但是，能否说余华的“详笔”就在整体效果上超过了鲁迅的“省笔”了呢？恐怕也不能。当然我们更不能说，当代作家的产量普遍高于现代作家，当代作家的成就也就超过现代作家，因为文学的造诣显然在质不在量。

客：那么，当代文学和现代文学的差别，如果不在你上面所讲的语言的“规范”与否、叙事的“详略”与否、产量的“高低”与否，那又在什么地方呢？

主：二者的差别，主要是各自所处历史阶段和历史位置不同，从而造成作家素质和作品的整体气象的迥异。

客：能否简单描述一下现、当代文学整体气象上的迥异？

主：一般来说，现代作家外表上比较青涩粗糙，实际上却比较浑厚质朴；当代作家外表上比较圆通成熟，实际上却比较虚假孱弱。陈思和教授最近在多处发表论文和演讲，认为从五四“新文学”到“当代文学”，逐渐经历了从“少年情怀”到“中年心态”的转变，这是很有道理的。

确实像鲁迅、周作人这样沉稳练达的偏于中年乃至老年心态的作家，在现代文学中不多见，所以鲁迅常常被人指为老作家，他也喜欢拿“老作家”这个称号来自嘲，周作人则抱怨中国现代太缺乏专门给老年人看的书，他对于中年不像中年、老年不像老年、大家都喜欢往青年人成堆的地方乱钻乱闹的现象，十分反感。鲁迅、周作人是孤立的，他们并非不喜欢青年文化，只是也希望有从青年自然地过渡到中老年的更加成熟稳健的文化，然而当时的情况，是绝大多数人都过于年轻化了。不说别的，《新青年》集团的那些健将们，不都是一群“老新党”“老少年”吗？而在当代，像现代那样以少年或老少年自居的作家实在太少，更多的是少年老成的作家，或者“人到中年”、巴不得“减去十年”的那种惶急的中老年心态。但我想略近一解：所谓少年和中老年，不仅指人的自然年龄，更主要指一种文学和文化的精神品格。现代文学之趋向于青年心态，并不意味着现代作家都像青年人那样光有热情而少理智。他们的青年心态，类似于李泽厚在《二十世纪中国文艺一瞥》中所说的“开放心灵”，是除旧布新的那种积极创造、勇敢反叛的精神亢奋与冲动。现代文学确实多为只有少年人才有的真诚无伪无所顾忌的呐喊，但这少年，是读过中外古今许多书，有过许多真诚而深入的思考，经过许多大风大浪的历练却仍然大体不失其赤子之心的老少年。而当代文学，诚然多为中年人的含蓄曲折的表达，但这中年，是并没有读过多少中外古今的基本典籍，并没有怎样真诚而独立的思考，虽然同样经过大风大浪的历练却往往已经失去赤子之心的文化修养较差而俗世之气较重的中年（包括过早“老成”的“少年”），因此其表达的含蓄并非委婉深刻而是扭曲变形，其言说的曲折往往意味着背离本意的言不由衷。这种情形，很像鲁迅在谈到老朋友刘半农时所说：“不错，半农确是浅。但他的浅，却如一条清溪，澄澈见底，纵有多少沉渣和腐草，也不掩其大体的清。倘使装的是烂泥，一是就看不出它的深浅来了；如果是烂泥的深渊呢，那就更不如浅一点的好。”

客：能否举个作家的例子？

主：比如郁达夫，一般被排在现代文学二流作家的位置（这也许不太公平，但且不去说它），如果拿他和当代作家相比，他的小说在形式上也许显得比较平铺直叙，他的自我告白也许过于直露，缺乏含蓄，他对于社会的认识和人性的探索，也许显得有几分浅薄和天真，今天如果还有谁像他那样毫无遮挡地进行自我忏悔，恐怕要惹人耻笑——就连他对于欲望和身体的在当时已经过了底线的犯忌的描写，现在看来，也已经显得过于胆怯了，但恰恰是郁达夫的“自叙传”式的直白清浅的小说，其稚嫩中的坦诚，今天的作家仍然无法企及，而那几乎一挥而就、不加雕琢的语言，其清新自然、元气淋漓的做派，和骨子里的瘦硬老成的笔力，更是今天的作家无法仿效的。不说别的，他知道自己所用的每一个汉字的本意，从来不会乱用，他的文章，一眼望去，就像是一匹毫无杂质、光鲜亮丽的锦缎：光是这一点，就足以令许多语文基本功尚未（恐怕永远也不能）过关的当代作家望尘莫及了。

客：为何造成这种显著的差异?

主：我想主要还是现当代作家各自经历和修养的不同所致。对此只能具体问题具体分析，把不同的文学现象放在不同的具体历史条件之下加以客观的审视。

客：整体上评价现、当代文学，到底有没有一个简易可行的评价标准?

主：我想这里并不存在抽象空洞的所谓绝对标准。还是王国维那句话：“凡一代有一代之文学：楚之骚，汉之赋，六代之骈语，唐之诗，宋之词，元之曲，皆所谓一代之文学，而后世莫能继焉者也。”现代文学从现代中国社会自然生长出来，当代文学从当代中国社会自然生长出来，现代作家写不出当代文学，当代作家也写不出现代文学，现、当代作家都根据各自时代的条件，努力写出真实地显明各自文化个性的文学，达到了自身能力允许达到的境界——但未必都在客观上创造出了无愧于时代的文学。理解两种文学各自的产生背景和基本特征，才能有所比较。大致说来，当代文学尽管某些方面有进步，但整体气象，比现代文学是明显退步了。我相信这是基于历史的同情的理解，不是故作褒贬。

客：你表面上反对在现代和当代之间做简单的比较，实际上还是希望当代作家尽可能了解现代文学，用现代文学这面镜子，照见自己的本相。

主：是这样。许多当代作家普遍不熟悉现代文学，或自以为熟悉，实际上非常隔膜。我想这是他们还没有足够的能力来了解现代文学伟大的先驱者们，但我相信将来某一时期的“当代作家”会越过我们现在的

“当代作家”，更深刻地将“现代文学”追认为自己的伟大先驱。“现代文学”并未在现在所谓的“当代文学”中结出硕果。“现代文学”的价值可能要经过更长一段历史时期，才能更充分地显明。

客：哈哈，你这人可真有意思，一开始见我要谈文学，还老大不情愿，没想到谈着谈着，倒来劲了，扯得这么远。好了，今天就谈到这里，我知道你还有许多想法，留待下次吧。谢谢！

主：也谢谢你陪我聊谈。现在这样“干聊”，也算是一种奢侈吧。好，听你的，我们下次再谈。

2011 年 11 月 30 日记

原载《上海文学》2011 年 10—12 期

附记

本文根据 2011 年 3 月《辽宁日报》记者王研的一次访谈扩充，篇幅增加了四倍，许多地方已变成自问自答。

我怎么做起“批评”来（代跋）

我于 1982 年秋考入复旦大学中文系，大一、大二的中国文学史必修课，章培恒先生讲先秦两汉魏晋南北朝，王水照先生讲唐宋，李平先生讲元明清，如果说我还有一点古代文学的底子，完全是拜这几位可敬的先生之赐。

章先生据说本来不修边幅，但那时新从日本讲学归来，衣裳光鲜、皮鞋锃亮，头发理得一丝不苟，金丝边眼镜后面，双目炯炯有神，“威仪棣棣，不可选也”。每次走进教室，没有任何过门，立刻就以浑厚深沉的男中音滔滔不绝地讲起来。他沉浸在自己的思想中，低头看讲台，不说闲话废话，也不看学生。课后我们整理出笔记来，就是一篇思路缜密、材料翔实、观点新颖的论文。水照先生一贯乐呵呵的样子，十分谦和。他在完成文学史规定动作之余，喜欢讲古代作家和健在的古典文学研究名家（比如他在“文研所”时期的“领导”何其芳、余冠英、钱钟书等）的趣闻轶事，课堂气氛活跃，大家兴致很高。李平先生讲元明清，重点在戏曲，“唱念做打”，都要“表演”一番，据说是深得他的老师赵景深先生的真传。三十多年过去了，元杂剧和昆曲的一些段落记忆犹新，想忘都忘不了，这不能不感谢李平先生。

选修课有刘季高先生的清诗研究、王运熙先生的《文心雕龙》研究、陈允吉先生的佛教与文学研究、黄霖先生的明清小说专题，都很叫座。这是复旦中文系古典文学专业继郭绍虞、朱东润、刘大杰、蒋天枢诸老之后力量最强的组合。我们一进复旦，就受到浓厚的古典文学的熏陶，许多同学很快“自动”打消了来中文系当作家的梦想，迷上了古典文学。我就是其中的一个，并且有幸在同学们中间博得了“老夫子”的称号，至今无法卸去。

但到了大三大四，也就是 1985 年前后，我竟突然冒冒失失地写起文学评论来了。

不用说，这是“新时期文学”潮流裹挟所致。和中国绝大多数高校一样，复旦中文系的“强势学科”也是古典文学。但“现当代”在八十年代势头陡起，“现代文学史”“当代文学史”“现当代文学作品选”都是同学们喜欢的课程。贾植芳先生、潘旭澜先生不常上课，陈思和先生本科毕业留校，做班主任工作，课也不多，但在第一线授课的王继权、鄂基瑞、邓逸群、唐金海等先生们都专心致志、意气风发，虽然不像古代文学那样名师荟萃，但在爱好现当代文学的学生们眼里，也未遑多让。更何况整个社会对现当代文学的兴趣与日俱增，受大环境影响，我的兴趣很自然地也就从过去爱读的历代文学名篇和相关研究论著慢慢转到“现当代”了。

走进中文系阅览室或学校图书馆报刊厅，让我流连忘返的不仅有现当代名家名作，还有全国各地一口气冒出来的专登文学评论的报刊，如甘肃《当代文艺思潮》、陕西《小说评论》、山西《批评家》、黑龙江《文艺评论》、辽宁《当代作家评论》、山东《文学世界》（后改名为《文学评论家》）、四川《当代文坛》、福建《当代文艺探索》、天津《文学自由谈》和北京的《文艺报》、山东的《作家报》、河北的《文论报》以及上海本地的《文学报》《文汇报·文艺百家》。后来我在这些刊物上都发过不少文章。其他如《北京文学》《上海文学》《福建文学》《当代》《花城》《钟山》等文学杂志也有评论专栏，我几乎每期都看。那时对现代文学兴趣不太大，只是惊喜地发现在古典文学研究之外，原来还有当代文学评论这片神奇的天地！文思喷涌、神采飞扬的评论文章和正襟危坐严谨求实不尚辞华的古典文学研究，味道毕竟不同，但对我都有很大的吸引力。

文学评论的崛起是“新时期”文学复苏的必然现象，也是“思想解放”的副产品。文学评论——那时大家更爱讲“批评”——充当思想探索乃至社会运动的急先锋，这在世界范围屡见不鲜，但八十年代中国的“批评热”又有其特殊性。“文革”结束，环境宽松，上上下下精神面貌昂扬舒畅，长期积压的地火与暗流纷纷冲出地表，而经济领域改革开放尚未全面展开，人文社会科学也百废待兴，青黄不接的关口，历史选择了读书人比较熟悉、容易上手也更能吸引读者大众的文学批评这一表达方式，于是在“批评”的名义下就迅速集结了大批“精英”，他们借谈论文学来纵论社会历史文化的一切问题，诚可谓指点江山，激扬文字，大有不可一世之慨。

那时候，老中青三代批评家齐聚一堂，挥笔竞写文学评论，盛况空前，但跟我们距离最近的还是上海各高校中文系、社科院、作家协会的“青年批评家”，班主任陈思和先生邀请他们中的吴亮、许子东、程德培、李劼、夏中义、毛时安、蔡翔等多次来复旦讲课，或者与我们面对面座谈，极大地煽动了我们对评论的热情。1985 年 10 月浙江文艺出版社“新人文论”丛书中程德培《小说家的世界》、吴亮《文学的选择》在我们中间不胫而走。斯文清秀言辞犀利的程德培，敦实健壮、长发披肩、口若悬河的吴亮，简直就是两颗耀眼的明星。

高校文学评论一开始有点落在作协系统后面，所以思和先生经常带我们几个喜爱当代文学的同学一起去上海市作协参加各种文学活动，结识李子云、周介人等作协的评论前辈，同时指导我们选修本系“中年批评家”潘旭澜、徐俊西先生的当代文学以及陈鸣树先生的文艺学方法论课程。潘先生的研究生称他们的导师为“潘公”，我的第一篇关于梁晓声的评论文章就是他课上的作业，得到他的首肯，再由思和先生推荐给《当代作家评论》发表。“潘公”在我文章后面写了一大段鼓励的话，正文部分也有不少批注修改。他的字刚劲方正，很有个性。我也是第一次从他那里学到如何使用准确而醒目的修改符号。原稿誊抄过后没有保留，最近看李辉先生纪念潘公的文章，附有潘公当时给他的修改记录。他对老师墨宝的敬惜令我惭愧。周介人先生不久主政《上海文学》，本来就颇有影响的《上海文学》评论栏到他手里办得更加有声有色。徐俊西先生后来借调至上海社科院文学研究所做所长，旋又担任上海市委宣传部副部长。这期间他一手创办的《上海文论》很快就继《上海文学》评论栏之后，产生了全国性影响，这使我们颇有近水楼台先得月的感觉。《上海文论》似乎没有正式的编委会，徐先生和他的助手，社科院文学所毛时安先生，以及新从《当代作家评论》转来的顾卓宇先生，不定期在复旦大学教师第十宿舍他自己家里商量办刊事宜，每次总会邀请思和先生和我们几个在评论界刚刚冒头的复旦同学参加。

身处这种环境，没有理由不走上批评的道路。但我大学时代主要兴趣是古典文学，尤其是复旦特色之一的古代文论。虽然发表了几篇评论，但临近毕业，还是想考文学批评史专业的研究生。碰巧那年王运熙先生轮空停招，就准备报考华东师大古代文论专业研究生，听说王元化先生刚开始在华师大担任这一专业的导师，但思和先生劝我还是留在复旦，于是就改考据说与古代文论相通（后来才知道其实区别很大）的文艺学专业。幸亏硕士导师应必诚和博士导师蒋孔阳两位先生都很宽松，他们知道我不喜欢纯理论，总是跟在陈思和先生后面搞评论，心里都有些不以为然，但口头上从不明确反对，所以六年“读研”，我一边应付学业，一边就用大把时间做批评。至于古典文学，只能偶尔读一点，维持业余爱好的水平。如今碰到某些和古典文学、古代文化关系密切的当代文学问题，很想一探究竟，但储备不足，只能知难而退。这算是我当初选择以批评为主业的遗憾之一吧。

转眼三十多年，自己并不觉得特别懒惰和愚笨，也确实写过不少文章，出过不少批评文集，但到底几斤几两，自己清楚。

我首先不能和前辈（亦即当时那些“中青年批评家”们）相比。就拿中文系我的老师们来说吧，他们从事批评之前已经有丰富的人生阅历。潘旭澜先生评杜鹏程，徐俊西先生评王蒙，陈思和先生评巴金，都倾注了自己的思想感情，发人所未发，而我以及跟我年龄相仿的“青年批评家”们则是“纸上得来终觉浅”。比如我也研究王蒙，还很快得到王蒙先生的称赞，但徐俊西先生论王蒙，更加关注七十年代末至八十年代初王蒙复出之后的小说塑造的那些恢复工作的“老干部”形象，对此我是直到不久前才若有所悟。又比如我很长一段时间对巴金《随想录》的“讲真话”并不太当回事，对思和先生一再谈论晚年巴金的贡献认识不足，也是直到最近，才彻底扭转了一直以来对巴金《随想录》的模糊认识。

从事文学批评，需要多方面修养。首先必须保持大量而快速的吞噬性阅读，否则你就无法对当下创作动态作出及时回应。其次，需要有包括文学史在内的社会文化历史的广博知识，否则你就无法将批评对象放在恰当的框架内予以准确把握。复次，需要敏锐的艺术感觉，不仅知道作家“写什么”“怎么写”，还要知道“写得怎样”，否则即使讲了许多关于“写什么”和“怎么写”的貌似聪明的话，却很可能根本分不清你所面对的是杰作，还是平庸乃至失败之作。最后，明达顺畅的文字表达无疑也非常重要，最好还要有个性鲜明的文体追求，否则文字干巴巴，无法贴近作者，也不能拨动读者的心弦。

但在这一切之上，最重要的还是批评家对背负着自己时代特殊社会历史问题的时代精神的理解，否则你不仅看不清批评对象与时代的联系，也无法以你的批评准确而有力地击中时代和文学的要害。恰恰在这点上，我们这一代“学院批评家”先天不足。这除了因为我们太早太顺利地被批评界接纳，囿于书本知识，生活阅历跟不上，也因为在我们登上文坛的1985年前后，“文学回归自身”“文学向内转”“文学自律”的呼声正高，提倡者们自然有他们的考虑，但不谙世事的年轻批评家们就有可能因此而过分看重“文学本身”，多少疏忽了文学和社会人生一刻不能分离的血肉关系。批评应该从这种“关系”中汲取激情和灵感，不能仅仅面对生活，不能仅仅念叨历史，更不能仅仅抓住作品。

但有一得必有一失，反之亦然。前辈批评家们固然不乏清醒的社会意识，相应也都具有开宗立派、舍我其谁、喜欢扯旗帜呼口号的气概，而我们六十年代后期出生的一代批评家们在成长过程中虽然并没有被社会运动的洪流抛在局外，但毕竟也没有一开始就被推抵旋涡中心，因此逐渐也就习惯于软弱迷惘的状态，偶尔也呼两句口号，下几点大判断，事后总感到心虚，只想单单夸耀自己的软弱，正视自己的迷惘，只想在作品和历史的细部寻寻觅觅了。因为积习难改，表面上我写文章似乎颇重气势，其实非常荏弱。不相识的朋友往往误以为我必定人高马大，见面总是愕然。

我的许多评论集往往以某篇作家论或作品论的标题为书名。1994年第一本《拯救大地》的书名是张炜论的标题，此后《说话的精神》是王蒙论的标题，《不够破碎》是评阿来论的标题，《岂敢折断你想象力的翅膀》是苏童论的标题。作家论和作品论是我的主要批评模式。

我偶尔也会写一点“概观”模样的文章，但始终提醒自己要少写。并非不想写，更非不懂得欣赏别林斯基、杜勃罗留波夫、勃兰兑斯那种高屋建瓴纵横捭阖的大块文章，而是自觉力量不足以扛鼎，所以还是藏拙为妙。

原载《当代作家评论》2017年2期

图书在版编目（CIP）数据

不如忘破绽：郜元宝文学批评自选集 / 郜元宝著 .—北京：作家出版社，2021.12

（中国当代文学研究与批评书系）

ISBN 978-7-5212-1552-6

Ⅰ. ①不… Ⅱ. ①郜… Ⅲ. ①中国文学－当代文学－文学评论－文集 Ⅳ. ① I206.7-53

中国版本图书馆 CIP 数据核字（2021）第 205479 号

不如忘破绽——郜元宝文学批评自选集

作　　者：郜元宝
责任编辑：向　萍
装帧设计：周思陶
出版发行：作家出版社有限公司
社　　址：北京农展馆南里 10 号　　**邮　　编：**100125
电话传真：86-10-65067186（发行中心及邮购部）
86-10-65004079（总编室）
E-mail:zuojia @ zuojia.net.cn
http://www.zuojiachubanshe.com
印　　刷：三河市北燕印装有限公司
成品尺寸：152 × 230
字　　数：434 千
印　　张：27.5
版　　次：2021 年 12 月第 1 版
印　　次：2021 年 12 月第 1 次印刷
ISBN　978-7-5212-1552-6
定　　价：68.00 元